HEYNE BÜCHER

Das Buch

Seit einem Unfall in seiner Kindheit hat der Lehrer John Smith Vorahnungen auf zukünftige Geschehnisse. Als er einen weiteren Unfall erleidet, fällt John für fünf Jahre ins Koma; als er erwacht, haben sich seine hellseherischen Fähigkeiten verstärkt. Durch Berührungen von Personen und Dingen sieht er deren Zukunft. Seine Mutter hält ihn für von Gott erwählt, vielen seiner Mitmenschen sind diese Visionen unheimlich. John versucht, seine Gabe positiv einzusetzen und rettet auf diese Weise einem seiner Schüler das Leben. Auch in polizeiliche Ermittlungen wird er eingeschaltet, um durch Berührung des Opfers den Mörder zu finden. Doch irgendwann sieht John die Zukunft eines bedeutenden Mannes voraus, und er weiß, es liegt in seiner Hand, diese Zukunft zu verhindern... doch will er die letzte Konsequenz wirklich ziehen?

Der Autor

Stephen King alias Richard Bachman gilt weltweit unbestritten als der Meister der modernen Horrorliteratur. Seine Bücher haben eine Weltauflage von 100 Millionen weit überschritten. Seine Romane wurden von den besten Regisseuren verfilmt. Geboren 1947 in Portland/Maine, schrieb und veröffentlichte er schon während seines Studiums Science-Fiction-Stories. 1973 gelang ihm mit *Carrie* der internationale Durchbruch. Alle folgenden Bücher (*Friedhof der Kuscheltiere, Sie, Christine* u. v. a.) wurden Bestseller, die meisten davon liegen im Wilhelm Heyne Verlag vor. Stephen King lebt mit seiner Frau, der Schriftstellerin Tabitha King, und drei Kindern in Bangor/Maine.

STEPHEN KING

DEAD ZONE
Das Attentat

Roman

WILHELM HEYNE VERLAG
MÜNCHEN

HEYNE ALLGEMEINE REIHE
Nr. 01/12091

Titel der Originalausgabe
THE DEAD ZONE
Aus dem Amerikanischen übersetzt
von Joachim Körber
Auf der Grundlage einer Übersetzung
von Alfred Dunkel

Umwelthinweis:
Dieses Buch wurde auf
chlor- und säurefreiem Papier gedruckt.

Taschenbuchausgabe 1/2000

Printed in Germany 2000
Umschlagillustration: doManski/Gruppe d4, München
Umschlaggestaltung: Nele Schütz Design, München
Satz: werksatz gmbh, Wolfersdorf
Druck und Bindung: Elsnerdruck, Berlin

ISBN 3-453-16307-9

http://www.heyne.de

Vorbemerkung des Autors

Dies ist eine rein fiktive Geschichte. Alle Hauptakteure sind frei erfunden.

Da die Handlung vor dem historischen Hintergrund des letzten Jahrzehnts spielt, kann der Leser gewisse tatsächlich lebende Gestalten erkennen, die während der siebziger Jahre eine Rolle gespielt haben.

Ich hoffe, keine dieser Gestalten falsch interpretiert zu haben.

Einen dritten Kongreß-Distrikt in New Hampshire und auch eine Stadt Castle Rock in Maine gibt es allerdings nicht.

Chuck Chatsworths Leseübung stammt aus *Fire-Brain* von Max Brand, zuerst erschienen bei Dodd, Mead and Company, Inc.

Das ist für Owen
Ich liebe dich, alter Bär

Inhalt

PROLOG

1

Als John Smith das College abschloß, hatte er den bösen Sturz längst vergessen, den er an jenem eiskalten Januartag des Jahres 1953 auf dem Eis getan hatte. Es wäre ihm schon schwergefallen, sich noch daran zu erinnern, als er die Grundschule verließ. Und seine Mutter und sein Vater hatten nie davon erfahren.

Sie waren auf einer geräumten Fläche des Runaround Pond in Durham Schlittschuh gelaufen. Die größeren Jungen hatten mit alten, geklebten Stöcken Eishockey gespielt und dabei Kartoffelkisten als Tore benutzt. Die Jüngeren kurvten einfach herum, wie Kinder es schon seit undenklichen Zeiten getan haben – ihre Knöchel knickten komisch nach innen und außen um, ihr Atem stand wie Rauhreif in der frostkalten Luft von minus fünf Grad. In einer Ecke der abgeräumten Fläche brannten rußend zwei Gummireifen, ein paar Eltern saßen in der Nähe und beobachteten ihre Kinder. Das Zeitalter des Schneemobils lag noch in weiter Ferne, und der Winterspaß bestand immer noch darin, den Körper zu belasten, statt einen Benzinmotor.

Johnny war von seinem Haus direkt hinter der Pownal-Grenze heruntergekommen, die Schlittschuhe hatte er über die Schulter geworfen. Er war mit seinen sechs Jahren schon ein recht geschickter Schlittschuhläufer. Noch nicht gut genug, um sich am Hockeyspiel der älteren Jungen zu beteiligen, aber er konnte doch schon Kreise um die anderen Erstkläßler ziehen, die ständig mit den Armen ruderten oder auf dem Hosenboden landeten.

Jetzt glitt er am äußeren Rand der geräumten Fläche herum und wünschte sich, auch schon rückwärts laufen zu können, so wie Timmy Benedix, lauschte, wie das Eis weiter draußen unter der Schneedecke geheimnisvoll knisterte und knackte, lauschte den fernen Rufen der Hockeyspieler, dem Dröhnen eines Lastwagens, der auf dem Weg nach U. S. Gypsum in Lisbon Falls die Brücke überquerte, den murmelnden Unterhaltungen der Erwachsenen. Er war sehr froh, an diesem schönen kalten Wintertag am Leben zu sein. Er hatte keine Sorgen, nichts bedrückte ihn, er wollte nichts... nur eins, wie Timmy Benedix rückwärts schlittschuhlaufen zu können.

Er glitt am Feuer vorbei und sah, daß zwei oder drei der Erwachsenen eine Flasche Fusel kreisen ließen.

»Geben Sie mir auch was davon!« rief er Chuck Spier zu, der in eine dicke Strickjacke und grüne Flanellhose eingemummt war.

Chuck grinste ihn an. »Verschwinde von hier, Junge! Ich höre, wie deine Mutter nach dir ruft.«

Der sechsjährige Johnny Smith grinste ebenfalls und lief weiter. Dann sah er, wie Timmy Benedix persönlich den Hang herunterkam, seinen Vater im Schlepptau.

»Timmy!« schrie Johnny. »Paß mal auf!«

Er drehte sich um und begann unbeholfen, rückwärts zu laufen. Dabei geriet er, ohne es zu merken, in den Bereich des Eishockeyspiels.

»He, Junge!« rief jemand. »Geh aus dem Weg!«

Johnny hörte es nicht. Er *konnte* es! Er lief rückwärts! Er hatte den richtigen Rhythmus erfaßt... ganz plötzlich. Es kam auf ein ganz bestimmtes Schwenken der Beine an...

Er blickte fasziniert nach unten, um zu sehen, was seine Beine jetzt machten.

Der alte, zerschrammte und schon arg ramponierte Puck der größeren Jungen zischte vorbei. Johnny sah es nicht. Einer der großen Jungen, kein allzu guter Schlittschuhläufer, jagte Hals über Kopf hinterher.

Chuck Spier sah es kommen. Er sprang auf die Beine und schrie: *»Johnny! Paß auf!«*

Johnny hob den Kopf... und im nächsten Moment prallte

der unbeholfene Schlittschuhläufer in vollem Tempo und mit seinen ganzen einhundertsechzig Pfund gegen den kleinen Johnny Smith.

Johnny flog durch die Luft und fuchtelte wild mit den ausgestreckten Armen. Einen knappen Moment später knallte sein Kopf aufs Eis, und es wurde schwarz um ihn.

Schwarz... schwarzes Eis... schwarz... schwarzes Eis... schwarz. Schwarz.

Sie sagten ihm, daß er ohnmächtig geworden war. Doch in seinem Kopf wiederholte sich merkwürdigerweise immer nur ein Gedanke, während er aufblickte und einen Kreis von Gesichtern um sich sah... erschrockene, verängstigte Eishockeyspieler, besorgte Erwachsene, neugierige kleine Kinder. Timmy Benedix grinste spöttisch. Chuck Spier hielt Johnny fest.

Schwarzes Eis. Schwarz.

»Was?« fragte Chuck. »Johnny... Alles okay? Du hast einen höllischen Sturz getan.«

»Schwarz«, brachte Johnny kehlig heraus. »Schwarzes Eis. Nicht überbrücken, Chuck!«

Chuck blickte sich ein bißchen ängstlich um, dann sah er Johnny wieder an. Er berührte behutsam die große Beule, die auf der Stirn des Jungen anschwoll.

»Tut mir leid«, sagte der unbeholfene Eishockeyspieler. »Aber ich hab' ihn doch überhaupt nicht gesehen! Kleine Kinder sollen sich nicht auf der Hockeyfläche aufhalten. Das ist Vorschrift.« Er sah sich unsicher um und suchte offenbar nach Unterstützung.

»Johnny?« sagte Chuck. Ihm gefiel der Ausdruck in den Augen des Jungen ganz und gar nicht. Sie waren dunkel und abwesend, distanziert und kalt. »Bist du okay?«

»Nicht überbrücken!« sagte Johnny, ohne zu wissen, was er sagte. Er dachte nur an Eis... an schwarzes Eis. »Die Explosion. Die Säure!«

»Was meinst du? Sollen wir ihn zu einem Doktor bringen?« fragte Chuck Bill Gendron: »Er weiß nicht, was er redet.«

»Laß ihm noch 'ne Minute Zeit«, riet Bill.

Sie ließen ihm eine Minute Zeit, und allmählich klärte sich Johnnys Kopf. »Ich bin okay«, murmelte er. »Lassen Sie mich aufstehen!« Timmy Benedix grinste immer noch spöttisch. Der Teufel soll ihn holen! dachte Johnny. Er beschloß, Timmy ein, zwei Dinge zu zeigen. Bis zum Wochenende würde er es bestimmt schaffen, im Kreis um Timmy herumzufahren... rückwärts *und* vorwärts!«

»Komm mit rüber zum Feuer, Johnny, und setz dich 'ne Weile hin«, schlug Chuck vor. »Du bist wirklich höllisch hingefallen.«

Johnny ließ sich von den Männern zum Feuer bringen. Der durchdringende Gestank des brennenden Gummis bereitete ihm Übelkeit. Er hatte Kopfschmerzen. Neugierig betastete er die Beule über dem linken Auge. Sie schien eine Meile nach vorn zu ragen.

»Kannst du dich erinnern, wer du bist und so weiter?« fragte Bill.

»Na, klar! Sicher kann ich das. Ich bin völlig okay.«

»Wer sind dein Dad und deine Mom?«

»Herb und Vera. Herb und Vera Smith.«

Bill und Chuck sahen sich achselzuckend an.

»Ich denke, er ist wirklich okay«, sagte Chuck, und dann wiederholte er zum drittenmal: »Aber er ist höllisch hingefallen, was? Wumm!«

»Sind eben Kinder«, sagte Bill und sah dabei liebevoll seine achtjährigen Zwillingsmädchen an, die Hand in Hand übers Eis liefen, dann wieder zu Johnny. »Ein Erwachsener hätte es wahrscheinlich nicht überlebt.«

»Ein Polack schon!« erwiderte Chuck, und dann brachen beide Männer in Lachen aus. Die Flasche Bushmill's machte wieder die Runde.

Zehn Minuten später war Johnny wieder auf dem Eis, die Kopfschmerzen ließen bereits nach, nur die Beule leuchtete bunt verfärbt auf der Stirn. Doch als er zum Mittagessen nach Hause ging, hatte er den bösen Sturz schon wieder vergessen. In seiner Freude, endlich das Rückwärtslaufen begriffen zu haben, dachte er auch nicht mehr daran, daß er für eine Weile ohnmächtig gewesen war.

»Gütiger Gott!« sagte Vera Smith, als sie ihn sah. »Wie bist du denn dazu gekommen?«

»Bin hingefallen«, sagte er und begann Campbell's Tomatensuppe zu schlürfen.

»Alles in Ordnung mit dir, Johnny?« fragte sie und berührte behutsam die Beule.

»Klar, Mom.« Das war er auch – bis auf die gelegentlichen Alpträume, die er im Laufe des nächsten Monats hatte... diese schlechten, schweren Träume und die Neigung, tagsüber manchmal sehr schlaftrunken zu werden, was ihm früher nie passiert war. Doch das hörte etwa zur gleichen Zeit auf wie die schlechten Träume.

Es war in Ordnung.

Mitte Februar stellte Chuck Spier eines Morgens fest, daß die Batterie seines alten '48er De Soto leer war. Er wollte sie an seinem Lastwagen überbrücken. Als er die zweite Klemme an der Batterie des De Soto befestigte, explodierte sie ihm direkt ins Gesicht. Er wurde von Splittern und vor allem von der ätzenden Säure der Batterie überschüttet. Er verlor ein Auge. Vera sagte, daß es nur Gottes Güte zu verdanken war, daß er nicht beide eingebüßt hatte. Johnny hielt es für eine schreckliche Tragödie, eine Woche nach dem Unfall besuchte er mit seinem Vater Chuck im Lewiston General Hospital. Der Anblick von Big Chuck, wie er da im Krankenhausbett lag und so merkwürdig verbraucht und klein aussah, hatte Johnny sehr erschüttert – und in dieser Nacht träumte er, daß er dort lag.

In den folgenden Jahren hatte Johnny ab und zu Ahnungen – er wußte, welche Schallplatte die nächste im Radio zu hören sein würde, noch bevor der Diskjockey sie angespielt hatte, und ähnliche Sachen – aber er brachte sie niemals mit seinem damaligen Unfall auf dem Eis in Verbindung. Den hatte er mittlerweile vergessen.

Und diese Ahnungen waren auch niemals erschreckend oder sehr häufig. Erst am Abend auf dem County-Rummelplatz und mit der Maske ereignete sich etwas Seltsames. Vor dem zweiten Unfall.

Später dachte er noch oft daran.

Die Sache mit dem Glücksrad war *vor* dem zweiten Unfall passiert.

Wie eine Warnung aus seiner eigenen Kindheit.

2

In diesem Sommer des Jahres 1955 war der Reisevertreter in der glühenden Sonnenhitze kreuz und quer durch Nebraska und Iowa unterwegs. Er saß hinter dem Steuer einer '53er Mercury Limousine, die schon mehr als siebzigtausend Meilen hinter sich hatte. Bei dem alten Merc machte sich schon ein Klappern der Ventile bemerkbar. Der Vertreter war ein großer Mann, der immer noch wie ein maisgenährter Junge aus dem Mittelwesten aussah. In diesem Sommer 1955, nur vier Monate, nachdem sein Malergeschäft in Omaha pleite gemacht hatte, war Greg Stillson erst zweiundzwanzig Jahre alt.

Kofferraum und Rücksitz des Mercury waren mit Kartons gefüllt, die überwiegend Bücher enthielten, in der Hauptsache Bibeln in allen möglichen Formen und Größen. Da war zunächst einmal die Grundausführung, die American Truthway Bible, mit sechzehn Farbillustrationen und mit Flugzeugleim verklebt, die einen Dollar neunundsechzig kostete und garantiert zehn Monate hielt; für den ärmeren Schlucker gab es das American Truthway New Testament für fünfundsechzig Cent, das zwar keine Farbtafeln enthielt, dafür aber waren die Worte Unseres Herrn Jesus Christus in Rot gedruckt; und für den Spendierfreudigen gab es eine Ausgabe von Gottes Wort in Luxusausführung für neunzehn Dollar fünfundneunzig, sie war in weißes Kunstleder gebunden, der Name des Käufers wurde in Gold auf den Umschlag gedruckt, sie enthielt vierundzwanzig Farbtafeln und in der Mitte einen Abschnitt, in dem man Geburten, Eheschließungen und Todesfälle eintragen konnte. Die Luxusausgabe vom Wort Gottes konnte bis zu zwei Jahren in einem Stück bleiben. Darüber hinaus hatte er noch einen Karton voll mit Taschenbüchern mit dem Titel *Die kommunistisch-jüdische Verschwörung gegen unsere Vereinigten Staaten* von Truthway.

Mit diesen Taschenbüchern, die auf billigstem holzhaltigen Papier gedruckt waren, machte Greg ein besseres Geschäft als mit allen Bibeln zusammen. Man konnte darin nachlesen, wie die Rothschilds und die Roosevelts und die Greenblatts die Wirtschaft und die Regierung der Vereinigten Staaten übernommen hatten. Es enthielt Diagramme, die verdeutlichten, wie die Juden in direkter Beziehung zur kommunistisch-marxistisch-leninistisch-trotzkistischen Achse standen, und von dort aus zum Antichrist persönlich.

Die Tage des McCarthyismus waren in Washington noch nicht lange vorbei; im Mittelwesten war Joe McCarthys Stern noch nicht gesunken, und Margaret Chase Smith aus Maine wurde wegen ihrer berühmten Declaration of Conscience immer noch als »das Miststück« bezeichnet. Abgesehen von dem Geschwätz über den Kommunismus schienen Greg Stillsons bäuerliche Farmkunden ein morbides Interesse an der Vorstellung zu haben, daß die Juden die Weltherrschaft übernehmen könnten.

Jetzt bog Greg in die staubige Zufahrt zu einem Farmhaus etwa zwanzig Meilen westlich von Ames in Iowa ein. Das Anwesen machte einen verlassenen Eindruck – die Jalousien waren heruntergelassen, und alle Stall- und Schuppentüren waren abgeschlossen –, aber man konnte nie wissen, ob nicht doch noch jemand zu Hause war. Dieses Motto war Greg Stillson stets gut zustatten gekommen, seit er und seine Mutter vor ungefähr zwei Jahren von Oklahoma nach Omaha gezogen waren. Das Geschäft mit dem Hausanstreichen war kein großer Erfolg gewesen, aber er hatte das Bedürfnis gehabt, den Geschmack von Jesus – man verzeihe die kleine Blasphemie – für eine Weile aus dem Mund zu bekommen.

Er machte die Wagentür auf, und als er auf der staubigen Auffahrt ausstieg, kam ein großer, bösartig aussehender Farmhund mit angelegten Ohren aus dem Stall gerannt. Er bellte wie verrückt. »Hallo, Köter!« sagte Greg mit seiner leisen, wohltönenden Stimme, die weithin zu hören war. Er hatte mit seinen zweiundzwanzig Jahren bereits eine Stimme, die eine größere Menge in Bann schlagen konnte.

Der Köter reagierte jedoch keineswegs auf die Freundlichkeit in dieser Stimme. Er kam weiter heran und hatte offenbar die Absicht, einen Vertreter zum Mittagessen zu verspeisen. Greg zog sich schleunigst in den Wagen zurück, machte die Tür zu und drückte zweimal kräftig auf die Hupe. Schweiß lief ihm übers Gesicht und machte den Stoff seines weißen Anzugs unter den Achseln kreisförmig und auf dem Rücken baumförmig dunkel. Wieder hupte er, aber wieder erfolgte keinerlei Reaktion. Die Bauerntrampel waren offenbar in ihre International Harvester oder ihre Studebaker gestiegen und in die Stadt gefahren.

Greg lächelte.

Statt den Rückwärtsgang einzulegen und die Auffahrt wieder zu verlassen, langte er nach hinten und brachte eine Flit-Spritze zum Vorschein, nur war diese statt mit Flit mit Salmiakgeist geladen.

Greg zog den Stöpsel zurück und stieg wieder aus dem Auto aus. Er lächelte flüchtig. Der Hund, der sich auf die Hinterbeine gehockt hatte, stand sofort wieder auf und kam knurrend näher.

Greg lächelte weiter. »So ist's recht, Köter«, sagte er mit dieser angenehmen, weittragenden Stimme. »Komm nur her! Komm und hol's dir!« Er haßte diese häßlichen Farmhunde, die sich auf ihrem kleinen Hof wie arrogante Caesaren gebärdeten. Zugleich verrieten sie auch einiges über ihre Herren.

»Miese Bande von Bauernlümmeln!« murmelte Greg. Er lächelte immer noch. »Na, komm schon, Hündchen!«

Und der Hund kam. Er federte sich auf den Hinterbeinen ab, um Greg anzuspringen. Im Stall muhte eine Kuh, und der Wind raschelte zärtlich durch den Mais. Als der Hund sprang, verzog Greg das Gesicht zu einer harten und bitteren Grimasse. Er drückte den Flit-Kolben hinein und spritzte dem Hund die Salmiakladung direkt in Augen und Nase.

Das wütende Bellen des Hundes verwandelte sich sofort in kurzes, gequältes Winseln und dann, als der Salmiakgeist so richtig seine Wirkung tat, in schmerzliches Geheul. Er machte sofort kehrt und kniff den Schwanz ein. Jetzt war er kein Wachhund mehr, sondern nur noch ein besiegter Köter.

Greg Stillsons Gesicht hatte sich verdunkelt. Seine Augen waren zu schmalen Schlitzen zusammengezogen. Er machte rasch ein paar Schritte nach vorn und versetzte dem jaulenden Hund noch einen gemeinen Fußtritt mit der Spitze seiner Stride-King-Schuhe in die Hinterbeine. Der Hund gab einen hohen, schrillen Laut von sich. Von Angst und Schmerz getrieben, drehte er sich um und besiegelte damit erst recht sein Schicksal, indem er seinen Peiniger angriff, statt sich im Stall in Sicherheit zu bringen.

Knurrend und zähnefletschend schnappte er blindlings zu. Seine scharfen Zähne erwischten den Aufschlag von Gregs weißer Leinenhose und fetzten ein Stück Stoff heraus.

»Du Mistköter!« schrie Greg erschrocken und wütend und trat wieder nach dem Hund, diesmal hart genug, um das Tier auf den Boden zu schleudern. Doch damit noch nicht genug. Laut brüllend versetzte er dem Hund noch einen Tritt. Jetzt begriff der Hund, dessen Augen tränten und dessen Nase mörderisch vom Salmiakgeist brannte, der eine Rippe gebrochen und eine zweite böse angeknackst hatte, daß ihm von diesem Wahnsinnigen ernsthafte Gefahr drohte, aber da war es schon zu spät.

Greg Stillson jagte den Hund auf dem Hof herum und schrie dabei keuchend, Schweiß strömte ihm übers Gesicht. Wieder und immer wieder trat er die mißhandelte Kreatur, bis der Hund kaum noch imstande war, sich durch den Staub zu schleppen. Er blutete aus einem halben Dutzend Wunden. Er würde sterben.

»Hättest mich eben nicht beißen sollen!« sagte Greg mit seiner leisen Stimme. »Hast du gehört? Hast du gehört? Du hättest mich nicht beißen sollen, du Scheißköter! Niemand kommt mir in die Quere! Hast du gehört? Niemand!« Noch einmal trat er mit der blutbeschmierten Schuhspitze zu, aber der Hund konnte nur noch einen halberstickten, winselnden Laut von sich geben. Es gab Greg keine große Befriedigung. Er hatte Kopfschmerzen. Das kam von der Sonne. Einen Hund in dieser Sonnenglut herumjagen! Kann ja noch von Glück sagen, wenn ich nicht ohnmächtig werde!

Er machte einen Moment die Augen zu und atmete sehr schnell und keuchend, dicke Schweißtropfen perlten auf seinem Gesicht wie Tränen und funkelten wie Edelsteine in seinem Bürstenschnitt. Der Hund lag sterbend zu seinen Füßen auf dem Boden. Hinter seinen geschlossenen Lidern huschten Farbpunkte im Rhythmus seines Herzschlags durch die Dunkelheit.

Er hatte Kopfschmerzen.

Manchmal fragte er sich, ob er auf dem Weg sei, verrückt zu werden. So wie jetzt. An sich hatte er dem Hund doch nur eine gehörige Dosis Salmiakgeist aus der Flit-Spritze verpassen wollen, um ihn in den Stall zurückzutreiben. Greg hatte seine Geschäftskarte in einen Spalt der Haustür stecken und ein andermal zurückkommen wollen, um ein Geschäft abzuschließen. Und nun das hier! So ein Schlamassel! Seine Karte konnte er jetzt wohl schlecht hinterlassen, oder?

Er machte die Augen auf. Der Hund lag zu Gregs Füßen und hechelte sehr schnell. Blut troff aus seiner Schnauze. Greg Stillson blickte nach unten. Der Hund leckte unterwürfig Gregs Schuhe, als wollte er anerkennen, den kürzeren gezogen zu haben, dann machte er sich wieder daran, zu sterben.

»Hättest mir eben die Hose nicht zerreißen dürfen«, sagte

er zu ihm. »Diese Hose hat fünf Scheinchen gekostet, du Scheißköter!«

Er mußte von hier fort. Es würde ihm schlecht ergehen, wenn Clem Kadiddlehopper und seine Frau mit ihren sechs Kindern in dem alten Studebaker aus der Stadt zurückkommen und sehen würden, wie Fido hier sterbend auf dem Boden lag... zu Füßen des bösen, schlimmen Hausierers! Greg würde seinen Job verlieren. Die American Truthway Company beschäftigte keine Verkäufer, die Hunde von guten Christenleuten töteten!

Greg kicherte nervös, ging zum Mercury zurück, stieg ein und setzte den Wagen schleunigst von der Auffahrt zurück. Er bog nach Osten auf den Landweg ein, der schnurgerade durch das Maisfeld führte, und bald brauste er mit achtzig Stundenkilometern dahin und hinterließ eine zwei Meilen lange Staubfahne.

Er wollte ganz entschieden seinen Job nicht verlieren. Noch nicht. Er verdiente gutes Geld – zu den Kniffen, von denen die American Truthway Company wußte, hatte Greg noch so manchen eigenen hinzugefügt, von dem die Firma nichts wußte. Jetzt hatte er es so gut wie geschafft. Außerdem kam er viel im Land herum und lernte eine Menge Leute kennen... eine Menge Mädchen. Es war schon ein gutes Leben, nur...

Nur war er eben noch nicht zufrieden damit.

Er fuhr weiter. Sein Kopf dröhnte. Nein, er war noch ganz und gar nicht zufrieden. Er hatte das Gefühl, für größere Dinge bestimmt zu sein, als im Mittelwesten herumzukutschieren und Bibeln zu verkaufen und dabei die Bücher zu frisieren, um jeden Tag zwei, drei Piepen extra zu verdienen. Er war bestimmt für...

Größe!

Jawohl, das war es! Das war es ganz entschieden! Vor ein paar Wochen war er mit einem Mädchen auf den Heuboden geklettert, deren Eltern in Davenport gewesen waren, um eine Wagenladung Hühner zu verkaufen. Das Mädchen hatte mit ihm angebändelt, indem es ihm ein Glas Limonade angeboten hatte, und dann hatte eins zum anderen geführt, und nachdem er sie auf dem Heuboden gehabt hatte, hatte das Mädchen gesagt, es wäre beinahe so gewesen, als sei sie von einem Prediger gepimpert worden, und da hatte er sie geschlagen, ohne zu wissen, warum. Er hatte sie geschlagen und war dann gegangen.

Hm... nein.

Er hatte sie tatsächlich drei-, viermal geschlagen. Erst als sie laut um Hilfe geschrien hatte, war er wieder zur Vernunft gekommen und hatte aufgehört und allen Charme, der ihm von Gott verliehen worden war, dazu benutzt, sich mit dem Mädchen wieder auszusöhnen. Damals hatte er auch diese Kopfschmerzen gehabt, diese grellbunten Flekken, die über sein Gesichtsfeld tanzten, und er hatte sich einzureden versucht, daß nur die Hitze daran schuld gewesen sein konnte, die explosive Hitze auf dem Heuboden, aber seine Kopfschmerzen stammten sicherlich nicht nur von Hitze. Er hatte dasselbe Gefühl vorhin auf dem Bauernhof gehabt, als der Hund ihm die Hose zerrissen hatte, etwas Dunkles und Verrücktes.

»Ich bin nicht verrückt!« sprach er im Wagen laut vor sich hin. Er kurbelte rasch das Fenster herunter und ließ die Sommerhitze sowie den Geruch nach Staub, Getreide und Mist herein. Er schaltete das Radio ein und erwischte einen Patt-Page-Song. Die Kopfschmerzen ließen ein wenig nach.

Es kam nur darauf an, sich zu beherrschen und eine weiße Weste zu behalten. Wenn man das tat, konnte einem niemand etwas anhaben. Er kam ja auch schon wesentlich besser mit beidem zurecht. Er träumte längst nicht mehr so oft von seinem Vater, wie er damals vor ihm gestanden hatte, den steifen Hut in den Nacken geschoben. *»Du taugst nichts, Bengel!«* hatte der Vater ihn angebrüllt. *»Du taugst zu gar nichts, verdammt noch mal!«*

Er hatte diese Träume jetzt deshalb nicht mehr so oft, weil sie nicht stimmten. Er war kein Bengel mehr. Okay, er war als Junge viel krank gewesen und anfangs recht klein geblieben; aber dann war er gewachsen. Er sorgte für seine Mutter und...

Und sein Vater war tot. Sein Vater konnte das alles nicht mehr sehen. Greg konnte seinen Vater nicht dazu veranlassen, seine Worte von damals zurückzunehmen, weil er bei einer Bohrturm-Explosion auf einem Ölfeld gestorben war. Jetzt würde Greg ihn ganz gern wenigstens noch ein einziges Mal ausgraben, um ihm ins verweste Gesicht schreien zu können: *»Du hast dich geirrt, Dad! Du hast dich in mir geirrt!«* Und dann würde er ihm einen heftigen Tritt versetzen wie... Wie er diesem Hund einen Tritt versetzt hatte.

Die Kopfschmerzen waren unterschwellig wieder da.

»Ich bin nicht verrückt!« sagte er abermals im Lärm der Musik.

Seine Mutter hatte ihm oft gesagt, daß er für etwas Großes bestimmt war, für etwas Großartiges, und Greg glaubte es. Es ging nur darum, solche Dinge – ein Mädchen zu schlagen und einen Hund zu treten – zu beherrschen und eine weiße Weste zu behalten.

Er würde diese Größe, worin auch immer sie bestehen mochte, schon erkennen, wenn es soweit war. Davon war er felsenfest überzeugt.

Er dachte wieder an den Hund, und diesmal löste der Gedanke ein schwaches Lächeln ohne Mitgefühl oder Humor aus.

Seine Größe war bereits unterwegs. Gewiß sie konnte noch Jahre entfernt sein – er war ja noch jung und es war nicht schlimm, noch jung zu sein, solange man begriff, daß man nicht alles auf einmal haben konnte. Solange man fest daran glaubte, daß man es schließlich doch schaffen würde. Das glaubte er.

Und Gott und Sonny Jesus sollten jedem beistehen, der es wagen sollte, ihm in die Quere zu kommen.

Greg Stillson steckte einen sonnengebräunten Ellbogen aus dem Fenster und begann, zur Radiomelodie zu pfeifen. Er trat aufs Gaspedal und jagte den alten Mercury auf neunzig Stundenkilometer hoch, und so rollte er die gerade Farmstraße in Iowa hinab... der Zukunft entgegen, wie immer sie auch aussehen mochte.

Erster Teil

DAS GLÜCKSRAD

Erstes Kapitel

1

Sarah erinnerte sich später an zwei Dinge dieses Abends: seine Glückssträhne am Glücksrad und die Maske. Aber im Lauf der Zeit dachte sie eigentlich nur noch an die Maske... falls sie sich dazu zwingen konnte, überhaupt noch an jenen schrecklichen Abend zu denken. Er wohnte in einem Apartmenthaus in Cleaves Mills. Sarah traf dort um Viertel vor acht ein, parkte den Wagen um die Ecke und läutete. Sie mußten heute ihren Wagen nehmen, weil Johnnys Auto in Tibbets' Garage in Hampden war; irgendeine Sache mit dem Lenkrad. Etwas Teures, hatte Johnny am Telefon gesagt, und dann hatte er ein typisches John-Smith-Lachen gelacht. Sarah wäre in Tränen ausgebrochen, wenn es um ihren Wagen gegangen wäre... und um ihre *Geldbörse*.

Sarah ging durchs Foyer zur Treppe, vorbei am Anschlagbrett, das dort angebracht war. Üblicherweise war dieses Brett mit allerhand Zetteln gespickt, die etwas anpriesen, dazu Gesuche von Leuten, die nach Kansas oder Kalifornien fahren wollten, oder von Leuten, die nach Florida fuhren und Mitfahrer brauchten, damit man sich beim Fahren abwechseln konnte und die Benzinkosten erträglicher wurden, Schreibdienste, Motorräder, Stereoanlagen. Aber heute abend wurde das Brett von einem großen, knalligen Plakat beherrscht; es zeigte eine geballte Faust vor rotem Hintergrund, der wohl Feuer andeuten sollte. Auf dem Poster stand nur ein Wort: STREIK! Es war Ende Oktober 1970.

Johnny hatte das vordere Apartment im zweiten Stock; das Penthouse, wie er es nannte. Dort konnte man im Frack dastehen wie Ramon Navarro, ein großes Glas Wein in der Hand, und hinabblicken auf das pulsierende Herz von Cleaves Mills: die späten Müßiggänger, die brausenden Taxis, die Neonreklamen. Die Stadt birgt fast siebentausend Geschichten. Dies ist eine von ihnen gewesen.

An sich bestand Cleaves Mills in der Hauptsache aus einer Main Street mit einer Verkehrsampel an der Kreuzung (nach 18 Uhr nur eine Blinkanlage), etwa zwei Dutzend Geschäften und einer kleinen Schuhfabrik. Wie in den meisten Städten rund um Orono, wo sich die Universität von Maine befand, bestand das Geschäftsleben eigentlich nur darin, die Studenten zu versorgen... mit Bier, Wein, Benzin, Rock-'n'-Roll-Musik, Drogen, Schnellgerichten, Unterkunft und Filmen. Das Kino hieß The Shade. Wenn Schule war, zeigte es Kunstfilme und Nostalgie-Streifen aus den vierziger Jahren; während der Sommerpause verkam es zu Clint-Eastwood-Spaghetti-Western.

Johnny und Sarah hatten die Schule bereits ein Jahr hinter sich und unterrichteten an der Cleaves Mills High, einer der wenigen High Schools in dieser Gegend, die sich noch nicht zu einem Drei- oder Vierstädte-Distrikt konsolidiert hatten. Lehrkörper und Verwaltung der Universität sowie Studenten benutzten Cleaves gewissermaßen als Schlafzimmer, und der Ort hatte eine beneidenswerte Steuerbasis. Er hatte außerdem eine gute, schöne High School mit einem brandneuen Medienflügel. Die Stadtbewohner nörgelten vielleicht wegen der Studenten mit ihrem altklugen Geschwätz und ihren Kommunistenmärschen, um den Krieg zu beenden, und ihre Einmischungen in die Stadtpolitik, aber sie sagten niemals nein zu den Steuerdollars, welche alljährlich auf die geräumten Fakultätswohnhäuser und Mietskasernen in jener Gegend gezahlt wurden, die einige Studenten Maklers Freude und andere wiederum Profitallee nannten.

Sarah klopfte an die Tür, und Johnny rief mit merkwürdig gedämpfter Stimme: »Ist offen, Sarah!«

Sie runzelte ein wenig die Stirn und machte die Tür auf. Johnnys Apartment lag völlig im Dunkeln, das einzige Licht stammte von der Blinkanlage an der einen halben Block entfernten Straßenkreuzung. Die Möbel waren nur als vage dunkle Schatten zu sehen.

»Johnny . . . ?«

Sarah machte zaghaft einen Schritt nach vorn und fragte sich, ob eine Sicherung durchgebrannt sein konnte – und dann tauchte dieses Gesicht vor ihr auf. Es schwebte in der Dunkelheit; ein abscheuliches Gesicht aus einem Alptraum. Es schimmerte wie verwest in geisterhaftem Grün. Ein Auge war weit offen und schien Sarah mit verletzter Angst anzustarren. Das andere war in düsterem Hohn zusammengekniffen. Die linke Hälfte des Gesichts, die Hälfte mit dem offenen Auge, schien normal zu sein. Aber die rechte Hälfte war das Gesicht eines Monstrums, verzerrt und unmenschlich, die dicken Lippen waren zurückgezogen und enthüllten faulige Zahnstummel, die ebenfalls leuchteten.

Sarah stieß einen halberstickten, schrillen Schrei aus und taumelte einen Schritt zurück. Dann wurde das Licht eingeschaltet, und statt einer dunklen Vorhölle war wieder Johnnys Apartment zu sehen. Nixon an der Wand versuchte, Gebrauchtwagen zu verkaufen, auf dem Fußboden lag der Teppich, den Johnnys Mutter geflochten hatte, die leeren Weinflaschen, die in Kerzenhalter verwandelt worden waren. Das monströse Gesicht hörte zu glühen auf, und sie sah, daß es eine billige Halloween-Maske war, sonst nichts. Aus den Augenlöchern blinzelten ihr nur noch Johnnys Augen zu.

Er nahm sie ab und lächelte liebenswürdig; er war mit verschossenen Jeans und braunem Sweater bekleidet.

»Fröhliches Halloween, Sarah!« sagte er.

Ihr Herz schlug immer noch wie wild. Er hatte sie wirklich erschreckt. »Sehr witzig!« sagte sie und drehte sich um, als wollte sie sofort wieder gehen. Es gefiel ihr nicht, wenn man sie so erschreckte.

Er holte sie an der Tür ein. »He . . . es tut mir leid!«

»Das will ich hoffen!« Sie sah ihn kalt an – oder versuchte es wenigstens. Ihr Zorn schmolz bereits wieder dahin. Man konnte Johnny einfach nicht lange böse sein, das war es ja eben. Zwar versuchte Sarah immer noch, sich darüber klarzuwerden, ob sie ihn liebte oder nicht, aber es war unmöglich, sich in seiner Gegenwart lange unglücklich zu fühlen oder einen Groll gegen ihn zu hegen. Sie fragte sich, ob jemals jemand auf Johnny Smith hatte böse sein können, und dieser Gedanke war so absurd, daß sie lächeln mußte.

»Na, also, schon besser. Mann, ich dachte schon, daß du mit mir Schluß machen wolltest.«

»Ich bin kein Mann.«

Er sah sie von oben bis unten an. »Das habe ich auch schon bemerkt.«

Sarah trug einen dicken Pelzmantel – Waschbärimitation oder etwas ähnlich Billiges –, und seine unschuldige Lüsternheit brachte sie erneut zum Lachen. »In diesem Ding hier kann man das doch gar nicht sehen!«

»O doch, ich schon!« sagte er. Er legte einen Arm um sie und küßte sie. Anfangs wollte sie den Kuß nicht erwidern, aber dann tat sie es natürlich doch.

»Tut mir leid, daß ich dir Angst gemacht habe«, sagte er und rieb zärtlich seine Nase an ihrer Nase, bevor er sie wieder losließ. Er hielt die Maske hoch. »Ich dachte, das würde dir auch Spaß machen. Ich werde sie am Freitag in der Schule tragen.«

»O Johnny, das wird aber nicht gut für die Disziplin sein.«

»Ich werde mich schon durchmogeln«, sagte er grinsend.

Und das Schlimme war, das würde er. Sie kam jeden Tag zur Schule, eine große schulmeisterliche Brille auf der Nase, das Haar straff zurückgekämmt und im Nacken zu einem großen Dutt frisiert, der so streng wirkte, daß es beinahe lächerlich war. In einer Zeit, da der Rocksaum der meisten Mädchen nur knapp über den unteren Rand ihrer Höschen reichte, trug Sarah ihre Röcke immer noch knielang (und dabei habe ich hübschere Beine als alle anderen! dachte sie verärgert). Sie achtete auf eine alphabetische Sitzordnung in der Klasse, was nach dem Zufallsprinzip die Unruhestifter voneinander fernhalten sollte, und sie verwies besonders ungezogene Schüler stets an die stellvertretende Direktorin, und zwar mit der Begründung, daß diese fünfhundert Dollar jährlich zusätzlich bekam, um als Rammbock zu fungieren, und sie nicht. Und trotzdem war ihr ganzer Tag ein ununterbrochener Kampf mit der Disziplin, diesem Dämon frischgebackener Lehrer. Disziplin. Schlimmer noch, sie fing an zu spüren, daß es eine unausgesprochene kollektive Jury gab – vielleicht eine Art Schulbewußtsein –, die jeden neuen Lehrer beurteilte, und daß das Urteil über sie nicht unbedingt positiv ausfallen würde.

Johnny dagegen schien die Antithese von allem zu sein, was ein guter Lehrer sein sollte. Er bewegte sich wie in Trance von Unterricht zu Unterricht. Oft kam er zu spät in die Klasse, weil er unterwegs mit irgend jemandem geplaudert hatte. Er ließ die Kinder sitzen, wo sie wollten, so daß die Gesichter stets woanders zu sehen waren (und die Klassenrowdys landeten unweigerlich immer in den hinteren Reihen). Sarah wäre nicht imstande gewesen, die Namen ihrer Schüler vor März zu behalten, aber Johnny schien bereits alle sehr genau zu kennen und sich die Namen eingeprägt zu haben.

Er war ein großer Mann mit einer gewissen Neigung zur Schlaksigkeit. Die Kinder nannten ihn Frankenstein. Das schien Johnny jedoch eher zu amüsieren als zu ärgern oder zu empören. Und doch ging es in seiner Klasse beim Unterricht meistens sehr ruhig zu. Alle Schüler benahmen sich einigermaßen anständig und wohlgesittet. Im Gegensatz zu Sarah, die ständig mit diesem Problem zu kämpfen hatte, schwänzte bei Johnny auch kaum jemand den Unterricht. Und eben die besagte Jury würde sicher zu seinen Gunsten sprechen. Er war ein Lehrer, dem man in zehn Jahren das Schuljahrbuch widmen würde. Sie nicht. Und wenn sie manchmal überlegte, warum nicht, konnte sie das fast zum Wahnsinn treiben.

»Möchtest du noch ein Bier, bevor wir gehen? Oder ein Glas Wein? Irgend etwas?«

»Nein, aber ich hoffe, daß du gut bei Kasse bist«, sagte sie, nahm seinen Arm und beschloß, Johnny nicht mehr böse zu sein. »Ich esse nämlich gewöhnlich mindestens drei Hot dogs! Besonders dann, wenn's der letzte Rummelplatz im Jahr ist.« Sie wollten nach Esty, zwanzig Meilen nördlich von Cleaves Mills. Der einzige und obendrein noch zweifelhafte Anspruch auf Ruhm bestand für diese Stadt darin, daß hier DER ABSOLUT LETZTE LANDWIRTSCHAFTLICHE RUMMELPLATZ DES JAHRES IN NEW ENGLAND stattfand. Er würde Freitag schließen, an Halloween.

»Wenn man bedenkt, daß Freitag Zahltag ist, bin ich noch gut dran. Ich hab' noch acht Piepen.«

»O... mein... Gott!« sagte Sarah und verdrehte die Augen. »Ich wußte ja, daß ich eines Tages einen Sugar Daddy kennenlernen würde, wenn es mir gelingt, bis dahin keusch und züchtig zu bleiben!«

Er lächelte und nickte. »Wir Zuhälter machen grooooßes Geld, Baby! Na, laß mich noch rasch meine Jacke holen, dann können wir abschwirren.«

Sie sah ihm voll hoffnungsloser, ergebener Zuneigung nach, und die Stimme, die immer häufiger in ihren Gedanken laut wurde – unter der Dusche, wenn sie ein Buch las, den Unterricht vorbereitete oder ein einsames Mahl zubereitete –, meldete sich erneut, wie einer dieser dreißigsekundigen Werbespots im Fernsehen: *Er ist ein sehr netter Mann und all das, man kann gut mit ihm auskommen. Macht Spaß. Und er bringt einen niemals zum Weinen. Aber... ist das Liebe? Ich meine, ist das schon alles, was dazugehört? Selbst wenn man Radfahren lernt, muß man erst ein paarmal runterfallen und sich die Knie aufschürfen. Das gehört nun mal dazu. Und das war nur eine Kleinigkeit.*

»Ich muß noch schnell aufs Klo«, rief er ihr zu.

»Hmhm...« Sie lächelte ein wenig. Johnny gehörte zu den Leuten, die unweigerlich ihre natürlichen Bedürfnisse erwähnten... mochte der Himmel wissen, warum.

Sarah ging zum Fenster hinüber und schaute hinaus auf die Main Street. Kinder spielten auf dem Parkplatz neben O'Mike's, dem hiesigen Pizza- und Bierlokal. Plötzlich wünschte sich Sarah, noch eins dieser Kinder zu sein, und diese verwirrende Sache hinter ihr – oder noch vor ihr. Die Universität war sicher. Sie war eine Art von Niemandsland, wo alle, selbst die Lehrer, zu Peter Pans Bande gehören konnten und niemals erwachsen werden mußten. Und es würde immer einen Nixon oder Agnew geben, der Kapitän Hook spielte.

Sarah hatte Johnny kennengelernt, als sie im September den Unterricht aufgenommen hatte, aber sein Gesicht war ihr schon von Vorlesungen her bekannt, die beide gemeinsam besucht hatten. Damals war Sarah mit einem Delta Tau Delta liiert gewesen, und keins der Kriterien, die auf Johnny zutrafen, hätte man Dan zuschreiben können. Er war nahezu makellos stattlich gewesen; witzig auf eine scharfe, unruhige Art, die Sarah immer ein wenig Unbehagen bereitet hatte; ein starker Trinker, ein leidenschaftlicher Liebhaber. Wenn er zuviel getrunken hatte, konnte er manchmal gemein werden. Sarah erinnerte sich noch an eine Nacht in Bangor's Brass Rail; damals war das auch passiert. Dan hatte etwas über das UMO-Footballteam gesagt. Jemand in der Nebennische hatte darüber eine scherzhafte Bemerkung gemacht. Dan hatte ihn gefragt, ob er gern mit nach hinten gedrehtem Kopf nach Hause gehen wollte. Der Mann hatte sich entschuldigt, aber Dan hatte keine Entschuldigung gewollt; er hatte es auf eine Prügelei abgesehen. Deshalb begann er, Bemerkungen über die Begleiterin des anderen zu machen. Sarah hatte Dan eine Hand auf den Arm gelegt und ihn gebeten, damit aufzuhören. Dan hatte ihre Hand abgeschüttelt und sie dabei aus seinen grauen Augen so merkwürdig angesehen, daß ihr alle Worte, die sie sonst vielleicht noch gesagt hätte, in der Kehle steckengeblieben waren. Schließlich waren Dan und der andere Bursche hinausgegangen. Dan hatte ihn mörderisch verprügelt! Er hatte ihn so zusammengeschlagen, daß der andere Mann – er war schon Ende Dreißig gewesen und hatte einen Bauchansatz gehabt – laut geschrien hatte. So hatte Sarah noch nie zuvor einen Mann schreien hören ... und sie wollte es auch nie wieder hören. Sie hatten das Lokal schleunigst verlassen müssen, weil der Barkeeper die Polizei verständigt hatte. Sarah wäre in dieser Nacht am liebsten allein nach Hause gegangen. (*Ach, wirklich? Bist du ganz sicher?* fragte eine ungezogene innere

Stimme), aber bis zum Campus zurück waren es zwölf Meilen, seit achtzehn Uhr fuhr schon kein Bus mehr, und Sarah hatte Angst gehabt, per Anhalter zu fahren.

Dan hatte auf dem Heimweg nichts gesagt. Er hatte einen Kratzer auf der Wange. Nur einen Kratzer. Im Studentenwohnheim Hart Hall hatte Sarah dann Dan gesagt, daß sie ihn nie mehr wiedersehen wollte. »Wie du meinst, Baby«, hatte er so gleichgültig geantwortet, daß es Sarah unwillkürlich kalt den Rücken hinabgerieselt war – und als Dan sie nach dem Zwischenfall im Brass Rail zum zweitenmal angerufen hatte, war sie doch wieder mit ihm ausgegangen. Ein Teil von ihr hatte sich dafür gehaßt.

So war es das ganze Herbstsemester ihres Seniorjahres weitergegangen. Dan hatte Sarah erschreckt und gleichzeitig angezogen. Er war ihr erster richtiger Liebhaber, und selbst jetzt – zwei Tage vor Halloween 1970 – war er noch immer ihr einziger Liebhaber gewesen. Sie und Johnny waren noch nicht zusammen ins Bett gegangen.

Dan war sehr gut gewesen. Er hatte sie benutzt, aber er war sehr gut gewesen. Da er sich geweigert hatte, irgendwelche Verhütungsmaßnahmen zu treffen, war Sarah in die Universitäts-Klinik gegangen und hatte verlegen etwas von ungewöhnlich starken Menstrutationsbeschwerden erzählt, um die Pille zu bekommen. In sexueller Hinsicht hatte Dan sie völlig beherrscht. Viele Orgasmen hatte sie bei ihm nicht bekommen, aber manchmal hatte gerade seine robuste Derbheit Sarah zum Höhepunkt gebracht, und im Lauf der letzten Wochen vor dem Ende hatte Sarah wie eine reife Frau das Verlangen nach gutem Sex verspürt, ein Verlangen, das auf bestürzende Weise mit anderen Gefühlen vermischt war: Mißfallen an Dan und ihr selbst, das Gefühl, daß Sex, wenn er so stark auf Demütigung und Dominieren beruhte, nicht als »guter Sex« bezeichnet werden konnte, und Selbstverachtung wegen ihrer Unfähigkeit, eine Beziehung abzubrechen und zu beenden, die nur auf destruktiven Gefühlen zu basieren schien.

Es war dann Anfang dieses Jahres sehr schnell vorbei gewesen. Er stieg aus. »Wo willst du denn jetzt hin?« hatte sie ihn zaghaft gefragt, während sie auf dem Bett seines Zimmergenossen gesessen und zugesehen hatte, wie er seine Sachen in zwei Koffer warf. Sie hatte noch mehr fragen wollen, persönlichere Fragen. Wirst du hier in der Nähe bleiben? Wirst du einen Job annehmen? Abendkurse besuchen? Habe ich noch einen Platz in deinen Plänen? Aber gerade diese letzte Frage hatte sie nicht stellen können. Weil sie auf keine Antwort vorbereitet gewesen war. Die Antwort, die er auf ihre neutrale Frage gab, war schon schockierend genug gewesen.

»Vietnam, denke ich.«

»*Was?*«

Er hatte einige Papiere von einem Regal genommen, sie flüchtig durchgeblättert und ihr dann einen Brief zugeworfen. Das Schreiben war von der Einberufungsbehörde in Bangor und enthielt den Bescheid, sich zur Musterung zu melden.

»Kannst du das nicht irgendwie umgehen?«

»Nein. Vielleicht. Ich weiß es nicht.« Er hatte sich eine Zigarette angezündet. »Ich glaube, ich möchte es nicht mal versuchen.«

Sie hatte ihn schockiert angestarrt.

»Ich bin diese ganze Szenerie hier leid. College und einen Job suchen und eine kleine Frau finden. Um die Stelle der kleinen Frau hast du dich wohl beworben, nehme ich an. Und glaube ja nicht, daß ich nicht darüber nachgedacht habe. Es würde nicht klappen. Das weißt du genauso gut wie ich. Wir passen nicht zusammen, Sarah.«

Damit waren alle ihre unausgesprochenen Fragen beantwortet gewesen, und sie hatte das Zimmer fluchtartig verlassen und ihn nie wiedergesehen. Seinen Zimmergenossen hatte sie ein paarmal getroffen. Er hatte zwischen Januar und Juni drei Briefe von Dan bekommen. Dan war eingezogen und irgendwo nach Süden zur Ausbildung geschickt worden. Das war die letzte Nachricht gewesen, die der Zimmergefährte erhalten hatte. Und seitdem hatte auch Sarah Bracknell nichts mehr gehört.

Anfangs hatte sie geglaubt, sie würde darüber hinwegkommen. Jene traurigen, schmalzigen Lieder, die man nach Mitternacht immer im Autoradio hören konnte, schienen auf sie nicht zuzutreffen. Auch nicht die üblichen Klischees über das Ende von Liebschaften, oder das heulende Elend. Sie fing nicht an, wahllos Männer aufzureißen, und hing auch nicht in Bars herum. An den meisten Abenden in diesem Frühjahr lernte sie still und leise in ihrem Zimmer. Es war eine Erleichterung. Kein Schlamassel.

Erst als Sarah im letzten Monat Johnny bei einer Kennenlern-Party für die neuen Lehrer getroffen hatte, war ihr zu Bewußtsein gekommen, welch ein Horror ihr letztes Schulsemester gewesen war. So etwas begreift man eben nicht, wenn man mittendrin steckt; es ist zu sehr Teil von einem selbst. Zwei Esel begegnen sich auf einer Straße in einer Stadt im Westen. Einer ist ein Stadtesel, der außer einem Sattel nichts auf dem Rücken hat. Der andere ist der Esel eines Goldsuchers, er ist mit Säcken, Camping- und Kochgeschirr und vier Fünfzigpfundsäcken voll mit Erz beladen. Das Gewicht biegt seinen Rücken gehörig durch. Der Stadtesel sagt: Ganz ordentliche Last, die du da mit dir herumschleppst. Worauf der Esel des Goldsuchers antwortet: Was für eine Last?

Zurückblickend war es vor allem die Leere, die sie so sehr erschreckte, fünf Monate lang Cheyne-Stokes-Atemholen. Acht Monate, wenn man den Sommer mitzählte, als sie sich eine kleine Wohnung in der Flagg Street in Veazie gemietet und dort nichts anderes getan hatte, als sich um Jobs zu bewerben und Taschenbücher zu lesen. Sie stand auf, frühstückte, ging zum Unterricht oder zu Vorstellungsgesprächen, die sie vereinbart hatte, kam heim, aß, machte ein Nickerchen (diese Nickerchen konnten manchmal bis zu vier Stunden dauern), aß wieder, las bis gegen elf Uhr dreißig, sah sich Cavett an bis sie schläfrig wurde, ging zu Bett. Sie konnte sich nicht daran erinnern, daß sie während dieses Zeitraums ihres Lebens jemals *gedacht* hatte. Das Leben bestand aus Routine. Manchmal verspürte sie eine Art unbestimmtes Verlangen zwischen den Beinen, ein *unerfülltes Verlangen,* wie vornehme Romanautorinnen sich mitunter auszudrücken pflegten, und dagegen nahm sie entweder ein kaltes Bad oder eine kalte Dusche. Nach einer Weile wurden diese Duschen schmerzhaft, was ihr eine verbitterte, abwesende Art von Befriedigung verschaffte.

In dieser Zeit beglückwünschte sie sich manchmal dazu, wie erwachsen sie die ganze Angelegenheit hinnahm. Sie dachte kaum jemals an Dan – Dan Wer, ha-ha. Erst später wurde ihr klar, daß sie in diesen acht Monaten praktisch an nichts anderes gedacht hatte. Während dieser Zeit war das ganze Land von schweren Erschütterungen getroffen worden, aber Sarah hatte kaum etwas davon mitbekommen. Die Protestmärsche, die Polizisten mit ihren Schutzhelmen und Gasmasken, die zunehmenden Angriffe durch Agnew auf die Presse, die Kent-State-Schießereien; der Sommer der Gewalttätigkeiten, als Schwarze und radikale Gruppen auf die Straßen gegangen waren – alle diese Dinge hätten nur in den TV-Spätnachrichten stattgefunden haben können. Sarah war ausschließlich damit beschäftigt, wie wunderbar sie doch über ihre Affäre mit Dan hinweggekommen war; wie gut sie sich inzwischen angepaßt hatte; wie erleichtert sie darüber war, daß alles einfach prima war. Was für eine Last?

Dann hatte sie an der Cleaves Mills High angefangen, und das war ein persönlicher Umbruch gewesen, nach sechzehn Jahren Schule stand sie nun endlich auf der anderen Seite des Pultes. Die Begegnung mit Johnny Smith während der Party (konnte er mit einem so absurden Namen wie John Smith eigentlich völlig real sein?). Sie war genügend aus sich herausgegangen, um zur Kenntnis zu nehmen, wie gut er sie angesehen hatte. Nicht lüstern, sondern mit guter, gesunder Anerkennung für ihr Aussehen in diesem hellgrauen Strickkleid, das sie damals angehabt hatte.

Er hatte sie zu einem Kinobesuch eingeladen – im Shade war *Citizen Kane* gezeigt worden –, und sie hatte zugestimmt. Sie hatten sich gut unterhalten, und Sarah hatte gedacht: *Kein Feuerwerk:* Sie hatte seinen Gutenachtkuß akzeptiert und gedacht: *Ein Errol Flynn ist er nicht gerade!* Er hatte sie mit seinem munteren Geplauder, das unablässig gewesen war, zum Lächeln gebracht und sie hatte gedacht: *Er möchte Henny Youngman sein, wenn er erwachsen wird.*

Spät an diesem Abend hatte sie in ihrem Schlafzimmer gesessen und auf dem TV-Bildschirm beobachtet, wie Bette Davis eine verbiesterte Karrierefrau gespielt hatte. Da waren einige der zuvor gehegten Gedanken noch einmal zurückgekommen, und sie hatte schockiert über ihre eigene Ungerechtigkeit mit in einen Apfel gebissenen Zähnen innegehalten.

Und eine Stimme, die den größten Teil des Jahres geschwiegen hatte – nicht so sehr eine Stimme des Gewissens, als vielmehr der Einsicht –, hatte sich abrupt zu Wort gemeldet. *In Wirklichkeit meinst du doch nur, daß er kein Dan ist! Ist es nicht so?*

Nein! hatte sie sich resolut versichert, und dabei war sie nicht nur *ziemlich* schockiert gewesen. *Ich denke überhaupt nicht mehr an Dan! Das... ist schon lange vorbei.*

In den Windeln liegen, hatte die innere Stimme geantwortet, *das ist lange vorbei. Dan hat dich gestern verlassen.*

Plötzlich wurde ihr klar, daß sie spät in der Nacht ganz allein in ihrem Apartment saß und im Fernsehen einen Film ansah, der sie überhaupt nicht interessierte, und das tat sie nur, weil es leichter war als denken, denken war eigentlich schrecklich langweilig, wenn man nur an sich selbst und an eine verlorene Liebe denken konnte.

Jetzt war sie *sehr* schockiert gewesen.

Sie war in Tränen ausgebrochen.

Sarah war mit Johnny ausgegangen, als er sie ein zweites und drittes Mal darum gebeten hatte, und das war eine Offenbarung gewesen, was aus ihr geworden war. Sie konnte schlecht sagen, daß sie eine andere Verabredung hatte, denn das stimmte nicht. Sie war ein kluges, hübsches Mädchen, und nach dem Ende ihrer Affäre mit Dan war sie oft zum Ausgehen eingeladen worden, aber sie hatte allenfalls

Verabredungen mit Dans Zimmergenossen akzeptiert, und auch das nur auf einen Hamburger im Den. Jetzt hatte sie plötzlich begriffen, daß sie diese absolut harmlosen Verabredungen nur eingegangen war, um den armen Burschen über Dan auszuhorchen. Was für eine Last?

Nach dem Schulabschluß waren die meisten ihrer Freundinnen hinter dem Horizont verschwunden. Bettye Hackman war mit dem Friedenskorps in Afrika, sehr zum völligen Mißfallen ihrer reichen, alteingesessenen Eltern aus Bangor, und manchmal fragte sich Sarah, was die Ugander wohl mit Bettye und ihrer weißen, unmöglich zu bräunenden Haut, ihrem aschblonden Haar und ihrem kühlen, guten Studentinnenaussehen anfangen mochten. Deenie Stubbs besuchte die Grad School in Houston. Rachel Jurgens hatte ihren Typen geheiratet und ging momentan irgendwo in der Wildnis von Westmassachusetts schwanger.

Leicht benommen war Sarah zu der Schlußfolgerung gezwungen worden, daß Johnny Smith der erste neue Freund war, den sie seit langer, langer Zeit hatte, dabei war sie im letzten Jahr auf der High School von der Klasse zur Miß Popularity gewählt worden. Sie hatte sich von ein paar anderen Cleaves-Lehrern zu Verabredungen einladen lassen, nur um nicht jeglichen Kontakt zu verlieren. Einer von ihnen war Gene Sedecki gewesen, der neue Mathematiklehrer – offensichtlich ein langweiliger Veteran. Der andere, George Rounds, hatte versucht, sofort mit ihr ins Bett zu gehen. Sie hatte ihm ins Gesicht geschlagen – und am nächsten Tag hatte er noch die Frechheit besessen, ihr auf dem Flur zuzublinzeln.

Dagegen machte es Spaß, mit Johnny zusammenzusein, mit ihm war leicht auszukommen. Und er übte auf Sarah auch eine sexuelle Anziehungskraft aus – nur konnte Sarah nicht sagen, wie stark diese war, jedenfalls noch nicht. Vor einer Woche waren sie zum Oktober-Lehrerkonvent in Waterville gewesen, und er hatte Sarah nach der Rückkehr noch zu einem Spaghettiessen in sein Apartment eingeladen. Während die Soße kochte, war er noch schnell um die

Ecke gesprungen, um etwas Wein zu holen, und er war mit zwei Flaschen Apple Zapple zurückgekommen. Das gehörte irgendwie zu Johnnys Stil, so wie er immer anzukündigen pflegte, wenn er aufs Klo ging.

Nach dem Essen hatten sie vor dem Fernseher gesessen, und allmählich war es zu Petting gekommen. Wozu *das* noch hätte führen können, war unbeantwortet geblieben, weil zwei von Johnnys Freunden aufgetaucht waren, Dozenten von der Universität; sie hatten Johnny gebeten, einen von ihnen verfaßten Artikel über akademische Freiheit zu lesen und ihnen zu sagen, was er davon hielte. Das hatte Johnny auch getan, aber mit wesentlich geringerer Begeisterung als üblich. Das hatte sie mit Entzücken festgestellt, und das Verlangen in ihrem Schoß – das *unerfüllte Verlangen* – hatte sie ebenfalls entzückt; in dieser Nacht hatte sie es nicht mit einer kalten Dusche abgetötet.

Sie wandte sich vom Fenster ab und ging zum Sofa hinüber, wo Johnny die Maske hingelegt hatte.

»Fröhliches Halloween«, schnaubte Sarah und lachte ein wenig.

»Was?« rief Johnny.

»Ich habe gesagt, daß ich allein losfahre, wenn du nicht bald wieder da rauskommst.«

»Komme sofort.«

»Prächtig.«

Sie strich mit einem Finger über diese Jekyll-and-Hyde-Maske; die linke Hälfte der freundliche Dr. Jekyll, die rechte der wilde Untermensch Hyde. Wo werden wir an Thanksgiving sein? überlegte sie. Oder zu Weihnachten?

Der Gedanke jagte einen kleinen Schauer der Erregung durch sie hindurch.

Sie mochte ihn. Er war ein ganz normaler, lieber Mann.

Wieder blickte Sarah auf die Maske hinab, der abscheuliche Hyde wuchs wie ein Krebsgeschwür aus Jekylls Gesicht. Sie war mit einer fluoreszierenden Substanz bestrichen, so daß sie im Dunkeln leuchtete.

Was war normal? Nichts, niemand. Jedenfalls nicht unbedingt. Wenn er so normal war, wie konnte er da planen, dieses gräßliche Ding in seiner Schulklasse aufzusetzen und schon jetzt so zuversichtlich davon überzeugt sein, trotzdem Ruhe und Ordnung aufrechterhalten zu können? Und wie konnten seine Schüler ihn Frankenstein nennen und ihn dennoch respektieren und mögen! War das normal?

Johnny kam durch den Perlenvorhang, der Schlaf- und Badezimmer vom Wohnzimmer trennte.

Sollte er mich heute nacht bitten, mit ihm ins Bett zu gehen, ich glaube, ich werde einwilligen.

Und es war ein warmer Gedanke, wie das Heimkommen.

»Weshalb grinst du denn so?«

»Nichts weiter«, sagte sie und warf die Maske aufs Sofa zurück.

»Nein, wirklich. War es etwas Gutes?«

»Johnny«, sagte sie, legte seine Hand auf seine Brust, stellte sich auf die Zehenspitzen und küßte ihn flüchtig, »über manche Dinge spricht man einfach nicht. Komm jetzt. Laß uns gehen.«

2

Sie blieben unten im Foyer stehen, während Johnny seine Jacke zuknöpfte, und Sarahs Blick wurde wieder von diesem Plakat mit der geballten Faust vor dem roten Hintergrund und dem Wort STREIK angezogen.

»In diesem Jahr wird es wieder einen Studentenstreik geben«, sagte er, als er ihrem Blick gefolgt war.

»Der Krieg?«

»Das wird diesmal nur ein Teil davon sein. Vietnam und der Kampf über ROTC und Kent State hat mehr Studenten als jemals zuvor aktiviert. Ich bezweifle, daß es jemals eine Zeit gegeben hat, wo so wenige Drückis einen Platz an der Universität eingenommen haben.«

»Was meinst du mit Drückis?«

»Junge Leute, die nur studieren, um Zensuren zu machen, die aber keinerlei Interesse am System haben, außer daß es ihnen später einen Job mit zehntausend Dollar Jahreseinkommen sichern soll. Ein Drücki ist ein Student, der sich einen Scheißdreck um etwas anderes als um seine eigene Haut kümmert. Das ist vorbei. Die meisten sind endlich aufgewacht. Es wird ein paar große Veränderungen geben.«

»Ist das so wichtig für dich, obwohl du längst draußen bist?«

Er richtete sich auf. »Madam, ich bin ein Ex-Student. Smith, Abschlußjahr 1970. Hoch die Tassen, auf das gute alte Maine.«

Sie lächelte. »Komm, laß uns gehen. Ich möchte noch Kettenkarussell fahren, bevor es für die Nacht zugemacht wird.«

»Sehr gut«, sagte er und nahm ihren Arm. »Zufällig hab' ich deinen Wagen gleich um die Ecke geparkt.«

»Und acht Dollar. Der Abend lacht uns förmlich entgegen.«

Der Nachthimmel war bewölkt, aber es sah nicht nach Regen aus, für Oktober war es recht mild. Ein blasser Viertelmond strengte sich an, die Wolkendecke zu durchbrechen. Johnny legte einen Arm um Sarah, und sie kuschelte sich etwas enger an ihn an.

»Weißt du, ich halte schrecklich viel von dir.« Sein Tonfall klang beinahe lässig, aber eben nur beinahe. Ihr Herzschlag verlangsamte sich etwas und schlug dann ein dutzendmal oder so wesentlich schneller.

»Wirklich?«

»Ich glaube, daß dieser Dan dir sehr wehgetan hat, nicht wahr?«

»Ich weiß nicht, was er mir angetan hat«, antwortete sie wahrheitsgemäß. Die gelbe Blinkanlage, jetzt ein Block hinter ihnen, ließ ihre Schatten auf dem Pflaster vor ihnen auftauchen und wieder verschwinden.

Johnny schien darüber nachzudenken. »Ich glaube, ich würde das nicht tun«, sagte er schließlich.

»Nein, das weiß ich, Johnny. Aber... laß mir noch etwas Zeit, ja?«

»Klar«, sagte er. »Zeit. Das haben wir wohl, denke ich.«

An diese Worte sollte sie sich später im Wachsein noch oft erinnern, und noch viel mehr in ihren Träumen, stets mit unaussprechlicher Bitterkeit und einem Gefühl des Verlusts.

Sie gingen um die Ecke, und Johnny machte die Tür auf der Beifahrerseite für Sarah auf. Er selbst ging um den Wagen herum und schob sich hinters Lenkrad. »Ist dir kalt?«

»Nein«, sagte sie. »Es ist eine wunderbare Nacht dafür.«

»Das stimmt«, pflichtete er ihr bei und fuhr von der Bordsteinkante ab.

Ihre Gedanken wanderten wieder zu dieser lächerlichen Maske zurück. Halb Jekyll mit Johnnys blauem Auge hinter dem großen O–förmigen Augenloch des überraschten Doktors – *Ich habe letzte Nacht einen tollen Cocktail erfunden, aber ich glaube nicht, daß man ihn jemals in Bars ausschenken wird* –, und diese Seite war durchaus in Ordnung, weil man darin etwas von Johnny erkennen konnte. Dagegen machte die Hyde-Hälfte Sarah Heidenangst, denn dieses Auge war bis auf einen winzigen Schlitz geschlossen. Es hätte jedem gehören können. Einfach jedem. Dan, zum Beispiel. Doch als sie den Esty-Rummelplatz erreichten, wo die Glühbirnen der Girlanden im Dunkeln leuchteten und die neongeschmückten Speichen des Riesenrads sich drehten, hatte sie die Maske vergessen. Sie war mit ihrem Freund hier, um sich zu amüsieren.

3

Sie gingen Hand in Hand den Weg entlang, ohne viel zu sprechen, und Sarah erlebte noch einmal die Rummelplätze ihrer Jugend. Sie war in South Paris aufgewachsen, einer Reißbrettstadt im Westen von Maine, der größte Jahrmarkt war der in Fryburg gewesen. Für Johnny, einen Pownal-Jungen, wäre es wahrscheinlich Topsham gewesen. Aber im Grunde genommen waren sie alle gleich, und im Lauf der Jahre hatten sie sich kaum verändert. Man parkte das Auto auf einem Schotterplatz außerhalb und bezahlte seine zwei Piepen Eintritt, und man hatte das Rummelplatzgelände noch kaum betreten, da roch man schon Hot Dogs, Röstzwiebeln und Peperoni, Speck, Zuckerwatte, Sägemehl und süßliches, wohlriechendes Lakritz. Man hörte das schwere Kettenrasseln der Achterbahn, der kleinen, die sie Wilde Maus nannten. Man hörte das Knallen der 22er in den Schießbuden, sowie das blecherne Plärren des Bingoansagers aus Lautsprechersystemen an dem großen Zelt, in dem große Tische und Klappstühle aus der hiesigen Leichenhalle standen. Rockmusik buhlte mit der Drehorgel um die Wette. Man hörte das unablässige Brüllen der Marktschreier – zwei Schuß für zwei Andenken, gewinnen Sie eines dieser ausgestopften Hündchen für Ihr Schätzchen, he-he, hierher, wer wagt, gewinnt. Nichts veränderte sich. Man verwandelte sich wieder in ein Kind und war nur zu bereit, sich verzaubern zu lassen.

»Hier«, sagte sie und hielt ihn auf. »Das Wirbelkarussell! Das Wirbelkarussell!«

»Natürlich«, sagte Johnny beruhigend. Er gab der Frau im Kartenhäuschen einen Dollarschein, und sie schob ihm zwei rote Chips und zwei Dimes entgegen, ohne dabei von ihrem *Photoplay* aufzusehen.

»Was soll das heißen, ›natürlich‹? Warum ›natürlichst‹ du mich in diesem Tonfall?«

Er zuckte die Achseln. Sein Gesichtsausdruck war viel zu unschuldig.

»Es ist nicht wegen dem, was du gesagt hast, sondern wegen der Art, wie du es gesagt hast, John Smith.«

Die Fahrt hatte aufgehört, die Passagiere stiegen aus und strömten an ihnen vorbei, hauptsächlich Teenager in blauen CPO-T-Shirts oder offenen Parkas. Johnny führte sie die Holzrampe hinauf und gab ihre Marken dem Fahrer, der wie das gelangweilteste vernunftbegabte Wesen im ganzen Universum aussah.

»Nichts«, sagte er, während der Fahrer sie in eine der winzigen Kabinen einsteigen und die Sicherung einrasten ließ. »Es ist nur so, daß diese Wagen auf kleinen kreisförmigen Spuren laufen, richtig?«

»Richtig.«

»Und diese kreisförmigen Spuren befinden sich auf einer runden Scheibe, die sich immerzu dreht, richtig?«

»Richtig.«

»Also, wenn die Fahrt mit Volldampf losgeht, dann wirbelt die Kabine, in der wir sitzen, in ihrer kreisförmigen Spur herum und entwickelt dabei manchmal bis zu sieben g, und das sind nur fünf weniger als die Astronauten aushalten müssen, wenn sie von Kap Kennedy starten. Und ich kannte mal einen Jungen...« Inzwischen hatte Johnny sich ernst über sie gebeugt.

»Oh, jetzt kommt wieder eine deiner riesengroßen Schwindeleien«, sagte Sarah unbehaglich.

»Als dieser Junge fünf Jahre alt war, stürzte er die Eingangstreppe hinab und holte sich dabei eine winzige Haarfraktur an der Wirbelsäule, im Genick. Dann – *zehn Jahre später* – fuhr er in Topsham mit dem Wirbelkarussell... und...« Er zuckte die Achseln und tätschelte ihre Hand. »Aber dir wird wahrscheinlich nichts passieren, Sarah.«

»Ohhhh ich will *rauuuuuuus...*«

Dann wirbelte das Karussell sie davon und verwandelte den Rummelplatz und den Weg in Schlieren von Farben und Gesichtern, und sie kreischte und lachte und fing an, ihn mit den Fäusten zu bearbeiten.

»Haarfraktur!« rief sie ihm zu. »Ich werde *dir* eine Haarfraktur verschaffen, wenn wir wieder unten sind, du Lügner!«

»Spürst du schon, wie in deinem Genick etwas nachgibt?« fragte er zuckersüß.

»Oh, du Lügner!«

Sie wirbelten schneller und schneller herum, und als sie

zum – zehnten? fünfzehnten? – Mal am Fahrer vorbeisausten, beugte er sich zu ihr und küßte sie, und die Kabine heulte in ihrer Spur umher und preßte die Lippen in einer Art und Weise aufeinander, die aufregend und heiß und hautnah war. Dann wurde die Fahrt langsamer, ihre Kabine ratterte widerstrebender in ihrer Spur herum, schließlich kam sie schaukelnd und schwankend zum Stillstand.

Sie stiegen aus, und Sarah kniff ihn ins Genick. »Haarfraktur, du Arsch!« flüsterte sie.

Eine dicke Frau in blauer Hose und mit Pfennigabsätzen ging an ihnen vorbei. Johnny sprach sie an und deutete dabei mit dem Daumen auf Sarah. »Dieses Mädchen belästigt mich, Ma'am. Wenn Sie einen Polizisten sehen, würden Sie es ihm sagen?«

»Ihr jungen Leute haltet euch wohl für sehr schlau«, sagte die dicke Frau verärgert. Sie watschelte weiter zum Bingo-Zelt und klemmte sich ihre Handtasche etwas fester unter den Arm. Sarah kicherte hilflos.

»Du bist unmöglich.«

»Mit dir wird's mal ein schlimmes Ende nehmen«, stimmte Johnny zu. »Hat meine Mutter schon immer gesagt.«

Sie gingen Seite an Seite auf dem Mittelgang dahin und warteten darauf, daß die Welt aufhörte, vor ihren Augen und unter ihren Füßen zu kreisen.

»Ist ziemlich religiös, deine Mutter, nicht wahr?« fragte Sarah.

»Sie ist eine Baptistin reinsten Wassers«, bestätigte Johnny. »Aber ansonsten ist sie okay. Sie nimmt sich zusammen. Sie kann es nur nicht lassen, mir ständig Broschüren in die Hand zu drücken, wenn ich sie besuche, das ist halt mal so. Daddy und ich haben uns damit abgefunden. Früher habe ich immer versucht, sie aufzuziehen, indem ich sie gefragt habe, mit wem Kain wohl hätte anbändeln sollen, wo seine Eltern doch die ersten Menschen auf der Welt waren, aber dann wurde mir klar, daß das gemein war, und ich habe damit aufgehört. Vor zwei Jahren glaubte ich noch, daß Eugene McCarthy die Welt retten würde; wenigstens lassen die

Baptisten Jesus nicht für das Amt des Präsidenten kandidieren.«

»Dein Vater ist nicht religiös?«

Johnny lachte. »Das weiß ich nicht, aber er ist jedenfalls bestimmt kein Baptist!« Er dachte einen Moment nach und fügte hinzu: »Dad ist Zimmermann.« Als würde das alles erklären.

Sarah lächelte. »Was würde Mutter wohl sagen, wenn sie wüßte, daß du dich mit einer abtrünnigen Katholikin triffst?«

»Sie würde mich auffordern, dich mit nach Hause zu bringen«, antwortete Johnny prompt. »Damit sie dir auch ein paar Broschüren in die Hand drücken kann.«

Sie blieb stehen und hielt immer noch seine Hand fest. »Möchtest du mich gern mal mit nach Hause nehmen?« fragte sie und sah ihn eindringlich an.

Johnnys schmales, freundliches Gesicht nahm einen ernsten Ausdruck an. »Ja«, sagte er, »ich möchte, daß du sie kennenlernst... und umgekehrt.«

»Warum?«

»Weißt du denn nicht, warum?« fragte er sie leise, und Sarahs Kehle krampfte sich plötzlich zusammen und ihr Kopf dröhnte, als müßte sie jeden Augenblick zu weinen anfangen, und sie drückte seine Hand sehr kräftig.

»Oh, Johnny... ich mag dich!«

»Ich mag dich noch mehr«, sagte er ernst.

»Bring mich zum Riesenrad«, bat sie plötzlich lächelnd. Sie wollte nicht so reden, bevor sie die Möglichkeit gehabt hatte, nachzudenken, wohin das führen konnte. »Ich möchte ganz nach oben, wo wir alles sehen können.«

»Darf ich dich küssen, wenn wir oben sind?«

»Zweimal, wenn du schnell genug bist!«

Er ließ sich von ihr zum Kartenhäuschen führen, wo er noch einen Dollar opferte. Während er bezahlte, sagte er zu ihr: »Als ich noch in der High School war, kannte ich einen Jungen, der auf dem Rummelplatz arbeitete, und er sagte mir, die meisten Arbeiter, die so ein Riesenrad aufbauen, sind sturzbetrunken, und manchmal vergessen sie alles mögliche...«

»Scher dich zum Teufel«, sagte sie fröhlich. »Niemand lebt ewig.«

»Aber alle versuchen es, ist dir das auch schon aufgefallen?« sagte er und betrat nach ihr eine der schwankenden Gondeln.

Tatsächlich hatte er Gelegenheit, sie mehrmals zu küssen, als sie ganz oben waren, der Oktoberwind zerzauste ihr Haar, der Rummelplatz mit dem Mittelweg lag unter ihnen wie das Leuchtzifferblatt einer Uhr.

4

Nach dem Riesenrad fuhren sie Karussell, obwohl er ihr mit aller Aufrichtigkeit sagte, daß er sich wie ein Pferdearsch fühlte. Seine Beine waren so lang, daß er mühelos über einem der Plastikpferde hätte stehen können. Sie erzählte ihm boshaft, daß sie einmal in der High School ein Mädchen gekannt hatte, das ein schwaches Herz besessen hatte, aber niemand *wußte*, daß sie ein schwaches Herz hatte, und so war sie zusammen mit ihrem Freund Karussell gefahren und...

»Eines Tages wird dir das leid tun«, sagte er mit großem Ernst zu ihr. »Eine Beziehung, die auf Lügen beruht, kann nicht gutgehen, Sarah.«

Sie versetzte ihm einen gehörigen Knuff.

Nach dem Karussell kam das Spiegel-Labyrinth. Es war ein sehr gutes Spiegel-Labyrinth, und Sarah mußte unwillkürlich an dasjenige in Brandburys *Das Böse kommt auf leisen Sohlen* denken, in dem sich die kleine, alte Lehrerin beinahe für immer verirrt hatte. Sie konnte sehen, wie Johnny in einer anderen Abteilung herumtastete und ihr zuwinkte. Dutzende Johnnys, Dutzende Sarahs. Sie kamen aneinander vorbei, flackerten um nicht-euklidische Winkel und schienen wieder zu verschwinden. Sie ging nach links, nach rechts, prallte mit der Nase gegen klare Glasscheiben und kicherte hilflos, was teilweise auf eine nervöse klaustrophobische Reaktion zurückzuführen war. Einer der Spiegel verwandelte sie in einen gedrungenen Tolkien-Zwerg, ein anderer erzeugte den Eindruck von Teenager-Schlaksigkeit, mit Schienbeinen, die eine Viertelmeile lang zu sein schienen.

Endlich entkamen sie und kauften zwei Hot Dogs und eine Dixie-Tüte voll mit fettigen Pommes frites, die so schmeckten, wie Pommes frites kaum jemals schmecken, wenn man älter als fünfzehn Jahre ist.

Sie kamen an einer Jahrmarktsbude vorbei. Drei Mädchen in gestreiften Bikinis standen davor. Sie bewegten sich zu einer uralten Jerry-Lee-Lewis–Melodie, während der Sprecher sie über Mikrofon anfeuerte. »Come on over, baby«, plärrte Jerry Lee, und sein Klavier spielte einen Boogie, der weithin über die Arkade zu hören war. »Come on over, baby, baby got the bull by the horns... we ain't fakin... whole lotta shakin goin on...«

»Club Playboy«, staunte Johnny und lachte. »Unten am Harrison Beach gab es auch so eine Bude. Der Sprecher behauptete immer felsenfest, die Mädchen könnten einem mit auf den Rücken gebundenen Händen die Brille von der Nase nehmen.«

»Klingt nach einer interessanten Art und Weise, sich eine Geschlechtskrankheit zu holen«, sagte Sarah, und Johnny lachte brüllend.

Hinter ihnen wurde die Stimme des Sprechers durch die zunehmende Entfernung hohl, untermalt wurde sie immer noch von Jerry Lees hektischer Klaviermusik, gleich einem wahnsinnigen verqueren Halbstarken, der zu zäh zum Sterben war und wie ein Omen aus den toten und schweigenden fünfziger Jahren emporkreischte. »Kommt, Männer, kommt hierher, ziert euch nicht, denn diese Mädchen tun es ganz sicher auch nicht, aber auch schon nicht im geringsten! Drinnen geht die Post ab... eure Ausbildung ist nicht vollständig, solange ihr die Playboy-Show nicht gesehen habt...«

»Möchtest du nicht umkehren und deine Ausbildung beenden?« fragte sie.

Er lächelte. »Ich habe den Grundkurs in diesem Fach schon vor einer Weile abgeschlossen. Ich denke, ich kann noch eine Weile warten, bis ich meinen Magister mache.«

Sie sah auf die Uhr. »He, es wird spät, Johnny. Und morgen ist ein Schultag.«

»Stimmt. Aber es ist wenigstens Freitag.«

Sie dachte seufzend an ihre fünfte Klasse und die Stunde über Neue Literatur in der siebten, die beide unsagbar rüpelhaft waren.

Sie waren etwa bis in die Mitte des breiten Weges vorgedrungen. Die Menge begann sich allmählich zu verlieren. Das Tilt-A-Whirl hatte für heute abend bereits geschlossen. Zwei Arbeiter, mit filterlosen Zigaretten in den Mundwinkeln, deckten die Wilde Maus mit einer Zeltplane zu. Der Mann in der Wurfbude schaltete die Lichter aus.

»Hast du Samstag schon etwas vor?« fragte er plötzlich eifrig. »Ich weiß, es ist etwas kurzfristig, aber...«

»Habe ich«, sagte sie.

»Oh!«

Sie konnte seinen bestürzten Gesichtsausdruck nicht ertragen, es war gemein von ihr, ihn damit aufzuziehen. »Wir machen etwas zusammen.«

»Wirklich?... Oh, wirklich. Mann, das ist stark!« Er grinste sie an, und sie grinste zurück. Die Stimme in ihrem Inneren, die manchmal so deutlich wie die Stimme eines anderen Menschen war, meldete sich plötzlich zu Wort.

Du fühlst dich gut, Sarah. Fühlst dich glücklich. Ist das nicht herrlich?

»Ja, das ist es!« sagte sie. Sie stellte sich auf die Zehenspitzen und küßte ihn rasch. Bevor sie kneifen konnte, fuhr sie hastig fort: »Manchmal ist es da unten in Veazie ziemlich einsam, weißt du? Vielleicht könnte ich... die Nacht gewissermaßen mit dir verbringen!«

Er sah sie mit einer so herzlichen Nachdenklichkeit an, daß sie tief im Innern ein Prickeln verspürte. »Möchtest du das wirklich, Sarah?«

Sie nickte. »Sogar sehr!«

»In Ordnung«, sagte er und legte einen Arm um sie.

»Bist du sicher?« fragte Sarah etwas schüchtern.

»Ich habe nur Angst, daß du es dir anders überlegen könntest.«

»Das werde ich nicht, Johnny!«

Er zog sie noch fester an sich. »Dann ist heute meine Glücksnacht.«

Während er dies sagte, gingen sie am Glücksrad vorbei, und Sarah sollte sich später daran erinnern, daß es die einzige Bude war, die auf dieser Seite des breiten Mittelstreifens etwa dreißig Meter in beiden Richtungen noch geöffnet hatte. Der Mann hinter dem Tresen hatte soeben den festgestampften Boden zusammengefegt, um nach Münzen zu suchen, die vielleicht während des abendlichen Hochbetriebs vom Spielbrett heruntergefallen waren. Wahrscheinlich seine letzte Tätigkeit vor dem Feierabend, dachte sie. Hinter ihm sah man die mit Glühbirnen besetzten Umrisse seines Rads. Er mußte Johnnys Bemerkung gehört haben, denn seine Stimme schwoll automatisch an, während er weiterhin nach Münzen spähte.

»He-he-he, wenn Sie denken, daß Sie Glück haben, Mister, dann drehen Sie doch das Glücksrad, verwandeln Sie Ihren Groschen in Dollars. Alles ist möglich, versuchen Sie Ihr Glück, zehn Cent, und das Glücksrad dreht sich.«

Johnny drehte sich zu der Stimme um.

»Johnny?«

»Ich habe wirklich das Gefühl, Glück zu haben, wie der Mann eben gesagt hat.« Er lächelte auf sie hinab. »Wenn's dir nichts ausmacht...?«

»Nein, nur zu. Mach nur nicht zu lange.«

Er sah sie wieder auf diese offen spekulierende Art und Weise an, die ihre Knie weich werden ließ, und sie überlegte, wie es mit ihm sein würde. Ihr Magen schien einen langsamen Purzelbaum zu schlagen, und das löste ein beinahe Übelkeit erregendes sexuelles Verlangen in ihr aus.

»Nein, nicht lange.« Er sah den Schausteller an. Der Mittelstreifen hinter ihnen war nun fast verlassen, und da die Wolken über ihnen aufgerissen waren, wurde es beinahe kühl. Alle drei stießen beim Atmen weiße Dampfwölkchen aus.

»Wollen Sie Ihr Glück versuchen?«

»Ja.«

Als sie den Rummelplatz erreicht hatten, hatte er sein ganzes Geld in die Hosentasche gesteckt, jetzt holte er den Rest seiner acht Dollar heraus. Ein Dollar fünfundachtzig.

Das Spielbrett war ein gelber Plastikstreifen; auf die Felder waren Nummern und Einsätze gemalt. Es sah ein bißchen nach einer Roulettscheibe aus, aber Johnny sah sofort, daß es sich um Einsätze handelte, bei denen ein Spieler in Las Vegas graue Haare bekommen hätte. Eine Trip-Kombination brachte nur zwei zu eins. Es gab zwei Haus-Nummern, Null und zweimal Null. Er wies den Schausteller darauf hin, doch der zuckte nur die Achseln.

»Wenn Sie wollen, dann gehen Sie nach Vegas. Was soll ich sonst dazu sagen?«

Aber Johnnys gute Laune heute nacht war unerschütterlich. Der Abend hatte mit dieser scheußlichen Maske recht jämmerlich angefangen, aber danach war es aufwärts gegangen. Es war die beste Nacht, soweit er sich erinnern konnte, vielleicht sogar die beste überhaupt. Er sah Sarah an. Ihr Gesicht war lebhaft gerötet, ihre Augen funkelten. »Was meinst du, Sarah?«

Sie schüttelte den Kopf. »Mir kommt das alles spanisch vor. Wie spielt man denn hier?«

»Man setzt auf eine Nummer. Oder auf Rot/Schwarz. Oder auf Gerade/Ungerade. Oder auf eine Zehn-Nummern-Serie. Alles bringt unterschiedliche Gewinne.« Er sah den Schausteller an, der gleichgültig dreinblickte. »Jedenfalls sollte es so sein.«

»Auf Schwarz«, sagte sie. »Aufregend, nicht?«

»Schwarz«, sagte er und legte ein Zehncentstück auf das schwarze Feld.

Der Schausteller starrte auf die kleine Münze auf dem riesigen Spielbrett und seufzte. »Toller Einsatz.« Er drehte sich zum Glücksrad um.

Johnny griff abwesend mit der Hand zur Stirn. »Warten Sie«, sagte er abrupt. Er schob einen Vierteldollar auf das Feld 11-20.«

»Fertig?«

»Klar«, sagte Johnny.

Der Schausteller setzte das Rad in Schwung, und es drehte sich in seinem Kreis aus Lichtern, Rot und Schwarz verschmolzen ineinander. Johnny rieb sich abwesend die Stirn. Das Rad drehte sich langsamer, und jetzt konnte man das metronomähnliche Ticktack des kleinen Holzklöppels hören, der an den Nägeln vorbeiglitt, von denen die Zahlenfelder getrennt wurden. Er kam zu 8, 9, schien bei 10 anhalten zu wollen, aber dann glitt er mit einem letzten Klick in den Schlitz mit der 11, wo er stehenblieb.

»Die Dame verliert, der Gentleman gewinnt«, sagte der Schausteller.

»Hast du gewonnen, Johnny?«

»Scheint so«, sagte Johnny, während der Mann zwei Vierteldollar zu seinem ursprünglichen legte. Sarah kicherte und merkte gar nicht, wie der Mann ihr Zehncentstück einstrich.

»Ich sagte doch, meine Glücksnacht«, sagte Johnny.

»Zweimal ist Glück, einmal ist Schmus«, sagte der Schausteller. »He-he-he.«

»Noch mal, Johnny«, sagte sie.

»Okay, ist mir recht.«

»Drehen?« fragte der Mann.

»Ja.«

Der Schausteller setzte das Rad wieder in Bewegung, und während es sich drehte, flüsterte Sarah ihm zu: »Sind diese Glücksräder auf Rummelplätzen nicht alle manipuliert?«

»Früher war das so. Aber jetzt inspiziert der Staat die Buden, und daher verlassen sie sich einfach auf ihre ausgeklügelten Quoten.«

Das Rad hatte sich zu seinem ausrollenden Ticktack verlangsamt. Der Zeiger glitt an der 10 vorbei und befand sich langsamerwerdend in Johnnys Bereich.

»Komm schon, *komm* schon!« rief Sarah. Ein paar Teenager auf dem Heimweg blieben stehen und sahen zu.

Der Holzklöppel bewegte sich nun sehr langsam, er strich an 16 und 17 vorbei und blieb auf 18 stehen.

»Der Gentleman gewinnt erneut.« Der Schausteller legte weitere sechs Vierteldollar zu Johnnys Stapel.

»Du bist reich!« strahlte Sarah und küßte Johnny auf die Wange.

»Glückssträhne, Kumpel«, stimmte der Schausteller enthusiastisch zu. »Niemand läßt so ein heißes Eisen ungeschmiedet, he-he-he.«

»Soll ich weitermachen?« fragte Johnny sie.

»Warum nicht?«

»Klar, nur zu, Mann!« sagte einer der Teenager. Ein Button an seiner Jacke zeigte das Gesicht von Jimi Hendrix. »Der Kerl hat mir heute abend vier Piepen abgeknöpft. Ich würde zu gern sehen, wie er bluten muß.«

»Du aber auch«, sagte Johnny zu Sarah und gab ihr einen Vierteldollar von seinem Stapel. Sie zögerte einen Moment und legte die Münze schließlich auf die 21. Wie eine Tafel verkündete, wurde bei einer Zahl zehn zu eins ausgezahlt.

»Sie gehen wieder auf Mittelkurs, Kumpel, richtig?« fragte der Schausteller.

Johnny blickte auf seine acht Münzen hinab, dann begann er sich wieder die Stirn zu reiben, als hätte er beginnende Kopfschmerzen. Plötzlich raffte er sein Geld vom Brett und schüttelte die Münzen in den hohlen Händen.

»Nein. Drehen Sie für die Dame. Ich sehe nur zu.«

Sie sah ihn verwundert an. »Johnny?«

Er zuckte mit den Schultern. »Ach, nur so ein Gefühl.«

Der Schausteller verdrehte die Augen himmelwärts, eine

Himmel-gib-mir-die-Kraft-diese-Dummköpfe-zu-ertragen-Geste, dann setzte er das Rad wieder in Bewegung. Es drehte sich, wurde immer langsamer, blieb stehen. Auf Doppel-Null. »Haus-Nummer, Haus-Nummer!« rief der Mann, und Sarahs Vierteldollar verschwand in seiner Schürzentasche.

»Ist das fair, Johnny?« fragte Sarah gekränkt.

»Bei Null und Doppel-Null gewinnt immer das Haus«, sagte er.

»Dann war es klug von dir, daß du dein Geld vom Brett genommen hast.«

»Schätze schon.«

»Soll ich das Rad noch mal drehen oder kaffeetrinken gehen?« fragte der Schausteller.

»Drehen Sie«, sagte Johnny und legte seine Vierteldollarmünzen in zwei Viererstapeln auf die dritte Zehnerreihe.

Während das Glücksrad sich in seinem bunten Lichterkreis drehte, fragte Sarah Johnny, ohne den Blick vom Rad zu lassen: »Wieviel kann denn so eine Bude in einer Nacht einnehmen?«

Zu den beiden Teenagern hatte sich inzwischen ein Quartett älterer Leute gesellt, zwei Männer und zwei Frauen. Ein Mann, der wie ein Bauarbeiter aussah, sagte: »Fünf- bis siebenhundert Dollar.«

Der Schausteller verdrehte abermals die Augen. »O Mann, ich wünschte, Sie hätten recht«, sagte er.

»He, kommen Sie mir nicht mit dem Gejammer«, sagte der Mann, der wie ein Bauarbeiter aussah. »Ich hab in so 'ner Bude vor zwanzig Jahren auch mal gearbeitet. Fünf- bis siebenhundert pro Nacht, samstags leicht zwei Riesen. Und das bei einem reellen Rad!«

Johnny hielt den Blick auf das Glücksrad gerichtet, das sich nun bereits langsam genug drehte, so daß man die einzelnen Zahlen lesen konnte, die vorbeisausten. Es huschte an 0 und 00 vorbei, durch den ersten Zehnerstreifen, langsamer, durch den zweiten Zehnerstreifen, noch langsamer.

»Zu hoch gegriffen, Mann«, sagte einer der Teenager.

»Wartet!« sagte Johnny in eigenartigem Tonfall. Sarah sah

ihn an, und sein schmales, freundliches Gesicht hatte einen beinahe verkrampften Ausdruck, die blauen Augen wirkten dunkler als sonst, distanziert, abwesend.

Der Zeiger hielt auf der 30 an und blieb dort.

»Glückssträhne, Glückssträhne«, flötete der Schausteller resigniert, während die kleine Menge hinter Johnny und Sarah einen Jubelruf ausstieß. Der Mann, der wie ein Bauarbeiter aussah, klopfte Johnny so heftig auf die Schulter, daß dieser ein wenig stolperte. Der Schausteller griff in die Roi-Tan-Schachtel unter dem Tresen und warf vier Dollar neben Johnnys acht Vierteldollar.

»Genug?« fragte Sarah.

»Noch einmal«, sagte Johnny. »Wenn ich gewinne, hat dieser Mann unsere Ausgaben und dein Benzin bezahlt. Wenn ich verliere, sind wir nur etwa einen halben Dollar los.«

»He-he-he«, krähte der Schausteller. Seine Laune besserte sich, er fand seinen Rhythmus wieder. »Setzen Sie, wo Sie wollen. Und Ihr kommt näher, Leute. Das ist kein Zuschauersport. Das Glücksrad dreht sich, und niemand weiß, wo es anhalten wird!«

Der Mann, der wie ein Bauarbeiter aussah, und die beiden Teenager traten neben Johnny und Sarah. Nach kurzer Beratung brachten die beiden Teenager einen halben Dollar Kleingeld zusammen und legten die Münzen auf den mittleren Zehnerstreifen. Der Mann, der wie ein Bauarbeiter aussah und sich als Steve Bernhardt vorstellte, legte einen Dollar auf das Feld mit der Aufschrift EVEN.

»Was ist mit Ihnen, Kumpel?« fragte der Schausteller Johnny. »Wollen Sie es stehenlassen?«

»Ja«, sagte Johnny.

»O Mann«, sagte einer der Teenager. »Das heißt das Schicksal herausfordern.«

»Schon möglich«, sagte Johnny, und Sarah lächelte ihn an.

Bernhardt warf Johnny einen nachdenklichen Blick zu und legte plötzlich seinen Dollar auf dessen dritten Streifen.

»Scheiß drauf«, seufzte der Teenager, der Johnny eben vorgeworfen hatte, das Schicksal herauszufordern. Er legte die fünfzig Cents, die er und sein Freund zusammengekratzt hatten, ebenfalls auf den dritten Streifen.

»Alle Eier in einem Korb!« rief der Schausteller. »Wollt Ihr es wirklich so haben?«

Die Spieler standen schweigend und zustimmend da. Ein paar Aushilfsarbeiter waren inzwischen auch noch herübergekommen um zuzuschauen, einer hatte seine Freundin dabei; vor dem Glücksrad hatte sich ein ansehnlicher kleiner Haufen von Leuten in der nächtlichen Arkade eingefunden. Der Schausteller versetzte das Rad mächtig in Schwung. Zwölf Augenpaare sahen zu, wie es sich drehte. Sarah sah Johnny wieder an und dachte, wie merkwürdig sein Gesicht doch in diesem grellen und doch unsteten Licht aussah. Sie dachte erneut an die Maske – Jekyll und Hyde, gerade und ungerade. In ihrem Magen rumorte es wieder, sie verspürte von neuem Übelkeit. Das Rad drehte sich langsamer, begann zu ticken. Die Teenager schienen es mit lauten Zurufen anfeuern zu wollen.

»Noch ein Stück, Baby!« grölte auch Steve Bernhardt. »Nur noch ein Stück, Honey!«

Das Rad tickte in den dritten Streifen und hielt auf der 24 an. Wieder brach die Menge in Jubel aus.

»Johnny, du hast's geschafft, du hast's geschafft!« rief Sarah.

Der Schausteller pfiff verdrossen durch die Zähne und zahlte aus. Einen Dollar für die Teenager, zwei für Bernhardt, einen Zehner und zwei Dollar für Johnny. Jetzt hatte er achtzehn Dollar vor sich auf dem Spielbrett liegen.

»Glückssträhne, Glückssträhne, he-he-he. Nochmal, Kumpel? Das Rad scheint Ihnen heute abend wohlgesonnen zu sein.«

Johnny sah Sarah an.

»Liegt ganz bei dir, Johnny.« Aber sie fühlte sich plötzlich unbehaglich.

»Weiter, Mann!« drängte der Teenager mit dem Jimi-Hendrix-Button an der Jacke. »Ich möchte zu gern sehen, wie der Kerl bluten muß.«

»Okay«, sagte Johnny. »Ein allerletztes Mal!«

»Setzen Sie, wohin Sie wollen!«

Alle sahen Johnny an, der einen Moment lang nachdenklich dastand und sich über die Stirn rieb. Sein sonst so humorvolles Gesicht wirkte still und ernst und gefaßt. Er sah das Rad im Lichterkreis an, und seine Finger bearbeiteten ständig die glatte Haut über dem rechten Auge.

»So lassen«, sagte er schließlich.

Ein leises, spekulierendes Murmeln der Menge.

»O Mann, das ist wirklich das Schicksal herausgefordert.«

»Er ist heiß«, sagte Bernhardt zweifelnd. Er sah seine Frau an, die die Achseln zuckte, um ihre völlige Ratlosigkeit auszudrücken. »Ich gehe mit Ihnen, durch dick und dünn.«

Der Teenager mit dem Button sah seinen Freund an, dieser zuckte die Achseln und nickte. »Okay«, sagte er und drehte sich zu dem Schausteller um. »Wir sind dabei!«

Das Rad drehte sich. Sarah hörte hinter sich, wie einer der Arbeiter fünf Dollar dagegen wettete, daß das Rad nicht wieder im dritten Streifen anhalten würde. Ihr Magen machte wieder eine Rolle vorwärts, hielt aber diesmal nicht an; er machte einfach weiter Purzelbäume, bis ihr klar wurde, daß ihr schlecht werden würde. Kalter Schweiß trat ihr aufs Gesicht.

Das Rad begann sich im ersten Streifen langsamer zu drehen und einer der Teenager klatschte mißmutig in die Hände. Aber er wandte sich nicht ab. Es tickte an 11, 12 und 13 vorbei. Der Schausteller schien endlich glücklich zu sein. Tick-tack-tick, 14, 15, 16.

»Geht durch«, sagte Bernhardt. Seine Stimme klang ehrfürchtig. Der Schausteller starrte sein Glücksrad an, als wünschte er, er könnte einfach hingreifen und es anhalten. Das Rad klickte an 20, 21 vorbei und hielt im Schlitz mit der 22 an.

Wieder ein Triumphschrei der Menge, die inzwischen auf etwa zwanzig Leute angewachsen war. Es schien, als hätten sich die letzten Rummelplatzbesucher hier versammelt. Sarah hörte, wie der Arbeiter, der seine Fünf-Dollar-Wette verloren hatte, etwas wie »Scheißglück« sagte, während er auszahlte. Ihr Kopf dröhnte. Ihre Beine fühlten sich plötzlich schrecklich unsicher an, die Muskeln zitterten unzuverlässig. Sie blinzelte mehrmals rasch hintereinander, erlebte aber nur einen kurzen, ihr die Luft raubenden Anfall von Schwindel anstelle der Übelkeit. Die Welt schien zur Seite zu kippen, als befänden sie sich immer noch im Wirbelkarussell, dann kam sie langsam wieder ins Lot.

Ich muß einen verdorbenen Hot Dog gegessen haben, dachte sie mißvergnügt. *Das kommt davon, wenn man auf einem County-Rummelplatz sein Glück versucht, Sarah.*

»He-he-he«, sagte der Schausteller ohne große Begeisterung und zahlte aus. Zwei Dollar für die Teenager, vier für Steve Bernhardt, dann ein Bündel für Johnny – drei Zehner, ein Fünfer und ein Dollar. Der Mann war nicht gerade erfreut, blieb aber doch freundlich. Sollte der große, schlaksige Mann mit der gut aussehenden Blondine den dritten Streifen noch einmal versuchen, würde der Schausteller ziemlich sicher alles zurückbekommen, was er ausgezahlt hatte. Das Geld gehörte dem schlaksigen Mann erst, wenn er es vom Brett nahm. Und wenn er jetzt davonging? Nun, er hatte heute tausend Dollar am Rad eingenommen, er konnte es sich leisten, heute abend etwas davon wieder auszuzahlen. Es würde sich herumsprechen, daß Sol Drummores Glücksrad ausgenommen worden war, der Zuspruch würde morgen umso größer sein. Ein Gewinner war immer die beste Reklame.

»Setzen Sie, wo Sie setzen wollen«, sang er. Mehrere der anderen Leute waren inzwischen ans Brett herangetreten und hatten Zehncentstücke und Vierteldollars hingelegt. Aber der Schausteller sah nur den Spieler mit dem großen Geld an. »Was meinen Sie, Kumpel? Wollen Sie es wagen?«

Johnny blickte auf Sarah hinab. »Was meinst du... he, was ist denn mit dir? Du bist blaß wie ein Gespenst!«

»Mein Magen«, sagte sie und brachte ein Lächeln zustande. »Ich glaube, es war der Hot Dog. Können wir heimgehen?«

»Worauf du dich verlassen kannst. Klar.« Er nahm die zerknitterten Geldscheine vom Zahlbrett, als sein Blick noch einmal auf das Glücksrad fiel. Seine Besorgnis um sie verblaßte. Seine Augen schienen sich wieder zu verdunkeln und auf kalte Weise berechnend zu werden.

Er sieht dieses Glücksrad an wie ein kleiner Junge seinen privaten Ameisenhaufen ansehen würde, dachte Sarah.

»Einen Augenblick«, sagte er.

»In Ordnung«, antwortete Sarah. Aber jetzt empfand sie nicht nur Unwohlsein, sondern erneut auch das Schwindelgefühl. Sie verspürte ein Grollen in den Eingeweiden, das ihr mißfiel. Keinen Dünnpfiff, Gott. Bitte.

Sie dachte: *Er wird sich erst zufriedengeben, wenn er alles zurückverloren hat!*

»Was meinen Sie, Kumpel?« fragte der Schausteller. »Rein oder raus? Einsteigen oder aussteigen?«

»Pissen oder verpissen«, sagte einer der Arbeiter und die anderen lachten nervös. Sarahs Kopf schien zu schweben.

Johnny schob plötzlich Banknoten und Vierteldollars in eine Ecke des Brettes.

»Was machen Sie denn da?« fragte der Schausteller aufrichtig schockiert.

»Alles auf 19«, sagte Johnny.

Sarah wollte stöhnen, unterdrückte es aber.

Die Menge murmelte.

»Treiben Sie es nicht zu weit«, sagte Steve Bernhardt in Johnnys Ohr. Johnny gab keine Antwort. Er sah das Glücksrad fast gleichgültig an. Seine Augen waren violett.

Ein plötzliches Klingeln wurde laut, und Sarah glaubte zunächst, es wäre in ihren Ohren. Dann sah sie, daß die anderen, die gesetzt hatten, ihr Geld wieder vom Brett nahmen und Johnny allein sein Spiel machen ließen.

Nein! wollte sie schreien. *So nicht, nicht allein, das ist nicht fair ...*

Sie biß sich auf die Lippen. Sie hatte Angst, sich erbrechen zu müssen, falls sie den Mund öffnete. Ihre Magenschmerzen wurden schlimmer. Johnnys bisheriger Gewinn lag nun ganz allein unter den nackten Glühbirnen. Vierundfünfzig Dollar, und die Quote bei Einsatz auf eine Einzelnummer war zehn zu eins.

Der Schausteller befeuchtete sich die Lippen. »Mister, der Staat schreibt einen Höchsteinsatz von zwei Dollar bei Einzelzahlen vor.«

»Ach, kommen Sie!« grollte Bernhardt. »Sie dürfen auch keine Streifen-Einsätze über zehn Dollar annehmen, und eben haben Sie diesen Mann achtzehn setzen lassen! Was ist los, kocht Ihnen das Wasser im Arsch?«

»Nein, aber...«

»Los doch«, sagte Johnny abrupt. »Entweder, oder. Meiner Freundin ist schlecht.«

Der Schausteller musterte die Menge. Die Leute starrten beinahe feindselig zurück. Es war schlimm. Die Leute begriffen nicht, daß der Bursche drauf und dran war, sein Geld wegzuwerfen, und er nur versuchte, ihn davon abzuhalten. Scheiß drauf. Der Menge würde es so oder so nicht gefallen. Sollte der Bursche seinen Willen haben und sein ganzes Geld verlieren, damit er endlich Feierabend machen konnte.

»Nun«, sagte er, »Wenn keiner von ihnen ein Staatsinspektor ist...« Er drehte sich zum Glücksrad um. »Dreht sich immer rundherum, und niemand weiß wo's anhalten wird!«

Er setzte das Rad in Schwung, die Zahlen begannen sich sofort zu verwischen. Für eine Zeitspanne, die wesentlich länger zu sein schien, als sie wirklich war, konnte man nur das Surren des Rades hören, den Nachtwind, der irgendwo eine Zeltplane zum Flattern brachte, und das dumpfe Pochen in Sarahs eigenem Kopf. Im Geist bat sie Johnny, den Arm um sie zu legen, aber er stand nur ruhig da, die Hände auf dem Spielbrett, den Blick starr auf das Glücksrad gerichtet, das entschlossen schien, sich eine Ewigkeit zu drehen.

Endlich wurde es langsamer, bis sie die 19, die 1 und 9 hellrot auf schwarzem Grund, sehen konnte. Auf und ab, auf und ab. Das Surren des Rades wurde zum ständigen Tick-tack-tick, das sich in der Stille sehr laut anhörte.

Jetzt glitten die Zahlen langsamer am Zeiger vorbei.

Einer der Arbeiter rief staunend: »Heiliger Jesus, das wird knapp!«

Johnny stand immer noch ganz ruhig da und beobachtete das Rad, und nun kam es ihr so vor, (obwohl auch die Übelkeit dafür verantwortlich sein konnte, die jetzt mit festen, peristaltischen Bewegungen durch ihren Bauch wallte), als wären seine Augen tiefschwarz. Jekyll und Hyde, dachte sie und hatte plötzlich unvernünftige Angst vor ihm.

Tick... tack... tick...

Das Rad klickte in den zweiten Streifen, glitt an 15 und 16 vorbei, klickte über die 17 und nach kurzem Zögern auch noch über die 18. Mit einem abschließenden *Tick!* fiel der Zeiger ins Feld mit der 19. Die Menge hielt den Atem an. Das Rad drehte sich sehr langsam und brachte den Zeiger gegen den kleinen Bolzen zwischen 19 und 20. Einen Sekundenbruchteil schien der Bolzen den Zeiger nicht im Feld 19 festhalten zu können, als würde der leichte Schwung des Rades den Klöppel über den Bolzen ins Feld 20 gleiten lassen. Doch dann gab das Rad auf, sein Schwung war verbraucht, und kam zum Stillstand.

Einen Augenblick war kein Laut von der Menge zu hören. Kein Laut.

Dann einer der Teenager, leise und ehrfürchtig: »He, Mann, Sie haben gerade fünfhundertvierzig Dollar gewonnen!«

Steve Bernhardt sagte: »Ich habe noch nie so ein Spiel gesehen! *Niemals!*«

Dann brach die Menge in Jubel aus. Sie schlugen Johnny auf den Rücken und schubsten ihn herum. Leute drängten sich an Sarah vorbei zu ihm, um ihn zu berühren, und in dem Augenblick, als sie voneinander getrennt wurden, empfand sie nackte, klägliche Panik. Kraftlos ließ sie sich hierhin und dorthin schubsen, ihr Magen drehte sich unsinnig. Dutzende Nachbilder des Rads wirbelten schwarz vor ihren Augen.

Einen Augenblick später war Johnny bei ihr, und sie sah mit schwacher Freude, daß es *wirklich* Johnny war, nicht mehr diese gefaßte, marionettenhafte Gestalt, die fasziniert die letzten Drehungen des Rades verfolgt hatte. Er schien verwirrt und besorgt um sie.

»Tut mir leid, Baby«, sagte er, und dafür liebte sie ihn.

»Schon gut«, sagte sie, wußte aber nicht, ob es stimmte.

Der Schausteller räusperte sich. »Das Glücksrad ist geschlossen«, sagte er. »Das Glücksrad ist geschlossen.«

Murrende, übellaunige Zustimmung der Menge.

Der Schausteller sah Johnny an. »Ich werde Ihnen einen Scheck geben müssen, junger Mann. So viel Bargeld habe ich nicht in der Kasse.«

»Gerne. Jederzeit«, sagte Johnny. »Aber beeilen Sie sich. Der Dame ist wirklich übel.«

»Klar, ein Scheck«, sagte Steve Bernhardt mit unendlicher Verachtung. »Er wird Ihnen einen Scheck geben, der wie eine Seifenblase platzen wird, und er ist unten in Florida, um dort den Winter zu verbringen!«

»Guter Mann«, sagte der Schausteller. »Ich versichere Ihnen...«

»Ach, versichern können Sie Ihrer Mutter was, vielleicht wird sie Ihnen glauben«, sagte Bernhardt. Er griff über das Spielbretthinweg und tastete unter dem Tresen herum.

»He!« schrie der Schausteller. »Das ist Raub!«

Die Menge schien von seiner Behauptung nicht beeindruckt zu sein.

»Bitte«, flüsterte Sarah. Ihr Kopf kreiste.

»Mir liegt nichts an dem Geld!« sagte Johnny plötzlich. »Lassen Sie uns bitte vorbei. Der Dame ist schlecht.«

»Oh, *Mann*«, sagte der Teenager mit dem Jimi-Hendrix-Button, aber er und sein Freund traten dann doch beiseite.

»Nein, Johnny«, sagte Sarah, obwohl sie es nur noch durch Willenskraft schaffte, sich nicht zu übergeben.

»Nimm dein Geld!« Fünfhundert Dollar war Johnnys Gehalt für drei Wochen!

»Zahlen Sie aus, Sie Halsabschneider!« brüllte Bernhardt. Er zog die Roi-Tan-Zigarrenkiste unter dem Tresen hervor, stellte sie ohne einen Blick hineinzuwerfen beiseite, tastete noch einmal, und diesesmal holte er eine grüne Stahlkassette hervor. Er knallte sie auf den Zahltisch. »Wenn hier nicht fünfhundert Piepen drin sind, fresse ich mein Hemd vor all diesen Leuten.« Er legte Johnny eine schwere, schwielige Hand auf die Schulter. »Warten Sie noch einen Augenblick, Sonny! Sie werden Ihren Zahltag haben, sonst will ich nicht mehr Steve Bernhardt heißen.«

»Wirklich, Sir, ich habe nicht soviel...«

»Sie zahlen!« sagte Steve Bernhardt und beugte sich über ihn. »Oder ich sorge dafür, daß Ihre Bude dichtgemacht wird! Das ist mein Ernst.«

Der Schausteller seufzte und fummelte in seinem Hemd herum. Er brachte einen Schlüssel an einer feingliedrigen Kette zum Vorschein. Die Menge seufzte. Sarah konnte nicht länger bleiben. Ihr Magen war aufgebläht und plötzlich totenstill. Alles würde wieder hochkommen, alles, und zwar mit der Geschwindigkeit eines D-Zugs. Sie taumelte von Johnnys Seite fort und durch die Menge.

»Honey, alles klar?« fragte eine Frauenstimme, und Sarah schüttelte blind den Kopf.

»Sarah? *Sarah!*«

Man kann sich nicht verstecken... vor Jekyll und Hyde, dachte sie zusammenhanglos. Die fluoreszierende Maske schien dicht vor ihren Augen in der Dunkelheit zu schweben, während Sarah um das Karussell herumlief. Sie prallte mit der Schulter gegen einen Lichtmast, hielt sich daran fest und übergab sich! Es schien ganz tief von ihren Fersen heraufzukommen und drückte wie eine schlüpfrige, schmerzhafte Faust auf ihren Magen. Sie ließ sich so gut sie konnte gehen.

Riecht wie Zuckerwatte, dachte sie, dann würgte sie stöhnend noch einmal, und noch einmal. Funken tanzten vor ihren Augen. Das letzte Würgen hatte wenig mehr als Magensäfte und Luft zutage gefördert.

»Oje«, sagte sie schwach und hielt sich am Mast fest, um nicht hinzufallen. Irgendwo hinter ihr rief Johnny ihren Namen, aber sie konnte noch nicht antworten und wollte es auch nicht. Ihr Magen kam allmählich wieder etwas zur Ruhe, und sie wollte nur noch einen Moment hier im Dunkeln stehenbleiben und sich beglückwünschen, daß sie noch am Leben war, daß sie diese Nacht auf dem Rummelplatz überlebt hatte.

»Sarah? *Sarah!*«

Sie spie zweimal aus, um sich den Mund zu säubern.

»Hier drüben, Johnny.«

Er kam um das Karussell herum, dessen Plastikpferde im Sprung erstarrt waren. Sie sah, daß er geistesabwesend ein Bündel Banknoten in einer Hand hielt.

»Alles in Ordnung?«

»Nein, aber es geht schon wieder besser.«

»Oh. O Jesus. Laß uns heimgehen.« Er nahm sie behutsam am Arm.

»Du hast dein Geld bekommen.«

Er blickte nach unten auf das Geldbündel in seiner Hand, dann steckte er es geistesabwesend in die Hosentasche. »Ja. Einen Teil, vielleicht auch alles, ich weiß es nicht. Dieser kräftige Mann hat es gezählt.«

Sarah nahm ein Taschentuch aus ihrer Handtasche und begann, sich den Mund abzuwischen. Ein Glas Wasser, dachte sie. Ich würde meine Seele für einen Schluck Wasser verkaufen.

»Du solltest darauf achtgeben«, sagte sie. »Es ist eine Menge Geld.«

»Gefundenes Geld bringt Unglück«, sagte er düster. »Eins der Sprichwörter meiner Mutter. Sie hat Millionen davon auf Lager. Und Spielen ist eine Todsünde.«

»Eben eine strenge Baptistin«, sagte Sarah, dann schauerte sie krampfartig zusammen.

»Alles klar?« fragte er besorgt.

»Die Kälte«, sagte sie. »Wir werden die Heizung im Wagen aufdrehen, wenn wir dort sind, und... o Gott, es fängt wieder an!«

Sie wandte sich von ihm ab und würgte Speichel hoch. Sie taumelte. Er hielt sie sanft, aber fest. »Wirst du's bis zum Wagen schaffen?«

»Ja. Jetzt geht es wieder.« Aber sie hatte Kopfschmerzen und einen üblen Geschmack im Mund, und Bauch- und Rückenmuskeln schienen ausgeleiert und schmerzhaft gedehnt zu sein.

Sie gingen langsam den Mittelweg entlang, schlurften durch Sägemehl und passierten die Zelte, die geschlossen und für die Nacht versorgt waren. Ein Schatten tauchte hinter ihnen auf, und Johnny, der sich bewußt schien, wieviel Geld er in der Tasche hatte, drehte sich abrupt um.

Es war einer der Teenager – etwa fünfzehn Jahre alt. Er lächelte sie schüchtern an. »Ich hoffe, es geht Ihnen besser«, sagte er zu Sarah. »Ich wette, das liegt an den Hot Dogs. Man kann verdammt leicht einen schlechten erwischen.«

»Oh, sprich nicht davon«, sagte Sarah.

»Brauchen Sie Hilfe bis zum Auto?« fragte er Johnny.

»Nein, danke. Wir kommen schon zurecht.«

»Gut. Ich muß sowieso gehen.« Aber er verweilte noch einen Augenblick, und sein schüchternes Lächeln wurde zu einem breiten Grinsen. »Es war *riesig*, den Kerl bluten zu sehen.«

Er verschwand in der Dunkelheit.

Sarahs kleiner weißer Kombiwagen war das letzte Fahrzeug auf dem Parkplatz; er kauerte wie ein einsamer, vergessener Welpe unter der Natriumdampflampe. Johnny öffnete die Tür für Sarah, und sie setzte sich vorsichtig hinein. Er glitt hinter das Lenkrad und ließ den Motor an.

»Die Heizung braucht eine Weile«, sagte er.

»Macht nichts. Jetzt ist mir warm.«

Er sah sie an und entdeckte den Schweiß auf ihrem Gesicht. »Vielleicht sollten wir zur Unfallaufnahme im Eastern Maine Medical fahren«, sagte er. »Wenn es sich um eine Salmonellenvergiftung handelt, ist es ernst.«

»Nein, nein, ich bin schon wieder okay. Ich möchte nur nach Hause und schlafen. Morgen früh werde ich rechtzeitig genug aufstehen, um mich in der Schule krankzumelden, und mich dann sofort wieder hinlegen.«

»Mach dir nicht die Mühe, so früh aufzustehen. Ich erledige es für dich, Sarah.«

Sie sah ihn dankbar an. »Würdest du das tun?«

»Klar!«

Sie waren jetzt wieder unterwegs zur Hauptstraße.

»Tut mir leid, daß ich nicht mit zu dir kommen kann«, sagte Sarah. »Tut mir wirklich aufrichtig leid.«

»Ist nicht deine Schuld.«

»Doch. Ich habe schließlich den verdorbenen Hot Dog gegessen. Arme Sarah.«

»Ich liebe dich, Sarah«, sagte Johnny. Nun war es heraus und konnte nicht mehr zurückgenommen werden, es hing zwischen ihnen im Wagen, und wartete darauf, daß jemand etwas damit anfangen würde.

Sarah tat, was sie konnte. »Danke, Johnny.«

Danach fuhren sie in behaglichem Schweigen dahin.

Zweites Kapitel

1

Es war fast Mitternacht, als Johnny mit dem Wagen in ihre Einfahrt bog. Sarah war eingenickt.

»He«, sagte er, stellte den Motor ab und rüttelte sie sanft. »Wir sind da.«

»Oh... okay.« Sie setzte sich auf und zog den Mantel fester um sich.

»Wie fühlst du dich?«

»Besser. Mein Magen ist wund, und mein Rücken tut weh, aber es ist besser. Nimm du den Wagen mit nach Cleaves, Johnny.«

»Nein, lieber nicht«, sagte er. »Jemand würde ihn die ganze Nacht vor dem Apartmenthaus geparkt sehen. Und die Art von Klatsch wollen wir vermeiden.«

»Aber ich wollte doch mit zu dir kommen...«

Johnny lächelte. »Da hätte sich das Risiko schon eher gelohnt, selbst wenn wir drei Häuserblocks hätten zu Fuß gehen müssen. Außerdem möchte ich, daß du deinen Wagen zur Verfügung hast, falls du es dir doch noch anders überlegst und die Unfallaufnahme aufsuchen willst.«

»Das werde ich nicht.«

»Könnte aber sein. Darf ich reinkommen und ein Taxi rufen?«

»Klar.«

Sie gingen hinein, und Sarah schaltete das Licht ein, bevor sie von einem erneuten Schüttelfrost überfallen wurde.

»Das Telefon ist im Wohnzimmer. Ich werde mich hinlegen und mit einer Steppdecke zudecken.«

Das Wohnzimmer war klein und nüchtern, nur die bunten Vorhänge – Blumen in einem psychedelischen Farbenmuster – verhinderten, daß es wie eine Baracke aussah – und ein paar Poster an den Wänden. Dylan in Forest Hills,

Baez in der Carnegie Hell, Jefferson Airplane in Berkeley, die Byrds in Cleveland.

Sarah legte sich auf das Sofa und zog die Steppdecke bis zum Kinn hoch. Johnny blickte mit aufrichtiger Sorge auf sie hinab. Bis auf die dunklen Ringe unter den Augen war ihr Gesicht kalkweiß. Sie sah so krank aus wie man nur sein konnte.

»Vielleicht sollte ich über Nacht hierbleiben«, sagte er. »Falls etwas passiert.«

»Zum Beispiel eine Haarfraktur meiner Wirbelsäule?« Sie sah ihn voller spöttischem Humor an.

»Du weißt schon. Irgend etwas.«

Das ominöse Grollen in ihrem Unterleib beeinflußte ihre Entscheidung. Sie hatte die feste Absicht gehabt, die heutige Nacht damit zu beenden, mit John Smith zu schlafen. Daraus würde nun nichts werden. Aber sie wollte sich auch nicht damit beenden, daß er auf sie aufpaßte, während sie sich übergab, ständig zum WC rannte und das meiste vom Inhalt einer Flasche Pepto Bismol schluckte.

»Wird schon wieder«, sagte sie. »Nur ein verdorbener Hot Dog, Johnny. Hätte dir auch leicht passieren können. Ruf mich doch morgen während einer Pause mal an!«

»Bist du ganz sicher?«

»Bin ich.«

Alsolut, Kleines.« Ohne weitere Widerworte griff er nach dem Telefonhörer und rief ein Taxi an. Sie machte die Augen zu, der Klang seiner Stimme lullte sie ein und tröstete sie. Was ihr am meisten an ihm gefiel, war die Tatsache, daß er stets wirklich von ganzem Herzen versuchte, das Richtige, das Beste zu tun, ohne egoistische Scheiße. Das war gut. Sie war zu müde und fühlte sich zu elend, um kleine Gesellschaftsspiele zu spielen.

»So, das wäre erledigt«, sagte er und legte auf. »In fünf Minuten wird jemand vorbeikommen.«

»Geld für das Taxi hast du ja wenigstens«, sagte sie lächelnd.

»Und ich gedenke, ein exorbitantes Trinkgeld zu geben«, sagte er in einer passablen W. C. Fields-Nachahmung.

Er kam zum Sofa herüber, setzte sich neben sie, hielt ihre Hand.

»Wie hast du das gemacht, Johnny?«

»Hmmm?«

»Das Glücksrad. Wie hast du das fertiggebracht?«

»Eine Glückssträhne, weiter nichts«, sagte er und schaute ein bißchen unbehaglich drein. »Jeder hat ab und zu eine Glückssträhne, ob auf dem Rennplatz, beim Kartenspiel oder beim Würfeln.«

»Nein«, sagte sie. »Ich glaube nicht, daß jeder ab und zu eine Glückssträhne hat. Es war richtig unheimlich. Es... hat mir ein bißchen Angst gemacht.«

»Wirklich?«

»Ja.«

Johnny seufzte. »Ab und zu habe ich Ahnungen, das ist alles. So lange ich mich erinnern kann, schon seit meiner Kindheit. Und ich konnte oft Dinge wiederfinden, die andere Leute verloren hatten. Wie bei dieser kleinen Lisa Schumann in der Schule. Du kennst das Mädchen?«

»Die kleine, traurige, unscheinbare Lisa?« Sie lächelte. »Ja, ich kenne sie. Sie schwebt ständig in Wolken des Unverständnisses durch meinen Grammatik-Grundkurs.«

»Sie hatte mal ihren Klassenring verloren«, sagte Johnny. »Und hat mir unter Tränen davon berichtet. Ich fragte sie, ob sie schon mal in den hinteren Ecken des obersten Fachs in ihrem Spind nachgesehen hatte. War nur eine Ahnung. Aber er war dort.«

»Und so was hast du schon immer tun können?«

Er lachte und schüttelte den Kopf. »Kaum!« Sein Lächeln verrutschte etwas. »Aber heute nacht war es stark, Sarah. Ich hatte dieses Glücksrad...« Er ballte die Fäuste sanft und blickte stirnrunzelnd auf sie hinab. »Ich hatte es hier drinnen. Und es hatte für mich merkwürdige Assoziationen.«

»Zum Beispiel?«

»Gummi«, sagte er langsam. »Brennender Gummi. Und Kälte. Und Eis. Schwarzes Eis. Diese Dinge waren in meinem Unterbewußtsein. Gott weiß warum! Und ein schlechtes Gefühl. Mich vorzusehen.«

Sarah blickte ihn eingehend an, sagte aber nichts, und allmählich klärte sich sein Gesicht.

»Aber was es auch immer war, jetzt ist es wieder weg. Wahrscheinlich gar nichts.«

»Deine Glückssträhne hat dir immerhin fünfhundertvierzig Dollar eingebracht«, sagte sie. Johnny nickte und lachte. Er sagte nichts mehr, und sie nickte ein und war froh, ihn hier zu haben. Sie wurde erst wieder wach, als das Licht von Autoscheinwerfern auf die Wand fiel. Das Taxi.

»Ich werde anrufen«, sagte er und küßte sie sanft aufs Gesicht. »Bist du sicher, daß ich nicht hierbleiben soll?«

Plötzlich wollte sie es, aber sie schüttelte den Kopf.

»Ruf mich an«, sagte sie.

»Dritte Pause«, versprach er. Er ging zur Tür.

»Johnny?«

Er drehte sich um.

»Ich liebe dich, Johnny«, sagte sie, und sein Gesicht leuchtete wie eine Lampe.

Er warf ihr eine Kußhand zu. »Werd gesund«, sagte er. »Dann reden wir darüber.«

Sie nickte, aber es vergingen viereinhalb Jahre, bis sie wieder mit Johnny Smith redete.

2

»Was dagegen, wenn ich mich vorn hinsetze?« fragte Johnny den Taxifahrer.

»Nee. Aber stoßen Sie nicht mit dem Knie ans Taxameter. Es ist empfindlich.«

Johnny verstaute seine langen Beine mit einiger Mühe unter dem Taxameter und schlug die Tür zu. Der Fahrer, ein Mann mittleren Alters mit Glatze und Bauchansatz, kippte das FREI-Schild nach unten und fuhr die Flagg Street hinauf.

»Wohin?«

»Cleaves Mills«, sagte Johnny. »Main Street. Ich zeige Ihnen, wo.«

»Da muß ich Ihnen den anderthalbfachen Fahrpreis berechnen«, sagte der Taxifahrer. »Gefällt mir nicht, aber ich muß ja leer von dort zurückfahren.«

Johnnys Hand schloß sich geistesabwesend um das Banknotenbündel in seiner Hosentasche. Er versuchte sich zu erinnern, ob er jemals so viel Geld auf einmal bei sich gehabt hatte. Einmal. Er hatte sich einmal einen zwei Jahre alten Chevy für zwölfhundert Dollar gekauft. Aus einer Laune heraus und um festzustellen, wie so viel Bargeld aussah, hatte er sich den Betrag von der Sparkasse bar auszahlen lassen. Gar so wunderbar war es nicht gewesen, aber das verblüffte Gesicht des Händlers, als Johnny ihm zwölf Hundertdollarscheine in die Hand zählte, war eine herrliche Erinnerung. Doch bei dem Gedanken an dieses viele Geld fühlte er sich nicht wohl, nur vage unbehaglich, und das Sprichwort seiner Mutter fiel ihm wieder ein: *Gefundenes Geld bringt Unglück.*

»Der anderthalbfache Fahrpreis ist okay«, sagte Johnny zum Taxifahrer.

»So lange wir uns nur verstehen«, sagte der Fahrer ausführlicher. »Ich war nur deshalb so schnell hier, weil ich nach Riverside gerufen wurde, aber als ich dort war, hat niemand aufgemacht.«

»Tatsächlich?« fragte Johnny ohne nennenswertes Interesse. Dunkle Häuser huschten draußen vorbei. Er hatte fünfhundert Dollar gewonnen, und etwas auch nur entfernt Ähnliches war ihm noch nie passiert. Der Phantomgeruch nach brennendem Gummi... das Gefühl, teilweise etwas zu durchleben, was ihm in frühester Kindheit wiederfahren war... und das Gefühl, daß ein Unglück geschehen würde, um sein heutiges Glück auszugleichen, ließen ihn nicht mehr los.

»Ja, diese Trunkenbolde rufen, und dann ändern sie ihre Meinung«, sagte der Fahrer. »Verdammte Trunkenbolde, kann sie nicht ausstehen. Sie rufen an und überlegen dann, daß sie lieber noch ein paar Bier trinken. Oder sie versaufen das Taxigeld, während sie warten, und wenn ich dann reinkomme und rufe: ›Wer braucht das Taxi?‹ will's keiner gewesen sein.«

»Ja, ja«, sagte Johnny. Links floß der dunkle und ölige Penobscot River vorbei. Dann Sarah, der schlecht wurde und die ihm obendrein noch sagte, daß sie ihn liebte. Wahrscheinlich hatte er sie nur in einem schwachen Augenblick erwischt, aber bei Gott! Wenn es ihr ernst damit war! Er war ihr schon seit ihrer ersten Begegnung verfallen. Sie war der Hauptgewinn des heutigen Abends, nicht das Glücksrad. Aber dennoch kreisten seine Gedanken immer wieder um das Rad. Er konnte immer noch sehen, wie es sich im Dunkeln drehte, seine Ohren hörten das langsamer werdende Tick-tack-tick des Klöppels über den Trennbolzen, wie etwas, das man in einem schlimmen Traum hörte. Gefundenes Geld bringt Unglück.

Der Fahrer bog auf die Route 6 ein, mittlerweile war er ganz in seinen Monolog verfallen.

»Also sage ich: ›Schieb's dir doch du-weißt-schon-wo hin.‹ Ich meine, der Bengel ist ein Klugscheißer, richtig? Ich muß mir von keinem eine solche Ladung Bockmist anhören, nicht einmal von meinem eigenen Jungen. Ich fahre dieses Taxi schon sechsundzwanzig Jahre. Sechsmal wurde ich überfallen. Ich hatte zahllose Auffahrunfälle, aber niemals etwas Ernstes, und dafür danke ich der Heiligen Maria Mutter von Jesus und Sankt Christophorus und dem Allmächtigen Vater, wissen Sie, was ich meine? Und ich habe jede Woche, so mager sie auch gewesen sein mochte, fünf Piepen für seine Collegeausbildung gespart. Seit er nichts weiter als ein Hosenscheißer war, der an der Flasche nuckelte. Und wofür? Damit er eines schönen Tages heimkommen und mir sagen kann, daß der Präsident der Vereinigten Staaten ein Schwein ist. Gottverdammich! Der Junge denkt wahrscheinlich auch, daß *ich* ein Schwein bin, aber er weiß genau, wenn er das jemals zu mir sagen würde, dann würde ich ihm den Kiefer neu einrichten. Das ist die heutige junge Generation. Und eben darum habe ich zu ihm gesagt: ›Schieb's dir doch du-weißt-schon-wo hin.‹«

»Ja, ja«, sagte Johnny. Inzwischen raste Wald draußen vorbei. Links lag Carson's Bog. Sie waren sieben Meilen von Cleaves Mills entfernt, plus minus. Das Taxameter fügte einen weiteren Dime hinzu.

Ein schmales Zehncentstück, ein Zehnteldollar. He-he-he.

»Und was machen Sie, wenn ich fragen darf?« sagte der Taxifahrer.

»Ich unterrichte an der High School in Cleaves.«

»Ach ja? Dann wissen Sie ja, was ich meine. Was, zum Teufel, ist nur in die heutigen Kinder gefahren?«

Nun, sie haben einen verdorbenen Hot Dog namens Vietnam gegessen und eine Dosis Leichengift abbekommen. Ein Mann namens Lyndon Johnson hat ihn ihnen verkauft. Darum gingen sie zu diesem anderen Mann, verstehen Sie, und sagten zu ihm: »Herrgott, Mister, mir ist zum Kotzen.« Und dieser andere Mann, der Nixon hieß, der sagte: »Und ich weiß, wie man das heilen kann. Eßt noch ein paar Hot Dogs.« Und das ist in die Jugend Amerikas gefahren.

»Weiß ich nicht«, sagte Johnny.

»Man plant sein ganzes Leben, und man tut, was man kann«, sagte der Taxifahrer, und jetzt klang aufrichtige Bestürzung in seiner Stimme mit, eine Bestürzung, die nicht mehr lange dauern sollte, denn die letzte Minute im Leben des Taxifahrers hatte begonnen. Und Johnny, der das nicht wußte, empfand tatsächlich Mitleid mit dem Mann, Mitgefühl für seine eigene Unfähigkeit, ihn zu verstehen.

Come on over baby, whole lotta shakin goin on.

»Man wollte immer nur das Beste, und dann kommt der Junge heim mit Haaren bis zum Arschloch und sagt, daß der Präsident der Vereinigten Staaten ein Schwein ist. Ein Schwein! Scheiße, ich weiß nicht...«

»Passen Sie auf!« rief Johnny.

Der Taxifahrer hatte sich halb zu ihm umgedreht, sein feistes amerikanisches Legionärsgesicht war ernst und wütend und elend im Licht des Armaturenbretts und dem plötzlichen Leuchten entgegenkommender Scheinwerfer. Er fuhr sofort wieder herum, aber es war zu spät.

»Jeeesus...«

Zwei Autos fuhren auf beiden Seiten der weißen Mittellinie nebeneinander her. So waren sie offenbar um die Wette fahrend die Steigung auf der anderen Seite des Hügels heraufgekommen, ein Mustang und ein Dodge Charger. Johnny konnte das Dröhnen der auf Hochtouren laufenden Motoren hören. Der Charger kam direkt auf sie zu. Er versuchte gar nicht, jetzt noch auszuweichen, und der Taxifahrer saß wie erstarrt am Lenkrad.

»Jeeeeee...«

Johnny nahm kaum bewußt war, wie der Mustang links an ihnen vorbeiraste. Dann prallten das Taxi und der Dodge Charger frontal zusammen, unf Johnny spürte, wie er hochgehoben und hinausgeschleudert wurde. Er empfand keine Schmerzen und hatte nur vage wahrgenommen, daß er mit einem Oberschenkel hart genug an das Taxameter gestoßen war, um es aus der Halterung zu reißen.

Glas splitterte und klirrte. Eine riesige Stichflamme zuckte in die Nacht hinauf. Johnny prallte mit dem Kopf gegen die Windschutzscheibe und zertrümmerte sie. Die Wirklichkeit versank in einem Loch. Schmerzen, leicht und weit entfernt, in Schultern und Armen, als der Rest von ihm dem Kopf durch die Windschutzscheibe folgte. Er flog. Flog in die Oktobernacht hinaus.

Ein vager Gedanke: *Muß ich sterben? Werde ich getötet werden?*

Die innere Stimme antwortet: *Ja, wahrscheinlich.*

Fliegen. Oktober-Sterne wirbelten durch die Nacht. Dröhnendes Krachen einer Benzintank-Explosion. Ein orangefarbenes Glühen. Dann Dunkelheit.

Seine Reise durch die Leere endete mit einem harten, dumpfem Aufprall und einem klatschenden Laut. Kalte Nässe, als Johnny in Carson's Bog eintauchte, etwa sieben bis acht Meter von der Stelle entfernt, wo der Charger und das Taxi ineinander verkeilt eine Feuersäule himmelwärts schickten.

Dunkelheit.

Verblassen.

Bis nur noch ein riesiges, schwarzrotes Rad übrig war, das sich in einer unendlichen Leere drehte, wie es sie zwischen den Sternen gab, versuchen Sie Ihr Glück, einmal ist Zufall, zweimal ist Glück, he-he-he. Das Rad drehte sich auf und ab, rot und schwarz, der Klöppel tickte an den Bolzen vorbei, und er strengte sich an, um zu sehen, ob der Zeiger bei 00 haltmachen würde, Haus-Nummer, nur das Haus gewinnt, alle anderen verlieren. Er strengte sich an, um besser sehen zu können, aber da war das Rad verschwunden. Es gab nur noch Schwärze und diese allumfassende Leere, guter Kumpel, *el zilcho*. Kalte Vorhölle.

Johnny Smith blieb sehr, sehr lange dort.

Drittes Kapitel

1

Am 30. Oktober 1970 kurz nach zwei Uhr früh läutete in einem kleinen Haus, etwa hundertfünfzig Meilen südlich von Cleaves Mills, das Telefon in der unteren Diele.

Herb Smith setzte sich im Bett auf, er war noch halb im Schlaf, an der Schwelle zwischen Traum und Wachsein, benommen und verwirrt.

Veras Stimme neben ihm, vom Kissen gedämpft: »Telefon.«

»Ja, ja«, sagte Herb und schwang sich aus dem Bett. Er war ein großer, breitschultriger Mann Ende Vierzig; sein Haarwuchs wurde schon recht spärlich, im Moment war er mit einer blauen Pyjamahose bekleidet. Er ging auf den oberen Flur hinaus und schaltete das Licht ein. Unten schrillte unablässig das Telefon.

Er begab sich nach unten in den Erker, den Vera die »Telefonnische« nannte. Sie bestand aus dem Telefon und einem merkwürdigen kleinen Stuhl- und Tisch-Set, das Vera vor etwa drei Jahren von Green Stamps bekommen hatte. Herb hatte sich von Anfang an geweigert, es mit seinen zweihundertundvierzig Pfund Lebendgewicht zu belasten. Wenn er telefonierte, tat er das stehend. Die Schublade des Tisches war voll von *Upper Rooms*, *Reader's Digests* und *Fate*-Magazinen.

Herb griff nach dem Telefon, dann ließ er es noch einmal klingeln.

Ein Telefonanruf mitten in der Nacht konnte dreierlei bedeuten: Ein guter Freund war völlig gehirnalbern geworden und dachte sich, daß man sich freuen würde, wenn er sich wieder mal am Telefon meldete, und sei es auch um zwei Uhr morgens; falsch verbunden; schlechte Nachrichten.

Herb hoffte, daß es sich um die mittlere Möglichkeit handelte, und hob den Hörer ab. »Hallo?«

Eine forsche, männliche Stimme sagte: »Ist dort die Wohnung von Herbert Smith?«

»Ja?«

»Mit wem spreche ich, bitte?«

»Ich bin Herb Smith. Was...«

»Würden Sie einen Augenblick dranbleiben?«

»Ja, aber wer...«

Zu spät. Er vernahm ein leises Klicken, als hätte der Teilnehmer am anderen Ende einen Schuh fallenlassen. Er mußte *dranbleiben*. Es gab viele Dinge, die ihm am Telefon mißfielen – schlechte Verbindungen, jugendliche Scherzbolde, die wissen wollten, ob man Prinz Albert in Dosen hatte, Fräuleins vom Amt, die sich wie Computer anhörten, und Lackaffen, die einem Zeitschriftenabos andrehen wollten –, aber am meisten mißfiel es ihm, wenn er *dranbleiben* mußte. Es gehörte zu den heimtückischen Dingen, welche sich im Verlauf der letzten zehn Jahre oder so fast unbemerkt ins tägliche Leben eingeschlichen hatten. Früher einmal hätte jemand am anderen Ende einfach gesagt: »Augenblick mal bitte«, und den Hörer weggelegt. Damals hätte man immerhin noch ferne Gespräche hören können, einen bellenden Hund, ein Radio, ein weinendes Baby. *Dranbleiben* zu müssen war eine völlig andere Situation. Die Leitung war auf eine dunkle, aalglatte Weise leer. Man war nirgendwo. Warum sagten sie nicht einfach: »Bleiben Sie bitte am Apparat, während ich Sie kurze Zeit lebendig begrabe?«

Er bemerkte, daß er ein wenig Angst hatte.

»Herbert?«

Er drehte sich um und hielt den Telefonhörer ans Ohr gedrückt. Vera stand, mit ihrem verschossenen braunen Bademantel bekleidet, auf dem oberen Treppenpodest, sie hatte Lockenwickler im Haar; irgendeine Creme oder Paste war auf ihren Wangen und auf der Stirn zu einer Kruste eingetrocknet.

»Wer ist es denn?«

»Weiß ich noch nicht«, antwortete er. »Ich soll dranbleiben.«

»Dranbleiben? Viertel nach zwei Uhr morgens?«

»Ja.«

»Es ist doch nicht wegen Johnny, oder? Johnny ist doch nichts zugestoßen?«

»Ich weiß es nicht«, sagte er und bemühte sich, seine Stimme nicht anschwellen zu lassen. Jemand ruft einen um zwei Uhr morgens an und läßt einen dranbleiben, und man beginnt unwillkürlich, seine Verwandten aufzulisten und ihren Gesundheitszustand zu überdenken. Man macht Listen aller alten Tanten. Man denkt an die Unpäßlichkeiten der Großeltern, sofern man noch welche hat. Man fragt sich, ob der Ticker eines Freundes gerade aufgehört hat zu ticken. Und man versucht, nicht daran zu denken, daß man einen Sohn hat, den man sehr liebt, oder daran, daß solche Anrufe fast unweigerlich um zwei Uhr morgens erfolgen, oder daran, wie die eigenen Waden plötzlich kalt und verkrampft vor Angst werden...

Vera hatte die Augen geschlossen und die Hände vor ihrem kleinen Busen gefaltet. Herb versuchte, seine Gereiztheit zu beherrschen. Er zwang sich dazu, nicht zu sagen: »Vera, in der Bibel steht ziemlich deutlich, daß man solche Sachen für sich in seiner Kammer machen soll.« Das hätte ihm nur Vera Smiths »Liebreizendes Lächeln für ungläubige und zur Hölle verdammte Ehemänner« eingebracht. Um zwei Uhr morgens und zum *Dranbleiben* verdammt, glaubte er nicht, daß er dieses spezielle Lächeln jetzt ertragen konnte.

Das Telefon klickte erneut, und eine andere Männerstimme, eine ältere, sagte: »Hallo, Mr. Smith?«

»Ja, wer ist denn da?«

»Entschuldigen Sie, daß ich Sie warten ließ, Sir. Sergeant Meggs von der State Police in Orono.«

»Handelt es sich um meinen Jungen? Ist etwas mit meinem Jungen?«

Er hatte sich unbewußt auf das Telefonbänkchen sinken lassen. Er fühlte sich schwach.

Sergeant Meggs sagte: »Haben Sie einen Sohn namens John Smith? Ohne zweiten Vornamen?«

»Ist alles in Ordnung mit ihm? Ist er okay?«

Schritte auf der Treppe. Vera stand neben ihm. Einen Moment war sie ganz ruhig, dann schnappte sie wie eine Tigerin nach dem Telefonhörer. »Was ist los? Was ist meinem Johnny zugestoßen?«

Herb riß ihr den Hörer wieder aus der Hand und brach ihr dabei einen Fingernagel ab. Er sah sie an und sagte barsch: »Das erledige ich!«

Sie stand da, die blaßblauen Augen weit aufgerissen, eine Hand vor den Mund geschlagen.

»Mr. Smith, sind Sie noch da?«

Worte, die von Novokain betäubt zu sein schienen, kamen aus seinem Mund. »Ich habe einen Sohn namens John Smith, ohne zweiten Vornamen. Er lebt in Cleaves Mills. Er unterrichtet an der dortigen High school.«

»Er hatte einen Autounfall, Mr. Smith. Sein Zustand ist außerordentlich ernst. Tut mir leid, daß ich Ihnen diese Nachricht übermitteln muß.« Die Stimme Meggs klang moduliert und formell.

»O mein Gott«, sagte Herb. Seine Gedanken kreisten durcheinander. Früher, als er in der Army war, hatte einmal ein großer, boshafter, blonder Südstaatenjunge hinter einer Bar in Atlanta die Scheiße aus ihm herausgeprügelt. Herb hatte sich damals so wie jetzt gefühlt, unmännlich, all seine Gedanken zu einem sinnlosen, verwaschenen Wirbel geschlagen. »O mein Gott«, wiederholte er.

»Ist er tot?« fragte Vera. »Ist er tot? Ist Johnny *tot*?«

Herb legte eine Hand über die Sprechmuschel. »Nein«, sagte er. »Nicht tot.«

»Nicht tot! Nicht tot!« rief sie und ließ sich deutlich hörbar in der Telefonnische auf die Knie fallen. »O Gott, wir danken Dir von ganzem Herzen und flehen Dich an, daß Du Deine Barmherzigkeit und Güte über unserem Jungen walten läßt und ihn mit deiner schützenden Hand behütest, das bitten wir im Namen Deines eingeborenen Sohnes Jesus und...«

Vera, halt den Mund!«

Einen Augenblick schwiegen alle drei, als betrachteten sie die Welt und ihre gar nicht so amüsanten Geschicke: Herb, die massige Gestalt auf die Bank in der kleinen Telefonnische gezwängt, die Knie unter dem Tischchen, ein Bukett Plastikblumen dicht vor der Nase; Vera, die auf dem Heizungsgitter in der Diele kniete; der unsichtbare Sergeant Meggs, der als fremder Zuhörer Zeuge dieser schwarzen Komödie war.

»Mr. Smith?«

»Ja. Ich... entschuldigen Sie das Durcheinander...«

»Durchaus verständlich«, sagte Meggs.

»Mein Junge... Johnny... hat er diesen Volkswagen gefahren?«

»Tödliche Fallen! Tödliche Fallen! Diese kleinen Käfer sind tödliche Fallen«, stammelte Vera. Tränen strömten ihr übers Gesicht und rannen über die glatte, harte Oberfläche ihrer Gesichtsmaske wie Regen über Chrom.

»Er war in einem Yellow-Cab-Taxi aus Bangor & Orono«, sagte Meggs. »Ich werde Ihnen den Sachverhalt erklären, soweit er mir bisher bekannt ist. Drei Fahrzeuge waren in diesen Unfall verwickelt. Zwei von ihnen wurden von Jugendlichen aus Cleaves Mills gefahren. Sie kamen auf der Route 6 über Carson's Hill nach Osten. Ihr Sohn saß im Taxi, das nach Westen fuhr, nach Cleaves. Das Taxi und der Wagen auf der falschen Straßenseite prallten frontal zusammen. Der Taxifahrer und der Junge, der den anderen Wagen gefahren hatte, wurden getötet. Ihr Sohn und ein Fahrgast aus dem anderen Wagen sind im Eastern Maine Med. Wie ich hörte, soll beider Zustand kritisch sein.«

»Kritisch«, sagte Herb.

»Kritisch! Kritisch!« stöhnte Vera.

Heiliger Himmel, wir hören uns wie in einem dieser ausgeflippten Stücke an, die sie am Broadway gespielt werden, dachte Herb. Veras Benehmen war ihm peinlich, ebenso die Tatsache, daß Sergeant Meggs sie sicher wie einen verrückten griechischen Chor im Hintergrund hören konnte. Er fragte sich, wie vieler solcher Szenen Sergeant Meggs im Laufe seines Berufslebens schon Zeuge geworden war. Einer ganzen Menge, überlegte er. Möglicherweise hatte er schon die Frau des Taxifahrers und die Mutter des toten Jungen angerufen, um ihnen die Nachricht mitzuteilen. Wie hatten sie reagiert? Und was spielte es überhaupt für eine Rolle? War es nicht Veras Recht, um ihren Sohn zu weinen? Und warum mußte jemand zu einem solchen Zeitpunkt so verrückte Gedanken haben?

»Eastern Maine«, sagte Herb. Er notierte den Namen auf dem Block. Das Emblem auf dem Block zeigte einen lächelnden Telefonapparat. Die Telefonschnur bildete den Schriftzug PHONE PAL. »Was hat er für Verletzungen?«

»Verzeihung, Mr. Smith?«

»Wo hat es ihn erwischt? Kopf? Bauch? Was? Verbrennungen?«

Vera kreischte.

»Vera, kannst du nicht den MUND halten!«

»Sie werden sich im Krankenhaus danach erkundigen müssen, Mr. Smith«, sagte Meggs zurückhaltend. »Ich bekomme erst in ein paar Stunden eine vollständige Meldung.«

»Schon gut. Schon gut.«

»Tut mir wirklich leid, Mr. Smith, daß ich Sie mitten in der Nacht mit einer so schlechten Nachricht stören mußte...«

»Schlecht ist sie allerdings«, sagte er. »Ich muß das Krankenhaus anrufen, Sergeant Meggs. Wiederhören.«

»Gute Nacht, Mr. Smith.«

Herb legte den Hörer auf und starrte stupide den Apparat an. So also passiert das, dachte er. Was sagt man dazu? Johnny!

Vera schrie erneut laut auf, und er sah erschrocken, daß seine Frau sich mit beiden Händen die Haare samt Lockenwicklern zu raufen begann. »Ein Gottesgericht! Eine Heimsuchung für die Art, wie wir leben, in Sünde! Herb, du mußt jetzt neben mir niederknien und...«

»Ich muß im Krankenhaus anrufen, Vera. Und das möchte ich nicht auf den Knien machen.«

»Wir werden für ihn beten... versprechen, uns zu bessern... Wenn du nur öfter mit mir zur Kirche gehen würdest... vielleicht sind es deine Zigarren, oder weil du nach der Arbeit mit den anderen Männern immer Bier trinkst... fluchst... den Namen Gottes auf profane Weise gebrauchst... ein Gottesgericht... eine Strafe des Herrn...«

Er nahm ihren Kopf zwischen die Hände, um sie daran zu hindern, ihn wie wild hin und her zu werfen. Die eingetrocknete Nachtcreme fühlte sich unangenehm an, aber er nahm die Hände nicht weg. Er hatte Mitleid mit ihr. Die letzten zehn Jahre hatte sich Vera in einer Grauzone zwischen ihrer Hingabe an den Baptisten-Glauben und, wie Herb dachte, gelindem religiösem Wahnsinn bewegt. Fünf Jahre nach Johnnys Geburt hatten die Ärzte mehrere gutartige Tumore in Uterus und Gebärmutterhals gefunden. Nach ihrer Entfernung hatte Vera kein Kind mehr bekommen können. Fünf Jahre später hatten weitere Tumore eine Totaloperation notwendig gemacht. Damals hatte es erst richtig bei ihr angefangen, dieses tiefreligiöse Gefühl, das so seltsam mit anderen Glaubensrichtungen gepaart war. Sie las eifrig Pamphlete über Atlantis, Raumschiffe vom Himmel und Rassen ›reiner Christen‹, die tief im Erdinneren hausen sollten. Das *Fate*-Magazin las sie beinahe so häufig wie die Bibel, oft benutzte sie das eine, um das andere zu deuten.

»Vera«, sagte er.

»Wir sollten es tun!« flüsterte sie und sah ihn dabei flehentlich an. »Wir führen ein besseres Leben, dann wird unser Junge am Leben bleiben. Du wirst sehen. Du wirst...«

»Vera.«

Sie verstummte und sah ihn an.

»Laß uns im Krankenhaus anrufen und fragen, wie schlimm es wirklich steht«, sagte er sanft.

»A-also gut. Ja.«

»Kannst du dich dort auf die Treppe setzen und dich ganz still verhalten?«

»Ich möchte beten«, sagte sie kindlich. »Daran kannst du mich nicht hindern!«

»Das will ich auch nicht. So lange du still betest.«

»Ja. Still. In Ordnung, Herb.«

Sie ging zur Treppe und setzte sich und zog den Bademantel zusammen. Sie faltete die Hände, und ihre Lippen begannen sich zu bewegen. Herb rief das Krankenhaus an. Zwei Stunden später fuhren sie über die nahezu verlassene Maine Turnpike nach Norden. Herb saß hinter dem Steuer des 66er Ford-Kombiwagens. Vera saß kerzengerade auf dem Beifahrersitz. Sie hatte ihre Bibel im Schoß liegen.

2

Das Telefon weckte Sarah um Viertel vor neun. Sie nahm ab, aber die Hälfte ihres Verstandes lag noch schlafend im Bett. Ihr Rücken schmerzte von den heftigen Brechreizanfällen der letzten Nacht, und die Bauchmuskeln waren verkrampft, aber sonst ging es ihr schon viel besser.

Sie nahm den Hörer und war überzeugt, daß es Johnny war. »Hallo?«

»Hi, Sarah!« Es war nicht Johnny. Es war Anne Stafford von der Schule. Anne war ein Jahr älter als Sarah und bereits das zweite Jahr in Cleaves Mills. Sie unterrichtete Spanisch. Sie war ein quirliges, temperamentvolles Mädchen, und Sarah konnte sie sehr gut leiden. Aber heute morgen hörte sie sich gedämpft an.

»Wie geht's dir, Annie? Oh, nur vorübergehend. Johnny wird es dir wahrscheinlich gesagt haben. Verdorbene Hot Dogs auf dem Rummelplatz, nehme ich an...«

»O mein Gott, du weißt es nicht? Du weißt es...« Die Worte gingen in seltsam schluchzende Laute über. Sarah hörte stirnrunzelnd zu. Ihre anfängliche Verwunderung verwandelte sich in tödliche Besorgnis, als sie hörte, daß Anne weinte.

»Anne? Was ist los? Es ist doch nichts mit Johnny, oder? Nicht...«

»Es hat einen Unfall gegeben«, sagte Anne. Sie schluchzte nun ganz offen. »Er saß in einem Taxi. Ein Frontalzusammenstoß. Der Fahrer des anderen Wagens war Brad Freneau. Ich hatte ihn in Spanisch II. Er ist gestorben. Seine Freundin ist heute früh gestorben, Mary Thibault, sie war in einer von Johnnys Klassen, wie ich hörte, es ist entsetzlich... einfach ent...«

»*Johnny!*« schrie Sarah in den Hörer. Ihr wurde sofort wieder übel. Ihre Hände und Füße waren plötzlich so kalt wie vier Grabsteine. »*Was ist mit Johnny?*«

»Sein Zustand ist kritisch, Sarah. Dave Pelson hat heute früh im Krankenhaus angerufen. Man rechnet nicht damit... nun, es ist sehr schlimm.«

Die Welt wurde grau. Anne redete zwar immer noch, aber die Worte waren fern und weit, wie E. E. Cummings es von dem Ballonfahrer geschrieben hatte. Alle möglichen Visionen purzelten wie wild durcheinander, aber keine von ihnen ergab einen rechten Sinn. Das Riesenrad. Das Spiegel-Labyrinth. Johnnys Augen, violett, beinahe schwarz. Sein liebes, trautes Gesicht im harten Licht der nackten Glühbirnen, die an elektrischen Leitungen aufgereiht waren...

»Nicht Johnny«, sagte sie fern und weit, fern und weit. »Du irrst dich. Ihm ging es noch prima, als er von hier wegging.«

Annes Stimme antwortete wie aus der Pistole geschossen, ihre Stimme klang so schockiert und ungläubig, so vor den Kopf gestoßen, daß so etwas jemandem ihres Alters zustoßen konnte, jemandem, der jung und vital war. »Sie haben Dave gesagt, er wird nie mehr aufwachen, auch dann nicht, wenn er die Operation überlebt. Sie müssen operieren, denn sein Kopf... sein Kopf wurde...«

Wollte sie *zerschmettert* sagen? Wollte sie sagen, daß Johnnys Kopf *zerschmettert* worden war?

Da wurde Sarah ohnmächtig, möglicherweise deshalb,

um das letzte, nicht wieder aus der Welt zu schaffende Wort nicht zu hören, das letzte Grauen. Der Telefonhörer entglitt ihren Fingern, und sie kippte heftig in eine graue Welt, und dann fiel sie, und der Hörer schwang wie ein erlahmendes Pendel hin und her, und Anne Straffords Stimme klang daraus hervor: »Sarah?... Sarah?... Sarah?«

3

Als Sarah im Eastern Maine Medical ankam, war es Viertel nach zwölf. Die Schwester an der Rezeption sah in ihr weißes, fassungsloses Gesicht und versuchte, ihre Fähigkeit abzuschätzen, noch weitere Wahrheiten verkraften zu können, dann sagte sie ihr, daß John Smith immer noch im OP war. Sie fügte hinzu, daß Johnnys Eltern sich im Wartezimmer aufhielten.

»Danke«, sagte Sarah. Sie ging nach rechts statt nach links, stand plötzlich vor einer Schrankwand und mußte zurück.

Das Wartezimmer war in hellen, bunten Farben gestrichen, die ihre Augen blendeten. Ein paar Leute saßen herum und starrten in zerlesene Zeitschriften oder einfach ins Leere. Eine grauhaarige Frau kam aus einem Fahrstuhl, gab ihren Besucherausweis einer Freundin und setzte sich. Die Freundin ging mit ihren Stöckelschuhen klackend davon. Der Rest blieb weiter sitzen und wartete auf eine Gelegenheit, einen Vater zu besuchen, der Gallensteine herausoperiert bekommen hatte, eine Mutter, die, es war noch keine drei Tage her, einen Knoten in der Brust entdeckt hatte, einen Freund, dem vor drei Tagen beim Joggen ein unsichtbarer Vorschlaghammer in die Brust geschlagen hatte. Die Gesichter der Besucher waren sorgfältig zu gefaßten Masken modelliert. Ihren Kummer hatten sie unter die Gesichter gefegt wie Schmutz unter einen Teppich. Sarah nahm erneut die lauernde Unwirklichkeit wahr. Irgendwo läutete leise eine Glocke. Kreppsohlen quietschten. Ihm ging es prima, als er von ihr wegging. Es war unmöglich zu glauben, daß er in einem dieser Backsteintürme lag und damit beschäftigt war, zu sterben.

Sie erkannte Mr. und Mrs. Smith sofort. Sie suchte nach den Vornamen, aber sie fielen ihr nicht ein. Sie saßen ziemlich weit hinten im Raum nebeneinander, aber anders als die anderen hier, hatten sie noch keine Zeit gehabt, mit dem plötzlichen Eingriff in ihr Leben fertigzuwerden.

Johnnys Mutter hatte den Mantel hinter sich über die Stuhllehne gehängt und hielt ihre Bibel fest in den Händen. Ihre Lippen bewegten sich beim Lesen, und Sarah erinnerte sich an Johnnys Worte, daß seine Mutter eine sehr religiöse Frau war – vielleicht sogar zu religiös, irgendwo zwischen Heiligenkomplex und irrem Fanatismus, hatte er einmal zu ihr gesagt. Mr. Smith – *Herb,* fiel ihr plötzlich wieder ein, *sein Name lautet Herb* – hatte ein Magazin auf den Knien liegen, aber er sah nicht hinein. Er sah zum Fenster hinaus, wo der Herbst Neuenglands sich seinen Weg in den November und den darauffolgenden Winter bahnte.

Sie ging zu ihnen. »Mr. und Mrs. Smith?«

Sie sahen zu ihr auf, ihre Gesichter zeigten einen verkrampften Ausdruck, als erwarteten die Eltern den gefürchteten vernichtenden Schlag. Mrs. Smith umklammerte ihre Bibel, wo das Buch Hiob aufgeschlagen war, so fest mit beiden Händen, daß die Fingerknöchel weiß hervortraten. Die junge Frau vor ihnen war nicht weißgekleidet wie Schwestern und Ärzte, aber darauf kam es nicht an; sie erwarteten den letzten vernichtenden Schlag.

»Ja, wir sind die Smiths«, sagte Herb ruhig.

»Ich bin Sarah Bracknell. Johnny und ich sind gute Freunde. Wir gehen zusammen, könnte man sagen. Darf ich mich setzen?«

»Johnnys Freundin?« fragte Mrs. Smith in scharfem, beinahe anklagendem Tonfall. Einige der anderen blickten flüchtig herüber und wandten sich sofort wieder ihren zerlesenen Zeitschriften zu.

»Ja«, sagte sie. »Johnnys Mädchen.«

»Er hat uns nie geschrieben, daß er eine Freundin hat«, sagte Mrs. Smith im gleichen scharfen Tonfall. »Nein, das hat er nicht.«

»Pssst, Mutter«, sagte Herb. »Setzen Sie sich, Miß... Bracknell, nicht wahr?«

»Sarah«, sagte sie dankbar, und nahm auf einen Stuhl Platz. »Ich...«

»Nein, das hat er nicht«, sagte Mrs. Smith scharf. »Mein Junge hat Gott geliebt, aber vielleicht ist er in letzter Zeit ein bißchen davon abgewichen. Das Strafgericht des Herrn kommt plötzlich, wissen Sie. Das macht Abtrünnigkeit so gefährlich. Man kennt weder Tag noch Stunde...«

»Pssst«, sagte Herb. Wieder sahen die Leute herüber. Er warf seiner Frau einen strengen Blick zu. Sie starrte einen Moment trotzig zurück, aber sein Blick war unerbittlich. Vera schlug die Augen nieder. Sie hatte die Bibel zwar zugeklappt, aber ihre Finger blätterten unablässig darin, als sehnten sie sich nach dem kolossalen Schicksalsschlag-Derby von Hiobs Leben, der soviel Unglück gehabt hatte, daß ihr eigenes und das ihres Sohnes davon in eine bittere Perspektive gerückt wurde.

»Ich war gestern abend mit ihm zusammen«, sagte Sarah, und sofort blickte die Frau wieder vorwurfsvoll auf. In diesem Augenblick fiel Sarah die biblische Bedeutung des Ausdrucks »mit jemandem zusammensein« ein, und sie errötete. Es war, als könnte die Frau ihre Gedanken lesen.

»Wir waren auf dem County-Rummelplatz...«

»An Orten des Bösen und der Sünde!« sagte Vera Smith deutlich.

»Ich sage es dir zum allerletzten Male, Vera, sei still«, sagte Herb grimmig und legte eine Hand fest auf die seiner Frau. »Es ist mein Ernst. Sie scheint ein nettes Mädchen zu sein, und ich möchte nicht, daß du auf ihr herumhackst. Kapiert?«

»Sündige Orte«, wiederholte Vera stur.

»Wirst du jetzt still sein!«

»Laß mich los! Ich möchte in meiner Bibel lesen.«

Er ließ sie los. Sarah fühlte sich verlegen und verwirrt. Vera schlug die Bibel auf und begann wieder darin zu lesen, ihre Lippen bewegten sich.

»Vera ist sehr aufgeregt«, sagte Herb. »Wir sind beide aufgeregt. Sie auch, wie ich sehe.«

»Ja.«

»Haben Sie und Johnny sich gestern abend gut amüsiert?« fragte er. »Auf dem Rummelplatz?«

»Ja«, sagte sie, Wahrheit und Lüge dieses einfachen Worts, wirbelten in ihrem Verstand durcheinander. »Ja, bis... nun, ich hatte einen verdorbenen Hot Dog gegessen, oder so. Wir hatten meinen Wagen benutzt, und Johnny fuhr mich zu meiner Wohnung in Veazie. Ich hatte mir sehr den Magen verdorben. Er rief ein Taxi. Er wollte mich heute in der Schule krankmelden. Seitdem habe ich ihn nicht mehr gesehen.« Sie drohte in Tränen auszubrechen, aber sie wollte nicht vor allen Leuten weinen, besonders nicht vor Vera Smith, aber sie konnte es nicht verhindern. Sie fummelte ein Kleenex aus der Handtasche und drückte es ans Gesicht.

»Na, na, na!« sagte Herb und legte einen Arm um Sarah. »Na, na, na!« Sie weinte, und auf eine undeutliche Weise schien es ihr, als ging es ihm jetzt besser, da er jemanden zum Trösten hatte; seine Frau hatte ihre eigene finstere Abart des Trostes im Buch Hiob gefunden, aber damit hatte er nichts zu tun.

Ein paar Leute drehten sich herum und gafften; durch die Prismen ihrer Tränen schienen es eine Menge zu sein. Sie war sich verbittert darüber im klaren, was sie dachten: *Besser sie als ich, besser die drei als ich oder meine Familie, der Bursche muß im Sterben liegen, der Bursche muß seinen Kopf zerschmettert haben, sonst würde sie nicht so weinen. Nur eine Frage der Zeit, bis irgendein Arzt herunterkommt, sie in sein Privatsprechzimmer führt und ihnen mitteilt...*

Irgendwie gelang es ihr, die Tränen zu ersticken und sich zusammenzunehmen. Mrs. Smith saß stocksteif da, als wäre sie unvermittelt aus einem Alptraum gerissen worden, sie bemerkte weder Sarahs Tränen noch die Bemühungen ihres Mannes, sie zu trösten. Sie las ihre Bibel.

»Bitte«, sagte Sarah. »Wie schlimm ist es? Können wir noch hoffen?«

Bevor Herb antworten konnte, ergriff Vera das Wort. Ihre Stimme war ein trockener Bolzen beglaubigter Hoffnungslosigkeit: »In Gott ist immer Hoffnung, Miß.«

Sarah sah das furchtsame Leuchten in Herbs Augen und dachte: *Er glaubt, daß es ihr den Verstand geraubt hat. Und das könnte sein.*

4

Ein langer Nachmittag dehnte sich zum Abend.

Irgendwann nach vierzehn Uhr, als die Schule zu Ende war, kamen ein paar von Johnnys Schülern, die Drillichjakken und seltsame Hüte und verwaschene Jeans trugen. Sarah sah nicht viele von den jungen Leuten, die sie bei sich als Streber bezeichnete – aufstrebende Schüler mit Blick aufs College, sauber und ordentlich angezogen. Die meisten, die die Mühe eines Besuchs auf sich nahmen, waren die Freaks und die Langhaarigen.

Ein paar kamen herüber und fragten Sarah mit leiser Stimme, was sie über Mr. Smiths Zustand wußte. Sie konnte nur den Kopf schütteln und sagen, daß sie nichts gehört hatte. Aber eines der Mädchen, Dawn Edwards, die sich in Johnny verknallt hatte, las das Ausmaß ihrer Angst in ihrem Gesicht ab. Sie brach in Tränen aus. Eine Schwester kam herüber und bat sie zu gehen.

»Ich bin sicher, sie ist gleich wieder in Ordnung«, sagte Sarah. Sie hatte Dawn schützend den Arm um die Schultern gelegt. »Lassen Sie ihr nur eine oder zwei Minuten Zeit.«

»Nein, ich möchte nicht hierbleiben«, sagte Dawn und lief so hastig hinaus, daß sie dabei einen der Hartplastikstühle umriß. Kurz darauf sah Sarah das Mädchen im kalten, späten Oktobersonnenschein draußen auf der Treppe sitzen, den Kopf auf die angewinkelten Knie glegt.

Vera Smith las immer noch in ihrer Bibel.

Gegen siebzehn Uhr waren die meisten Schüler gegangen. Dawn war ebenfalls weg; Sarah hatte sie nicht gehen sehen. Gegen neunzehn Uhr kam ein junger Mann mit dem Schild DR. STRAWNS am Aufschlag seines weißen Kittels ins Wartezimmer, sah sich um und kam auf sie zu.

»Mr. und Mrs. Smith?« fragte er.

Herb holte tief Luft. »Ja. Das sind wir.«

Vera klappte laut die Bibel zu.

»Würden Sie bitte mitkommen?«

Das ist es, dachte Sarah. Der Gang ins kleine Privatzimmer, und dann die Nachricht. Was für eine Nachricht auch immer. Sie würde warten, und wenn sie zurückkamen, würde Herb Smith ihr sagen, was sie wissen sollte. Er war ein freundlicher Mann.

»Haben Sie Nachrichten von meinem Sohn?« fragte Vera mit dieser klaren, deutlichen und beinahe hysterischen Stimme.

»Ja.« Dr. Strawns sah Sarah an. »Gehören Sie zur Familie, Ma'am?«

»Nein«, sagte Sarah. »Ich bin eine Freundin.«

»Eine sehr gute Freundin«, sagte Herb. Eine warme, kräftige Hand schloß sich um Sarahs Ellbogen, genauso wie sich eine andere um Veras Oberarm geschlossen hatte. Er half ihnen beiden auf die Beine. »Wenn es Ihnen nichts ausmacht, werden wir alle mitkommen.«

»Ganz und gar nicht.«

Er fühte sie an den Fahrstühlen vorbei über einen Korridor zu einem Büro mit der Aufschrift KONFERENZRAUM an der Tür. Er ließ sie eintreten und schaltete die Deckenbeleuchtung ein. Der Raum war mit einem langen Tisch und einem Dutzend Bürostühlen ausgestattet.

Dr. Strawns machte die Tür zu, zündete sich eine Zigarette an und ließ das abgebrannte Zündholz in einen der vielen

Aschenbecher auf dem Tisch fallen. »Es ist ein wenig schwierig«, sagte er wie zu sich selbst.

»Dann sollten Sie es am besten rundheraus sagen«, sagte Vera.

»Ja, das sollte ich.«

Sie hatte kein Recht auf eine solche Frage, aber Sarah konnte nicht anders. »Ist er tot? Bitte sagen Sie nicht, daß er tot ist...!«

»Er liegt im Koma.« Strawns setzte sich hin und zog kräftig an seiner Zigarette. »Mr. Smith hat überaus schwere Kopfverletzungen und noch nicht zu übersehende Gehirnschädigungen davongetragen. Sie werden den Ausdruck ›subdurales Hämatom‹ vielleicht schon von einem der anderen Ärzte gehört haben. Mr. Smith hat ein sehr ernstes subdurales Hämatom erlitten, das bedeutet, Gehirnblutungen. Eine langwierige Operation war notwendig, um den Druck zu mildern und gleichzeitig Knochensplitter aus dem Gehirn zu entfernen.«

Herb setzte sich schwerfällig hin, sein Gesicht wirkte fassungslos und teigig. Sarah sah die kräftigen, schwieligen Hände und erinnerte sich daran, daß Johnny ihr gesagt hatte, sein Vater sei Zimmermann.

»Aber Gott hat ihn verschont«, sagte Vera. »Ich wußte, daß er es tun würde. Ich habe um ein Zeichen gebetet. Lobet Gott, den mächtigen Herrn! Gepriesen sei sein Name!«

»Vera«, sagte Herb, aber ohne Nachdruck.

»Im Koma«, wiederholte Sarah. Sie wollte diese Information in einen emotionalen Rahmen einfügen, was ihr aber nicht gelang. Daß Johnny noch nicht tot war, daß er eine gefährliche und komplizierte Gehirnoperation überstanden hatte – das alles hätte ihre Hoffnung erneuern müssen. Aber es war nicht so. Ihr gefiel der Ausdruck *Koma* nicht. Er hatte einen bösen, unangenehmen Klang. War es nicht der lateinische Ausdruck für »Schlaf des Todes«?

»Was hat er zu erwarten?« fragte Herb.

»Das kann im Moment noch niemand beantworten«, sagte Strawns. Er begann mit seiner Zigarette zu spielen und klopfte damit nervös auf dem Aschenbecher herum. Sarah hatte das Gefühl, daß er Herbs Frage buchstäblich beantwortete, während er die Frage, die Herb wirklich gestellt hatte, völlig vermied. »Er befindet sich selbstverständlich auf der Intensivstation.«

»Aber Sie müssen doch etwas über seine Chancen wissen«, sagte Sarah. »Sie müssen wissen...« Sie machte eine hilflose Geste mit den Händen und ließ sie schlaff am Körper herabhängen.

»Er kann innerhalb von achtundvierzig Stunden aus dem Koma erwachen. Oder einer Woche. Einem Monat. Vielleicht erwacht er aber auch nie wieder. Und... es besteht eine große Wahrscheinlichkeit, daß er sterben wird. Ich muß Ihnen ganz offen sagen, daß dies am wahrscheinlichsten ist. Seine schweren Verletzungen...«

»Gott will, daß er lebt!« sagte Vera. »Ich weiß es.«

Herb hatte seinen Kopf zwischen den Händen vergraben, er rieb sich langsam über das Gesicht.

Dr. Strawns sah Vera unbehaglich an. »Ich möchte nur, daß Sie auf... jede Individualität vorbereitet sind.«

»Können Sie seine Chancen einschätzen, daraus zu erwachen?« fragte Herb.

Dr. Strawns zögerte und paffte nervös an seiner Zigarette. »Nein, das kann ich nicht«, sagte er schließlich.

5

Die drei warteten noch eine Stunde, dann gingen sie. Es war dunkel. Kalter und böiger Wind heulte über den großen Parkplatz. Sarahs langes Haar wehte hinter ihr her. Später, als sie nach Hause kam, stellte sie fest, daß sich ein trockenes gelbes Eichenblatt darin verfangen hatte. Über ihnen durchpflügte der Mond den Himmel, ein kalter Segler der Nacht. Sarah drückte Herb einen Zettel in die Hand. Ihre Adresse und Telefonnummer standen darauf. »Würden Sie mich anrufen, wenn Sie etwas hören? Irgend etwas?«

»Ja, natürlich.« Er beugte sich plötzlich hinab und küßte sie auf die Wange, und Sarah hielt einen Augenblick seine Schultern in der heulenden Dunkelheit.

»Tut mir sehr leid, daß ich vorhin so schroff zu Ihnen war«, sagte Vera, und ihre Stimme klang überraschend sanft. »Ich war sehr aufgeregt.«

»Natürlich waren Sie das«, sagte Sarah.

»Ich dachte, daß mein Junge sterben könnte. Aber ich habe gebetet. Ich habe mit Gott darüber gesprochen. Heißt es nicht: Kommt her zu mir, die ihr mühselig und beladen seid? Wir dürfen niemals den Mut verlieren, sondern müssen uns im Gebet an den Herrn wenden.«

»Wir sollten jetzt gehen, Vera«, sagte Herb. »Wir sollten noch ein bißchen schlafen und abwarten, wie es morgen früh...«

»Aber jetzt habe ich von meinem Gott gehört«, sagte Vera und blickte verträumt zum Mond hinauf. »Johnny wird nicht sterben. Es steht nicht in Gottes Plänen, daß Johnny sterben soll. Ich habe gelauscht und habe diese kleine, ruhige Stimme in meinem Herzen sprechen hören, und jetzt bin ich getröstet.«

Herb öffnete die Autotür. »Komm jetzt, Vera.«

Sie sah noch einmal zu Sarah und lächelte. In diesem Lächeln erkannte Sarah plötzlich Johnnys jungenhaftes, sorgloses Grinsen, aber gleichzeitig dachte sie, daß es das gräßlichste Lächeln war, das sie jemals gesehen hatte.

»Gott hat meinem Johnny sein Zeichen aufgedrückt«, sagte Vera. »Und ich frohlocke.«

»Gute Nacht, Mrs. Smith«, sagte Sarah mit gefühllosen Lippen.

»Gute Nacht, Sarah«, sagte Herb. Er stieg ein und ließ den Motor an. Der Wagen scherte aus dem Parkplatz aus und fuhr zur State Street, und Sarah wurde klar, daß sie gar nicht danach gefragt hatte, wo sie bleiben wollten. Sie dachte, daß sie es wahrscheinlich selbst noch nicht wußten.

Sie wandte sich zu ihrem eigenen Auto, aber dann verharrte sie, weil sie den Fluß hinter dem Krankenhaus gesehen hatte, den Penobscot. Er floß wie dunkle Seide dahin, in seiner Mitte verweilte das Spiegelbild des Mondes. Sie war jetzt ganz allein auf dem Parkplatz, und sie sah zum Himmel empor. Sie betrachtete den Mond.

Gott hat meinem Johnny sein Zeichen aufgedrückt, und ich frohlocke.

Der Mond hing über ihr wie ein kitschiges Karnevalsspielzeug, ein Glücksrad am Himmel, bei dem alle Zahlen zugunsten des Hauses lagen, ganz zu schweigen von den Haus-Nummern, null und doppel-null. Haus-Nummer, Haus-Nummer, alle bezahlen an das Haus, he-he-he.

Der Wind wehte und ließ die Blätter um ihre Beine rascheln. Sie ging zum Auto und nahm hinter dem Lenkrad Platz. Plötzlich war sie sicher, daß sie ihn verlieren würde. Entsetzen und Einsamkeit erwachten in ihr. Sie begann zu zittern. Schließlich ließ sie den Motor an und fuhr nach Hause.

6

Während der folgenden Woche gab es viel Trost und gute Wünsche von der Schülerschaft in Cleaves Mills; Herb Smith erzählte ihr später, daß Johnny mehr als dreihundert Karten bekommen hatte. Fast alle enthielten zurückhaltende, persönliche Grüße, die die Hoffnung ausdrückten, daß es Johnny bald wieder besser gehen möge. Vera beantwortete alle mit einem Dankschreiben und einem Bibelspruch.

Sarahs Problem mit der Disziplin in ihren Klassen verschwand. Ihr anfänglicher Eindruck, daß die Schüler in einer Art stets wiederkehrenden Jury eines gewissen Schuldbewußtseins ein ungnädiges Urteil über sie verhängten, verkehrte sich genau ins Gegenteil. Allmählich wurde ihr klar, daß die Kinder sie als eine Art tragische Heldin betrachteten, das unglückliche Liebchen von Mr. Smith. Diesen Eindruck gewann sie während einer Freistunde im Lehrerzimmer am Mittwoch nach dem Unfall, und sie brach in plötzliches Gelächter aus, das von Schluchzen abgelöst wurde. Bevor es ihr gelungen war, sich zusammenzunehmen, hatte sie sich selbst einen gehörigen Schreck eingejagt. Ihre Nächte waren unruhig und wurden von wiederkehrenden Träumen von Johnny heimgesucht – Johnny mit der Halloween-Jekyll-und-Hyde-Maske, Johnny, der vor der Bude mit dem Glücksrad stand, während eine körperlose Stimme sang: »Mann, es war *riesig*, den Kerl bluten zu sehen«, immer und immer wieder. Johnny sagte. »Schon recht, Sarah, alles wird gut«, und er kam ins Zimmer, aber sein ganzer Kopf fehlte oberhalb der Augenbrauen.

Herb und Vera Smith verbrachten die Woche im Bangor House, und Sarah sah sie jeden Nachmittag im Krankenhaus, wo sie geduldig darauf warteten, daß etwas geschehen würde. Aber nichts geschah. Johnny lag in einem Zimmer auf der Intensivstation im vierten Stock, war an ein Life-Support-System angeschlossen und atmete mit Hilfe einer Maschine. Dr. Strawns verlor immer mehr die Hoffnung. Am Freitag nach dem Unfall rief Herb bei Sarah an und teilte ihr mit, daß er und Vera nach Hause gingen.

»Sie will nicht«, sagte er, »aber ich habe sie zur Vernunft gebracht.«

»Ist alles in Ordnung mit ihr?« fragte Sarah.

Eine lange Pause, und Sarah befürchtete schon, mit ihrer Frage zu weit gegangen zu sein. Dann sagte Herb: »Ich weiß es nicht. Oder vielleicht weiß ich es und möchte nur nicht geradeheraus sagen, daß nicht alles in Ordnung ist. Sie hatte schon immer ausgeprägte religiöse Empfindungen, besonders nach ihrer Operation. Der Totaloperation. Jetzt ist es schlimmer geworden. Sie spricht sehr viel über das Ende der Welt. Irgendwie bringt sie Johnnys Unfall mit dem Jüngsten Gericht in Zusammenhang. Kurz vor dem Armageddon soll Gott alle Gläubigen leibhaftig in seinen Himmel aufnehmen.«

Sarah dachte an einen Stoßstangen-Aufkleber, den sie einmal irgendwo gesehen hatte: *WENN DAS JÜNGSTE GERICHT HEUTE IST, SOLL MIR JEMAND EINE UMLEITUNG ZEIGEN!* »Ja, ich kenne diese Weissagung«, sagte sie.

»Nun«, fuhr Herb unbehaglich fort, »einige von diesen Leuten, mit denen sie... korrespondiert... also, die glauben, daß Gott mit fliegenden Untertassen zu seinen Getreuen kommt. Das heißt, daß ER sie mit fliegenden Untertassen in den Himmel holt. Diese... Sekten behaupten, den Beweis dafür gefunden zu haben, daß der Himmel irgendwo draußen im Sternbild des Orion sein soll. Nein, fragen Sie mich nicht, wie sie das bewiesen haben wollen. Vera könnte es Ihnen sagen. Es ist... nun, für mich ist das alles ein bißchen schwer, Sarah.«

»Natürlich, das muß es sein.«

Herbs Stimme gewann an Festigkeit. »Aber sie kann immer noch unterscheiden, was real ist und was nicht. Sie braucht Zeit, um sich anzupassen. Daher habe ich ihr gesagt, daß sie zu Hause genausogut wie hier erwarten kann, was kommen wird. Ich...« Er machte eine Pause, offenbar verlegen, dann räusperte er sich und fuhr fort: »Ich muß zurück an die Arbeit. Ich habe Jobs. Ich habe Verträge unterschrieben...«

»Klar, natürlich.« Sie machte eine Pause. »Wie steht's denn mit der Versicherung? Ich meine, das hier muß doch ein Vermögen kosten...« Jetzt war sie an der Reihe, verlegen zu werden.

»Ich habe mit Mr. Pelsen gesprochen, Ihrem stellvertretenden Rektor in Cleaves Mills«, sagte Herb. »Johnny hatte die Standardversicherung Blue Cross, aber nicht diese neue Major Medical. Aber die Blue Cross wird einen Teil der Kosten übernehmen. Und Vera und ich haben unsere Ersparnisse.«

Sarah wurde das Herz schwer. *Vera und ich haben unsere Ersparnisse.* Wie lange würde ein Sparbuch wohl die Kosten von zweihundert Dollar oder mehr pro Tag aushalten? Und letzten Endes für welchen Zweck? Damit Johnny wie ein vernunftloses Tier dahinvegetieren konnte und hirnlos in einen Katheter pißte, während er seinen Dad und seine Mom in den Ruin trieb? Damit sein Zustand seine Mutter mit unrealistischer Hoffnung zum Wahnsinn treiben konnte? Sie spürte, wie ihr die Tränen übers Gesicht liefen, und zum ersten – aber nicht zum letzten – Male wünschte sie, daß Johnny sterben und Frieden finden würde. Dieser Gedanke flößte ihr zwar Entsetzen und Grauen ein, aber er ließ sich nicht vertreiben.

»Ich wünsche Ihnen alles Beste«, sagte Sarah.

»Das weiß ich, Sarah. Wir wünschen Ihnen auch das Beste. Werden Sie uns schreiben?«

»Ganz bestimmt.«

»Und wenn Sie können, besuchen Sie uns. Pownal ist nicht so weit weg.« Er zögerte. »Mir scheint, daß Johnny sich das richtige Mädchen ausgesucht hat. Es war ziemlich ernst, nicht wahr?«

»Ja«, sagte Sarah. Sie weinte immer noch, und es war ihr nicht entgangen, daß er die Vergangenheitsform gebraucht hatte. »Das war es.«

»Auf Wiedersehen, Kind.«

»Auf Wiedersehen, Herb.«

Sie legte den Telefonhörer einen Augenblick auf, dann hob sie ihn wieder ab, rief das Krankenhaus an und erkundigte sich nach Johnny. Keinerlei Veränderung in seinem Zustand. Sie bedankte sich bei der Schwester der Intensivstation und wanderte ziellos in ihrem Apartment umher. Sie dachte daran, daß Gott eine Luftflotte fliegender Untertassen zur Erde schickte, um die Gläubigen zum Orion bringen zu lassen. Das gab ebensoviel Sinn wie alles andere an einem Gott, der verrückt genug gewesen war, John Smiths Gehirn zu zerstören und ihn in ein Koma zu versetzen, das wahrscheinlich nie ein Ende nehmen würde – außer mit einem unerwarteten Tod.

Sie mußte noch Aufsätze von Schülern korrigieren. Sie machte sich eine Tasse Tee und setzte sich an ihren Schreibtisch. Wenn es einen Augenblick gab, an dem Sarah Bracknell die Geschicke ihres Lebens nach Johnny wieder selbst in die Hand nahm, dann war es dieser.

Viertes Kapitel

1

Der Killer war gerissen.

Er saß auf einer Bank im Sadtpark in der Nähe des Musikpavillons, rauchte eine Marlboro und summte eine Melodie aus dem weißen Album der Beatles: »... you don't know how lucky you are, boy, back in the, back in the, back in the USSR...«

An sich war er kein Killer, noch nicht. Aber es ging ihm schon lange im Kopf herum, das Killen. Es nagte und nagte in ihm. Nicht auf schlimme Art, nein. Er war sogar recht optimistisch. Der Zeitpunkt war richtig. Er mußte nicht befürchten, erwischt zu werden. Er mußte sich auch wegen der Wäscheklammer keine Sorgen machen. Weil er gerissen war.

Ein wenig Schnee begann vom Himmel herunterzuwehen. Es war der 12. November 1970 und etwa hundertundsechzig Meilen nordöstlich von der mittelgroßen Stadt im westlichen Maine entfernt, wo John Smiths dunkler Schlaf andauerte.

Der Killer ließ den Blick über die öffentliche Grünanlage schweifen – den Stadtpark, wie ihn die Touristen bezeichneten, die nach Castle Rock und in die Lakes Region kamen. Aber jetzt waren keine Touristen da. Der Stadtpark, der im Sommer so grün war, war jetzt gelb, kahl und tot. Er wartete auf den Winter, damit dieser ihn züchtig bedeckte. Der Maschendrahtzaun hinter dem Klubhaus der Pfadfinder hob sich wie mit rostigen überlappenden Diamanten versehen vor dem weißen Himmel ab. Der Musikpavillon hätte einen neuen Anstrich vertragen können.

Es war eine deprimierende Szenerie, aber der Killer war nicht deprimiert. Er war beinahe irre vor Freude. Seine Zehen wollten auf den Boden trommeln, seine Finger wollten schnippen. Diesmal würde es kein Zurückscheuen mehr geben.

Er trat die Zigarette unter einem Absatz aus und zündete sich sofort eine neue an. Er sah auf die Uhr: 15.02 Uhr. Er saß da und rauchte. Zwei Jungs kamen durch den Park, sie warfen einen Fußball hin und her, aber sie sahen den Killer nicht, weil sich die Bänke in einer Vertiefung befanden. Er nahm an, daß dies ein Ort war, wo die schlimmen Ficker bei Nacht hinkamen, wenn das Wetter warm war. Er wußte alles über die schlimmen Ficker und was sie machten. Seine Mutter hatte es ihm gesagt, und er hatte sie auch schon *gesehen*.

Bei dem Gedanken an seine Mutter verblaßte sein Lächeln ein wenig. Er erinnerte sich, daß sie einmal als er sieben Jahre alt gewesen war, ohne anzuklopfen in sein Zimmer hereingekommen war – sie klopfte nie an – und ihn dabei erwischt hatte, wie er mit seinem Ding spielte. Sie war regelrecht verrückt geworden. Er hatte versucht, ihr zu sagen, daß es nichts zu bedeuten hatte. Nichts Schlimmes. Es hatte sich einfach aufgerichtet. Er hatte nichts getan, daß es sich aufrichtete, es hatte das von sich aus getan. Und er hatte nur so dagesessen und es hin und her geboingt. Es hatte nicht einmal besonders Spaß gemacht. Es war eher langweilig gewesen. Aber seine Mutter war regelrecht verrückt geworden.

Willst du einer dieser schlimmen Ficker werden? hatte sie ihn angeschrien. Er hatte nicht einmal gewußt, was der Ausdruck bedeutete – nein, schlimm kannte er natürlich, aber das andere Wort nicht –, wenngleich er gehört hatte, wie die größeren Jungen ihn ab und zu auf dem Schulhof der Castle Rock Grundschule benutzt hatten. *Möchtest du einer dieser schlimmen Ficker werden und dir eine dieser Krankheiten holen? Möchtest du, daß Ausfluß herausläuft? Möchtest du, daß es schwarz wird? Möchtest du, daß es dir abfault? Hm? Hm? Hm?*

Dann hatte sie begonnen, ihn zu schütteln, und er hatte angefangen, vor Angst zu bibbern, schon damals war sie eine große Frau gewesen; ein herrischer und dominierender Ozeanriese von einer Frau, und er war damals noch nicht der Killer gewesen, noch nicht gerissen, er war ein kleiner Junge, der vor Angst bibberte, und sein Ding war zusammengefallen und hatte versucht, in den Körper zurückzuschrumpfen.

Sie hatte ihn gezwungen, zwei Stunden lang eine Wäscheklammer daran zu tragen, damit er lernte, wie schmerzhaft die erwähnten Krankheiten sein konnten.

Die Schmerzen waren unerträglich gewesen.

Das schwache Schneegestöber hatte aufgehört. Er verdrängte das Bild seiner Mutter aus seinem Denken, das brachte er mühelos zustande, wenn er sich wohl fühlte, aber er konnte es nicht, wenn er deprimiert war.

Sein Ding war jetzt aufgerichtet.

Er sah auf die Uhr. 15.07 Uhr. Er ließ die halb gerauchte Zigarette fallen. Jemand kam durch den Park.

Er kannte sie. Es war Alma, Alma Frechette vom Coffee Pot an der gegenüberliegenden Straßenseite. Kam soeben von ihrer Schicht. Er kannte Alma. Er hatte sich ein- oder zweimal mit ihr verabredet und ihr ein paar schöne Stunden gemacht. Er war mit ihr zum Serenity Hill in Naples gefahren. Sie war eine gute Tänzerin. Das waren *schlimme Ficker* oft. Er war froh, daß es Alma war, die kam.

Sie war allein.

Back in the US, back in the US, back in the USSR...

»Alma!« rief er und winkte. Sie erschrak ein wenig, schaute sich um und sah ihn. Sie lächelte und kam zur Bank herüber, wo er saß, sagte hallo und nannte ihn beim Namen. Er stand auf und lächelte ebenfalls. Er machte sich keine Sorgen, daß jemand kommen könnte. Er war unangreifbar. Er war Superman.

»Warum trägst du das?« fragte sie und sah ihn an.

»Schick, was?« sagte er lächelnd.

»Nun, ich würde nicht gerade...«

»Möchtest du mal was sehen?« fragte er sie. »Im Musikpavillon. Eine irre Sache.«

»Was denn?«

»Komm und sieh selbst.«

»Also gut.«

So einfach war das. Sie ging mit ihm zum Musikpavillon. Wäre jemand gekommen, hätte er es immer noch abblasen können. Aber es kam niemand. Niemand ging vorbei. Sie hatten den Park ganz für sich allein. Der weiße Himmel hing brütend über ihnen. Alma war ein kleines Mädchen mit hellblondem Haar. Gefärbtem Haar; davon war er überzeugt. Schlampen färbten ihr Haar.

Er führte sie zum Musikpavillon hinauf. Ihre Füße machten hohlklingende Geräusche auf den Dielen. Ein umgekippter Notenständer lag in einer Ecke. Eine leere Flasche Four Roses. Dies war ein Ort, zu dem schlimme Ficker kamen, ganz recht.

»Was?« fragte sie, und es hörte sich ein wenig verwundert an. Ein wenig nervös.

Der Killer lächelte freudestrahlend und zeigte auf eine Stelle links von dem Notenständer. »Da. Siehst du?«

Sie sah in die Richtung, in die sein Zeigefinger wies. Ein gebrauchtes Kondom lag wie eine zusammengeschrumpfte Schlangenhaut auf den Dielen.

Almas Gesicht nahm einen verkniffenen Ausdruck an, und sie drehte sich so schnell um, daß es ihr fast gelungen wäre, an dem Killer vorbeizukommen. »Ich finde das nicht komisch!«

Er packte sie und schleuderte sie zurück. »Wohin willst du denn?«

Ihre Augen blickten plötzlich wachsam und verängstigt drein. »Laß mich hier raus! Sonst wird es dir leid tun! Ich habe keine Zeit für widerliche Scherze...«

»Das ist kein Scherz«, sagte er. »Das ist kein Scherz, du schlimmer Ficker.« Ihm wurde beinahe schwindelig vor Freude, weil er sie jetzt so nennen konnte, wie sie es verdiente. Die Welt begann sich zu drehen.

Alma brach nach links aus und wollte zu dem Geländer, das den Musikpavillon umgab, um darüberzuspringen. Der Killer erwischte sie am Kragen ihres billigen Stoffmantels und riß sie zurück. Der Stoff riß mit einem leisen, schnurrenden Laut, und sie öffnete den Mund, um zu schreien.

Er schlug ihr die Hand auf den Mund und drückte dabei ihre Lippen gegen die Zähne. Er spürte, wie warmes Blut über seine Handfläche lief. Ihre andere Hand hieb jetzt auf ihn ein und suchte krallend nach Halt, aber es gab keinen Halt. Es gab keinen, denn er war... er war...

Gerissen!

Er warf sie auf den Dielenboden. Er nahm die Hand von ihrem Mund, der jetzt blutverschmiert war, und sie öffnete den Mund, um wieder zu schreien, aber er warf sich keuchend und grinsend auf sie, und ihr wurde mit einem lautlosen *Pschsch* die Luft aus den Lungen gepreßt. Sie konnte ihn jetzt spüren, steinhart, gigantisch und pulsierend, und sie gab den Versuch zu schreien auf und wehrte sich heftig. Ihre Finger packten zu und glitten ab, packten zu und glitten ab. Er zwängte ihre Beine brutal auseinander und legte sich dazwischen. Eine ihrer Hände glitt von seiner Nase ab und trieb ihm das Wasser in die Augen.

»Du schlimmer Ficker«, flüsterte er und schloß die Hände um ihren Hals. Er begann sie zu würgen, riß ihren Kopf vom Dielenboden des Musikpavillons hoch und schlug ihn wieder nach unten. Ihre Augen quollen aus den Höhlen. Ihr Gesicht wurde rosa, dann rot, dann purpurn.

»Schlimmer Ficker, schlimmer Ficker, schlimmer Ficker«, keuchte der Killer heiser. Jetzt war er wirklich ein Killer, Alma Frechettes Tage waren gezählt; sie würde nie mehr ihren Körper lüstern an den Leuten im Serenity Hill reiben. Ihre Augen quollen aus dem Kopf, wie die Augen einer dieser verrückten Puppen, die sie auf Rummelplätzen verkauften. Der Killer keuchte heiser. Ihre Hände lagen jetzt schlaff auf den Dielen. Seine Finger waren beinahe nicht mehr zu sehen.

Er ließ ihren Hals los, war aber bereit, sofort wieder zuzupacken, falls sie sich rühren würde. Aber sie bewegte sich nicht. Nach einem Augenblick riß er ihren Mantel auf und schob mit zitternden Händen den Rock der rosa Kellnerinnen-Tracht nach oben.

Der weiße Himmel blickte herab. Der Stadtpark von Castle Rock war menschenleer. Tatsächlich wurde die erwürgte, vergewaltigte Leiche von Alma Frechette erst am nächsten Tag entdeckt. Der Sheriff vertrat die Ansicht, daß es ein Landstreicher getan hatte. Es gab Schlagzeilen in allen Zeitungen des Staates, und in Castle Rock fand die Theorie des Sheriffs allgemeine Zustimmung.

Kein Junge aus der Stadt konnte etwas so Schreckliches getan haben.

Fünftes Kapitel

1

Herb und Vera Smith kehrten nach Pownal zurück und nahmen ihr Alltagsleben wieder auf. In diesem Dezember stellte Herb ein Haus in Durham fertig. Ihre Ersparnisse schmolzen in der Tat sehr rasch dahin, wie Sarah es vorausgesehen hatte, und sie wandten sich wegen einer Extraordinary Disaster Assistance an den Staat. Das ließ Herb beinahe genauso altern wie der Unfall selbst. EDA war für Herb nur eine andere Bezeichnung für ›Wohlfahrt‹ oder ›Sozialhilfe‹. Er hatte sein Leben lang hart und ehrlich mit den Händen gearbeitet und geglaubt, niemals den Tag erleben zu müssen, an dem er Staatsgelder annehmen mußte. Nun war dieser Tag doch gekommen.

Vera abonnierte drei neue Zeitschriften, die in unregelmäßigen Abständen mit der Post kamen. Alle drei waren schlecht gedruckt, und die Illustrationen hätten von begabter Kinderhand stammen können. *God's Saucers, The Coming Transfiguration* und *God's Psychic Miracles.* Das immer noch allmonatlich eintreffende *The Upper Room* lag manchmal drei Wochen ungeöffnet herum, aber die drei anderen las sie, bis sie zerfleddert waren. Sie fand zahlreiche Stellen darin, die mit Johnnys Unfall in Zusammenhang zu stehen schienen, diese Kleinodien las sie ihrem erschöpften Mann beim Abendessen mit einer schrillen, durchdringenden Stimme vor, die vor Aufregung bebte. Herb stellte fest, daß er sie immer häufiger bat, endlich still zu sein, manchmal brüllte er sie sogar an, mit diesem Mist aufzuhören und ihn in Ruhe zu lassen. Wenn er das tat, bedachte sie ihn mit leidenden, teilnahmsvollen und verletzten Blicken – dann schlich sie nach oben, um dort ihre Lektüre fortzusetzen. Sie fing an, Briefwechsel mit den Zeitschriften zu führen, sie korrespondierte mit den Verfassern der Artikel und mit anderen Brieffreunden, welche ähnliche Erlebnisse in ihren Leben gehabt hatten.

Die meisten ihrer Brieffreunde waren gütige Menschen wie Vera selbst, die ihr helfen wollten, die schier unerträgliche Last ihres Leids leichter zu ertragen. Sie schickten Gebete und Gebetssteine, sie schickten Talismane und Versprechen, Johnny mit in ihre Nachtgebete einzuschließen. Aber es gab auch andere, die nichts weiter waren als Geschäftemacher, und Herb beunruhigte das zunehmende Unvermögen seiner Frau, diese als solche zu erkennen. Sie bekam ein Angebot, einen echten Splitter vom Einzig Wahren Kreuz Unseres Herrn für nur neunundneunzig Dollar und achtundneunzig Cent zu kaufen. Sie bekam ein Angebot für eine Phiole echtes Wasser aus der Quelle von Lourdes, das ganz sicher ein Wunder bewirken würde, wenn sie es auf Johnnys Stirn rieb. Diese kostete einhundertzehn Dollar plus Versandspesen. Billiger (und für Vera anziehender) war eine Endloskassette mit dem dreiundzwanzigsten Psalm und dem Vaterunser, beide von dem Evangelisten Billy Humbarr aus dem Süden gesprochen. Wenn sie diese über einen Zeitraum von mehreren Wochen hinweg in Johnnys Krankenzimmer abspielen ließ, würde mit an Sicherheit grenzender Wahrscheinlichkeit ein wunderbarer Heilungsprozeß die Folge sein, wie es in der Broschüre hieß. Als zusätzlichen Segen gebe es (aber nicht für lange) ein handsigniertes Bild von Billy Humbarr höchstpersönlich.

Herb mußte immer häufiger einschreiten, während ihre Begeisterung für diesen pseudoreligiösen Humbug wuchs. Manchmal zerriß er heimlich ihre Schecks und glich die Summen im Scheckbuch wieder an. Aber wenn ein Angebot auf Bargeld und nichts anderem bestand, mußte er einfach eingreifen – Vera wandte sich von ihm ab und betrachtete ihn mit zunehmendem Mißtrauen als Sünder und Ungläubigen.

2

Sarah Bracknell gab tagsüber Unterricht. Ihre Nachmittage und Abende verliefen jetzt nicht viel anders als damals nach ihrem Bruch mit Dan; sie lebte in einer Art Limbo und wartete darauf, daß etwas geschehen würde. In Paris wurden die Friedensverhandlungen vertagt. Nixon hatte trotz steigender Proteste im In- und Ausland die Fortsetzung der Bombardierung von Hanoi befohlen. Anläßlich einer Pressekonferenz legte er Bilder vor, die eindeutig bewiesen, daß amerikanische Flugzeuge ganz sicher keine nordvietnamesischen Krankenhäuser bombardierten, aber er flog überall mit einem Armeehubschrauber hin. Die Ermittlungen im Fall von Vergewaltigung und Ermordung einer Kellnerin aus Castle Rock waren festgefahren, nachdem man einen vorübergehend verhafteten Schildermaler, der einmal drei Jahre in der staatlichen Nervenheilanstalt Augusta verbracht hatte, wieder auf freien Fuß hatte setzen müssen, weil sich sein Alibi allen Erwartungen zum Trotz als hieb- und stichfest erwiesen hatte. Janis Joplin schrie den Blues. Paris verkündete im zweiten Jahr hintereinander, daß die Röcke wieder länger werden würden, was aber nicht der Fall war. Sarah nahm all diese Dinge auf eine vage Weise wahr, wie Stimmen aus einem anderen Raum, wo eine unverständliche Party stattfand, die kein Ende zu nehmen schien.

Der erste Schnee fiel – nur eine dünne Schicht –, dann eine zweite, zehn Tage vor Weihnachten tobte ein Sturm, so daß die hiesigen Schulen einen Tag geschlossen wurden und sie zuhause blieb und auf die allmählich zuschneiende Flagg Street hinaussah. Ihre kurze Geschichte mit Johnny – sie konnte es nicht einmal rechtens eine Affäre nennen – gehörte nun einer anderen Jahreszeit an, und sie konnte spüren, wie er ihr entglitt. Es war ein von Panik begleitetes Gefühl, als würde ein Teil von ihr ertrinken. Tagelang ertrinken.

Sie las eine Menge über Kopfverletzungen, Komas und

Hirnverletzungen. Nichts davon war sehr ermutigend. Sie fand heraus, daß es ein Mädchen aus einem Dorf in Maryland gab, das sechs Jahre im Koma gelegen hatte; es gab einen jungen Mann aus Liverpool, England, der bei der Arbeit in den Docks von dem Haken eines Lastkrans getroffen worden war und vierzehn Jahre im Koma lag, bevor er verstarb. Nach und nach hatte dieser wackere Hafenarbeiter seine Verbindungen zur Welt abgeschnitten, er war dahingesiecht, hatte Haarausfall bekommen, seine Sehnerven waren hinter den geschlossenen Lidern zu Haferschleim verdorben, der Körper hatte sich allmählich in eine embryonale Haltung verkrümmt, da die Sehnen sich zusammenzogen. Er hatte die Zeit umgekehrt, war wieder zum Fötus geworden, schwamm im Fruchtwasser des Komas, während sein Gehirn verfiel. Eine nach seinem Tod durchgeführte Autopsie hatte ergeben, daß sich die Falten und Schlingen seines Gehirns geglättet hatten, bis die vorderen und präfrontalen Hirnlappen fast völlig konturlos gewesen waren.

Oh, Johnny, das ist einfach ungerecht, dachte sie, während sie den Schneefall draußen betrachtete, welcher die Welt mit kaltem Weiß überzog und den verstrichenen Sommer und rotgoldenen Herbst begrub. *Es ist ungerecht, sie sollten dich dorthin gehen lassen, wo immer man hingeht.*

Alle zehn Tage bis zwei Wochen bekam sie einen Brief von Herb Smith – Vera hatte ihre Brieffreunde, und er hatte seine. Er hatte eine große, krakelige Handschrift und schrieb mit einem altmodischen Füllfederhalter. »Uns geht es auch beiden gut. Wir warten darauf, was weiter geschehen wird, wie Sie zweifellos auch. Ja, ich habe auch viel gelesen, und ich weiß, was Sie in Ihren Briefen gütiger- und bedachterweise verschweigen, Sarah. Es sieht schlecht aus. Aber natürlich geben wir die Hoffnung nie auf. Ich glaube nicht so an Gott, wie Vera das tut, aber ich glaube auf meine Weise an ihn, und ich frage mich, weshalb er Johnny nicht gleich zu sich geholt hat, wenn es seine Absicht war. Gibt es einen Grund dafür? Ich denke, das weiß niemand. Wir können nur hoffen.«

In einem anderen Brief:

»Ich werde dieses Jahr die Weihnachtseinkäufe allein erledigen müssen, da Vera zu der Überzeugung gelangt ist, daß Weihnachtsgeschenke ein sündiger Brauch sind. Das meine ich damit, wenn ich schreibe, daß es mit ihr immer schlimmer wird. Für sie war es immer ein heiliger Tag, nicht nur ein Feiertag – wenn Sie verstehen, was ich meine –, und wenn sie diese Zeilen lesen würde, würde sie mich wahrscheinlich erschießen. Sie hat immer gesagt, daß sie ihn als Geburtstag von Jesus Christus ansehen würde, nicht als den des heiligen Nikolaus, aber bisher haben ihr die Einkäufe noch nie etwas ausgemacht. Sie haben ihr sogar gefallen. Inzwischen sieht es so aus, als könnte sie nur noch dagegen anwettern. Viele dieser seltsamen Vorstellungen bekommt sie von diesen Leuten, mit denen sie sich ständig schreibt. Herrje, ich wünschte, sie würde endlich damit aufhören und wieder normal werden. Aber sonst geht es uns beiden ausgezeichnet. *Herb.*«

Und eine Weihnachtskarte, über der sie ein wenig weinte: »Viele liebe Grüße von uns für die Feiertage, und wenn Sie Weihnachten mit ein paar ›alten Mummelgreisen‹ verbringen möchten, das Gästezimmer steht bereit. Vera und mir geht es gut. Ich hoffe, das nächste Jahr wird für uns alle besser werden, und glaube fest daran, daß es so sein wird. *Herb* und *Vera.*«

Sie verbrachte die Weihnachtsferien aber nicht in Pownal, teilweise deshalb, weil Veras Rückzug in ihre eigene Welt – ihren Rückzug konnte man ziemlich deutlich zwischen den Zeilen von Herbs Briefen herauslesen – andauerte, teilweise auch, weil ihr das gemeinsame Band zwischen ihnen mittlerweile so seltsam und fern erschien. Die reglose Gestalt in dem Krankenhausbett in Bangor hatte sie einst in Großaufnahme vor sich gesehen, aber jetzt schien sie ihn immer durch die falsche Seite des Teleskops der Erinnerung zu betrachten; er war, wie der Ballonfahrer, fern und weit. Daher schien es ihr das beste zu sein, Distanz zu wahren.

Vielleicht spürte auch Herb das. Nachdem aus 1970

schließlich 1971 geworden war, wurden seine Briefe seltener. In einem schrieb er ihr recht deutlich, daß es Zeit für sie wurde, ihr eigenes Leben weiterzuleben, und er schloß damit, daß er bezweifelte, ein Mädchen wie sie würde Mühe haben, sich zu verabreden.

Aber sie hatte keine Verabredungen und wollte auch keine. Gene Sedecki, der Mathematiklehrer, der sie einst zu einem Abend eingeladen hatte, der mindestens tausend Jahre lang gewesen zu sein schien, hatte sie kurz nach Johnnys Unfall einzuladen begonnen, und er war ein Mann, der sich nur schwer entmutigen ließ, aber sie glaubte, daß er allmählich begriff. Das freilich hätte schon viel früher kommen sollen.

Gelegentlich wollten auch andere Männer mit ihr ausgehen, und einer von ihnen, ein Jurastudent namens Walter Hazlett, gefiel ihr sogar recht gut. Sie lernte ihn beim Neujahrsfest von Anne Strafford kennen. Sie hatte nur kurz vorbeischauen wollen, aber dann war sie doch ziemlich lange geblieben und hatte sich vornehmlich mit Hazlett unterhalten. Es war ihr überraschend schwergefallen, nein zu sagen, aber sie hatte es schließlich doch getan, denn sie wußte nur zu genau, weshalb er sie faszinierte – Walt Hazlett war ein großer Mann mit einem widerspenstigen braunen Haarschopf und einem schiefen, halb zynischen Lächeln, und er erinnerte sie außerordentlich an Johnny. Das war keine Basis, auf der man sich für einen Mann interessieren konnte.

Anfang Februar wurde sie von dem Mechaniker eingeladen, der in der Chevron-Tankstelle von Cleaves Mills an ihrem Auto arbeitete. Wieder hätte sie beinahe ja gesagt, überlegte es sich dann aber anders. Der Mann hieß Arnie Tremont. Er war groß, hatte olivfarbene Haut und war auf eine lächelnde, raubtierhafte Weise hübsch. Er erinnerte sie ein wenig an James Brolin, die zweite Geige in der Dr.-Welby-Fernsehsendung, und noch stärker an einen Delta Tau Delta namens Dan.

Besser warten. Warten und sehen, ob sich etwas tut.

Aber es tat sich nichts.

3

In jenem Sommer des Jahres 1971 saß Greg Stillson, sechzehn Jahre älter und klüger als der Bibelverkäufer, der auf einem verlassenen Hof in Iowa einen Hund totgetreten hatte, im Hinterzimmer seines neugegründeten Versicherungs- und Maklerbüros in Ridgeway, New Hampshire. In den dazwischenliegenden Jahren war er nicht sehr gealtert. Er hatte ein Netz von Fältchen um die Augen, und sein Haar war länger (aber immer noch konservativ frisiert). Er war ein großer Mann, und sein Bürostuhl ächzte unter ihm, wenn er sich bewegte.

Er rauchte eine Pall-Mall-Zigarette und sah den Mann an, der sich gemütlich im Sessel gegenüber räkelte. Greg betrachtete diesen Mann etwa so, wie ein Zoologe sich eine neue interessante Tierart anschauen würde.

»Sehen Sie etwas Grünes?« fragte Sonny Elliman.

Elliman war einen Meter neunzig groß. Er trug eine alte, speckige Jeansjacke, von der die Ärmel und Knöpfe abgeschnitten waren. Darunter war kein Hemd. Auf der nackten Brust baumelte ein Eisernes Kreuz aus der Nazizeit, schwarz in weißem Chrom. Die Schnalle des Gürtels unterhalb des beachtlichen Bierbauches war ein großer, elfenbeinerner Totenkopf. Unter den abgerissenen Aufschlägen der Jeans ragten die schnallenverzierten Spitzen von Desert Driver Boots hervor. Das wirre Haar war schulterlang und glänzte von fettigem Schweiß und Motorenöl. An einem Ohrläppchen baumelte ein Hakenkreuz-Ohrring, ebenfalls schwarz in Chrom. Auf einem stumpfen, dicken Finger drehte er einen graugrünen Stahlhelm. Auf den Rücken seiner Jacke war ein lüstern grinsender Teufel mit gespaltener Zunge gestickt. Über dem Teufel stand *The Devil's Dozen*. Darunter: *Sonny Elliman, Prez.*

»Nein«, sagte Greg Stillson. »Ich sehe nichts Grünes, aber ich sehe jemanden, der verdächtig nach einem wandelnden Arschloch aussieht!«

Elliman zuckte zusammen, doch dann entspannte er sich

und lachte. Trotz des Schmutzes, des fast greifbaren Körpergeruchs und seiner Nazi-Ausstattung, waren seine dunkelgrünen Augen intelligent und nicht ohne eine Spur Humor.

»Stufen Sie mich getrost bei den Hunden oder noch tiefer ein, Mann!« sagte er. »Ist mir früher schon passiert. Sie haben das Sagen.«

»Das erkennen Sie also an, ja?«

»Sicher. Ich hab' meine Leute in Hamptons zurückgelassen und bin allein hierhergekommen. Alles auf meine Kappe.« Er lächelte. »Aber sollten wir Sie jemals in einer ähnlichen Position erwischen, dann hoffen Sie lieber schon jetzt, daß Ihre Nieren Kampfstiefel tragen werden!«

»Darauf werde ich es ankommen lassen«, sagte Greg. Er musterte Elliman eingehend. Sie waren beide große Männer. Greg schätzte, daß Elliman gut vierzig Pfund schwerer war, aber vieles davon waren Bier-Muskeln. »Ich könnte mit Ihnen fertig werden, Sonny.«

Ellimann verzog das Gesicht wieder zu einem gutmütigen Grinsen. »Vielleicht. Vielleicht auch nicht. Aber so läuft das nicht, Mann. Die gute amerikanische John-Wayne-Masche.« Er beugte sich nach vorne, als wollte er ein großes Geheimnis preisgeben. »Ich persönlich, also wenn ich ein Stück von Mutters Apfelkuchen bekomme, dann mache ich mir einen Spaß daraus, darauf zu scheißen.«

»Üble Ausdrucksweise, Sonny«, sagte Greg milde.

»Was wollen Sie von mir?« fragte Sonny. »Warum kommen Sie nicht zur Sache? Sie verpassen Ihre Jaycee-Versammlung.«

»Nein«, sagte Greg immer noch ernst. »Die Jaycees treffen sich Dienstagabend. Wir haben alle Zeit der Welt.«

Elliman gab einen mißfälligen Pfeifton von sich.

»Eigentlich habe ich gedacht«, fuhr Greg fort, »daß *Sie* etwas von *mir* wollen.« Er zog eine Schublade seines Schreibtischs heraus und entnahm ihr drei Plastikbeutel, die Marihuana enthielten. In das Gras waren eine Anzahl von Gel-Kapseln gemischt. »Das wurde in Ihrem Schlafsack gefunden«, sagte

Greg. »Häßlich, häßlich, Sonny. Böser Junge. Gehen Sie nicht über Los, ziehen Sie nicht zweihundert Dollar ein. Gehen Sie direkt ins Staatsgefängnis von New Hampshire.«

»Sie hatten keinen Durchsuchungsbefehl«, sagte Elliman. »Selbst ein Kindskopf von Anwalt könnte mich freibekommen, und das wissen Sie auch.«

»Ich weiß nichts dergleichen«, sagte Greg Stillson. Er lehnte sich auf seinem Drehstuhl zurück und legte seine Latschen, die er jenseits der Staatsgrenze bei L. L. Beau in Maine gekauft hatte, auf den Schreibtisch. »Ich bin ein großes Tier in dieser Stadt, Sonny. Vor ein paar Jahren kam ich praktisch mit leeren Händen nach New Hampshire, aber heute habe ich hier ein gutes Unternehmen. Ich habe dem Stadtrat geholfen, zwei Probleme zu lösen, unter anderem auch, was man am besten mit Jugendlichen machen soll, die von der Polizei mit Drogen geschnappt werden... oh, ich meine nicht so schlechte Kerle wie Sie, Sonny, mit Herumtreibern wie Ihnen wissen wir fertigzuwerden, wenn wir sie mit einem netten Schatzkästchen wie dem erwischen, das hier auf meinem Schreibtisch liegt... Ich meine die netten Jungs aus unserer Stadt. Sehen Sie, ihnen will eigentlich niemand etwas tun. Das habe ich den Verantwortlichen klargemacht. Statt diese jungen Leute ins Gefängnis zu schicken, laßt sie bei gemeinnützigen Projekten arbeiten, habe ich der Stadtverwaltung geraten. Funktioniert gut. Der größte Dealer der Drei-Städte-Zone ist jetzt Trainer der Pfadfinder, und das macht er wirklich gut.«

Elliman blickte gelangweilt drein. Greg nahm plötzlich die Füße vom Schreibtisch, stellte sie krachend auf den Fußboden, schnappte sich eine Vase mit dem UNH-Abzeichen auf der Seite und warf sie dicht an Sonny Ellimans Nase vorbei. Sie flog Zentimeter an seiner Nase vorbei, wirbelte durch das Zimmer und zerbarst splitternd an einem Aktenschrank in der Ecke. Jetzt sah Elliman zum erstenmal erschrocken drein. Und einen Augenblick nur war das Gesicht dieses älteren, klügeren Greg Stillson wieder das Gesicht des jüngeren Mannes, des Hunde-Töters.

»Sie werden anhören, was ich Ihnen sage«, sagte er leise. »Denn wir werden uns jetzt über Ihre Laufbahn in den kommenden zehn Jahren oder so unterhalten. Und wenn Sie kein Interesse daran haben, daß diese Laufbahn so aussieht, daß Sie LEB FREI ODER STIRB auf Nummernschilder stanzen, dann sollten Sie mir wirklich gut zuhören, Sonny. Sie werden so tun, als sei dies Ihr erster Schultag, Sonny. Sie werden dafür sorgen, daß Sie alles gleich beim erstenmal kapieren, *Sonny.*«

Elliman betrachtete die Scherben der Vase, dann Stillson. Seine bisherige unbehagliche Ruhe wich aufrichtigem Interesse. Er war schon ziemlich lange an nichts mehr besonders interessiert gewesen. Er hatte sich nur aus Langeweile dem Alkohol zugewandt. Er war aus Langeweile allein hierhergekommen. Und als dieser große Bursche ihn an den Straßenrand gewinkt hatte, mit Hilfe eines Blaulichts am Armaturenbrett seines Kombiwagens, hatte Sonny Elliman angenommen, er würde es wieder mit einem kleinstädtischen Polizistentölpel zu tun haben, der sein Territorium beschützte und den bösen Motorradfahrer mit seiner aufgemotzten Harley Davidson vertreiben wollte. Aber dieser Bursche war anders. Er war... war...

Er ist verrückt! wurde Sonny klar, und diese Entdeckung bereitete ihm Entzücken. *Er hat zwei öffentliche Belobigungen an der Wand hängen; Bilder, auf denen er sich mit den Rotariern und den Lions unterhält; und er ist Vizepräsident der Jaycees in dieser beschissenen Kleinstadt; und im nächsten Jahr wird er der Präsident sein, und er ist so verrückt wie eine verdammte Bettwanze!*

»Okay«, sagte er. »Sie haben meine ungeteilte Aufmerksamkeit.«

»Ich hatte eine recht bunte Karriere, könnte man sagen«, sagte Greg. »Ich bin oben, aber auch unten gewesen. Ich hatte ein paar Differenzen mit dem Gesetz. Ich will damit sagen, Sonny, daß ich keinerlei Vorurteile gegen Sie hege. Jedenfalls nicht so, wie die anderen. Sie alle haben im *Union-Leader* gelesen, was Sie und Ihre Rockerfreunde in diesem Sommer drüben in den Hamptons gemacht haben, und sie würden Sie am liebsten mit einer rostigen Gillette-Rasierklinge kastrieren.«

»Das waren doch gar nicht die Devil's Dozen«, sagte Sonny. »Wir sind nur von New York hierhergekommen, um uns am Strand zu amüsieren, Mann. Wir machen Urlaub. Nicht wir nehmen diese Bumskneipen auseinander. Eine Bande Hell's Angels reißt euch den Arsch auf, und eine Rotte Black Riders aus New Jersey, aber wissen Sie, wer es vor allem tut? Eine Bande von College-Kids.« Sonny schürzte die Lippen. »Aber das schreiben die Zeitungen nicht gern, was? Sie schieben es lieber uns in die Schuhe statt Susie und Jim.«

»Sie sind viel auffallender«, sagte Greg sanft. »Und William Loeb beim *Union-Leader* kann Motorradbanden nicht leiden.«

»Dieser glatzköpfige Scheißkerl«, murmelte Sonny.

Greg öffnete eine Schublade und holte einen Flachmann Leader's Bourbon heraus. »Darauf werde ich trinken«, sagte er. Er erbrach das Siegel und leerte den halben Inhalt der Flasche auf einen Zug. Die Augen tränten ihm, er stieß prustend den Atem aus und reichte die Flasche über den Schreibtisch. »Sie auch?«

Sonny gab ihr den Rest. Wohlige Wärme breitete sich von seinem Bauch bis in den Hals hinauf aus.

»Erleuchten Sie mich, Mann«, keuchte er.

Greg warf den Kopf zurück und lachte. »Wir werden gut miteinander auskommen, Sonny. Ich habe das Gefühl, wir werden gut miteinander auskommen.«

»Was wollen Sie?« fragte Sonny, der die leere Flasche noch in der Hand hatte.

»Nichts... im Moment nicht. Aber ich habe das Gefühl...« Gregs Augen nahmen einen abwesenden, fast verwunderten Ausdruck an. »Ich hab' Ihnen ja schon gesagt, daß ich in Ridgeway ein großes Tier bin. Ich werde bei der nächsten Bürgermeisterwahl kandidieren, und ich werde gewinnen! Aber das ist...«

»... erst der Anfang?« platzte Sonny heraus.

»Auf jeden Fall ein Anfang.« Der verwunderte Ausdruck war immer noch vorhanden. »Ich setze Dinge in Bewegung. Die Leute wissen das. Und ich bin gut bei allem, was ich mache. Ich habe das Gefühl, daß... noch sehr viel vor mir liegt. Der Himmel ist die Grenze. Aber ich bin nicht... ganz sicher... was ich meine. Verstehen Sie?«

Sonny zuckte nur die Achseln.

Der verwunderte Ausdruck verblaßte. »Aber es gibt da eine Geschichte, Sonny. Eine Geschichte über eine Maus, die einem Löwen einen Dorn aus der Pfote zieht. Damit wollte sich die Maus dafür erkenntlich zeigen, daß der Löwe sie vor Jahren nicht gefressen hatte. Kennen Sie diese Geschichte?«

»Vielleicht habe ich sie als Kind gehört.«

Greg nickte. Nun, es wird noch ein paar Jahre dauern, bis... was immer es sein wird, Sonny.« Er schob die Plastikbeutelchen über den Schreibtisch. »Ich werde Sie nicht fressen. Ich könnte es, wenn ich wollte, wissen Sie. Kein Kindskopf von einem Anwalt könnte sie davor bewahren. In dieser Stadt, mit den Unruhen in Hampton, keine zwanzig Meilen entfernt, würde nicht einmal der abgefickte Clarence Darrow Sie raushauen. Die guten Leute hier würden Sie zu gerne hopsgehen sehen.«

Elliman gab keine Antwort, aber im stillen mußte er Greg rechtgeben. Unter seinem Rauschgift befanden sich zwar keine starken Drogen – zwei Braune Bomber waren das stärkste – aber die Elternschaft der lieben Kinderchen Susie und Jim würde es bestimmt liebend gern sehen, wenn er mit kahlgeschorenem Kopf ein paar Jahre im Steinbruch von Portsmouth schuften müßte.

»Ich werde Sie nicht fressen, Sonny«, wiederholte Greg. »Ich hoffe, Sie erinnern sich noch in ein paar Jahren daran, wenn ich einmal einen Dorn in der Pfote habe... oder Ihnen vielleicht einen Job anbiete. Werden Sie daran denken?«

Dankbarkeit stand nicht in Sonny Ellimans begrenztem Katalog menschlicher Gefühle, aber Interesse und Neugier schon. Beides empfand er für diesen Mann namens Stillson.

Diese Verrücktheit in seinen Augen deutete auf viele Dinge hin, aber Langeweile gehörte bestimmt nicht dazu.

»Wer weiß, wo wir alle in ein paar Jahren sein werden?« murmelte er. »Wir könnten alle tot sein.«

»Vergessen Sie mich nur nicht. Mehr verlange ich nicht.«

Sonny betrachtete nochmals die Scherben der Vase. »Ich werde Sie nicht vergessen«, sagte er.

4

1971 ging vorbei. Die Strandkrawalle in New Hampshire nahmen ein Ende, das Murren der Geschäftsleute am Strand wurde durch die steigenden positiven Bilanzen ihrer Konten zum Schweigen gebracht. Ein obskurer Bursche namens George McGovern erklärte sich komisch verfrüht zum Präsidentschaftskandidaten. Jeder, der die Politik verfolgte, wußte genau, daß der Kandidat der Demokratischen Partei für 1972 kein anderer als Edmund Muskie sein würde, und viele waren der Überzeugung, daß es ihm vielleicht gelingen konnte, den Troll von San Clemente von den Beinen zu reißen und auf der Matte festzunageln.

Anfang Juni, kurz vor den Sommerferien, traf Sarah den jungen Jurastudenten wieder. Sie begegneten sich zufällig in Day's Haushaltswarenladen, wo sie einen Toaster kaufte und er ein Geschenk für seine Eltern zum Hochzeitstag suchte. Er lud sie zu einem Kinobesuch ein – in der Stadt wurde *Dirty Harry* gezeigt, der neueste Film mit Clint Eastwood. Sarah willigte ein. Die beiden unterhielten sich gut. Walter Hazlett hatte sich inzwischen einen Bart wachsen lassen, und er erinnerte sie nicht mehr so sehr an Johnny. Es fiel ihr in letzter Zeit überhaupt schwer, sich daran zu erinnern, wie Johnny aussah. Sein Gesicht wurde nur in ihren Träumen deutlicher, Träume, in denen er vor dem Glücksrad stand und zusah, wie es sich drehte, wobei sein Gesicht kalt war und seine blauen Augen jenen verwirrenden und ein wenig furchteinflößenden dunkelvioletten Ton annahmen; er betrachtete das Glücksrad als wäre es sein eigenes Privatspiel.

Sie und Walt verabredeten sich häufiger. Man kam gut mit ihm zurecht. Er stellte keinerlei Forderungen – wenn doch, dann waren sie von so behutsamer Art, daß es gar nicht auffiel. Im Oktober fragte er sie, ob er ihr einen kleinen Diamanten kaufen durfte. Sarah fragte, ob sie das Wochenende über Bedenkzeit haben konnte. An diesem Samstagabend war sie ins Eastern Maine Medical Center gegangen, hatte sich an der Rezeption einen rot umrandeten Sonderausweis geben lassen und war zur Intensivstation gegangen. Sie saß eine Stunde neben Johnnys Bett. Draußen heulte der Herbstwind im Dunkeln, kündete von Kälte, kündete von Schnee, kündete von der Jahreszeit des Todes. Noch sechzehn Tage, dann war es ein Jahr her seit dem Rummelplatz, dem Glücksrad und dem Frontalzusammenstoß am Bog.

Sie saß da, lauschte dem Wind und sah Johnny an. Die Verbände waren entfernt worden. Die Narbe auf der Stirn begann zwei Zentimeter über der rechten Braue und verlief zickzackförmig bis zum Haaransatz. Sein Haar war weiß geworden, was sie an den aus der Literatur bekannten Detektiv vom 87. Revier denken ließ – Cotton Hawes, so hieß er. Sarah hatte nicht den Eindruck, als zeige er Verfallerscheinungen, abgesehen von dem zwangsläufigen Gewichtsverlust. Er war einfach ein fest schlafender junger Mann, den sie kaum kannte.

Sie beugte sich über ihn und küßte ihn sanft auf den Mund, als könnte sie das alte Märchen umkehren und ihn durch ihren Kuß wecken. Aber Johnny schlief weiter.

Sie ging, kehrte in ihr Apartment in Veazie zurück, legte sich aufs Bett und weinte, während der Wind durch die dunkle Welt dort draußen wanderte und seine Ladung gelber und roter Blätter vor sich herwehte. Am Montag sagte sie Walt, wenn er ihr wirklich einen Diamanten kaufen wollte, einen kleinen wohlgemerkt, wäre sie glücklich und stolz, ihn zu tragen.

Das war Sarah Bracknells 1971.

Anfang 1972 brach Edmund Muskie während einer ergreifenden Rede vor dem Büro des Mannes, den Sonny Elliman als ›glatzköpfigen Scheißkerl‹ bezeichnet hatte, in Tränen aus. George McGovern gewann die Vorwahlen, und Loeb verkündete schadenfroh in seiner Zeitung, daß die Leute von New Hamshire keine Heulsusen haben mochten. Im Juli wurde George McGovern nominiert. Im selben Monat wurde Sarah Bracknell zu Sarah Hazlett. Sie und Walt heirateten in der Methodistenkirche von Bangor.

Weniger als zwei Meilen entfernt schlief Johnny Smith weiter. Der Gedanke an ihn kam Sarah plötzlich und auf schreckliche Weise, als Walt sie vor den lieben Hochzeitsgästen küßte. – *Johnny,* dachte sie und sah ihn so, wie sie ihn gesehen hatte, als das Licht anging, halb Jekyll und halb höhnischer Hyde. Einen Augenblick erstarrte sie in Walts Armen, dann war es vorbei. Erinnerung, Vision, was immer es gewesen war, es war vorbei.

Nach längerem Nachdenken und einer Diskussion mit Walt hatte Sarah auch Johnnys Eltern zur Hochzeit eingeladen. Herb war allein gekommen. Beim Empfang hatte Sarah sich nach Vera erkundigt.

Er hatte sich umgesehen und davon überzeugt, daß sie beide einen Augenblick allein waren, hatte er rasch den Rest von seinem Scotch mit Soda gekippt. Er war in den letzten achtzehn Monaten um fünf Jahre gealtert, dachte sie. Sein Haar war spärlich geworden. Die Falten in seinem Gesicht waren tiefer. Er trug auf die sorgsame und bewußte Weise von Leuten, die sie gerade bekommen haben, eine Brille, und seine Augen hinter den schwachen Gläsern waren wachsam und verletzt.

»Nein... eigentlich nicht, Sarah. Um die Wahrheit zu sagen, sie ist oben in Vermont. Auf einer Farm. Dort wartet sie auf das Ende der Welt.«

»Was?«

Herb erzählte ihr, daß Vera vor etwa sechs Monaten damit begonnen hatte, mit einer Gruppe von etwa zehn Leuten zu korrespondieren, die sich *Amerikanische Gesellschaft der Letzten Tage* nannte. Die Gruppe wurde von Mr. und Mrs. Harry L. Stonkers aus Racine, Wisconsin, angeführt. Mr. und Mrs. Stonkers behaupteten, während eines Campingausflugs von einer Fliegenden Untertasse aufgenommen worden zu sein. Man hatte sie in den Himmel gebracht, der sich aber nicht in der Konstellation des Orion befand, sondern auf einem erdähnlichen Planeten, der Arkturus umkreiste. Dort waren sie in eine Gesellschaft von Engeln aufgenommen worden und hatten das Paradies gesehen. Man hatte die Stonkers informiert, daß die Letzten Tage kurz bevorstünden. Man hatte ihnen die Gabe der Telepathie verliehen und sie wieder zur Erde zurückgeschickt, um ein paar getreue Gläubige zusammenzubringen – für den ersten Transporter zum Himmel. Und so hatten sich die zehn zusammengetan, eine Farm nördlich von St. Johnsbury gekauft und sich vor etwa sieben Wochen dort niedergelassen, um auf die Ankunft der Fliegenden Untertasse zu warten, die kommen und sie mitnehmen sollte.

»Hört sich an wie...«, begann Sarah, aber dann hielt sie den Mund.

»Ich weiß, wie sich das anhört«, sagte Herb. »Es hört sich verrückt an! Sie haben neuntausend Dollar für eine Farm bezahlt, die nur aus einem verfallenen Haus und acht Hektar Ödland besteht. Veras Anteil betrug siebenhundert Dollar – mehr konnte sie nicht auftreiben. Ich konnte sie nicht daran hindern, höchstens durch Entmündigung.« Er machte eine Pause, dann lächelte er. »Aber das ist kein Gesprächsthema bei Ihrer Hochzeitsparty, Sarah. Sie und Ihr Mann werden von allem das Beste haben. Ich weiß es.«

Sarah lächelte so gut sie eben konnte. »Danke, Herb. Werden Sie... ich meine, glauben Sie, daß sie...«

»Zurückkommen wird? O ja! Wenn die Welt bis zum Winter nicht untergeht, wird sie zurückkommen.«

»Oh, ich wünsche Ihnen das Allerbeste«, sagte sie und umarmte ihn.

5

Die Farm in Vermont hatte keine Heizung, und als die Fliegende Untertasse im Oktober noch immer nicht eingetroffen war, kam Vera heim. Die Untertasse war nicht gekommen, sagte sie, weil sie noch nicht vollkommen waren und die Sünden ihres Lebens noch nicht abgeschüttelt hatten. Aber Vera war sehr gehobener Stimmung. Sie hatte im Traum ein Zeichen bekommen. Es war ihr nicht vorherbestimmt, die Erde mit einer Fliegenden Untertasse zu verlassen. Sie war mehr und mehr davon überzeugt, daß sie gebraucht wurde, um ihren Jungen zu leiten, um ihm zu helfen, wenn er aus seiner Trance erwachte.

Herb nahm sie wieder auf, liebte sie, so gut er konnte – und das Leben ging weiter. Johnny lag nun schon seit zwei Jahren im Koma.

6

Nixon wurde wiedergewählt. Die amerikanischen Jungs begannen aus Vietnam zurückzukehren. Walter Hazlett fiel beim Juraexamen durch und wurde eingeladen, es später noch einmal zu versuchen. Sarah Hazlett unterrichtete in der Schule, während er auf die Prüfungen lernte. Die Schüler, die alberne, schlaksige Erstkläßler gewesen waren, als sie zu unterrichten begonnen hatte, waren jetzt Junioren. Aus flachbrüstigen Mädchen waren Mädchen mit Busen geworden. Knilche, die sich auf dem Weg zum Schulhaus verirrt hatten, spielten jetzt Basketball.

Der zweite arabisch-israelische Krieg kam und ging. Die Ölkrise kam und ging. Schmerzhaft hohe Benzinpreise kamen und gingen nicht mehr. Vera Smith kam zu der Überzeugung, daß Christus am Südpol von unter der Erde zurückkehren würde. Diese Geheiminformation stammte aus einer neuen Broschüre (siebzehn Seiten, Preis vier Dollar fünfzig) mit dem Titel *Gottes tropischer Untergrund*. Die verblüffende Hypothese des Verfassers war, daß sich der Himmel eigentlich direkt unter unseren Füßen befand und der einfachste Zugangspunkt am Südpol lag. Ein Kapitel der Broschüre lautete ›Außersinnliche Wahrnehmungen der Südpolforscher‹.

Herb wies sie darauf hin, daß sie noch vor weniger als einem Jahr davon überzeugt gewesen war, der Himmel läge irgendwo dort draußen, wahrscheinlich beim Arkturus. »Das hätte ich noch eher glauben können als diese verrückte Südpol-Geschichte«, sagte er. »Immerhin steht in der Bibel, daß der Himmel oben ist. Dieses tropische Paradies unter der Erde soll wohl...«

»Hör auf!« sagte sie scharf, und ihre Lippen waren zu dünnen weißen Linien zusammengepreßt. »Du mußt nicht verspotten, was du nicht verstehst.«

»Ich habe nicht gespottet, Vera«, sagte er leise.

»Gott weiß, warum der Ungläubige spottet und der Heide wütet«, sagte sie. Dieses leere Licht leuchtete in ihren Augen. Sie saßen am Küchentisch, Herb hatte das J-förmige Stück einer Wasserleitung vor sich, Vera einen Stapel *National Geographic*, in denen sie nach Bildern und Artikeln über den Südpol gesucht hatte. Draußen fegten rastlose Wolken von Westen nach Osten, Blätter regneten von den Bäumen. Es war wieder Anfang Oktober, und Oktober schien immer ihr schlimmster Monat zu sein. Es war der Monat, da das leere Leuchten häufiger in ihren Augen war und länger dort blieb. Und immer im Oktober kreisten seine verräterischen Gedanken darum, sie beide zu verlassen. Seine irrenhausreife Frau und seinen schlafenden Sohn, der nach jeder praktischen Definition wahrscheinlich bereits tot war. Gerade im Augenblick hatte er das J-förmige Stück in den Händen gedreht und zum Fenster hinausgesehen, den rastlosen Himmel betrachtet und gedacht: *Ich könnte zusammenpacken. Einfach meine Sachen auf den Lieferwagen werfen und losfahren. Vielleicht Florida. Nebraska. Kalifornien. Ein guter Zimmermann kann überall Geld verdienen. Einfach einsteigen und wegfahren.*

Aber er wußte, daß er es nicht tun würde. Es war nur so, daß Oktober der Monat war, in dem er ans Fortgehen dachte, so wie er Veras Monat zu sein schien, in dem sie unweigerlich einen neuen heißen Draht zu Jesus Christus und der letztendlichen Erlösung des einzigen Kindes, welches ihre unterdurchschnittliche Gebärmutter hervorbringen konnte, finden konnte.

Er griff über den Tisch und nahm ihre Hand, die dünn und schrecklich knochig war – die Hand einer alten Frau. Sie sah überrascht auf. »Ich liebe dich sehr, Vera«, sagte er.

Sie lächelte ihn an, und einen Augenblick ähnelte sie wieder dem Mädchen, das er gefreit und für sich erobert hatte, das Mädchen, das ihn in der Hochzeitsnacht mit einer Haarbürste gestreichelt hatte. Es war ein sanftes Lächeln, ihre Augen waren kurze Zeit klar und gütig und liebevoll. Draußen kam die Sonne hinter einer dicken Wolke hervor, tauchte hinter eine andere und kam erneut hervor; große Schatten wanderten über die Felder.

»Das weiß ich, Herbert. Ich liebe dich auch.«

Er legte auch die andere Hand über ihre und umklammerte sie.

»Vera«, sagte er.

»Ja?« Ihre Augen waren so klar... plötzlich war sie bei ihm, wirklich bei ihm, und nun wurde ihm schmerzlich bewußt, wie sehr sie sich in den vergangenen drei Jahren auseinandergelebt hatten.

»Vera, wenn er nie wieder aufwacht... Gott verhüte es, aber wenn er nie... wir haben immer noch uns, nicht? Ich meine...«

Sie entriß ihm ihre Hand. Seine beiden Hände, die sie gehalten hatten, klatschten leise zusammen.

»Sag das *niemals.* Sag *niemals,* daß unser Johnny nicht mehr aufwachen wird.«

»Ich wollte doch nur sagen, daß wir...«

»Selbstverständlich wird er aufwachen«, sagte sie und sah zum Fenster hinaus über das Feld, wo die Schatten immer noch dahinwanderten. »Das ist Gottes Plan für ihn. O ja.

Glaubst du, das wüßte ich nicht? Ich *weiß* es, glaub mir. Gott hat große Dinge mit meinem Johnny vor. Ich habe ihn in meinem Herzen gehört.«

»Ja, Vera«, sagte er. »Schon gut.«

Ihre Finger tasteten nach den *National Geographics,* fanden sie und blätterten erneut.

»Ich *weiß* es«, sagte sie mit kindisch beharrender Stimme.

»Schon gut«, sagte Herb leise.

Sie blickte in ihre Zeitschriften. Herb stützte das Kinn auf die Handflächen und betrachtete Sonnenschein und Schatten draußen und dachte darüber nach, wie bald der Winter auf den trügerischen goldenen Oktober folgte. Er wünschte sich, Johnny würde sterben. Er hatte den Jungen vom ersten Augenblick an geliebt. Er hatte sein verwundertes kleines Gesicht gesehen, als er einen Laubfrosch zur Wiege des Jungen brachte und ihn ihm in die Händchen gab. Er hatte Johnny Angeln und Schlittschuhlaufen und Schießen beigebracht. Er hatte die ganze Nacht bei ihm gesessen, als er 1951 die schreckliche Grippe gehabt hatte und seine Temperatur auf gefährliche vierzig Komma zwei Grad gestiegen war. Er hatte seine Tränen in den Händen verborgen, als Johnny als Klassenbester abgeschnitten und seine Rede ohne einen Fehler aus dem Gedächtnis gehalten hatte. So viele Erinnerungen an ihn – wie er ihm das Fahren beigebracht hatte, wie sie am Bug der *Bolero* standen, als sie eines Jahres in Nova Scotia Ferien machten, Johnny acht Jahre alt, lachend und aufgeregt wegen der schlingernden Bewegungen des Boots, wie er ihm bei den Hausaufgaben half, wie er ihm half, ein Baumhaus zu bauen, wie er ihm beigebracht hatte, den Silva-Kompaß zu benutzen, als er bei den Pfadfindern gewesen war. All diese Erinnerungen waren ohne chronologische Folge zusammengewürfelt – Johnny war der rote Faden, der sich hindurchzog, Johnny, der geflissentlich die Welt erforschte, die ihm letzten Endes so übel mitgespielt hatte. Und jetzt wünschte er sich, Johnny würde sterben, oh, wie sehr er sich das wünschte, daß er sterben würde, daß sein Herz aufhören würde zu schlagen, daß die letzten leisen Signale des EKGs aufhören würden, daß er einfach erlöschen würde wie eine heruntergebrannte Kerze in einer Pfütze aus Wachs; daß er sterben und sie endlich befreien würde.

7

Der Blitzableitervertreter traf am frühen Nachmittag eines heißen Sommertages weniger als eine Woche nach dem 4. Juli des Jahres 1973 in Cathy's Roadhouse in Somersworth, New Hampshire, ein; und irgendwo, nicht weit entfernt, warteten vielleicht Stürme nur darauf, in den warmen Fahrstuhlschächten sommerlicher Aufwinde geboren zu werden.

Er war ein Mann mit großem Durst, den er bei Cathy's mit ein paar Bier löschen wollte. Er war nicht gekommen, um ein Geschäft zu machen. Aber aus langer Gewohnheit warf er einen Blick auf das Dach des flachen im Ranchstil erbauten Gebäudes, und der Anblick der ununterbrochenen Linie, die sich gegen den metallisch schimmernden Himmel abzeichnete, veranlaßte ihn dann doch, nach der Jeanstasche mit Schnallenverschluß zu greifen, die sein Musterkoffer war.

In Cathy's Roadhouse war es dunkel und kühl und bis auf die gedämpften Geräusche des Farbfernsehers an der Wand sehr still. Ein paar Stammgäste waren da, und der Besitzer stand hinter der Theke und sah mit seinen Gästen zusammen *As the World Turns* an.

Der Blitzableitervertreter ließ sich auf einen Barhocker nieder und legte seinen Musterkoffer auf den nächsten Hokker. Der Besitzer kam herüber. »Hi, Freund! Was darf's denn sein?«

»Ein Bud«, sagte der Vertreter. »Und zapfen Sie sich auch eins, wenn Sie wollen.«

»Das will ich immer«, sagte der Besitzer. Er schenkte zwei

Gläser ein, nahm den Dollar des Vertreters und legte drei Zehncentstücke als Wechselgeld zurück. »Bruce Carrick«, sagte er und streckte die Hand aus.

Der Blitzableitervertreter schüttelte sie. »Mein Name ist Dohay«, sagte er. »Andrew Dohay.« Er leerte sein Bierglas zur Hälfte.

»Freut mich, Sie kennenzulernen«, sagte Carrick. Er brachte einer jungen Frau mit verkniffenem Gesicht einen Tequila Sunrise, dann kam er zu Dohay zurück. »Kommen Sie aus der Stadt?«

»Ganz recht«, gestand Dohay. »Vertreter.« Er sah sich um. »Ist es hier immer so ruhig?«

»Nein. An den Wochenenden herrscht lebhafter Betrieb, und das Geschäft geht auch während der Woche ganz gut. Wir verdienen unseren Zaster mit Privatpartys – wenn wir ihn verdienen. Ich nage zwar nicht gerade am Hungertuch, aber ich fahre auch keinen Cadillac.« Er zeigte mit dem Pistolenabzugsfinger auf Dohays Glas. »Nachfüllen?«

»Und eins für Sie, Mr. Carrick.«

»Bruce.« Er lachte. »Sie wollen mir sicher was verkaufen!«

Als Carrick mit dem Bier zurückkam, sagte der Blitzableitervertreter: »Bin nur hereingekommen, um mir den Staub aus der Kehle zu spülen, nicht um etwas zu verkaufen. Aber jetzt, wo Sie's erwähnen...« Er wuchtete mit geübtem Griff seinen Musterkoffer auf die Theke. Drinnen klirrten Sachen.

»Ah, jetzt kommt's«, sagte Carrick lachend.

Zwei Stammgäste, ein älterer Mann mit einer Warze auf dem rechten Augenlid und ein jüngerer Bursche in grauer Arbeitskluft, kamen herüber, um zu sehen, was Dohay zu verkaufen hatte. Die Frau mit dem verkniffenen Gesicht sah sich weiter *As the World Turns* an.

Dohay nahm drei Stangen heraus; eine lange mit einer Messingkugel an der Spitze, eine kürzere und eine mit Porzellanableitern.

»Was zum Teufel...«, sagte Carrick.

»Blitzableiter!« sagte der alte Veteran und gackerte. »Er

will diesen Schnapsladen vor dem Zorn Gottes bewahren, Brucie. Hör lieber gut zu, was er sagt!«

Wieder lachte er, und der junge Mann in der grauen Arbeitskluft stimmte ein. Carricks Gesicht verdunkelte sich, und der Blitzableitervertreter wußte sofort, daß seine Chance, jetzt ein Geschäft zu machen, dahin war. Er war ein guter Verkäufer, gut genug, um zu wissen, daß sich dieses verquere Zusammentreffen von Leuten und Umständen manchmal ergab und jede Möglichkeit eines Verkaufs unmöglich machte, noch bevor er hatte anfangen können, seine Ware zu präsentieren. Er nahm es mit philosophischer Gelassenheit und begann seine Litanei dennoch, größtenteils aus Gewohnheit:

»Als ich aus dem Wagen ausstieg, habe ich zufällig gesehen, daß dieses prachtvolle Etablissement keinen Blitzableiter besitzt und daß es aus Holz gebaut ist. Ich kann für einen sehr geringen Preis – und günstige Kreditsätze, sollten sie gewünscht werden, die Garantie übernehmen, daß...«

»Daß heute nachmittag um vier der Blitz in das Haus einschlägt«, sagte der Mann in der grauen Kluft grinsend. Der alte Veteran gackerte.

»Mister, nichts für ungut«, sagte Carrick, »aber sehen Sie das?« Er deutete auf einen Messingnagel in einem Holzbrett neben dem Fernseher, dicht bei dem glitzernden Flaschenregal. »Das dort sind alles Rechnungen. Sie müssen am Fünfzehnten dieses Monats bezahlt werden. Sie sind mit roter Tinte geschrieben. Und sehen Sie, wieviel Leute hier drinnen sitzen und trinken? Ich muß vorsichtig sein. Ich muß...«

»Genau das, was ich sage«, unterbrach Dohay ihn gewandt. »Sie müssen vorsichtig sein. Und der Kauf von drei oder vier Blitzableitern ist eine Vorsichtsmaßnahme. Sie haben ein florierendes Geschäft hier. Sie möchten doch nicht, daß es eines schönen Tages an einem Sommertag von einem Blitz vernichtet wird?«

»Würde ihm nichts ausmachen«, sagte der alte Veteran. »Er würde die Versicherungssumme kassieren und nach Florida abhauen. Nicht, Brucie?«

Carrick sah den alten Mann mißfällig an.

»Nun, dann sprechen wir über Versicherungen«, gab der Blitzableitervertreter nach. Der Mann in der grauen Kluft hatte das Interesse verloren und war weggegangen. »Ihre Feuerversicherungsbeiträge werden geringer...«

»Alle Versicherungen sind pauschal bezahlt«, sagte Carrick tonlos. »Hören Sie, ich kann mir die Ausgabe einfach nicht leisten. Tut mir leid. Wenn Sie nächstes Jahr noch mal vorbeischauen wollen...«

»Vielleicht werde ich das tun«, sagte der Blitzableitervertreter und gab auf. »Vielleicht schon.« Niemand glaubte daran, daß der Blitz bei ihm einschlagen würde, bis er tatsächlich einschlug; das war ein ständiger Sachverhalt dieses Berufs. Man konnte einen Burschen wie diesen Carrick nicht zu der Einsicht bringen, daß es die billigste Feuerversicherung war, die er haben konnte. Aber Dohay war ein Philosoph. Immerhin hatte er die Wahrheit gesagt, als er gesagt hatte, er sei nur hereingekommen, um den Staub hinunterzuspülen.

Um das zu beweisen, und ebenso, daß es keinerlei Verstimmungen gab, bestellte er noch ein Bier. Aber diesmal bot er Carrick keines an.

Der alte Veteran setzte sich auf den Hocker neben ihm.

»Vor etwa zehn Jahren wurde jemand draußen auf dem Golfplatz vom Blitz getroffen«, sagte er. »War scheißtot hinterher. Der Mann hätte einen Blitzableiter mitten auf dem Kopf brauchen können, habe ich recht?« Er gackerte und blies Dohay einen Schwall schalen Bieratems ins Gesicht. Dohay lächelte pflichtschuldig. »Alle Münzen in seinen Taschen waren zusammengeschweißt. Habe ich jedenfalls gehört. Blitze sind eine komische Sache. Ganz sicher. Ich erinnere mich noch...«

Eine komische Sache, wahrhaftig, dachte Dohay, ließ die Worte des alten Mannes einfach über sich hinweggleiten und nickte instinktiv an den richtigen Stellen. Eine komische Sache, in der Tat, weil es ihnen einerlei war, wen oder was sie trafen. Oder wann.

Er trank sein Bier leer und ging hinaus, wobei er seine Tasche voll Versicherungen gegen den Zorn Gottes – vielleicht die einzigen, die je erfunden worden waren – mit sich nahm. Die Hitze traf ihn wie ein Hammerschlag, dennoch verweilte er noch einen Augenblick auf dem weitgehend verlassenen Parkplatz und sah zu dem glatten, ununterbrochenen Dach hinauf. Neunzehn Dollar fünfundneunzig, neunundzwanzig fünfundneunzig mit Keramik, und der Mann konnte es sich nicht leisten. Er hätte im ersten Jahr siebzig Dollar bei seiner Pauschalversicherung sparen können, aber er konnte es sich nicht leisten – und man konnte ihn nicht davon überzeugen, solange diese Clowns dabeistanden und dumme Sprüche klopften.

Eines Tages würde es ihm vielleicht leid tun.

Der Blitzableitervertreter stieg in seinen Buick ein, schaltete die Lüftung ein und fuhr weiter nach Westen, Richtung Concord und Berlin; seinen Musterkoffer hatte er auf dem Rücksitz liegen, und so fuhr er den Stürmen voraus, die sich hinter ihm zusammenbrauen mochten.

8

Im Frühjahr 1974 bestand Walt Hazlett sein Examen. Er und Sarah gaben eine Party für seine Freunde, ihre Freunde und alle gemeinsamen Freunde – alles in allem mehr als vierzig Leute. Das Bier floß wie Wasser, und nachdem es vorbei war, sagte Walt, sie könnten sich glücklich schätzen, daß sie nicht aus der Wohnung hinausgeworfen worden waren. Als die letzten Gäste hinausbegleitet wurden (um drei Uhr morgens), lag Sarah bereits im Bett, als Walt zurückkam, abgesehen von ihren Schuhen und den Diamantohrringen, die er ihr mühsam zum Geburtstag zusammengespart hatte, war sie nackt. Sie schliefen nicht nur einmal, sondern zweimal miteinander, bevor sie in einen erschöpften Schlummer verfielen, aus dem sie erst am anderen Nachmittag mit einem lähmenden Kater erwachten. Etwa sechs Wochen später stellte Sarah fest, daß sie schwanger war. Keiner der beiden zweifelte daran, daß die Empfängnis in der Nacht nach der großen Party stattgefunden hatte.

In Washington wurde Richard Nixon langsam in eine Ekke gedrängt und verfing sich immer mehr in einer Schlinge aus Tonbändern. In Georgia begann ein Erdnuß-Farmer, Ex-Navy-Mann und augenblicklich Gouverneur namens James Earl Carter mit einer Anzahl enger Freunde darüber zu reden, für das Amt zu kandidieren, das Mr. Nixon sehr bald würde aufgeben müssen.

Im Zimmer 619 vom Eastern Maine Medical Center schlief Johnny Smith noch immer. Er hatte angefangen, sich in eine embryonale Haltung zu krümmen.

Dr. Strawns, der am Tag nach dem Unfall mit Herb und Vera und Sarah im Konferenzraum gesprochen hatte, war Ende 1973 an schweren Verbrennungen gestorben. Sein Haus war am Tag nach Weihnachten in Flammen aufgegangen. Nach Ansicht der Feuerwehr von Bangor war der Brand durch fehlerhafte Christbaumbeleuchtung verursacht worden. Zwei neue Ärzte, Weizak und Brown, interessierten sich für Johnnys Fall.

Vier Tage vor Nixons Rücktritt stürzte Herb Smith in die Baugrube eines Hauses, das er in Gray errichten wollte, fiel auf eine Schubkarre und brach sich ein Bein. Der Knochen wuchs nur sehr langsam wieder zusammen und heilte nie wieder richtig. Er hinkte, bei Regen begann er, einen Stock zu nehmen. Vera betete für ihn und bestand darauf, daß er jeden Abend vor dem Schlafengehen ein Tuch umband, welches von Reverend Freddy Coltsmore aus Bessimer, Alabama, persönlich gesegnet worden war. Der Preis für das gesegnete Coltsmore-Tuch (wie Herb es nannte) hatte fünfunddreißig Dollar betragen. Es besserte Herbs Zustand eindeutig nicht, daß er das wußte.

Mitte Oktober, kurz nachdem Gerald Ford den Ex-Präsidenten begnadigt hatte, war Vera davon überzeugt, daß die Welt wieder einmal untergehen würde. Herb begriff es erst in allerletzter Minute, was seine Frau vorhatte; sie hatte bereits alles in die Wege geleitet, alles Bargeld sowie die bescheidenen Ersparnisse, die sie seit Johnnys Unfall wieder angesammelt hatten, an die Endzeit-Gesellschaft Amerikas zu verschenken. Sie hatte sogar versucht, das Haus zum Verkauf anzubieten, und ein Arrangement mit Goodwill getroffen, der in zwei Tagen einen Lastwagen schicken sollte, um die Möbel abzuholen. Herb fand das alles erst heraus, als der Immobilienmakler anrief und sich erkundigte, ob der mögliche Käufer sich das Haus einmal ansehen könnte.

Da verlor er zum erstenmal wirklich die Beherrschung gegenüber seiner Frau.

»Was, um Jesus Christus willen, hast du dir dabei gedacht?« schrie er sie an, nachdem er den letzten Rest der unglaublichen Geschichte aus ihr herausgeholt hatte. Sie waren im Wohnzimmer. Er hatte soeben Goodwill angerufen und ihm mitgeteilt, daß sie vergessen konnten, einen Lastwagen zum Abholen der Möbel zu schicken. Draußen fielen monotone graue Regenschauer.

»Entweihe nicht den Namen deines Erlösers, Herbert. Du sollst nicht...«

»Halt den Mund! Halt den Mund! Ich bin es leid, mir diesen Unsinn von dir anzuhören!«

Sie sog erschrocken die Luft ein.

Er hinkte zu ihr hinüber, sein Stock kontrapunktierte seinen Gang. Sie drückte sich noch ein wenig tiefer in ihren Sessel, dann blickte sie mit diesem seligen Märtyrer-Ausdruck zu ihm empor, der den Wunsch in ihm auslöste, Gott verzeihe ihm, ihr die verfluchte Krücke auf den Schädel zu schlagen.

»Du bist noch nicht so entrückt, daß du nicht mehr weißt, was du tust«, sagte er. »Diese Ausrede kannst du nicht für dich in Anspruch nehmen! Du handelst hinter meinem Rükken, Vera! Du...«

»Das habe ich nicht getan! Das ist eine Lüge! Ich habe nichts dergleichen...«

»Das hast du doch getan!« bellte er. »Jetzt hör mir gut zu, Vera. Hier ziehe ich den Schlußstrich. Bete, soviel du willst. Beten kostet nichts. Schreib so viele Briefe, wie du willst. Eine Briefmarke kostet immer noch nur dreizehn Cents. Wenn du dich in all diesen schmutzigen, beschissenen Lügen baden willst, die dir von diesen Jesus-Heuchlern aufgetischt werden, wenn du dir weiterhin selbst etwas vormachen möchtest, nur zu. Aber ich will nichts damit zu tun haben. Vergiß das nicht. *Hast du mich verstanden?«*

»Vater unser, der du bist im Himmel, geheiligt werde dein Name...«

»Hast du mich verstanden?«

»Du hältst mich für verrückt!« schrie sie ihn an, und ihr Gesicht verzog sich auf erschreckende Art und Weise. Sie brach in die bitteren, häßlichen Tränen einer völligen Niederlage aus.

»Nein«, sagte er etwas ruhiger. »Noch nicht. Aber vielleicht wird es höchste Zeit für ein offenes Gespräch, Vera, und die Wahrheit ist, ich glaube, du wirst es, wenn du nicht bald damit aufhörst und der Wahrheit ins Auge siehst.«

»Du wirst schon sehen«, sagte sie unter Tränen. »Du wirst schon sehen. Gott kennt die Wahrheit, aber er wartet!«

»So lange du nur weißt, daß er unsere Möbel nicht bekommen wird, während er wartet«, sagte Herb grimmig. »So lange wir uns in diesem Punkt einig sind!«

»Aber es ist Endzeit!« sagte sie ihm. »Die Stunde der Apokalypse steht unmittelbar bevor.«

»Ach ja? Dafür und für fünfzehn Cents kannst du dir eine Tasse Kaffee kaufen, Vera.«

Draußen fiel der Regen ohne Unterlaß. Es war das Jahr, in dem Herb zweiundfünfzig, Vera einundfünfzig und Sarah siebenundzwanzig wurde.

Johnny Smith lag seit vier Jahren im Koma.

9

Das Baby kam in der Halloween-Nacht. Sarahs Wehen dauerten neun Stunden. Wenn nötig, gab man ihr eine milde Dosis Betäubungsmittel, und während der kritischen Phase fiel ihr ein, daß sie im selben Krankenhaus lag wie Johnny, und sie schrie wieder und immer wieder seinen Namen. Anschließend konnte sie sich kaum noch daran erinnern, und Walt sagte sie nie etwas davon. Vielleicht, dachte sie, hatte sie es nur geträumt.

Das Baby war ein Junge. Sie nannten ihn Dennis Edward Hazlett. Er und seine Mutter kehrten drei Tage später nach Hause zurück, und nach den Erntedank-Ferien nahm Sarah den Unterricht wieder auf. Walt hatte, wie er glaubte, einen prima Job bei einer Anwaltskanzlei in Bangor gefunden, und wenn alles gutging, sollte Sarah ihre Tätigkeit als Lehrerin im Juni 1975 aufgeben. Sie war allerdings nicht sicher, ob sie das wollte. Sie hatte Gefallen an ihrer Tätigkeit gefunden.

10

Am ersten Tag des Jahres 1975 spielten zwei kleine Jungs namens Charlie Norton und Norm Lawson, beide aus Otisfield, Maine, auf Nortons Hinterhof, sie machten eine Schneeballschlacht.

Charlie war acht. Norm war neun.

Da sie spürten, daß das Ende der Schneeballschlacht näherrückte – es war bald Essenszeit – griff Norm Charlie an und warf rasch hintereinander mehrere Schneebälle nach ihm. Charlie duckte sich lachend ab und wurde zunächst zum Rückzug gezwungen, dann machte er kehrt, lief davon und sprang über die niedrige Steinmauer, die den Norton-Hinterhof vom Wald trennte. Er lief über den Pfad, der nach Strimmer's Brook führte. Norm traf ihn noch einmal verdammt gut mit einem Schneeball am Hinterkopf, während er lief.

Dann war Charlie plötzlich nicht mehr zu sehen.

Norm übersprang ebenfalls die Mauer, blieb einen Augenblick stehen, sah in den verschneiten Wald und lauschte dem Tropfen des Tauwassers von Birken, Kiefern und Tannen.

»Komm zurück, du Feigling!« rief Norm und gab eine Reihe hoher, wehleidiger Laute von sich.

Charlie schluckte den Köder nicht. Von ihm war jetzt nichts mehr zu sehen, aber der Pfad fiel steil zum Bach hin ab.

Norm rief noch einmal und trat unschlüssig von einem Bein aufs andere. Das war Charlies Wald, nicht seiner. Norm liebte eine gute Schneeballschlacht, wenn er sie gewann; aber er verspürte nicht viel Lust, jetzt dort hinabzugehen, wo Charlie vielleicht im Hinterhalt auf ihn lauern würde, ein gutes halbes Dutzend oder mehr Schneebälle zum Werfen bereit.

Schließlich ging Norm dennoch ein paar Schritte den Pfad hinab, wo plötzlich ein schriller Schrei ertönte.

Norm Lawson wurde so kalt wie der Schnee, in dem seine grünen Gummistiefel steckten. Die beiden Schneebälle, die er wurfbereit gehalten hatte, fielen ihm aus den Händen. Der Schrei erklang noch einmal, diesmal aber kaum zu hören.

Himmelherrgott, er ist in den Bach gefallen, dachte Norm, und dieser Gedanke brach seine lähmende Angst. Er rannte schlitternd den Pfad hinab und fiel einmal sogar auf die Nase. Sein Herzschlag dröhnte in seinen Ohren. Im Geiste sah er bereits, wie er Charlie aus dem Bach fischte, bevor dieser zum drittenmal untergehen konnte, und wie man ihn in *Boy's Life* als Helden feiern würde.

Nach drei Vierteln des Weges machte der Pfad eine Biegung, und als er sie umrundet hatte, sah er, daß Charlie Norton gar nicht in den Strimmer's Brook gefallen war. Er stand an der Stelle, wo der Pfad wieder über ebenes Gelände führte, und er starrte auf irgend etwas im schmelzenden Schnee. Die Kapuze war zurückgefallen, und sein Gesicht war fast so weiß wie der Schnee. Während Norm noch näher herankam, stieß Charlie erneut diesen gräßlichen atemlosen Schrei aus.

»Was ist denn?« fragte Norm näherkommend. »Was ist los, Charlie?«

Charlie drehte sich nach ihm um; seine Augen waren groß und rund, sein Mund stand weit offen. Er versuchte zu sprechen, brachte aber nur zwei unartikulierte Grunzer und einen silbernen Speichelfaden heraus. Statt dessen deutete er mit dem Finger.

Norm kam dichter heran und schaute hin. Plötzlich wich alle Kraft aus seinen Beinen, und er setzte sich sehr hart hin. Die Welt um ihn herum verschwamm.

Aus dem schmelzenden Schnee ragten zwei Beine in Blue Jeans heraus. An einem Fuß steckte noch ein Schuh, der andere Fuß war bloß, weiß und schutzlos. Ein Arm ragte aus dem Schnee, und die Hand schien um Hilfe zu flehen, die nie gekommen war. Der Rest des Körpers war gnädigerweise verborgen.

Charlie und Norm hatten die Leiche der siebzehnjährigen Carol Dunbarger entdeckt, dem vierten Opfer des Würgers von Castle Rock.

Es war fast zwei Jahre her, seit er zum letztenmal getötet hatte. Die Leute von Castle Rock (Strimmer's Brook, bildete die südliche Grenze zwischen den Städten Castle Rock und Otisfield) hatten aufzuatmen begonnen und geglaubt, daß der Alptraum endgültig vorüber war.

Aber das war er nicht.

Sechstes Kapitel

1

Elf Tage nach Entdeckung von Carol Dunbargers Leiche fegte ein Hagel- und Schneesturm über das nördliche Neu England hinweg. Als Folge davon gab es im sechsten Stockwerk vom Eastern Maine Medical Center einige Verspätungen. Viele Leute vom Personal hatten Probleme, rechtzeitig zum Dienst zu erscheinen, und diejenigen, die es geschafft hatten, hatten alle Hände voll zu tun, mit der Arbeit nachzukommen.

Es war bereits nach neun Uhr, als eine der Aushilfen, eine junge Frau namens Allison Conover, Mr. Starret sein leichtes Frühstück brachte. Mr. Starret erholte sich von einem Herzanfall und verbrachte den sechzehnten Tag auf der Intensivstation – ein sechzehntägiger Aufenthalt in der Intensivstation war nach einer Standardoperation normal. Mr. Starret machte gute Fortschritte. Er lag in Zimmer 619, und er hatte seiner Frau im geheimen gesagt, seiner Genesung sei die Aussicht am zuträglichsten, endlich von dem lebenden Leichnam im zweiten Bett des Zimmers wegzukommen. Durch das dauernde Flüstern des Atemgeräts des armen Burschen konnte man kaum schlafen, sagte er ihr. Nach einer Weile ging einem das so auf die Nerven, daß man nicht wußte, ob man wollte, daß es weiterflüsterte – oder aufhörte. Aus und vorbei, sozusagen.

Der Fernseher war eingeschaltet, als Allison hereinkam. Mr. Starret saß im Bett und hatte die Fernbedienung in einer Hand. Die Nachrichtensendung war vorbei, und Mr. Starret hatte sich noch nicht entschieden, ›My Back Yard‹ abzuschalten, die Zeichentrickserie, die danach kam. Dann hätte er nur noch Johnnys Atemgerät hören können.

»Ich hatte die Hoffnung schon aufgegeben, Sie heute vormittag überhaupt noch zu sehen«, sagte Mr. Starret und betrachtete ohne sonderliche Begeisterung das karge Frühstück auf dem Tablett: Orangensaft, Joghurt und Weizenflocken. Viel lieber wären ihm zwei cholesterinreiche Eier in Butter gebraten gewesen, mit fünf Scheiben Schinken. Aber gerade diese üppige Ernährungsweise hatte ihn ja ins Krankenhaus gebracht. Jedenfalls behauptete das sein Arzt, dieses Spatzengehirn!

»Draußen sieht es schlimm aus«, sagte Allison kurz. Was Mr. Starret eben gesagt hatte, war ihr schon von sechs anderen Patienten vorwurfsvoll mitgeteilt worden, es wurde langsam alt. Allison war ein freundliches Mädchen, aber heute vormittag war sie ein wenig gehetzt.

»Oh, das tut mir leid«, sagte Mr. Starret bedauernd. »Ziemlich glatt auf den Straßen, was?«

»Und ob«, sagte Allison und taute ein wenig auf. »Hätte ich heute nicht den Allrad-Wagen meines Mannes genommen, hätte ich es bestimmt nicht geschafft.«

Mr. Starret drückte den Knopf, mit dem er das Bett höherstellen konnte, um sein Frühstück bequem essen zu können. Der Elektromotor, der es hob und senkte, war klein, aber laut. Der Fernseher war ebenfalls recht laut – Mr. Starret war etwas hörgeschädigt, und, wie er seiner Frau gesagt hatte, der Bursche im Nachbarbett hatte sich nie wegen der Lautstärke beschwert. Der wollte auch nie wissen, was auf den anderen Kanälen gezeigt wurde. Er wußte, ein solcher Scherz war ziemlich geschmacklos, aber wenn man einen Herzanfall gehabt hatte und sich in Gegenwart eines besinnungslosen Menschen auf der Intensivstation erholte, dann entwickelte man entweder einen schwarzen Humor, oder man verlor den Verstand.

Allison hob die Stimme etwas, um über den surrenden Motor und den Fernseher hinweg gehört zu werden, während sie Mr. Starrets Tablett abräumte. »Überall auf dem State Street Hill standen Autos links und rechts am Straßenrand.«

Im anderen Bett sagte Johnny Smith leise: »Alles auf neunzehn. So oder so. Mein Mädchen ist krank.«

»Wissen Sie«, sagte Mr. Starret, »das Joghurt ist gar nicht mal so schlecht.« Er verabscheute Joghurt, aber er wollte erst allein gelassen werden, wenn es sich nicht mehr vermeiden ließ. »Schmeckt ein wenig nach wilden Hickory-N...«

»Haben Sie eben etwas gehört?« fragte Allison. Sie sah sich zweifelnd um.

Mr. Starret ließ den Knopf zur Regulierung des Bettes los, und das Surren des Motors erstarb. Auf der Mattscheibe schoß Elmer Fudd auf Bugs Bunny, verfehlte ihn aber.

»Nur den Fernseher«, sagte Mr. Starret. »Oder habe ich etwas überhört?«

»Nichts, nehme ich an. Vielleicht war es nur der Wind vor dem Fenster.« Sie spürte, daß sie leichte Streß-Kopfschmerzen bekam – zuviel zu tun heute, und heute vormittag waren zu wenige Leute da, um ihr zu helfen –, und sie rieb sich die Schläfen, um den Schmerz zu vertreiben, bevor er sich richtig einnisten konnte.

Als sie hinausgehen wollte, warf sie dem Mann im anderen Bett einen flüchtigen Blick zu. Sah er heute irgendwie anders aus? Als hätte er sich bewegt? Nein, sicher nicht.

Allison verließ das Zimmer und ging den Korridor hinab, sie schob den Rollwagen mit den Frühstückstabletts vor sich her. Der Morgen war so schlimm, wie sie befürchtet hatte, alles war durcheinander, und am Nachmittag pulsierte ihr Kopf. Verständlich, daß sie alles vergessen hatte, was sie diesen Morgen in Zimmer 619 gehört haben konnte.

Aber an den folgenden Tagen sah sie Smith immer häufiger an, und im März war Allison fast sicher, daß er sich etwas ausgestreckt hatte – daß er das, was die Ärzte präfötale Haltung nannten, etwas verloren hatte. Nicht viel, nur ein klein wenig. Sie dachte daran, es jemandem mitzuteilen, tat es dann aber doch nicht. Schließlich war sie ja nur eine Aushilfe, kaum mehr als eine Küchenhilfe.

Es ging sie eigentlich nichts an.

2

Es war ein Traum, vermutete er.

Er war an einem dunklen, düsteren Ort – in einer Art Halle. Die Decke war so hoch, daß man sie nicht sehen konnte. Die Wände bestanden aus dunkel verchromtem Stahl. Sie neigten sich schräg aufwärts nach draußen. Er war allein, aber eine Stimme schwebte wie aus weiter Ferne zu ihm herauf. Eine Stimme, die er kannte; Worte, die an einem anderen Ort zu einer anderen Zeit zu ihm gesprochen worden waren. Die Stimme machte ihm Angst. Sie grunzte verloren, sie hallte wie ein Vogel, an den er sich aus seiner Kindheit erinnerte, zwischen den dunkel verchromten Stahlwänden hin und her. Der Vogel war in die Werkstatt seines Vaters hineingeflogen und nicht schlau genug gewesen, wieder herauszukommen. Er war in Panik geraten, hin und her geflogen und hatte aufgeschreckt und verzweifelt gezwitschert, wobei er so oft gegen die Wände flog, bis er sich zu Tode stieß. Diese Stimme hatte dieselbe zum Untergang verurteilte Eigenheit wie das Zwitschern dieses Vogels vor langer Zeit. Sie würde niemals von diesem Ort entkommen.

»Man plant sein ganzes Leben und man tut, was man kann«, stöhnte diese Geisterstimme. »Man wollte immer nur das Beste, und dann kommt der Junge heim mit Haaren bis zum Arschloch und sagt, daß der Präsident der Vereinigten Staaten ein Schwein ist. Ein Schwein! Scheiße, ich weiß nicht...«

Passen Sie auf, wollte er rufen. Er wollte die Stimme warnen, aber er war stumm. Aufpassen, worauf? Er wußte nicht einmal sicher, wer er war, wenngleich er die Vermutung hegte, daß er einmal Lehrer oder Prediger gewesen war.

»Jeeesus!« schrie die weit entfernte Stimme. Verlorene Stimme, verdammt, ertrunken. *»Jeeeeee...«*

Dann Schweigen. Verklingende Echos. Bald würde sie wieder zu hören sein.

Nach einer Weile – er wußte nicht, wie lange, Zeit schien an diesem Ort keinerlei Bedeutung oder Relevanz zu haben –, tastete er sich zögernd die Halle entlang, erwiderte den Ruf (erwiderte ihn vielleicht nur in Gedanken), vielleicht hoffte er, daß er und der Besitzer der Stimme zueinander finden konnten, vielleicht hoffte er aber auch nur, etwas Trost zu spenden und als Belohnung auch welchen zu bekommen.

Aber die Stimme wich immer weiter und weiter zurück, sie wurde leiser und dünner,

(fern und weit)

bis sie nur noch das Echo eines Echos war. Dann war sie verschwunden. Er war jetzt allein und ging diese düstere und verlassene Halle der Schatten entlang. Er gewann allmählich den Eindruck, daß sie keine Illusion, kein Trugbild oder ein Traum war – wenigstens nicht von der üblichen Art. Es war, als hätte er Limbo betreten, die Vorhölle, einen unheimlichen Landstrich zwischen dem Land der Lebenden und dem der Toten. Aber auf welche Seite ging er zu?

Allmählich begannen die Dinge zurückzukehren. Beruhigende Dinge. Sie waren wie Gespenster, die sich ihm anschlossen... neben ihm, vor ihm, hinter ihm, bis sie ihn wie in einem geisterhaften Kreis umgaben – webt einen dreifachen Kreis um ihn und berührt sein Auge mit heil'gem Grauen, ging es nicht so? Er konnte sie beinahe sehen. Die wispernden Stimmen des Fegefeuers. Da war ein Rad, das sich in der Nacht drehte und drehte, ein Rad der Zukunft, rot und schwarz, Leben und Tod, immer langsamer. Wo hatte er seinen Einsatz gemacht? Er konnte sich nicht daran erinnern, aber er sollte es, denn der Einsatz war sein Leben. Hinein oder heraus? Es mußte eins von beiden sein. Seinem Mädchen war schlecht. Er mußte sie nach Hause bringen.

Nach einer Weile begann der Korridor heller zu werden. Zunächst schrieb er es seiner Einbildung zu, eine Art Traum in einem Traum, falls so etwas möglich war, aber nach einer unbekannten Zeitspanne wurde die Helligkeit zu markant, um nur eine Illusion zu sein. Das ganze Erleben der Halle schien weniger traumgleich zu werden. Die Wände wichen zurück, bis er sie kaum noch sehen konnte, und die stumpfe, dunkle Farbe verwandelte sich in trübes, nebeliges Grau, die Farbe der Dämmerung an einem warmen und verhangenen Märznachmittag. Er schien sich überhaupt nicht mehr in einer Halle zu befinden, sondern in einem Raum – *fast* in einem Raum, nur noch durch allerdünnste Membranen davon getrennt, durch eine Art Fruchtblase, wie ein Baby, das auf die Geburt wartet. Jetzt hörte er auch andere Stimmen, nicht echohaft, sondern dumpf und dröhnend, gleich den Stimmen namenloser Götter, die in längst vergessenen Sprachen redeten. Nach und nach wurden diese Stimmen deutlicher, bis er beinahe verstehen konnte, was sie sagten.

Von Zeit zu Zeit begann er die Augen zu öffnen (oder er glaubte zumindest, es zu tun), und er konnte tatsächlich die Besitzer dieser Stimmen sehen; helle, leuchtende, geisterhafte Gestalten, die zunächst keine Gesichter hatten, manchmal bewegten sie sich im Raum herum, manchmal beugten sie sich über ihn. Es kam ihm nicht in den Sinn, den Versuch zu unternehmen, zu ihnen zu sprechen; jedenfalls am Anfang noch nicht. Ihm war, als handelte sich alles um eine Art Leben nach dem Tod, als wären diese hellen Gestalten Engel.

Mit der Zeit wurden Stimmen und Gesichter immer klarer. Einmal sah er seine Mutter in sein Gesichtsfeld treten, die ihm irgend etwas vollkommen Sinnloses ins aufwärts gerichtete Gesicht donnerte. Ein andermal war es sein Vater. Dave Pelson von der Schule. Eine Krankenschwester, die er allmählich zu kennen glaubte; ihr Name war Mary oder möglicherweise Marie. Gesichter, Stimmen, sie kamen näher und verschmolzen miteinander.

Aber noch etwas anderes mischte sich hinein, ein Gefühl, daß er sich verändert hatte. Er mochte dieses Gefühl nicht. Er mißtraute ihm. Er hatte den Eindruck, daß es nichts Gutes war, was immer es auch sein mochte. Es schien ihm so etwas wie Kummer und schlimme Zeiten zu bedeuten. Er war mit allem in die Dunkelheit gegangen, und nun kam es ihm vor, als käme er ohne alles wieder heraus, abgesehen von einer geheimen Fremdheit.

Der Traum ging zu Ende. Was auch immer er gewesen war, der Traum gimg zu Ende. Der Raum war nun sehr real, *sehr nahe*. Die Stimmen, die Gesichter...

Er würde in diesen Raum gelangen. Und plötzlich hatte er das Gefühl, als wolle er umkehren und davonlaufen – für immer und ewig zurück in diese dunkle Halle. Die dunkle Halle war nicht gut, aber immer noch besser als dieses neue Gefühl von Traurigkeit und bevorstehendem Verlust.

Er drehte sich um und blickte nach hinten, und ja, da war sie, diese Stelle, wo sich die Wände in dunkel schimmerndes Chrom verwandelten; eine Ecke neben einem der Stühle, wo unbemerkt von den hellen Gestalten, die kamen und gingen der Raum zu einem Durchgang wurde, in die Ewigkeit, wie er vermutete. Der Ort, wohin diese andere Stimme gegangen war, die Stimme von...

Dem Taxifahrer.

Ja. Diese Erinnerung war jetzt ganz da. Die Fahrt mit dem Taxi. Der Fahrer hatte sich über die langen Haare seines Sohnes beklagt und darüber, daß sein Sohn Nixon für ein Schwein hielt. Dann die grellen Scheinwerfer auf der Straße, links und rechts von der Mittellinie. Der Zusammenprall. Kein Schmerz, aber das Wissen, daß sein Oberschenkel hart genug gegen das Taxameter gestoßen war, um es aus der Halterung zu reißen. Dann ein Gefühl kalter Nässe, dann die dunkle Halle, dann dies hier.

Wähle, flüsterte eine innere Stimme. *Wähle, oder sie werden für dich wählen, sie werden dich aus diesem Raum herausreißen, was oder wo er auch sein mag, wie Ärzte mit einem Kaiserschnitt ein Baby aus dem Mutterschoß herausreißen.*

Und dann tauchte Sarahs Gesicht vor ihm auf – sie mußte irgendwo da draußen sein, wenngleich ihres nicht zu den hellen Gesichtern gehört hatte, die sich über ihn gebeugt hatten. Aber sie mußte irgendwo da draußen sein, besorgt und verängstigt. Jetzt gehörte sie ihm fast. Das spürte er. Er würde sie bitten, ihn zu heiraten.

Das Gefühl des Unbehagens kehrte stärker denn je zurück, und diesmal hatte es etwas mit Sarah zu tun. Aber sein Verlangen nach ihr war stärker, und deshalb traf er seine Entscheidung. Er wandte dem dunklen Ort den Rücken zu, und als er später über die Schulter zurückblickte, war er verschwunden; neben dem Stuhl war nichts weiter als die glatte, weiße Wand des Zimmers, in dem er lag. Nicht lange danach begann er zu begreifen, wo sich dieses Zimmer befinden mußte – es war natürlich ein Krankenzimmer. Die dunkle Halle verblaßte zu einer traumhaften Erinnerung, die er nie völlig vergaß. Viel wichtiger und von augenblicklicher Bedeutung aber war die Tatsache, daß er John Smith war, daß er ein Mädchen namens Sarah Bracknell hatte, und daß er einen schrecklichen Autounfall gehabt hatte. Er vermutete, daß er sich glücklich schätzen konnte, überhaupt noch am Leben zu sein, und er konnte nur hoffen, daß noch alles an seinem Körper dran war und daß es funktionierte. Er konnte sich im Cleaves Mills Hospital befinden, vermutete er, aber wahrscheinlicher war es das EMMC. Seinem Gefühl nach mußte er ziemlich lange hiergewesen sein – vielleicht war er eine Woche oder zehn Tage ohne Bewußtsein gewesen. Es wurde Zeit, wieder auf die Beine zu kommen.

Zeit, wieder auf die Beine zu kommen. Von diesem Gedanken wurde Johnny beherrscht, als die Dinge in seinem Geist wieder miteinander verschmolzen und er die Augen öffnete.

Es war der 17. Mai 1975. Mr. Starret war längst wieder mit strengen Ermahnungen nach Hause zurückgekehrt, täglich zwei Meilen spazierenzugehen und auf seine cholesterinreiche Nahrung zu verzichten. Im Bett auf der anderen Seite des Krankenzimmers lag ein alter Mann, der in der fünfzehnten Runde mit dem ewigen Schwergewichtschampion Krebs rang. Er schlief unter Morphium-Einwirkung, ansonsten war das Zimmer leer. Es war 15.15 Uhr. Der Bildschirm des Fernsehers war eine dunkelgrün schimmernde Fläche.

»Hier bin ich!« krächzte Johnny, obwohl überhaupt niemand da war. Er war schockiert, wie schwach seine Stimme klang. Es gab keinen Kalender im Zimmer, und so konnte er nicht wissen, daß er viereinhalb Jahre ohne Bewußtsein gewesen war.

3

Die Krankenschwester kam etwa vierzig Minuten später herein. Sie ging zu dem alten Mann im anderen Bett, wechselte seine Infusionsflasche und suchte anschließend das Badezimmer auf, von wo sie mit einem blauen Plastikeimer zurückkam. Sie gab den Blumen des alten Mannes frisches Wasser. Es waren mehr als ein halbes Dutzend Sträuße, und auf dem Tisch und der Fensterbank waren mehr als ein Dutzend Karten mit Genesungswünschen aufgestellt. Johnny beobachtete die Schwester, wie sie die Blumen versorgte, verspürte vorerst aber noch kein Verlangen danach, seine Stimme noch einmal auszuprobieren.

Sie brachte den Eimer ins Bad zurück und kam dann zu Johnny herüber. *Jetzt wird sie mein Kopfkissen aufschütteln,* dachte er. Ihre Blicke begegneten sich kurz, aber ihrer veränderte sich nicht. *Sie weiß nicht, daß ich wach bin. Ich muß die Augen schon früher offen gehabt haben. Es beeindruckt sie überhaupt nicht.*

Sie legte ihm die Hand unter den Nacken. Sie war kühl und angenehm, und Johnny wußte, daß sie drei Kinder hatte, und daß das jüngste am vierten Juli das Sehvermögen eines Auges größtenteils eingebüßt hatte. Ein Unfall mit einem Feuerwerkskörper. Der Junge hieß Mark.

Sie hob seinen Kopf, drehte das Kissen herum, ließ ihn wieder sinken. Sie begann sich abzuwenden, zupfte ihren Nylonkittel an den Hüften zurecht, drehte sich dann verwirrt noch einmal um. Verspätet kam ihr der Gedanke, daß seine Augen einen neuen Ausdruck gehabt hatten. Vielleicht. Ein Ausdruck, der vorher nicht dagewesen war.

Sie sah ihn nachdenklich an, wollte sich wieder abwenden, da sagte er: »Hallo, Marie.«

Sie erstarrte, und er konnte ein elfenbeinernes Klicken hören, als sie plötzlich und heftig die Zähne aufeinanderschlug. Sie preßte direkt oberhalb ihrer runden Brüste die Hand auf die Brust. Dort hing ein kleines goldenes Kruzifix. »O mein Gott«, sagte sie. »Sie sind wach. Ich habe mir *gedacht*, daß Sie anders aussehen. Woher kennen Sie meinen Namen?«

»Ich muß ihn wohl gehört haben, nehme ich an.« Das Sprechen fiel ihm schwer, schrecklich schwer. Seine Zunge war ein unförmig geschwollener Wurm in seinem Mund, offenbar nicht von Speichel befeuchtet.

Sie nickte. »Sie waren schon geraume Zeit dabei, wieder zu sich zu kommen. Aber jetzt sollte ich lieber ins Schwesternzimmer gehen und Dr. Brown oder Dr. Weizak verständigen lassen. Sie werden wissen wollen, daß Sie wieder unter uns weilen.« Aber sie blieb noch einen Augenblick im Zimmer und sah ihn mit einer unverhohlenen Faszination an, die ihn unbehaglich machte.

»Ist mir ein drittes Auge gewachsen?« fragte er.

Sie lachte nervös. »Nein... natürlich nicht. Entschuldigen Sie.«

Sein Blick fiel auf seinen Tisch direkt am Fenster. Auf dem Sims stand ein verblaßtes Usambaraveilchen und ein Bild von Jesus Christus; eins dieser Bilder, für die seine Mutter eine solche Vorliebe hatte, wo Christus aussah, als könnte er direkt vom Kreuz herab bei den New York Yankees oder einer ähnlich athletischen Vereinigung mitspielen. Aber das Bild war vergilbt. *Vergilbt und an den Enden hochgewölbt.* Plötzlich überkam ihn Furcht und drohte ihn wie eine dicke Decke zu ersticken. »Schwester!« rief er. »Schwester!«

Sie drehte sich unter der Tür noch einmal um.

»Wo sind denn meine Karten mit den Genesungswünschen?« Plötzlich fiel ihm das Atmen schwer. »Dieser andere Mann dort drüben hat viele... hat mir denn niemand eine Karte geschickt?«

Sie lächelte, aber es wirkte sehr gezwungen. Es war das

Lächeln von jemand, der etwas verbergen wollte. Plötzlich wollte Johnny sie bei seinem Bett haben. Er wollte eine Hand ausstrecken und sie berühren. Wenn er sie berühren könnte, würde er wissen, was sie ihm zu verheimlichen versuchte.

»Ich werde dem Arzt Bescheid sagen«, sagte sie und ging hinaus, bevor er noch etwas sagen konnte. Er betrachtete das verwelkte Usambaraveilchen und das vergilbte Jesusbild, verwirrt und voller Angst. Nach einer Weile sank er wieder in Schlaf.

4

»Er *war* wach!« sagte Marie Michaud. »Er war bei klarem Verstand! Er hat zusammenhängend gesprochen!«

»Okay«, antwortete Dr. Brown. »Ich zweifle nicht an Ihnen. Nun, wenn er einmal zu sich gekommen ist, wird er wieder zu sich kommen. Wahrscheinlich. Es ist nur eine Frage der...«

Johnny stöhnte. Seine Augen öffneten sich. Sie waren blicklos und halb nach oben verdreht. Dann schien er Marie zu sehen, und seine Augen wurden klar. Er lächelte ein wenig. Aber sein Gesicht war immer noch schlaff, als wären nur die Augen wach, während der Rest von ihm noch immer schlief. Sie hatte plötzlich das Gefühl, daß er sie nicht ansah, sondern in sie *hinein*sah.

»Ich glaube, es wird wieder gut«, sagte Johnny. »Wenn man die beschädigte Hornhaut reinigt, wird das Auge wieder so gut wie neu sein. Sollte es jedenfalls.«

Marie gab einen keuchenden Laut von sich, und Dr. Brown sah sie an. »Was ist denn?«

»Er spricht von meinem Jungen«, flüsterte sie. »Meinem Mark.«

»Nein«, sagte Brown. »Er spricht im Schlaf. Das ist alles. Machen Sie aus einer Mücke keinen Elefanten, Schwester.«

»Ja. Okay. Aber er schläft doch nicht, oder?«

»Marie?« sagte Johnny. Er lächelte zaghaft. »Ich war wieder eingeschlafen, nicht wahr?«

»Ja«, sagte Brown. »Sie haben im Schlaf geredet. Haben Marie hier erschreckt. Haben Sie geträumt?«

»Neiiin... nicht daß ich wüßte. Ich kann mich nicht erinnern. Was habe ich gesagt? Und wer sind Sie?«

»Ich bin Dr. James Brown, genau wie der Soul-Sänger. Aber ich bin Neurologe. Sie haben gesagt: ›Wenn man die beschädigte Hornhaut reinigt, wird das Auge wieder so gut wie neu sein.‹ Das war es doch, nicht wahr, Schwester?«

»Mein Junge wird diese Operation bekommen«, sagte Marie. »Mein Mark.«

»Ich kann mich an gar nichts erinnern«, sagte Johnny. »Ich habe wohl doch geschlafen.« Er sah Brown an. Seine Augen waren jetzt völlig klar, und ängstlich. »Ich kann meine Arme nicht heben. Bin ich gelähmt?«

»Nein, nein. Versuchen Sie es mit den Fingern.«

Johnny tat es. Alle Finger ließen sich bewegen. Er lächelte.

»Superfein«, sagte Brown. »Sagen Sie mir Ihren Namen?«

»John Smith.«

»Gut, und Ihr zweiter Vorname?«

»Ich habe keinen.«

»Das ist schön, wer braucht ihn schon? Schwester, gehen Sie doch mal auf Ihre Station und erkundigen Sie sich, wer morgen in der Neurologischen Dienst hat. Ich möchte eine ganze Reihe von Tests mit Mr. Smith durchführen.«

»Ja, Doktor.«

»Und Sie könnten Sam Weizak anrufen. Sie erreichen ihn zu Hause oder auf dem Golfplatz.«

»Ja, Doktor.«

»Und keine Reporter, bitte... bei Ihrem Leben.« Brown lächelte, war aber sehr ernst.

»Nein, natürlich nicht.« Sie ging hinaus, ihre Schuhe quietschten leicht. Ihrem Jungen wird es bald wieder ausgezeichnet gehen, dachte Johnny. Muß ich ihr unbedingt sagen.

»Dr. Brown«, sagte er, »Wo sind denn meine Genesungskarten? Hat mir niemand eine Karte geschickt?«

»Nur noch ein paar Fragen«, sagte Brown aalglatt. »Erinnern Sie sich noch an den Namen Ihrer Mutter?«

»Natürlich. Vera.«

»Und ihr Mädchenname?«

»Nason.«

»Der Name Ihres Vaters?«

»Herbert. Herb. Und warum haben Sie ihr gesagt, keine Reporter?«

»Ihre Postanschrift?«

»RFD 1, Pownal«, sagte Johnny prompt, dann verstummte er. Ein Ausdruck komischer Überraschung huschte über sein Gesicht. »Ich meine... also, ich wohne jetzt in Cleaves Mills, 110 North Main Street. Zum Teufel, warum habe ich Ihnen die Adresse meiner Eltern genannt? Ich wohne schon seit meinem achtzehnten Jahr nicht mehr bei Ihnen.«

»Und wie alt sind Sie jetzt?«

»Sehen Sie doch in meinem Führerschein nach«, sagte Johnny. »Ich möchte wissen, warum ich keine Genesungskarten erhalten habe. Wie lange bin ich eigentlich schon in diesem Krankenhaus? Und welches Krankenhaus ist es?«

»Es ist das Eastern Maine Medical Center. Und zu all Ihren anderen Fragen kommen wir noch, wenn Sie mir erst einmal gestatten...«

Brown saß auf einem Stuhl neben dem Bett, den er aus der Ecke herübergezogen hatte – derselben Ecke, wo Johnny zuvor den dunklen Durchgang gesehen hatte. Er machte sich Notizen mit einem Schreibstift, wie Johnny noch niemals einen gesehen hatte. Er bestand aus einem Plastikschaft und einer faserigen Spitze. Es schien sich um eine seltsame Hybridkreuzung aus einem Füller und einem Kugelschreiber zu handeln.

Als er diesen Schreibstift sah, kam das formlose Grauen zurück, und Johnny ergriff plötzlich ohne nachzudenken

Browns linke Hand mit seiner eigenen. Sein Arm bewegte sich knirschend, als wären unsichtbare Sechzig-Pfund-Gewichte daran befestigt – ein paar unterhalb des Ellbogens und ein paar oberhalb. Er umklammerte die Hand des Arztes mit schwachem Griff und zog. Der seltsame Stift hinterließ eine blaue Linie auf dem Papier.

Brown sah ihn an, zunächst nur neugierig. Doch dann wich alle Farbe aus seinem Gesicht. Der konzentrierte, interessierte Ausdruck verschwand aus seinen Augen und wurde durch einen verschleierten Ausdruck von Furcht ersetzt. Er riß die Hand zurück – Johnny hatte nicht genügend Kraft, sie festzuhalten –, und einen Augenblick huschte ein Ausdruck von Widerwillen über das Gesicht des Arztes, als wäre er von einem Leprakranken berührt worden.

Dann war es vorbei, und er blickte nur noch überrascht und beunruhigt drein. »Warum haben Sie das getan? Mr. Smith...«

Seine Stimme erstarb. Johnnys Gesicht war zu einer Maske aufdämmernden Verstehens erstarrt. Sein Gesicht war das Gesicht eines Mannes, der gesehen hat, wie sich etwas Grauenhaftes zwischen den Schatten regt und bewegt, etwas, das so gräßlich ist, daß man es nicht beschreiben oder beim Namen nennen kann.

Aber es war eine Tatsache. Sie mußte beim Namen genannt werden.

»Fünfundfünfzig *Monate*?« fragte Johnny heiser. »Fast *fünf Jahre? Nein!* Oh, mein Gott... *nein!*«

»Mr. Smith«, sagte Brown, jetzt völlig nervös. »Bitte, es ist nicht gut, wenn Sie sich aufregen...«

Johnny hob den Oberkörper etwa sieben Zentimeter vom Bett hoch, dann sackte er wieder zurück, sein Gesicht glänzte von Schweiß. Er verdrehte die Augen hilflos in den Höhlen. »Ich bin siebenundzwanzig!« murmelte er. *»Siebenundzwanzig?* O Jesus!«

Brown schluckte und hörte ein vernehmliches Klicken. Als Smith seine Hand ergriffen hatte, hatte er einen plötzlichen Ansturm böser Empfindungen erlebt, die in ihrer Intensität kindlich gewesen waren; grausame Bilder des Ekels hatten ihn heimgesucht. Er erinnerte sich an ein Picknick auf dem Lande, als er sieben oder acht Jahre alt gewesen war, damals hatte er sich hingesetzt und die Hand in etwas Warmes und Schlüpfriges gestützt. Er hatte sich umgedreht und festgestellt, daß er die Hand in die madenzerfressenen Überreste eines Eichhörnchens gestützt hatte, das den ganzen heißen August hindurch unter einem Lorbeerbusch gelegen haben mußte. Damals hatte er geschrien, und jetzt war ihm auch ein wenig nach Schreien zumute – nur ließ dieses Gefühl bereits wieder nach und verblaßte und wurde von einer Frage verdrängt: *Woher hat er es gewußt? Er hat mich berührt, und er hat es gewußt.*

Dann gewann seine zwanzigjährige Berufserfahrung die Oberhand, und er drängte die Empfindung beiseite. Es gab zahlreiche Fälle, bei denen komatöse Patienten erwacht waren und ein traumhaftes Wissen um viele Dinge besaßen, die um sie herum vor sich gegangen waren, während sie im Koma waren. Ein Koma war, wie alles andere auch, eine Frage des Ausmaßes. Johnny Smith war nie völlig weg gewesen, sein EKG war niemals völlig erloschen, wäre das der Fall gewesen, dann würde Brown jetzt nicht mit ihm sprechen. Manchmal war es, wenn man im Koma lag, als befände man sich unter einem Einweg-Glas. Für das sehende Auge war der Patient vollkommen weggetreten, aber die Sinne des Patienten konnten dennoch in einer schwachen, niederen Weise funktionieren. Und das war selbstverständlich hier der Fall.

Marie Michaud kam zurück. »Die Neurologie hat bestätigt, und Dr. Weizak ist bereits unterwegs.«

»Ich glaube, Sam wird bis morgen warten müssen, bis er Mr. Smith kennenlernt«, sagte Brown. »Ich möchte, daß er fünf Milligramm Valium bekommt.«

»Ich will kein Beruhigungsmittel«, sagte Johnny. »Ich will hier *raus*. Ich möchte wissen, was passiert ist.«

»Sie werden mit der Zeit auch alles erfahren«, sagte Brown. »Im Augenblick ist es wichtig, daß Sie ausruhen.«

»Ich habe viereinhalb Jahre ausgeruht!«

»Dann werden weitere zwölf Stunden auch keinen großen Unterschied machen«, sagte Brown unerbittlich.

Wenige Augenblicke später betupfte die Krankenschwester seinen Arm mit Alkohol, und er spürte den Einstich und fühlte sich beinahe augenblicklich schläfrig. Brown und die Krankenschwester kamen ihm vier Meter groß vor.

»Sagen Sie mir wenigstens noch eins«, sagte er. Seine Stimme schien von weit, weit her zu kommen. Plötzlich schien es schrecklich wichtig zu sein. »Dieser Kugelschreiber. Wie nennen Sie diesen Kugelschreiber?«

»Das hier?« Brown hielt ihn in erstaunlicher Höhe. Blaue Plastikhülle, faserige Spitze. »Das nennt man Flair. Und nun schlafen Sie, Mr. Smith.«

Und Johnny schlief ein, aber das Wort folgte ihm in den Schlaf wie eine mystische Beschwörungsformel mit schwachsinniger Bedeutung. *Flair... Flair... Flair...*

5

Herb legte den Telefonhörer auf und sah den Apparat an. Er sah ihn sehr, sehr lange an. Aus dem Nebenzimmer war der Fernseher zu hören, dessen Lautstärke ganz aufgedreht war. Oral Roberts sprach über Football und die heilende Kraft von Jesus – irgendwo gab es da einen Zusammenhang, aber Herb hatte ihn nicht mitbekommen. Orals Stimme donnerte und dröhnte wegen des Telefonanrufs. Gleich würde die Sendung zu Ende gehen, und Oral würde sie damit beschließen, seinen Zuhörern zu versichern, daß *ihnen* heute noch etwas *Gutes* beschert werden würde. Offenbar hatte Oral recht.

Mein Junge, dachte Herb. Während Vera um ein Wunder gebetet hatte, hatte Herb gebetet, daß sein Junge endlich sterben möge. Veras Gebet war erhört worden. Was hatte das zu bedeuten, und wo blieb er nun? Und was würde es für sie bedeuten?

Er ging ins Wohnzimmer. Vera saß auf dem Sofa. Sie hatte die Füße in den rosa Pantoffeln auf einen Hocker gelegt. Sie trug ihren alten grauen Hausmantel. Sie aß Popcorn direkt vom Röster. Seit Johnnys Unfall hatte sie nahezu vierzig Pfund zugenommen, und ihr Blutdruck war himmelwärts geschnellt. Der Arzt wollte, daß sie Medikamente einnahm, aber davon wollte Vera nichts wissen – wenn es Gottes Wille war, daß sie hohen Blutdruck hatte, sagte sie, dann würde sie ihn haben. Herb hatte sie einmal darauf hingewiesen, daß Gottes Wille sie nicht daran gehindert hatte, eine Bufferin zu nehmen, wenn sie Kopfschmerzen hatte. Darauf hatte sie mit ihrem süßesten Leidenslächeln geantwortet, und mit ihrer wirksamsten Waffe: Schweigen.

»Wer hat angerufen?« fragte sie, ohne den Blick vom Fernseher abzuwenden. Oral hatte einen Arm um den bekannten Quarterback eines NFC-Teams gelegt. Er sprach zu stummen Millionen. Der Quarterback lächelte bescheiden.

»...und Sie alle haben heute abend gehört, wie dieser prächtige Athlet davon berichtete, wie er seinen Körper mißbrauchte, den Tempel Gottes. Und Sie haben gehört...«

Herb schaltete ab.

»Herbert *Smith!*« Sie setzte sich so abrupt auf, daß sie fast ihr Popcorn verschüttet hätte. »Ich will das sehen! Das war...«

»Johnny ist aufgewacht!«

»...Oral Roberts und...«

Die Worte blieben ihr im Hals stecken. Sie schien sich tiefer in die Polster zu drücken, als wäre sie soeben von ihm geschlagen worden. Er sah sie an und konnte nicht mehr sagen, er wollte Freude empfinden, statt dessen hatte er Angst. Solche Angst.

»Johnny ist...« Sie brach ab, schluckte und versuchte es noch einmal. »Johnny... *unser* Johnny?«

»Ja. Er hat fast fünfzehn Minuten mit Dr. Brown gesprochen. Offenbar war es doch nicht das, was die Ärzte angenommen haben... scheintot. Er ist bei klarem Verstand. Er kann reden.«

»Johnny ist wach?« Sie schlug beide Hände vor den Mund. Der Popcorn-Röster, noch halb gefüllt, glitt von ihrem Schoß und plumpste auf den Teppich, das Popcorn wurde überallhin verstreut. Ihre Hand bedeckte die untere Gesichtshälfte, darüber wurden ihre Augen immer größer, bis Herb einen gräßlichen Augenblick befürchtete, sie würden herausfallen und an den Sehnerven baumeln. Dann machte sie sie zu. Ein winziger, fast wimmernder Laut kam unter ihren Händen hervor.

»Vera? Alles in Ordnung?«

»O mein Gott, ich danke Dir dafür, daß Dein Wille an meinem Johnny geschehn ist. Du hast mir, ich wußte es, meinen Johnny wiedergegeben, mein Johnny, o gütiger Gott, ich werde Dir alltäglich meine Dankbarkeit kundtun für meinen Johnny, *Johnny*, JOHNNY...« Ihre Stimme schwoll zu einem hysterischen, triumphierenden Schrei an. Er trat nach vorne, packte die Aufschläge ihres Morgenmantels und schüttelte sie. Plötzlich schien sich die Zeit umgekehrt zu haben, in sich selbst zurückgewunden, wie ein seltsam geflochtenes Band – sie hätten sich wieder in der Nacht befinden können, als ihnen die Nachricht von dem Unfall überbracht worden war, die durch dasselbe Telefon im selben Erker gekommen war.

Erker, Kerker, dachte Herb Smith, als würde er den Verstand verlieren.

»O mein allmächtiger Gott, mein Jesus, mein Johnny, das Wunder, wie ich gesagt habe, das *Wunder*...«

»Hör auf, Vera!«

Ihre Augen waren dunkel und verschleiert und hysterisch. »Tut es dir leid, daß er wieder wach ist? Nachdem du dich all die Jahre über mich lustig gemacht hast? Allen Leuten gesagt hast, ich sei verrückt?«

»Vera, ich habe niemandem gesagt, daß du verrückt bist!«

»Du hast es ihnen mit deinen Augen gesagt!« schrie sie ihn an. »Aber mein Gott ließ nicht mit sich spotten! Habe ich recht, Herb? *Habe ich recht?«*

»Ja«, sagte er. »Wahrscheinlich schon.«

»Ich habe es dir gesagt! Ich habe dir gesagt, daß Gott Pläne mit meinem Johnny hat. Jetzt siehst du selbst, wie seine Hand zu wirken beginnt.« Sie stand auf. »Ich muß zu ihm gehen. Ich muß es ihm sagen.« Sie ging auf den Schrank zu, in dem ihr Mantel hing, offenbar ohne sich bewußt zu sein, daß sie nur ihren Hausmantel und darunter ihr Nachthemd anhatte. Ihr Gesicht nahm einen verklärten Ausdruck an. Auf eine bizarre und beinahe blasphemische Weise erinnerte sie ihn daran, wie sie am Tag ihrer Hochzeit ausgesehen hatte. Ihre rosa Hausschuhe traten knirschend Popcorn in den Teppich.

»Vera.«

»Ich muß ihm sagen, daß Gottes Plan...«

»Vera.«

Sie drehte sich zu ihm um, aber ihr Blick war weit entfernt, bei ihrem Johnny.

Er ging zu ihr und legte ihr die Hände auf die Schultern.

»Du sagst ihm, daß du ihn liebst... daß du gebetet hast... gewartet... beobachtet. Wer hätte wohl ein größeres Recht als du? Du bist seine Mutter. Du hast für ihn geblutet. Habe ich nicht selbst beobachtet, wie du die letzten fünf Jahre für ihn geblutet hast? Es tut mir nicht leid, daß er wieder zu uns zurückgekehrt ist, es war nicht recht von dir, das zu sagen. Ich glaube zwar nicht, daß ich das daraus machen kann, was du machst, aber es tut mir nicht leid. Auch ich habe für ihn geblutet.«

»Ach, wirklich?« Ihre Augen waren stahlhart, stolz und ungläubig.

»Ja. Und ich werde dir noch was sagen, Vera. Du wirst die Klappe halten von wegen Gott und Wundern und großen Plänen, bis Johnny wieder auf den Beinen und imstande sein wird...«

»Ich werde sagen, was ich sagen muß!«

»... zu überlegen, was er tut. Ich will damit sagen, du mußt ihm die Chance geben, selbst damit ins reine zu kommen, bevor du mit ihm anfängst.«

»Du hast kein Recht, so mit mir zu reden. Überhaupt kein Recht!«

»Ich übe mein Recht als Johnnys Vater aus«, sagte er grimmig. »Vielleicht zum letztenmal in meinem Leben. Und komm mir dabei lieber nicht in die Quere, Vera. Hast du verstanden? Nicht du, nicht Gott, nicht der heilige Jesus. Kapiert!«

Sie funkelte ihn verdrossen an und sagte nichts.

»Er wird genug damit zu tun haben, mit der Tatsache fertigzuwerden, daß er viereinhalb Jahre ohne Bewußtsein war, ausgelöscht wie eine Kerze im Wind. Wir wissen nicht, ob er imstande sein wird, wieder zu laufen, obwohl der Therapeut bei ihm war. Wir wissen, daß eine Operation an seinen Bändern nötig sein wird, wenn er es auch nur versuchen will; das hat uns Weizak gesagt. Wahrscheinlich mehr als eine. Und weitere Therapien, und viele davon werden ihm höllische Schmerzen bereiten. Du wirst also morgen weiter nichts als seine Mutter sein.«

»Wage nicht, so mit mir zu reden! *Wage es nicht!*«

»Wenn du zu predigen anfängst, Vera, werde ich dich an deinen Haaren aus dem Krankenzimmer schleifen!«

Sie sah ihn mit kalkweißem Gesicht und am ganzen Körper zitternd an. In ihren Augen bekriegten sich Freude und Furcht.

»Und jetzt zieh dich lieber an«, sagte Herb. »Wir sollten bald aufbrechen.«

Es wurde eine lange, schweigsame Fahrt nach Bangor. Das Glück, das sie beide jetzt eigentlich empfinden sollten, war nicht da, nur Veras hitzige, militante Freude. Sie saß kerzengerade auf ihrem Sitz und hielt in ihrem Schoß die Bibel, die beim dreiundzwanzigsten Psalm aufgeschlagen war.

6

Am nächsten Morgen kam Marie um Viertel vor neun in Johnnys Zimmer und sagte: »Ihre Eltern sind hier, möchten Sie sie sehen?«

»Ja, das würde ich sehr gern.« Er fühlte sich heute morgen schon viel wohler, kräftiger und weniger desorientiert. Aber der Gedanke, gleich seine Eltern zu sehen, machte ihm doch ein bißchen Angst. In seiner bewußten Erinnerung hatte er sie zuletzt vor etwa fünf Jahren gesehen. Sein Vater hatte am Fundament eines Hauses gearbeitet, das inzwischen wahrscheinlich seit drei Jahren oder länger stand. Seine Mutter hatte ihm hausgemachte Bohnen und Apfelkuchen als Nachtisch zubereitet und sich darüber mokiert, wie mager er wurde.

Er griff schwach nach Maries Hand, als sie sich abwandte. »Sehen sie in Ordnung aus? Ich meine...«

»Sie sehen gut aus.«

»Oh. Schön.«

»Sie dürfen aber nur eine halbe Stunde mit ihnen sprechen. Heute abend vielleicht noch einmal, falls die Neurologietests nicht zu anstrengend sind.«

»Anweisung von Dr. Brown?«

»Und von Dr. Weizak.«

»Also gut. Eine Weile. Ich bin selbst nicht sicher, wie lange ich verhört und ausgequetscht werden will.«

Marie zögerte.

»Noch etwas?« fragte Johnny.

»Nein... nicht jetzt. Sie werden es sicher kaum noch erwarten können, Ihre Eltern zu sehen. Ich schicke sie herein.«

Er wartete nervös. Das andere Bett war leer. Der Krebspatient war verlegt worden, während Johnny seine Valium-Betäubung ausgeschlafen hatte.

Die Tür wurde aufgemacht. Seine Mutter und sein Vater kamen herein. Johnny empfand gleichzeitig Schock und Erleichterung: Schock, weil seine Eltern so gealtert *waren;* es stimmte also; Erleichterung, weil die Veränderungen nicht als solche auf den Tod hin wirkten. Und wenn das auf sie zutraf, galt es wahrscheinlich auch für ihn.

Aber etwas in ihm *hatte* sich verändert, drastisch verändert – und das *könnte* todbringend sein.

Mehr Zeit zum Nachdenken hatte er nicht, denn seine Mutter schlang die Arme um ihn, ihr Veilchenparfürm drang ihm in die Nase, und sie flüsterte: »Gott sei Dank, Johnny, Gott sei Dank, daß du wieder wach bist.«

Er umarmte sie, so gut er konnte – seine Arme hatten noch nicht viel Kraft und fielen rasch wieder schlaff nach unten – und plötzlich wußte er innerhalb von Sekunden, wie es um sie bestellt war, was sie dachte und was mit ihr passieren würde. Dann verblaßte dieses Wissen wie der Traum von der dunklen Halle. Aber als sie die Umarmung löste, um ihn anzusehen, war der Ausdruck fanatischer Freude aus ihren Augen verschwunden und nachdenklicher Überlegung gewichen.

Die Worte schienen wie von allein aus ihm herauszuströmen: »Laß dir von ihnen die Medizin geben, Mutter. Es ist besser so.«

Sie riß die Augen auf und befeuchtete mit der Zunge die Lippen – und dann war Herb neben ihr, und seine Augen schwammen in Tränen. Er hatte etwas abgenommen – nicht ganz soviel, wie Vera zugenommen hatte, aber er war doch sichtbar dünner. Sein Haarausfall war schlimmer geworden, aber das Gesicht war immer noch dasselbe, anheimelnd, einfach und voller Liebe. Er zog ein großes Taschentuch aus der Gesäßtasche und wischte sich die Augen damit ab. Dann streckte er die Hand aus.

»Hi, Sohn!« sagte er. »Schön, dich wieder bei uns zu haben.«

Johnny schüttelte seinem Vater die Hand, so gut es eben gehen wollte; seine blassen und kraftlosen Finger verschwanden in der roten Hand seines Vaters. Johnny sah von einem zum anderen – seine Mutter trug einen pulverblauen Hosenanzug, sein Vater eine unglaublich scheußlich karierte Jacke, die aussah, als gehörte sie einem Staubsaugervertreter aus Kansas –, und er brach in Tränen aus.

»Tut mir leid«, sagte er. »Tut mir leid, das kommt nur von –«

»Weine ruhig, Johnny«, sagte Vera und setzte sich neben

ihm aufs Bett. Ihr Gesicht war jetzt ruhig und klar. Es zeigte mehr Mütterlichkeit als religiösen Wahn. »Manchmal ist es am besten, wenn man sich richtig ausweint.«

Und das tat Johnny dann auch.

7

Herb erzählte ihm, daß seine Tante Germaine gestorben war. Vera erzählte ihm, daß das Geld für die Pownal Community Hall schließlich aufgebracht worden war und die Bauarbeiten im vorigen Monat begonnen hatten, kaum daß der letzte Frost aus dem Boden gewesen war. Herb fügte hinzu, daß er auch einen Kostenvoranschlag eingereicht hatte, aber er vermute, daß ehrliche Arbeit ihnen viel zu teuer sei. »Ach, sei still, du sauertöpfischer Verlierer«, sagte Vera.

Dann herrschte ein Weilchen Schweigen, bis Vera schließlich sagte: »Ich hoffe, dir ist klar, daß deine Genesung ein Wunder ist, Johnny. Die Ärzte waren schon verzweifelt. Im neunten Kapitel Matthäus lesen wir...«

»Vera!« sagte Herb warnend.

»Natürlich war es ein Wunder, Mom. Das weiß ich.«

»Du... wirklich?«

»Ja. Und ich möchte mit dir darüber reden... möchte hören, welche Bedeutung du allem zuschreibst... sobald ich wieder auf den Beinen bin.«

Sie starrte ihn mit offenem Mund an. Johnny sah an ihr vorbei zu seinem Vater hinüber, und ihre Blicke begegneten sich einen Augenblick. Johnny sah große Erleichterung in den Augen seines Vaters. Herb nickte kaum merklich.

»Eine Bekehrung!« rief Vera jauchzend aus. »Mein Junge ist bekehrt worden! Oh, gelobt sei Gott!«

»Vera, leise«, sagte Herb. »Wenn du Gott schon unbedingt loben willst, dann im Krankenhaus gefälligst etwas leiser.«

»Ich sehe nicht, wie jemand es nicht ein Wunder nennen könnte, Mom. Wir beide werden noch sehr viel darüber sprechen. Sobald ich hier raus bin.«

»Du wirst nach Hause kommen«, sagte sie. »Zurück in das Haus, in dem du aufgewachsen bist. Ich werde dich gesundpflegen, und wir werden um Verstehen beten.«

Er lächelte sie an, aber es war eine große Anstrengung, dieses Lächeln beizubehalten. »Worauf du dich verlassen kannst. Mom, würdest du mal zur Schwesternstation gehen und Marie fragen, ob ich ein Glas Saft haben kann? Oder vielleicht ein Ginger Ale? Ich bin das Reden doch nicht mehr gewohnt, und meine Kehle...«

»Natürlich.« Sie küßte ihn auf die Wange und stand auf. »Oh, du bist ja so mager. Aber das werden wir ändern, wenn du wieder zu Hause bist.« Sie verließ das Zimmer und warf im Vorbeigehen ihrem Mann einen einzigen Siegesblick zu. Sie hörten ihre Schritte den Flur entlanggehen.

»Wie lange ist sie schon so?« fragte Johnny leise.

Herb schüttelte den Kopf. »Sie ist seit deinem Unfall nach und nach so geworden. Aber angefangen hatte es schon vor sehr langer Zeit. Du weißt es. Du erinnerst dich noch daran.«

»Ist sie...«

»Ich weiß es nicht. Es gibt Leute unten im Süden, die geben sich mit Schlangen ab. Ich nenne diese Leute verrückt. Sie macht das nicht. Wie geht es dir, Johnny? Wirklich?«

»Ich weiß es nicht«, sagte Johnny. »Daddy, wo ist Sarah?«

Herb beugte sich vor und verschränkte die Hände zwischen den Knien. »Ich sage es dir nicht gern, John, aber...«

»Sie ist verheiratet? Sie hat *geheiratet?*«

Herb gab keine Antwort. Er sah Johnny nicht direkt an, sondern nickte nur kurz.

»O Gott!« sagte Johnny hohl. »Das hatte ich befürchtet.«

»Sie ist schon bald drei Jahre Mrs. Walter Hazlett. Er ist Anwalt. Sie haben einen kleinen Jungen, John... so recht hat niemand daran geglaubt, daß du noch einmal aufwachen würdest. Natürlich mit Ausnahme deiner Mutter. Keiner von uns hatte irgendeinen *Grund* zu glauben, daß du aufwachen könntest.« Seine Stimme zitterte jetzt und klang heiser vor Schuldbewußtsein. »Die Ärzte sagten... ach, reden wir nicht mehr davon, was sie gesagt haben. Sogar ich hatte dich aufgegeben. Es fällt mir schwer, das zuzugeben, aber es ist wahr. Ich kann dich nur bitten, zu versuchen, uns zu verstehen, mich... und Sarah.«

Er wollte sagen, daß er durchaus alles verstand, aber er brachte nicht viel mehr als ein heiseres Krächzen heraus. Sein Körper fühlte sich plötzlich krank und alt, und er ertrank in einem Gefühl des Verlusts. Die verlorene Zeit lastete wie Ziegelsteine auf ihm, etwas Reales, nicht nur ein vages Konzept.

»Nimm's nicht so schwer, Johnny. Es gibt noch andere Dinge. Gute Dinge.«

»Es... es wird einige Zeit dauern, bis ich mich daran gewöhne«, brachte Johnny mühsam heraus.

»Ja. Ich weiß.«

»Siehst du sie noch?«

»Wir schreiben uns ab und zu. Nach deinem Unfall lernten wir uns kennen. Sie ist ein nettes Mädchen, wirklich nett. Sie unterrichtet immer noch in Cleaves, aber wie ich hörte, will sie im Juni damit aufhören. Sie ist glücklich, Johnny.«

»Gut«, sagte er gepreßt. »Ich bin froh, daß wenigstens einer glücklich ist.«

»Sohn...«

»Ich hoffe, du verrätst keine Geheimnisse«, sagte Vera Smith strahlend, als sie ins Zimmer zurückkam. Sie hatte einen Eisbehälter in einer Hand. »Sie sagten, daß du noch keinen Obstsaft vertragen kannst, Johnny, deshalb habe ich dir das Ginger Ale mitgebracht.«

»Das ist schön, Mom.«

Sie sah von Herb zu Johnny und wieder zu Herb zurück. »*Habt* ihr über Geheimnisse gesprochen? Oder warum sonst diese langen Gesichter?«

»Ich habe Johnny gerade gesagt, daß er sehr hart arbeiten muß, wenn er hier raus will«, sagte Herb. »Viel Therapie.«

»Warum mußt du denn jetzt über so was reden?« fragte Vera und goß Ginger Ale in Johnnys Glas. »Jetzt wird alles wieder gut werden. Ihr werdet schon sehen!«

Sie steckte einen Plastikstrohhalm ins Glas und reichte es Johnny.

»Und nun trink das alles aus«, sagte sie lächelnd. »Es ist gut für dich.«

Johnny trank alles aus. Es schmeckte sehr bitter.

Siebtes Kapitel

»Machen Sie die Augen zu«, sagte Dr. Weizak.

Er war ein kleiner, rundlicher Mann mit einem unglaublich frisierten Haarschopf und breiten Koteletten. Über das Haar kam Johnny nicht hinweg. 1970 hätte sich ein Mann mit so einer Frisur den Weg aus jeder Bar im östlichen Maine freikämpfen müssen, einen Mann in Weizaks Alter hätte man als reif für die Klapsmühle angesehen.

So viel Haar. Mann.

Johnny machte die Augen zu. An seinem Kopf waren elektrische Kontakte befestigt, die durch Drähte mit einem EEG an der Wand verbunden waren. Dr. Brown und eine Schwester standen beim Gerät, aus dem ruhig und gleichmäßig ein breiter Streifen Druckerpapier quoll. Johnny hätte am liebsten Marie Michaud als Schwester gehabt. Er hatte ein bißchen Angst.

Dr. Weizak berührte seine Lider, und Johnny zuckte zusammen.

»Neee... halten Sie still, Johnny. Das sind die beiden letzten. So... jetzt.«

»In Ordnung, Doktor«, sagte die Schwester.

Ein leises Summen.

»Gut, Johnny. Fühlen Sie sich wohl?«

»Fühlt sich wie ein Penny auf meinen Lidern an.«

»Ja? Daran werden Sie sich mit der Zeit schon gewöhnen. Und jetzt lassen Sie mich diesen Vorgang erklären. Ich werde Sie auffordern, sich eine Anzahl von Dingen vorzustellen. Sie werden jedesmal etwa zehn Sekunden Zeit haben. Alles in allem handelt es sich um zwanzig Dinge. Haben Sie verstanden?«

»Ja.«

»Sehr schön. Fangen wir an. Dr. Brown?«

»Alles bereit.«

»Ausgezeichnet. Johnny, ich bitte Sie, sich einen Tisch vorzustellen. Auf diesem Tisch liegt eine Orange.«

Johnny dachte daran. Er sah einen kleinen Kartentisch mit stählernen Beinen. Nicht ganz in der Mitte lag eine große Orange mit der Aufschrift SUNKIST auf der narbigen Haut.

»Gut«, sagte Weizak.

»Kann dieses Gerät meine Orange sehen?«

»Nee... nun ja; auf symbolische Art. Die Maschine zeichnet Ihre Gehirnwellen auf. Wir suchen nach Sperren, Johnny. Nach beschädigten Stellen. Nach möglichen Hinweisen auf anhaltenden Druck. Und nun möchte ich Sie bitten, keine weiteren Fragen mehr zu stellen.«

»Also gut.«

»Jetzt stellen Sie sich bitte einen Fernseher vor. Er ist eingeschaltet, empfängt aber keinen Kanal.«

Johnny sah den Fernseher, der in seinem Apartment stand... gestanden hatte. Der Bildschirm zeigte hellgrauen Schnee. Die Zimmerantenne war des besseren Empfangs wegen mit Alufolie umwickelt.

»Gut.«

Die Testreihe ging weiter. Beim elften Gegenstand sagte Dr. Weizak: »Und nun stellen Sie sich bitte einen Picknick-Tisch auf der linken Seite eines grünen Rasens vor.«

Johnny dachte daran, und im Geist sah er einen Liegestuhl vor sich. Er runzelte die Stirn.

»Etwas nicht in Ordnung?« fragte Weizak.

»Nein, nein, überhaupt nicht«, sagte Johnny. Er dachte angestrengter nach. Picknicks, Weiners, ein Kohlengrill... assoziieren, verdammt, assoziieren. Kann doch nicht so schwer sein, sich einen Picknick-Tisch vorzustellen, du hast ja nur Tausende davon in deinem Leben gesehen, assoziiere dich darauf zu. Plastiklöffel. Plastikgabeln. Pappteller, sein Vater mit einer Kochmütze auf dem Kopf, hält eine lange Gabel in der Hand und trägt eine Schürze mit einem bunten Aufdruck: DER KOCH BRAUCHT EINEN DRINK. Sein Vater bereitete Hamburger zu. Dann würden alle dort hinübergehen und sich hinsetzen an den...

Ah, hier kam er!

Johnny lächelte, dann verblaßte das Lächeln. Diesmal war das Bild in seinem Geist eine Hängematte. »Scheiße!«

»Kein Picknick-Tisch?«

»Ist direkt unheimlich. Ich kann einfach nicht... ich scheine nicht daran denken zu können. Ich meine, ich weiß, was es ist, aber ich kann es nicht vor meinem geistigen Auge sehen. Ist das unheimlich oder ist es nicht unheimlich?«

»Unwichtig. Versuchen Sie es damit: ein Globus, der auf der Motorhaube eines Lastwagens steht.«

Das war leicht.

Beim neunzehnten Gegenstand, einem Ruderboot, das am Fuße eines Straßenschildes lag (wer denkt sich eigentlich solche Dinge aus? überlegte Johnny), passierte es wieder. Es war frustrierend. Er sah einen Strandball neben einem Grabstein liegen. Er konzentrierte sich härter und sah eine Autobahnüberführung. Weizak beruhigte ihn, und ein paar Minuten später wurden die elektrischen Kontakte von Johnnys Kopf und Augenlidern entfernt.

»Warum konnte ich mir diese Dinge nicht vorstellen?« fragte er und sah dabei von Weizak zu Brown. »Worin besteht das Problem?«

»Das läßt sich nicht so ohne weiteres mit Sicherheit sagen«, sagte Brown. »Es könnte sich um eine Art örtlicher Amnesie handeln. Es könnte auch sein, daß ein winziger Teil Ihres Gehirns bei diesem Unfall beschädigt oder zerstört wurde – ich meine natürlich nur ein mikroskopisch winziges Teilchen. Wir wissen nicht genau, worin das Problem besteht. Aber es ist offensichtlich, daß Sie eine Anzahl von Erinnerungsspuren verloren haben. Wir sind zufällig auf zwei gestoßen. Wahrscheinlich wird es noch mehr geben.«

Weizak sagte prompt: »Sie hatten als Kind eine Kopfverletzung, ja?«

Johnny sah ihn zweifelnd an.

»Da ist eine alte Narbe«, sagte Weizak. »Es gibt eine Theorie, Johnny, die von vielen statistischen Forschungen unterstützt wird...«

»Forschungsarbeiten, die noch lange nicht abgeschlossen sind«, sagte Brown beinahe spitz.

»Das ist wahr. Aber diese Theorie besagt, daß Leute, die dazu neigen, erst nach langer Zeit aus dem Koma zu erwachen, meistens früher schon mal eine Kopfverletzung erlitten haben... als hätte das Gehirn als Resultat der ersten Verletzung eine Anpassung vorgenommen, die es ihm erlaubt, die zweite zu überleben.«

»Das ist nicht bewiesen«, sagte Brown. Er schien zu mißbilligen, daß Dr. Weizak es überhaupt ausgesprochen hatte.

»Die Narbe ist vorhanden«, sagte Weizak. »Können Sie sich nicht daran erinnern, was mit Ihnen passiert ist, Johnny? Sie müssen damals das Bewußtsein verloren haben. Sind Sie vielleicht mal die Treppe heruntergefallen? Ein Fahrradunfall? Der Narbe nach zu schließen, müssen Sie damals noch sehr jung gewesen sein.«

Johnny dachte angestrengt nach, dann schüttelte er den Kopf. »Haben Sie meine Eltern danach gefragt?«

»Beide können sich nicht an irgendeine Kopfverletzung erinnern... fällt Ihnen auch nichts ein?«

Einen Augenblick fiel Johnny etwas ein – eine Erinnerung an Rauch... schwarz und rußig und nach verbranntem Gummi stinkend. Kalt. Dann war es wieder weg. Johnny schüttelte den Kopf.

Weizak seufzte und zuckte die Achseln. »Sie müssen müde sein.«

»Ein bißchen.«

Brown setzte sich auf die Kante des Untersuchungstischs. »Es ist Viertel vor elf. Sie haben heute vormittag sehr hart gearbeitet. Dr. Weizak und ich werden Ihnen gern noch ein paar Fragen beantworten, wenn Sie wollen, dann gehen Sie wieder auf Ihr Zimmer hinauf und machen ein Nickerchen. Okay?«

»Okay«, sagte Johnny. »Die Bilder, die Sie von meinem Gehirn gemacht haben...«

»Das CAT-Scan«, nickte Weizak. »Computerisierte Axial-Tomographie.« Er holte eine Schachtel Tic-Tac hervor und schob sich drei in den Mund. »Das CAT-Scan besteht eigentlich aus einer Reihe von Gehirn-Röntgenaufnahmen, Johnny. Der Computer setzt die Bilder um und...«

»Was hat es Ihnen gesagt? Wie lange habe ich noch?«

»Was soll das heißen, wie lange Sie noch haben?« fragte Brown. »Klingt wie ein Dialogfetzen aus einem alten Film.«

»Ich habe gehört, daß Menschen, die aus lang andauernden Komas erwachen, meistens nicht mehr lange leben«, sagte Johnny. »Sie erleben einen Rückfall. Wie eine Glühbirne, die noch einmal hell aufleuchtet, bevor sie ganz ausgeht.«

Weizak lachte bellend. Es war ein herzliches, brüllendes Lachen, und es war ein Wunder, daß er nicht an seinem Kaugummi erstickte. »Oh, wie melodramatisch.« Er legte eine Hand auf Johnnys Brust. »Denken Sie, Jim und ich sind Babys auf diesem Gebiet? Nee. Wir sind Neurologen. Was ihr Amerikaner hochgezüchtete Spezialisten nennt. Das bedeutet, wir sind nur stupide, was die Funktionen des Gehirns anbelangt, und nicht vollkommen arglose Ignoranten. Also will ich Ihnen sagen, ja, es gibt Rückfälle. Aber bei Ihnen wird es nicht dazu kommen. Ich glaube, das können wir sagen, Jim, ja, richtig?«

»Ja«, sagte Brown. »Wir haben keine nennenswerten Verletzungen gefunden, Johnny, in Texas gab es einen Fall, der Mann lag neun Jahre im Koma. Heute ist er Bankangestellter, und diesen Job hat er schon seit sechs Jahren. Vorher war er zwei Jahre Kassierer. In Arizona lebt eine Frau, die zwölf Jahre weg war. Irgend etwas ging bei der Anästhesie schief, während sie in den Wehen lag. Sie sitzt heute im Rollstuhl, aber sie lebt und ist geistig gesund. Sie erwachte 1969 und lernte das Baby kennen, das sie zwölf Jahre zuvor zur Welt gebracht hatte. Das Baby war in der siebten Klasse und hatte ein Zeugnis mit Auszeichnung.«

»Werde ich auch im Rollstuhl sitzen müssen?« fragte

Johnny. »Ich kann die Beine nicht strecken. Mit den Armen geht es etwas besser, aber meine Beine...« Er verstummte kopfschüttelnd.

»Die Sehnen haben sich verkürzt«, sagte Weizak. »Verstehen Sie? Daher krümmen sich komatöse Patienten in die Haltung, die wir präfötal nennen. Aber wir wissen heute schon wesentlich mehr als früher über den körperlichen Verfall, der im Koma stattfindet, und können besser dagegen angehen. Sie wurden regelmäßig von den Krankengymnasten des Krankenhauses untersucht und behandelt, auch während Sie schliefen. Und verschiedene Patienten reagieren verschieden auf das Koma. Bei Ihnen war der Verfall sehr langsam, Johnny. Wie Sie gesagt haben, sind Ihre Arme bemerkenswert beweglich. Aber es *gibt* Verfallerscheinungen. Soll ich Sie belügen? Nee, ich glaube nicht. Es wird lange und schmerzhaft werden. Sie werden Tränen vergießen. Sie werden Ihren Therapeuten hassen. Sie könnten sich in Ihr Bett verlieben. Und es wird Operationen geben – wenn Sie besonderes Glück haben vielleicht nur eine, möglicherweise aber auch vier –, um die Bänder wieder zu strecken. Diese Operationen sind noch ziemlich neu. Sie können vollen Erfolg haben, teilweisen, oder überhaupt keinen. Aber ich glaube, Sie werden wieder gehen können, so Gott will. Ich glaube zwar nicht, daß Sie jemals wieder Skilaufen oder über Hürden springen können, aber Sie werden wieder laufen und bestimmt schwimmen können.«

»Danke«, sagte Johnny. Er empfand plötzlich eine Welle von Zuneigung für diesen Mann mit dem Akzent und dem merkwürdigen Haarschnitt. Er wollte irgend etwas als Gegenleistung für Weizak tun – und mit diesem Gefühl kam gleichzeitig das Bedürfnis, beinahe das zwingende Verlangen, ihn einmal zu berühren.

Er streckte plötzlich die Hände aus und nahm Weizaks Hand zwischen seine beiden. Die Hand des Arztes war groß, zerfurcht und warm.

»Ja?« fragte Weizak freundlich. »Und was soll das?«

Die Dinge änderten sich jäh. Es war unmöglich zu sagen, wie. Nur schien Weizak auf einmal sehr klar zu sein. Weizak schien... ganz *im Vordergrund* zu stehen und sich in hellem Licht abzuzeichnen. Sein Gesicht wirkte wie ein Relief, bis ins allerkleinste Detail erkennbar. Und jede Linie in diesem Gesicht erzählte eine Geschichte. *Er begann zu verstehen.*

»Ich möchte Ihre Brieftasche«, sagte Johnny.

»Meine...?« Weizak und Brown wechselten verblüffte Blicke.

»In Ihrer Brieftasche ist ein Bild von Ihrer Mutter, und das muß ich haben«, sagte Johnny. *»Bitte.«*

»Woher wissen Sie das?«

»Bitte!«

Weizak sah Johnny einen Augenblick ins Gesicht, dann griff er langsam unter den weißen Kittel und holte eine alte, abgegriffene Lord Buxton heraus, die längst ihre ursprüngliche Form verloren hatte.

»Woher wußten Sie, daß ich ein Bild meiner Mutter bei mir trage? Sie ist tot, sie ist gestorben, als die Nazis Warschau besetzten...«

Johnny riß Weizak die Brieftasche aus der Hand. Er und Brown schienen verwirrt. Johnny machte sie auf, ignorierte die Plastikhüllen für Bilder und kramte statt dessen mit den Fingern hastig im hinteren Fach herum: Visitenkarten, quittierte Rechnungen, ein geplatzter Scheck, eine alte Eintrittskarte zu einer politischen Veranstaltung. Schließlich fand er einen kleinen, in Plastik eingefaßten Schnappschuß. Das Bild zeigte eine junge Frau mit einfachem Gesicht, das Haar unter einem Tuch zurückgestrichen. Ihr Lächeln war strahlend und jugendlich. Sie hielt einen kleinen Jungen an der Hand. Neben ihr stand ein Mann in der Uniform der polnischen Armee.

Johnny nahm das Bild zwischen beide Hände und schloß die Augen, und einen Moment war da nur Dunkelheit, dann kam ein Wagen aus dieser Dunkelheit... nein, kein gewöhnlicher Wagen; ein Leichenwagen. Ein von Pferden gezogener Leichenwagen. Die Lampen waren mit schwarzen Tüchern verdunkelt. Natürlich war es ein Leichenwagen, denn sie waren *(zu Hunderten gestorben waren, ja, zu Tausenden, keine Gegner für die Panzer, die Wehrmacht, Kavallerie des neunzehnten Jahrhunderts gegen Tanks und Maschinengewehre. Explosionen. Schreie sterbender Menschen, ein Pferd mit herausgeschossenen Eingeweiden und wild rollenden Augen, in denen das Weiße zu sehen ist, dahinter eine umgestürzte Kanone, und immer noch kommen sie. Weizak kommt, der in den Steigbügeln steht, das Schwert hoch in den strömenden Regen des Spätsommers von 1939 gehoben, seine Männer folgen ihm, stolpern durch den Schlamm, der Geschützturm des Nazi-Panzers folgt ihm, nimmt ihn aufs Korn, hat ihn im Visier, feuert, und plötzlich ist er unterhalb der Taille verschwunden, das Schwert fliegt aus seiner Hand; weiter unten an der Straße liegt Warschau, der Naziwolf ist los in Europa)*

»Wirklich, wir müssen dem ein Ende bereiten«, sagte Brown, seine Stimme klang distanziert und besorgt. »Sie regen sich zu sehr auf, Johnny.«

Die Stimmen kamen aus weiter Ferne, aus einem Korridor in die Zeit.

»Er hat sich in eine Art Trance versetzt«, sagte Weizak. Heiß hier. Er schwitzte. Er schwitzte, weil *(die Stadt in Flammen steht, Tausende fliehen, ein Lastwagen rumpelt donnernd von einer Seite zur anderen eine gepflasterte Straße hinab, und auf der Pritsche des Wagens sind winkende deutsche Soldaten mit getarnten Stahlhelmen, und die junge Frau lächelt jetzt nicht mehr, sie flüchtet, kein Grund, nicht zu flüchten, das Kind ist in Sicherheit gebracht worden, und jetzt fährt der Lastwagen auf den Bürgersteig, der Kotflügel streift sie, zerschmettert ihre Hüfte und schleudert sie durch eine Schaufensterscheibe und in einen Uhrenladen und alles beginnt zu schlagen, zu läuten, zu schlagen, die Zeit ist)*

»Sechs Uhr«, sagte Johnny gepreßt. Er hatte die Augen verdreht, bis das Weiße zum Vorschein kam. »2. September 1939, und alle Kuckucksuhren schlagen.«

»O mein Gott, was ist das?« flüsterte Weizak. Die Krankenschwester hatte sich bis zur EEG-Konsole an der Wand zurückgezogen. Ihr Gesicht war blaß und verängstigt. Alle haben jetzt Angst, weil Tod in der Luft liegt. Er liegt an diesem Ort immer in der Luft... in diesem *(Krankenhaus. Geruch nach Äther. Sie schreien an diesem Ort des Todes. Polen ist tot, Polen ist im Blitzkrieg der Wehrmacht gefallen, zertrümmerte Hüfte. Der Mann im nächsten Bett ruft nach Wasser, ruft, ruft, ruft. Sie erinnert sich: ›DER JUNGE IST IN SICHERHEIT.‹ Was für ein Junge? Sie weiß es nicht. Was für ein Junge? Wie heißt sie? Sie kann sich nicht daran erinnern. Nur daß)*

»Der Junge in Sicherheit ist«, sagte Johnny gepreßt. »Hm-hmm. Hm-Hmm.«

»Wir müssen dem ein Ende bereiten«, wiederholte Brown.

»Und wie sollen wir das machen?« entgegnete Weizak mit schneidender Stimme. »Es ist schon zu weit fortgeschritten, um...«

Verhallende Stimmen. Die Stimmen sind unter den Wolken. Alles ist unter den Wolken. Europa ist unter den Wolken des Krieges. Alles ist unter den Wolken, nur nicht die Gipfel, die Berggipfel der... *(Schweiz. Schweiz, und jetzt lautet ihr Name BORENTZ. Ihr Name lautet JOHANNA BORENTZ und ihr Mann ist Techniker oder Ingenieur oder Architekt, wer auch immer die Brücken baut. Er baut in der Schweiz, und dort gibt es Ziegenmilch, Ziegenkäse. Ein Baby. Ooooh die Wehen! Die Wehen sind schrecklich, und sie braucht Drogen, Morphium, diese JOHANNA BORENTZ, wegen der Hüfte, der gebrochenen Hüfte. Sie hat sich gebessert, ist eingeschlafen, aber jetzt erwacht sie und beginnt zu schreien, während sich das Becken weitet, um das Baby herauszulassen. Ein Baby. Zwei. Und drei. Und vier. Sie kommen nicht alle auf einmal. Nein. Sie sind die Ernte von Jahren. Sie sind)*

»Die Babys!« lispelte Johnny, und jetzt sprach er mit einer Frauenstimme, nicht mit seiner eigenen. Es war die Stimme einer Frau. Dann kam gesungenes Kauderwelsch aus seinem Mund.

»Was im Namen Gottes...«, begann Brown.

»Polnisch, das ist Polnisch!« rief Weizak. Die Augen quollen ihm fast aus dem Kopf, sein Gesicht war totenblaß. »Es ist ein Wiegenlied, und es ist Polnisch, mein Gott, mein Christus, was haben wir da bloß?«

Weizak lehnte sich nach vorne, als wollte er mit Johnny die Jahre überbrücken; als könnte man sie überspringen. Als könnte man über

(brücken. Eine Brücke, sie ist in der Türkei. Dann eine Brücke irgendwo im Fernen Osten, wo es heiß ist, ist es Laos? Nicht zu sagen. Haben dort einen Mann verloren. Wir haben HANS dort verloren. Dann eine Brücke in Virginia, eine Brücke über den RAPPAHANNOCK RIVER; und eine andere Brücke in Kalifornien. Wir bewerben uns jetzt um die Staatsbürgerschaft, und wir gehen zum Unterricht in einen kleinen heißen Raum hinter einem Postamt, wo es immer nach Leim riecht. Es ist 1963, November, und als wir hören, daß Kennedy in Dallas ermordet wurde, weinen wir, und als der kleine Junge am Sarg seines Vaters salutiert, denkt sie ›DER JUNGE IST IN SICHERHEIT‹, und das bringt Erinnerungen an einen Brand zurück, an einen großen Brand, und großes Leid, was für ein Junge? Sie träumt von dem Jungen. Es bereitet ihr Kopfschmerzen. Und der Mann stirbt. HELMUT BORENTZ stirbt, und sie und die Kinder leben in Carmel, in Kalifornien. In einem Haus in. in. in. kann das Straßenschild nicht sehen, es ist in der toten Zone, wie das Ruderboot, wie der Picknick-Tisch auf dem Rasen, es ist in der toten Zone, wie Warschau. Die Kinder gehen fort, sie besucht bei einem nach dem anderen die Abschlußfeier in der Schule, und ihre Hüfte schmerzt. Einer stirbt in Vietnam, den anderen geht es gut. Einer baut Brücken. Ihr Name ist JOHANNA BORENTZ, und wenn sie spät nachts allein ist, denkt sie manchmal in der tickenden Dunkelheit: ›DER JUNGE IST IN SICHERHEIT.‹)

Johnny sah zu ihnen auf. Sein Kopf fühlte sich merkwürdig an. Dieses eigenartige Licht um Weizak herum war verschwunden. Er war wieder er selbst, aber er fühlte sich schwach und elend. Er betrachtete einen Augenblick das Bild in seinen Händen, dann gab er es zurück.

»Johnny?« sagte Brown. »Alles in Ordnung?«

»Müde«, murmelte er.

»Können Sie uns erzählen, was mit Ihnen los war?«

Er sah Weizak an. »Ihre Mutter lebt«, sagte er.

»Nein, Johnny. Sie ist vor vielen Jahren gestorben. Im Krieg.«

»Ein Lastwagen mit deutschen Soldaten hatte sie durch die Schaufensterscheibe in einen Uhrenladen geschleudert«, sagte Johnny. »Sie wachte in einem Krankenhaus auf und litt an Amnesie. Sie hatte keinen Ausweis, keine Papiere bei sich. Sie nahm den Namen Johanna... Sowieso an. Ich habe das nicht richtig mitbekommen. Aber als der Krieg vorbei war, ging sie in die Schweiz und heiratete einen Schweizer Ingenieur, glaube ich. Er hatte sich auf Brückenbau spezialisiert, und sein Name war Helmut Borentz. Als verheiratete Frau hieß – heißt sie – Johanna Borentz.«

Die Augen der Krankenschwester waren größer und größer geworden. Dr. Browns Gesicht wirkte verkrampft. Vielleicht dachte er, daß Johnny sie auf den Arm nehmen wollte; vielleicht hatte er es aber auch nur nicht gern, daß seine hübsche Testreihe unterbrochen wurde. Aber Weizaks Gesicht war ernst und nachdenklich.

»Sie und Helmut Borentz hatten vier Kinder«, sagte Johnny mit der gleichen ruhigen, verschwommenen Stimme. »Sein Beruf führte ihn in aller Welt herum. Er war eine Weile in der Türkei. Irgendwo im Fernen Osten, Laos, glaube ich. Vielleicht Kambodscha. Dann kam er hierher. Zuerst nach Virginia, dann an einige andere Orte, die ich nicht mitbekommen habe, und schließlich nach Kalifornien. Er und Johanna wurden amerikanische Staatsbürger. Helmut Borentz ist tot. Eins der Kinder, die sie hatten, ist ebenfalls tot. Die anderen leben, und es geht allen gut. Aber manchmal träumt sie von Ihnen. Und in diesen Träumen denkt sie immer: ›Der Junge ist in Sicherheit.‹ Aber sie erinnert sich nicht mehr an Ihren Namen. Vielleicht glaubt sie, daß es zu spät ist.«

»Kalifornien?« sagte Weizak nachdenklich.

»Sam«, sagte Dr. Brown. »Sie dürfen das wirklich nicht ermutigen.«

»Wo in Kalifornien, John?«

»Carmel. Am Meer. Aber ich konnte die Straße nicht erkennen. Sie war da, aber ich konnte sie nicht sehen. Sie war in der toten Zone. Wie der Picknick-Tisch und das Ruderboot. Aber sie ist in Carmel, Kalifornien. Johanna Borentz. Sie ist nicht alt.«

»Nein, natürlich wäre sie noch nicht alt«, sagte Sam Weizak im gleichen nachdenklichen, distanzierten Tonfall. »Sie war ja erst vierundzwanzig, als die Deutschen in Polen einmarschierten.«

»Dr. Weizak, ich muß darauf bestehen«, sagte Brown barsch.

Weizak schien aus tiefem Nachdenken zu erwachen. Er sah sich um, als würde er seinen jüngeren Kollegen erst jetzt bemerken. »Natürlich«, sagte er. »Natürlich müssen Sie darauf bestehen. Und John hat seine Frage-und-Antwort-Periode gehabt... allerdings glaube ich, daß er uns mehr gesagt hat, als wir ihm sagen konnten.«

»Das ist Unsinn«, sagte Brown höflich, und Johnny dachte: *Er hat Angst. Heidenangst.*

Weizak lächelte Brown an, dann die Krankenschwester. Sie wiederum betrachtete Johnny wie einen Tiger in einem armselig zurechtgezimmerten Käfig. »Sprechen Sie mit niemandem darüber, Schwester. Nicht mit der Oberschwester. Nicht mit Ihrer Mutter, Ihrem Bruder, Ihrem Geliebten oder Ihrem Priester. Verstanden?«

»Ja, Doktor«, sagte die Krankenschwester. *Aber sie wird darüber reden*, dachte Johnny, und er sah Weizak an. *Und er weiß es.*

2

Er schlief fast den ganzen Nachmittag. Gegen sechzehn Uhr wurde er durch den Flur zum Fahrstuhl geschoben, nach unten in die Neurologie gebracht, und es wurden weitere Tests durchgeführt. Johnny weinte. Er schien über viele

Funktionen des Körpers wenig Kontrolle zu haben, was Erwachsenen eigentlich selbstverständlich sein sollte. Auf dem Rückweg nach oben konnte er den Urin nicht halten und mußte wie ein Baby trockengelegt werden. Die erste (aber bei weitem nicht die letzte) Welle tiefer Depression schwemmte über ihn hinweg, und er wünschte sich, tot zu sein. Selbstmitleid begleitete diese Depression, und er dachte daran, wie unfair das war. Es war ihm ergangen wie Rip van Winkle. Er konnte nicht mehr gehen. Sein Mädchen hatte einen anderen Mann geheiratet, und seine Mutter befand sich in den Klauen religiösen Wahnsinns. Vor ihm schien nichts mehr zu liegen, was das Leben lebenswert machen konnte.

Als er wieder in seinem Zimmer lag, fragte ihn die Schwester, ob er noch einen Wunsch habe. Hätte Marie Dienst gehabt, hätte Johnny um Eiswasser gebeten. Aber sie war um fünfzehn Uhr gegangen.

»Nein«, sagte er und drehte sich mit dem Gesicht zur Wand. Nach kurzer Zeit schlief er ein.

Achtes Kapitel

1

An diesem Abend kamen seine Eltern auf eine Stunde zu Besuch, und Vera ließ ein Bündel Broschüren zurück.

»Wir werden bis Ende der Woche hierbleiben«, sagte Herb, »wenn es dir dann immer noch so gut geht, werden wir für eine Weile nach Pownal zurückkehren. Aber wir werden jedes Wochenende wiederkommen.«

»Ich möchte bei meinem Jungen bleiben«, sagte Vera laut.

»Es ist besser, wenn du das nicht tust, Mom«, sagte Johnny. Die Depressionen hatten etwas nachgelassen, aber er erinnerte sich noch daran, wie schwarz sie gewesen waren. Sollte seine Mutter, wenn er sich in diesem Zustand befand, von Gott und dessen großen Plänen mit ihm anfangen, dann bezweifelte Johnny, ob er hysterisches Gelächter würde unterdrücken können.

»Du brauchst mich, John. Du brauchst mich, damit ich dir erklären kann...«

»Zunächst einmal muß ich wieder gesund werden«, sagte Johnny. »Wenn ich wieder gehen kann, kannst du mir alles erklären. Okay?«

Sie gab keine Antwort. Ihr Gesicht zeigte einen beinahe komisch sturen Ausdruck – aber lustig war das gewiß nicht. Überhaupt nicht. *Nichts als eine Laune des Schicksals, das ist alles. Fünf Minuten früher oder später auf dieser Straße hätten alles verändern können. Und jetzt seht uns an, wir sind alle prächtig ausgeschmiert worden. Und sie glaubt, daß es Gottes Plan ist. Entweder das, oder völlig den Verstand verlieren, nehme ich an.*

Um das peinliche Schweigen zu brechen, sagte Johnny: »Nun, wurde Nixon wiedergewählt, Dad? Wer hat gegen ihn kandidiert?«

»Er wurde wiedergewählt«, sagte Herb. »Sein Gegenkandidat war McGovern.«

»Wer?«

»McGovern. George McGovern. Senator von Süd Dakota.«

»Nicht Muskie?«

»Nein. Aber Nixon ist nicht mehr Präsident. Er ist zurückgetreten.«

»*Was?*«

»Er war ein Lügner«, sagte Vera mürrisch. »Aufgebläht von Stolz, und der Herr hat ihn zu Fall gebracht.«

»Nixon zurückgetreten?« Johnny war fassungslos. »*Er?*«

»Er mußte es tun, sonst hätten sie ihn rausgeworfen«, sagte Herb. »Sie waren schon bereit, ihn anzuklagen.«

Johnny begriff plötzlich, daß sich enorme Umwälzungen in der amerikanischen Politik vollzogen haben mußten, mit ziemlicher Sicherheit als Folge des Vietnamkrieges – und er hatte sie nicht mitbekommen. Jetzt fühlte er sich erstmals so richtig wie Rip van Winkle. Wie viele Dinge mochten sich noch verändert haben? Er hatte beinahe Angst, danach zu fragen. Dann kam ihm ein grauenhafter Gedanke.

»Agnew ... ist Agnew Präsident?«

»Ford«, sagte Vera. »Ein guter, ehrlicher Mann.«

»*Henry Ford ist Präsident der Vereinigten Staaten?*«

»Nicht Henry«, sagte sie. »Jerry.«

Er sah von einem zum anderen und war mehr als halb davon überzeugt, daß dies ein Traum oder ein bizarrer Scherz war.

»Agnew ist auch zurückgetreten«, sagte Vera. Sie preßte die Lippen zu einem dünnen, blutleeren Strich zusammen. »Er war ein Dieb! Er hat sich in seinem Amt bestechen lassen. Behauptet man jedenfalls.«

»Er ist nicht wegen dieser Bestechung zurückgetreten«, sagte Herb. »Er ist wegen irgendeines Schlamassels in Maryland zurückgetreten. Hat wohl bis zum Hals dringesteckt, vermute ich. Nixon hat Jerry Ford als Vizepräsidenten nominiert. Dann ist Nixon im letzten August zurückgetreten, und Ford hat das Amt übernommen. *Er* hat Nelson Rockefeller als Vizepräsidenten nominiert. So ist das jetzt.«

»Einen geschiedenen Mann«, sagte Vera grimmig. »Gott verhüte, daß er jemals Präsident wird!«

»Was hat Nixon denn getan?« fragte Johnny. »Jesus Christus, ich...« Er sah seine Mutter an, die sofort mißbilligend die Stirn gerunzelt hatte. »Herrje, ich meine, wenn sie ihn anklagen wollten...«

»Du sollst den Namen des Erlösers nicht wegen ein paar verderbten Politikern profan in den Mund nehmen«, sagte Vera. »Es war wegen Watergate.«

»Watergate? War das ein Unternehmen in Vietnam?«

»Das Watergate Hotel in Washington«, sagte Herb. »Ein paar Kubaner sind in die Büroräume der Demokratischen Partei eingebrochen und wurden dabei erwischt. Nixon wußte davon. Er hat versucht, die Sache zu vertuschen.«

»Soll das ein Witz sein?« brachte Johnny schließlich heraus.

»Es waren diese Tonbänder«, sagte Vera. »Und dieser John Dean. Nichts weiter als eine Ratte, die das sinkende Schiff verließ, das glaube ich jedenfalls. Eine ganz gewöhnliche Klatsch- und Tratschgeschichte!«

»Daddy, kannst du mir das erklären?«

»Ich will es versuchen«, sagte Herb, »aber ich glaube nicht, daß die ganze Geschichte ans Tageslicht gekommen ist, noch nicht. Und ich werde dir Bücher bringen. Es wurden schon eine Million darüber geschrieben, und ich nehme an, es werden nochmal eine Million werden, bis alles vorbei ist. Kurz vor der Wahl, im Sommer 1972...«

2

Es war zweiundzwanzig Uhr dreißig und seine Eltern waren gegangen. Die Lichter auf der Station waren gelöscht worden. Johnny konnte nicht schlafen. In seinem Kopf tanzte alles herum, ein erschreckendes Durcheinander neuer Informationen. Die Welt hatte sich drastischer verändert, als er es während einer so kurzen Zeitspanne für möglich gehalten hätte. Er hatte das Gefühl, völlig aus dem Tritt gekommen zu sein.

Die Benzinpreise waren um nahezu hundert Prozent gestiegen, hatte sein Vater ihm erzählt. Zur Zeit des Unfalls hatte man Normalbenzin für dreißig oder zweiunddreißig Cents pro Gallone kaufen können. Jetzt wurden vierundfünfzig Cents verlangt, und manchmal gab es an den Zapfsäulen lange Schlangen. Die gesetzliche Höchstgeschwindigkeit war überall im Land auf siebzig Stundenkilometer festgesetzt worden, und bei den Fernfahrern war es deswegen beinahe zu einer Revolte gekommen.

Aber das alles war noch gar nichts. Vietnam war vorbei. Der Krieg war zu Ende. Das Land war schließlich doch kommunistisch geworden. Herb sagte, das sei alles geschehen, als Johnny Anzeichen gezeigt hatte, aus dem Koma zu erwachen. Nach all den Jahren und all dem Blutvergießen hatten die Erben von Onkel Ho das Land innerhalb von Tagen wie eine Jalousie aufgerollt.

Der Präsident der Vereinigten Staaten war in Rotchina gewesen. Nicht Ford, aber Nixon. Noch vor seinem Rücktritt. Ausgerechnet Nixon. Der alte Hexenjäger persönlich. Hätte Johnny das von einem anderen als von seinem eigenen Vater gehört, hätte er es bestimmt nicht geglaubt.

Es war alles zuviel, zu beängstigend. Plötzlich wollte er nichts mehr weiter wissen, weil er befürchtete, daß es ihn zum Wahnsinn treiben könnte. Dieser Schreibstift, den Dr. Brown gehabt hatte, dieser Flair – wie viele solcher Dinge gab es sonst noch? Wie viele Hunderte solcher Kleinigkeiten, die ihm ununterbrochen eines verdeutlichten: Du hast einen Teil deines Lebens verloren, fast sechs Prozent, wenn man der Statistik Glauben schenken durfte. Du bist hinter der Zeit zurück. Du hast zuviel verpaßt.

»John?« Die Stimme war leise. »Schlafen Sie, John?«

Er drehte sich um. Eine vage Silhouette stand in der Türöffnung. Ein kleiner Mann mit runden Schultern. Es war Weizak.

»Nein. Ich bin noch wach.«

»Das hatte ich gehofft. Darf ich reinkommen?«

»Ja, bitte.«

Weizak sah heute nacht älter aus. Er setzte sich neben Johnnys Bett.

»Ich habe vorhin telefoniert«, sagte er. »Ich habe die Auskunft von Carmel, Kalifornien angerufen. Ich habe mich nach einer Mrs. Johanna Borentz erkundigt. Glauben Sie, daß ich die Nummer bekommen habe?«

»Wenn es keine Geheimnummer ist oder sie kein Telefon hat«, sagte Johnny.

»Sie hat Telefon. Ich bekam die Nummer.«

»Aha«, sagte Johnny. Er war interessiert, weil er Weizak mochte, aber das war alles. Er verspürte kein Verlangen danach zu erfahren, ob sich sein Wissen über Johanna Borentz bestätigt hatte, denn er wußte es so sicher, wie er wußte, daß er Rechtshänder war.

»Ich habe lange dagesessen und darüber nachgedacht«, sagte Weizak. »Ich hatte Ihnen gesagt, daß meine Mutter tot ist, aber das war lediglich eine Vermutung. Mein Vater starb bei der Verteidigung von Warschau. Meine Mutter tauchte einfach nie wieder auf, ja? Es war logisch anzunehmen, daß auch sie beim Bombardement den Tod gefunden hatte... während der Besetzung... Sie wissen schon. Amnesie... als Neurologe kann ich Ihnen sagen, daß permanente, allgemeine Amnesie sehr, sehr selten ist. Wahrscheinlich seltener als echte Schizophrenie. Ich habe noch nie von einem dokumentarisch belegten Fall gelesen, der fünfunddreißig Jahre gedauert hat.«

»Sie hatte sich schon vor langer Zeit von ihrer Amnesie erholt«, sagte Johnny. »Ich glaube, sie hat einfach alles verdrängt. Als ihr Erinnerungsvermögen zurückkehrte, war sie bereits wieder verheiratet und Mutter von zwei Kindern, möglicherweise sogar von dreien. Erinnerung wurde für sie vielleicht zum Schuldbewußtsein. Aber sie träumt von Ihnen. ›Der Junge ist in Sicherheit.‹ Haben Sie sie angerufen?«

»Ja«, sagte Weizak. »Ich habe die Nummer direkt gewählt. Wissen Sie schon, daß man das jetzt kann? Ja. Es ist sehr bequem. Man wählt die eins, dann die Ortskennzahl, dann die Nummer. Elf Ziffern und man kann sich mit jedem Ort des Landes in Verbindung setzen. Es ist eine erstaunliche Sache. In gewisser Hinsicht sogar erschreckend. Ein Junge – nein, ein junger Mann – ging ans Telefon. Ich habe ihn gefragt, ob Mrs. Borentz zu Hause sei. Ich hörte ihn rufen: ›Mom, es ist für dich.‹ Dann wurde der Hörer hingelegt, auf einen Tisch oder Schreibtisch oder so. Ich stand in Bangor, Maine, nicht mehr als vierzig Meilen vom Atlantischen Ozean entfernt, und hörte, wie ein junger Mann den Telefonhörer in einer Stadt am Pazifischen Ozean auf den Tisch legte. Mein Herz... es schlug so wild, daß es mir beinahe Angst machte. Das Warten schien endlos zu dauern. Dann hob sie den Hörer auf und sagte: ›Ja? Hallo?‹«

»Was haben Sie gesagt? Wie haben Sie es angepackt?«

»Ich habe es gar nicht, wie Sie sich ausdrücken, angepackt«, erwiderte Weizak und lächelte schief. »Ich habe den Hörer aufgelegt. Ich hatte Verlangen nach einem starken Drink, aber ich hatte keinen.«

»Sind Sie davon überzeugt, daß sie es war?«

»Welch eine naive Frage, John! Ich war 1939 neun Jahre alt. Seitdem habe ich die Stimme meiner Mutter nicht mehr gehört. Sie sprach damals nur Polnisch. Ich spreche jetzt nur noch Englisch, ... von meiner Muttersprache habe ich sehr viel vergessen, was geradezu schändlich ist. Wie hätte ich da sicher sein können oder nicht?«

»Ja, aber sind Sie nun überzeugt?«

Weizak rieb sich langsam mit einer Hand über die Stirn. »Ja«, sagte er., »Sie war es. Es war meine Mutter.«

»Aber Sie konnten nicht mit ihr sprechen?«

»Warum hätte ich das tun sollen?« fragte Weizak beinahe zornig. »Ihr Leben ist ihr Leben, oder? Es ist so, wie Sie gesagt haben. Der Junge ist in Sicherheit. Sollte ich eine Frau unnütz aufregen, die endlich ihren Frieden gefunden hat? Sollte ich vielleicht riskieren, ihr inneres Gleichgewicht für immer zu zerstören? Diese Schuldgefühle, die Sie erwähnten... sollte ich sie etwa freisetzen? Oder auch nur riskieren, es zu tun?«

»Ich weiß nicht«, sagte Johnny. Es waren beunruhigende Fragen, auf die er keine Antworten wußte – aber er hatte das Gefühl, Weizak wollte etwas darüber sagen, was er getan hätte, indem er die Fragen ausgesprochen hatte. Die Fragen, die er nicht beantworten konnte.

»Der Junge ist in Sicherheit, die Frau ist in Carmel in Sicherheit. Das Land ist zwischen ihnen, lassen wir es dabei bewenden. Aber was ist mit Ihnen, John? Was sollen wir mit Ihnen machen?«

»Ich verstehe nicht, was Sie meinen.«

»Dann werde ich es Ihnen erklären, ja? Sehen Sie, Dr. Brown ist wütend. Er ist wütend auf mich, wütend auf Sie und wütend auf sich selber, nehme ich an, weil er jetzt etwas halb glaubt, was er sein ganzes Leben lang für ausgesprochenen Humbug gehalten hat. Die Schwester, die alles miterlebt hat, wird niemals Stillschweigen bewahren. Sie wird es noch heute ihrem Mann im Bett erzählen, und es mag aus sein, aber er könnte es morgen seinem Chef erzählen, und bis morgen abend dürfte wahrscheinlich die Presse Wind davon bekommen haben. *›Koma-Patient erwacht mit Zweitem Gesicht!‹*«

»Zweites Gesicht«, sagte Johnny. »Ist es das?«

»Ich weiß nicht genau, was es ist. Ist es übersinnlich? Sind Sie jetzt ein Seher? Schöne Begriffe, die nichts beschreiben, gar nichts. Sie haben einer der Schwestern gesagt, daß die Augenoperation an ihrem Jungen erfolgreich sein wird...«

»Marie«, murmelte Johnny. Er lächelte ein wenig. Er mochte Marie.

»... und das hat sich bereits im ganzen Krankenhaus herumgesprochen. Haben Sie in die Zukunft geschaut? Ist das das Zweite Gesicht? Ich weiß es nicht. Sie haben ein Bild meiner Mutter zwischen die Hände genommen und konnten mir sagen, wo sie heute lebt. Wissen Sie, wo man verschwundene Gegenstände und vermißte Personen finden kann? Ist *das* das Zweite Gesicht? Ich weiß es nicht. Können Sie Gedanken lesen? Gegenstände der stofflichen Welt beeinflussen? Durch Handauflegen heilen? Das sind alles Dinge, die von manchen Leuten ›übersinnlich‹ genannt werden. Alle stehen irgendwie mit dem Begriff ›Zweites Gesicht‹ in Zusammenhang. Es sind Dinge, über die Dr. Brown lacht. Lacht? Nein, er lacht nicht. Er verhöhnt sie.«

»Und Sie nicht?«

»Ich denke an Edgar Cayce. Und Peter Hurkos. Ich habe versucht, mit Dr. Brown über Hurkos zu reden, und er hat gespottet. Er will nicht darüber reden; er will nichts davon wissen.«

Johnny sagte nichts.

»Also... was sollen wir nun mit Ihnen machen?«

»Muß denn etwas gemacht werden?«

»Ich denke schon«, sagte Weizak. Er stand auf. »Ich überlasse es Ihnen, darüber nachzudenken. Aber wenn Sie schon darüber nachdenken, dann bedenken Sie auch folgendes: Es gibt Dinge, die man lieber nicht sehen sollte, und manche Dinge bleiben besser verschwunden.«

Er wünschte Johnny eine gute Nacht und ging leise hinaus. Johnny war jetzt sehr müde, aber der Schlaf stellte sich noch sehr lange nicht ein.

Neuntes Kapitel

1

Johnnys erste Operation war für den 28. Mai geplant. Weizak und Brown erläuterten ihm den Vorgang eingehend. Er würde eine örtliche Betäubung bekommen – keiner der beiden wollte das Risiko einer Vollnarkose eingehen. Diese erste Operation würde den Knien und Knöcheln gelten. Seine Bänder, welche sich während seines langen Schlafs verkürzt hatten, würden mit einer Kombination von Plastiksträngen verlängert werden. Das Plastik, das dabei verwendet wurde, fand ebenfalls bei Herztransplantationen Verwendung. Die Frage war dabei nicht so sehr, ob sein Körper diese künstlichen Bänder annehmen oder abstoßen würde, hatte Brown ihm erklärt, sondern ob seine Beine sich an die Veränderung gewöhnen könnten. Wenn sie bei Knien und Knöcheln gute Erfolge erzielten, wären drei weitere Operationen geplant: eine an den langen Bändern der Oberschenkel, eine an den Ellbogenbändern und wahrscheinlich eine dritte am Hals, den er kaum drehen konnte. Der chirurgische Eingriff sollte von Raymond Ruopp durchgeführt werden, der die Technik begründet hatte. Er wurde aus San Francisco eingeflogen.

»Was will denn dieser Ruopp von mir, wenn er so ein Superstar ist?« fragte Johnny. *Superstar* war ein Wort, das er von Marie gelernt hatte. Sie hatte es im Zusammenhang mit einem erkahlenden, brillentragenden Sänger mit dem unwahrscheinlichen Namen Elton John benutzt.

»Sie unterschätzen Ihre eigenen Superstar-Qualitäten«, antwortete Brown. »In den Vereinigten Staaten gibt es nur eine Handvoll Leute, die sich wie Sie von einem so langen Koma erholt haben. Und von dieser Handvoll war Ihre Genesung von begleitenden Gehirnverletzungen am radikalsten und erfreulichsten.«

Sam Weizak war unverblümter. »Sie sind ein Versuchskaninchen, ne?«

»Was?«

»Ja. Schauen Sie bitte ins Licht.« Weizak richtete einen Lichtstrahl in die Pupille von Johnnys linkem Auge. »Wissen Sie, daß ich mit diesem Ding hier direkt in Ihren Sehnerv schauen kann? Ja, die Augen sind mehr als Fenster zur Seele. Sie sind die kompliziertesten Wartungsstellen des Gehirns.«

»Versuchskaninchen«, sagte Johnny mürrisch und starrte in den grellen Lichtpunkt.

»Ja.« Das Licht wurde ausgeschaltet. »Tun Sie sich jetzt nicht selber leid. Viele Techniken, die jetzt zu Ihren Gunsten angewendet werden sollen – und schon angewendet wurden –, hat man im Vietnamkrieg perfektioniert. In den V. A.-Hospitals gab es keinen Mangel an Versuchskaninchen, ne? Ein Mann wie Ruopp ist an Ihnen interessiert, weil Sie ein einmaliger Fall sind. Ein Mann, der viereinhalb Jahre lang geschlafen hat. Können wir ihm dazu verhelfen, wieder zu gehen? Ein interessantes Problem. Er sieht den Artikel, den er im *New England Journal of Medicine* darüber schreiben wird. Er freut sich darauf, wie sich ein Kind auf neue Spielsachen unter dem Weihnachtsbaum freut. Er sieht nicht Sie, er sieht nicht Johnny Smith in seinem Schmerz. Nicht Johnny, der eine Bettpfanne benutzen und nach einer Schwester läuten muß, damit sie ihm den Rücken kratzt, falls es ihn dort juckt. Das ist gut. Seine Hände werden nicht zittern. Lächeln. Johnny. Dieser Ruopp sieht aus wie ein Bankangestellter, aber er ist wahrscheinlich der beste Chirurg Nordamerikas.«

Aber es fiel Johnny schwer, zu lächeln.

Er hatte pflichtschuldig die Broschüren gelesen, die seine Mutter ihm dagelassen hatte. Sie deprimierten ihn und erfüllten ihn erneut mit Furcht um ihre geistige Gesundheit. Eine davon, von einem Mann namens Salem Kirban, erschien ihm mit einer genüßlichen Ausmalung einer blutigen Apokalypse und den Pfründen der Hölle beinahe barbarisch. Eine andere beschrieb die Ankunft des Antichrist in bester Schundheftchenmanier. Die anderen waren ein finsterer Reigen des Irrsinns: Christus wohnte unter dem Südpol, Gott flog eine fliegende Untertasse, New York war Sodom, L. A. war Gomorrha. Sie befaßten sich mit Exorzismus, mit Hexen, mit allen möglichen sichtbaren und unsichtbaren Dingen. Es war ihm unmöglich, diese Pamphlete mit der religiösen und dennoch erdverbundenen Frau in Zusammenhang zu bringen, die er vor seinem Koma gekannt hatte.

Drei Tage nach dem Zwischenfall mit dem Foto von Weizaks Mutter, tauchte ein schlanker und dunkelhaariger Reporter namens David Bright von Bangors *Daily News* an der Tür von Johnnys Krankenzimmer auf und bat um ein kurzes Interview.

»Haben Sie die Ärzte gefragt?« fragte Johnny.

Bright grinste. »Um ehrlich zu sein, nein.«

»Gut«, sagte Johnny. »In diesem Fall will ich gern mit Ihnen reden.«

»Sie sind ein Mann nach meinem Herzen«, sagte Bright. Er kam herein und setzte sich hin.

Seine ersten Fragen galten dem Unfall und Johnnys Gefühlen und Gedanken nach dem Erwachen, als er festgestellt hatte, daß er fast ein halbes Jahrzehnt versäumt hatte. Johnny beantwortete alle Fragen ehrlich und wahrheitsgemäß. Dann erwähnte Bright, aus zuverlässiger Quelle erfahren zu haben, daß Johnny als Folge des Unfalls eine Art sechsten Sinn entwickelt hatte.

»Wollen Sie wissen, ob ich übersinnliche Wahrnehmungen habe?«

Bright zuckte lächelnd die Achseln. »Das würde für den Anfang genügen.«

Johnny hatte sorgfältig über alles nachgedacht, was Weizak gesagt hatte. Je länger er darüber nachdachte, desto mehr war er davon überzeugt, daß Weizak das einzig Richtige getan hatte, als er den Hörer auflegte ohne ein Wort zu sagen. Johnny hatte angefangen, es in seinen Gedanken mit der Geschichte ›Die Affenpfote‹ von W. W. Jacobs zu assoziieren. Die Pfote erfüllte Wünsche, aber der Preis, den man für jeden Wunsch bezahlen mußte, war rabenschwarz. Das ältere Ehepaar hatte sich die Summe von hundert Pfund gewünscht – und der Sohn war bei einem Unfall in der Mühle ums Leben gekommen, die Entschädigung der Mühle betrug exakt einhundert Pfund. Dann hatte die alte Frau gewünscht, ihr Sohn möge zurückkehren, und er kehrte zurück – aber bevor sie die Tür aufmachen und das Grauen erblicken konnte, das sie aus dem Grab heraufbeschworen hatte, verwendete der alte Mann den letzten Wunsch dazu, ihn wieder ins Grab zurückzuschicken. Wie Weizak gesagt hatte, manche Dinge blieben besser verschwunden.

»Nein«, sagte er. »Ich habe ebensowenig übersinnliche Wahrnehmungen wie Sie.«

»Meiner Quelle zufolge haben Sie...«

»Nein, das stimmt nicht.«

Bright lächelte ein wenig zynisch und schien zu überlegen, ob er auf dem Thema beharren sollte, aber dann schlug er eine neue Seite seines Notizbuches auf. Er begann, Johnny nach dessen Zukunftsaussichten zu befragen, nach seinem Gefühl für den Weg zurück, und auch diese Fragen beantwortete Johnny so ehrlich er konnte.

»Was werden Sie also tun, wenn Sie hier rauskommen?« fragte Bright und klappte sein Notizbuch zu.

»Darüber habe ich noch gar nicht nachgedacht. Ich versuche immer noch, mich an den Gedanken zu gewöhnen, daß Gerald Ford Präsident ist.«

Bright lachte. »Da sind Sie nicht allein, mein Freund.«

»Ich nehme an, daß ich wieder unterrichten werde«, sagte Johnny. »Das ist alles, was ich kann. Aber im Augenblick ist das noch in so weiter Ferne, daß ich mir keine Gedanken darüber mache.«

Bright bedankte sich für das Interview und ging. Sein Artikel erschien zwei Tage später in der Zeitung, am Tag vor seiner Beinoperation. Der Artikel stand unten auf der Titelseite, und die Schlagzeile lautete: JOHN SMITH, MODERNER

RIP VAN WINKLE, SIEHT LANGEM WEG ZURUCK ENTGEGEN. Es gab drei Bilder; ein Foto von Johnny für das Jahrbuch der Cleaves Mills High School (es war knapp eine Woche vor dem Unfall aufgenommen worden); ein Foto von Johnny im Krankenbett, dünn und verrenkt, Arme und Beine gekrümmt. Zwischen diesen beiden Bildern war ein Foto des beinahe total demolierten Taxis, das wie ein toter Hund auf der Seite lag. In dem Bright-Artikel wurde nichts von einem sechsten Sinn, übersinnlichen Wahrnehmungen oder sonstigen wilden Talenten erwähnt.

»Wie haben Sie ihn denn von dem Parapsycho-Thema abbringen können?« fragte Weizak am Abend.

Johnny zuckte die Schultern. »Er schien ein netter Bursche zu sein. Vielleicht wollte er mir so was nicht anhängen.«

»Vielleicht nicht«, sagte Weizak. »Aber er wird es auch nicht vergessen. Nicht, wenn er ein guter Reporter ist, und das ist er, soweit ich gehört habe.«

»Soweit Sie gehört haben?«

»Ich habe mich erkundigt.«

»Um meine Interessen zu wahren?«

»Wir tun eben alle, was wir können, ja? Sind Sie wegen morgen nervös, Johnny?«

»Nicht nervös, nein. Um es treffender auszudrücken, ich habe Angst.«

»Ja, natürlich. Hätte ich an Ihrer Stelle auch.«

»Werden Sie dabeisein?«

»Ja, im Beobachtungsteil des Operationssaales. Oben. Sie werden mich in der grünen Kluft zwar kaum von den anderen unterscheiden können, aber ich werde da sein.«

»Ziehen Sie etwas an«, sagte Johnny. »Ziehen Sie etwas an, woran ich Sie erkennen kann.«

Weizak sah ihn an und lächelte. »Also gut. Ich werde meine Uhr an den Kittel heften.«

»Gut«, sagte Johnny. »Was ist mit Dr. Brown? Wird er auch dabeisein?«

»Dr. Brown ist in Washington. Er wird Sie morgen der

American Society of Neurologists vorstellen. Ich habe seinen Vortrag gelesen. Er ist recht gut. Vielleicht ein bißchen übertrieben.«

»Sie wurden nicht eingeladen?«

Weizak zuckte die Achseln. »Ich fliege nicht gern. Das macht mir Angst.«

»Und vielleicht wollten Sie hierbleiben?«

Weizak lächelte schief, breitete die Hände aus und sagte nichts.

»Er kann mich nicht besonders leiden, nicht?« fragte Johnny. »Dr. Brown?«

»Nein, nicht besonders«, sagte Weizak. »Er glaubt, daß Sie uns etwas vormachen. Daß Sie aus irgendwelchen Gründen Dinge erfinden. Daß Sie sich interessant machen wollen. Aber beurteilen Sie ihn nicht nur danach, John. Er kann nicht in anderen Bahnen denken. Wenn Sie also etwas für Jim empfinden, dann empfinden Sie ein wenig Mitleid. Er ist ein brillanter Mann und wird es sicher noch weit bringen. Er hat bereits Angebote, und eines Tages wird er aus diesen kalten, nördlichen Wäldern fortfliegen, und Bangor wird ihn nie wiedersehen. Er wird nach Houston oder Hawaii oder sogar nach Paris gehen. Aber seine Begabung ist merkwürdig beschränkt. Er ist ein Mechaniker des Gehirns. Er hat es mit seinem Skalpell zerschnitten und keine Seele darin gefunden. Also gibt es auch keine. Wie bei den russischen Kosmonauten, die die Erde umkreisten, aber Gott nicht gesehen haben. Das ist die Denkweise eines Mechanikers, aber ein Mechaniker ist nur ein Kind mit überlegener Beherrschung der Motorik. Sie dürfen ihm niemals sagen, daß ich Ihnen das erzählt habe.«

»Nein.«

»Und jetzt müssen Sie sich ausruhen. Sie haben morgen einen langen Tag vor sich.«

2

Alles, was Johnny während der Operation von dem weltberühmten Dr. Ruopp sah, war eine dicke Hornbrille und ein ungewöhnlich großer Grützbeutel an der äußersten linken Stirnseite des Mannes. Der Rest von ihm war unter Kappe, Kittel und Handschuhen verborgen.

Johnny hatte zwei Prä-op-Injektionen verabreicht bekommen, einmal Demerol und einmal Atropin, und als er hineingerollt wurde, war er eight miles high. Die Anästhesistin kam mit der größten Novokainnadel, die Johnny jemals in seinem Leben gesehen hatte. Er rechnete damit, daß die Injektion schmerzhaft sein würde, und er irrte sich nicht. Er bekam die Injektion zwischen L4 und L5, dem vierten und fünften Lendenwirbel, hoch genug, den *cauda equina* zu umgehen, den Nervenstrang an der Basis der Wirbelsäule, der ungefähr einem Pferdeschweif ähnelt.

Johnny lag auf dem Bauch und biß sich in den Arm, um nicht zu schreien.

Nach einer endlosen Zeitspanne begannen die Schmerzen zu einem dumpfen Druckgefühl zu verblassen. Davon abgesehen war die untere Hälfte seines Körpers völlig verschwunden.

Ruopps Gesicht ragte über ihm auf. Der grüne Bandit, dachte Johnny. Jesse James mit Hornbrille. Geld oder Leben.

»Fühlen Sie sich wohl, Mr. Smith?« fragte Ruopp.

»Ja. Trotzdem möchte ich so etwas so schnell nicht noch einmal durchmachen.«

»Sie können Zeitschriften lesen, wenn Sie möchten. Oder Sie können im Spiegel zusehen, wenn es Sie nicht zu sehr aufregt.«

»Gut.«

»Schwester, bitte den Blutdruck.«

»Einundzwanzig zu sechsundsiebzig, Doktor.«

»Wunderbar. Nun, Leute, sollen wir anfangen?«

»Lassen Sie mich auch mitspielen«, sagte Johnny leise

und war überrascht von dem herzlichen Lachen. Ruopp tätschelte seine Schulter unter dem Laken mit der Hand, an der er einen Handschuh trug.

Er beobachtete, wie Ruopp ein Skalpell auswählte und damit hinter dem grünen Tuch verschwand, welches von einer Metallstange herabhing, die über Johnny angebracht worden war. Der Spiegel war konvex, und Johnny hatte einen hinreichend guten, wenn auch etwas verzerrten Blick auf alles.

»Oh, ja«, sagte Ruopp. »Oh, ja, dii-di-dii... da haben wir ja, was wir wollen... hum-di-dum... gut... Klammer, bitte, Schwester, na los, wachen Sie auf, um Gottes willen... ja, Sir... ich glaube, ich hätte jetzt gerne eines von diesen... nein, warten Sie... geben Sie mir nicht das, worum ich Sie bitte, geben Sie mir das, was ich brauche... ja, okay. Strang, bitte.«

Die Schwester gab Ruopp etwas mit einer Zange, das wie ein Bündel feiner Drähte aussah. Ruopp pflückte sie behutsam mit einer dünnen Pinzette aus der Luft.

Wie ein italienisches Essen, dachte Johnny, *und seht euch nur die viele Fleischsoße an.* Dieser Gedanke erfüllte ihn mit Übelkeit, und er sah weg. Über ihm, auf der Balustrade, sah der Rest der Banditen-Bande auf ihn herab. Ihre Augen waren blaß und gnadenlos und furchteinflößend. Dann erblickte er Weizak, den dritten von rechts, der seine Uhr ordentlich am Kittel festgesteckt hatte.

Johnny nickte.

Weizak nickte ebenfalls.

Das machte es ein bißchen leichter.

3

Ruopp vollendete die Verbindung zwischen Knien und Knöcheln, und Johnny wurde herumgedreht. Es ging weiter. Die Anästhesistin fragte ihn, ob er sich wohl fühle.

Johnny sagte ihr, er glaube, es ginge ihm so gut, wie es ihm unter den Umständen gehen könnte. Sie fragte ihn, ob er Musik hören wollte, und er antwortete, das wäre sehr nett. Sekunden später hallte die reine, angenehme Stimme von Joan Baez durch den OP. Ruopp zog seine Show ab. Johnny wurde schläfrig und döste ein. Als er erwachte, dauerte die Operation immer noch an. Weizak war noch da. Johnny hob seine Hand und nahm damit seine Anwesenheit zur Kenntnis, und Weizak nickte wieder.

4

Eine Stunde später war es vorbei. Er wurde auf die Wachstation gerollt, wo eine Schwester ihn immer wieder fragte, ob er ihr sagen könnte, wie viele seiner Zehen sie berührte. Nach einer Weile konnte Johnny es.

Ruopp kam herein, seine Banditenmaske hing an einer Seite herunter.

»Alles klar?« fragte er.

»Ja.«

»Es ging alles sehr gut«, sagte Ruopp. »Ich bin zuversichtlich.«

»Gut.«

»Sie werden Schmerzen haben«, sagte Ruopp. »Eine ganze Menge Schmerzen, das ist nicht auszuschließen. Die Therapie wird Ihnen anfangs auch Schmerzen bereiten. Bleiben Sie dennoch dran.«

»Dranbleiben«, murmelte Johnny.

»Schönen Tag noch«, sagte Ruopp und ging. Wahrscheinlich, dachte Johnny, um noch einen schnellen Neuner auf dem hiesigen Golfplatz zu spielen, bevor es zu dunkel wurde.

5

Eine ganze Menge Schmerzen.

Um neun Uhr abends hatte die Wirkung der örtlichen Narkose nachgelassen, und Johnny litt Höllenqualen. Es war ihm nicht gestattet, die Beine ohne Hilfe zweier Schwestern zu bewegen. Es war, als wären nagelbesetzte Bänder um seine Knie gelegt und dann grausam fest angezogen worden. Die Zeit kroch dahin wie ein Wurm. Er sah auf die Uhr und war sicher, daß seit dem letzten Hinsehen eine Stunde verstrichen war, in Wirklichkeit waren es nur vier Minuten. Er war sicher, daß er die Schmerzen keine weitere Minute mehr ertragen konnte, dann verstrich die Minute, und er kam zu der Überzeugung, daß er sie nicht noch eine Minute aushalten konnte.

Er dachte an die vielen Minuten, die vor ihm aufgeschichtet waren, wie Münzen in einem fünf Meilen hohen Schlitz, und die schwärzesten Depressionen, die er je erlebt hatte, schlugen wie eine solide Woge über ihm zusammen und spülten ihn fort. Sie wollten ihn zu Tode foltern. Operationen an Ellbogen, Schenkeln und Hals. Therapie. Gehhilfen, Rollstuhl, Krücken.

Sie werden Schmerzen haben... bleiben Sie dran.

Nein, bleiben Sie *dran,* dachte Johnny. *Nur lassen Sie mich in Ruhe. Kommen Sie mir nicht noch einmal zu nahe mit Ihrem Schlachtermesser. Wenn das Ihre Vorstellung von Hilfe ist, dann will ich nichts damit zu tun haben.*

Unablässige pulsierende Schmerzen gruben sich in sein Fleisch.

Kitzelnde Wärme auf seinem Bauch.

Er hatte sich naß gemacht.

Johnny Smith drehte das Gesicht zur Wand und weinte.

6

Zehn Tage nach dieser ersten Operation und zwei Wochen bevor die nächste geplant war, sah Johnny einmal von dem Buch auf, das er gerade las – *Unternehmen Watergate* von Woodward und Bernstein –, und sah Sarah in der offenen Tür stehen, die ihn zögernd ansah.

»Sarah«, sagte er. »Du bist es doch, nicht?«

Sie atmete zitternd aus. »Ja. Ich bin es, Johnny.«

Er legte das Buch hin und sah sie an. Sie trug ein hellgrünes Leinenkleid, und sie hielt eine kleine braune Handtasche wie einen Schutzschild an die Brust gedrückt. Sie hatte sich eine Haarsträhne gefärbt; es sah gut aus. Er empfand einen scharfen und stechenden Anflug von Eifersucht – war sie von selbst auf diese Idee gekommen, oder war es die des Mannes, mit dem sie jetzt lebte und schlief? Sie war wunderschön.

»Komm rein«, sagte er. »Komm rein und setz dich.«

Sie kam durchs Zimmer, und plötzlich sah er sich so, wie sie ihn sehen mußte – viel zu dünn, der Körper im Sessel am Fenster etwas zu weit nach einer Seite gesackt, die Beine gerade auf einem Hocker ausgestreckt, bekleidet mit einem Schlafanzug und einem billigen Krankenhaus-Bademantel.

»Wie du siehst, habe ich meinen Frack angezogen«, sagte er.

»Du siehst gut aus.« Sie küßte ihn auf die Wange, und Hunderte Erinnerungen wurden in seinem Kopf durchgemischt wie Karten eines Spiels. Sie setzte sich auf den anderen Stuhl, schlug die Beine übereinander und zupfte am Saum ihres Kleides.

Sie sahen einander an, ohne etwas zu sagen. Er sah, daß sie sehr nervös war. Wenn jemand sie an der Schulter berührt hätte, wäre sie wahrscheinlich vom Stuhl gesprungen.

»Ich wußte nicht, ob ich kommen sollte«, sagte sie, »aber ich wollte es wirklich.«

»Ich bin froh, daß du es getan hast.«

Wie Fremde in einem Bus, dachte er unwillig. *Es muß doch mehr als nur das sein, oder?*

»Und wie geht es dir so?« fragte sie.

Er lächelte. »Ich war im Krieg. Willst du meine Kampfnarben sehen?« Er raffte den Bademantel über die Knie und zeigte die S-förmigen Einschnitte, die bereits zu verheilen begannen. Sie waren immer noch rot, die Fäden noch nicht gezogen.

»Oh, mein Gott, was machen sie denn hier mit dir?«

»Sie versuchen Humpty Dumpty wieder zusammenzuflicken«, sagte Johnny. »Alle Männer des Königs, alle Pferde des Königs und alle Ärzte des Königs. Daher nehme ich an...« Und dann verstummte er, weil sie weinte.

»Sag es doch nicht so, Johnny!« sagte sie. »Bitte, sag es nicht so.«

»Tut mir leid. Es war nur... ich wollte nur einen Scherz machen.« Wirklich? Hatte er lachend darüber hinweggehen wollen, oder hatte er damit sagen wollen: *Danke, daß du hergekommen bist, sie schneiden mich in Stücke.*

»Kannst du das? Kannst du darüber scherzen?« Sie hatte ein Kleenex aus der Handtasche geholt und wischte sich die Augen damit ab.

»Nicht sehr oft. Ich nehme an, das Wiedersehen mit dir... da geht die Deckung hoch, Sarah.«

»Werden sie dich entlassen?«

»Früher oder später. Es ist wie das Spießrutenlaufen in alten Zeiten, hast du schon mal was darüber gelesen? Sollte ich noch am Leben sein, nachdem jeder Indianer des Stammes seinen Tomahawk an mir ausprobiert hat, dann bin ich frei.«

»Diesen Sommer?«

»Nein, das... das glaube ich nicht.«

»Es tut mir leid, daß es passiert ist«, sagte sie so leise, daß er sie kaum hören konnte. »Ich versuchte dahinter zu kommen, warum... oder wie man es hätte anders machen können... und das raubt mir nachts den Schlaf. Hätte ich nicht den verdorbenen Hot Dog gegessen... wärst du bei mir geblieben, statt fortzugehen...« Sie schüttelte den Kopf und sah ihn aus roten Augen an.

Johnny lächelte. »Doppel-Null. Haus-Runde. He, erinnerst du dich daran? Ich habe dieses Glücksrad ausgeplündert, Sarah.«

»Ja. Du hast über fünfhundert Dollar gewonnen.«

Er sah sie an und lächelte immer noch, aber jetzt war das Lächeln verwirrt, beinahe verletzt. »Soll ich dir was Komisches sagen? Meine Ärzte glauben, daß ich wahrscheinlich nur deswegen am Leben geblieben bin, weil ich in meiner Kindheit schon mal eine Kopfverletzung gehabt haben muß. Ich kann mich an nichts erinnern, und meine Eltern auch nicht. Aber jedesmal, wenn ich daran denke, sehe ich das Glücksrad vor mir... und rieche verbrannten Gummi.«

»Vielleicht hattest du einen Autounfall...«, begann sie zweifelnd.

»Nein, ich glaube nicht, daß es das ist. Aber es ist, als wäre dieses Glücksrad eine Warnung gewesen... und ich habe sie mißachtet.«

Sie bewegte sich ein wenig und sagte unbehaglich: »Nicht, Johnny.«

Er zuckte die Achseln. »Vielleicht war es auch so, daß ich vier Jahre Glück an einem einzigen Abend verbraucht hatte. Aber schau dir das an, Sarah.« Behutsam und unter Schmerzen nahm er ein Bein vom Hocker und knickte es rechtwinklig, dann streckte er es wieder auf dem Hocker aus. »Vielleicht können sie Humpty Dumpty wieder zusammenflikken. Als ich aufwachte, konnte ich das nicht, und ich konnte auch meine Beine nicht so ausstrecken wie jetzt.«

»Und du kannst *denken*, Johnny«, sagte sie. »Du kannst *sprechen*. Wir alle dachten, daß... du weißt schon.«

»Ja. Johnny die Leiche.« Danach herrschte wieder verlegenes Schweigen. Johnny unterbrach es, indem er mit gezwungener Munterkeit sagte: »Und wie sieht es bei dir aus, Sarah?«

»Nun... ich bin verheiratet. Ich nehme an, das weißt du schon.«

»Dad hat es mir erzählt.«

»Er ist ein so guter Mann«, sagte Sarah. Dann platzte sie heraus. »Ich konnte nicht warten, Johnny. Auch das tut mir leid. Die Ärzte sagten, daß du nie wieder erwachen würdest, daß es immer weiter bergab gehen würde, bis du einfach... einfach entschlafen würdest. Und selbst wenn ich es gewußt hätte...« Sie sah mit einem unbehaglich defensiven Gesicht zu ihm auf. »Selbst wenn ich es gewußt hätte, Johnny, ich glaube nicht, daß ich hätte warten können. Viereinhalb Jahre sind eine lange Zeit.«

»Ja, das stimmt«, sagte er. »Es ist eine höllisch lange Zeit. Möchtest du etwas Morbides hören? Ich habe mir Zeitschriften der letzten vier Jahre bringen lassen, um nachzulesen, wer gestorben ist. Truman. Janis Joplin. Jimi Hendrix – Himmel, ich habe daran gedacht, wie er ›Purple Haze‹ spielte, und konnte es kaum glauben. Dan Blocker. Und du und ich. Wir sind uns einfach entglitten.«

»Ich fühle mich so elend deswegen«, sagte sie beinahe flüsternd. »So verdammt schuldbewußt. Aber ich liebe meinen Mann, Johnny. Ich liebe ihn sogar sehr.«

»Okay, nur darauf kommt es an.«

»Sein Name ist Walter Hazlett, und er ist...«

»Ich würde lieber etwas über dein Kind hören«, sagte Johnny. »Du nimmst es mir nicht übel, oder?«

»Er ist wie ein Pfirsich«, sagte sie lächelnd. »Er ist jetzt sieben Monate alt. Sein Name ist Dennis, aber wir nennen ihn nur Denny. Er wurde nach seinem Großvater väterlicherseits benannt.«

»Bring ihn mal mit. Ich möchte ihn gerne einmal sehen.«

»Das werde ich tun«, sagte Sarah, und sie lächelten sich falsch an, weil jeder wußte, daß nichts derartiges geschehen würde. »Brauchst du etwas, Johnny?«

Nur dich, Baby. Und die letzten viereinhalb Jahre wieder zurück.

»Nöö«, sagte er. »Unterrichtest du noch?«

»Noch eine Weile«, bestätigte sie.

»Schnupfst du immer noch dieses gräßliche Kokain?«

»Oh, Johnny, du hast dich nicht verändert. Der alte Spaßvogel.«

»Der alte Spaßvogel«, stimmte er zu, und das Schweigen senkte sich wieder fast hörbar zwischen sie.

»Darf ich dich wieder besuchen kommen?«

»Klar«, sagte er. »Das wäre prima, Sarah.« Er zögerte, weil er nicht alles so ergebnislos enden lassen wollte, er wollte weder sie noch sich selbst verletzen, wenn es sich vermeiden ließ. Er wollte etwas Ehrliches sagen.

»Sarah«, sagte er, »du hast richtig gehandelt.«

»Wirklich?« fragte sie. Sie lächelte, aber es zitterte in den Mundwinkeln. »Das frage ich mich. Mir kommt alles so grausam vor und... ich kann mir nicht helfen, so *falsch*. Ich liebe meinen Mann und mein Baby, und wenn Walt behauptet, daß wir eines Tages im schönsten Haus von Bangor leben werden, dann glaube ich ihm das. Er sagt, daß er irgendwann für Bill Cohens Sitz im Senat kandidieren will, und auch das glaube ich ihm. Er sagt, daß eines Tages jemand aus Maine zum Präsidenten gewählt werden wird, und das glaube ich ihm auch fast. Und dann komme ich hierher und sehe mir deine armen Beine an...« Sie fing wieder an zu weinen. »Sie sehen aus wie durch den Mixer gedreht oder so, und du bist so *dünn*...«

»Nein, Sarah, nicht.«

»Du bist so dünn, und es kommt mir unrecht und grausam vor und ich *hasse* es, weil es überhaupt nicht recht ist, nichts davon!«

»Manchmal ist nichts recht, nehme ich an«, sagte er. »Rauhe, alte Welt. Mitunter muß man schon tun, was man kann und versuchen, damit zu leben. Geh und sei glücklich, Sarah. Und wenn du mich wieder besuchen willst, dann komm einfach her. Bring ein Brett für Cribbage mit.«

»Das werde ich«, sagte sie. »Tut mir leid, daß ich weine. Nicht sehr aufheiternd für dich, was?«

»Ist schon gut«, sagte er und lächelte. »Du solltest mit dem Kokain aufhören, Baby. Deine Nase wird abfallen.«

Sie lachte ein wenig. »Der alte Johnny«, sagte sie. Plötzlich beugte sie sich über ihn und küßte ihn auf den Mund. »Oh, Johnny, werd bald gesund.«

Er sah sie nachdenklich an, während sie sich wieder zurückzog.

»Johnny?«

»Du hast ihn nicht vergessen«, sagte er. »Nein, du hast ihn überhaupt nicht vergessen.«

»Was vergessen?« Sie runzelte verwirrt die Stirn.

»Deinen Trauring. Du hast ihn nicht in Montreal vergessen.«

Er hatte eine Hand auf die Stirn gelegt und rieb mit den Fingern die Stelle über dem rechten Auge. Sein Arm warf Schatten, und Sarah sah mit beinahe abergläubischer Furcht, daß sein Gesicht halb dunkel, halb hell war. Sie mußte an die Halloween-Maske denken, mit der er ihr damals solche Angst eingejagt hatte. Sie und Walt hatten ihre Flitterwochen in Montreal verbracht, aber woher konnte Johnny das wissen? Vielleicht hatte Herb es ihm erzählt. Ja, so dürfte es wohl gewesen sein. Aber nur sie und Walt wußten, daß sie irgendwo im Hotelzimmer ihren Trauring verloren hatte. Niemand sonst wußte es, denn Walt hatte ihr vor dem Heimflug einen anderen gekauft. Es war ihr zu peinlich gewesen, es jemandem zu erzählen, nicht einmal ihrer Mutter.

»Wie...«

Johnny zog die Stirn in sehr tiefe Falten und lächelte sie an. Er nahm die Hand von der Stirn und verschränkte sie mit der anderen im Schoß.

»Er hatte nicht die richtige Größe«, sagte er. »Du hast gepackt, erinnerst du dich nicht, Sarah? Er war ausgegangen, um etwas zu kaufen, und du hast gepackt. Er war nicht da, weil er etwas kaufen wollte... kaufen... ich weiß nicht, was. Es ist in der toten Zone.«

Tote Zone?

»Er war in einen Scherzartikelladen gegangen, um ein paar alberne Souvenirs zu kaufen. Furzkissen und solche Sachen. Aber wieso konntest du wissen, daß ich meinen Trau...«

»Du hast gepackt. Der Ring hatte nicht die richtige Größe, er war viel zu groß. Du wolltest ihn nach deiner Rückkehr kleiner machen lassen. Aber bis dahin hast du... du...« Das verwunderte Stirnrunzeln war wieder da, verschwand aber beinahe augenblicklich wieder. Er lächelte sie an. »Du hast ihn mit Toilettenpapier ausgestopft.«

Jetzt hatte Sarah unbestreitbar Angst. Sie schlängelte sich durch ihren Bauch wie kaltes Wasser. Sie faßte sich mit der Hand an die Kehle und sah ihn wie hypnotisiert an. *Jetzt hat er wieder diesen Ausdruck in den Augen, den gleichen kalten, amüsierten Ausdruck wie damals beim Glücksrad. Was ist mit dir geschehen, Johnny? Was bist du?* Das Blau seiner Augen hatte sich fast zu Violett verdunkelt. Er schien weit fort zu sein. Sie wollte weglaufen. Das Zimmer selbst schien dunkel zu werden, als würde er irgendwie das Gefügte der Wirklichkeit einreißen und die Grenzen zwischen Vergangenheit und Gegenwart aufheben.

»Er ist von deinem Finger gerutscht«, sagte er. »Du hast sein Rasierzeug in eine dieser Seitentaschen gepackt, und dabei ist er dir vom Finger gerutscht. Du hast es erst später bemerkt, und deshalb hast du geglaubt, er wäre irgendwo im Zimmer.« Er lachte, und es war ein hoher, spröder, beinahe schriller Laut – gar nicht Johnnys übliches Lachen, sondern kalt... kalt. »Junge, ihr habt das ganze Zimmer auf den Kopf gestellt. Aber du hast ihn eingepackt. Er ist immer noch in der Seitentasche des Koffers. Dort war er die ganze Zeit. Geh auf den Dachboden und schau nach, Sarah. Du wirst sehen.«

Draußen auf dem Flur ließ jemand ein Wasserglas oder etwas anderes fallen und stieß eine gedämpfte Verwünschung aus, als das Glas auf dem Boden zerschellte. Johnny warf einen Blick zur Tür hinüber, und seine Augen wurden wieder klar. Er sah zurück, sah ihr starres Gesicht, die aufgerissenen Augen, und runzelte besorgt die Stirn.

»Was ist, Sarah, habe ich etwas Falsches gesagt?«

»Woher weißt du das?« flüsterte sie. »Woher weißt du diese Dinge?«

»Ich weiß nicht«, sagte er. »Sarah, es tut mir leid, wenn ich...«

»Ich sollte jetzt gehen, Johnny. Denny ist beim Babysitter.«

»Schon gut, Sarah. Tut mir leid, wenn ich dich aufgeregt habe.«

»Wie kannst du etwas von meinem Ring wissen, Johnny?«

Er konnte nur den Kopf schütteln.

7

Auf halbem Weg den Flur entlang fing ihr Magen an, sich komisch zu fühlen. Sie fand die Damentoilette gerade noch rechtzeitig. Sie eilte hinein, machte die Tür einer der Kabinen zu und übergab sich heftig. Sie spülte, dann stand sie mit geschlossenen Augen zitternd da, aber gleichzeitig war ihr zum Lachen zumute. Als sie Johnny zum letztenmal gesehen hatte, hatte sie sich ebenfalls übergeben. Grausame Gerechtigkeit? Klammern in der Zeit, wie Buchstützen. Sie preßte die Hand auf den Mund, um das zurückzuhalten, was herauswollte – Lachen oder möglicherweise ein Schrei. Und in der Dunkelheit schien die Welt irrational zu kippen, wie ein Teller. Wie ein sich drehendes Glücksrad.

8

Sie hatte Denny bei Mrs. Labelle gelassen, daher war das Haus still und leer, als sie heimkam. Sie ging die schmale Treppe zum Dachboden hinauf und schaltete das Licht ein. Ihr Gepäck war in einer Ecke aufgestapelt, die orangefarbenen Grant's-Koffer wiesen noch die Aufkleber der Montrealreise auf. Es waren insgesamt drei. Sie öffnete den ersten und tastete durch die elastischen Seitentaschen, fand aber nichts. Auch im zweiten nicht. Auch im dritten nicht.

Sie holte sehr tief Luft und stieß sie wieder aus und kam sich dumm und auch ein wenig enttäuscht vor – in erster Linie aber erleichtert. Überwältigend erleichtert. Kein Ring. Tut mir leid, Johnny. Aber auf der anderen Seite tut es mir überhaupt nicht leid. Es wäre einfach ein bißchen zu gespenstisch gewesen.

Sie begann, die Koffer wieder an ihren Platz zwischen einem Stapel von Walts alten Lehrbüchern und der Stehlampe zu schieben, die der Hund dieser verrückten Frau umgestoßen hatte, und Sarah hatte es nie übers Herz gebracht, sie wegzuwerfen. Als sie sich den Staub von den Händen abklopfte und sich anschickte, die ganze Angelegenheit zu vergessen, flüsterte eine leise, fast unhörbare Stimme in ihr: *Ziemlich flüchtige Suche, was? Wolltest eigentlich gar nichts finden, Sarah, oder?*

Nein. Nein, sie hatte wirklich nichts finden wollen. Und wenn diese kleine Stimme sich einbildete, daß sie alle drei Koffer noch einmal öffnen würde, dann mußte sie verrückt sein. Sie hätte Denny ohnehin schon vor fünfzehn Minuten abholen sollen, Walt wollte einen seiner Seniorpartner aus der Anwaltsfirma zum Essen mit nach Hause bringen (wichtige Sache), zudem mußte sie noch einen Brief an Betty Hackman schreiben – vom Friedenskorps in Uganda hatte Betty direkt den Sohn eines schwerreichen Pferdezüchters aus Kentucky geheiratet. Ferner mußte sie noch beide Badezimmer putzen, ihr Haar machen, und Denny mußte gebadet werden. Sie hatte wirklich zuviel zu tun, um ihre Zeit hier oben auf dem Dachboden zu vertrödeln.

Trotzdem öffnete Sarah dann noch einmal alle drei Koffer, und diesmal untersuchte sie alle drei sehr gründlich, und in der hintersten Ecke des dritten fand sie schließlich ihren Trauring. Sie hielt ihn ins Licht einer der beiden nackten Glühbirnen und las die Gravierung, die noch so frisch war wie an dem Tag, als Walt ihn ihr an den Finger gesteckt hatte. WALTER UND SARAH HAZLETT – 9. JULI 1972.

Sarah sah ihn sehr lange an.

Dann verstaute sie die Koffer wieder, schaltete das Licht aus und ging nach unten. Sie zog das Leinenkleid aus, das staubig geworden war, und vertauschte es gegen Hose und leichten Pulli. Sie ging den Block entlang zu Mrs. Labelle und holte ihren Sohn. Sie gingen nach Hause, und Sarah brachte Denny ins Wohnzimmer, wo er munter herumkrabbelte, während sie den Braten vorbereitete und Kartoffeln schälte. Als der Braten im Herd war, ging sie ins Wohnzimmer und sah, daß Denny auf dem Teppich eingeschlafen war. Sie hob ihn auf und legte ihn in seine Wiege. Dann begann sie, die Toiletten zu putzen. Trotz allem, trotz des Uhrzeigers, der hektisch auf die Essenszeit zuraste, dachte sie ununterbrochen an den Ring. Johnny hatte es gewußt. Sie konnte sogar den Augenblick festlegen, da er sein Wissen erlangt hatte: als sie ihn geküßt hatte, bevor sie gegangen war.

Allein der Gedanke an ihn löste ein merkwürdiges Schwächegefühl bei ihr aus, und sie war nicht sicher, warum. Alles war so schrecklich durcheinander. Sein schiefes Lächeln, immer noch dasselbe, sein Körper, so schrecklich verändert, so mager und unterernährt, die leblose Art, wie sein Haar an der Kopfhaut klebte, was in grellem Kontrast zu den reichhaltigen Erinnerungen lag, die sie noch an ihn hatte. Sie hatte ihn küssen *wollen*.

»Schluß jetzt«, murmelte sie zu sich selbst. Ihr Gesicht im Badezimmerspiegel war das Gesicht einer Fremden. Gerötet und heiß und – gestehen wir es, Leute, sexy.

Ihre Hand schloß sich um den Ring in der Hosentasche, und fast – aber nicht ganz – bevor sie wußte, was sie vorhatte, hatte sie ihn in das saubere, leicht bläuliche Wasser der Toilettenschüssel geworfen. Alles war strahlend sauber, so daß Mr. Treaches von Baribault, Treaches, Moorehouse und Grendon, wenn er irgendwann während der Dinnerparty mal Pipi mußte, nicht von einem unansehnlichen Schmutzstreifen um die Toilettenschüssel herum abgestoßen wurde, wer konnte schon wissen, welche Hindernisse einem jungen Mann auf dem Weg zu den Städten der Mächtigen im Weg liegen konnten, richtig? Wer konnte in dieser Welt schon etwas wissen?

Er plätscherte leise und sank auf den Grund des bläulichen Wassers, wobei er sich träge um die eigene Achse drehte. Sie glaubte, ein leises Pling zu hören, als er das Porzellan am Grund berührte, aber das war wahrscheinlich nur Einbildung. Ihr Kopf dröhnte. Auf dem Dachboden war es staubig und stickig und heiß gewesen. Aber Johnnys Kuß – der war süß gewesen. So süß.

Bevor sie darüber nachdenken konnte, was sie tat (und somit der Vernunft Tür und Tor öffnen würde), streckte sie die Hand aus und betätigte die Toilettenspülung. Sie legte dröhnend und gurgelnd los. Es kam ihr vielleicht lauter vor, weil sie die Augen zugekniffen hatte. Als sie sie wieder aufmachte, war der Ring verschwunden. Er war verschwunden gewesen, und jetzt war er wieder verschwunden.

Plötzlich fühlten sich ihre Beine weich an, und sie setzte sich auf den Rand der Badewanne und bedeckte das Gesicht mit den Händen. Ihr heißes, heißes Gesicht. Sie würde Johnny nicht wiedersehen. Walter brachte einen Seniorpartner mit nach Hause, und sie hatte eine Flasche Mondavi und einen Braten, der das Haushaltsbudget überstrapazierte, das waren die Dinge, über die sie nachdenken würde. Sie sollte daran denken, wie sehr sie Walt liebte, und an Denny, der in seiner Krippe schlief. Sie sollte darüber nachdenken, daß man mit den Entscheidungen, die man in dieser verrückten Welt traf, leben mußte. Und sie wollte nicht mehr über Johnny Smith und sein schiefes, bezauberndes Lächeln nachdenken.

9

Das Abendessen wurde ein großer Erfolg.

Zehntes Kapitel

1

Der Arzt verschrieb Vera Smith ein Blutdruckmittel namens Hydrodiural. Es senkte ihren Blutdruck nicht viel (›keinen Pfifferling wert‹, schrieb sie gerne in ihren Briefen), bewirkte aber, daß sie sich elend und schwach fühlte. Sie mußte sich setzen und ausruhen, wenn sie den Fußboden gesaugt hatte. Wenn sie die Treppe hinaufging, mußte sie oben stehenbleiben und hecheln wie ein Schoßhündchen an einem heißen Augustnachmittag. Wenn Johnny ihr nicht gesagt hätte, daß es zu ihrem Besten wäre, hätte sie die Tabletten sofort aus dem Fenster geworfen.

Der Arzt verschrieb ihr ein anderes Mittel, das ihr Herz so rasend schnell schlagen ließ, daß sie aufhörte, es zu nehmen.

»Wir können nur auf diese Weise das richtige Medikament finden«, sagte der Doktor. »Wir werden Sie schon hinbekommen, Vera. Keine Sorge.«

»Ich mache mir keine Sorgen«, sagte Vera. »Ich vertraue auf Gott den Herrn.«

»Ja, selbstverständlich. Das sollten Sie auch.«

Ende Juni hatte sich der Arzt auf eine Kombination von Hydrodiural und einem anderen Mittel namens Aldomet festgelegt – dicke, gelbe, teure Tabletten, scheußliche Dinger. Als sie anfing, beide Tabletten zusammen zu nehmen, schien es, als müßte sie alle fünfzehn Minuten Wasser lassen. Sie hatte Kopfschmerzen. Sie hatte Herzrhythmusstörungen. Der Arzt sagte, ihr Blutdruck läge wieder im normalen Bereich, aber sie glaubte ihm nicht. Wozu taugten Ärzte überhaupt? Man mußte nur einmal mit ansehen, was sie mit ihrem Johnny machten, schnitten ihn auf wie der Metzger sein Fleisch, schon drei Operationen, er sah wie ein Monster aus, Nähte überall an Armen, Beinen und im Nakken, und er konnte immer noch nicht ohne Krücken gehen, wie die alte Mrs. Sylvester sie benutzt hatte. Wenn ihr Blutdruck normal war, warum fühlte sie sich dann ständig so ausgelaugt?

»Du mußt deinem Körper Zeit lassen, sich an die Medikamente zu gewöhnen«, sagte Johnny. Es war der erste Samstag im Juli, und seine Eltern waren übers Wochenende gekommen. Johnny war gerade von der Hydrotherapie zurückgekommen und sah blaß und mitgenommen aus. In jeder Hand hielt er eine kleine Bleikugel, und während sie sich unterhielten, hob er sie ständig und ließ sie wieder in den Schoß sinken, spannte und dehnte die Ellbogen und baute Bizeps und Trizeps wieder auf. Die heilenden Narben, die wie Säbelwunden über Ellbogen und Unterarme verliefen, dehnten sich und zogen sich zusammen.

»Du mußt auf Gott vertrauen, Johnny«, sagte Vera. »Dieser Unsinn ist völlig unnötig. Vertrau auf Gott, dann wird Er dich heilen!«

»Vera...«, begann Herb.

»Komm mir nicht mit deinem Vera! Das hier *ist* Unsinn! Steht nicht in der Bibel geschrieben: Bitte, und es wird dir gegeben werden? Klopfe an, und es wird dir aufgetan? Ich muß diese böse Medizin nicht einnehmen, und mein Junge muß sich nicht von diesen Ärzten quälen lassen. Es ist falsch, es hilft nicht und es ist *Sünde!*«

Johnny legte die Bleikugeln aufs Bett. Seine Armmuskeln zitterten. Ihm war speiübel, er war erschöpft und plötzlich wütend auf seine Mutter.

»Der Herr hilft denen, die sich selbst helfen«, sagte er. »Du willst nicht den Christengott, Mom! Du möchtest einen Dschinn haben, der aus einer Flasche steigt und dir drei Wünsche erfüllt.«

»Johnny!«

»Stimmt doch.«

»Diese Idee haben dir die Ärzte in den Kopf gesetzt! Alle diese verrückten Ideen!« Ihre Lippen zitterten; die Augen waren weit aufgerissen, aber ohne Tränen. »Gott hat dich aus diesem Koma erweckt, damit du Seinen Willen ausführen sollst, John! Die anderen, die versuchen nur...«

»Mich wieder auf die Beine zu bringen, damit ich Gottes Willen nicht für den Rest meines Lebens im Rollstuhl ausführen muß.«

»Streiten wir uns nicht«, sagte Herb. »Familien sollten nicht streiten.« Und Hurrikane sollten nicht toben, tun es aber doch jedes Jahr, und er konnte nichts tun, um dies abzuwenden. Es hatte so kommen müssen.

»Wenn du Gott vertraust, Johnny...«, begann Vera, ohne auf Herb zu achten.

»Ich vertraue auf gar nichts mehr.«

»Tut mir leid, dich das sagen zu hören«, sagte sie. Ihre Stimme war spitz und distanziert. »Die Agenten Satans sind überall. Sie werden versuchen, dich von deinem Schicksal abzulenken. Mir scheint, daß es ihnen schon recht gut gelungen ist.«

»Du mußt so etwas wie... wie eine Sache der Ewigkeit daraus machen, nicht? Ich will dir sagen, was es war, es war ein dummer Unfall, ein paar Bengels haben die Sau rausgelassen, und ich wurde zu Hackfleisch. Weißt du, was ich möchte, Mom? Ich möchte hier raus. Das ist alles, was ich möchte. Und ich möchte, daß du weiter deine Medizin nimmst und... und versuchst, wieder festen Boden unter die Füße zu bekommen! Das möchte ich.«

»Ich gehe.« Sie stand auf. Ihr Gesicht war sehr blaß und verbissen. »Ich werde für dich beten, Johnny.«

Er sah sie hilflos, frustriert und unglücklich an. Sein Zorn war verflogen. Er hatte ihn an ihr ausgelassen. »Nimm deine Medizin weiter!« sagte er.

»Ich werde beten, daß du das Licht siehst.«

Sie verließ das Zimmer, ihr Gesicht war verkniffen und grimmig wie Granit.

Johnny sah seinen Vater hilflos an.

»John, ich wünschte, du hättest das nicht getan«, sagte Herb.

»Ich bin müde. Das ist nicht gut für mein Urteilsvermögen. Und für mein Temperament.«

»Ja«, sagte Herb. Er schien noch etwas sagen zu wollen, tat es aber nicht.

»Hat sie immer noch vor, nach Kalifornien zu gehen, um an diesem Fliegende-Untertassen-Symposium oder was immer es ist teilzunehmen?«

»Ja. Aber sie könnte es sich noch anders überlegen. Das weiß man bei ihr von einem Tag auf den anderen nicht so genau, und bis dahin ist noch ein Monat Zeit.«

»Du solltest etwas tun.«

»Ja? Was denn? Sie einweisen lassen?«

Johnny schüttelte den Kopf. »Ich weiß nicht. Aber vielleicht solltest du einmal ernsthaft darüber nachdenken, statt immer so zu tun, als käme das überhaupt nicht in Frage. Sie ist krank. Das mußt du doch sehen.«

Herb sagte laut: »Sie war völlig in Ordnung, bevor du...«

Johnny zuckte zusammen, als wäre er geschlagen worden.

»Hör zu, Johnny, tut mir leid. Ich habe es nicht so gemeint.«

»Okay, Dad.«

»Nein, wirklich nicht.« Herbs Gesicht war eine Maske des Elends. »Hör mal, ich sollte ihr jetzt nachgehen. Wahrscheinlich zieht sie predigend durch die Flure.«

»Okay.«

»Versuch, das alles zu vergessen, Johnny, und konzentriere dich darauf, wieder gesund zu werden. Sie liebt dich, und ich auch. Nimm es uns nicht übel.«

»Nein, schon recht, Dad.«

Herb küßte Johnny auf die Wange. »Dann werde ich ihr jetzt nachgehen.«

»Tu das.«

Herb ging. Als sie fort waren, stand Johnny auf und stolperte die drei Schritte vom Bett zum Sessel. Nicht viel. Aber immerhin etwas. Ein Anfang. Er wünschte sich mehr als sein Vater ahnen konnte, daß er der Mutter gegenüber nicht so grob gewesen wäre. Er wünschte es sich, weil eine merkwürdige Gewißheit in ihm wuchs, daß seine Mutter nicht mehr lange zu leben hatte.

2

Vera hörte auf, ihre Medikamente zu nehmen. Herb redete mit ihr, dann flehte er, schließlich forderte er. Es nützte nichts. Sie zeigte ihm die Briefe ihrer ›Brieffreunde in Jesus‹, die meisten davon waren gekritzelt und voller Rechtschreibfehler, aber alle unterstützten ihren Standpunkt und versprachen, für sie zu beten. Einer stammte von einer Dame aus Rhode Island, die ebenfalls auf der Farm in Vermont gewesen war und dort auf das Ende der Welt gewartet hatte (gemeinsam mit ihrem Haustier, einem Spitz namens Otis). ›GOTT ist die beste Medizin‹, hatte diese Dame geschrieben, ›bitte GOTT, und du wirst geheilt werden, nicht Ärzte, die sich die Macht von GOTT anmaßen, es sind Ärzte, die den Krebs in diese böse Welt gebracht haben durch ihr Herumspielen mit Teufelsmacht, alle die eine Operation hatten zum Beispiel, auch eine unbedeutende wie Mandeln raus, die bekommen früher oder später Krebs, das ist eine bewiesene Tatsache, also bitte GOTT, bete zu GOTT, vereine deinen Willen mit seinem Willen und du wirst geheilt werden.‹

Herb sprach am Telefon mit Johnny, und am nächsten Tag rief Johnny seine Mutter an und entschuldigte sich, weil er so grob zu ihr gewesen war. Er bat sie, bitte wieder ihre Medikamente zu nehmen – seinetwillen. Vera akzeptierte seine Entschuldigung, weigerte sich aber, was die Medizin anbelangte. Wenn Gott sie brauchte, um auf Erden zu wandeln, dann würde ER zusehen, daß sie auch weiterhin wandelte. Und wenn Gott sie heimrief, dann würde sie ihm folgen, selbst wenn sie ein Faß voll Tabletten täglich nehmen würde. Es war eine vergebliche Unterhaltung, und Johnnys einzige Widerlegung war die, die Katholiken und Protestanten gleichermaßen seit achtzehnhundert Jahren ablehnten: Daß Gott Seinen Willen durch den Verstand des Menschen ebenso wie durch seine Seele geschehen ließ.

»Momma«, sagte er, »hast du dir noch nicht überlegt, daß es Gottes Wille war, einen Arzt die Medikamente erfinden zu lassen, damit du länger leben kannst? Kannst du nicht einmal darüber nachdenken?«

Eine große Entfernung war kein Medium für theologische Diskussionen. Sie legte auf.

Am nächsten Tag kam Marie Michaud in Johnnys Zimmer, legte den Kopf auf sein Bett und weinte.

»Aber, aber«, sagte Johnny erschrocken und verwirrt. »Was soll denn das? Was ist denn?«

»Mein Junge«, sagte sie immer noch weinend. »Mein Mark. Sie haben ihn operiert, und es kam genauso, wie Sie gesagt haben. Es geht ihm gut. Er wird wieder mit dem verletzten Auge sehen können. Gott sei Dank.«

Sie umarmte Johnny, und er umarmte sie auch, so gut er konnte. Als er ihre warmen Tränen auf der Wange spürte, dachte er, was immer mit ihm geschehen war, war nicht nur schlecht. Vielleicht sollten manche Dinge doch wiedergefunden, gesehen oder erzählt werden. Es war nicht einmal so weit hergeholt zu denken, daß Gott *tatsächlich* durch ihn wirkte, wenngleich seine eigene Vorstellung von Gott verschwommen und unklar war. Er hielt Marie im Arm und sagte ihr, wie sehr er sich freute. Er bat sie, nicht zu vergessen, daß nicht er Mark operiert hatte und daß er sich kaum noch daran erinnern konnte, was er ihr gesagt hatte. Kurz darauf ging sie, wobei sie sich die Augen trocknete, und ließ Johnny allein zum Nachdenken.

3

Anfang August besuchte Dave Pelsen Johnny. Der stellvertretende Rektor der Cleaves Mills High School war ein kleiner, ordentlicher Mann mit dicker Brille, Hushpuppies und einer bunten Sportjacke. Von allen Leuten, die Johnny in diesem beinahe endlosen Sommer des Jahres 1975 besuchten, hatte sich Dave am wenigsten verändert. Sein Haar wies ein paar graue Stellen mehr auf, aber das war alles.

»Na, wie geht es uns denn wirklich?« fragte Dave, nachdem sie die üblichen Höflichkeiten ausgetauscht hatten.«

»Gar nicht so schlecht«, sagte Johnny. »Ich darf allein gehen, wenn ich es noch nicht übertreibe. Ich kann schon sechs Züge im Pool schwimmen. Manchmal bekomme ich Kopfschmerzen, sogar mörderische, und die Ärzte sagen, daß ich damit noch eine Weile leben muß. Vielleicht den Rest meines Lebens.«

»Darf ich eine persönliche Frage stellen?«

»Wenn Sie wissen wollen, ob ich noch einen hoch kriege«, sagte Johnny grinsend, »ganz eindeutig.«

»Das ist schön zu wissen, aber eigentlich wollte ich mich nach Ihrer Finanzlage erkundigen. Können Sie das alles bezahlen?«

Johnny schüttelte den Kopf. »Ich bin nun schon fast fünf Jahre in diesem Krankenhaus. Kein anderer als Rockefeller könnte das bezahlen. Meine Eltern haben mir irgendwie staatliche Hilfe verschafft. Außergewöhnliche Notlage oder so.«

Dave nickte. »Das Extraordinary-Disaster-Programm. Dachte ich mir. Aber wie hat man das staatliche Krankenhaus von Ihnen ferngehalten? Das ist nämlich ein Loch.«

»Dafür haben Dr. Weizak und Dr. Brown gesorgt. Sie sind auch weitgehend dafür verantwortlich, daß ich schon wieder soweit bin. Ich war ein... ein Versuchskaninchen, hat Dr. Weizak gesagt. Wie lange können wir diesen komatösen Mann vor dem völligen Verfall bewahren? Die Krankengymnasten haben die letzten beiden Jahre meines Komas an mir gearbeitet. Ich habe Megavitaminspritzen bekommen – mein Arsch sieht immer noch aus, als hätte er Windpocken. Nicht, daß sie damit gerechnet hätten, daß ich je einmal etwas zu dem Projekt beisteuern könnte. Ich wurde praktisch vom Tag meiner Einlieferung als hoffnungsloser Fall angesehen. Weizak sagte mir, was er und Brown mit mir gemacht haben heißt ›aggressive Lebenserhaltung‹. Er glaubt, das könnte eine Antwort auf die lautgewordene Kritik sein, das Leben zu erhalten, wenn alle Hoffnung auf Genesung aufgegeben wurde. Jedenfalls hätten sie nicht weiter an mir herumdoktorn können, wenn ich ins staatliche Krankenhaus gekommen wäre, und daher haben sie mich hier behalten. Wie auch immer, irgendwann einmal wären sie mit mir fertig gewesen, und dann *wäre* ich ins staatliche Krankenhaus gekommen.«

»Wo das Höchste an Behandlung darin bestanden hätte, Sie alle sechs Stunden umzudrehen, damit Sie sich nicht wundliegen«, sagte Dave. »Und wenn Sie 1980 aufgewacht wären, dann wären Sie ein Pflegefall gewesen.«

»Ich glaube, ich wäre so oder so ein Pflegefall gewesen«, sagte Johnny. Er schüttelte langsam den Kopf. »Ich glaube, wenn mir jemand noch eine einzige Operation vorschlägt, werde ich verrückt. Ich werde trotz allem ein Hinken behalten, und ich werde den Kopf niemals ganz nach links drehen können.«

»Wann lassen sie Sie raus?«

»In drei Wochen, so Gott will.«

»Und was dann?«

Johnny zuckte die Achseln. »Ich denke, ich werde nach Hause gehen. Nach Pownal. Meine Mutter wird eine Weile in Kalifornien sein ... eine religiöse Sache. Dad und ich können die Zeit nützen, uns wieder aneinander zu gewöhnen. Ich habe einen Brief von einem der großen literarischen Agenten in New York bekommen ... nun nicht gerade von *ihm*, von einem seiner Mitarbeiter. Sie glauben, daß sich aus meinem Fall vielleicht ein Buch machen ließe. Ich dachte, ich versuche einmal, zwei oder drei Kapitel und ein Exposé zu schreiben, vielleicht können der Bursche oder sein Assistent es verkaufen. Das Geld käme mir sehr gelegen, ohne Flachs.«

»Haben sich auch andere Medien für Sie interessiert?«

»Nun ja, der Bursche von den *Daily News* in Bangor, der die ursprüngliche Story...«

»Bright? Er ist gut.«

»Er möchte mich in Pownal besuchen, wenn das hier überstanden ist, und einen Leitartikel schreiben. Ich mag den Kerl zwar, aber ich habe ihn erst mal hingehalten. Für mich ist da kein Geld zu holen, und ich sage ganz offen, daß ich es vor allem darauf abgesehen habe. Ich würde weiterhin meine ›wahre Geschichte‹ erzählen, wenn ich zweihundert Piepen dafür bekommen würde. Die Ersparnisse meiner Eltern sind aufgebraucht. Sie haben den Wagen verkauft und eine Rostbeule genommen. Dad hat eine zweite Hypothek auf das Haus aufgenommen, obwohl er daran hätte denken sollen, es zu verkaufen, sich zur Ruhe zu setzen und von den Zinsen zu leben.«

»Haben Sie auch schon mal daran gedacht, wieder zu unterrichten?«

Johnny sah überrascht auf. »Ist das ein Angebot?«

»Gehackte Leber ist es jedenfalls nicht.«

»Ich bin Ihnen sehr dankbar«, sagte Johnny. »Aber bis September werde ich dazu nicht imstande sein, Dave.«

»Ich habe nicht an September gedacht. Sie erinnern sich sicher noch an Sarahs Freundin Anne Stafford?« Johnny nickte. »Nun, sie ist jetzt Anne Beatty und wird im Dezember ein Baby bekommen. Wir brauchen also einen Englischlehrer für das zweite Semester. Leichter Stundenplan. Vier Klassen, eine Freistunden-Aufsicht für die Senior-Schüler, zwei Freiperioden.«

»Machen Sie ein festes Angebot, Dave?«

»Fest.«

»Das ist verdammt gut von Ihnen«, sagte Johnny heiser.

»Zum Teufel damit«, sagte Dave leichthin. »Sie waren ein verdammt guter Lehrer.«

»Kann ich ein paar Wochen Bedenkzeit haben?«

»Wenn Sie wollen bis zum ersten Oktober«, sagte Dave. »Ich denke, Sie hätten dann auch noch Zeit, an Ihrem Buch zu arbeiten, falls es erfolgversprechend aussieht.«

Johnny nickte.

»Vielleicht mögen Sie nicht zu lange in Pownal bleiben«, sagte Dave. »Es wird Ihnen vielleicht... ungemütlich vorkommen.«

Worte stiegen in Johnnys Kehle auf, und er würgte sie hinunter.

Nicht zu lange, Dave. Sehen Sie, meine Mutter ist gerade dabei, sich das Gehirn rauszupusten. Sie nimmt nur kein Gewehr dazu. Sie wird einen Schlaganfall haben. Noch vor Weihnachten wird sie tot sein, wenn mein Vater und ich sie nicht dazu bringen können, wieder ihre Medizin zu nehmen, und ich glaube nicht, daß uns das gelingt. Und ich bin ein Teil davon – wie sehr, das weiß ich nicht. Ich glaube, ich will es auch nicht wissen.

Statt dessen sagte er: »Neuigkeiten kommen rum, was?«

Dave zuckte die Achseln. »Ich weiß von Sarah, daß Ihre Mutter Schwierigkeiten hatte, damit fertigzuwerden. Sie wird darüber hinwegkommen, Johnny. Denken Sie derweil darüber nach.«

»Das werde ich. Ich sage Ihnen sogar schon jetzt ein zögerndes Ja. Es wäre schön, wieder zu unterrichten. Wieder ein normales Leben zu führen.«

»Sie sind mein Mann«, sagte Dave.

Nachdem er gegangen war, legte sich Johnny aufs Bett und sah zum Fenster hinaus. Er war sehr müde. *Ein normales Leben zu führen.* Irgendwie glaubte er nicht daran, daß dies je wieder geschehen könnte.

Er spürte, wie seine Kopfschmerzen anfingen.

4

Die Tatsache, daß Johnny Smith mit einem gewissen Extra aus dem Koma erwacht war, gelangte schließlich doch in die Zeitungen; unter dem Namen von David Bright als Verfasser kam sie auf Seite eins. Der Artikel erschien vor weniger als einer Woche, bevor Johnny aus dem Krankenhaus entlassen wurde.

Er war bei der Krankengymnastik, wo er auf dem Rücken auf einer Matte lag. Auf seinem Bauch lag ein zwölf Pfund schwerer Medizinball. Seine Krankengymnastin, Eileen Magown, stand über ihm und zählte, wie oft er sich aufrichtete. Er sollte es zehnmal schaffen, und momentan mühte er sich mit Nummer acht ab. Schweiß strömte ihm übers Gesicht, die Narben am Hals traten hellrot hervor.

Eileen war eine kleine, gemütliche Frau mit einem Körper wie ein Peitschenstrang, einem Wust prächtigen roten Lokkenhaars und dunkelgrünen Augen mit haselnußbraunen Flecken. Manchmal nannte Johnny sie – mit einer Mischung aus Zorn und Belustigung – den kleinsten Marine D. I. der Welt. Sie hatte befohlen, verlangt und gefordert und so aus einem bettlägrigen Patienten, der kaum ein Glas Wasser halten konnte, einen Mann gemacht, der ohne Krücken gehen konnte, der drei Klimmzüge hintereinander machen und den Swimmingpool des Krankenhauses in dreiundfünfzig Sekunden einmal umschwimmen konnte – nicht gerade olympische Zeit, aber auch nicht schlecht. Sie war unverheiratet und wohnte in einem großen Haus in der Altstadt, Center Street, welches sie sich mit vier Katzen teilte. Sie war hart wie Granit und akzeptierte kein Nein als Antwort.

Johnny kippte nach hinten. »Nee«, keuchte er. »Oh, ich glaube nicht, Eileen.«

»Hoch, Junge!« rief sie mit schriller, auf sadistische Weise humorvoller Stimme. »Auf! Auf! Nur noch drei, dann können Sie ein Coke haben!«

»Wenn Sie mir einen Zehn-Pfund-Ball geben, bekommen Sie sogar noch zwei mehr.«

»Der Zehn-Pfund-Ball wird als größtes Zäpfchen der Welt ins *Guinness Buch der Rekorde* eingehen, wenn Sie nicht noch drei weitere machen. Auf!«

»Urrrrrrgah!« brüllte Johnny und hievte sich zu Nummer acht hoch. Er fiel zurück, dann machte er noch einen.

»Großartig!« rief Eileen. »Noch mal, noch mal!«

»OOOOARRRRRRRRUNCH!« brüllte Johnny und richtete sich zum zehntenmal auf. Er sank auf die Matte und ließ den Medizinball fortrollen. »Ich habe mir einen Bruch gehoben, macht Sie das glücklich, meine sämtlichen Eingeweide sind lose, sie kullern in meinem Inneren herum, ich werde Sie verklagen, Sie verfluchte Harpye.«

»Himmel, was für ein Baby«, sagte Eileen und hielt ihm die Hand hin. »Das ist gar nichts verglichen mit dem, was ich beim nächstenmal für Sie habe.«

»Vergessen Sie es«, sagte Johnny. »Beim nächstenmal werde ich nur eines machen, nämlich schwimmen...«

Er sah sie an, und sein Gesicht nahm einen überraschten Ausdruck an. Er drückte ihre Hand zusammen, bis es beinahe weh tat.

»Johnny? Was ist denn? Ein Krampf?«

»O Himmel«, sagte Johnny sanft.

»Johnny?«

Er hielt immer noch ihre Hand und sah ihr mit einem abwesenden, verträumten Ausdruck ins Gesicht, der sie nervös machte. Sie hatte schon einiges über Johnny Smith gehört, Gerüchte, die sie mit dem ihr eigenen dickköpfigen schottischen Pragmatismus abgetan hatte. Da war die Geschichte, daß er vorhergesagt hatte, Marie Michauds Jungen würde es wieder gut gehen, noch bevor die Ärzte sicher gewesen waren, ob sie die Operation riskieren wollten. Ein anderes Gerücht hatte etwas mit Dr. Weizak zu tun; man behauptete, Johnny habe ihm gesagt, seine Mutter sei nicht tot, sondern lebe unter einem anderen Namen irgendwo an der Westküste. Was Eileen Magown anbelangte, waren diese Geschichten Augenwischerei, auf einer Stufe mit den Wahre-Geschichten-Magazinen und den bittersüßen Liebesromanen, die viele Schwestern auf den Stationen lasen. Aber die Art und Weise, wie er sie jetzt ansah, machte ihr Angst. Es war, als würde er in sie hineinsehen.

»Johnny, alles okay?« Sie waren allein im Therapieraum. Die große Doppeltür mit den Milchglasscheiben, die zum Swimmingpool führte, war geschlossen.

»Meine Güte«, sagte Johnny. »Sie sollten lieber... ja, es ist noch Zeit. Gerade...«

»Wovon reden Sie?«

Da kam er wieder zu sich. Er ließ ihre Hand los... aber er hatte sie so fest gehalten, daß weiße Abdrücke zurückblieben.

»Rufen Sie die Feuerwehr an«, sagte er. »Sie haben vergessen, den Brenner abzustellen. Die Gardinen fangen Feuer.«

»Was...?«

»Der Brenner hat das Geschirrtuch entzündet und das Geschirrtuch die Gardinen«, sagte Johnny ungeduldig. »Beeilen Sie sich und rufen Sie an. Oder wollen Sie etwa, daß Ihr Haus niederbrennt?«

»Johnny, Sie können nicht wissen...«

»Vergessen Sie, was ich nicht wissen kann«, sagte Johnny und packte sie am Ellbogen. Er rüttelte sie auf, und sie gingen zu den Doppeltüren hinüber. Johnny hinkte stark mit dem linken Bein, wie immer, wenn er müde war. Sie durchquerten das große Schwimmbad, ihre Schuhe hallten hohl auf den Fliesen, dann betraten sie den Flur im ersten Stock und von dort die Schwesternstation. Dort tranken zwei Schwestern Kaffee, eine dritte telefonierte und erzählte jemand am anderen Ende, wie sie ihre Wohnung neu eingerichtet hatte.

»Wollen Sie anrufen oder soll ich?« fragte Johnny.

Eileens Kopf war ein Wirbelwind. Als ledige Frau hatte sie sich an eine feste morgendliche Routine gewöhnt. Sie war aufgestanden und hatte sich ein Ei gekocht, während sie eine ganze Grapefruit ungezuckert gegessen hatte, sowie eine

Schüssel Müsli. Nach dem Frühstück hatte sie sich angezogen und war ins Krankenhaus gefahren. *Hatte* sie den Brenner abgestellt? Natürlich hatte sie das getan. Sie konnte sich zwar nicht genau daran erinnern, daß sie es getan hatte, aber es gehörte zu ihren festen Gewohnheiten. Sie mußte ihn abgestellt haben.

»Wirklich, Johnny, ich weiß nicht, wie Sie auf die Idee kommen...«

»Okay, dann ich.«

Sie waren in der Schwesternstation, einer verglasten Kabine, die mit drei Stühlen und einer Kochplatte möbliert war. Der kleine Raum wurde von der Rufanlage beherrscht – Reihen kleiner Lichter, die aufleuchteten, wenn ein Patient den Rufknopf drückte. Gerade leuchteten drei. Die beiden Schwestern tranken weiter ihren Kaffee und unterhielten sich über einen Arzt, der betrunken im Benjamin's aufgetaucht war. Die dritte unterhielt sich offenbar mit ihrer Kosmetikerin.

»Entschuldigen Sic, ich muß telefonieren«, sagte Johnny.

Die Schwester deckte die Sprechmuschel mit einer Hand zu. »Im Vorraum ist ein Münztelef...«

»Danke«, sagte Johnny und nahm ihr den Hörer aus der Hand. Er drückte eine der freien Leitungen und wählte die Null. Er bekam ein Besetztzeichen. »Was ist denn mit diesem Ding los?«

»He!« rief die Schwester, die mit ihrer Kosmetikerin gesprochen hatte. »Was bilden Sie sich verdammt noch mal eigentlich ein? Geben Sie das her!«

Johnny erinnerte sich, daß er sich in einem Krankenhaus mit eigener Telefonzentrale befand und wählte die 9, um eine Verbindung nach draußen zu bekommen, dann wieder die Null.

Die unterbrochene Schwester, deren Wangen zornesrot leuchteten, griff nach dem Hörer. Johnny stieß sie weg. Sie wirbelte herum, sah Eileen und ging einen Schritt auf sie zu. »Eileen, was ist denn mit diesem Irren los?« fragte sie aufgebracht. Die beiden anderen Schwestern hatten die Kaffeetassen abgestellt und sahen Johnny mit offenem Mund an.

Eileen zuckte unbehaglich die Achseln. »Ich weiß nicht, er hat einfach...«

»Vermittlung. Fräulein, ich möchte einen Brand in Oldtown melden«, sagte Johnny. »Können Sie mir die Nummer sagen, die ich wählen muß.«

»He«, sagte eine der anderen Schwestern. »Wessen Haus brennt?«

Eileen trat nervös von einem Bein aufs andere. »Er behauptet, meins.«

Die Schwester, die ihrer Kosmetikerin von ihrer Wohnung erzählt hatte, zuckte erschrocken zurück. »O mein Gott, es ist *dieser* Bursche«, sagte sie.

Johnny zeigte auf die Rufanlage, wo jetzt fünf oder sechs rote Lämpchen leuchteten. »Warum sehen Sie nicht nach, was diese Leute wollen?«

Die Vermittlung hatte inzwischen die Verbindung mit der Feuerwehr von Oldtown hergestellt.

»Mein Name ist John Smith und ich muß einen Brand melden. Es ist...« Er sah Eileen an. »Ihre Adresse?«

Einen Moment lang glaubte Johnny, daß sie es ihm nicht sagen würde. Sie bewegte den Mund, brachte aber nichts heraus. Die beiden Kaffeetrinkerinnen hatten ihre Tassen im Stich gelassen und sich in die hinterste Ecke der Station zurückgezogen. Sie tuschelten miteinander wie Schulmädchen auf dem Klo. Ihre Augen waren weit aufgerissen.

»Sir?« fragte die Stimme am anderen Ende der Leitung.

»Na los«, sagte Johnny. »Wollen Sie, daß Ihre Katzen gegrillt werden?«

»624 Center Street«, sagte Eileen widerstrebend. »Johnny, Sie sind ausgeflippt.«

Johnny wiederholte die Adresse in den Telefonhörer. »Das Feuer ist in der Küche.«

»Ihr Name, Sir?«

»John Smith. Ich rufe vom Eastern Maine Medical Center in Bangor an.«

»Darf ich fragen, woher Sie diese Information haben?«

»Da müßten wir bis heute abend telefonieren. Meine Information ist korrekt. Und jetzt löschen Sie.« Er knallte den Hörer hin.

»... und er hat gesagt, daß Sam Weizaks Mutter immer noch...«

Sie verstummte und sah Johnny an. Einen Augenblick spürte er, wie sie ihn alle ansahen, ihre Blicke lagen wie winzige, heiße Gewichte auf seiner Haut, und er wußte, was daraus werden würde, und sein Magen drehte sich um.

»Eileen«, sagte er.

»Was?«

»Haben Sie eine Freundin nebenan?«

»Ja... Burt und Janice wohnen nebenan...«

»Ob einer von ihnen zu Hause ist?«

»Wahrscheinlich Janice, ja.«

»Warum rufen Sie sie nicht an?«

Eileen nickte und verstand plötzlich, worauf er hinauswollte. Sie nahm ihm den Hörer aus der Hand und wählte eine 827er Nummer. Die Schwestern standen dabei und sahen gespannt zu, als hätten sie durch Zufall eine besonders spannende Fernsehsendung eingeschaltet.

»Hallo? Jan? Ich bin's, Eileen. Bist du in der Küche? Würdest du mal aus dem Fenster schauen, ob bei mir drüben alles in Ordnung ist?... Nun, ein Freund von mir behauptet... das werde ich dir erzählen, wenn du nachgesehen hast, okay?« Eileen errötete. »Ja, ich warte.« Sie sah Johnny an und wiederholte: »Sie sind ausgeflippt, Johnny.«

Die Pause schien endlos zu dauern. Dann begann Eileen wieder zu lauschen. Sie lauschte sehr lange und sagte dann in merkwürdig gedämpftem Tonfall, der so gar nicht an ihren sonstigen erinnerte: »Nein, das ist schon in Ordnung, Jan. Sie sind bereits verständigt. Nein... ich kann dir das jetzt so nicht erklären, ich erzähle dir später alles ganz genau.« Sie sah Johnny an. »Ja, du hast recht, es ist schon merkwürdig, wieso ich das wissen konnte... aber ich kann es dir erklären. Jedenfalls denke ich, daß ich es kann. Wiederhören.«

Sie legte den Hörer auf. Alle sahen sie an, die Schwestern mit unverhüllter Neugier, Johnny lediglich mit stumpfer Gewißheit.

»Jan hat gesagt, daß Rauch aus meinem Küchenfenster quillt«, sagte Eileen, und alle drei Schwestern seufzten unisono. Ihre aufgerissenen und irgendwie vorwurfsvollen Augen sahen Johnny an. *Blicke von Geschworenen*, dachte Johnny.

»Ich sollte jetzt nach Hause gehen«, sagte Eileen. Aus der resoluten, anpeitschenden, positiven Krankengymnastin war eine verängstigte kleine Frau geworden, die sich Sorgen um ihr Haus, ihre Katzen und sonstigen Sachen machte. »Ich... ich weiß gar nicht, wie ich Ihnen danken soll, Johnny... es tut mir leid, daß ich Ihnen nicht geglaubt habe, aber...« Sie fing an zu weinen.

Eine der Schwestern wollte zu ihr gehen, aber Johnny war vor ihr da. Er legte einen Arm um sie und führte sie auf den Flur hinaus.

»Sie können es tatsächlich«, flüsterte Eileen. »Was Sie gesagt haben...«

»Gehen Sie jetzt«, sagte Johnny. »Ich bin sicher, daß alles gut werden wird. Es wird Rauch- und einige kleine Wasserschäden geben, das ist alles. Dieses Filmplakat von *Butch Cassidy und Sundance Kid* werden Sie allerdings verlieren, glaube ich, aber das ist alles.«

»Ja, gut. Danke, Johnny. Gott segne Sie.« Sie küßte ihn auf die Wange und trottete dann den Flur entlang. Sie drehte sich noch einmal um, und ihr Gesichtsausdruck verriet abergläubische Furcht.

Die Schwestern standen an der Glasscheibe der Schwesternstation aufgereiht und sahen ihn an. Plötzlich erinnerten sie ihn an Krähen auf einer Telefonleitung, Krähen, die auf etwas Helles und Glänzendes herabstarren, das man picken und zerreißen konnte.

»Los, kümmern Sie sich um Ihre Patienten«, sagte er

schroff, und sie zuckten beim Klang seiner Stimme zurück. Er hinkte den Flur entlang zum Fahrstuhl und ließ sie stehen, damit sie anfangen konnten zu tratschen. Er war müde. Seine Beine taten weh. Seine Hüftgelenke fühlten sich an, als wären Glasscherben darin. Er wollte ins Bett.

Elftes Kapitel

1

»Was werden Sie tun?« fragte Sam Weizak.

»Herrgott, ich weiß es nicht«, sagte Johnny. »Wie viele, sagten Sie, sind da unten?«

»Etwa acht. Einer von ihnen ist von AP im nördlichen New England. Es sind auch Leute von zwei Fernsehsendern mit Kameras und Scheinwerfern da. Der Direktor des Krankenhauses ist ganz schön wütend auf Sie, Johnny. Er ist der Meinung, Sie hätten sich schlecht benommen.«

»Alles nur, weil das Haus einer Frau niedergebrannt wäre?« fragte Johnny. »Ich muß sagen, es scheint ja wenig Aufregendes passiert zu sein.«

»O doch, eigentlich schon. Ford hat sein Veto gegen zwei Gesetzesvorlagen eingelegt. Die PLO hat ein Restaurant in Tel Aviv in die Luft gesprengt. Und auf dem Flugplatz hat ein Polizeihund vierhundert Pfund Marihuana aufgespürt.«

»Und was machen sie dann hier?« fragte Johnny. Als Sam Weizak mit der Nachricht hereingekommen war, daß sich unten in der Halle Reporter versammelten, hatte er deprimiert überlegt, was seine Mutter daraus machen könnte. Sie war bei seinem Vater in Pownal und bereitete sich auf ihre Pilgerreise nach Kalifornien vor, die nächste Woche beginnen sollte. Weder Johnny noch sein Vater hielten diese Fahrt für eine gute Idee, und die Nachricht, daß ihr Sohn übersinnliche Fähigkeiten entwickelt hatte, könnte sie veranlassen, sie abzusagen, aber in diesem Falle befürchtete Johnny, daß das Heilmittel das größere Übel sein könnte. Es könnte sie endgültig ausrasten lassen.

Andererseits – dieser Gedanke erblühte plötzlich mit der Wucht einer Inspiration in seinem Kopf – könnte er sie davon überzeugen, wieder ihre Medizin einzunehmen.

»Sie sind hier, weil das Vorgefallene eine Sensationsnachricht ist«, sagte Sam. »Alle notwendigen Zutaten sind vorhanden.«

»Ich habe überhaupt nichts gemacht, ich habe nur...«

»Sie haben Eileen Magown nur gesagt, daß in ihrem Haus Feuer ausgebrochen war, und das stimmte«, sagte Sam leise. »Kommen Sie, Johnny, Sie müssen gewußt haben, daß so etwas früher oder später geschehen würde.«

»Ich bin kein Publicity-Jäger«, sagte Johnny grimmig.

»Nein. Das wollte ich damit auch nicht gesagt haben. Ein Erdbeben ist auch kein Publicity-Jäger. Trotzdem berichten die Journalisten darüber. Die Leute wollen etwas darüber erfahren.«

»Und wenn ich mich weigere, mit ihnen zu sprechen?«

»Das wäre keine gute Vorgehensweise«, antwortete Sam. »Sie würden weggehen und verrückte Gerüchte abdrucken. Und wenn Sie das Krankenhaus verlassen, würden sie über Sie herfallen. Sie würden Ihnen Mikrofone vors Gesicht halten, als wären Sie ein Senator oder Gangsterboß, ne?«

Johnny dachte darüber nach. »Ist Bright dort unten?«

»Ja.«

»Und wenn ich ihn nun bitten würde heraufzukommen? Er kann die Story haben und sie an die anderen weitergeben.«

»Das könnten Sie natürlich tun, aber es würde alle anderen außerordentlich unglücklich machen. Und ein unglücklicher Reporter wird Ihr Feind werden. Nixon hat sie unglücklich gemacht, und dafür haben sie ihn in Stücke gerissen.«

»Ich bin nicht Nixon«, sagte Johnny.

Weizak nickte strahlend. »Gott sei Dank«, sagte er.

»Was schlagen Sie vor?« fragte Johnny.

2

Die Reporter standen auf und drängten nach vorn, als Johnny durch die Pendeltüren ins westliche Foyer kam. Er trug ein weißes Hemd mit offenem Kragen, dazu Bluejeans, die ihm zu groß waren. Sein Gesicht war blaß, aber gefaßt. Die Narben der Bänderoperationen am Hals waren deutlich zu sehen. Blitzlichter flammten ihm warmes Feuer entgegen, und er zuckte zusammen. Fragen wurden gestellt.

»Sachte! Sachte!« rief Sam Weizak. »Das ist ein rekonvaleszenter Patient! Er möchte ein kurzes Statement abgeben und wird Ihnen ein paar Fragen beantworten, aber nur, wenn Sie sich anständig aufführen! Also alle zurück und lassen Sie ihm Luft zum Atmen!«

Zwei TV-Scheinwerfer blitzten auf und tauchten die Halle in unirdisches Licht. Ärzte und Schwestern drängten sich am Eingang zusammen, um alles zu beobachten. Johnny zuckte vor dem grellen Licht zurück und überlegte, ob das hier mit dem Im-Rampenlicht-stehen gemeint sei. Ihm war zumute, als wäre alles ein Traum.

»Wer sind Sie denn?« schrie einer der Reporter Weizak an.

»Ich bin Samuel Weizak, der Arzt dieses jungen Mannes. Und diesen Namen schreibt man mit zwei x.«

Es folgte allgemeines Gelächter, das die Stimmung ein wenig entspannte.

»Johnny, alles klar?«

Es war früher Abend, und seine plötzliche Vision vom Feuer in Eileen Magowns Küche schien sehr weit zurückzuliegen und unwichtig zu sein; die Erinnerung an eine Erinnerung.

»Sicher«, sagte er.

»Und wie lautet Ihr Statement?« rief einer der Reporter.

»Nun«, begann Johnny, »es ist folgendes. Meine Krankengymnastin ist eine Frau namens Eileen Magown. Sie ist eine sehr nette Dame und hat mir geholfen, wieder zu Kräften zu kommen. Sehen Sie, ich hatte einen Unfall und...« Eine der Fernsehkameras rollte heran, glotzte ihn leer an und brachte ihn einen Moment aus der Fassung. »... und ich wurde ziemlich schwach. Meine Muskeln verkümmerten sozusagen. Wir waren heute früh im Therapieraum und hatten unsere Übungen gerade beendet, da hatte ich plötzlich das Gefühl, daß in ihrem Haus Feuer ausgebrochen war. Das heißt, um genauer zu sein…« *Herrje, du redest wie ein Arschloch!* »Ich hatte das Gefühl, daß sie vergessen hatte, den Gasherd abzustellen, und daß die Gardinen in ihrer Küche Feuer zu fangen drohten. Da haben wir einfach die Feuerwehr verständigt, und das war alles.«

Einen Moment lang herrschte verblüfftes Schweigen, während sie das verdauten – *ich hatte das Gefühl, und das war alles* – dann fing das Bombardement der Fragen wieder an, alles ging durcheinander und in bedeutungslosem Gewirr menschlicher Stimmen unter. Johnny sah sich hilflos um und kam sich verwirrt und verletzbar vor.

»Einer nach dem anderen!« schrie Weizak. »Heben Sie den Finger! Waren Sie nie in der Schule?«

Viele Hände gingen gleichzeitig in die Höhe, und Johnny zeigte auf David Bright.

»Würden Sie das als übersinnliches Erlebnis bezeichnen, Johnny?«

»Ich würde es ein Gefühl nennen«, antwortete Johnny. »Ich war mit meinen Klappmessern fertig. Miß Magown reichte mir eine Hand, um mir beim Aufstehen behilflich zu sein, und da wußte ich es.«

Er deutete auf einen anderen.

»Mel Allen, Portland *Sunday-Telegram*, Mr. Smith. War es wie ein Bild? Wie ein Bild in Ihrem Kopf?«

»Nein, überhaupt nicht«, sagte Johnny, aber er war wirklich nicht imstande, sich daran zu erinnern, *wie* es gewesen war.

»Ist Ihnen das schon mal passiert, Johnny?« fragte eine junge Dame im Hosenanzug.

»Ja, ein paarmal.«

»Könnten Sie uns etwas über diese anderen Zwischenfälle sagen?«

»Nein, das möchte ich lieber nicht.«

Einer der Fernsehreporter hob die Hand, und Johnny nickte ihm zu.

»Hatten Sie solche Wahrnehmungen schon *vor* ihrem Unfall und dem daraus resultierenden Koma, Mr. Smith?«

Johnny zögerte.

In dem großen Raum schien es plötzlich sehr still zu sein. »Nein«, sagte er. Die TV-Scheinwerfer schienen ihm wie heiße Tropensonne ins Gesicht. Wieder eine ganze Batterie von Fragen. Wieder sah Johnny Weizak hilflos an.

»Aufhören! Aufhören!« brüllte er. Das Geschrei verstummte, während er Johnny ansah. »Sind Sie fertig, Johnny?«

»Ich werde noch zwei Fragen beantworten«, sagte Johnny. »Dann... wirklich... es war ein langer Tag für mich... ja, Ma'am?«

Er zeigte auf eine stämmige Frau, die sich zwischen zwei junge Reporter gedrängt hatte. »Mr. Smith«, sagte sie mit lauter, dröhnender, tubaähnlicher Stimme. »Wer wird nächstes Jahr der Präsidentschaftskandidat der Demokraten sein?«

»Das kann ich Ihnen nicht sagen«, antwortete Johnny ehrlich überrascht. »Woher soll ich das wissen?«

Mehr Hände erhoben sich. Johnny deutete auf einen großen Mann in dunklem Anzug und mit ernstem Gesicht. Der Reporter trat einen Schritt vor. Er hatte etwas Hektisches, Nervöses an sich.

»Mr. Smith, ich bin Roger Dussault von der Lewiston *Sun*, und ich möchte gern wissen, ob Sie irgendeine Ahnung haben, warum ausgerechnet Sie über diese außergewöhnliche Fähigkeit verfügen... falls das stimmt. Warum Sie, Mr. Smith?«

Johnny räusperte sich. »Wenn ich Ihre Frage richtig verstanden habe, dann verlangen Sie von mir, etwas zu rechtfertigen, was ich selber nicht begreife. Das kann ich nicht.«

»Nicht rechtfertigen, Mr. Smith. Einfach erklären.«

Er glaubt, daß ich einen Jux mache. Oder es zumindest versuche.

Weizak trat dicht an Johnny heran. »Vielleicht kann ich diese Frage beantworten«, sagte er. »Oder besser, erklären, warum sie sich nicht beantworten läßt.«

»Haben Sie auch übersinnliche Fähigkeiten?« fragte Dussault kalt.

»Ja, die brauchen alle Neurologen. Es ist eine unabdingbare Voraussetzung«, sagte Weizak. Seine Worte wurden mit lautem Gelächter quittiert, und Dussault bekam einen hochroten Kopf.

»Ladies und Gentlemen von der Presse. Dieser Mann hat viereinhalb Jahre im Koma gelegen. Wir, die wir das menschliche Gehirn studieren, haben keine Ahnung, warum das so ist oder warum er wieder daraus erwachte, und das aus dem einfachen Grund, weil wir immer noch nicht genau wissen, was ein Koma eigentlich ist, ebensowenig wie wir den Schlaf oder den simplen Vorgang des Erwachens verstehen. Meine Damen und Herren, wir verstehen weder das Gehirn eines Frosches noch das Gehirn einer Ameise. Sie dürfen mich zitieren... Sie sehen, ich habe keine Angst, ne?«

Noch mehr Gelächter. Sie mochten Weizak. Aber Dussault lachte nicht.

»Sie dürfen auch zitieren, daß ich der Meinung bin, daß dieser Mann jetzt eine sehr neue oder aber sehr alte menschliche Fähigkeit besitzt. Warum? Wenn meine Kollegen und ich nicht einmal das Gehirn einer Ameise verstehen, wie soll ich es Ihnen dann erklären? Ich kann es nicht. Ich kann Ihnen jedoch einige interessante Vorschläge machen, die möglicherweise von Bedeutung sind, vielleicht aber auch nicht. Ein Teil von John Smiths Gehirn wurde unwiderruflich beschädigt – ein winzig kleiner Teil, aber alle Teile des Gehirns sind höchstwahrscheinlich lebenswichtig. Er nennt dies seine ›Tote Zone‹, und dort waren offenbar eine Anzahl von Erinnerungsspuren gespeichert. Alle diese ausgelöschten Erinnerungen scheinen Teil eines ›Sets‹ zu sein – zum Beispiel Teil einer Straße, einer Autobahn und so weiter. Dies ist eine kleine, aber totale Aphasie, die sowohl die Sprache als auch Vorstellungsgabe einschließt.

Um dies auszugleichen, scheint ein anderer winziger Teil von John Smiths Gehirn *erwacht* zu sein. Ein Abschnitt des

Zerebrums innerhalb des Scheitellappens. Das ist ein sehr komplexer Teil des ›vorderen‹ oder ›denkenden‹ Gehirns. Die elektrischen Reaktionen dieses Teils von Smiths Gehirn sind ganz anders, als sie sein sollten, ne? Und noch etwas: der Scheitellappen hat etwas mit dem Tastsinn zu tun – wie viel oder wie wenig, das wissen wir nicht mit absoluter Sicherheit –, und er befindet sich in unmittelbarer Nähe des Gehirnbereichs, der verschiedene Formen und Stoffe identifizieren und unterscheiden kann. Ich selbst habe die Beobachtung gemacht, daß Johns ›Wahrnehmungen‹ jeweils eine Berührung vorangegangen ist.«

Schweigen. Die Reporter kritzelten wie wild. Die Fernsehkameras, die dicht herangefahren waren, um Weizak in Großaufnahme einzufangen, fuhren wieder etwas zurück, um Johnny ins Bild einzuschließen.

»Ist es das, Johnny?« fragte Weizak erneut.

»Ich denke...«

Dussault bahnte sich plötzlich resolut einen Weg durch das Knäuel der Reporter. Einen amüsierten Augenblick dachte Johnny, er wollte sich vor der Tür zu ihnen gesellen, möglicherweise, um sich zu entschuldigen. Dann sah er, daß Dussault etwas vom Hals nahm.

»Geben Sie uns eine kleine Demonstration«, sagte er. Er hielt ein Medaillon an einer feingliedrigen Hand. »Zeigen Sie uns, was Sie damit machen können.«

»Wir werden nichts Derartiges zeigen«, sagte Weizak. Seine buschigen melierten Augenbrauen waren drohend zusammengezogen, und er sah wie Moses auf Dussault herab. »Dieser Mann ist keine Rummelplatzfigur, Sir!«

»Sie hätten mich tatsächlich täuschen können«, sagte Dussault. »Entweder kann er es, oder er kann es eben nicht, richtig? Während Sie uns nämlich alle möglichen Dinge weismachen wollen, habe ich mir selber etwas weisgemacht. Soll ich Ihnen sagen, was? Diese Leute können niemals etwas auf Verlangen demonstrieren, weil sie alle genauso echt sind wie ein Bündel falscher Dollarscheine.«

Johnny sah die übrigen Reporter an. Bis auf Bright, der

verlegen dreinschaute, sahen alle anderen lebhaft interessiert zu. Plötzlich kam er sich wie ein Christ in der Löwengrube vor. Sie werden so oder so gewinnen, dachte Johnny. Wenn ich ihnen etwas sagen kann, haben sie eine Story für die Titelseite. Wenn ich es nicht kann oder mich weigere, dann haben sie eine andere Art von Story.

»Na«, fragte Dussault. Das Medaillon in seiner Faust baumelte hin und her.

Johnny sah Weizak an, aber Weizak schaute angewidert weg.

»Geben Sie her«, sagte Johnny.

Dussault gab es ihm. Johnny legte das Medaillon auf seine Handfläche. Es war eine St.-Christopherus-Medaille. Er ließ das dünne Kettchen auf das Medaillon fallen und schloß die Hand fest darum.

Totenstille machte sich im Zimmer breit. Zu dem halben Dutzend Ärzten und Schwesterm, die an der Tür standen, hatte sich ein halbes Dutzend weitere gesellt, teilweise bereits in Straßenkleidung, und im Begriff, nach Feierabend nach Hause zu gehen. Am Ende des Flurs, der zum Fernseh- und Gemeinschaftsraum des ersten Stocks führte, hatte sich eine Menge Patienten zusammengefunden. Die Leute, die zur regelmäßigen abendlichen Sprechstunde gekommen waren, waren ebenfalls vom Hauptfoyer herübergeschlendert. Ein Gefühl äußerster Anspannung lag in der Luft, wie das Summen eines Starkstromkabels.

Johnny stand stumm da, in dem weißen Hemd und den zu großen Jeans wirkte er blaß und hager. Er umklammerte das Christopherus-Medaillon so fest mit der rechten Hand, daß die Sehnen am Handgelenk im grellen Schein der Fernsehscheinwerfer deutlich hervortraten. Vor ihm, nüchtern, makellos und in dem dunklen Anzug irgendwie richterlich, stand Dussault in der Position des Herausforderers. Der Augenblick schien sich endlos zu dehnen. Niemand hustete oder flüsterte.

»Oh«, sagte Johnny leise ... dann: »Ist es das?«

Er löste langsam den Griff. Er sah Dussault an.

»Na?« fragte Dussault, aber jetzt verriet seine Stimme nicht mehr die frühere Autorität. Auch der müde, nervöse junge Mann, der die Fragen der Reporter beantwortet hatte, war ebenfalls verschwunden. Um Johnnys Lippen spielte jetzt die Andeutung eines Lächelns, aber es drückte keinerlei Wärme aus. Das Blau seiner Augen hatte sich verdunkelt. Sie blickten kalt und wie von weither drein. Weizak sah es und bekam unwillkürlich eine Gänsehaut. Später dachte er bei sich, daß es das Gesicht eines Mannes gewesen war, der durch ein Hochleistungsmikroskop schaut und eine interessante Spezies von Paramecium beobachtet.

»Es ist das Medaillon Ihrer Schwester«, sagte er zu Dussault. »Ihr Name war Anne, aber alle nannten sie Terry. Ihre ältere Schwester. Sie haben sie sehr geliebt. Sie haben geradezu den Boden verehrt, über den sie geschritten ist.«

Plötzlich begann sich Johnnys Stimme erschreckend zu verändern; sie wurde zur heiseren und unsicheren Stimme eines Heranwachsenden.

»Es ist dafür, wenn du die Lisbon Street trotz roter Ampel überquerst, Terry, oder wenn du mit einem dieser Burschen von E. L. auf den Parkplatz fährst. Vergiß es nicht, Terry... vergiß es nicht...«

Die stämmige Frau, die Johnny nach dem nächstjährigen Präsidentschaftskandidaten der Demokraten gefragt hatte, gab ein leises und erschrockenes Stöhnen von sich. Einer der Kameramänner flüsterte: »Heiliger Jesus!« mit heiserer Stimme.

»Aufhören«, flüsterte Dussault. Sein Gesicht war aschgrau geworden. Seine Augen quollen vor, Speichel glänzte im grellen Scheinwerferlicht wie Chrom auf seiner Unterlippe. Er streckte beide Hände nach dem Medaillon aus, dessen dünnes Kettchen Johnny sich um einen Finger gewickelt hatte. Aber seine Hände bewegten sich nicht mit Kraft oder Autorität. Das Medaillon baumelte hin und her und versprühte hypnotische Lichtstrahlen.

»Denk an mich, Terry«, flehte die jugendliche Stimme. »Bleib clean, Terry... bitte, bleib um Gottes willen clean...«

»Aufhören! Aufhören, Sie Dreckskerl!«

Jetzt sprach Johnny wieder mit seiner eigenen Stimme. »Es war Speed, nicht wahr? Danach Meth. Sie starb im Alter von siebenundzwanzig Jahren an einem Herzanfall. Aber sie trug es zehn Jahre lang, Rog. Sie hat sich an Sie erinnert. Sie hat Sie niemals vergessen. Niemals vergessen... niemals... niemals... niemals...«

Das Medaillon entglitt seinen Fingern und fiel melodisch klingend auf den Fußboden. Johnny starrte noch einen Augenblick ins Leere; sein Gesicht war ruhig, kühl und distanziert. Dussault tastete zu seinen Füßen nach dem Medaillon und schluchzte heiser in dem fassungslosen Schweigen.

Ein Blitzlicht flammte auf, und Johnnys Gesicht klärte sich und wurde wieder zu seinem eigenen. Es verriet zunächst Entsetzen, dann Mitleid. Er kniete linkisch neben Dussault hin.

»Tut mir leid«, sagte er. »Tut mir leid, ich wollte nicht...«

»Taschenspieler, Dreckskerl, Scharlatan!« schrie Dussault ihn an. »Es ist eine Lüge! Alles gelogen! Alles eine Lüge!« Er versetzte Johnny einen unbeholfenen Schlag mit der flachen Hand an den Hals, und Johnny kippte zur Seite und schlug hart mit dem Kopf auf den Boden auf. Er sah Sterne.

Aufruhr.

Er bekam nur am Rande mit, wie Dussault sich einen Weg durch die Menge zur Tür bahnte. Leute drängten sich um Dussault herum, um Johnny. Er konnte Dussault nur noch durch einen Wald von Beinen und Schuhen sehen. Dann war Weizak neben ihm und half ihm beim Aufsetzen.

»Alles in Ordnung, John? Hat er Sie verletzt?«

»Nicht so schlimm wie ich ihn. Ich bin okay.« Er rappelte sich auf die Beine. Hände – vielleicht von Weizak, vielleicht von jemand anderem – halfen ihm. Er fühlte sich benommen und schwindlig. Es war ein Fehler gewesen, ein schrecklicher Fehler.

Jemand schrie durchdringend – die stämmige Frau, die sich nach den Demokraten erkundigt hatte. Johnny sah, wie Dussault nach vorn auf die Knie sank, sich am Ärmel der bedruckten Bluse der stämmigen Frau festzuhalten versuchte und dann erschöpft auf die Fliesen in der Nähe der Tür glitt, die er hatte erreichen wollen. Die Christopherus-Medaille hielt er immer noch in einer Hand.

»Ohnmächtig«, sagte jemand. »Einfach ohnmächtig geworden. Hol's der Teufel.«

»Meine Schuld«, sagte Johnny zu Sam Weizak. Seine Kehle war zugeschnürt vor Scham und Tränen. »Alles meine Schuld.«

»Nein«, sagte Sam. »Nein, John.«

Aber es war so. Er schüttelte Weizaks Hände ab und ging zu der Stelle, wo Dussault lag, der bereits wieder zu sich kam und blinzelnd zur Decke hinaufsah. Zwei Ärzte waren zu ihm gegangen.

»Ist alles in Ordnung mit ihm?« fragte Johnny. Er drehte sich zu der Reporterin im Hosenanzug um, und sie scheute vor ihm zurück. Ihr Gesicht verzog sich vor Angst krampfartig.

Johnny drehte sich zur anderen Seite um, zu dem Fernsehreporter, der ihn gefragt hatte, ob er solche Wahrnehmungen schon vor dem Unfall gehabt hatte. Es schien plötzlich sehr wichtig zu sein, es jemandem zu erklären. »Ich wollte ihm nicht wehtun«, sagte er. »Ich wollte ihm weiß Gott nicht weh tun. Ich wußte nicht...«

Der Fernsehreporter tat einen Schritt zurück. »Nein«, sagte er. »Natürlich nicht. Er hat es selbst herausgefordert, das konnte jeder sehen. Nur... fassen Sie mich nicht an, ja?«

Johnny sah ihn bestürzt an, seine Lippen zitterten. Er stand immer noch unter Schock, aber allmählich begann er zu verstehen.

O ja. Er begann zu verstehen. Der Fernsehreporter versuchte zu lächeln, brachte aber nur ein totenkopfähnliches Grinsen zustande.

»Fassen Sie mich nicht an, Johnny. Bitte.«

»Es ist nicht so«, sagte Johnny – oder versuchte es. Er war später nie ganz sicher, ob er überhaupt ein Wort herausgebracht hatte.

»Fassen Sie mich nicht an, Johnny, okay?«

Der Reporter zog sich bis zu der Stelle zurück, wo der Kameramann seine Ausrüstung zusammenpackte. Johnny stand da und beobachtete ihn. Er begann am ganzen Körper zu zittern.

3

»Ist zu ihrem Besten, John«, sagte Weizak. Die Schwester stand hinter ihm; ein weißes Gespenst, ein Zauberlehrling, dessen Hände über dem kleinen, fahrbaren Medikamententisch schwebten, der für einen Rauschgiftsüchtigen ein Paradies süßer Träume gewesen wäre.

»Nein«, sagte Johnny. Er zitterte immer noch, und jetzt stand ihm sogar kalter Schweiß auf der Stirn. »Keine Spritzen mehr. Die Spritzen hängen mir zum Hals heraus.«

»Dann eine Tablette.«

»Auch keine Tabletten mehr.«

»Damit Sie besser schlafen können.«

»Wird *er* denn schlafen können? Dieser Dussault?«

»Er hat es herausgefordert«, murmelte die Krankenschwester, zuckte aber zusammen, als Weizak sich zu ihr umdrehte. Aber Weizak lächelte verzerrt.

»Sie hat recht, ne?« sagte er. »Der Mann hat es herausgefordert. Er hat geglaubt, daß Sie leere Flaschen verkaufen, John. Wenn Sie eine Nacht geschlafen haben, werden Sie alles wieder in der richtigen Perspektive sehen.«

»Ich will aber ohne Hilfsmittel schlafen.«

»Johnny, bitte!«

Es war jetzt Viertel nach elf. Der Fernseher auf der anderen Seite des Raumes war eben abgeschaltet worden. Johnny und Sam hatten sich gemeinsam die Nachrichten angeschaut; sie waren direkt im Anschluß nach Fords Veto gegen die beiden Gesetzesentwürfe gekommen. Meine Story war reißerischer, dachte Johnny mit morbider Belustigung. Ein

Filmbericht mit einem kahlköpfigen Republikaner, der Plattitüden über den Staatshaushalt von sich gab, konnte keinen Vergleich mit der Bildreportage aushalten, die der WABI-Kameramann am frühen Abend hier aufgenommen hatte. Der Bericht hatte damit geendet, wie Dussault auf dem Fußboden zusammengebrochen war, das Medaillon seiner Schwester in der verkrampften Hand, während er sich mit der anderen an der stämmigen Reporterin festgehalten hatte wie ein Ertrinkender, der nach einem Strohhalm greift.

Als der Sprecher die Meldung über den Polizeihund brachte, der vierhundert Pfund Pot aufgespürt hatte, war Weizak kurz hinausgegangen und mit der Nachricht zurückgekommen, daß die Telefonvermittlung des Krankenhauses restlos durch Anrufer blockiert war, die alle mit Johnny sprechen wollten, noch bevor der Bericht zu Ende gewesen war. Ein paar Minuten später war die Krankenschwester mit dem Medikament aufgetaucht, was Johnny zu der Überzeugung brachte, daß Sam zur Schwesternstation gegangen war, um mehr zu tun als sich nur nach Anrufen zu erkundigen.

In diesem Augenblick läutete das Telefon.

Weizak fluchte leise vor sich hin. »Ich habe ausdrücklich Anweisung gegeben, keinen durchzustellen. Gehen Sie nicht ran, John, ich werde...«

Aber Johnny hatte bereits abgehoben. Er lauschte einen Augenblick, dann nickte er. »Ja, das war richtig.« Er legte eine Hand auf die Sprechmuschel. »Es ist mein Dad«, sagte er. Er nahm die Hand wieder weg. »Hi, Dad. Ich nehme an, du...« Er lauschte. Das schwache Lächeln um seine Lippen verblaßte und wurde durch aufdämmerndes Entsetzen verdrängt. Seine Lippen bewegten sich stumm.

»Was ist denn, John?« fragte Weizak scharf.

»In Ordnung, Daddy«, sagte Johnny beinahe flüsternd. »Ja. Cumberland General. Ich weiß, wo das ist. Oberhalb von Jerusalem's Lot. Okay. In Ordnung, Daddy...«

Seine Stimme brach. Seine Augen glänzten, waren aber tränenlos.

»Das weiß ich, Daddy. Ich liebe dich auch. Es tut mir leid.«

Er lauschte.

»Ja, das war es«, sagte Johnny. »Wir sehen uns, Daddy. Ja. Bis bald.«

Er legte den Hörer auf und drückte die Handballen auf die Augen.

»Johnny?« Sam beugte sich vor, nahm seine Hand und hielt sie. »Ist es Ihre Mutter?«

»Ja. Es ist meine Mutter.«

»Herzanfall?«

»Schlaganfall«, sagte Johnny, und Sam Weizak zischte leise und mitfühlend durch die Zähne. »Sie haben sich die Nachrichten angesehen... beide hatten keine Ahnung... und dann erschien ich auf dem Bildschirm... und sie hatte einen Schlaganfall. Herrgott. Sie ist im Krankenhaus. Und wenn jetzt auch meinem Dad noch was zustößt, haben wir ein dreifaches Schauspiel.« Er schrie ein schrilles Lachen hinaus und verdrehte dabei wild die Augen von Sam zur Krankenschwester und zu Sam zurück. »Eine tolle Begabung«, sagte er. »Sollte eigentlich jeder haben!« Wieder dieses Lachen, das sich nach einem Schrei anhörte.

»Wie schlimm ist es?« fragte Sam.

»Er weiß es nicht.« Johnny schwang die Beine vom Bett. Er trug jetzt wieder die Krankenhauskleidung, seine Füße waren bloß.

»Was machen Sie denn da?« fragte Sam scharf. »Was haben Sie vor?«

»Wonach sieht es denn aus?«

Johnny stand auf und einen Augenblick sah es so aus, als wollte Sam ihn aufs Bett zurückstoßen. Aber dann beobachtete er nur, wie Johnny zum Schrank hinkte. »Seien Sie nicht albern. Sie sind noch längst nicht für so etwas bereit.«

Ohne auf die Schwester zu achten – sie hatte seinen nackten Hintern weiß Gott oft genug gesehen –, ließ er das Nachthemd nach unten fallen. Die dicken Narben in den Kniekehlen und an den dünnen, abgemagerten Unterschenkeln waren rot und deutlich zu sehen. Er begann im Schrank nach seinen Sachen zu kramen und brachte schließlich das weiße Hemd und die Jeans zum Vorschein, die er bei der Pressekonferenz getragen hatte.

»John, ich verbiete Ihnen das streng. Als Ihr Arzt und Freund. Ich sage Ihnen, es ist Wahnsinn.«

»Verbieten Sie, was Sie wollen, ich gehe«, sagte Johnny. Er begann sich anzuziehen. Sein Gesicht zeigte den fernen, geistesabwesenden Ausdruck, den Sam mit den Trancezuständen assoziierte. Die Krankenschwester starrte sie mit offenem Mund an.

»Schwester, Sie können auf Ihre Station zurückgehen«, sagte Sam.

Sie zog sich bis zur Tür zurück, blieb dort noch einen Augenblick stehen und ging hinaus. Widerstrebend.

»Johnny«, sagte Sam. Er stand auf, ging zu ihm hinüber und legte ihm eine Hand auf die Schulter. »Sie haben das nicht getan.«

Johnny schüttelte die Hand ab. »Doch, ich habe es getan«, sagte er. »Sie hat mich gesehen, als es geschah.« Er begann das Hemd zuzuknöpfen.

»Sie haben sie dringend gebeten, ihre Medizin zu nehmen, aber sie hat es nicht getan.«

Johnny sah Weizak einen Augenblick an und knöpfte dann das Hemd weiter zu.

»Wäre es nicht heute abend geschehen, dann wäre es morgen geschehen, nächste Woche, nächsten Monat...«

»Oder nächstes Jahr. Oder in zehn Jahren.«

»Nein. Nicht in zehn Jahren. Nicht einmal in einem Jahr. Und das wissen Sie auch. Warum sind Sie so versessen darauf, dies auf sich zu nehmen? Wegen dieses neunmalklugen Reporters? Ist es vielleicht eine Art umgekehrtes Selbstmitleid? Ein Drang zu glauben, daß Sie verflucht sind?«

Johnys Gesicht verzerrte sich. »Sie hat *mich* gesehen, als es passierte. Kapieren Sie das nicht? Sind Sie so verdammt weich im Kopf, daß Sie das nicht kapieren?«

»Sie hatte eine anstrengende Reise nach Kalifornien und

zurück geplant. Das haben Sie mir selbst erzählt. Zu irgendeinem Symposium. Nach allem, was Sie mir erzählt haben, eine höchst emotionale Sache. Ja? Ja. Dabei wäre es mit an Sicherheit grenzender Wahrscheinlichkeit passiert. Ein Schlaganfall kommt nicht wie ein Blitz aus heiterem Himmel, Johnny.«

Johnny knöpfte bereits die Jeans zu, dann setzte er sich hin, als hätte ihn das Anziehen derart ermüdet, daß er jetzt nichts mehr tun konnte. Seine Füße waren immer noch bloß. «Ja«, sagte er. »Ja, Sie könnten recht haben.«

»Vernunft! Endlich wird er vernünftig! Gott sei Dank!«

»Aber ich muß trotzdem gehen, Sam.«

Weizak warf beide Hände hoch. »Und was wollen Sie tun? Sie ist in den Händen ihrer Ärzte, und denen ihres Gottes. Das ist die Situation. Sie müßten das doch besser als sonst jemand wissen.«

»Mein Dad wird mich jetzt brauchen«, sagte Johnny leise. »Das weiß ich auch.«

»Und wie wollen Sie hingehen? Es ist beinahe Mitternacht!«

»Mit dem Bus. Nach Peter's Candlelighter werde ich ein Taxi nehmen. Die Greyhounds halten doch dort noch an, nicht wahr?«

»Das müssen Sie nicht tun«, sagte Sam.

Johnny tastete unter dem Stuhl nach seinen Schuhen, konnte sie aber nicht finden. Sam holte sie unter dem Bett hervor und händigte sie ihm aus.

»Ich werde Sie hinfahren.«

Johnny sah zu ihm auf. »Das würden Sie tun?«

»Wenn Sie ein schwaches Beruhigungsmittel einnehmen, ja.«

»Aber Ihre Frau...« Auf eine verwirrte Weise wurde ihm klar, daß er von Weizaks Privatleben eigentlich nicht viel mehr wußte, als daß seine Mutter in Kalifornien lebte.

»Ich bin geschieden«, sagte Weizak. »Ein Arzt muß doch zu allen Nachtstunden aus dem Haus... wenn er nicht gerade ein Facharzt für Fuß- oder Hautleiden ist, ne? Meine

Frau hat mein Bett öfter leer als von mir belegt gesehen. Also hat sie es eben mit einer Vielzahl anderer Männer ausgefüllt.«

»Tut mir leid«, sagte Johnny verlegen.

»Sie verbringen viel zuviel Zeit damit, daß Ihnen irgend etwas leid tut, John.« Sam machte ein sanftes Gesicht, aber seine Augen blickten streng. »Ziehen Sie Ihre Schuhe an.«

Zwölftes Kapitel

1

Von Krankenhaus zu Krankenhaus, dachte Johnny verträumt, während er sanft mittels der kleinen blauen Tablette dahinschwebte, die er eingenommen hatte, bevor er und Sam das EMMC verlassen hatten und in Sams '75er Eldorado eingestiegen waren. *Von Krankenhaus zu Krankenhaus, von Person zu Person, von Station zu Station.*

Auf eine verschrobene, verstohlene Weise genoß er den Ausflug – zum erstenmal seit fast fünf Jahren durfte er das Krankenhaus verlassen. Die Nacht war klar, die Milchstraße zog sich wie eine aufgerollte Uhr-Feder ans Licht über den Himmel, ein Halbmond folgte ihnen über den dunklen Baumwipfeln hinweg, während sie nach Süden fuhren, nach Palmyra, Newport, Pittsfield, Benton und Clinton. Das Auto flüsterte in fast vollkommener Stille dahin. Leise Musik, Haydn, tönte aus den vier Lautsprechern des Stereorecorders.

Kam mit dem Rettungswagen der Cleaves Mills Resque Squad in ein Krankenhaus, in ein anderes fahre ich mit einem Cadillac, dachte er. Er machte sich nichts daraus. Es genügte zu fahren, den Weg entlangzuschweben, die Probleme mit seiner Mutter, seiner neugewonnenen Fähigkeit und den Menschen, die in seine Seele schauen wollten (*Er hat es herausgefordert... fassen Sie mich nur nicht an, ja?*), in einem vorübergehenden Limbo ruhen zu lassen. Weizak sagte nichts. Ab und zu summte er eine Melodienfolge der Musik mit.

Johnny betrachtete die Sterne. Er betrachtete die Autobahn, die um diese Uhrzeit so gut wie vereinsamt war. Sie rollte sich unablässig vor ihnen auf. Sie passierten den Schlagbaum in Augusta, und Weizak bezahlte die Autobahngebühren. Danach fuhren sie weiter – Gardener, Sabbatus, Lewiston.

Fast fünf Jahre, länger als manch verurteilter Mörder im Knast verbringen muß.

Er schlief.

Träumte.

»Johnny«, sagte seine Mutter in dem Traum. »Johnny, mach, daß es mir besser geht, mach, daß es mir gut geht.« Sie war wie eine Bettlerin in Lumpen gekleidet. Sie kroch über das Kopfsteinpflaster auf ihn zu. Ihr Gesicht war weiß. Dünnes Blut rann aus ihren Knien. Weiße Läuse wimmelten in ihrem schütteren Haar. Sie streckte ihm zitternde Hände entgegen. »Die Macht Gottes wirkt in dir«, sagte sie. »Das ist eine große Verantwortung, Johnny. Ein großes Vertrauen. Dem mußt du dich würdig erweisen.«

Er nahm ihre Hände, schloß seine über ihnen und sagte: »Geister, weichet von dieser Frau.«

Sie stand auf. »Geheilt!« rief sie mit einer von seltsamem und schrecklichem Triumph erfüllten Stimme. *»Geheilt! Mein Sohn hat mich geheilt! Sein Wirken ist groß auf dieser Welt!«*

Er wollte protestieren, wollte ihr sagen, daß er keine großen Taten vollbringen wollte, heilen oder in Zungen sprechen, die Zukunft vorhersagen oder Sachen finden, die verlorengegangen waren. Er versuchte, es ihr zu sagen, aber seine Zunge wollte dem Gehirn nicht gehorchen. Dann war sie an ihm vorbei, stolperte die Kopfsteinpflasterstraße entlang, ihre Haltung war gebückt und gebrechlich und dennoch gleichzeitig irgendwie arrogant; ihre Stimme schmetterte wie eine Fanfare: *»Geheilt! Erlöser! Erlöser! Erlöser!«*

Und zu seinem Entsetzen sah er, daß ihr Tausende andere nachfolgten, vielleicht Millionen, und alle waren verstümmelt oder gebrechlich oder litten Not. Die stämmige Reporterin war da, sie mußte wissen, wen die Demokraten 1976 als Präsidentschaftskandidaten nominieren würden; da war ein blinder Farmer in langen Unterhosen, der ein Foto seines Sohnes bei sich hatte, ein lächelnder junger Mann in der Uniform der Luftwaffe, der 1972 über Hanoi vermißt gemeldet worden war, er mußte wissen, ob sein Sohn tot oder am Leben war; eine junge Frau, die Sarah ähnlich sah, mit Tränen auf den Wangen, die ihm ein Baby mit Wasserkopf entgegenhielt, auf dem blaue Adern wie Runen des Untergangs hervortraten; ein alter Mann, dem Arthritis die Finger zu Klauen verkrümmt hatte; andere. Sie bildeten ein meilenlanges Heer, sie würden geduldig warten, sie konnten ihn mit ihren stummen, zwingenden Bedürfnissen töten.

»Geheilt!« Die Stimme seiner Mutter hallte herausfordernd zurück. *»Erlöser! Geheilt! Geheilt!«*

Er wollte ihnen sagen, daß er weder heilen noch erlösen konnte, aber bevor er den Mund öffnen und es bestreiten konnte, legte der erste Hand an ihn und schüttelte ihn.

Das Schütteln war wirklich. Es war Weizaks Hand auf seinem Arm. Orangefarbenes Licht erfüllte das Auto und machte das Innere taghell – es war ein alptraumhaftes Licht, welches Sams gütiges Gesicht in die Fratze eines Trolls verwandelte. Einen Augenblick glaubte er, der Alptraum würde noch andauern, dann sah er, daß das Licht von der Parkplatzbeleuchtung stammte. Auch diese war offenbar ausgewechselt worden, während er im Koma lag. Von grellem Weiß zu einem unheimlichen Orange, das wie Farbe auf der Haut lag.

»Wo sind wir?« fragte er mit belegter Stimme.

»Im Krankenhaus«, sagte Sam. »Cumberland General.«

»Oh. Gut.«

Er setzte sich auf. Der Traum schien in Bruchstücken von ihm abzufallen, er lag noch auf dem Boden seines Verstandes wie etwas Zerschmettertes, das noch nicht weggefegt worden ist.

»Sind Sie bereit, hineinzugehen?«

»Ja«, sagte Johnny.

Sie überquerten den Parkplatz und hörten das leise Zirpen der Sommergrillen im Wald. Glühwürmchen stachen durch die Dunkelheit. Das Bildnis seiner Mutter erfüllte sein Denken – aber nicht so sehr, daß er nicht den sanften und aromatischen Geruch der Nacht hätte wahrnehmen können, das Gefühl des leichten Windes auf der Haut. Es blieb Zeit, die Gesundheit der Nacht zu genießen, und das Gefühl der Gesundheit, das in ihm erwachte. Im Zusammenhang dessen, weswegen er hier war, schien der Gedanke beinahe obszön – aber nur beinahe. Und er ließ sich nicht verdrängen.

2

Herb Smith kam ihnen auf dem Flur entgegen, und Johnny sah, daß sein Vater eine alte Hose trug. Schuhe ohne Socken. Dazu sein Pyjamaoberteil. Es verriet Johnny, mit welcher Plötzlichkeit alles gekommen sein mußte. Es verriet ihm mehr als er wissen wollte.

»Sohn«, sagte er. Er wirkte irgendwie kleiner. Er wollte noch mehr sagen und konnte es nicht. Johnny umarmte ihn, und Herb brach in Tränen aus. Er schluchzte in Johnnys Hemd hinein.

»Daddy«, sagte er. »Schon gut, Daddy, schon gut.«

Sein Vater legte die Arme um Johnnys Schultern und weinte. Weizak wandte sich diskret ab und inspizierte die Bilder an den Wänden, einförmige Aquarelle von hiesigen Künstlern.

Herb begann sich wieder zu erholen. Er wischte sich mit dem Arm über die Augen und sagte: »Sieh mich mal an, noch im Pyjamaoberteil. Dabei hätte ich durchaus noch die Zeit gehabt, mich umzuziehen, bevor der Notarztwagen kam. Ich habe einfach nicht daran gedacht. Muß wohl senil werden.«

»Nein, bist du nicht.«

»Nun.« Er zuckte die Achseln. »Hat dich dein Doktor-Freund hergebracht? Das war nett von Ihnen, Dr. Weizak.«

Sam zuckte die Achseln. »Gern geschehen.«

Johnny und sein Vater gingen auf den kleinen Warteraum zu und setzten sich. »Daddy, ist sie...«

»Es geht bergab«, sagte Herb. Er schien jetzt ruhiger zu sein. »Bei Bewußtsein, aber es geht bergab. Sie hat nach dir gefragt, Johnny. Ich glaube, sie hat nur deinetwegen durchgehalten.«

»Meine Schuld«, sagte Johnny. »Ist alles meine Schuld...«

Der Schmerz an seinem Ohr erschreckte ihn, und er sah seinen Vater verblüfft an. Herb hatte sein Ohr gepackt und fest herumgedreht. Soviel zum Rollentausch, daß sein Vater in seinen Armen weinte. Der alte Ohrumdrehen-Trick war eine Strafe, die Herb für schwerwiegendste Vergehen vorbehalten hatte. Johnny konnte sich nicht daran erinnern, daß er ihm seit seinem dreizehnten Lebensjahr je das Ohr herumgedreht hatte, und damals hatte er mit ihrem alten Rambler herumgespielt. Er hatte versehentlich die Handbremse gelöst, und das alte Auto war stumm den Weg hinabgerollt und in ihren Schuppen gerast.

»Sag das nie wieder«, sagte Herb.

»Herrje, Dad!«

Herb ließ los, in seinen Mundwinkeln nistete ein beinahe verschmitztes Lächeln. »Hast wohl das Ohrumdrehen vergessen, hm? Hast gedacht, ich hätte es auch vergessen. Von wegen, Johnny.«

Johnny sah seinen Vater immer noch völlig perplex an.

»Gib dir *nie wieder* die Schuld.«

»Aber sie hat diese verdammte...«

»Sendung gesehen, ja. Sie war ekstatisch, sie war fasziniert... dann lag sie plötzlich auf dem Fußboden, ihr armer Mund hat wie bei einem Fisch auf dem Trockenen nach Luft geschnappt.« Herb beugte sich dichter zu seinem Sohn. »Der Doktor wollte nicht so recht mit der Sprache heraus, sprach aber von ›heroischen Vorstellungen‹. Ich habe ihm nichts erzählt. Sie hat ihre eigene Sünde begangen, Johnny. Sie bildete sich ein, den Geist Gottes zu kennen. Gib dir nie wieder die Schuld an ihrem Fehler.« Jetzt glänzten frische Tränen in seinen Augen. Seine Stimme klang rauh. »Gott weiß, daß ich sie mein Leben lang geliebt habe, aber in letzter Zeit fiel es mir immer schwerer. Vielleicht ist es so am besten.«

»Kann ich sie sehen?«

»Ja, sie liegt am Ende des Flurs, Zimmer 35. Sie erwarten dich bereits, sie auch. Nur noch eins, Johnny. Stimme allem zu, was immer sie sagen mag. Laß... laß sie nicht mit dem Gedanken sterben, daß alles umsonst war.«

»Nein.« Eine Pause. »Kommst du mit?«

»Jetzt nicht. Vielleicht später.«

Johnny nickte und schritt den Flur entlang. Das Licht war während der Nachtschicht gedämpft. Der kurze Augenblick in der warmen, angenehmen Sommernacht schien jetzt sehr weit entfernt zu sein, aber sein Alptraum im Auto war sehr nahe.

Zimmer 35. VERA HELEN SMITH, stand auf dem kleinen Schild an der Tür. Hatte er gewußt, daß ihr zweiter Vorname Helen war? Es mußte wohl so sein, wenngleich er sich nicht daran erinnern konnte. Aber er konnte sich an andere Dinge erinnern: Wie sie ihm an einem heißen Sommertag am Old Orchard Beach fröhlich lachend ein in ihr Taschentuch eingewickeltes Eis gebracht hatte. Wie er und sein Vater und seine Mutter Rommé gespielt hatten – später, als die Religiosität zunehmend Besitz von ihr ergriff, duldete sie kein Kartenspiel mehr im Haus, nicht einmal, um Cribbage zu spielen. Er erinnerte sich an den Tag, als ihn eine Biene gestochen hatte und er zu ihr gelaufen war, wobei er sich die Augen aus dem Kopf geheult hatte, und sie hatte die Schwellung geküßt und den Stachel mit einer Pinzette herausgezogen und dann die Wunde mit einem Stoffstreifen umwickelt, den sie in Backpulver getaucht hatte.

Er stieß die Tür auf und ging hinein. Sie war ein vages Bündel im Bett, und Johnny dachte: *So habe ich ausgesehen.* Eine Schwester nahm ihr den Puls; sie drehte sich herum, als sie die Tür hörte, und das düstere Licht spiegelte sich in ihrer Brille.

»Sind Sie Mrs. Smiths Sohn?«

»Ja.«

»Johnny?« Ihre Stimme stieg von dem Bündel im Bett empor, sie war trocken und rauh und rasselte vom Tod ge-

zeichnet wie Perlen in einem leeren Glas. Die Stimme – Gott helfe ihm – verschaffte ihm eine Gänsehaut. Er kam näher. Ihre linke Gesichtshälfte war zu einer höhnischen Maske verzerrt. Die Hand auf der Tagesdecke war eine Kralle. *Schlaganfall,* dachte er. *Was alte Leute einen Schock nennen. Ja. Das ist besser. So sieht sie aus. Als hätte sie einen schlimmen Schock gehabt.*

»Bist du es, John?«

»Ich bin es, Ma.«

»Johnny? Bist du das?«

»Ja, Ma.«

Er kam noch näher heran und zwang sich dazu, nach der knochigen Kralle zu greifen.

»Ich will meinen Johnny«, sagte sie quengelnd.

Die Schwester warf ihm einen mitleidigen Blick zu, und er stellte fest, daß er mit der Faust auf sie einschlagen wollte.

»Würden Sie uns allein lassen?« fragte er.

»Eigentlich sollte ich es nicht, während ...«

»Kommen Sie, sie ist meine Mutter, und ich möchte eine Weile mit ihr allein sein«, sagte Johnny. »Was ist?«

»Nun ...«

»Bring mir meinen Saft, Dad!« rief seine Mutter heiser. »Ich könnte einen ganzen Liter austrinken!«

»Würden Sie jetzt endlich *hinausgehen*?« schrie er die Schwester an. Er war von einem schrecklichen Kummer erfüllt, für den er nicht einmal einen Brennpunkt finden konnte. Er war wie ein Strudel, der ins Dunkel hinabführte.

Sie verließ das Krankenzimmer.

»Ma«, sagte er und setzte sich neben sie ans Bett. Das unheimliche Gefühl verdoppelter Zeit, von Umkehrung, ließ nicht von ihm ab. Wie oft war sie so an seinem Bett gesessen, hatte vielleicht seine trockene Hand gehalten und zu ihm gesprochen? Er erinnerte sich an diese zeitlose Periode, als sich das Zimmer um ihn geschlossen zu haben schien – wie durch eine gazedünne Fruchtblasenmembran gesehen, beugte sich das Gesicht seiner Mutter über ihn und donnerte langsam sinnlose Worte in sein nach Oben gekehrtes Gesicht.

»Ma«, sagte er noch einmal und küßte die Kralle, die ihre Hand ersetzt hatte.

»Gib mir die Nägel, ich kann das«, sagte sie. Ihr linkes Auge schien in seinem Orbit erstarrt; das andere rollte wild. Es war das Auge eines in die Eingeweide geschossenen Pferdes. »Ich möchte Johnny.«

»Ich bin hier, Ma.«

»John-ny! John-ny! JOHN-NY!«

»Ma«, sagte er und fürchtete schon, die Schwester könnte zurückkommen.

»Sie ...« Sie brach ab und wandte ihm den Kopf ein wenig zu. »Beugen Sie sich herüber, wo ich Sie sehen kann«, flüsterte sie. Er folgte ihrer Bitte.

»Du bist gekommen«, sagte sie. »Danke. Danke.« Tränen begannen aus ihrem gesunden Auge zu strömen. Das andere, das in der Gesichtshälfte, die von dem Schock erstarrt war, starrte gleichgültig nach oben.

»Sicher bin ich gekommen.«

»Ich habe dich gesehen«, flüsterte sie. »Welche Macht Gott dir gegeben hat, Johnny. Habe ich es dir nicht gleich gesagt? Habe ich dir nicht gesagt, daß es so ist?«

»Ja, das hast du.«

»Er hat eine Aufgabe für dich«, sagte sie. »Lauf nicht vor Ihm davon, Johnny. Versteck dich nicht in einer Höhle wie Elias, oder laß Ihn einen Walfisch schicken, der dich verschluckt. Mach das nicht, Johnny.«

»Nein. Werde ich nicht.« Er hielt ihre Krallenhand. Sein Kopf dröhnte.

»Nicht der Töpfer, sondern der Ton, John. Erinnere dich.«

»Gut.«

»Erinnere dich!« sagte sie streng, und er dachte: *Sie geht immer weiter ins Land ohne Verstand.* Aber das tat sie nicht; jedenfalls ging sie nicht weiter ins Land ohne Verstand, als sie es schon betreten hatte, seit er aus dem Koma erwacht war.

»Höre auf die leise Stimme, wenn sie ertönt«, sagte sie.

»Ja, Ma. Das werde ich.«

Sie drehte den Kopf ein klein wenig auf dem Kissen, und – *lächelte* sie?

»Du denkst wahrscheinlich, ich bin verrückt.« Sie drehte den Kopf noch ein wenig herum, damit sie ihn direkt ansehen konnte. »Aber das macht nichts. Du wirst die Stimme erkennen, wenn sie kommt. Sie wird dir sagen, was du tun mußt. Sie hat es Jeremias und Daniel und Amos und Abraham gesagt. Sie wird zu dir sprechen. Ich sage es dir. Und wenn sie es tut, Johnny... *erfülle deine Pflicht.*«

»Okay, Ma.«

»Welch eine Macht«, murmelte sie. Ihre Stimme wurde nuschelnd und unverständlich. »Welche Macht hat Gott dir verliehen... Ich wußte es... Ich habe es immer gewußt...« Ihre Stimme erstarb. Das gute Auge wurde geschlossen. Das andere sah leer nach oben.

Johnny blieb noch fünf Minuten bei ihr sitzen, dann stand er auf und wollte wieder gehen. Seine Hand lag auf dem Türknauf, und er wollte die Tür öffnen, als er noch einmal ihre trockene, rasselnde Stimme hörte, die ihm kalte Schauer über den Rücken jagte, als sie den felsenfesten Befehl wiederholte.

»Erfülle deine Pflicht, John.«

»Ja, Ma.«

Er hatte zum letztenmal mit ihr gesprochen. Sie starb am Morgen des 20. August, fünf Minuten nach acht Uhr. Irgendwo nördlich von ihnen hatten Walt und Sarah Hazlett eine Diskussion über Johnny, die fast ein Streit war, und irgendwo südlich von ihnen schnitzte sich Greg Stillson ein erstklassiges Arschloch zurecht.

Dreizehntes Kapitel

1

»Du verstehst nicht«, sagte Greg Stillson mit einer Stimme vollkommener, vernünftiger Geduld zu dem Bengel, der im Raum auf der Rückseite des Polizeireviers von Ridgeway saß. Der Bengel hatte kein Hemd an und saß zurückgelehnt auf einem gepolsterten Klappstuhl und trank eine Flasche Pepsi. Er lächelte Greg Stillson aufreizend an und verstand nicht, daß Greg Stillson sich allenfalls zweimal wiederholte, verstand nur, daß sich ein erstklassiges Arschloch im Raum aufhielt, aber er verstand nicht, wer das war.

Das Verständnis würde ihm eingebläut werden müssen. Notfalls mit Gewalt.

Es war ein warmer, sonniger Vormittag Ende August. In den Bäumen sangen Vögel. Und Greg spürte, daß er seinem Schicksal näher denn je war. Deshalb würde er mit diesem erstklassigen Arschloch hier sehr behutsam umgehen. Das war kein langmähniger Rocker mit krummen Beinen, das war ein Collegeabsolvent, sein Haar war mittellang, sah aber ordentlich aus, und er war George Harveys Neffe. Nicht, daß sich George viel aus ihm machte (George hatte 1945 in Deutschland gekämpft, und für diese langhaarigen Kerle hatte er nur zwei Worte, und diese beiden Worte lauteten bestimmt nicht Happy Birthday), aber immerhin, es war ein Blutsverwandter. Und George war ein Mann, mit dem im Stadtrat zu rechnen war. *Sehen Sie zu, was Sie mit ihm machen können,* hatte George zu Greg gesagt, als Greg ihn informierte, daß Chief Wiggins den Jungen seiner Schwester festgenommen hatte. Aber sein Blick hatte deutlich gesagt: *Tun Sie ihm nicht weh. Er ist mit mir verwandt.*

Der Bengel sah Greg mit lässiger Verachtung an. »Ich verstehe«, sagte er. »Ihr Deputy-Tölpel hat mir mein Hemd weggenommen, und ich will es wiederhaben. Und *Sie* sollten auch etwas verstehen. Wenn ich mein Hemd nicht zurückbekomme, hetze ich Ihnen die American Civil Liberties Union auf Ihren Stiernacken!«

Greg stand auf und ging zu einem stahlgrauen Aktenschrank gegenüber der Soda-Maschine, holte seinen Schlüsselring heraus, wählte einen Schlüssel aus und öffnete den Schrank. Er nahm ein rotes T-Shirt von einem Stapel Unfall- und Verkehrsmeldungen. Er breitete es so aus, daß die aufgedruckte Schrift gut zu sehen war: BABY, LET'S FUCK.

»Du hast das hier getragen«, sagte Greg mit derselben freundlichen Stimme. »Auf der Straße.«

Der Bengel wippte mit dem Stuhl hin und her und trank noch einen Schluck Pepsi. Das aufreizende kleine Lächeln – fast ein höhnisches Grinsen – veränderte sich nicht. »Das stimmt«, sagte er. »Und ich möchte es zurück haben. Es gehört mir.«

Greg bekam Kopfschmerzen. Dieser Klugscheißer begriff nicht, wie leicht es sein würde. Das Zimmer war schalldicht, und es hatte schon Zeiten gegeben, da hatten die schalldichten Wände Schreie unterdrückt. Nein, er begriff immer noch nicht. Er *verstand* nicht.

Aber halt die Hand drauf. Nicht über Bord gehen. Kipp den Apfelkarren nicht um.

Leicht zu denken. Üblicherweise auch leicht zu tun. Aber manchmal ging sein Temperament mit ihm durch.

Greg griff in die Tasche und holte sein Bic-Feuerzeug heraus.

»Sie sagen Ihrem Gestapochef und meinem Faschisten-Onkel, daß Paragraph eins...« Er machte eine Pause und riß die Augen ein wenig auf. »Was machen Sie...? He! *He!*«

Ohne auf ihn zu achten und äußerlich ruhig, ließ Greg das Feuerzeug aufschnappen und zündete das T-Shirt des Bengels an. Es brannte sogar ziemlich gut.

Die Stuhlbeine prallten polternd auf den Boden, der Bengel sprang Greg an, die Pepsiflasche immer noch in der Hand. Das selbstgefällige Grinsen war verschwunden und einem Ausdruck von Schock und Überraschung gewichen

– dem Ausdruck eines verwöhnten Bengels, der schon allzu lange seinen Willen durchgesetzt hatte.

Den hat nie jemand Bengel genannt, dachte Greg, und seine Kopfschmerzen wurden schlimmer. Oh, er würde vorsichtig sein müssen.

»Geben Sie her«, schrie der Bengel. Greg hielt das Hemd zwischen zwei Fingern am Kragen, um es sofort fallen lassen zu können, wenn es heiß wurde. »Geben Sie her, Sie Arschloch! Das ist meins! Das ist...«

Greg legte dem Bengel die Hand auf die nackte Brust und stieß, so fest er konnte, zu – und das war sehr fest. Der Junge wurde quer durch den Raum geschleudert, und sein Zorn löste sich in totalen Schock auf und – endlich – in das, was Greg sehen wollte: Angst.

Er ließ das Hemd auf den Fliesenboden fallen, hob die Pepsiflasche des Bengels auf und goß den restlichen Inhalt auf das qualmende T-Shirt. Es zischte unheilvoll.

Der Bengel stand langsam wieder auf und preßte den Rücken gegen die Wand. Greg sah ihm in die Augen. Die Augen des Bengels waren braun und sehr, sehr groß.

»Wir werden schon noch zu einem gegenseitigen Verständnis kommen«, sagte Greg und es kam ihm vor, als hörte er seine Worte wie aus weiter Ferne von jenseits der pochenden Kopfschmerzen. »Wir werden hier in diesem Hinterzimmer ein kleines Seminar darüber abhalten, wer hier das Arschloch ist. Hast du kapiert? Wir werden gewisse Schlußfolgerungen ziehen. Tut ihr Collegebürschchen das nicht immer? Schlußfolgerungen ziehen?«

Der Junge zog abgehackt die Luft ein. Er befeuchtete die Lippen, schien etwas sagen zu wollen und schrie plötzlich: »*Hilfe!*«

»Ja, du brauchst Hilfe, das stimmt«, sagte Greg. »Und ich werde dir ein bißchen geben.«

»Sie sind verrückt«, sagte George Harveys Neffe, dann schrie er noch einmal, lauter: »HILFE!«

»Mag schon sein«, sagte Greg. »Sicher. Aber vor allem

müssen wir herausfinden, wer hier das erstklassige Arschloch ist, Sonny. Verstehst du, was ich meine?«

Er sah auf die Pepsiflasche in seiner Hand hinab, und plötzlich schlug er sie heftig gegen die Kante des Stahlschranks. Sie zersplitterte, und als der Bengel die Scherben auf dem Boden und den scharfkantigen Flaschenhals in Gregs Hand sah, der in seine Richtung zeigte, schrie er. Der Zwickel seiner Jeans, beinahe weiß verblaßt, verdunkelte sich plötzlich. Sein Gesicht nahm die Farbe von altem Pergament an, und als Greg langsam auf ihn zukam, wobei Glassplitter unter den Schuhen seiner schweren Stiefel knirschten, die er Sommer wie Winter anhatte, duckte er sich gegen die Wand.

»Wenn ich auf die Straße gehe, trage ich ein weißes Hemd«, sagte Greg. Er grinste und zeigte weiße Zähne. »Manchmal eine Krawatte. Aber wenn du auf die Straße gehst, trägst du einen Fetzen mit einer schmutzigen Aufschrift. Wer ist also hier das Arschloch, Bürschchen?«

George Harveys Neffe winselte etwas. Der Blick aus seinen vorquellenden Augen war starr auf den zackigen Flaschenhals in Gregs Hand gerichtet.

»Ich stehe hier trocken da«, sagte Greg und kam noch etwas näher heran, »und dir läuft die Pisse an beiden Beinen hinab in die Schuhe. Wer ist also das Arschloch?«

Er stieß leicht mit dem scharfkantigen Flaschenhals nach dem nackten Bauch des Jungen. George Harveys Neffe begann zu weinen. Das war der Typ junger Leute, die das Land kaputtmachten, dachte Greg. Das sonore Heulen der Wut summte und kreiste in seinem Kopf. Stinkende, gelbe, feige, flennende Arschlöcher wie er.

Ah, tun Sie ihm nicht weh. Kipp den Apfelkarren nicht um.

»Ich höre mich wie ein menschliches Wesen an«, sagte Greg. »Du aber hörst dich an wie ein Schwein im Miststall, Junge. Wer ist also das Arschloch?«

Wieder stieß er mit dem Flaschenhals zu; eine der scharfen Zacken ritzte die Haut unter der Brustwarze des Jungen, und ein winziges Blutströpfchen quoll heraus. Der Bengel heulte.

»Ich rede mit dir«, sagte Greg. »Antworte gefälligst, wie du einem deiner Professoren antworten würdest. Wer ist also das Arschloch?«

Der Junge schniefte, gab aber keinen zusammenhängenden Laut von sich.

»Antworte, wenn du dieses Examen bestehen willst«, sagte Greg. »Sonst schlitze ich dir den Bauch auf, bis deine Eingeweide auf den Fußboden fallen, Bürschchen.« Und in diesem Augenblick meinte er das ernst. Er konnte diesen kleinen Blutstropfen nicht direkt ansehen, wenn er das täte, würde es ihn zum Wahnwitz treiben, George Harveys Neffe oder nicht. »Wer ist das Arschloch?«

»Ich«, sagte der Bengel und begann zu schluchzen wie ein kleines Kind, das sich vor dem Schwarzen Mann fürchtet; dem Schreckgespenst, das zu nächtlicher Stunde hinter der Schranktür lauert.

Greg lächelte. Sein Kopfschmerz flammte auf und explodierte. »Das ist schon ganz gut, weißt du. Für den Anfang. Aber noch längst nicht gut genug. Ich möchte, daß du sagst: Ich bin ein Arschloch!«

»Ich bin ein Arschloch«, sagte der Bengel immer noch schluchzend. Rotz floß ihm aus der Nase und hing herunter. Er wischte ihn mit dem Handrücken ab.

»Ich möchte, daß du sagst: Ich bin ein erstklassiges Arschloch.«

»Ich... ich bin ein erstklassiges Arschloch.«

»So, jetzt brauchst du nur noch eins zu sagen, dann sind wir vielleicht fertig. Du sagst: Vielen Dank, daß Sie dieses schmutzige Hemd verbrannt haben, Bürgermeister Stillson.«

Der Bengel war jetzt eifrig. Der Bengel sah jetzt klar. »Danke, daß Sie dieses schmutzige Hemd verbrannt haben.«

Mit einer blitzartigen Bewegung zog Greg einen Zacken der Flasche von links nach rechts über den weichen Bauch des Bengels, wobei er einen blutigen Streifen zog. Er ritzte die Haut kaum an, aber der Bengel schrie, als wären alle Teufel der Hölle hinter ihm her.

»Du hast vergessen, ›Bürgermeister Stillson‹ zu sagen«, sagte Greg.

Er verspürte noch einmal diesen jähen Kopfschmerz zwischen den Augen, dann nichts mehr. Er sah den abgebrochenen Flaschenhals in seiner Hand dümmlich an und konnte sich kaum noch daran erinnern, wie er dazu gekommen war. Dumme, verdammte Sache. Jetzt hätte er beinahe alles weggeworfen – wegen eines rotznäsigen Bengels.

»Bürgermeister Stillson«, kreischte der Junge. Sein Entsetzen war perfekt und vollkommen. »Bürgermeister Stillson! Bürgermeister Stillson! Bürgermeister Still...«

»So ist's gut«, sagte Greg.

...son! Bürgermeister Stillson! Bürgermeister...«

Greg versetzte ihm eine heftige Ohrfeige, und der Junge schlug mit dem Kopf an die Wand. Er verstummte, seine Augen waren weit aufgerissen und ausdruckslos.

Greg trat sehr dicht an ihn heran. Er streckte die Hände aus. Er schloß die Hände um die Ohren des Jungen. Er zog das Gesicht des Jungen so nahe heran, daß sich ihre Nasen berührten. Ihre Augen waren nur einen Zentimeter voneinander entfernt.

»Hör zu, dein Onkel gehört zu den Mächtigen in dieser Stadt«, sagte er leise und hielt die Ohren des Bengels wie Henkel. Die Augen des Bengels waren groß und braun und tränenfeucht. »Ich bin auch ein Mächtiger – jedenfalls werde ich es –, aber ich bin kein George Harvey. Er wurde hier geboren, ist hier aufgewachsen, alles. Und wenn du deinem Onkel erzählst, was hier vorgefallen ist, dann kommt er vielleicht auf die Idee, mich hier in Ridgeway fertigzumachen.«

Die Lippen des Jungen zuckten in einem beinahe lautlosen Blubbern. Greg schüttelte den Kopf des Bengels langsam an den Ohren vor und zurück und ließ ihre Nasenspitzen zusammenstoßen.

»Vielleicht auch nicht... er war verdammt wütend wegen

dieses T-Shirts. Aber es könnte sein. Blutsbande sind starke Bande. Also denk darüber nach, Sohn. Wenn du deinem Onkel erzählst, was sich hier abgespielt hat, und wenn dein Onkel mich fertigmacht, dann würde ich wahrscheinlich zu dir kommen und dich umbringen. Glaubst du mir das?«

»Ja«, flüsterte der Bengel. Seine Wangen waren naß und glitzerten.

»Ja, Sir, Bürgermeister Stillson.«

»Ja, Sir, Bürgermeister Stillson.«

Greg ließ die Ohren los. »Ja«, sagte er. »Ich würde dich umbringen, aber zuvor würde auch noch jedermann erzählen, wie du dich hier bepißt hast, wie du geheult hast und wie dir der Rotz aus der Nase gelaufen ist.«

Er drehte sich um, als könnte er den Gestank des Jungen nicht länger ertragen und ging wieder zu dem Aktenschrank hinüber. Er nahm eine Dose Heftpflaster aus einem der Fächer und warf sie dem Jungen zu, der zurückzuckte und sie fallenließ. Er bückte sich schleunigst, um sie aufzuheben, als könnte Stillson ihn wieder angreifen, weil er sie nicht gefangen hatte.

Greg deutete mit dem Finger. »Dort ist das Badezimmer. Wasch dich. Ich werde dir ein Ridgeway PAL-Sweatshirt überlassen. Ich will es mit der Post zurück, sauber, ohne Blutflecke. Verstanden?«

»Ja«, flüsterte der Bengel.

»SIR!« schrie Stillson ihn an. »SIR! SIR! SIR! *Kannst du dir das nicht merken?*«

»Sir«, stöhnte der Junge. »Ja, Sir. Ja, Sir.«

»Sie bringen euch Kindern nicht umsonst Respekt bei«, sagte Greg. »Nicht umsonst.«

Seine Kopfschmerzen versuchten zurückzukommen. Er holte ein paarmal tief Luft und unterdrückte sie, aber sein Bauch fühlte sich elend. »Okay, das war's. Ich möchte dir noch einen guten Rat geben. Mach nicht den Fehler, in diesem Herbst oder wann immer zu deinem verdammten College zurückzukehren und dann zu denken, daß dies hier nicht so war, wie du denkst. Mach dir bezüglich Greg Stillson nichts vor. Man vergißt es am besten, Junge. Du, ich und George. Denk darüber nach, bis du zu der Überzeugung kommst, daß es der größte Fehler deines Lebens wäre, die Sache wieder aufzurollen. Vielleicht der letzte.«

Damit ging Greg und warf dem Jungen einen letzten verächtlichen Blick zu, wie er so dastand, Brust und Bauch mit wenig Blut beschmiert, die Augen aufgerissen, die Lippen zitternd. Er sah wie ein zu groß geratener Zehnjähriger aus, der beim Pfadfinderwettbewerb verloren hat.

Greg wettete im Geist mit sich selbst, daß er von diesem Bengel niemals wieder etwas sehen oder hören würde, und das war eine Wette, die er gewann. Noch in derselben Woche, wenige Tage später, kam George Harvey im Friseursalon vorbei, wo Greg sich rasieren ließ, und bedankte sich bei ihm, weil er seinem Neffen ›ein bißchen Vernunft‹ beigebracht hatte. »Sie verstehen sehr gut, mit diesen jungen Burschen umzugehen, Greg«, sagte er. »Ich weiß nicht... sie scheinen Sie zu respektieren.«

Greg Stillson sagte ihm, daß es nicht der Rede wert war.

2

Während Greg Stillson in New Hampshire ein Hemd mit obszöner Aufschrift verbrannte, saßen Walt und Sarah Hazlett in Bangor, Maine, beim späten Frühstück. Walt las die Zeitung. Plötzlich stellte er seine Kaffeetasse klirrend hin und sagte: »Hier steht was über deinen alten Freund, Sarah.«

Sarah fütterte Denny. Sie war noch im Bademantel, ihr Haar war zerzaust, und sie hatte die Augen erst zu einem Viertel offen. Achtzig Prozent ihres Verstandes schliefen noch. Gestern abend war eine Party gewesen. Der Ehrengast war Harrison Fisher gewesen, der den dritten Kongreß-Distrikt von New Hampshire repräsentierte, seit Dinosaurier über die Erde gewandelt waren, und der für die Wiederwahl im nächsten Jahr der sicherste Kandidat war. Für Sarah und Walt war es Politik gewesen, zu dieser Party zu gehen. *Politik*. Ein Wort, das Walt in letzter Zeit sehr häufig benutzte. Er hatte viel mehr getrunken als sie, aber er war an diesem Morgen angezogen und offensichtlich frisch und munter, während sie sich noch immer fühlte, als wäre sie in einem Abfallhaufen begraben.

»Blau!« sagte Denny und spie einen Mundvoll Obstsalat aus.

»Das ist aber nicht nett«, sagte Sarah zu Denny. Zu Walt: »Sprichst du von Johnny Smith?«

»Dem wahren und einzigen.«

Sie stand auf und ging um den Tisch herum zu Walt. »Ist doch alles in Ordnung mit ihm, oder?«

»Wie sich das hier anhört, fühlt er sich wohl und schlägt über die Stränge«, sagte Walt trocken.

Sie hatte eine verschwommene Ahnung, es könnte etwas damit zu tun haben, was ihr widerfahren war, als sie Johnny besucht hatte, aber die Größe der Schlagzeile schockierte sie: ERWACHTER KOMA-PATIENT DEMONSTRIERT BEI DRAMATISCHER PRESSEKONFERENZ ÜBERSINNLICHE FÄHIGKEITEN. Als Verfasser der Story zeichnete David Bright. Das Foto zeigte Johnny, der immer noch mager und im gnadenlosen Blitzlicht bemitleidenswert verwirrt aussah, wie er über einem gestürzten Mann stand, der in der Unterschrift als Roger Dussault identifiziert wurde, Reporter für eine Zeitung in Lewiston. *Reporter verliert nach Enthüllung das Bewußtsein*, lautete die Unterschrift.

Sarah ließ sich auf den Stuhl neben Walt sinken und begann den Artikel zu lesen. Das gefiel Denny ganz und gar nicht, er fing an, auf das Tablett seines Babystuhls zu schlagen, damit er sein Frühstücksei bekam.

»Ich glaube, du wirst gerufen«, sagte Walt.

»Würdest du ihn füttern, Liebster? Bei dir ißt er sowieso besser.« *Fortsetzung Seite 9, Spalte 3.* Sie schlug Seite neun der Zeitung auf.

»Schmeichelei bringt einen überall hin«, sagte Walt gutmütig. Er zog seinen Trenchcoat aus und ihre Schürze an. »Hier kommt es, Bursche«, sagte er und begann, Denny sein Ei zu füttern.

Als sie den Artikel fertig hatte, las Sarah ihn noch einmal. Ihr Blick wurde immer wieder von dem Bild von Johnnys verwirrten, entsetzten Gesicht angezogen. Die Leute, die sich um den ohnmächtigen Dussault drängten, sahen Johnny mit etwas an, das Furcht gleichkam. Dafür hatte sie Verständnis. Sie erinnerte sich, wie sie ihn geküßt hatte, an den seltsam abwesenden Ausdruck, den sein Gesicht angenommen hatte. Und als er ihr gesagt hatte, wo sie den verlorenen Ehering finden konnte, hatte *sie* auch Angst gehabt.

Aber Sarah, das, wovor du Angst hattest, war doch etwas ganz anderes, nicht?

»Nur noch ein wenig, großer Junge«, sagte Walt wie aus tausend Meilen Entfernung. Sarah sah die beiden an, die in einem Strahl stauberfüllten Sonnenlichts saßen, ihre Schürze flatterte zwischen Walts Beinen, und plötzlich hatte sie wieder Angst. Sie sah den Ring auf den Grund der Toiletten-Schüssel sinken, wobei er sich immerzu drehte. Sie hörte das leise Klick, als er auf dem Boden anlangte. Sie dachte an Halloween-Masken, an den Jungen, der sagte: *Es war riesig, den Kerl bluten zu sehen.* Sie dachte an gegebene und nie eingelöste Versprechen, und ihr Blick wanderte wieder zu diesem schmalen Gesicht in der Zeitung, das mit so erschöpfter, verdrehter Überraschung zu ihr heraussah.

»...sowieso nur ein Trick«, sagte Walt und hing ihre Schürze auf. Er hatte Denny dazu gebracht, das Ei aufzuessen, jedes Krümel, und nun saugte ihr Sohn und Erbe zufrieden an einer Flasche Saft.

»Hm?« Sarah sah auf, als er zu ihr trat.

»Ich habe gesagt, für einen Mann, der sicher eine halbe Million Dollar Krankenhausrechnungen offen hat, ist das ein verdammt guter Trick.«

»Wovon *redest* du? Was meinst du damit, *Trick*?«

»Ist doch logisch«, sagte er, offenbar ohne etwas von ihrem Zorn mitzubekommen. »Mit einem Buch über den Unfall und das Koma könnte er sieben, vielleicht zehntausend Dollar machen. Aber wenn er mit übersinnlichen Fähigkeiten aus dem Koma erwacht, gibt es keine Grenze.«

»Das ist eine *verdammte* Unterstellung!« sagte Sarah, und ihre Stimme klang dünn vor Wut.

Er drehte sich zu ihr um, sein Gesichtsausdruck war zuerst überrascht, dann voller Verstehen. Dieser Ausdruck des Verstehens machte sie wütender denn je. Wenn sie für jedesmal, wenn Walt glaubte, sie zu verstehen, einen Penny bekommen würde, könnten sie Erster Klasse nach Jamaika fliegen.

»Tut mir leid, daß ich das gesagt habe«, sagte er.

»Johnny würde ebenso wenig lügen, wie der Papst es tun würde... würde... weißt du.«

Er lachte bellend, und in diesem Augenblick hätte Sarah ihm am liebsten seine Kaffeetasse ins Gesicht geschleudert. Statt dessen verschränkte sie die Hände unter der Tischplatte und preßte sie fest zusammen. Denny sah seinen Vater an und brach in Gelächter aus.

»Liebes«, sagte Walt. »Ich habe nichts gegen ihn, ich habe nichts gegen das, was er tut. Ich respektiere ihn sogar dafür. Wenn dieser alte Tattergreis Fisher es in fünfzehn Jahren im Repräsentantenhaus vom kleinen Anwalt zum Millionär bringen kann, dann sollte dieser Bursche auch das Recht haben, soviel Kapital wie möglich daraus zu schlagen, den übersinnlich Begabten zu spielen...«

»Johnny lügt nicht«, wiederholte sie tonlos.

»Es ist ein Trick für die Schwachkopfbrigade, die das wöchentliche Horoskop liest und dem Universe Buchklub angehört«, sagte er fröhlich. »Wenngleich ich zugeben will, daß ein wenig Zweites Gesicht für die Entscheidung der Geschworenen in diesem verdammten Timmons-Fall gerade recht käme.«

»Johnny Smith lügt nicht«, wiederholte sie und hörte ihn sagen: *Er ist von deinem Finger gerutscht. Du hast sein Rasierzeug in eine dieser Seitentaschen gepackt, und dabei ist er dir vom Finger gerutscht... Geh auf den Dachboden und schau nach, Sa-*

rah. Du wirst sehen. Aber das konnte sie Walt nicht sagen. Walt wußte nicht, daß sie Johnny besucht hatte.

Es ist nicht schlimm, daß du ihn besucht hast, beschwichtigte ihr Verstand unbehaglich.

Nein, aber wie würde er auf die Neuigkeit reagieren, daß sie ihren ersten Trauring in die Toilette geworfen und hinabgespült hatte? Wahrscheinlich könnte er den plötzlichen Anflug von Angst, der sie dazu bewogen hatte, nicht verstehen – dieselbe Angst, die sie jetzt in den Gesichtern auf dem in der Zeitung veröffentlichten Foto zu erkennen glaubte, und bis zu einem gewissen Grad auch in Johnnys Gesicht. Nein, das könnte Walt wahrscheinlich niemals verstehen. Immerhin beinhaltete es einen gewissen vulgären Symbolismus, seinen Trauring in die Toilette zu werfen und dann zu spülen.

»Schon gut«, sagte Walt. »Er lügt nicht. Aber ich glaube einfach nicht...«

Sarah sagte leise: »Sieh dir die Leute hinter ihm an, Walt. Sieh dir ihre Gesichter an. *Sie* glauben es.«

Walt warf einen flüchtigen Blick auf sie. »Sicher, so wie ein Kind an einen Zauberer glaubt, solange er einen Trick vorführt.«

»Du hältst diesen Dussault für einen, wie nennt man so was, einen Strohmann? In diesem Artikel steht, daß Johnny ihn nie zuvor gesehen hat.«

»Nur so kann doch die Illusion funktionieren, Sarah«, sagte Walt geduldig. »Es nützt einem Zauberer nichts, ein Kaninchen aus dem Stall zu holen, nur aus einem Zylinder. Entweder hat Johnny Smith etwas gewußt, oder er muß eine verdammt gute Vermutung aufgrund von Dussaults Verhalten angestellt haben. Aber ich wiederhole, ich respektiere ihn dafür. Er hat eine Menge Aufmerksamkeit herausgeschlagen. Wenn es sich für ihn auszahlt, um so besser für ihn.«

In diesem Moment haßte sie ihn, verabscheute ihn, diesen guten Mann, den sie geheiratet hatte. Hinter seiner Güte, seiner Ruhe, seinem milden Humor stand eigentlich gar nichts weiter Schreckliches – nur der offenbar tief in seiner Seele verwurzelte Glaube, daß jedermann es stets darauf anlegte, die Nummer eins zu sein, jeder auf seine eigene Weise. Heute früh hatte er Harrison Fisher einen alten Tattergreis genannt; letzte Nacht hatte er sich bei Fishers Geschichten über Greg Stillson, den kauzigen Bürgermeister irgendeiner Stadt, der angeblich verrückt genug sein sollte, zu versuchen, als Unabhängiger bei der nächsten Regierungswahl zu kandidieren, vor Lachen fast ausgeschüttet, und die Doktrin *Wir-müssen-das-System-von-Innen-verändern* war übermächtig. Er war ein guter Mann, ein zuverlässiger Mann, er liebte sie und Denny, aber plötzlich schrie ihre Seele nach Johnny und nach den fünf gemeinsamen Jahren, die ihnen genommen worden waren. Oder das gemeinsame Leben. Ein Kind mit dunkleren Haaren.

»Geh jetzt lieber, Baby«, sagte sie leise. »Sonst schlagen sie deinen Timmons in Ketten, oder was auch immer.«

»Sicher.« Er lächelte sie an, Plädoyer abgeschlossen, Verhandlung vertagt. »Sind wir noch Freunde?«

»Noch Freunde.« *Aber er wußte, wo der Ring war. Er wußte es.*

Walt küßte sie und legte dabei die rechte Hand leicht auf ihren Nacken. Er aß stets dasselbe zum Frühstück; er küßte sie immer auf diesselbe Weise, eines Tages würden sie nach Washington gehen, und niemand besaß übersinnliche Fähigkeiten.

Fünf Minuten später war er fort, er stieß mit ihrem kleinen roten Ponto rückwärts auf die Pond Street, drückte wie üblich kurz auf die Hupe und fuhr davon. Sie blieb allein mit Denny zurück, der im Begriff war, sich selbst zu erwürgen, während er versuchte, sich aus dem Babystuhl zu winden.

»Du packst das völlig falsch an, Dussel«, sagte Sarah, ging durch die Küche und klappte das Tablett zurück.

»Blau!« sagte Denny von der ganzen Sache abgestoßen.

Speedy Tomato, ihre Hauskatze, schlurfte mit ihrem üblichen hüftlastigen Halbstarkengang in die Küche, und Denny griff leise kichernd nach ihr. Speedy legte die Ohren an und machte ein resigniertes Gesicht.

Sarah lächelte ein wenig und räumte den Tisch ab. Trägheit. Ein ruhender Körper neigt dazu, ruhend zu bleiben, und sie war ruhig. Sie sollte Walts dunkle Seite vergessen, sie hatte ihre eigene. Sie hatte nicht einmal die Absicht, mehr zu tun als Johnny eine Weihnachtskarte zu schreiben. So war es besser, sicherer – denn ein Körper in Bewegung neigt dazu, in Bewegung zu bleiben. Ihr Leben hier war gut. Sie hatte Dan überlebt, sie hatte Johnny überlebt, der ihr auf so ungerechte Weise weggenommen worden war (aber so vieles auf dieser Welt war ungerecht), sie war durch ihre eigenen persönlichen Stromschnellen zu diesem ruhigen Wasser gelangt, und hier würde sie bleiben. Diese sonnige Küche war kein schlechter Ort. Es war am besten, Rummelplätze, Glücksräder und Johnny Smiths Gesicht zu vergessen.

Während sie Wasser ins Spülbecken laufen ließ, um den Abwasch zu machen, schaltete sie das Radio ein und bekam den Anfang der Nachrichten mit. Bei der ersten Meldung erstarrte sie mit einem halb gespülten Teller in der Hand, ihre Augen sahen erschrocken nachdenkend über ihren kleinen Garten dahin. Johnnys Mutter hatte einen Schlaganfall gehabt, während sie einen Fernsehbericht über die Pressekonferenz ihres Sohnes gesehen hatte. Sie war heute morgen gestorben, vor nicht einmal einer Stunde.

Sarah trocknete die Hände ab, schaltete das Radio aus und wand Speedy Tomato aus Dennys Händen. Sie trug ihren Sohn ins Wohnzimmer und setzte ihn in den Laufstall. Denny protestierte mit lauten, aufgeregten Heultönen gegen diese Ungerechtigkeit, von denen sie allerdings keine Notiz nahm. Sie ging zum Telefon und rief im EMMC an. Eine Telefonistin, die es allem Anschein nach satt hatte, ständig immer wieder dieselbe Meldung zu wiederholen, sagte ihr, daß sich Johnny gestern abend kurz vor Mitternacht aus dem Krankenhaus entfernt hatte.

Sie legte den Hörer auf und setzte sich auf einen Stuhl. Denny heulte weiter in seinem Laufstall. Wasser lief in die Spüle. Nach einer Weile stand sie auf, ging in die Küche und drehte den Hahn zu.

Vierzehntes Kapitel

1

Der Mann von *Inside View* tauchte am 16. Oktober nicht lange, nachdem Johnny die Post geholt hatte, auf.

Das Haus seines Vaters stand ein gutes Stück von der Straße entfernt, die kiesbestreute Auffahrt war fast eine Viertelmeile lang und führte durch ein dichtes Wäldchen von Fichten und Pinien. Johnny machte jeden Tag die volle Runde. Anfangs war er vor Erschöpfung zitternd auf die Veranda zurückgekehrt, das Hinken war so stark gewesen, daß er sich bestenfalls dahinschleppen konnte. Aber inzwischen waren anderthalb Monate seit diesem erstenmal vergangen (als er für eine halbe Meile noch eine Stunde gebraucht hatte), der Spaziergang für ihn zu einem seiner täglichen Vergnügen geworden, etwas, worauf er sich freute. Nicht auf die Post, aber auf den Spaziergang.

Er hatte angefangen, Holz für den bevorstehenden Winter zu hacken, eine Arbeit, die Herb an jemanden vergeben wollte, seit er selbst den Auftrag erhalten hatte, am Innenausbau einer Neubauanlage in Libertyville zu arbeiten. »Man weiß, wenn das Alter angefangen hat, einem über die Schulter zu blicken, John«, hatte er mit einem Lächeln gesagt. »Dann, wenn man anfängt, sich nach Innenausbauten umzusehen, sobald das kalte Wetter anfängt.«

Johnny stieg die Veranda hinauf und setzte sich in den Korbstuhl neben der Hollywoodschaukel, wobei er einen leisen Seufzer der Erleichterung ausstieß. Er stemmte den rechten Fuß ins Geländer, dann benutzte er mit einer schmerzverzerrten Grimasse beide Hände dazu, das linke Bein darüberzuschlagen. Nachdem er das getan hatte, fing er an, die Post zu öffnen.

In letzter Zeit war es bedeutend weniger geworden. In der ersten Woche nach seiner Rückkehr nach Pownal hatte er manchmal zwei Dutzend Briefe und dazu noch acht, neun Päckchen pro Tag bekommen, die meisten wurden vom EMMC nachgeschickt, einige kamen mit dem Postvermerk: zustellbar Pownal (nebst verschiedenen falsch geschriebenen Versionen: Pownell, Poenul und, ein bemerkenswerter Fall, Poonuts).

Die meisten stammten von entwurzelten Menschen, die auf der Suche nach irgendeinem Halt durchs Leben drifteten. Kinder wollten sein Autogramm, Frauen wollten mit ihm schlafen, Männer und Frauen gleichermaßen suchten Rat bei Liebeskummer. Manche schickten Glücksbringer. Manche schickten Horoskope. Eine Vielzahl der Briefe waren religiöser Natur, und in diesen von Rechtschreibfehlern wimmelnden Schreiben, die für gewöhnlich in großer, sorgfältig gemalter Schrift verfaßt waren, die nur einen Schritt vom Kritzeln eines aufgeweckten Erstkläßlers entfernt war, schien er den Geist seiner Mutter zu spüren.

Er sei ein Prophet, versicherten ihm diese Briefe, der gekommen war, um das ermattete und desillusionierte Volk Amerikas aus der Wildnis zu führen. Er sei ein Zeichen dafür, daß die Letzten Tage angebrochen waren. Bis zum heutigen Datum, dem 16. Oktober, hatte er acht Exemplare von Hal Lindseys *Der sterbende große Planet Erde* erhalten – das hätte ganz sicher die Billigung seiner Mutter gefunden. Er wurde bedrängt, die Göttlichkeit Christi zu verkünden und der lockeren Moral der Jugend ein Ende zu bereiten.

Diese Briefe wurden vom negativen Kontingent ausgeglichen, welches zwar kleiner, aber ebenso wortstark war – wenngleich größtenteils anonym. Ein Briefschreiber, der mit klecksendem Füllfederhalter auf billigem Kanzleipapier schrieb, ernannte ihn zum Antichrist und beschwor ihn, Selbstmord zu begehen. Vier oder fünf Briefschreiber hatten sich erkundigt, wie man sich fühlte, wenn man die eigene Mutter umgebracht hatte. Viele schrieben und warfen ihm vor, einen Schwindel aufzuziehen. Ein besonders Geistreicher schrieb: »PRÄKOGNITION, TELEPATHIE, SCHEISSE! LECK MICH, DU ÜBERSINNLICHER SCHARLATAN!«

Und dann schickten sie *Sachen*. Das war am schlimmsten.

Jeden Tag auf dem Heimweg machte Herb im Postamt von Pownal Halt und holte die Sachen ab, die so groß waren, daß sie nicht in den Briefkasten paßten. Die Begleitbriefe zu den Gegenständen waren im Grunde genommen immer gleich; ein verhaltener Schrei. *Sagen Sie mir. Sagen Sie mir. Sagen Sie mir.*

Dieser Schal gehörte meinem Bruder, der 1969 bei einem Angelausflug im Allagash verschwunden ist. Ich bin der festen Überzeugung, daß er noch lebt. Sagen Sie mir, wo er ist.

Dieser Lippenstift stand auf dem Frisiertisch meiner Frau. Ich glaube, sie hat einen Liebhaber, aber ich bin nicht sicher. Sagen Sie mir, ob es so ist.

Dies ist das Namensarmband meines Sohnes. Er kommt nach der Schule nicht mehr nach Hause, er bleibt bis spät in die Nacht hinein weg, ich bin krank vor Sorgen. Sagen Sie mir, was er treibt.

Eine Frau in Nord Carolina – weiß Gott, wie sie von ihm erfahren hatte; die Pressekonferenz im August war nicht in den überregionalen Nachrichtensendungen erwähnt worden – schickte ein verbranntes Stück Holz. Ihr Haus war niedergebrannt, erklärte der Begleitbrief, und ihr Mann und zwei ihrer fünf Kinder waren in den Flammen umgekommen. Die Feuerwehr von Charlotte behauptete, schadhafte Stromkabel wären dafür verantwortlich, aber das könnte sie einfach nicht akzeptieren. Es mußte sich um Brandstiftung handeln. Sie wollte, daß Johnny das beigefügte schwarze Überbleibsel berührte und ihr sagte, wer es getan hatte, damit das Monster den Rest seines Lebens im Gefängnis verfaulen würde.

Johnny beantwortete keinen dieser Briefe und schickte alle Gegenstände (sogar das verkohlte Stück Holz) auf eigene Kosten und kommentarlos zurück. Einige davon berührte er. Die meisten, wie der verkohlte Balkensplitter der gramgebeugten Frau aus Charlotte, verrieten ihm überhaupt nichts. Aber als er einige davon berührte, sah er beunruhigende Bilder, gleich Tagträumen. In den meisten Fällen kaum eine Ahnung; ein Bild formte sich und verschwand nach Sekunden wieder, ohne etwas Konkretes zu hinterlassen, nur ein Gefühl. Aber eines davon...

Es war die Frau, welche den Schal geschickt hatte, weil sie hoffte, etwas über ihren Bruder zu erfahren. Es war ein weißer Strickschal, der sich nicht von Millionen anderer unterschied. Aber als er ihn berührt hatte, war die Wirklichkeit des Hauses seines Vaters plötzlich verschwunden gewesen, der Ton des Fernsehers im Nebenzimmer war an- und abgeschwollen, an- und abgeschwollen, bis er zum Lärm von trägen Sommerinsekten und fließendem Wasser geworden war.

Waldgeruch in seiner Nase. Grünliches Sommerlicht fiel zwischen dem Laub großer alter Bäume herab. Seit etwa drei Stunden war der Boden feucht und vollgesogen, beinahe sumpfähnllch. Er hatte Angst, große Angst, aber er behielt einen klaren Kopf. Wenn man sich in den weiten nördlichen Landstrichen verirrte und in Panik geriet, konnten sie einem getrost schon den Grabstein meißeln lassen. Er hatte sich ständig südlich gehalten. Es war zwei Tage her, seit er von Stiv und Rocky und Logan getrennt worden war. Sie hatten ihr Lager in der Nähe

(aber das kam nicht, es war in der toten Zone)

eines Baches aufgeschlagen, um Forellen zu angeln, und es war seine eigene verdammte Schuld gewesen; er hatte sich ziemlich betrunken.

Nun konnte er seinen Rucksack sehen, der an einem alten, moosbewachsenen, umgestürzten Baumstamm lehnte, hier und da ragte weißes, abgestorbenes Holz wie Knochen zwischen dem Grün hervor, er konnte seinen Rucksack sehen, ja, aber er konnte ihn nicht erreichen, weil er ein paar Schritte beiseite gegangen war, um zu pinkeln, und er war dabei auf eine ziemlich feuchte Stelle getreten, Schlamm bis fast zum Rand seiner L. L. Bean's Boots, und er wollte zurück, eine trockenere Stelle suchen, um sein Geschäft zu erledigen, aber er konnte nicht heraus. Er konnte nicht heraus, weil es überhaupt kein Schlamm war. Es war... etwas anderes.

Er stand da und sah sich vergeblich nach etwas um, woran er sich festhalten konnte, lachte fast über die Albernheit, daß er in eine Treibsand-Stelle getreten war, während er nach einem Platz zum Pissen suchte.

Er stand da und war anfangs sicher, daß es sich um einen flachen Flecken Treibsand handeln mußte, schlimmstenfalls bis über die Stiefelränder, auch eine Geschichte, die er erzählen konnte, wenn er gefunden wurde.

Er stand da, und wirklich in Panik geriet er erst, als der Treibsand ihm bereits bis über die Knie reichte. Da begann er zu strampeln und vergaß, daß man ganz still bleiben sollte, wenn man sich dummerweise selbst in Treibsand gebracht hatte. In Null Komma nichts reichte ihm der Treibsand bis zur Taille, und jetzt bis an die Brust, er saugte ihn wie große braune Lippen ein und drückte ihm den Atem ab; er fing an zu schreien, aber niemand kam, nichts kam, abgesehen von einem dicken alten Eichhörnchen, das an dem umgestürzten Stamm herabkletterte, sich auf seinen Rucksack setzte und ihn mit seinen glänzenden schwarzen Augen ansah.

Jetzt reichte er ihm bis zum Hals, der volle, braune Geruch drang ihm in die Nase, seine Schreie wurden dünn und keuchend, während ihm der Treibsand gleichgültig die Luft aus den Lungen preßte. Vögel flogen gleitend und zwitschernd und pfeifend dahin, grüne Säulen aus Sonnenlicht, grünspanbefallenem Kupfer nicht unähnlich, fielen zwischen den Bäumen herein, und der Treibsand stieg ihm übers Kinn. Allein, er würde allein sterben, und er öffnete den Mund, um ein letztes Mal zu schreien, aber es kam kein Schrei heraus, denn der Treibsand schloß ihm den Mund, floß über seine Zunge, floß in dünnen Rinnsalen zwischen seine Zähne, er *schluckte* Treibsand, und der Schrei wurde nie ausgestoßen...

Johnny war in kaltem Schweiß gebadet daraus erwacht, seine Haut war zu Gänsehaut zusammengeschrumpelt, den

Schal hielt er fest zwischen den Händen, sein Atem kam in kurzen gequälten Zügen. Er hatte den Schal auf den Boden geworfen, wo er wie eine verkrümmte weiße Schlange liegengeblieben war. Er faßte ihn nicht mehr an. Sein Vater hatte ihn in einen Rückumschlag gesteckt und weggeschickt.

Aber nun ließ die Postflut glücklicherweise nach. Die Verrückten hatten ein neues Objekt für ihre private und öffentliche Besessenheit gefunden. Es riefen keine Reporter mehr an und baten um Interviews, einerseits, weil die Telefonnummer geändert und durch eine Geheimnummer ersetzt worden war, andererseits, weil die Story ein alter Hut war.

Roger Dussault hatte einen langen, zornigen Artikel für seine Zeitung geschrieben, deren Feuilleton-Redakteur er war. Er hatte die ganze Sache als einen grausamen und geschmacklosen Jux hingestellt. Johnny hatte sich zweifellos Informationen über die Vergangenheit verschiedener Reporter beschafft, die aller Wahrscheinlichkeit nach bei der Pressekonferenz anwesend sein würden, für alle Fälle. Ja, gab er zu, der Spitzname seiner Schwester sei Terry gewesen. Sie war sehr jung gestorben, und Amphetamine hätten mit im Spiel sein können. Aber das alles waren zugängliche Informationen für jeden, der sie ausgraben wollte. Bei ihm hörte sich alles sehr logisch an, allerdings wurde in diesem Artikel nicht erklärt, wie Johnny, der das Krankenhaus nicht verlassen hatte, sich diese ›zugänglichen Informationen‹ hätte verschaffen können, doch diesen Punkt schienen die meisten Leser übersehen zu haben. Johnny kümmerte es überhaupt nicht. Der Zwischenfall war abgeschlossen, und er hatte keineswegs die Absicht, neue auszulösen. Was hätte es genützt, wenn er der Frau, die den Schal geschickt hatte, geschrieben hätte, daß ihr Bruder schreiend im Treibsand ertrunken war, weil er sich die falsche Stelle zum Pissen ausgesucht hatte? Hätte es ihre Seele erleichtert oder ihr geholfen, ihr Leben besser zu meistern?

Die heutige Post bestand lediglich aus sechs Briefen. Eine Stromrechnung. Eine Karte von Herbs Vetter aus Oklahoma. Eine Frau hatte Johnny ein kleines Kruzifix geschickt, in die Füße von Christus war mit winzigen Goldbuchstaben MADE IN TAIWAN eingestanzt. Eine kurze Nachricht von Sam Weizak. Und ein kleiner Umschlag, dessen Absender Johnny veranlaßte, zu blinzeln und sich etwas mehr aufzusetzen: S. Hazlett, 12 Pond Street, Bangor.

Sarah. Er riß ihn auf.

Zwei Tage nach dem Begräbnis seiner Mutter hatte er eine Beileidskarte von ihr erhalten. Auf der Rückseite hatte sie mit ihrer kühlen, schrägen Handschrift geschrieben: »Johnny – es tut mir leid, daß das passiert ist. Ich habe im Radio gehört, daß deine Mom gestorben ist – in gewisser Weise schien das das Schlimmste von allem zu sein, daß dein privater Kummer ans Licht der Öffentlichkeit getragen wurde. Du erinnerst dich vielleicht nicht daran, aber in der Nacht deines Unfalls haben wir ein wenig über deine Mom gesprochen. Ich habe gefragt, was deine Mutter sagen würde, wenn du eine abtrünnige Katholikin heimbringen würdest, und du hast gesagt, sie würde lächeln und mich willkommen heißen und mir ein paar Broschüren in die Hand drükken. An der Art, wie du gelächelt hast, konnte ich deine Liebe für sie erkennen. Ich weiß von deinem Vater, daß sie sich verändert hatte, aber diese Veränderung war teilweise darauf zurückzuführen, daß sie dich so sehr liebte und nicht akzeptieren konnte, was geschehen war. Letztendlich glaube ich, wurde ihr Glaube belohnt. Bitte sei meines herzlichsten Beileids versichert, und wenn ich irgend etwas tun kann, jetzt oder später, kannst du stets auf deine Freundin zählen – *Sarah*.«

Das war eine Karte, die er beantwortet hatte, er hatte ihr für die Karte gedankt, und dafür, daß sie daran gedacht hatte. Er hatte sehr vorsichtig geschrieben, weil er Angst gehabt hatte, sich zu verraten und etwas Falsches zu sagen. Sie war jetzt eine verheiratete Frau, es lag nicht in seiner Macht, das zu ändern. Aber er erinnerte sich *tatsächlich* an ihre Unterhaltung über seine Mutter – und an so viele andere Dinge jener Nacht. Ihre Karte hatte diesen Abend erneut heraufbeschworen, und er antwortete in einer bittersüßen Stimmung, die mehr bitter als süß war. Er liebte Sarah Bracknell immer noch, und er mußte sich ständig vergegenwärtigen, daß sie nicht mehr da war, sondern von einer anderen Frau ersetzt, die fünf Jahre älter und Mutter eines kleinen Jungen war.

Er zog ein einziges Blatt Briefpapier aus dem Umschlag und überflog es rasch. Sie und ihr Junge wollten nach Kennebunk, um dort eine Woche bei Sarahs früherer Schulfreundin und Zimmergenossin zu verbringen, bei Stephanie Carsleigh, inzwischen Stephanie Constantine. Sie schrieb, daß er sich vielleicht an sie erinnerte, aber er erinnerte sich nicht. Walt würde jedenfalls drei Wochen lang in Washington beschäftigt sein, teils in einer Firmensache und teils für die Republikanische Partei, und Sarah dachte daran, sich einen Nachmittag freizumachen und nach Pownal zu kommen, um Johnny und Herb zu besuchen, falls es keine Umstände machte.

›Du kannst mich zwischen dem 17. und 23. Oktober unter Stephs Nummer, 814-6219, erreichen. Sollte es dir irgendwie ungelegen kommen, ruf mich einfach an, entweder hier oben oder unten in K'bunk. Ich werde es verstehen. Liebe Grüße an Euch beide –

Sarah.

Johnny hielt den Brief in einer Hand und blickte über den Hof in den Wald hinüber, der sich scheinbar erst letzte Woche rot und golden verfärbt hatte. Bald würden die Blätter fallen, und es würde Winter werden.

Liebe Grüße an Euch beide – Sarah. Er strich nachdenklich mit dem Daumen über die Worte. Es wäre besser, nicht anzurufen, nicht zu schreiben, überhaupt nichts zu tun, dachte er. Sie würde die Botschaft verstehen. Wie bei dieser Frau, die ihm den Schal geschickt hatte, was konnte es nützen? Warum einen schlafenden Hund wecken? Sarah konnte das Wort Liebe vielleicht leichtfertig hinschreiben, aber er konnte es nicht. Er hatte den Schmerz der Vergangenheit noch nicht überwunden. Für ihn war die Zeit grausam gefaltet, gestapelt und verstümmelt worden. Im Verlauf seiner internen Zeit war sie erst vor sechs Monaten sein Mädchen gewesen. Er konnte das Koma und den Zeitverlust intellektuell verarbeiten, aber seine Gefühle leisteten störrisch Widerstand. Ihre Beileidskarte zu beantworten war schwierig gewesen, aber bei einem Brief war es immer möglich, ihn zusammenzuknüllen und von vorne anzufangen, wenn er in Richtungen zu gehen begann, die er nicht gehen sollte, wenn er die Grenzen der Freundschaft überschritt – und mehr als das stand ihnen nicht zu. Wenn er sie sah, sagte oder tat er vielleicht etwas Dummes. Besser nicht anrufen, dachte er. Besser, es einfach einschlafen zu lassen.

Aber er würde anrufen, dachte er. Anrufen und sie zu sich einladen.

Besorgt schob er den Brief in den Umschlag zurück.

Das Sonnenlicht spiegelte sich auf Chrom, blitzte auf und schleuderte ihm einen Pfeil aus Licht ins Auge. Eine Ford Limousine kam knirschend die Auffahrt entlang. Johnny blinzelte und versuchte zu erkennen, ob es ein bekanntes Auto war. Besuch hier draußen war selten. Er hatte viel Post bekommen, aber nur zwei- oder dreimal hatte jemand vorbeigeschaut. Pownal war ein kleiner Fleck auf der Landkarte, schwer zu finden. Wenn das Auto jemandem gehörte, der die Wahrheit suchte, würde Johnny ihn oder sie so schnell und so freundlich wie möglich, aber auch so bestimmt wie möglich, wegschicken. Das war Weizaks Rat zum Abschied gewesen. Guter Rat, dachte Johnny.

»Lassen Sie sich von niemandem in die Rolle des wahrsagenden Gurus drängen, John. Ermutigen Sie sie nicht, dann werden sie es vergessen. Anfangs mag es Ihnen herzlos erscheinen – die meisten sind irregeleitete Menschen mit zu vielen Problemen und nur den besten Absichten –, aber es ist eine Frage Ihres Lebens, Ihrer Privatsphäre. Also seien Sie fest.« Und das war er gewesen.

Der Ford kam um die Biegung zwischen Schuppen und

Holzstapel, und als er einbog, sah Johnny den kleinen Hertz-Aufkleber in der Ecke der Windschutzscheibe. Ein sehr großer Mann in sehr neuen Bluejeans und einem rotkarierten Jagd-Hemd aus Baumwolle, das aussah, als wäre es gerade aus einem L.-L.-Bean-Karton geholt worden, stieg aus dem Wagen und sah sich um. Er hatte das Flair eines Mannes, der nicht an das Land gewöhnt ist, eines Mannes, der weiß, daß es in Neuengland keine Wölfe und Pumas mehr gibt, sich aber dennoch rückversichern möchte. Ein Stadtmensch. Er sah zur Veranda herauf, erblickte Johnny und hob grüßend die Hand.

»Guten Tag«, sagte er. Er hatte auch einen platten Großstadtakzent – Brooklyn, dachte Johnny –, und er hörte sich an, als würde er durch eine Saltine Box sprechen.

»Hi«, sagte Johnny. »Verirrt?«

»Junge, das hoffe ich nicht«, sagte der Fremde und kam zum Fuß der Treppe. »Sie sind entweder John Smith oder sein Zwillingsbruder.«

Johnny grinste. »Ich habe keinen Bruder, also nehme ich an, daß Sie zur richtigen Tür gekommen sind. Kann ich etwas für Sie tun?«

»Nun, vielleicht können wir gegenseitig etwas für einander tun.« Der Fremde kam die Stufen der Veranda herauf und streckte die Hand aus. Johnny schüttelte sie.

»Mein Name ist Richard Dees, *Inside View* Magazin.«

Sein Haar war modisch lang bis über die Ohren und größtenteils grau. Grau gefärbt, dachte Johnny belustigt. Was sollte man von einem Mann halten, der sich anhörte, als würde er durch eine Saltine Box sprechen, und der sich das Haar grau färbte?

»Vielleicht haben Sie das Magazin schon gesehen.«

»Oh, ich habe es gesehen. Man bekommt es an der Kasse des Supermarkts zu kaufen. Ich bin nicht an einem Interview interessiert. Tut mir leid, daß Sie die Fahrt hierher umsonst gemacht haben.«

Es wurde wirklich im Supermarkt verkauft. Die Schlagzeilen sprangen einem förmlich ins Gesicht und versuchten, einen niederzuknüppeln. KIND VON WESEN AUS DEM

WELTALL GETÖTET, DIE GRAMGEBEUGTE MUTTER WEINT. NAHRUNGSMITTEL, DIE IHRE KINDER VERGIFTEN! 12 HELLSEHER SAGEN FÜR 1978 ERDBEBEN IN KALIFORNIEN VORAUS.

»Nun, eigentlich haben wir auch nicht an ein Interview gedacht«, sagte Dees. »Darf ich mich hinsetzen?«

»Wirklich, ich...«

»Mr. Smith, ich bin von New York hierher geflogen, und von Boston aus mußte ich eine kleine Maschine benutzen, bei der ich mich gefragt habe, was wohl aus meiner Frau werden würde, falls ich ohne Testament sterben würde.«

»Portland-Bangor-Airways?« fragte Johnny grinsend.

»Genau die waren es«, bestätigte Dees.

»Also gut«, sagte Johnny. »Ich bin von Ihrem Mut und Ihrem Berufseifer beeindruckt. Deshalb werde ich Sie anhören, aber nur fünfzehn Minuten oder so. Ich soll nämlich jeden Nachmittag schlafen.« Das war eine kleine Lüge für einen guten Zweck.

»Fünfzehn Minuten dürften mehr als genug sein.« Dees beugte sich nach vorn. »Es ist nur eine wohlüberlegte Vermutung, aber Sie müssen in der Größenordnung von zweihunderttausend Dollar Schulden haben. Das dürfte hinkommen, nicht?«

Johnnys Lächeln wurde dünner. »Wieviel Schulden ich habe oder nicht«, sagte er, »ist meine Sache.«

»Schon gut, natürlich. Ich wollte Sie keineswegs beleidigen. Mr. Smith. *Inside View* möchte Ihnen gern einen Job anbieten. Einen sehr lukrativen Job.«

»Nein. Ganz entschieden nein.«

»Wenn Sie mir wenigstens Gelegenheit geben, Ihnen das kurz zu erklären.«

Johnny sagte: »Ich bin kein praktizierender Hellseher. Ich bin keine Jeanne Dixon, kein Edgar Cayce, Alex Tannous. Das ist aus und vorbei. Ich denke nicht daran, die Sache wieder aufzurühren.«

»Kann ich trotzdem ein paar Augenblicke haben?«

»Mr. Dees, Sie scheinen nicht zu verstehen, was ich...«

»Nur ein paar Augenblicke?« Dees lächelte einnehmend.

»Wie haben Sie überhaupt herausbekommen, wo ich bin?«

»Wir haben einen Verbindungsmann bei einer Zeitung in Maine, dem *Journal* in Kennebec. Er sagte, daß Sie zwar aus dem Blickfeld der Öffentlichkeit verschwunden sind, sich aber wahrscheinlich bei Ihrem Vater aufhalten.«

»Da bin ich ihm ja wirklich großen Dank schuldig, was?«

»Gewiß«, sagte Dees leichthin. »Ich wette, daß Sie das glauben, wenn Sie meinen Vorschlag zu Ende gehört haben. Darf ich?«

»In Ordnung«, sagte Johnny. »Aber nur, weil Sie mit Panic Airlines hierher geflogen sind, werde ich meine Meinung bestimmt nicht ändern.«

»Ganz wie Sie meinen. Dies ist ein freies Land, nicht? Sicher. Wie Sie vielleicht wissen, Mr. Smith, hat sich *Inside View* auf eine übersinnliche Betrachtung der Dinge spezialisiert. Um ganz offen zu sein, unsere Leser sind verrückt nach solchen Stoffen. Wir haben eine wöchentliche Auflage von drei Millionen. Drei Millionen Leser jede Woche, Mr. Smith, was sagen Sie dazu? Wie wir das machen? Nun, wir halten uns an das Außergewöhnliche, das Spirituelle...«

»Zwillingsbabys von Killer-Bär gefressen«, murmelte Johnny.

Dees zuckte die Achseln. »Sicher, ist eben 'ne rauhe, alte Welt, was? Die Leute müssen über solche Dinge informiert werden. Es ist ihr gutes Recht, davon zu erfahren. Aber für jeden fragwürdigen Artikel bieten wir drei andere, die unseren Lesern sagen, wie sie ohne Schmerzen Gewicht verlieren, sexuelles Glück und Erfüllung finden können, wie sie näher zu Gott...«

»Glauben Sie an Gott, Mr. Dees?«

»Um ehrlich zu sein, nein«, sagte Dees und lächelte sein einnehmendes Lächeln. »Aber wir leben in einer Demokratie, im großartigsten Land der Welt, nicht wahr? Jedermann ist Herr seiner Seele. Nein, wesentlich ist, unsere Leser glauben an Gott. Sie glauben an Engel und Wunder...«

»Und Exorzismus und Teufel und Schwarze Messen...«

»Richtig, richtig, richtig. Sie haben's erfaßt. Es ist eine *spirituelle* Leserschaft. Sie glauben all dieses übersinnliche Blabla. Wir haben insgesamt zehn Leute mit übersinnlichen Fähigkeiten unter Vertrag, darunter Kathleen Nolan, die berühmte Seherin Amerikas. Wir möchten auch Sie unter Vertrag nehmen, Mr. Smith.«

»Ach, wirklich?«

»Allerdings. Was würde das für Sie bedeuten? Ihr Bild und eine kurze Kolumne würden etwa zwölfmal im Jahr erscheinen, wenn wir eine unserer ›übersinnlichen‹ Sonderausgaben machen. Die zehn berühmtesten übersinnlichen Seher von *Inside View* sagen die nächste Ford-Regierung voraus, und so weiter. Wir machen stets eine Ausgabe zu Neujahr, und zu jedem vierten Juli, wie sich Amerika im Lauf des bevorstehenden Jahres entwickeln wird – das sind immer sehr informative Ausgaben, mit einer Menge Reportagen über Außenpolitik und Wirtschaftspolitik –, dazu jede Menge weitere Zuckerchen.«

»Ich glaube, Sie verstehen mich nicht«, sagte Johnny. Er sprach sehr langsam, wie zu einem Kind. »Ich hatte ein paar präkognitive Anfälle – man könnte sagen, daß ich ›in die Zukunft geschaut‹ habe –, aber ich habe keinerlei Kontrolle darüber. Ich könnte genausowenig eine präzise Vorhersage über die nächste Ford-Regierung machen – wenn es eine gibt –, wie einen Bullen melken.«

Dees blickte entsetzt drein. »Wer sagt das denn? Diese Kolumnen werden von unseren Mitarbeitern geschrieben!«

»Mitarbeitern...?« Johnny starrte Dees ehrlich schockiert an.

»Natürlich«, sagte Dees ungeduldig. »Hören Sie. Einer unserer populärsten Burschen während der letzten paar Jahre war Frank Ross, der Kerl, der sich auf Naturkatastrophen spezialisiert hat. Verdammt netter Kerl, aber, Herrgott, der ist in der neunten Klasse von der Schule abgegangen. Er hat zwei Anläufe bei der Armee versucht, als wir ihn fanden, hat er Greyhound-Busse am Port-Authoritiy-Bahnhof in New York ausgefegt. Glauben Sie, daß wir ihn seine eigene Kolumne schreiben lassen? Der würde ›Hut‹ falsch buchstabieren.«

»Aber die Vorhersagen...«

»Geraten, nur geraten. Aber Sie würden staunen, wie oft diese Mädchen und Burschen einen Mordstreffer erzielen.«

»Mordstreffer«, wiederholte Johnny verstimmt.

Er war ein wenig überrascht, daß er zornig wurde. Seine Mutter hatte *Inside View* gekauft, so lange er sich erinnern konnte, schon damals, als sie noch Fotos von blutigen Verkehrsunfällen, Enthauptungen und illegal aufgenommene Fotos von Hinrichtungen gebracht hatten. Sie hatte jedes Wort für bare Münze genommen und geglaubt. Wahrscheinlich tat dies der Großteil der übrigen 2999999 Leser von *Inside View* ebenfalls. Und hier saß nun dieser Kerl mit dem graugefärbten Haar, mit seinen Vierzig-Dollar-Schuhen und mit dem Hemd, das noch die Verpackungsfalten aufwies, und sprach von *Mordstreffern*.

»Aber es klappt immer alles«, sagte Dees weiter. »Wenn Sie jemals steckenbleiben, dann müssen Sie uns nur per R-Gespräch anrufen, wir zermartern uns dann gemeinsam die Köpfe, bis uns etwas einfällt. Wir haben das Recht, Ihre Kolumnen in unser Jahrbuch *Inside Views of Things to Come* zu übernehmen. Es steht Ihnen jedoch vollkommen frei, jedweden Vertrag mit einem Buchverlag zu unterschreiben. Wir möchten nur eine Option auf Magazinvorabdruck, eine Möglichkeit, die wir selten ablehnen, das kann ich Ihnen sagen. Und wir zahlen recht ansehnlich. Das käme noch zu der Summe dazu, die wir vertraglich vereinbaren. Sozusagen Soße auf die Kartoffeln.« Dees kicherte.

»Und wie würde diese Summe aussehen?« fragte Johnny langsam. Er umklammerte die Lehnen des Schaukelstuhls. Eine Vene an seiner rechten Schläfe pulsierte rhythmisch.

»Dreißigtausend Dollar pro Jahr für zwei Jahre«, sagte Dees. »Und falls Sie sich als populär erweisen, läßt sich über diese Summe reden. Nun, alle unsere übersinnlichen Talente haben eine ganz bestimmte Fachrichtung. Soweit ich weiß, sollen sie gut mit Gegenständen sein.« Dees ließ die

Lider halb sinken, seine Augen blickten verträumt. »Ich sehe schon einen regelmäßig erscheinenden Leitartikel vor mir. Vielleicht zweimal im Monat – schließlich wollen wir nicht eine gute Sache totproduzieren, Johnny Smith lädt die Leser von *Inside View* ein, persönliche Dinge für eine übersinnliche Untersuchung einzuschicken... So etwas. Selbstverständlich werden wir ausdrücklich darauf hinweisen, daß nur billige Gegenstände eingesandt werden sollen, weil nichts zurückgeschickt werden kann. Aber Sie würden überrascht sein. Manche Leute sind verrückt wie Bettwanzen, Gott schütze sie. Diamanten, Goldmünzen, Trauringe... und wir könnten im Vertrag festlegen, daß alle Gegenstände Ihr persönliches Eigentum werden.«

Jetzt begann Johnny, rot zu sehen. »Die Leser würden Gegenstände einschicken, und ich würde sie einfach behalten. Das wollen Sie damit sagen.«

»Sicher, ich sehe da überhaupt kein Problem. Die Frage ist lediglich, die Grundregeln vom vorneherein klarzumachen. Noch etwas mehr Soße auf die Kartoffeln.«

»Angenommen«, sagte Johnny, der seine Stimme mühsam beherrschte und gleichgültig klingen ließ, »angenommen, ich würde einmal feststecken und keinen... Mordstreffer erzielen können, wie Sie das nennen... und ich rufe einfach an und sage, daß Präsident Ford am 31. September 1986 einen Attentat zum Opfer fällt? Nicht, weil ich das gesehen habe, sondern weil ich steckengeblieben bin?«

»Nun, der September hat nur dreißig Tage, sehen Sie«, sagte Dees. »Aber sonst haben Sie kapiert, glaube ich. Sie werden ein Naturtalent sein, Johnny. Sie denken im großen Rahmen. Das ist gut. Sie wären überrascht, wie viele dieser Leute kleinkariert denken. Haben Angst, den Mund dort aufzumachen, wo das Geld sitzt, schätze ich. Einer unserer Burschen – Tim Clark draußen in Idaho – schrieb vor zwei Wochen, er habe die Eingebung gehabt, daß Earl Butz nächstes Jahr zum Rücktritt gezwungen werden würde. Nun, entschuldigen Sie die Ausdrucksweise, aber wen kümmert das einen Scheißdreck? Wer ist Earl Butz für die amerikanische Hausfrau? Aber Sie haben gute Wellen, Johnny. Sie sind geschaffen für die Sache.«

»Gute Wellen«, murmelte Johnny.

Dees sah ihn neugierig an. »Fühlen Sie sich wohl, Johnny? Sie sehen etwas blaß aus.«

Johnny dachte an die Frau, die ihm den Schal geschickt hatte. Wahrscheinlich las sie ebenfalls *Inside View*. »Mal sehen, ob ich das alles zusammenfassen kann«, sagte er. »Sie würden mir dreißigtausend Dollar pro Jahr für meinen Namen zahlen...«

»Und Ihr Foto, vergessen Sie das nicht.«

»*Und* für mein Foto, für Kolumnen, die von Ghostwritern geschrieben werden. Dazu ein Leitartikel, in dem ich den Leuten sagen soll, was sie über eingesandte Gegenstände wissen wollen. Als zusätzlichen Anreiz darf ich dieses Zeug behalten...«

»Falls die Anwälte es ausarbeiten können...«

»... als mein persönliches Eigentum. Ist das die Abmachung?«

»Das *Gerüst* der Abmachung, Johnny. Es ist erstaunlich, wie sich diese Dinge gegenseitig ergänzen. Innerhalb von sechs Monaten wird jedermann Ihren Namen kennen, und danach ist der Himmel die Grenze. Die Carson-Show. Persönliche Auftrittte. Vortragsreisen. Und dann natürlich Ihr Buch bei einem Verlag Ihrer Wahl. In der Verlagsbranche wirft man übersinnlich Begabten das Geld geradezu nach. Kathy Nolan hat auch mit einem Vertrag angefangen, wie wir ihn jetzt Ihnen anbieten, und heute macht sie zweihunderttausend Dollar im Jahr. Außerdem hat sie ihre eigene Kirche gegründet, und die Steuer kann an keinen einzigen Penny ihres Geldes herankommen. Sie läßt keine Tricks aus, unsere Kathy, wirklich nicht.« Dees beugte sich grinsend nach vorn. »Ich sage Ihnen, Johnny, nur der Himmel ist die Grenze.«

»Glaube ich aufs Wort.«

»Na? Was denken Sie?«

Johnny beugte sich zu Dees. Er packte mit einer Hand den

Ärmel von Dees' neuem L.-L.-Bean-Hemd und mit der anderen den Hemdkragen von Dees' neuem L.-L.-Bean-Hemd.

»He! Was zum Teufel glauben Sie...«

Johnny knüllte das Hemd mit beiden Händen zusammen und zerrte Dees nach vorn. Fünf Monate tägliche Gymnastik hatten die Muskeln in seinen Armen und Händen enorm gestärkt.

»Sie haben mich gefragt, was ich denke«, sagte Johnny. Er bekam Kopfschmerzen. »Ich will es Ihnen sagen. Ich halte Sie für einen Ghul. Einen Grabräuber, der anderen Leuten die Träume stiehlt; ich denke, jemand sollte Sie zu Zwangsarbeit bei Roto-Rooter verurteilen. Ich denke, daß Ihre Mutter schon am Tag nach der Empfängnis hätte an Krebs sterben sollen. Falls es eine Hölle gibt, hoffe ich, daß Sie dort brennen.«

»So können Sie mit mir nicht reden!« schrie Dees. Seine Stimme klang schrill wie die eines Fischweibs. »Sie sind total verrückt! Vergessen Sie's! Vergessen Sie die ganze Sache, Sie dummer hinterwäldlerischer Hundesohn! Sie hatten Ihre Chance! Kommen Sie ja nicht angekrochen und...«

»Außerdem hören Sie sich an, als würden Sie durch eine Saltine Box sprechen«, sagte Johnny, der sich aufrichtete. Er zog Dees mit sich hoch. Der Saum des Hemdes löste sich aus dem Bund der neuen Jeans und offenbarte ein Netzunterhemd darunter. Johnny fing an, Dees methodisch hin und her zu schütteln. Dees vergaß, wütend zu sein. Er begann, zu blubbern und zu brüllen.

Johnny zerrte ihn zur Verandatreppe, hob einen Fuß und stemmte ihn fest gegen das Gesäß der neuen Levis. Dees, der immer noch blubberte und brüllte, strauchelte mit zwei Riesenschritten hinab. Er fiel in voller Länge in den Schmutz. Als er aufstand und sich zu Johnny umdrehte, war sein Vetter-vom-Lande-Outfit dreckverschmiert. Es sah dadurch realistisch aus, dachte Johnny, aber irgendwie bezweifelte er, daß Dees das zu schätzen wissen würde.

»Ich sollte Ihnen die Bullen auf den Hals hetzen«, sagte er heiser. »Vielleicht werde ich das auch tun.«

»Tun Sie, was immer Sie anmacht«, sagte Johnny. »Aber das Gesetz springt in dieser Gegend nicht eben zimperlich mit Leuten um, die ihre Nase in Dinge stecken, die sie nichts angehen.«

Dees' Gesicht verzerrte sich zu einer unbehaglichen Maske von Angst, Zorn und Schock. »Gott helfe Ihnen, falls Sie uns jemals brauchen«, sagte er.

Johnny hatte jetzt rasende Kopfschmerzen, aber es gelang ihm, seine Stimme ganz ruhig klingen zu lassen. »Ganz recht«, sagte er. »Ich bin ganz Ihrer Meinung.«

»Das wird Ihnen noch leid tun. Drei Millionen Leser, wissen Sie. Damit kann man in beiden Richtungen wirken. Wenn wir mit Ihnen fertig sind, wird Ihnen niemand in diesem Land mehr glauben, wenn Sie den Frühling für April voraussagen. Niemand wird Ihnen glauben, wenn Sie die Baseballmeisterschaft für Oktober verhersagen. Niemand wird Ihnen glauben, wenn Sie... Sie...« Dees stotterte wütend.

»Verschwinden Sie, Sie schäbiger Arschkriecher«, sagte Johnny.

»Und dieses Buch können Sie jetzt schon vergessen!« schrie Dees und sprach damit offenbar das Schlimmste aus, daß er sich vorstellen konnte. Mit seinem verzerrten, zuckenden Gesicht und dem blutverschmierten Hemd sah er aus wie ein Kind, das einen Wutanfall erster Klasse hat. Sein Brooklyn-Akzent hatte sich so verstärkt, daß er beinahe zum Dialekt geworden war. »Man wird Sie hohnlachend aus jedem Verlag in New York hinauswerfen! Wenn ich mit Ihnen fertig bin, werden nicht einmal die Heftchen-Leser Sie mehr anrühren! Es gibt Mittel und Wege, es Klugscheißern wie Ihnen zu zeigen, und wir kennen sie alle, Pißkopf! Wir...«

»Ich denke, ich werde meine Schrotflinte holen und einen Eindringling erschießen«, sagte Johnny.

Dees zog sich zu seinem Mietwagen zurück, schrie aber immer noch Drohungen und Obszönitäten. Johnny stand auf der Veranda und beobachtete ihn, in seinem Kopf dröhnte es übelkeiterregend. Dees stieg ein, legte brutal den

Rückwärtsgang ein, fuhr mit quietschenden Reifen an und wirbelte eine mächtige Staubwolke auf. Beim Hinausfahren ließ er das Auto gerade soweit vom Weg abkommen, daß der Hackklotz in hohem Bogen beiseite geschleudert wurde. Trotz seiner Kopfschmerzen grinste Johnny ein wenig. Er konnte den Hackklotz sicher leichter wieder aufstellen als Dees den Leuten von Hertz die große Delle in der Stoßstange des Fords erklären konnte.

Die Nachmittagssonne spiegelte sich wieder auf Chrom, während Dees die Einfahrt entlangraste und dabei Kies aufspritzen ließ, bis er die Straße erreicht hatte. Johnny setzte sich wieder auf den Schaukelstuhl, preßte eine Hand an die Stirn und wartete darauf, daß die Kopfschmerzen nachlassen würden.

2

»Sie wollen *was* tun?« fragte der Bankier. Draußen und unten auf der ländlichen Hauptstraße von Ridgeway, New Hampshire, strömte der Verkehr hin und her. An den holzgetäfelten Wänden im Büro des Bankiers im dritten Stock hingen Frederick-Remington-Drucke und Fotos des Bankiers bei lokalen Anlässen. Auf seinem Schreibtisch stand ein durchsichtiger Würfel, in diesem Würfel waren Bilder von seiner Frau und seinem Sohn.

»Ich werde nächstes Jahr für das Repräsentantenhaus kandidieren«, wiederholte Greg Stillson. Er trug eine Khakihose, ein blaues Hemd, dessen Ärmel hochgekrempelt waren, und eine schwarze Krawatte mit einer einzigen blauen Figur. Er wirkte im Büro des Bankiers irgendwie fehl am Platze, als könnte er jeden Augenblick aufstehen und ziellos zerstörend durch das Büro rasen, Möbel umstoßen, die teuren gerahmten Remington-Drucke auf den Boden werfen, die Vorhänge von den Gardinenstangen herunterreißen.

Der Bankier, Charles ›Chuck‹ Gendron, Präsident des hiesigen Lions Club, lachte – ein wenig unsicher. Stillson hatte so eine Art, bei der man sich unsicher fühlte. Als Junge war er vielleicht mager gewesen; ›ein Windstoß hätte mich umwehen können‹, pflegte er den Leuten gerne zu erzählen; aber inzwischen hatten die Gene seines Vaters die Oberhand gewonnen, und wie er nun in Gendrons Büro saß, sah er ganz wie der grobe Ölfelder-Raufbold aus Oklahoma aus, der sein Vater gewesen war.

Er runzelte die Stirn, als Gendron kicherte.

»Ich meine, George Harvey könnte da auch noch ein Wörtchen mitzureden haben, nicht, Greg?« George Harvey war nicht nur der große Macker der Stadtpolitik, sondern darüber hinaus auch noch der republikanische Pate des dritten Bezirks.

»George wird nicht mal piep sagen«, sagte Greg ruhig. Sein Haar war inzwischen graumeliert, aber sein Gesicht sah plötzlich wieder genau wie das Gesicht des Mannes aus, der vor langer Zeit auf einem Bauernhof in Iowa einen Hund totgetreten hatte. Seine Stimme war geduldig. »George wird auf der Nebenstrecke fahren, aber auf meiner Seite der Nebenstrecke, wenn Sie verstehen, was ich meine. Ich werde ihm nicht auf die Zehen treten, weil ich als Unabhängiger kandidieren werde. Ich will nicht zwanzig Jahre damit vergeuden, die Leine zu spüren und Stiefel zu lecken.«

Chuck Gendron sagte zögernd: »Sie scherzen, nicht, Greg?«

Greg runzelte erneut die Stirn. Es war beunruhigend. »Ich scherze niemals, Chuck. Die Leute... sie *glauben*, daß ich scherze. Der *Union-Leader* und diese Jo-Jo's vom *Daily Democrat*, sie glauben, daß ich scherze. Aber gehen Sie zu George Harvey. Fragen Sie *ihn*, ob ich scherze, oder ob ich die Sache hinkriege. Sie sollten es eigentlich auch besser wissen. Immerhin haben wir beide auch ein paar Leichen im Keller, nicht, Chuck?«

Das Stirnrunzeln verwandelte sich in ein angsteinflößendes Grinsen – wahrscheinlich nur für Gendron angsteinflößend, denn er hatte sich dazu verleiten lassen, bei einigen von Greg Stillsons Entwicklungsplänen mitzumachen. Sie hatten Geld verdient, sicher, das war nicht das Problem. Aber einige Aspekte der Bebauung von Sunningdale Acres (und beim Laurel-Estates-Geschäft ebenso, um ganz ehrlich zu sein) waren nicht – nun, ganz gesetzestreu gewesen. Ein bestochener EPA-Agent, zum einen, aber das war nicht das wesentliche.

Bei der Laurel-Estates-Sache war ein alter Mann draußen an der Back Ridgeway Road gewesen, der anfangs nicht verkaufen wollte, dann waren als erstes seine etwa vierzehn Hühner unter geheimnisvollen Umständen gestorben, als zweites hatte der Lagerschuppen des alten Mannes gebrannt; drittens, als der alte Mann von einem Besuch seiner Schwester heimkam, die in einem Pflegeheim in Keene war, hatte jemand sein Wohn- und Eßzimmer überall mit Hundescheiße beschmiert gehabt; viertens hatte der alte Mann verkauft, und fünftens war Laurel-Estates jetzt eine unabdingbare Sache, mit der man leben mußte.

Und, vielleicht, sechstens: Dieser unheimliche Rocker, Sonny Elliman, war wieder in der Gegend. Er und Greg waren gute Kumpels, und wenn es deswegen noch keinen Stadtklatsch gegeben hatte, dann nur deswegen nicht, weil Greg häufig in Gegenwart von Strolchen, Hippies, Rockern und anderen zwielichtigen Typen gesehen wurde, eine Folge des von ihm gegründeten Drogenrehabilitierungszentrums; daneben gab es in Ridgeway noch ein ungewöhnliches Programm für junge Drogensüchtige, Alkoholiker und Verkehrssünder. Statt solche Leute zu Geldstrafen zu verurteilen oder einzusperren, mußten sie Dienstleistungen für die Stadt erbringen. Das alles war Gregs Idee gewesen – und eine gute obendrein, wie der Bankier ohne weiteres zugab. Sie hatte wesentlich dazu beigetragen, daß Greg zum Bürgermeister gewählt worden war.

Aber dies – dies war vollkommen verrückt.

Greg hatte noch etwas gesagt. Gendron hatte es nicht gehört.

»Bitte«, sagte er.

»Ich habe Sie gefragt, ob Sie mein Manager für die Wahlkampagne sein wollen«, wiederholte Greg.

»Greg...« Gendron mußte sich räuspern und einen neuen Anlauf nehmen. »Sie scheinen nicht zu verstehen, Greg. Harrison Fisher ist der Abgeordnete des dritten Bezirks in Washington. Harrison Fisher ist Republikaner, geachtet, und das wahrscheinlich auf ewig.«

»Niemand ist ewig«, sagte Greg.

»Harrison ist aber verdammt nahe dran«, sagte Gendron. »Fragen Sie Harvey. Die beiden sind zusammen zur Schule gegangen. Um 1800, glaube ich.«

Greg achtete nicht auf seinen kargen Humor. »Ich werde mich selbst als Elchbullen bezeichnen oder so etwas... und alle werden denken, ich albere herum... und letzten Endes werden mich die guten Leute des Dritten Bezirks lachend bis nach Washington bringen.«

»Greg, Sie sind verrückt.«

Gregs Lächeln verschwand, als wäre es nie dagewesen. Mit seinem Gesicht ging etwas Erschreckendes vor sich. Es wurde sehr still, und seine Augen wurden so groß, daß sie zuviel Weiß zeigten. Sie waren wie die Augen eines Pferdes, das verdorbenes Wasser wittert.

»Sagen Sie so etwas nie wieder, Chuck. *Niemals*.«

Der Bankier hatte jetzt mehr als Angst.

»Greg, ich entschuldige mich. Es ist nur, daß...«

»Nein, sagen Sie so etwas nie wieder zu mir, wenn Sie nicht möchten, daß Sonny Elliman Ihnen eines Nachmittags irgendwo auflauert, wenn Sie aus Ihrem verdammten Imperial aussteigen.«

Gendron bewegte den Mund, brachte aber keinen Laut heraus.

Greg lächelte wieder, und es war, als bräche die Sonne durch dunkle Wolken. »Vergessen Sie's. Wir werden doch keinen Staub aufwirbeln, wenn wir zusammenarbeiten wollen.«

»Greg...«

»Ich möchte Sie haben, weil Sie jeden verdammten Geschäftsmann in diesem Teil von New Hampshire kennen. Wenn wir diese Sache ins Rollen gebracht haben, werden wir viel Geld haben, aber zunächst einmal, könnte ich mir denken, müssen wir die Pumpe ein wenig schmieren. Für mich wird es Zeit, ein bißchen zu expandieren und wie ein Staatsmann auszusehen, nicht nur wie ein Mann aus Ridgeway. Ich schätze, daß fünfzigtausend Dollar ausreichen werden, um die Graswurzeln zu düngen.«

Der Bankier, der bei den letzten vier Kampagnen für Harrison und Fisher gearbeitet hatte, war so verblüfft angesichts Gregs politischer Naivität, daß er zunächst nicht wußte, wie er fortfahren sollte. Schließlich sagte er: »Hören Sie, Greg. Geschäftsleute tragen nicht aus purer Herzensgüte etwas zu einer Wahlkampagne bei, sondern weil sie sich vom Sieger etwas versprechen. Bei einem dichten Rennen werden sie jeden Kandidaten unterstützen, der Aussicht auf den Wahlsieg hat, weil sie den Verlierer immer noch als Verlust von der Steuer absetzen können. Aber der Schlüsselbegriff ist *Aussicht auf den Wahlsieg*. Fisher ist...«

»Sachte«, sagte Greg. Er holte einen Umschlag aus der Tasche. »Sehen Sie sich das hier mal an.«

Gendron sah zweifelnd auf den Umschlag, dann zu Greg auf. Greg nickte ihm aufmunternd zu. Der Bankier öffnete den Umschlag.

In dem pinienholzgetäfelten Büro herrschte langes Schweigen, nachdem Gendron einmal scharf den Atem eingesogen hatte. Es wurde lediglich vom Summen der Digitaluhr auf dem Schreibtisch des Bankiers unterbrochen und vom Zischen eines Streichholzes, mit dem sich Greg eine Phillies-Zigarre anzündete. An den Wänden des Büros hingen Bilder von Frederick Remington. In dem durchsichtigen Würfel waren Bilder der Familie. Auf dem Schreibtisch ausgebreitet lagen nun Bilder, die den Bankier zeigten, wie er den Kopf zwischen den Schenkeln einer jungen Frau mit schwarzem Haar vergraben hatte – sie hätte auch rothaarig sein können, bei den Bildern handelte es sich um feinkörnige, hochglänzende Schwarzweißfotos, daher war es schwer zu sagen. Das Gesicht der Frau war sehr deutlich. Es war nicht das Gesicht der Frau des Bankiers. Einige Bürger von Ridgeway hätten es vielleicht als das Gesicht einer der Kellnerinnen von Bobby Stranges Truck-Stop zwei Orte weiter erkannt.

Die Bilder des Bankiers mit dem Kopf zwischen den Schenkeln der Frau waren unbedenklich – ihr Gesicht war deutlich zu sehen, seines nicht. Auf den anderen hätte ihn seine eigene Großmutter erkannt. Es waren Bilder von Gendron und der Kellnerin, wie sie mit einem Potpourri sexueller Vergnügungen beschäftigt waren – kaum alle Stellungen aus dem Kama Sutra, aber es waren doch ein paar Stellungen dabei, die es sicher nie geschafft hätten, in das Kapitel über ›Sexuelle Beziehungen‹ des Gesundheitshandbuches der Ridgeway High School aufgenommen zu werden.

Gendron sah von den Fotos auf, sein Gesicht war käsig, seine Hände zitterten. Sein Herz galoppierte in der Brust. Er befürchtete einen Herzanfall.

Greg sah ihn nicht einmal an. Er sah zum Fenster hinaus und betrachtete den hellblauen Streifen des Oktoberhimmels, der zwischen dem Ridgeway Five and Ten und dem Ridgeway Card and Notion Shoppe zu sehen war.

»Der Wind der Veränderung hat angefangen zu wehen«, sagte er, und sein Gesicht war distanziert und verschlossen, fast mystisch. Er sah wieder Gendron an. »Einer dieser Drogenfreaks im Zentrum, wissen Sie, was er mir gegeben hat?«

Chuck Gendron schüttelte benommen den Kopf. Mit einer seiner zitternden Hände massierte er die linke Brustseite, für alle Fälle. Sein Blick fiel immer wieder auf die Fotos. Die beweiskräftigen Fotos. Was wäre, wenn ausgerechnet jetzt seine Sekretärin hereinkäme? Er hörte abrupt auf, die Brust zu massieren und raffte hastig alle Fotos zusammen und steckte sie in den Umschlag zurück.

»Er hat mir das kleine rote Buch des Vorsitzenden Mao gegeben«, sagte Greg. Ein Kichern rumpelte in der tonnenförmigen Brust empor, die einst so schmal gewesen war,

Teil eines Körpers, der seinen angebeteten Vater so abgestoßen hatte. »Und darin habe ich ein Sprichwort gefunden... ich kann mich nicht mehr an den genauen Wortlaut erinnern, aber es hieß ungefähr: ›Der Mann, der den Wind der Veränderung spürt, sollte keinen Windschutz, sondern eine Windmühle bauen.‹ Das jedenfalls war der Sinn.«

Er beugte sich nach vorne.

»Harrison Fisher ist kein Kommender, er ist ein Gewesener. Ford ist ein Gewesener. Muskie ist ein Gewesener. Humphrey ist ein Gewesener. Eine ganze Menge Lokal- und Bundespolitiker werden nach der Wahl aufwachen und feststellen, daß sie völlig veraltet sind. Sie haben Nixon rausgeworfen, und im nächsten Jahr haben sie die Leute rausgeworfen, die bei der Untersuchung hinter ihm standen, und nächstes Jahr werden sie Jerry Ford aus demselben Grund rauswerfen.«

Greg Stillsons Augen blitzten den Bankier an.

»Möchten Sie die Tendenz der Zukunft sehen? Sehen Sie sich in Maine diesen Longley an. Die Republikaner nominierten einen Burschen namens Erwin und die Demos einen Burschen namens Mitchell, und als sie die Stimmen auszählten, wer Gouverneur wird, erlebten sie beide eine große Überraschung, denn die Leute wählten einen Versicherungsvertreter aus Lewiston, der mit keiner der beiden Parteien etwas zu tun haben wollte. Und inzwischen redet man von ihm schon als möglichem Präsidentschaftskandidaten.«

Gendron konnte immer noch nichts sagen.

Greg atmete ein. »Sie werden alle denken, daß ich herumalbere, kapiert? Sie dachten auch, daß Longley herumalbert. Aber ich albere nicht herum. Ich baue Windmühlen. Und Sie werden mir den Baustoff dazu liefern.«

Er verstummte. Es herrschte Stille, abgesehen vom Summen der Uhr. Schließlich flüsterte Gendron: »Woher haben Sie diese Fotos? War es dieser Elliman?«

»Ach, kommen Sie, sprechen Sie nicht davon, Gendron. Vergessen Sie die Bilder. Behalten Sie sie.«

»Und wer hat die Negative?«

»Chuck«, sagte Greg ernst. »Sie verstehen nicht. Ich biete Ihnen Washington. Der Himmel ist die Grenze, Junge! Ich verlange doch gar nicht von Ihnen, daß Sie das ganze Geld allein aufbringen. Wie gesagt, nur ein Eimer Wasser, um die Pumpe in Gang zu setzen. Wenn erst mal alles im Rollen ist, wird uns reichlich Geld zufließen. Sie kennen die Leute, die Geld haben. Sie speisen mit Ihnen im Caswell House. Sie spielen Poker mit ihnen. Sie haben ihnen allein auf Ihr Wort hin großzügige Kredite zu günstigen Bedingungen eingeräumt. Und Sie wissen, wie man ihnen Daumenschrauben anlegt.«

Greg stand auf. »So wie ich eben Ihnen Daumenschrauben angelegt habe, Gendron«, sagte er.

Der Bankier sah zu ihm auf. Er verdrehte hilflos die Augen. Greg dachte, daß er wie ein Schaf aussah, das zur Schlachtbank geführt wurde.

»Fünfzigtausend Dollar«, sagte er. »Treiben Sie sie auf.«

Er ging hinaus und machte die Tür leise hinter sich zu. Gendron hörte sogar durch die dicken Wände seine dröhnende Baßstimme, als er mit der Sekretärin schäkerte. Seine Sekretärin war eine flachbusige Schachtel von sechzig Jahren, und Stillson brachte sie bestimmt dazu, wie ein Schulmädchen zu kichern. Er war ein Possenreißer. Das und sein Programm zur Bekämpfung der Jugendkriminalität hatten ihn zum Bürgermeister von Ridgeway gemacht. Aber die Leute wählten keine Possenreißer nach Washington.

Nun – jedenfalls nur selten.

Doch das war nicht sein Problem. Fünfzigtausend Dollar für die Wahlkampagne, das war sein Problem. Sein Verstand wuselte bereits um das Problem herum wie eine dressierte Ratte um ein Stück Käse auf einem Teller. Es könnte gehen. Ja, es könnte gehen – aber wäre es damit überstanden?

Der weiße Umschlag lag immer noch auf dem Schreibtisch. Seine Frau sah ihn lächelnd von dem Foto aus dem durchsichtigen Würfel an. Er steckte das Couvert in die Innentasche seines Jacketts. Es war Elliman gewesen, irgendwie war Elliman dahintergekommen und hatte die Fotos gemacht, da war er ganz sicher.

Aber es war Stillson gewesen, der ihm gesagt hatte, was er tun sollte.

Vielleicht war der Mann doch kein solcher Possenreißer. Seine Einschätzung des politischen Klimas 1975–76 war nicht völlig dumm. *Windmühlen statt Windschutz... der Himmel ist die Grenze.*

Aber das war nicht sein Problem.

Fünfzigtausend Dollar waren sein Problem.

Chuck Gendron, Präsident der Lions und ein überall beliebter, gutmütiger Mann (letztes Jahr hatte er bei der Parade am 4. Juli in Ridgeway eines dieser komischen kleinen Motorräder gefahren), zog ein Blatt gelbes Kanzleipapier aus der obersten Schublade seines Schreibtischs und begann eine Liste von Namen zusammenzustellen. Die dressierte weiße Ratte bei der Arbeit. Und unten auf der Main Street hob Greg Stillson das Gesicht dem kräftigen Herbstsonnenschein entgegen und gratulierte sich selbst zu einem Job, den er gut erledigt hatte... den er zumindest gut begonnen hatte.

Fünfzehntes Kapitel

1

Später sah Johnny den Grund dafür, daß er doch noch mit Sarah schlief – fast auf den Tag genau fünf Jahre nach dem Abend auf dem Rummelplatz – hauptsächlich im Besuch von Richard Dees, dem Mann von *Inside View*. Der Grund dafür, daß er schließlich weich geworden war und Sarah angerufen und zu einem Besuch eingeladen hatte, war wenig mehr als der sehnsüchtige Wunsch gewesen, jemand Nettes möge kommen, damit er den schlechten Geschmack im Mund loswurde. Redete er sich jedenfalls ein.

Er rief sie in Kennebunk an und bekam ihre ehemalige Schulfreundin an den Apparat, die ihm sagte, daß Sarah gleich kommen würde. Der Hörer wurde aufgelegt, und es folgte ein Augenblick des Schweigens, in dem er daran dachte (aber nicht sehr ernsthaft), einfach aufzulegen und das Buch damit zuzuschlagen. Dann hörte er Sarahs Stimme.

»Johnny? Bist du es?«

»Derselbe.«

»Wie geht's dir?«

»Gut. Und dir?«

»Auch gut«, sagte sie. »Ich bin froh, daß du angerufen hast. Ich... weiß nicht, ob ich es getan hätte.«

»Schnupfst du immer noch dieses gräßliche Kokain?«

»Nein, bin jetzt auf Heroin.«

»Hast du deinen Jungen bei dir?«

»Sicher. Ohne ihn gehe ich nirgendwo hin.«

»Nun, warum kommt ihr beide dann nicht mal einen Tag hierher, bevor ihr wieder in den Norden zurück müßt?«

»Das würde ich sehr gern, Johnny«, sagte sie herzlich.

»Dad arbeitet jetzt in Westbrook, daher bin ich jetzt Chefkoch und Tellerwäscher. Er kommt so gegen halb fünf nach

Hause. Wir essen gegen halb sechs. Ihr könnt gern zum Abendessen bleiben, aber ich warne dich: Für meine besten Gerichte verwende ich ausschließlich franko-amerikanische Spaghetti als Grundlage.«

Sie kicherte. »Einladung akzeptiert. Welcher Tag wäre der beste?«

»Wie wäre es mit morgen oder übermorgen, Sarah?«

»Morgen ist gut«, sagte sie nach ganz kurzem Zögern. »Bis morgen, Johnny.«

»Gib auf dich acht, Sarah.«

»Du auch.«

Er legte sehr nachdenklich wieder auf, er war aufgeregt und schuldbewußt zugleich – obwohl er dazu keinerlei Grund hatte. Aber der Geist wandert immer dorthin, wohin er gerade will, nicht wahr? Und wohin sein Geist wanderte, war nichts anderes als zu Möglichkeiten, die man lieber gar nicht in Betracht zog.

Nun, sie weiß jetzt, was sie wissen muß. Sie weiß, um welche Zeit Dad nach Hause kommt – was muß sie denn sonst noch wissen?

Und sein Geist beantwortete die Frage selbst: *Was wirst du denn tun, falls sie schon am Nachmittag hier auftaucht?*

Nichts, antwortete er, aber so recht glaubte er es selbst nicht. Wenn er nur an Sarah dachte, ihren Mund, an ihre Lippen, die etwas schrägstehenden grünen Augen – das genügte schon vollkommen, um ihn schwach und wehmütig und ein wenig verzweifelt zu machen.

Johnny ging in die Küche hinaus und begann mit den Vorbereitungen für das Abendessen, nichts Bedeutendes, nur für zwei. Vater und Sohn rauften sich zusammen. So schlecht war es bisher gar nicht gegangen. Johnny machte immer noch einen Genesungsprozeß durch. Er und sein Vater hatten über die viereinhalb Jahre, die ihm entgangen waren, und über seine Mutter gesprochen – sorgfältig und in einer immer enger werdenden Spirale arbeiteten sie sich ans Zentrum heran. Vielleicht war es nicht nötig, alles zu verstehen, aber es war nötig, ins reine zu kommen. Nein, so schlecht war es gar nicht gewesen. Es war ein Weg, die Dinge wieder zusammenzubringen. Für beide. Aber damit würde es vorbei sein, wenn er im Januar nach Cleaves Mills zurückkehrte, um wieder zu unterrichten. Er hatte in der vorigen Woche seinen Halbjahresvertrag von Don Pelsen bekommen, hatte ihn unterschrieben und zurückgeschickt. Was würde sein Vater dann machen? Weiter wie bisher, nahm Johnny an. So machten die Leute das nun mal, einfach immer weiter, ohne viel Dramatik, ohne laute Paukenschläge. Er nahm sich vor, Herb so oft wie möglich zu besuchen; jedes Wochenende, falls er es für richtig hielt. Viele Dinge waren ihm so schnell so fremd geworden, daß er sich langsam vorantasten mußte, wie ein blinder Mann in einem unbekannten Raum.

Er schob den Braten in den Herd, ging ins Wohnzimmer, schaltete den Fernseher ein, schaltete ihn wieder aus. Er setzte sich hin und dachte über Sarah nach. Das *Baby*, dachte er. *Das Baby wird unsere Anstandsdame sein, wenn sie früher kommt*. Das war also ganz okay. Alles abgesichert.

Dennoch dachte er noch lange und spekulierend nach.

2

Sie kam am nächsten Tag um Viertel nach zwölf in einem kleinen, schmucken, roten Pinto über die Auffahrt, parkte den Wagen, stieg aus, sah groß und schön aus, und ihr dunkelblondes Haar wehte im milden Oktoberwind.

»Hi, Johnny!« rief sie und hob die Hand.

»Sarah!« Er kam herunter und ging ihr entgegen. Sie hob das Gesicht, und er küßte sie flüchtig auf die Wange.

»Laß mich nur noch den Kaiser holen«, sagte sie und öffnete die Tür zum Beifahrersitz.

»Kann ich dir helfen?«

»Nee, wir kommen ganz prima miteinander aus, nicht wahr, Denny? Komm schon, Bursche.« Geschickt schnallte sie die Gurte los, die ein pummeliges kleines Baby auf dem Wagensitz festhielten. Sie hob ihn heraus. Denny schaute sich mit lebhaftem, ernstem Interesse auf dem Hof um, dann richtete er den Blick auf Johnny. Er lächelte.

»Vig!« sagte Denny und winkte mit beiden Händen.

»Ich glaube, er möchte zu dir«, sagte Sarah. »Sehr ungewöhnlich. Denny hat die republikanische Sentimentalität seines Vaters – er ist ziemlich eigendünklerisch. Möchtest du ihn mal halten?«

»Sicher«, sagte Johnny, sah aber ein bißchen zweifelnd drein.

Sarah grinste. »Er wird nicht zerbrechen, und du wirst ihn nicht fallen lassen«, sagte sie und reichte ihm Denny.

»Vun bunk!« sagte Denny, und schlang einen Arm nonchalant um Johnnys Hals und sah seine Mutter zufrieden an.

»Es ist wirklich erstaunlich«, sagte Sarah. »Er geht sonst nicht so leicht zu anderen Leuten... Johnny? *Johnny?*«

Als das Baby seinen Arm um Johnnys Hals geschlungen hatte, war eine wahre Flut wirrer Gefühle wie lauwarmes Wasser über ihn hinweggespült. Es gab nichts Dunkles, nichts Beunruhigendes. Alles war sehr einfach. In den Gedanken des Babys gab es noch kein Konzept der Zukunft. Kein Gefühl der Sorge. Kein Gefühl vergangenen Unglücklichseins. Und keine Worte, nur kräftige Bilder: Wärme, Trockenheit, die Mutter und der Mann, der er selbst war.

»Johnny?« Sie sah ihn furchtsam an.

»Hmmm?«

»Ist alles in Ordnung?«

Sie fragte nach Denny, wurde ihm klar. Ist mit Denny alles in Ordnung? Siehst du Schwierigkeiten? Probleme?

»Alles bestens«, sagte er. »Wir können hineingehen, wenn du willst, aber üblicherweise grille ich auf der Veranda. Ist bald genug wieder soweit, daß man den ganzen Tag neben dem Ofen herumlungern muß.«

»Ich denke, auf der Veranda wird es super sein. Und Denny sieht sich um, als wollte er den Hof ausprobieren. *Großartiger* Hof, sagt er. Stimmt's, Bursche?« Sie fuhr ihm mit einer Hand durchs Haar, und Denny lachte.

»Er wird doch okay sein?«

»Solange er nicht versucht, eins dieser Holzscheite zu verspeisen.«

»Ich habe Feuerholz gehackt«, sagte Johnny und setzte Denny so behutsam wie eine Ming-Vase ab. »Gutes Training.«

»Wie geht es dir? Körperlich?«

»Ich denke«, sagte Johnny und erinnerte sich daran, wie er vor einigen Tagen Richard Dees von der Veranda befördert hatte, »den Umständen entsprechend gut.«

»Das ist gut. Als ich dich das letzte Mal sah, warst du ziemlich runter.«

Johnny nickte. »Die Operationen.«

»Johnny?«

Er sah sie an und empfand wieder diese seltsame Mischung aus Spekulation, Schuldbewußtsein und Erwartung. Sie sah ihm ganz offen und unbekümmert ins Gesicht.

»Ja?«

»Erinnerst du dich noch... an den Trauring?«

Er nickte.

»Er war dort. Wie du es gesagt hattest. Ich habe ihn weggeworfen.«

»Wirklich?« Er war nicht unbedingt überrascht.

»Ich habe ihn weggeworfen und Walt gegenüber nie etwas davon erwähnt.« Sie schüttelte den Kopf. »Und ich weiß nicht, warum. Es macht mir seitdem zu schaffen.«

»Muß es nicht.«

Sie standen auf den Stufen und sahen sich an. Sarah bekam Farbe in die Wangen, wandte den Blick aber nicht ab.

»Da ist noch etwas, was ich gern zu Ende bringen möchte«, sagte sie. »Wir hatten ja nie Gelegenheit, es zu Ende zu bringen.«

»Sarah...«, begann er und verstummte wieder. Er hatte absolut keine Ahnung, was er als nächstes sagen sollte. Unter ihnen tapste Denny sechs Schritte, dann setzte er sich sehr hart hin. Er krähte und war offenbar überhaupt nicht aus der Fassung gebracht worden.

»Ja«, sagte Sarah. »Ich weiß nicht, ob es recht oder unrecht ist. Ich liebe Walt. Er ist ein guter Mann, leicht zu lieben. Das ist wohl etwas, worauf ich mich verstehe, einen guten von einem schlechten Mann zu unterscheiden. Dan – dieser Bursche, mit dem ich damals auf dem College gegangen bin – war einer von den schlechten Kerlen. Du hast meinen Sinn auf die andere Sorte gelenkt, Johnny. Ohne dich hätte ich Walt niemals schätzen gelernt.«

»Sarah, du mußt nicht...«

»Doch, ich *muß*«, widersprach Sarah. Ihre Stimme war leise und intensiv. »Denn solche Dinge kann man nur ein einziges Mal sagen. Und man macht es entweder richtig oder falsch, auf jeden Fall bedeutet es das Ende, denn es ist zu schwer, auch nur zu versuchen zu wollen, es noch einmal zu sagen.« Sie sah ihn flehend an. »Verstehst du?«

»Ja, ich denke schon.«

»Ich liebe dich, Johnny«, sagte sie. »Ich habe nie aufgehört, dich zu lieben. Ich habe mir einzureden versucht, daß es ein Akt Gottes war, der uns damals getrennt hat. Ich weiß es nicht. Kann ein verdorbener Hot Dog ein Akt Gottes sein? Oder wenn zwei Halbwüchsige mitten in der Nacht verkehrswidrig über eine Landstraße fahren? Ich möchte nur...« Ihre Stimme hatte einen sehr nachdrücklichen Tonfall angenommen, sie hämmerte in die kühle Oktoberluft wie ein kleiner Hammer in dünne wertvolle Folie. »...ich möchte nur das, was uns damals genommen wurde.« Ihre Stimme geriet ins Stocken. Sie sah nach unten. »Und ich wünsche es mir von ganzem Herzen, Johnny. Du auch?«

»Ja«, sagte er. Er streckte beide Arme aus und war verwirrt, als sie den Kopf schüttelte und wegging.

»Nicht vor Denny«, sagte sie. »Vielleicht ist es dumm von mir, aber das wäre ein bißchen zu sehr so wie öffentliche Untreue. Ich möchte alles, Johnny.« Wieder stieg ihr das Blut ins Gesicht, und ihr Erröten steigerte auch Johnnys

Aufregung. »Ich möchte, daß du mich festhältst und küßt und mich liebst«, sagte sie. Wieder stockte sie, und ihre Stimme brach beinahe. »Ich halte es zwar für falsch, aber ich kann nicht anders. Es ist falsch, aber es ist richtig. Es ist *fair*.«

Er streckte einen Finger aus und wischte behutsam eine Träne ab, die langsam über ihre Wange rollte.

»Und es ist nur dieses eine Mal, nicht?«

Sie nickte. »Mit diesem einen Mal muß alles bezahlt sein. Alles, wie es hätte sein können, wenn es nicht schiefgelaufen wäre.« Sie sah auf, und ihre Augen, die nun in Tränen schwammen, waren hellgrüner denn je. »Können wir alles mit einen Mal bezahlen?«

»Nein«, sagte er lächelnd. »Aber wir können es versuchen, Sarah.«

Sie blickte zärtlich zu Denny hinab, der ohne sonderlichen Erfolg versuchte, den Hackklotz zu erklimmen. »Er wird schlafen«, sagte sie.

3

Sie saßen auf der Veranda und beobachteten, wie Denny unter dem hohen blauen Himmel auf dem Hof spielte. Es gab keine Eile, keine Ungeduld zwischen ihnen, aber beide verspürten eine ständig wachsende Elektrizität. Sie hatte den Mantel geöffnet und saß in ihrem pulverblauen Wollkleid auf der Hollywoodschaukel, die Beine übereinandergeschlagen, und der Wind wehte ihr Haarsträhnen, die sich gelöst hatten, um die Schultern. Die Röte wich nicht mehr aus ihrem Gesicht. Hoch am Himmel flohen weiße Wolken von Westen nach Osten.

Sie sprachen von bedeutungslosen Dingen – sie hatten es nicht eilig. Zum erstenmal, seit Johnny erwacht war, hatte er das Gefühl, daß die Zeit nicht sein Feind war. Als Gegenleistung für die Hauptströmung, die ihnen genommen worden war, hatte die Zeit ihnen diese kleine Luftblase geschenkt, und sie würde da sein, so lange sie sie brauchten. Sie sprachen über Leute, die inzwischen geheiratet hatten; über ein Mädchen aus Cleaves Mills, das ein Merit-Stipendium bekommen hatte; über den unabhängigen Gouverneur von Maine. Sarah meinte, daß er aussah wie Lurch aus der alten Addams-Family-Serie und Ansichten wie Herbert Hoover hätte, und darüber mußten beide lachen.

»Sieh ihn mal an«, sagte Sarah und nickte zu Denny hinüber.

Er saß auf dem Rasen bei Vera Smiths Efeugerüst, hatte einen Daumen in den Mund gesteckt und sah schlaftrunken zu ihnen hinüber.

Sie holte seinen Kinderwagen vom Rücksitz des Pinto.

»Wird er es hier draußen auf der Veranda aushalten?« fragte sie Johnny. »Es ist so mildes Wetter. Ich möchte gern, daß er an der frischen Luft schläft.«

»Er wird sich auf der Veranda bestimmt wohl fühlen«, sagte Johnny.

Sie stellte den Kinderwagen in den Schatten, legte ihn hinein und zog die beiden Decken bis zu seinem Kinn. »Schlaf, Baby«, sagte Sarah.

Er lächelte sie an und machte prompt die Augen zu.

»Einfach so?« fragte Johnny.

»Einfach so«, bestätigte sie. Sie trat dicht an ihn heran und schlang beide Arme um seinen Nacken. Er konnte deutlich das leise Rascheln ihres Slips unter dem Kleid hören. »Ich möchte, daß du mich küßt«, sagte sie ruhig. »Ich habe fünf Jahre darauf gewartet, daß du mich wieder küssen würdest, Johnny.«

Er legte die Arme um ihre Taille und küßte sie sanft. Ihre Lippen öffneten sich.

»Oh, Johnny«, sagte sie gegen seinen Hals. »Ich liebe dich.«

»Ich liebe dich auch, Sarah.«

»Wohin gehen wir?« fragte sie und trat von ihm zurück. Ihre Augen waren jetzt so klar und dunkel wie Smaragde. »Wohin?«

4

Er breitete die verschlossene Armeedecke, die alt, aber sauber war, im Stroh des zweiten Bodens aus. Der Geruch war angenehm und süß. Hoch über ihnen ertönte das geheimnisvolle Zwitschern und Flattern der Schwalben im Schuppen, dann ließen sie sich wieder nieder. Neben ihnen war ein kleines staubiges Fenster, von dem man auf das Haus und die Veranda hinabsehen konnte. Sarah wischte eine Stelle sauber und sah zu Denny hinunter.

»Alles okay?« fragte Johnny.

»Ja. Besser hier als im Haus. Das wäre gewesen als...« Sie zuckte die Achseln.

»Als wäre mein Dad Teil davon?«

»Ja. Das hier ist nur zwischen uns.«

»Unsere Sache.«

»Unsere Sache«, pflichtete sie bei. Sie lag auf dem Bauch, das Gesicht auf der Decke zur Seite gedreht, zog die Knie etwas an und schlenkerte die Schuhe von den Füßen, einen nach dem anderen. »Mach meinen Reißverschluß auf, Johnny.«

Er kniete sich neben ihr hin und zog den Reißverschluß nach unten. Das Geräusch hörte sich in der Stille ungewöhnlich laut an. Sarahs Rücken war von kaffeebrauner Farbe, ein Kontrast zu dem weißen Slip. Er küßte sie zwischen die Schulterblätter, und sie erschauerte.

»Sarah«, murmelte er.

»Was?«

»Ich muß dir etwas sagen.«

»Was?«

»Der Doktor hat während einer dieser Operationen einen Fehler gemacht und mich kastriert.«

Sie schlug ihm an die Schulter. »Der alte Johnny«, sagte sie. »Und du hattest mal eine Freundin, die sich auf dem Rummelplatz in Topsham im Wirbelkarussell das Genick gebrochen hat.«

»Genau«, sagte er.

Ihre Hand berührte ihn wie Seide und bewegte sich sanft auf und ab.

»Fühlt sich nicht an, als hätten sie dir etwas getan, das nicht wieder gutzumachen wäre«, sagte sie. Ihre leuchtenden Augen suchten nach seinen. »Überhaupt nicht. Sollen wir mal nachsehen?«

Da war der süße Duft vom Heu. Die Zeit verlor jegliche Bedeutung. Da war das rauhe Gefühl der alten Armeedekke, das glatte Gefühl ihrer Haut, ihre nackte Festigkeit. In sie zu versinken, war wie das Versinken in einen alten Traum, der niemals ganz vergessen worden war.

»Oh, Johnny, Liebster...« Ihre Stimme wurde vor Erregung lauter. Ihre Hüften bewegten sich immer schneller. Ihre Stimme war weit entfernt. Die Berührung ihres Haares war wie Feuer an seinen Schultern und der Brust. Er stieß sein Gesicht tief hinein und verlor sich in der dunkelblonden Dunkelheit.

Die Zeit wirbelt im süßen Heugeruch davon. Die rauhe Beschaffenheit der Decke. Die Geräusche des alten Schuppens, leises Ächzen im Oktoberwind, wie auf einem Schiff. Weiches weißes Licht fällt zwischen den Schindeln herein, Stäubchen wirbeln in einem halben Dutzend bleistiftdünner Sonnenstrahlen. Stäubchen tanzen und kreisen.

Sie schrie auf. An einem bestimmten Punkt rief sie laut seinen Namen, wieder und immer wieder, wie einen Gesang. Ihre Finger gruben sich wie Sporen in ihn. Reiter und Gerittene. Alter, endlich abgefüllter Wein, ein guter Jahrgang.

Später saßen sie am Fenster und schauten auf den Hof hinaus. Sarah streifte das Kleid über ihre nackte Haut und verließ ihn für einen Moment. Er saß allein da und dachte nichts, begnügte sich damit, durch das Fenster zu beobachten, wie sie den Hof überquerte und zur Veranda ging. Sie beugte sich über den Kinderwagen und zog die Decken ein wenig zurecht. Dann kam sie zurück, ihr Haar wehte im Wind, der verspielt am Saum ihres Kleides zupfte.

»Er wird noch eine halbe Stunde schlafen«, sagte sie.

»Tatsächlich?« Johnny lächelte. »Ich vielleicht auch.«

Sie strich mit den nackten Zehen über seinen Bauch. »Lieber nicht!«

Und daher noch einmal, und diesmal war sie oben, beinahe in der Haltung einer Betenden, den Kopf gesenkt, das Haar fiel nach vorne und verbarg ihr Gesicht. Langsam. Und dann war es vorbei.

5

»Sarah...«

»Nein, Johnny. Sag es nicht. Die Zeit ist um.«

»Ich wollte nur sagen, daß du schön bist.«

»Bin ich das wirklich?«

»Das bist du«, sagte er leise. »Liebe Sarah.«

»Wurden wir für alles entschädigt?« fragte sie ihn.

Johnny lächelte. »Sarah, wir haben unser Bestes getan.«

6

Als Herb von Westbrook nach Hause kam, schien er nicht sonderlich überrascht zu sein, Sarah anzutreffen. Er hieß sie willkommen und machte allerhand Aufhebens um das Baby und schalt Sarah, weil sie ihn nicht schon früher einmal mitgebracht hatte.

»Er hat deine Hautfarbe und deine Züge«, sagte Herb. »Und ich glaube, er wird deine Augen bekommen, wenn die Veränderungen abgeschlossen sind.«

»Wenn er nur das Gehirn seines Vaters hat«, sagte Sarah.

Sie hatte eine Schürze vor das blaue Wollkleid gebunden. Draußen ging die Sonne unter. Noch zwanzig Minuten, dann würde es dunkel sein.

»Weißt du, das Kochen ist eigentlich Johnnys Aufgabe«, sagte Herb.

»Ich konnte sie nicht daran hindern. Sie hat mir eine Pistole vor die Brust gehalten.«

»Vielleicht ist das für alle Beteiligten am besten«, sagte Herb. »Alles, was du kochst, schmeckt nach franko-amerikanischen Spaghetti.«

Johnny warf eine Zeitschrift nach seinem Vater, und Denny lachte so laut und durchdringend, daß das ganze Haus davon erfüllt zu sein schien.

Kann er es sehen? überlegte Johnny. *Ich habe das Gefühl, daß mir alles im Gesicht geschrieben steht.* Und dann kam ihm ein erstaunlicher Gedanke, während er beobachtete, wie sein Vater im Schrank nach der Schachtel mit Johnnys alten Spielsachen suchte, die er Vera niemals hatte verschenken lassen. *Vielleicht versteht er es.*

Sie aßen. Herb fragte Sarah, was Walt in Washington machte, und sie erzählte ihnen von der Konferenz, an der er teilnahm, die irgend etwas mit Landansprüchen der Indianer zu tun hatte. Das Treffen der Republikaner diente lediglich dazu, die Stimmung zu erkunden, sagte sie.

»Die meisten Leute, die er trifft, sind der Meinung, wenn Reagan nächstes Jahr anstelle von Ford nominiert wird, bedeutet das das Ende der Partei«, sagte Sarah. »Und wenn die Grand Old Party stirbt, dann bedeutet das, Walt kann 1978 nicht für Bill Cohens Sitz kandidieren, wenn Cohen für Bill Hathaways Sitz im Senat kandidiert.«

Herb beobachtete, wie Denny mit großem Ernst grüne Bohnen aß, eine nach der anderen, wobei er sie mit allen sechs Zähnen bearbeitete. »Ich glaube nicht, daß Cohen bis 1978 abwarten wird, um in den Senat zu kommen. Er wird nächstes Jahr gegen Muskie antreten.«

»Walt sagt, Bill Cohen ist kein so großer Narr«, sagte Sarah. »Er wird warten. Walt sagt, daß seine eigene Chance näherrückt, und ich fange an, ihm zu glauben.«

Nach dem Essen saßen sie im Wohnzimmer, und das Gespräch entfernte sich von der Politik. Sie sahen Denny zu, der mit den alten Lastwagen und Autos aus Holz spielte, die ein viel jüngerer Herb Smith vor mehr als einem Vierteljahrhundert für seinen eigenen Sohn gemacht hatte. Ein jüngerer Herb Smith, der mit einer tüchtigen, humorvollen Frau verheiratet gewesen war, die manchmal abends eine Flasche Black-Label-Bier trank. Ein Mann ohne graues Haar und mit den größten Hoffnungen für seinen Sohn.

Er versteht es, dachte Johnny, während er seinen Kaffee trank. *Ob er nun weiß, was sich heute nachmittag zwischen Sarah und mir abgespielt hat, ob er nur vermutet, was sich abgespielt haben könnte, er versteht den grundlegenden Betrug. Man kann ihn nicht mehr ändern oder berichtigen; man kann bestenfalls versuchen, damit fertigzuwerden. An diesem Nachmittag haben sie und ich eine Ehe vollzogen, die niemals geschlossen wurde. Und heute abend spielt er mit seinem Enkelsohn.*

Er dachte an das Glücksrad, das langsam zum Stillstand kam.

Haus-Nummer. Alle verlieren.

Düstere Stimmung versuchte sich breitzumachen, ein unbehagliches Gefühl der Endgültigkeit, aber er verdrängte es. Dies war nicht der richtige Zeitpunkt dafür, es durfte nicht der richtige Zeitpunkt sein.

Gegen halb neun Uhr fing Denny an, quengelig zu werden, und Sarah sagte: »Zeit zum Gehen, Leute. Er kann während der Heimfahrt nach Kennebunk seine Flasche trinken. Spätestens nach drei Meilen wird er dann eingeschlafen sein. Vielen Dank für alles.« Ihre strahlenden grünen Augen sahen Johnny einen Moment an.

»Das Vergnügen war ganz auf unserer Seite«, sagte Herb und stand auf. »Richtig, Johnny?«

»Richtig«, sagte er. »Laß mich den Kinderwagen hinaustragen, Sarah.«

An der Tür küßte Herb den kleinen Denny noch einmal auf den Kopf (und Denny griff mit seiner pummeligen Faust nach Herbs Nase und drehte sie so fest herum, daß Herb das Wasser in die Augen schoß), und Sarah gab ihm die Schlüssel, damit er alles auf dem Rücksitz verstauen konnte.

Als er fertig war, stand sie an der Tür der Fahrerseite und sah ihn an. »Es war das beste, was wir tun konnten«, sagte sie und lächelte dabei ein wenig. Aber der verräterische Glanz in ihren Augen sagte ihm, daß sie wieder den Tränen nahe war.

»Es war gar nicht so schlecht«, sagte Johnny.

»Wir werden doch in Verbindung bleiben?«

»Ich weiß es nicht, Sarah. Sollen wir?«

»Nein, ich denke nicht. Es wäre zu einfach, nicht wahr?«

»Ziemlich einfach, ja.«

Sie trat dicht an ihn heran und streckte sich, um ihn auf die Wange zu küssen. Er konnte ihr Haar riechen, frisch und duftend.

»Gib auf dich acht«, flüsterte sie. »Ich denke an dich.«

»Sei tapfer, Sarah!« sagte er und berührte ihre Nase.

Dann drehte sie sich um und schob sich hinter das Lenkrad; eine reizende, junge Frau, deren Mann auf dem Weg nach oben war. Ich möchte höllisch bezweifeln, daß sie nächstes Jahr noch einen Pinto fahren werden, dachte Johnny.

Die Scheinwerfer flammten auf, dann heulte der kleine Nähmaschinenmotor. Sie winkte ihm noch einmal zu, dann fuhr sie über die Auffahrt davon. Johnny stand neben dem Hackklotz, hatte die Hände in den Hosentaschen und sah ihr nach. Etwas in seinem Herzen schien sich geschlossen zu haben. Es war kein bedeutendes Gefühl. Das war das Schlimmste – es war überhaupt kein bedeutendes Gefühl.

Er wartete, bis die Rücklichter des Autos verschwunden waren, dann stieg er die Verandastufen hinauf und ging ins Haus. Sein Dad saß im großen Sessel im Wohnzimmer. Der Fernseher war ausgeschaltet. Die paar Spielsachen, die Herb im Schrank gefunden hatte, lagen auf dem Teppich verstreut herum, und er sah sie an.

»War schön, Sarah zu sehen«, sagte Herb. »War es für dich und sie ein...« er zögerte nur ganz kurz, »...schöner Besuch?«

»Ja«, sagte Johnny.

»Wird sie wieder kommen?«

»Nein, das glaube ich nicht.«

Er und sein Vater sahen sich an.

»Nun, vielleicht ist es so am besten«, sagte Herb schließlich.

»Ja. Vielleicht.«

»Du hast früher mit diesen Sachen gespielt«, sagte Herb, ließ sich auf die Knie nieder und begann sie einzusammeln. »Ich hatte eine Menge davon damals Lottie Gedreau gegeben, als sie ihre Zwillinge bekam. Aber ich wußte, daß ich noch ein paar hatte. Einige habe ich aufgehoben.«

Er legte sie eines nach dem anderen in den Karton und betrachtete dabei jedes Stück sehr aufmerksam. Ein Rennwagen. Ein Bulldozer. Ein Polizeifahrzeug. Ein kleiner Löschzug mit Leiter, von dem die rote Farbe abgewetzt war, wo kleine Hände danach griffen. Dann brachte er die Schachtel in den Schrank in der Diele zurück.

Johnny sah Sarah Hazlett drei Jahre lang nicht wieder.

Sechzehntes Kapitel

1

Der Schnee fiel in diesem Jahr schon sehr früh. Am 7. November lagen fünfzehn Zentimeter, und Johnny mußte ein Paar alte grüne Gummistiefel und seinen alten Parka für den Ausflug zum Briefkasten anziehen. Vor zwei Wochen hatte Dave Pelsen ein Päckchen mit dem Unterrichtsmaterial geschickt, das er im Januar verwenden sollte, und Johnny hatte bereits zaghaft damit begonnen, Unterrichtspläne aufzustellen. Er freute sich darauf, wieder zurückzukommen. Dave hatte auch schon ein Apartment in der Howland Street in Cleaves für ihn gemietet. 24 Howland Street. Johnny hatte einen Zettel mit dieser Adresse in seine Brieftasche gelegt, weil er auf ärgerliche Art Straße und Hausnummer immer wieder vergaß.

An diesem Tag war der Himmel schiefergrau verhangen. Die Temperatur betrug gerade sechs Grad unter Null. Während Johnny über die Einfahrt stapfte, begannen die ersten Schneeflocken vom Himmel zu rieseln. Weil er allein war, ging er das Wagnis ein und streckte die Zunge heraus, um eine Schneeflocke darauf zu fangen. Er hinkte fast nicht mehr, und er fühlte sich wohl. Seit über zwei Wochen oder länger hatte er auch keine Kopfschmerzen mehr gehabt.

Die Post bestand aus einer Reklame-Wurfsendung, einer *Newsweek*-Ausgabe und einem kleinen braunen Umschlag, der an John Smith adressiert war, ohne Absender. Johnny öffnete ihn auf dem Rückweg; die übrige Post hatte er in die Hüfttasche gesteckt. Er zog ein einzelnes, bedrucktes Blatt heraus, sah am oberen Rand die Worte *Inside View* und blieb auf halbem Rückweg jäh stehen.

Es war Seite drei der Ausgabe von letzter Woche. Die Titelgeschichte war die ›Enthüllung‹ eines Reporters über die gutaussehende zweite Geige einer Fernsehkrimiserie; die

Nebenfigur war zweimal von der High School suspendiert (vor zwölf Jahren) und einmal mit Kokain erwischt worden (vor sechs Jahren). Heiße Nachrichten für die Hausfrauen Amerikas. Dann gab es da eine Körnerdiät, ein niedliches Baby-Foto sowie die Geschichte eines neunjährigen Mädchens, das in Lourdes auf wundersame Weise von einer Gehirnlähmung geheilt worden war (ÄRZTE VOR EINEM RÄTSEL, trompetete die Überschrift triumphierend). Am unteren Ende des Blattes war ein Artikel rot umrandet worden. »HELLSEHER« AUS MAINE GESTEHT JUX EIN, lautete die fettgedruckte Überschrift. Ein Verfasser war nicht angegeben.

Es ist schon immer die Politik von *Inside View* gewesen, unsere Leser nicht nur voll und ganz über Menschen mit übersinnlichen Fähigkeiten zu informieren, die von der sogenannten Nationalen Presse ignoriert werden, sondern wir haben es genauso für unsere Pflicht gehalten, Scharlatane und Trickbetrüger zu entlarven, die sich als übersinnliche Phänomene ausgeben, ohne bisher imstande gewesen zu sein, ihre Behauptung legitim zu begründen.
Einer dieser Schwindler hat kürzlich einer zuverlässigen Quelle von *Inside View* gegenüber seinen eigenen Jux zugegeben. Dieser sogenannte Hellseher, John Smith aus Pownal, Maine, hat unserer Quelle eingestanden, daß alles nur ein Scherz war, ›um meine Krankenhausrechnungen bezahlen zu können. Falls sich daraus ein Buch machen läßt, werde ich vielleicht alle Schulden abtragen und mich noch für ein paar Jahre zur Ruhe setzen können‹, hatte Smith gegrinst. ›Heutzutage glauben die Leute doch einfach alles – warum sollte ich nicht auf dieser Welle mitschwimmen?‹
Dank *Inside View*, das seine Leser stets darauf hingewiesen hat, daß auf jeden echten Übersinnlichen zwei falsche kommen, ist diese Welle für John Smith versandet. Und wir wiederholen unser immer noch gültiges Angebot:

1000 Dollar für jeden, der beweisen kann, daß irgendein auf nationaler Ebene bekannter Hellseher ein Schwindler ist.
Juxmacher und Scharlatane, seid gewarnt

Johnny las diesen Artikel zweimal, während es immer heftiger zu schneien begann, und grinste schließlich widerstrebend. Der ewig wachsamen Presse machte es offenbar keinen Spaß, von einem Hinterwäldler einen Tritt in den Hintern zu bekommen und von der Veranda zu fliegen, dachte er. Er streckte das zusammengefaltete Belegblatt in den Umschlag zurück und stopfte ihn zur übrigen Post in die Hüfttasche.

»Dees«, sagte er laut, »ich hoffe, daß du immer noch grün und blau bist.«

2

Sein Vater war nicht so amüsiert. Herb las den Zeitungsausschnitt und klatschte ihn dann angewidert auf den Küchentisch. »Du solltest diesen Hurensohn verklagen. Das ist nichts weiter als glatte Verleumdung, Johnny. Vorsätzlich.«

»Ganz deiner Meinung«, sagte Johnny. Draußen war es dunkel. Aus dem leichten Schneefall des Nachmittags war ein früher winterlicher Schneesturm geworden. Der Wind heulte ums Haus. Die Auffahrt war unter einer dünengleichen Schneewehe verschwunden. »Aber es gab keinen Zeugen bei unserer Unterhaltung, und das weiß Dees. Mein Wort gegen seins.«

»Er hatte nicht mal den Mut, seinen Namen unter diese Lüge zu setzen«, knurrte Herb. »Sieh dir das an, ›zuverlässige Quelle von *Inside View*‹. Was ist denn das für eine Quelle? Du solltest ihn auffordern, diese Quelle beim Namen zu nennen, sage ich.«

»Oh, das kann man nicht machen«, meinte Johnny grinsend. »Nein, danke. Soweit es mich betrifft, haben die mir sogar einen Gefallen getan. Ich will keine Karriere daraus machen, anderen Leuten zu erzählen, wo Brummpa seine Wertpapiere versteckt hatte, wer das vierte Rennen in Scarborough Downs gewinnen wird und so weiter. Oder nimm diese Lotterie.« Es hatte Johnny sehr überrascht, als er nach seinem Erwachen erfahren hatte, daß in Maine und etwa einem Dutzend weiterer Staaten inzwischen gesetzlich erlaubte Zahlenspiele eingeführt worden waren. »Im letzten Monat habe ich sechzehn Briefe von Leuten bekommen, die von mir wissen wollten, welche Zahlen gezogen werden würden. Das ist verrückt. Selbst wenn ich es ihnen sagen könnte, was ich nicht kann, was würde es ihnen nützen? Man kann sich bei der Maine-Lotterie nicht seine eigenen Zahlen aussuchen, man muß nehmen, was sie einem geben. Trotzdem bekomme ich diese Briefe.«

»Ich sehe nicht, was das mit diesem schmierigen Artikel zu tun hat.«

»Wenn die Leute mich für einen Schwindler halten, werden sie mich vielleicht in Ruhe lassen.«

»Oh«, sagte Herb. »Ich verstehe, was du meinst.« Er zündete sich seine Pfeife an. »Dir war nie so richtig wohl dabei, nicht wahr?«

»Nein«, sagte Johnny. »Wir haben ja auch nie viel darüber gesprochen und das war auch gut so. Dagegen scheinen andere Leute *nur* darüber sprechen zu wollen.« Es ging nicht nur darum, daß sie darüber reden wollten; das hätte ihm weniger zu schaffen gemacht. Aber als er in Slocum's Store etwas gekauft hatte, wollte die Verkäuferin ihm das Geld abnehmen, ohne dabei seine Hand berühren zu müssen, und der ängstliche Blick in ihren Augen war unverkennbar gewesen. Die Freunde seines Vaters winkten ihm zu, statt ihm die Hand zu geben. Im Oktober hatte Herb ein Mädchen von der hiesigen High School engagiert, das einmal wöchentlich ins Haus gekommen war, um ein bißchen sauberzumachen und den Boden zu saugen. Nach drei Wochen hatte sie gekündigt, ohne einen Grund dafür anzugeben –

wahrscheinlich hatte ihr irgend jemand von der High School gesagt, für wen sie saubermachte. Für jeden, der berührt werden, der mit Johnny in Kontakt kommen wollte, um etwas von ihm zu erfahren, schien es einen zu geben, der ihn als eine Art Aussätzigen betrachtete. Bei solchen Gelegenheiten mußte Johnny an die Krankenschwestern denken, die ihn an dem Tag angegafft hatten, als er Eileen Magown sagte, daß ihr Haus niederbrennen würde, die ihn wie Krähen von einem Telefonkabel herunter angestarrt hatten. Er dachte daran, wie der Fernsehreporter nach dem spektakulären Ende der Pressekonferenz vor ihm zurückgewichen war und allem zugestimmt hatte, was er sagte, sich aber nicht berühren lassen wollte. So oder so ungesund.

»Nein, wir beide sprechen nicht darüber«, stimmte Herb zu. »Ich nicht, weil es mich an deine Mutter erinnern würde, glaube ich. Sie war sicher, daß sie dir aus einem bestimmten Grund verliehen worden war, diese... wie-man-das-auch-immer-nennen-mag. Manchmal überlege ich, ob sie nicht vielleicht doch recht gehabt hat.«

Johnny zuckte die Achseln. »Ich will nur ein normales Leben führen. Ich möchte diese gottverdammte Sache endlich begraben wissen. Wenn mir dieser miese Schreiberling dazu verhelfen kann, um so besser.«

»Aber du kannst es noch, nicht?« fragte Herb. Er sah seinen Sohn forschend an.

Johnny dachte an einen Abend vor nicht ganz einer Woche. Sie waren Essen gegangen, was angesichts ihres knappen Budgets selten vorkam. Sie waren in Cole's Farm in Gray gegangen, das wahrscheinlich beste Restaurant der Gegend, wo es immer zum Bersten voll war. Die Nacht war kalt gewesen, das Lokal gemütlich und warm, Johnny hatte seinen und den Mantel seines Vaters in die Garderobe gebracht, und während er an den Reihen der Kleidungsstücke entlangtastete, um einen Haken zu finden, war ihm eine ganze Reihe klarer Eindrücke durch den Kopf gegangen. Manchmal war es so, und bei anderen Gelegenheiten wiederum hätte er einen einzelnen Mantel zwanzig Minuten in

Händen halten können, ohne etwas zu empfinden. Da war der Pelzmantel einer Dame. Sie hatte eine Affäre mit einem Pokerkumpel ihres Mannes, litt Höllenangst deswegen, wußte aber nicht, wie sie sie beenden sollte. Die lammfellgefütterte Jeansjacke eines Mannes. Auch dieser Bursche machte sich Sorgen – um seinen Bruder, der vor einer Woche einen schweren Unfall auf dem Bau gehabt hatte. Der Parka eines kleinen Jungen – seine Großmutter hatte ihm erst heute ein Snoopy-Radio geschenkt, und er war wütend auf seinen Vater, weil dieser ihm nicht erlaubt hatte, es mit ins Restaurant zu nehmen. Ein anderer, ein schlichter schwarzer Übermantel, hatte ihn mit kaltem Entsetzen erfüllt und ihm den Appetit geraubt. Der Mann, dem dieser Mantel gehörte, war dabei verrückt zu werden. Bislang war es ihm gelungen, den äußeren Schein zu wahren – nicht einmal seine Frau ahnte etwas –, aber seine Sicht der Welt wurde langsam von zunehmend paranoiden Wahnvorstellungen verdunkelt. Diesen Mantel zu berühren war gewesen, als hätte er ein sich windendes Schlangengehege berührt.

»Ja, ich kann es noch«, sagte Johnny knapp. »Aber ich wünsche mir verdammt, daß ich es nicht mehr könnte.«

»Ist das dein Ernst?«

Johnny dachte an den schlichten schwarzen Übermantel. Er hatte nur in seinem Essen herumgestochert und dabei hierhin und dorthin gesehen, um seinen Besitzer auszumachen, was ihm aber nicht gelungen war.

»Ja«, sagte er. »Es ist mein Ernst.«

»Dann vergessen wir es am besten«, sagte Herb und klopfte seinem Sohn auf die Schulter.

3

Ungefähr einen Monat lang schien auch wirklich so, als würde alles vergessen werden. Johnny fuhr nach Norden, um an einer Schulkonferenz für die Lehrer teilzunehmen, die Mitte dieses Schuljahres anfingen, und bei dieser Gelegenheit auch gleich einen großen Teil seiner persönlichen Sachen in sein neues Apartment zu bringen, das zwar klein war, in dem sich aber durchaus wohnen ließ.

Er nahm den Wagen seines Vaters, und als er zur Abfahrt bereit war, fragte ihn Herb: »Du bist doch nicht etwa nervös? Wegen des Fahrens.«

Johnny schüttelte den Kopf. Gedanken an den tragischen Unfall plagten ihn kaum noch. Wenn ihm etwas zustoßen sollte, würde es eben passieren; er würde nichts daran ändern können. Aber tief innerlich war er überzeugt, daß der Blitz nicht zweimal an derselben Stelle einschlagen würde – er glaubte nicht, daß er bei einem Autounfall sterben würde, wenn es soweit war.

Die lange Fahrt erwies sich dann auch als ruhig und beruhigend, die Konferenz als fast so etwas wie ein Familientreffen. Alle seine früheren Kollegen, die noch an der CMHS unterrichteten, begrüßten ihn herzlich und wünschten ihm alles Gute. Aber es konnte ihm nicht entgehen, wie wenige von ihnen ihm noch die Hand schüttelten, und er spürte eine gewisse Reserviertheit und so etwas wie Wachsamkeit in ihren Augen. Während der Heimfahrt versuchte er sich einzureden, daß alles nur Einbildung gewesen war. Und wenn nicht, nun auch das hatte seine amüsanten Aspekte. Falls sie ihr *Inside View* gelesen hatten, würden sie wissen, daß er ein Scharlatan war, von dem man nichts zu befürchten hatte.

Nach der Konferenz konnte Johnny wenig mehr tun als nach Pownal zurückzukehren und dort zu warten, bis die Weihnachtsferien kommen und gehen würden. Es trafen keine Päckchen mit persönlichen Gegenständen mehr ein, als wäre ein Schalter umgelegt worden – die Macht der Presse, sagte Johnny zu seinem Vater. Dafür kam jetzt eine kurze Flut von zornigen – und meistens anonymen – Briefen und Karten von Leuten, die sich offenbar persönlich betrogen fühlten.

»Für Ihre schleimigen Versuche, unsere amerikanische Republik zu verarschen, sollten Sie in der H!Ö!L!L!E! schmoren«, lautete so ein typischer Brief. Er war auf einer zerknitterten Ramada-Inn-Serviette geschrieben worden und trug den Poststempel von York, Pennsylvania. »Sie sind nichts weiter als ein *Falschspieler* und *elender dreckiger Betrüger.* Ich danke Gott für diese Zeitung, die Sie durchschaut hat. Sie sollten sich schämen, Sir! Die Bibel sagt, ein gewöhnlicher Sünder wird in den See AUS F!E!U!E!R! geworfen und verzehrt werden, aber ein F!A!L!S!C!H!E!R! P!R!O-!F!E!E!T! wird *immer* und EWIG brennen! Das sind Sie ein falscher Profeet der für ein paar billige Piepen seine Unsterbliche Seele verkauft hat. Damit beende ich meinen Brief und hofe in Ihrem Interesse daß ich Sie nie auf den Strasen Ihrer Heimatstadt erwische. Unterschrift, EIN FREUND (von Gott nicht von Ihnen Sir)!«

Über zwei Dutzend solcher Briefe trafen innerhalb von drei Wochen nach Erscheinen des Artikels in *Inside View* ein. Mehrere geschäftstüchtige Seelen verliehen ihrem Interesse Ausdruck, sich mit Johnny als Partner zusammenzutun. »Ich war Assistent eines Zauberers«, prahlte eines dieser späteren Sendschreiben, »und ich könnte eine alte Hure aus ihrem Strapsgürtel zaubern. Wenn Sie ein Gedankenleser-Kunststück vorhaben, brauchen Sie mich!«

Dann trocknete die Briefflut aus, wie ehedem die Flut von Päckchen und Paketen. Eines Tages Ende November, als er in den Briefkasten gesehen und festgestellt hatte, daß er den dritten Tag nacheinander leer war, ging Johnny zum Haus zurück und dachte daran, daß Andy Warhol einmal prophezeit hatte, der Tag würde kommen, da jeder in Amerika fünfzehn Minuten lang berühmt sein würde. Offenbar waren seine fünfzehn Minuten gekommen und wieder gegangen, und darüber war keiner erfreuter als er selbst.

Aber wie sich herausstellte, war es noch nicht vorbei.

4

»Smith?« fragte die Stimme am Telefon. »John Smith?«

»Ja.« Es war keine Stimme, die er kannte, und auch nicht falsch verbunden. Das machte die Sache rätselhaft, denn sein Vater hatte seit drei Monaten eine geänderte Geheimnummer. Es war der 17. Dezember, und ihr Weihnachtsbaum stand schon in einer Ecke des Zimmers bereit, sein Stamm steckte fest in dem alten Halter, den Herb gemacht hatte, als Johnny noch ein Kind war. Draußen schneite es.

»Mein Name ist Bannerman. Sheriff George Bannerman aus Castle Rock.« Er räusperte sich. »Ich habe... nun, man könnte sagen, ja, einen Vorschlag für Sie.«

»Woher haben Sie diese Nummer?«

»Nun, da es sich um eine Polizei-Angelegenheit handelt, hätte ich sie natürlich von der Telefongesellschaft bekommen können, nehme ich an, aber ich habe sie von einem Freund von Ihnen. Von einem Doktor namens Weizak.«

»Sam Weizak hat Ihnen meine Nummer gegeben?«

»Ganz recht.«

Johnny setzte sich völlig verwirrt in die Telefonnische. Jetzt sagte ihm der Name Bannerman etwas. Er hatte ihn erst kürzlich in einer Sonntagsbeilage der Zeitung gelesen. Er war der Sheriff von Castle County, das ziemlich weit westlich von Pownal lag, etwa in der Lakes-Region. Castle Rock war die Bezirkshauptstadt, etwa dreißig Meilen von Nordway und zwanzig von Bridgeton entfernt.

»Polizei-Angelegenheit?« wiederholte er.

»Nun, ich denke, so könnte man es nennen, jawohl. Ich habe überlegt, ob wir beide uns nicht mal bei einer Tasse Kaffee zusammensetzen könnten.«

»Hat es etwas mit Sam zu tun?«

»Nein. Dr. Weizak hat überhaupt nichts damit zu tun«, sagte Bannerman. »Er hat mich angerufen und Ihren Namen erwähnt. Das war... oh, mindestens vor einem Monat. Um ganz offen zu sein, ich habe ihn für verrückt gehalten. Aber jetzt sind wir mit unserem Latein am Ende.«

»Weswegen? Mr. – *Sheriff* – Bannerman, ich habe keine Ahnung, wovon Sie reden.«

»Es wäre wirklich besser, wenn wir uns bei einer Tasse Kaffee darüber unterhalten könnten«, sagte Bannerman. »Vielleicht heute abend? An der Hauptstraße in Bridgeton gibt es ein Lokal namens Jon's. Ungefähr auf halbem Wege zwischen Ihrer und meiner Stadt.«

»Nein, tut mir leid«, sagte Johnny. »Ich müßte schon wissen, worum es geht. Und wie kommt es, daß Sam mich nicht angerufen hat?«

Bannerman seufzte. »Ich vermute, daß Sie ein Mann sind, der keine Zeitung liest«, sagte er.

Aber das traf nicht zu. Johnny hatte zwanghaft Zeitungen gelesen, seit er wieder zum Bewußtsein gekommen war, um sich über alles zu informieren, was er verpaßt hatte. Und er hatte Bannermans Namen erst vor kurzem gelesen. Sicher. Weil dieser Bannerman auf einem verdammt heißen Stuhl saß. Er war der Mann, der verantwortlich war...

Johnny hielt den Telefonhörer vom Ohr ab, sah ihn an und verstand plötzlich. Er sah ihn an wie ein Mann eine Schlange betrachten mochte, von der ihm erst klar geworden war, daß sie giftig ist.

»Mr. Smith?« quakte es blechern. »Hallo? Mr. Smith?«

»Ich bin noch dran«, sagte Johnny und drückte den Hörer wieder ans Ohr. Er empfand einen unbestimmten Zorn auf Sam Weizak, Sam, der ihm gesagt hatte, sich diesen Sommer über so unauffällig wie möglich zu verhalten, und dann hatte er eine Kehrtwendung gemacht und diesem gehirnalbernen lokalen Sheriff einen erzählt... – hinter seinem Rücken.

»Es geht um diese Würger-Morde, nicht?«

Bannerman zögerte ziemlich lange. Dann sagte er: »Können wir uns unterhalten, Mr. Smith?«

»Nein. Ganz entschieden nein.« Johnnys Zorn hatte sich jäh in Wut verwandelt. Wut und noch etwas anderes. Angst.

»Mr. Smith, es ist ungemein wichtig. Heute...«

»Nein. Ich möchte in Ruhe gelassen werden. Und außerdem, lesen Sie nicht *Inside View?* Ich bin ein Schwindler.«

»Dr. Weizak sagte...«

»Er hatte kein Recht, überhaupt etwas zu sagen!« schrie Johnny. Er zitterte am ganzen Leibe. »Leben Sie wohl!« Er knallte den Hörer auf die Gabel und verließ schleunigst die Telefonnische, als könnte das verhindern, daß das Telefon gleich noch einmal läutete. Er konnte beginnende Kopfschmerzen in den Schläfen spüren. Bohrende Schmerzen. Vielleicht sollte ich seine Mutter da draußen in Kalifornien anrufen, dachte er. Und ihr sagen, wo ihr kleiner Sonnyboy ist. Sich bei ihm zu melden. Auge um Auge.

Statt dessen machte er sich im Adreßbuch in der Telefonnische auf die Jagd, fand Sams Büronummer in Bangor und rief dort an. Kaum hatte es am anderen Ende einmal geläutet, legte er auf, weil er es wieder mit der Angst bekommen hatte. Warum hatte Sam ihm das angetan? Gott verdammt, warum?

Er stellte fest, daß er den Weihnachtsbaum ansah.

Dieselben alten Dekorationen. Erst vor zwei Abenden hatten sie sie wieder vom Dachboden heruntergeholt, hatten sie wieder aus ihren Seidenpapierverpackungen ausgepackt und hatten sie wieder aufgehängt. Es war eine komische Sache mit diesem Christbaumschmuck. Es gab nicht viele Dinge, die Jahr für Jahr intakt blieben, während man aufwuchs. Nicht viel Kontinuität, nicht viele stoffliche Gegenstände, die der Kindheit und dem Erwachsensein gleichermaßen dienen konnten. Die Kinderkleidung wurde weitergegeben oder für die Heilsarmee verpackt; die Feder der Donald-Duck-Uhr ging kaputt; die Red-Ryder-Cowboystiefel zerschlissen. Die Brieftasche, die man im ersten Werkunterricht selbst anfertigte, wurde durch eine Lord Buxton ersetzt, und man vertauschte den roten Kinderwagen und dann das Fahrrad gegen erwachsenere Dinge – ein Auto, Tennisausrüstung, vielleicht eines dieser neuen Video-Hockeyspiele. Es gab nur wenig, woran man sich festhalten konnte. Vielleicht ein paar Bücher, einen Glücksbringer, eine Briefmarkensammlung, die man aufgebaut und sorgsam gehütet hat.

Und natürlich den Christbaumschmuck im väterlichen Haus.

Jahr für Jahr dieselben geschnitzten Engel, derselbe Silberfolienstern auf der Spitze; die zäheste überlebende Schwadron einer einstigen ganzen Kompanie von Glaskugeln (und wir vergessen niemals die ehrenhaft gefallenen, dachte er – die hier starben als Folge von Babys zugreifender Hand, diese rutschte ab, als Daddy sie aufhängen wollte, und zerschellte am Boden, die rote mit dem Stern von Bethlehem darauf wurde in einem Jahr auf geheimnisvolle Weise zerbrochen, als wir sie vom Dachboden herunterholten, und ich habe geweint); der Baumständer selbst. Aber manchmal, dachte Johnny und rieb sich abwesend die Schläfen, wäre es besser, gnädiger, selbst mit diesen letzten Überbleibseln der Kindheit den Kontakt zu verlieren. Man konnte die Bücher, die einen als erste angemacht hatten, nie wieder so entdecken wie früher. Der Glücksbringer hatte einen nicht vor den gewöhnlichen Schicksalsschlägen und Widrigkeiten und Katastrophen des Lebens bewahren können. Und wenn man den Baumschmuck selbst betrachtete, dann erinnerte man sich, daß einst eine Mutter dabeigewesen war, die das Baumschmücken dirigiert hatte, die immer bereit und willens gewesen war, einem auf den Keks zu gehen, indem sie sagte ›etwas höher‹ oder ›etwas tiefer‹ oder ›Ich glaube, auf der linken Seite ist zuviel Lametta, mein Lieber.‹ Man sah den Schmuck an und erinnerte sich, daß man dieses Jahr nur zu zweit gewesen war, um ihn anzubringen, nur zu zweit, weil die Mutter verrückt geworden und dann gestorben war, aber die zerbrechlichen Christbaumkugeln waren immer noch da, sie schmückten jetzt einen anderen Baum aus dem kleinen Wäldchen weit hinter dem Haus, und sagte man nicht, daß um die Weihnachtszeit mehr Menschen Selbstmord begingen als in jeder anderen Zeit des Jahres? Bei Gott, das war kein Wunder.

Welche Macht Gott dir gegeben hat, Johnny.

Klar, das ist richtig, Gott ist ein echter Prinz. Er hat mich durch die Windschutzscheibe eines Taxis geschleudert und mir beide Beine gebrochen, und ich verbrachte fast fünf Jahre im Koma und drei Menschen mußten sterben. Das Mädchen, das ich liebte, hat geheiratet. Sie bekam den Sohn, den sie von mir hätte empfangen sollen, von einem Anwalt, der sich den Arsch aufreißt, um nach Washington zu kommen, damit er mithelfen kann, die große elektrische Eisenbahn zu lenken. Wenn ich länger als ein paar Stunden auf den Beinen stehe, dann ist mir, als hätte mir jemand einen langen Glassplitter durch die Beine bis zu den Eiern gerammt. Gott ist ein echter Sportsgeist. Er ist so ein Sportsgeist, daß er eine Welt wie aus einer komischen Oper zusammengebastelt hat, in der Christbaumkugeln aus Glas älter werden als man selbst. Hübsche Welt, und ein wirklich erstklassiger Gott, der dafür verantwortlich ist. Er muß in Vietnam auf unserer Seite gewesen sein, denn genau das ist seine Art, wie er seit Anbeginn der Zeiten die Geschicke lenkt.

Er hat eine Aufgabe für dich, Johnny.

Einem beschissenen Dorfpolizisten aus der Patsche helfen, damit er nächstes Jahr wiedergewählt wird?

Lauf nicht vor ihm davon, Johnny. Versteck dich nicht in einer Höhle.

Er rieb sich die Schläfen. Draußen schwoll der Wind an. Er hoffte, sein Vater würde vorsichtig sein, wenn er von der Arbeit nach Hause fuhr.

Johnny stand auf und zog sich einen dicken Pullover an. Er ging hinaus in den Schuppen und sah zu, wie sein Atem vor ihm in der Luft zu Wölkchen gefror. Links befand sich ein gewaltiger Stapel Holz, den er im gerade vergangenen Herbst gehackt hatte, alles genau auf Ofenlänge. Daneben stand eine Kiste mit Kleinholz und daneben wiederum ein Stapel alter Zeitungen. Er kauerte sich nieder und fing an, sie durchzublättern. Seine Hände wurden rasch gefühllos, aber er machte weiter, und schließlich fand er die, nach der er gesucht hatte. Die Sonntagszeitung von vor drei Wochen.

Er nahm sie mit ins Haus, klatschte sie auf den Küchentisch und blätterte sie durch. Er fand den Artikel, den er gesucht hatte, im Feature-Teil, setzte sich hin und begann zu lesen.

Der Artikel war mit mehreren Fotos illustriert, eines davon zeigte eine alte Frau, die eine Tür abschloß, ein anderes einen Streifenwagen der Polizei in einer nahezu verlassenen Straße. Zwei zeigten fast leere Geschäfte. Die Schlagzeile lautete: DIE JAGD NACH DEM WÜRGER VON CASTLE ROCK NIMMT KEIN ENDE!

Vor fünf Jahren, begann der Artikel, war eine junge Frau namens Alma Frechette, die in einem lokalen Restaurant gearbeitet hatte, auf dem Heimweg von der Arbeit vergewaltigt und erdrosselt worden. Staatsanwaltschaft und der Sheriff von Castle County hatten gemeinsam die Ermittlungen geführt. Das Ergebnis war gleich Null gewesen. Ein Jahr später war eine ältere Frau, ebenfalls vergewaltigt und erdrosselt, in ihrem kleinen Apartment im dritten Stock eines Hauses in der Carbine Street von Castle Rock entdeckt worden. Einen Monat später hatte der Killer erneut zugeschlagen; diesmal war ein aufgewecktes junges Mädchen von der High School das Opfer gewesen.

Man hatte intensivere Ermittlungen durchgeführt. Alle Untersuchungsmöglichkeiten des FBI waren benutzt worden; allesamt ohne Ergebnis. Im folgenden November war Sheriff Carl M. Kelso, der ungefähr seit den Tagen des Bürgerkriegs Polizeichef des County gewesen war, nicht wiedergewählt worden, seine Stelle hatte George Bannerman eingenommen, der diese vor allem seiner aggressiven Kampagne, den ›Würger von Castle Rock‹ zu schnappen, verdankte.

Zwei Jahre vergingen. Der Würger war nicht gefaßt worden, aber es waren auch keine weiteren Morde mehr passiert. Doch dann, im letzten Januar, hatten zwei kleine Jungen die Leiche der siebzehnjährigen Carol Dunbarger gefunden. Das Mädchen war von ihren Eltern als vermißt gemeldet worden. Sie hatte ständig Ärger in der High School von Castle Rock gehabt, wo sie als faul und aufsässig bekannt war. Zweimal hatte man sie wegen Ladendiebstahls verhaftet, und sie war schon einmal bis Boston durchgebrannt. Deshalb hatten Bannerman und die Staatspolizei angenommen, daß sie wieder als Anhalterin unterwegs gewesen war – und der Killer sie mitgenommen hatte. Ein Tauwetter mitten im Winter hatte ihre Leiche in der Nähe von Strimmer's Brook freigelegt, wo sie von den beiden Jungs gefunden worden war. Nach Feststellung des Gerichtsmediziners war sie schon seit zwei Monaten tot.

Dann, an diesem 2. November, war wieder ein Mord verübt worden. Das Opfer war eine in Castle Rock sehr beliebte Volksschullehrerin namens Etta Ringgold gewesen. Sie hatte ihr Leben lang der Methodistenkirche angehört, besaß einen M.B.S. in Elementarausbildung und war in zahlreichen gemeinnützigen Verbänden tätig gewesen. Sie war eine Bewunderin der Werke von Robert Browning gewesen, und man hatte ihre Leiche in einem Abzugskanal unter einer ungepflasterten Nebenstraße gefunden. Der Mord an Miß Ringgold hatte das ganze nördliche Neuengland in Aufruhr versetzt. Vergleiche mit Alberto DeSalvo, dem Würger von Boston, wurden angestellt – Vergleiche, die nur dazu angetan waren, Öl auf die hochgehenden Wogen der Empörung zu schütten. William Loeb's *Union Leader* im gar nicht so fernen Manchester, New Hampshire, hatte einen weiteren hilfreichen Leitartikel unter der Überschrift DIE UNFÄHIGE POLIZEI IN UNSEREM NACHBARSTAAT veröffentlicht.

Im Artikel dieser Sonntagsbeilage, die nun fast sechs Wochen alt war und durchdringend nach Schuppen und Holzkiste roch, wurden auch noch zwei Psychiater zitiert, die sehr froh darüber waren, das Blaue vom Himmel herunterzuanalysieren, so lange ihre Namen nicht abgedruckt wurden. Einer von ihnen erwähnte eine spezielle sexuelle Abnormität – den Drang, im Augenblick des Orgasmus eine gewalttätige Handlung zu begehen. Nett, dachte Johnny und zog eine Grimasse. Er erwürgt sein Opfer, während er kommt. Seine Kopfschmerzen wurden immer schlimmer.

Der andere Seelenklempner wies auf die Tatsache hin, daß alle fünf Morde im Spätherbst oder Frühwinter verübt worden waren. Eine manisch-depressive Persönlichkeit hielt sich nicht an feste Regeln, konnte aber durchaus in ihren jeweiligen Stimmungen dem Wechsel der Jahreszeiten unterworfen sein. Sie konnte ein ›Tief‹ haben, das von Mitte April bis etwa Ende August anhielt; danach konnte eine Steigerung einsetzen, die ihr ›Hoch‹ etwa zur Zeit der Morde hatte.

Während des manischen oder ›Hoch‹-Zustandes konnte die fragliche Person sexuell aufgeputscht, aktiv, verwegen und optimistisch sein. »Wahrscheinlich würde er glauben, daß ihn die Polizei nicht schnappen kann«, hatte der ungenannte Psychiater den Artikel beendet. Eine abschließende Bemerkung betonte, daß besagte Person bisher recht gehabt hatte.

Johnny legte die Zeitung hin, sah auf die Uhr und stellte fest, daß sein Vater jeden Moment nach Hause kommen konnte, falls er nicht durch den Schnee aufgehalten wurde. Er nahm die alte Zeitung zum Ofen und steckte sie ins Feuer.

Nicht meine Sache. Und überhaupt, zum Teufel mit Sam Weizak.

Versteck dich nicht in einer Höhle, Johnny.

Er versteckte sich nicht in einer Höhle, ganz und gar nicht. Es war nur zufällig so, daß er eine verdammt harte Sache hinter sich hatte. Wenn man ein großes Stück seines Lebens verlor, das war schon eine verdammt harte Sache, nicht?

Grund, in Selbstmitleid zu zerfließen?

»Scheiß drauf«, murmelte er zu sich selbst. Er ging zum Fenster und sah hinaus. Nichts zu sehen als Schnee, der in dichten, windgepeitschten Schwaden herabfiel. Er hoffte, Dad würde vorsichtig sein, aber er hoffte auch, sein Vater würde bald nach Hause kommen und diesem sinnlosen Irrlauf (wie eine Ratte im Labyrinth) der Selbstbetrachtung ein Ende bereiten. Er ging wieder zum Telefon und blieb unschlüssig davor stehen.

Selbstmitleid oder nicht, er *hatte* ein großes Stück seines Lebens verloren. Seine *besten Jahre*, wenn man es so ausdrücken wollte. Er hatte hart gearbeitet, wieder ins Lot zu kommen. Hatte er sich nicht ein wenig normales Privatleben verdient? Hatte er nicht das Recht auf das, worüber er vor ein paar Minuten erst nachgedacht hatte – ein normales Leben?

So etwas gibt es nicht, Mann.

Vielleicht nicht, aber es gab ganz entschieden ein *abnormales* Leben. Zum Beispiel der Vorfall in Cole's Farm. Er hatte die Sachen anderer Leute befühlt und plötzlich deren Ängste, kleine Geheimnisse, billige Triumphe gekannt – das war abnormal. Es war eine Gabe, es war ein Fluch.

Angenommen, er würde sich mit dem Sheriff treffen? Es gab keine Garantie, daß er ihm etwas sagen konnte. Aber angenommen, er könnte es doch? Nur angenommen, er könnte ihm diesen Killer auf einem silbernen Tablett präsentieren? Dann würde sich die Pressekonferenz im Krankenhaus wiederholen, ein Drei-Manegen-Zirkus in eine grausame n-te Potenz erhoben.

Ein kleines Lied begann auf irre Weise in seinem schmerzenden Kopf zu erklingen, eigentlich nicht viel mehr als ein leises Klingeln. Ein Lied, das er in seiner frühesten Kindheit in der Sonntagsschule gesungen hatte. *This little light of mine... I'm gonna let it shine... this little light of mine... I'm gonna let it shine... let it shine, shine, shine... let it shine...*

Er hob den Hörer ab und wählte die Nummer von Weizaks Praxis. Keine Gefahr, es war nach siebzehn Uhr. Weizak würde bestimmt schon nach Hause gegangen sein, und angesehene Neurologen ließen ihre Privatnummer nicht eintragen. Das Telefon läutete sechs- oder siebenmal, und Johnny wollte den Hörer schon wieder auflegen, als am anderen Ende abgenommen und Sam persönlich sagte: »Hi? Hallo?«

»Sam?«

»John Smith.« Die Freude in Sams Stimme war unverkennbar – aber klang nicht auch ein Unterton von Unbehagen mit?

»Ja, ich bin es.«

»Wie gefällt Ihnen denn dieser Schneefall?« sagte Weizak, vielleicht ein bißchen zu herzlich. »Schneit es bei Ihnen auch?«

»Es schneit.«

»Hier hat es vor einer Stunde angefangen. Sie sagen... John? Handelt es sich um den Sheriff? Hören Sie sich deswegen so abweisend an?«

»Nun, er hat mich angerufen«, sagte Johnny, »und ich habe mich gefragt, was passiert ist. Warum Sie ihm meinen Namen gegeben haben. Warum Sie mich nicht angerufen und es mir gesagt haben... und warum Sie mich nicht vorher angerufen und um Erlaubnis gefragt haben.«

Weizak seufzte. »Johnny, ich könnte Sie jetzt vielleicht anlügen, aber das hätte wohl nicht viel Sinn. Ich habe Sie nicht gefragt, weil ich befürchtete, daß Sie nein sagen würden. Und ich habe Ihnen hinterher nichts davon gesagt, weil der Sheriff mich ausgelacht hat. Und wenn jemand über einen meiner Vorschläge lacht, dann nehme ich an, daß man nicht auf diesen Vorschlag eingehen wird.«

Johnny rieb sich mit der freien Hand eine schmerzende Schläfe und schloß die Augen. »Aber warum, Sam? Sie wissen doch, wie ich darüber denke. Sie selbst hatten mir doch gesagt, ich solle mich diesen Sommer so unauffällig wie möglich verhalten. Das haben Sie gesagt.«

»Es war dieser Artikel in der Zeitung«, sagte Sam. »Ich habe mir gesagt, Johnny wohnt da unten. Und ich habe mir gesagt, fünf tote Frauen. Fünf.« Seine Stimme war leise, stockend und verlegen. Johnny fühlte sich erbärmlich, als er Sam so reden hörte. Er wünschte sich, er hätte nicht angerufen.

»Und zwei von ihnen Teenager. Eine junge Mutter. Eine Lehrerin, die Browning liebte und kleine Kinder unterrichtete. Alles so niederträchtig, ne? So niederträchtig, daß sie bestimmt nie einen Film oder eine Fernsehsendung daraus machen. Aber nichtsdestotrotz wahr. Am meisten mußte ich an die Lehrerin denken. In einen Abluftkanal gestopft wie ein Müllsack...«

»Aber Sie hatten verdammt kein Recht, mich in Ihre Schuldphantasien zu verwickeln«, sagte Johnny gepreßt.

»Nein, wahrscheinlich nicht.«

»Kein wahrscheinlich!«

»Johnny, ist alles in Ordnung? Sie hören sich so...«

»Mir geht es gut«, schrie Johnny.

»Sie hören sich aber gar nicht gut an.«

»Ich habe scheußliche Kopfschmerzen, ist das vielleicht ein Wunder? *Herrgott*, ich wünschte, Sie hätten das nicht getan. Als ich Ihnen von Ihrer Mutter erzählte, haben Sie sie nicht angerufen. Weil Sie sagten...«

»Ich habe gesagt, daß es bei manchen Dingen besser ist, wenn sie verloren bleiben und nicht wiedergefunden werden. Aber das stimmt nicht immer, Johnny. Dieser Mann, wer immer er auch sein mag, hat eine schrecklich gestörte Persönlichkeit. Er könnte sich selbst umbringen. Ich bin sicher, als man zwei Jahre nichts von ihm gehört hat, hat die Polizei genau das gedacht. Aber ein Manisch-Depressiver hat mitunter lange Ruheperioden – man nennt das ›Plateau des Normalseins‹ – aber dann setzen wieder diese Stimmungswechsel ein. Nachdem er letzten Monat diese Lehrerin getötet hatte, könnte er sich selbst umgebracht haben. Aber wenn er es nicht getan hat, was dann? Er könnte wieder eine töten oder zwei. Oder vier. Oder...«

»Hören Sie auf.«

Sam sagte: »Warum hat Sheriff Bannerman Sie angerufen? Was hat ihn bewogen, seine Meinung zu ändern?«

»Ich weiß es nicht. Ich nehme an, seine Wähler sind hinter ihm her.«

»Es tut mir leid, daß ich ihn angerufen habe, Johnny, und daß das Sie so aufgeregt hat. Aber noch mehr tut es mir leid, daß ich Sie nicht angerufen habe, um Ihnen mitzuteilen, was ich getan habe. Es war falsch. Sie haben weiß Gott ein Recht darauf, Ihr Leben in Ruhe zu führen.«

Seine eigenen Gedanken wiederholt zu bekommen, besserte Johnnys Laune nicht. Im Gegenteil, er fühlte sich elender und schuldbewußter als zuvor.

»Schon gut«, sagte er. »Ist schon gut, Sam.«

»Ich werde nie wieder etwas zu jemandem sagen. Das ist, als würde man den Brunnen zudecken, nachdem das Kind hineingefallen ist, aber mehr kann ich nicht sagen. Ich war indiskret. Bei einem Arzt ist das schlimm.«

»Schon gut«, sagte Johnny erneut. Er kam sich hilflos vor, und daß Sam so langsam und verlegen sprach, machte alles noch schlimmer.

»Werde ich Sie bald mal sehen?«

»Ich werde nächsten Monat den Unterricht in Cleaves wieder aufnehmen. Dann schaue ich bei Ihnen vorbei.«

»Gut. Nochmals, meine aufrichtige Entschuldigung, John.«

Hör auf, das zu sagen!

Sie verabschiedeten sich, und Johnny legte auf und wünschte sich, er hätte nicht angerufen. Vielleicht hatte er nicht gewollt, daß Sam so bereitwillig eingestand, wie falsch es gewesen war, was er getan hatte. Vielleicht hatte er in Wirklichkeit gewollt, daß Sam sagte: *Klar habe ich angerufen. Ich wollte, daß Sie sich von Ihrem Arsch erheben und etwas tun.*

Er ging zum Fenster hinüber und sah in die verschneite Dunkelheit hinaus.

In einen Abluftkanal gestopft wie ein Müllsack.

Großer Gott, seine Kopfschmerzen.

5

Herb kam eine halbe Stunde später nach Hause, warf nur einen Blick in Johnnys blasses Gesicht und fragte: »Kopfschmerzen?«

»Ja.«

»Schlimm?«

»Nicht allzu schlimm.«

»Sehen wir uns die Nachrichten an«, sagte Herb. »Ich bin froh, daß ich rechtzeitig nach Hause gekommen bin. Heute waren eine Menge NBC-Leute in Castle Rock und haben Filmaufnahmen gemacht. Diese Reporterin, die du so hübsch findest, war auch dabei. Cassie Mackin.«

Er blinzelte, wie Johnny sich ihm zuwandte. Einen Augenblick schien Johnnys Gesicht nur aus Augen zu bestehen, die ihn anstarrten und von unmenschlichem Schmerz erfüllt waren.

»Castle Rock? Noch ein Mord?«

»Ja. Sie haben heute früh ein kleines Mädchen im Stadtpark gefunden. Die verdammt traurigste Geschichte, die man je gehört hat. Ich nehme an, sie hatte einen Ausweis, um den Park zur Bibliothek zu durchqueren, weil sie an einem Projekt arbeitete. Bis zur Bibliothek ist sie gekommen, aber nicht wieder zurück... Johnny, du siehst schrecklich aus, Junge.«

»Wie alt war sie?«

»Gerade neun«, sagte Herb. »Ein Mann, der so was tut, sollte an den Eiern aufgehängt werden. Das ist meine Meinung.«

»Neun«, sagte Johnny und setzte sich schwer hin. »Du große Scheiße.«

»Johnny, ist wirklich alles klar? Du bist ja kreidebleich.«

»Schon gut. Schalte die Nachrichten ein.«

Kurz darauf hatten sie John Chancellor vor sich, der seinen nächtlichen Sack voll politischer Bestrebungen (Fred Harris' Kampagne löste keine Begeisterungsstürme aus), Regierungsentscheidungen (die Großstädte Amerikas würden lernen müssen, sinnvoll mit ihrem Haushalt auszukommen, sagte Präsident Ford), internationaler Zwischenfälle (landesweiter Streik in Frankreich), den Dow Jones (gestiegen) öffnete, zuletzt eine ›herzzerreißende‹ Reportage über einen Jungen mit Gehirnlähmung, der eine 4-H-Kuh aufzog.

»Vielleicht haben sie es rausgeschnitten«, sagte Herb.

Aber nach einem Werbespot sagte Chancellor: »Im westlichen Maine gibt es heute abend eine Stadt mit einer erschreckten, verängstigten und zornigen Bevölkerung. Die Stadt heißt Castle Rock, und während der letzten fünf Jahre geschahen dort fünf Morde – fünf Frauen im Alter von vierzehn bis einundsiebzig wurden vergewaltigt und erwürgt. Heute geschah in Castle Rock ein sechster Mord. Das Opfer ist ein neunjähriges Mädchen. Catherine Mackin ist in Castle Rock, hier ihr Bericht.«

Und da war sie und sah aus wie eine erdichtete Gestalt, die sorgfältig in eine echte Umgebung hineingestellt worden war. Sie stand vor dem Rathaus. Die Schultern ihres Mantels und das blonde Haar waren vom frischen Schnee des nachmittäglichen Schneefalls bedeckt, der am Abend zu einem Blizzard geworden war.

»Ein Gefühl allmählich steigender Hysterie liegt an diesem Nachmittag über der kleinen Fabrikstadt in Neuengland«, begann sie. »Die Bevölkerung von Castle Rock ist schon seit langer Zeit sehr stark beunruhigt wegen einer unbekannten Person, die von der hiesigen Presse als ›Würger von Castle Rock‹ bezeichnet wird, manchmal auch als ›November-Killer‹. Die bisherige Unruhe und Nervosität hat sich inzwischen in Entsetzen verwandelt – niemand hier hält diese Bezeichnung für zu stark –, das der Entdeckung von Mary Kate Hendrasens Leiche folgte, die nicht weit vom Musikpavillon entfernt aufgefunden wurde, wo man das erste Opfer des November-Killers entdeckt hatte, eine Kellnerin namens Alma Frechette.«

Es folgte eine Gesamtaufnahme des Stadtparks, der im sachte fallenden Schnee düster und tot wirkte. Es folgte ein Schulfoto von Mary Kate Hendrasen; die keß lächelte und dabei dicke Zahnklammern entblößte. Ihr Haar war von schönem Weißblond. Ihr Kleid war elektrisierend blau. Höchstwahrscheinlich ihr bestes Kleid, dachte Johnny, und ihm wurde beinahe übel. Ihre Mutter hatte ihr das beste Kleid für das Schulfoto angezogen.

Der Bericht ging weiter – jetzt wurden die früheren Morde rekapituliert –, aber Johnny war bereits am Telefon und rief zunächst die Auskunft an, dann die Stadtverwaltung von Castle Rock. Er wählte langsam und mit schmerzendem Kopf.

Herb kam aus dem Wohnzimmer und sah ihn neugierig an. »Wen rufst du an, Sohn?«

Johnny schüttelte den Kopf und lauschte auf das Läuten des Telefons am anderen Ende der Leitung. Schließlich wurde dort der Hörer abgenommen. »Castle County, Büro des Sheriffs.«

»Ich möchte gern mit Sheriff Bannerman sprechen, bitte.«

»Könnte ich Ihren Namen haben?«

»John Smith aus Pownal.«

»Bleiben Sie dran.«

Johnny drehte sich um, sah zum Fernseher und erblickte Bannerman, wie er heute nachmittag ausgesehen hatte, in einem dicken Parka mit den Rangabzeichen des County Sheriffs auf den Schultern. Er sah unbehaglich und schuldbewußt aus, während er sich den Fragen der Reporter ausgesetzt sah. Er war ein breitschultriger Mann mit einem großen, hängenden Kopf und dunklem, krausem Haar. Die randlose Brille, die er trug, schien irgendwie nicht zu ihm zu passen, wie es bei ungewöhnlich großen Männern oft der Fall ist.

»Wir verfolgen eine ganze Anzahl von Spuren«, sagte Bannerman.

»Hallo? Mr. Smith?« sagte Bannerman.

Wieder dieses komische Gefühl, daß etwas gleich doppelt vorhanden war. Bannerman war an zwei Orten gleichzeitig. In zwei *Zeiten*, wenn man so wollte. Johnny spürte einen Augenblick ein hilfloses Schwindelgefühl. Er fühlte sich, Gott helfe ihm, wie man sich in einer dieser billigen Rummelplatzattraktionen fühlt, dem Wirbelkarussell oder dem Round-up.

»Mr. Smith? Sind Sie dran, Mann?«

»Ja, ich bin dran!« Er schluckte. »Ich habe meine Meinung geändert.«

»Guter Junge! Bin verdammt froh, das zu hören.«

»Aber vielleicht werde ich gar nicht imstande sein, Ihnen zu helfen, wissen Sie.«

»Aber... wer nicht wagt, der nicht gewinnt.« Bannerman räusperte sich. »Wenn man hier wüßte, daß ich bei einem übersinnlich begabten Menschen Rat suchte, würden sie mich geradewegs auf einem Karren aus der Stadt befördern.«

Der Geist eines Grinsens huschte über Johnnys Gesicht. »Und bei einem *diskreditierten* Hellseher obendrein.«

»Wissen Sie, wo Jon's in Bridgeton ist?«

»Ich werde es finden.«

»Können wir uns um acht dort treffen?«

»Ja, ich denke schon.«

»Danke, Mr. Smith.«

»Schon gut.«

Er legte auf. Herb beobachtete ihn gespannt. Hinter ihm flimmerte der Nachspann der Abendnachrichten über den Bildschirm.

»Er hat dich schon mal angerufen, hm?«

»Ja, hat er. Sam Weizak hat ihm gesagt, daß ich vielleicht helfen könnte.«

»Glaubst du, daß du es kannst?«

»Ich weiß es nicht«, sagte Johnny. »Aber meine Kopfschmerzen haben schon etwas nachgelassen.«

6

Er traf mit etwa fünfzehn Minuten Verspätung im Jon's in Bridgeton ein; es schien sich um das einzige Lokal zu handeln, das in der Hauptstraße von Bridgeton noch geöffnet hatte. Die Pflüge kamen nicht mehr nach, an mehreren Stellen der Straße gab es Schneewehen. An der Kreuzung der Route 302 und 117 schwankte die Ampel im heulenden Wind. Ein Streifenwagen mit der Aufschrift CASTLE

COUNTY SHERIFF in Goldschrift an der Tür stand vor Jon's. Er parkte dahinter und ging hinein.

Bannerman saß an einem Tisch vor einer Tasse Kaffee und einer Schüssel Chili. Der Bildschirm hatte getäuscht. Der Sheriff war nicht nur ein großer Mann, er war ein Riese. Johnny ging zu ihm und stellte sich vor.

Bannerman stand auf und schüttelte die dargebotene Hand, er sah das blasse, verkrampfte Gesicht, und es entging ihm auch nicht, daß die Navy-Jacke um den dünnen Körper schlotterte, und Bannermans erster Gedanke war: *Dieser Bursche ist krank – er hat vielleicht nicht mehr lange zu leben.* Nur Johnnys Augen schienen echtes Leben zu haben – sie waren von direkter, stechend hellblauer Farbe und fest auf Bannermans Gesicht gerichtet, sie verrieten scharfes, ehrliches Interesse. Beim Händedruck verspürte Bannerman eine ganz besondere Art von Überraschung; ein Gefühl, das er später als *Überströmen* bezeichnete. Es war ein bißchen wie ein leichter Elektroschock bei Berührung eines nackten Stromkabels. Dann war es vorbei.

»Bin froh, daß Sie kommen konnten«, sagte Bannerman. »Kaffee?«

»Ja.«

»Und wie wär's mit einer Schüssel Chili? Sie machen hier ein verdammt gutes Chili. Ich soll es zwar nicht essen, wegen meines Magengeschwürs, wissen Sie, aber ich esse es trotzdem.« Als er den überraschten Ausdruck in Johnnys Gesicht sah, lächelte er. »Ich weiß, daß es sich nicht richtig anhört... ein so großer Kerl wie ich und ein Magengeschwür, nicht wahr?«

»Nun, ich denke, das kann jeder bekommen.«

»Sie sind verdammt höflich«, sagte Bannerman. »Was hat Sie veranlaßt, Ihre Meinung zu ändern?«

»Die Nachrichten. Das kleine Mädchen. Sind Sie ganz sicher, daß es sich um denselben Kerl handelt?«

»Es war derselbe Kerl. Gleiche Methode. Und gleicher Spermatyp.«

Er beobachtete Johnnys Gesicht, als die Kellnerin herüberkam.

»Kaffee?« fragte sie.

»Tee«, sagte Johnny.

»Und bringen Sie ihm eine Schüssel Chili, Miß«, sagte Bannerman. Als die Kellnerin gegangen war, sagte er: »Dieser Doktor, er hat mir gesagt, daß Sie Dinge anfassen und manchmal wissen, woher sie stammen, wem sie gehört haben könnten und so weiter.«

Johnny lächelte. »Nun«, sagte er. »Ich habe eben Ihre Hand geschüttelt und weiß, daß Sie einen irischen Setter namens Rusty haben. Und ich weiß, daß er schon alt ist und blind wird und Sie der Meinung sind, er müßte allmählich eingeschläfert werden, aber Sie wissen nicht, wie Sie das Ihrem Mädchen erklären sollen.«

Bannerman ließ seinen Löffel ins Chili fallen – *plop*. Er sah Johnny mit offenem Mund an. »Bei Gott«, sagte er. »Das haben Sie von mir erfahren? Gerade eben?«

Johnny nickte. Bannerman schüttelte den Kopf und murmelte: »Es ist eine Sache, von so etwas nur zu hören, aber es ist eine ganz andere, wenn man... Ermüdet Sie das nicht?«

Johnny sah Bannerman überrascht an. Diese Frage war ihm bisher noch nie gestellt worden. »Ja. Ja, das tut es.«

»Aber Sie wußten es. Hol's der *Teufel*.«

»Hören Sie, Sheriff.«

»George. Ganz einfach George.«

»Okay. Ich bin Johnny, einfach Johnny. George, was ich *nicht* über Sie weiß, würde fünf Bücher füllen. Ich weiß nicht, wo Sie aufgewachsen sind; wo Sie zur Polizeischule gegangen sind; wer Ihre Freunde sind; wo Sie leben. Ich weiß, daß Sie eine kleine Tochter haben, deren Name Cathy oder so ähnlich ist. Ich weiß nicht, was Sie letzte Woche getan haben oder welches Buch Sie bevorzugen oder was Ihre Lieblingssendung im Fernsehen ist.«

»Der Name meiner Tochter ist Katrina«, sagte Bannerman leise. »Sie ist auch neun. Sie war in Mary Kates Klasse.«

»Was ich zu sagen versuche, daß das... das Wissen

manchmal eine sehr beschränkte Sache ist. Wegen der toten Zone.«

»Tote Zone?«

»Es ist, als könnten gewisse Signale einfach nicht übermittelt werden«, sagte Johnny. »Ich kann niemals Straßen oder Adressen empfangen. Zahlen sind schwer, aber manchmal kommen sie durch.« Die Kellnerin kam mit Johnnys Tee und Chili. Er kostete das Chili und nickte Bannerman zu. »Sie haben recht. Es ist gut. Besonders an einem solchen Abend.«

»Machen Sie sich darüber her«, sagte Bannerman. »Mann, ich liebe gutes Chili. Auch wenn mein Magen jedesmal Zeter und Mordio schreit. Zum Teufel mit dir, Magengeschwür, sage ich dann. Rein damit.«

Sie waren eine Weile still. Johnny verspeiste das Chili, und Bannerman beobachtete ihn neugierig. Er überlegte, daß Smith herausbekommen haben könnte, daß er einen Hund namens Rusty hatte. Er hätte auch herausbekommen können, daß Rusty alt und fast blind war. Und noch einen Schritt weiter: Wenn er Katrinas Namen wußte, könnte dieses ›Cathy oder so ähnlich‹ nichts weiter als Routine gewesen sein, um der Sache den richtigen Hauch von zögerndem Realismus zu geben. Aber *warum?* Und damit war noch keineswegs dieses seltsame Gefühl erklärt, das er im Kopf gehabt hatte, als Smith seine Hand berührte. Wenn es Schwindel war, dann aber ein verdammt guter.

Draußen schwoll der Wind zu einem schrillen Kreischen an, das das kleine Gebäude in seinen Grundfesten zu erschüttern schien. Ein Schneeschleier wurde gegen die Pondicherry-Kegelbahn jenseits der Straße geweht.

»Hören Sie sich das an«, sagte Bannerman. »Und das soll die ganze Nacht so weitergehen. *Mir* kann keiner erzählen, daß die Winter milder werden.«

»Haben Sie etwas?« fragte Johnny. »Irgend etwas, das dem Burschen gehört, den Sie suchen?«

»Wir glauben es«, sagte Bannerman, dann schüttelte er den Kopf. »Ist aber ziemlich dünn.«

»Erzählen Sie es mir.«

Bannerman erzählte es ihm. Die Volksschule und die Bibliothek lagen einander im Stadtpark gegenüber. Es war üblich, Schüler hinüberzuschicken, wenn sie ein Buch für ein Projekt oder eine Aufgabe brauchten. Der Lehrer händigte einen Passierschein aus, und die Bibliothekarin zeichnete ihn ab, bevor sie zurückgeschickt wurden. Etwa in der Mitte des Stadtparks fiel das Gelände leicht ab. Auf der Westseite dieser Senke war der Musikpavillon der Stadt. In der Senke selbst standen zwei Dutzend Bänke, auf denen die Leute saßen, wenn im Herbst Konzerte oder Footballspiele stattfanden.

»Wir glauben, daß er sich einfach hingesetzt und darauf gewartet hat, daß ein Kind vorbeikommen würde. Er hätte von beiden Seiten des Stadtparks aus nicht gesehen werden können. Aber der Fußweg führt an der Nordseite der Senke entlang, dicht an den Bänken.«

Bannerman schüttelte langsam den Kopf.

»Was die Sache noch schlimmer macht, diese Frau Frechette wurde direkt im Musikpavillon getötet. Bei der Stadtratssitzung im März steht mir ein gehöriges Donnerwetter bevor – vorausgesetzt, daß ich im März überhaupt noch hier bin. Nun, ich werde dann einen Antrag vorweisen können, den ich dem Bürgermeister geschickt habe. Ich habe verlangt, daß während der Schulstunden erwachsene Wächter im Park patrouillieren sollten. Ich habe mir keineswegs wegen diesem Killer Sorgen gemacht, Himmel, nein. Ich wäre nicht mal in meinen wildesten Träumen auf die Idee gekommen, daß er ein zweites Mal zum selben Ort zurückkommen würde.«

»Und der Bürgermeister hat diese Parkwächter abgelehnt?«

»Nicht genug Geld«, sagte Bannerman. »Natürlich kann er die Schuld den Stadträten zuschieben, und die werden versuchen, sie mir wieder zuzuschieben, und auf Mary Kate Hendrasens Grab wird Gras wachsen und...« Er schwieg einen Augenblick, vielleicht versagte ihm auch die Stimme. Johnny sah seinen gesenkten Kopf mitfühlend an.

»Vielleicht hätte es sowieso nichts gebracht«, fuhr Bannerman mit trockener Stimme fort. »Als Wachen setzten wir nämlich in der Hauptsache Frauen ein, und diesem Mistkerl, hinter dem wir her sind, scheint es ja egal zu sein, wie alt oder jung sie sind.«

»Aber Sie glauben, daß er auf einer dieser Bänke gewartet hat?«

Bannerman bestätigte es. Sie hatten ein glattes Dutzend frische Zigarettenstummel neben einer Bank gefunden und vier weitere hinter dem Musikpavillon, zusammen mit einer leeren Packung. Unglücklicherweise Marlboro – die zweit- oder drittbeliebteste Marke des Landes. Die Zellophanhülle der Packung war auf Fingerabdrücke untersucht worden, aber es waren keine gefunden worden.

»Überhaupt keine?« sagte Johnny. »Ein bißchen merkwürdig, nicht?«

»Warum sagen Sie das?«

»Nun, man sollte meinen, daß der Killer Handschuhe getragen hat – es war ja ziemlich kalt draußen –, aber man sollte doch annehmen, daß der Mann, der ihm Zigaretten verkauft hat...«

Bannerman grinste. »Sie haben Köpfchen für diese Arbeit«, sagte er. »Aber Sie sind kein Raucher.«

»Nein«, sagte Johnny. »Als ich noch aufs College ging, habe ich hin und wieder eine Zigarette geraucht, aber nach dem Unfall habe ich es mir abgewöhnt.«

»Ein Mann pflegt seine Zigaretten in der Brusttasche aufzubewahren. Holt sie heraus, nimmt sich eine Zigarette, steckt das Päckchen wieder zurück. Wenn Sie Handschuhe tragen und nicht jedesmal, wenn Sie eine Kippe herausnehmen, frische Fingerabdrücke hinterlassen, wird diese Zellophanumhüllung sauber abgewischt. Kapiert? Und Ihnen ist noch etwas entgangen, Johnny. Muß ich es Ihnen erklären?«

Johnny dachte darüber nach und sagte dann: »Vielleicht stammte die Packung aus einem Karton. Und diese Kartons werden maschinell verpackt.«

»Das ist es«, sagte Bannerman. »Sie sind *wirklich* gut.«

»Und was ist mit der Steuerbanderole an der Packung?«

»Maine«, sagte Bannerman.

»Wenn also der Killer und der Raucher ein und dieselbe Person sind...«, sagte Johnny nachdenklich.

Bannerman zuckte die Achseln. »Sicher, rein technisch besteht die Möglichkeit, daß sie es nicht sind. Aber ich habe mir vorzustellen versucht, wer sich wohl sonst an einem kalten und wolkigen Wintermorgen lange genug auf eine Bank im Stadtpark setzen würde, um dort zwölf oder sechzehn Zigaretten zu rauchen, und darauf konnte ich keine Antwort finden.«

Johnny trank einen Schluck Tee. »Und keins der anderen Kinder, die durch den Park gegangen sind, hat irgend etwas gesehen?«

»Nichts«, sagte Bannerman. »Ich habe mit jedem Kind gesprochen, das für diesen Vormittag einen Bibliotheksausweis hatte.«

»Das ist beinahe noch unheimlicher als diese Sache mit den Fingerabdrücken. Kommt es Ihnen nicht auch so vor?«

»Ich finde es verdammt erschreckend! Sehen Sie, das sitzt dieser Kerl also da und wartet auf ein Kind – ein *Mädchen* –, das ganz allein vorbeikommen wird. Er kann die Kinder kommen hören. Und jedesmal verschwindet er hinter den Musikpavillon...«

»Spuren«, sagte Johnny.

»Nicht an diesem Vormittag. Heute morgen gab es noch keine Schneedecke. Nur gefrorenen Boden. Da haben wir also diesen gottverdammten Scheißkerl, dem man die eigenen Eier abschneiden und zum Essen servieren sollte, da haben wir ihn, wie er hinter dem Musikpavillon auf der Lauer liegt. So etwa gegen acht Uhr fünfzig kommen Peter Harrington und Melissa Loggins vorbei. Um diese Zeit hat der Unterricht in der Schule seit zwanzig Minuten begonnen. Als sie vorbei sind, kehrt er auf die Bank zurück. Um neun Uhr fünfzehn geht er abermals hinter dem Musikpavillon in Deckung. Diesmal sind es zwei kleine Mädchen, Susan Flarhaty und Katrina Bannerman.«

Johnny stellte seine Teetasse scheppernd ab. Bannerman hatte seine Brille abgenommen und putzte sie heftig.

»Ihre *Tochter* ist heute früh durch den Park gegangen? Jesus!«

Bannerman setzte die Brille wieder auf. Sein Gesicht war vor Wut dunkel angelaufen. Und er hat Angst, sah Johnny. Nicht Angst davor, daß ihn seine Wähler im Stich lassen würden oder daß der *Union-Leader* noch einen Leitartikel über die unfähigen Polizisten im westlichen Maine veröffentlichen könnten, sondern Angst, weil er dachte, wenn seine Tochter an diesem Morgen allein zur Bibliothek gegangen wäre...

»Meine Tochter«, stimmte Bannerman leise zu. »Ich glaube, sie ist etwa zehn, zwölf Meter von diesem... diesem Tier entfernt vorbeigegangen. Wissen Sie, wie mir bei diesem Gedanken zumute ist?«

»Ich kann es mir vorstellen«, sagte Johnny.

»Nein, ich glaube nicht, daß Sie das können. Mir ist zumute, als wäre ich beinahe in einen leeren Fahrstuhlschacht gestiegen. Als hätte ich beim Essen die Pilze ausgelassen, und ein anderer ist an Pilzvergiftung gestorben. Und ich komme mir beschmutzt vor. *Besudelt.* Vielleicht erklärt das auch, warum ich Sie doch noch angerufen habe. Ich würde im Augenblick einfach alles tun, um diesen Halunken dingfest zu machen. Einfach alles.«

Draußen tauchte ein orangefarbener Schneepflug wie etwas aus einem Horror-Film aus dem Schnee auf. Er parkte, und zwei Männer stiegen aus. Sie überquerten die Straße, betraten das Jon's und nahmen am Tresen Platz. Johnny trank seinen Tee leer. Er wollte sein Chili nicht mehr.

»Der Kerl kehrt also zu seiner Bank zurück«, nahm Bannerman seinen Bericht wieder auf, aber nicht lange. Gegen neun Uhr fünfundzwanzig hört er, wie der Harrington und die Loggins aus der Bibliothek zurückkommen. Also verdrückt er sich wieder hinter den Musikpavillon. Das muß gegen neun Uhr fünfundzwanzig gewesen sein, denn die Bibliothekarin hatte den Ausweis um neun Uhr achtzehn unterschrieben. Gegen neun Uhr fünfundvierzig gingen drei Jungen aus der fünften Klasse am Musikpavillon vorbei zur Bibliothek. Einer von ihnen glaubt, ›irgendeinen Burschen‹ gesehen zu haben, der auf der anderen Seite des Musikpavillons stand. Das ist unsere einzige Beschreibung. ›Irgendein Bursche‹. Vielleicht sollten wir diese Beschreibung über Fernsehen und Rundfunk verbreiten, was meinen Sie? Halten Sie Ausschau nach ›irgendeinem Burschen‹!«

Bannerman lachte kurz und bellend.

»Um neun Uhr fünfundzwanzig kamen meine Tochter und ihre Freundin Susan auf dem Rückweg zur Schule vorbei. Dann, so gegen zehn Uhr fünf, kam Mary Kate Hendrasen... ganz allein. Katrina und Sue sind ihr noch begegnet; sie gingen die Schultreppe hinauf, während sie gerade herunterkam. Alle haben hi gesagt.«

»Großer Gott«, murmelte Johnny. Er fuhr sich mit einer Hand durchs Haar.

»Zuletzt, gegen zehn Uhr dreißig, kommen die drei Jungs aus der fünften Klasse zurück. Einer von ihnen sieht etwas in dem Musikpavillon. Es ist Mary Kate, ihr Trikot und ihr Schlüpfer sind heruntergezogen, überall Blut, auf den Beinen, ihr Gesicht... ihr Gesicht...«

»Beruhigen Sie sich«, sagte Johnny und legte Bannerman eine Hand auf den Arm.

»Nein, ich kann mich nicht beruhigen«, sagte Bannerman. Er sprach beinahe entschuldigend. »So etwas habe ich noch nie gesehen, noch nie während meiner achtzehn Dienstjahre bei der Polizei. Er hat das kleine Mädchen vergewaltigt, und das allein wäre schon schlimm genug gewesen... das allein hätte wahrscheinlich schon vollkommen ausgereicht, sie zu töten, wissen Sie... der Gerichtsmediziner hat gesagt, wie er es gemacht hat, er muß... irgend etwas bei dem Mädchen zerrissen haben und... ja, das hätte sie wahrscheinlich, nun... getötet... aber dann mußte er sie auch noch erwürgen. Neun Jahre alt und erwürgt und dann liegen gelassen... auf dem Boden des Musikpavillons, den Schlüpfer heruntergezogen.«

Plötzlich begann Bannerman zu weinen. Die Augen hinter den Brillengläsern schwammen in Tränen, die in zwei Strömen über seine Wangen nach unten rannen. Bannerman nahm die Brille wieder ab und wischte sich mit seinem Taschentuch übers Gesicht. Seine Schultern zuckten und bebten. Johnny wartete und rührte ziellos in seinem Chili herum.

Nach einer Weile steckte Bannerman das Taschentuch wieder weg. Seine Augen waren blutunterlaufen, und Johnny dachte, wie nackt sein Gesicht ohne Brille aussah.

»Tut mir leid, Mann«, sagte er. »Es war ein langer Tag für mich.«

»Schon gut«, sagte Johnny.

»Ich wußte, daß ich das früher oder später tun würde, aber ich dachte, ich könnte es zurückhalten, bis ich zu Hause bei meiner Frau bin.«

»Nun, ich denke, das war eine zu lange Wartezeit.«

»Sie sind eine verständnisvolle Natur.« Bannerman setzte die Brille wieder auf. »Nein, Sie sind mehr als das. Sie haben so etwas an sich. Der Teufel soll mich holen, wenn ich weiß, was es ist, aber da ist etwas an Ihnen.«

»Was haben Sie sonst noch?«

»Nichts. Hauptsächlich muß ich den Kopf hinhalten, aber die Staatspolizei hat sich bisher auch nicht gerade mit Ruhm bekleckert. Genausowenig wie der Sonderermittler der Staatsanwaltschaft oder unser Hätschelkind vom FBI. Der Gerichtsmediziner war imstande, den Spermatyp zu bestimmen, aber das nutzt uns beim gegenwärtigen Stand der Dinge auch nichts. Aber was mir am meisten zu schaffen macht, ist die Tatsache, daß unter den Fingernägeln der Opfer weder Haare noch Spuren von Haut gefunden wurden. Sie müssen sich alle verbissen gewehrt haben, aber wir konnten bisher noch keinen Millimeter Haut finden. Der Kerl muß mit dem Teufel im Bund sein. Er hat auch nichts verloren, weder einen Knopf noch einen Einkaufszettel noch eine einzige verdammte Spur. Wir hatten einen Seelenklempner aus Augusta, ebenfalls dank Firma Staat, und der hat uns gesagt, daß sich diese Kerle alle früher oder später selbst verraten. Schöner Trost. Was nun, wenn es erst später ist, sagen wir... zwölf Leichen von jetzt an?«

»Das Zigarettenpäckchen ist in Castle Rock?«

»Ja.«

Johnny stand auf. »Na, dann lassen Sie uns mal hinfahren.«

»In meinem Wagen?«

Johnny lächelte einen Augenblick, während das Heulen des Windes draußen anschwoll. »In einer solchen Nacht zahlt es sich aus, bei einem Polizisten zu sein«, sagte er.

7

Der Schneesturm hatte seinen Höhepunkt erreicht, daher brauchten sie anderthalb Stunden für die Fahrt nach Castle Rock in Bannermans Streifenwagen. Es war zwanzig nach zehn, als sie das Foyer des Rathauses betraten und sich den Schnee von den Schuhen stapften.

Im Foyer waren ein halbes Dutzend Reporter versammelt, die meisten saßen auf einer Bank unter einem gräßlichen Ölgemälde, das einen der Stadtgründer darstellte, und unterhielten sich über frühere Nachtwachen. Aber Bannerman und Johnny waren kaum hereingekommen, da sprangen sie auf und umringten die beiden Männer.

»Sheriff Bannerman, stimmt es, daß es in dem Fall einen Durchbruch gegeben hat?«

»Ich kann Ihnen im Moment nichts sagen«, sagte Bannerman stoisch.

»Einem Gerücht zufolge sollen Sie einen Mann aus Oxford in Gewahrsam genommen haben, Sheriff, stimmt das?«

»Nein. Wenn Sie uns jetzt entschuldigen würden...«

Aber ihre Aufmerksamkeit hatte sich inzwischen auf Johnny konzentriert, und er hatte ein flaues Gefühl in der Magengegend, als er mindestens zwei Gesichter von der Pressekonferenz im Krankenhaus erkannte.

»Heiliger Gott!« rief einer von ihnen aus. »Sie sind John Smith, nicht wahr?«

Johnny verspürte das verrückte Verlangen, sich auf den Doppelgänger zu berufen, wie ein Gangster bei einem Verhör vor dem Senatsausschuß.

»Ja«, sagte er, »das bin ich.«

»Dieser Hellseher?« fragte ein anderer.

»Hören Sie, lassen Sie uns vorbei«, sagte Bannerman mit erhobener Stimme. »Habt ihr Jungs denn nichts Besseres zu tun als...«

»Laut *Inside View* sind Sie ein Schwindler«, sagte ein junger Mann in dickem Mantel. »Ist das wahr?«

»Ich kann nur dazu sagen, daß *Inside View* druckt, was sie wollen«, sagte Johnny. »Hören Sie, wirklich...«

»Dann bestreiten Sie also den Artikel in *Inside View?*«

»Hören Sie, ich kann wirklich weiter nichts sagen.«

Während sie durch die Milchglastür ins Büro des Sheriffs gingen, rasten die Reporter zu den beiden öffentlichen Fernsprechern neben der Kabine des Nachtwächters.

»Jetzt ist die Kacke am Dampfen«, sagte Bannerman unglücklich. »Ich schwöre bei Gott, ich hätte nie geglaubt, daß sie in einer solchen Nacht noch hier sein würden. Ich hätte Sie durch den Hintereingang bringen sollen.«

»Ach, wußten Sie das nicht?« fragte Johnny verbittert. »Wir lieben die Publicity. Wir übersinnlich Begabten sind ganz verrückt auf Publicity.«

»Nein, das glaube ich nicht«, sagte Bannerman. »Zumindest nicht bei Ihnen. Nun, es ist passiert. Läßt sich nicht mehr ändern.«

Aber Johnny sah im Geist bereits die Schlagzeilen vor sich: SHERIFF VON CASTLE ROCK MACHT LOKALEN HELLSEHER ZUM HILFSSHERIFF IN UNHEIMLICHEM FALL. ›NOVEMBER-KILLER‹ SOLL VON ÜBERSINNLICH BEGABTEM ENTLARVT WERDEN! SCHWINDLER-EINGESTÄNDNIS EINE FÄLSCHUNG, SMITH PROTESTIERT.

Im Vorzimmer waren zwei Hilfssheriffs; einer schlief, der

andere trank Kaffee und blätterte verdrossen einen Stapel Meldungen durch.

»Hat seine Frau ihn rausgeschmissen, oder was?« fragte Bannerman mürrisch und nickte zu dem Schlafenden hinüber.

»Ist eben erst von Augusta zurückgekommen«, sagte der Hilfssheriff. Er war kaum mehr als ein Junge und hatte vor Müdigkeit dunkle Ringe unter den Augen. Er sah Johnny neugierig an.

»Johnny Smith, Frank Dodd. Und Dornröschen dort drüben ist Roscoe Fisher.«

Johnny nickte grüßend.

»Roscoe sagte, daß die Staatsanwaltschaft den ganzen Fall haben will«, sagte Dodd zu Bannerman. Sein Blick war zornig und trotzig und irgendwie pathetisch. »Schönes Weihnachtsgeschenk, was?«

Bannerman legte Dodd eine Hand auf den Nacken und schüttelte ihn sanft. »Sie machen sich zu viele Sorgen, Frank. Außerdem verbringen Sie zuviel Zeit mit diesem Fall.«

»Ich muß einfach ständig daran denken, daß bei diesen Meldungen etwas dabei sein muß...« Er zuckte die Achseln und schnippte sie mit einem Finger beiseite. »*Irgend etwas.*«

»Gehen Sie nach Hause und ruhen Sie sich ein bißchen aus, Frank. Und nehmen Sie Dornröschen mit. Hätte uns noch gefehlt, daß einer dieser Reporter ein Foto von ihm macht. Sie würden es in der Presse abdrucken unter der Überschrift: ›In Castle Rock gehen die intensiven Ermittlungen weiter‹, und wir alle würden uns verdammt bald als Straßenfeger wiederfinden.«

Bannerman führte Johnny in sein Privatbüro. Der Schreibtisch war mit Papierkram überladen. Auf dem Fenstersims war ein Triptychon, das Bannerman, seine Frau und seine Tochter Katrina zeigte. Sein Diplom hing sauber eingerahmt an einer Wand; daneben war in einem weiteren Rahmen das Titelblatt des Castle Rock *Call*, in dem seine Wahl verkündet worden war.

»Kaffee?« fragte Bannerman und schloß einen Aktenschrank auf.

»Nein, danke. Ich bleibe bei Tee.«

»Mrs. Sugerman hütet ihren Tee eifersüchtig«, sagte Bannerman. »Nimmt ihn jeden Tag mit nach Hause, tut mir leid. Ich würde Ihnen ein Tonic anbieten, aber um zum Automaten zu gelangen, müßten wir draußen wieder Spießruten laufen. Jesus Christus, ich wünschte, die gingen nach Hause.«

»Ist schon gut.«

Bannerman kam mit einem kleinen, mit einer Büroklammer verschlossenen Umschlag zurück. »Das ist es«, sagte er. Er zögerte einen Augenblick, dann händigte er den Umschlag aus.

Johnny hielt ihn, öffnete ihn aber nicht sofort.

»Sie verstehen mich doch, daß ich für nichts garantieren kann. Ich kann nicht einmal etwas versprechen. Manchmal kann ich es, manchmal nicht.«

Bannerman zuckte müde die Achseln und wiederholte: »Wer nicht wagt, der nicht gewinnt.«

Johnny streifte die Büroklammer ab und schüttelte eine leere Marlboroschachtel auf die andere Handfläche. Eine rotweiße Schachtel. Er hielt sie in der linken Hand und blickte auf die hintere Wand. Eine graue Wand. Industriegraue Wand. Rot-weiße Schachtel. Industriegraue Schachtel. Er legte die leere Zigarettenpackung auf die andere Hand, dann schloß er beide Hände darum. Er wartete darauf, daß irgend etwas kommen würde. Nichts. Er hielt die Schachtel noch etwas länger fest und hoffte wider alle Hoffnung, achtete nicht auf das Wissen, daß etwas sofort kam, wenn es kam.

Schließlich gab er die Zigarettenschachtel zurück. »Tut mir leid«, sagte er.

»Nichts zu machen, hm?«

»Nein.«

Es wurde rhetorisch an die Tür geklopft, und Roscoe Fisher steckte den Kopf herein. Er machte ein zerknirschtes

Gesicht. »Frank und ich gehen jetzt nach Hause, George. Ich glaube, Sie haben mich bei einem Nickerchen ertappt.«

»Solange ich Sie nicht dabei ertappe, wie Sie es im Streifenwagen tun«, sagte Bannerman. »Grüßen Sie Deenie von mir.«

»Worauf Sie sich verlassen können.« Fisher sah Johnny noch einen Augenblick an, dann machte er die Tür wieder zu.

»Nun«, sagte Bannerman. »Einen Versuch war es wert, nehme ich an. Ich fahre Sie zurück...«

»Ich möchte zum Stadtpark rübergehen«, sagte Johnny unvermittelt.

»Nein, das hat keinen Zweck. Dort liegen dreißig Zentimeter Schnee.«

»Aber Sie können die Stelle finden, nicht?«

»Natürlich kann ich das. Aber was soll dabei herauskommen?«

»Ich weiß es nicht. Aber lassen Sie uns trotzdem gehen.«

»Die Reporter werden uns folgen, Johnny. So sicher Gott die kleinen Fische gemacht hat.«

»Sie sagten etwas von einem Hinterausgang.«

»Ja, aber das ist eine Feuertür. Man kann ohne weiteres hereinkommen, aber wenn man hinausgeht, wird der Alarm ausgelöst.«

Johnny pfiff durch die Zähne. »Dann sollen sie uns eben folgen.«

Bannerman sah ihn ein paar Sekunden nachdenklich an, dann nickte er. »Okay.«

8

Als sie aus dem Büro herauskamen, sprangen die Reporter sofort auf und umringten sie. Johnny fühlte sich an einen heruntergekommenen Zwinger drüben in Durham erinnert, wo eine merkwürdige alte Dame Collies hielt. Wenn man mit seiner Angel vorbeikam, kamen die Hunde alle herausgelaufen und bellten und knurrten und jagten einem im allgemeinen eine Heidenangst ein. Sie bellten zwar, bissen aber eigentlich nicht.

»Wissen Sie, wer es getan hat, Johnny?«

»Haben Sie schon eine Ahnung?«

»Schon Gehirnwellen empfangen, Mr. Smith?«

»Wissen die Staatspolizei und der Staatsanwalt von dieser Entwicklung, Sheriff Bannerman?«

»Glauben Sie, daß Sie den Fall lösen können, Johnny?«

»Sheriff, haben Sie diesen Mann zum Hilfssheriff gemacht?«

Bannerman drängte sich langsam, aber resolut durch sie und machte dabei seinen Mantel zu. »Kein Kommentar, kein Kommentar.« Johnny selbst sagte überhaupt nichts.

Die Reporter drängten sich im Foyer zusammen, während Bannerman und Johnny die verschneiten Stufen hinabstiegen. Erst als die beiden Männer am Streifenwagen vorbeigingen und über die Straße stapften, wurde einem von ihnen klar, daß sie zum Stadtpark wollten. Mehrere holten ihre Mäntel. Diejenigen, die bereits für einen Aufenthalt im Freien angezogen gewesen waren, als Bannerman und Johnny aus dem Büro kamen, liefen ihnen die Stufen des Rathauses hinab nach, sie riefen durcheinander wie Kinder.

9

Taschenlampen erhellten die verschneite Dunkelheit. Der Wind heulte und peitschte hierhin und dorthin Schneeschauer an ihnen vorbei.

»Sie werden überhaupt nichts sehen können«, sagte Bannerman. »Sie w... *verdammte Scheiße*!« Er wäre beinahe umgestoßen worden, als ein Reporter in dickem Mantel und mit bizarrer Schottenmütze in ihn hineinlief.

»Tut mir leid, Sheriff«, sagte der Mann dümmlich. »Glatt. Ich habe meine Galoschen vergessen.«

Voraus wurde ein gelbes Nylonseil in der Dunkelheit sichtbar. Ein wild hin und her pendelndes Schild mit der Aufschrift POLIZEILICHE ABSPERRUNG war daran befestigt.

»Sie haben offenbar auch Ihr Hirn vergessen«, sagte Bannerman. »Und jetzt bleiben Sie alle miteinander zurück! Zurück!«

»Der Stadtpark ist eine öffentliche Anlage, Sheriff!« rief einer der Reporter.

»Das ist richtig, und dies hier ist eine Polizei-Angelegenheit. Sie bleiben hinter der Absperrung zurück, sonst verbringen Sie die restliche Nacht in meiner Arrestzelle.«

Mit dem Strahl seiner Taschenlampe folgte er dem Absperrseil, dann hob er es hoch, damit Johnny darunter durchschlüpfen konnte. Sie gingen den leichten Hang hinab zu den Bänken, die jetzt verschneit waren. Hinter ihnen drängten sich die Reporter an der Absperrung zusammen und hielten die Lichtkegel ihrer wenigen Taschenlampen auf sie gerichtet, so daß Bannerman und Johnny wie in düsterem Rampenlicht dahingingen.

»Blindflug«, sagte Bannerman.

»Nun, es gibt sowieso nichts zu sehen«, sagte Johnny. »Oder doch?«

»Nein, jetzt nicht. Ich hatte Frank schon gesagt, daß er das Seil jederzeit wieder wegnehmen könnte. Jetzt bin ich froh, daß es noch nicht dazu gekommen ist. Möchten Sie zum Musikpavillon hinübergehen?«

»Noch nicht. Zeigen Sie mir, wo die Zigarettenkippen lagen.«

Sie gingen noch ein Stück weiter, dann blieb Bannerman stehen. »Hier«, sagte er und richtete den Lichtstrahl seiner Taschenlampe auf eine Bank, die wenig mehr als eine zugeschneite Wölbung in der Dunkelheit war.

Johnny zog seine Handschuhe aus und steckte sie in die Manteltasche. Dann kniete er sich hin und fing an, den

Schnee von der Sitzfläche der Bank zu scharren. Wieder fiel Bannerman das hagere, blasse Gesicht des Mannes auf. Vor der Bank auf den Knien sah er aus wie ein frommer Büßer, wie ein Mann in verzweifeltem Gebet.

Johnnys Hände waren kalt, dann beinahe gefühllos. Geschmolzener Schnee tropfte von seinen Fingern. Er wühlte sich bis zu der rauhen, verwitterten Oberfläche der Bank. Er schien sie sehr klar zu sehen, beinahe wie durch ein Vergrößerungsglas. Sie war grün gewesen, aber die meiste Farbe war abgeblättert und wegerodiert. Zwei rostige Stahlbolzen hielten den Sitz an der Rückenlehne fest.

Er packte die Bank mit beiden Händen, und plötzlich durchströmte ihn ein unheimliches Gefühl – er hatte so etwas Intensives noch nie zuvor gespürt, er sollte nur noch ein einziges Mal so etwas Intensives empfinden. Stirnrunzelnd sah er auf die Bank hinab und hielt sie mit beiden Händen gepackt. Es war...

(Eine Sommer-Bank)

Wie viele hundert verschiedene Leute hatten zu Zeiten hier schon gesessen und sich ›God Bless America‹ bis hin zu ›Stars and Stripes Forever‹ *(›Be kind to your web-footed friends... for a duck may be somebody's moooother...‹)* und zum Kampflied der Castle Rock Cougars angehört? Grünes Sommerlaub, rauchiger Herbstdunst wie die Erinnerung an Maiskolben und Männer mit Rechen in weißer Dämmerung. Das Dröhnen der Pauke. Sanfte Blechtrompeten und Posaunen. Uniformen der Schulkapelle...

(for a duck... may be... somebody's mother...)

Gute Sommermenschen hatten hier gesessen, gelauscht, applaudiert, Programme festgehalten, die im Zeichenunterricht der Castle Rock High School entworfen und gedruckt worden waren.

Aber an diesem Morgen hatte hier ein Killer gesessen. Johnny konnte ihn *fühlen*.

Dunkle Äste und Zweige der Bäume waren wie Runen in den grauen, schneeverhangenen Himmel geätzt. Er (ich) sitze hier, rauche, warte, fühlte mich wohl, so wohl, daß er (ich) direkt über das Dach der Welt springen und leicht auf beiden Füßen landen könnte. Ein Lied summend. Etwas von den Rolling Stones. Kann das nicht richtig mitbekommen, aber ganz klar, alles ist... ist was?

In Ordnung. *Alles ist in Ordnung. Alles ist grau und wartet auf Schnee, und ich bin...*

»Gerissen«, murmelte Johnny. »Ich bin gerissen, ich bin so gerissen.«

Bannerman beugte sich nach vorn, weil er im heulenden Wind die Worte nicht verstehen konnte.

»Was?«

»Gerissen«, wiederholte Johnny. Er blickte zu Bannerman auf, und der Sheriff trat unwillkürlich einen Schritt zurück. Johnnys Augen waren kühl und beinahe unmenschlich. Das dunkle Haar wehte wild um sein weißes Gesicht, und über ihm kreischte der Winterwind am dunklen Himmel. Seine Hände schienen an die Bank geschmiedet zu sein.

»Ich bin so verdammt gerissen«, sagte er deutlich. Ein triumphierendes Lächeln hatte sich auf seinen Lippen geformt. Seine Augen sahen durch Bannerman hindurch. Bannerman glaubte es. Niemand konnte so schauspielern oder etwas abziehen. Und das Schrecklichste von allem war... er wurde an jemanden erinnert. Das Lächeln... der Tonfall... Johnny Smith war verschwunden, er schien durch eine menschliche leere Hülle ersetzt worden zu sein. Und hinter seinen normalen Gesichtszügen lauerte ein anderes Gesicht, fast nahe genug, es zu berühren. Das Gesicht des Killers.

Und dieses Gesicht war von jemand, den er *kannte*.

»Werdet mich niemals erwischen, weil ich zu gerissen für euch bin.« Ein kleines, zuversichtliches, leicht spöttisches Lächeln kam aus seinem Mund. »Ich ziehe ihn jedesmal an, und wenn sie kratzen... oder beißen... bekommen sie kein winziges Stückchen von mir... weil ich... so GERISSEN bin!« Seine Stimme schwoll zu einem triumphirenden, verrückten Schrei an, der mit dem Wind wetteiferte, und Bannerman trat noch einen Schritt zurück. Er bekam eine Gänsehaut, seine Eier schrumpften gegen den Unterleib.

Laß es aufhören, dachte er. *Laß es aufhören. Bitte.*

Johnny beugte den Kopf über die Bank. Schmelzender Schnee troff von seinen nackten Fingern.

(Schnee. Stummer Schnee, geheimnisvoller Schnee...)

(Sie hat eine Wäscheklammer daran geklemmt, damit ich wissen soll, wie sich das anfühlt. Wie es sich anfühlt, wenn man eine Krankheit bekommt. Eine Krankheit von einem dieser schlimmen Ficker, sind sie alle schlimme Ficker, und sie müssen gestoppt werden, ja, gestoppt, stoppt sie, stoppt sie, das Stop... das STOP... O MEIN GOTT DAS STOP-SCHILD...!

Er war wieder klein. Ging durch den stummen, geheimnisvollen Schnee zur Schule. Und dort war ein Mann, der aus dem wabernden Weiß aufragte, ein schrecklicher Mann, ein schrecklicher, schwarzer, grinsender Mann mit großen, funkelnden Augen, wie Münzen, und dort war ein rotes STOP-Schild, fest von einer Faust im Handschuh umschlossen... er!... er!... *er!*

(O MEIN GOTT NICHT... LASS IHN NICHT AN MICH HERAN... MAMMA... LASS IHN NICHT AN MICH HERAAAAN...)

Johnny schrie und fiel von der Bank zurück, er preßte plötzlich die Hände an die Wangen. Bannerman kauerte sich neben ihn und hatte gräßliche Angst. Hinter dem Absperrseil rührten sich die Reporter und murmelten.

»Johnny! Kommen Sie zu sich! Hören Sie, Johnny...«

»Gerissen«, murmelte Johnny. Er sah mit verletzten, verängstigten Augen zu Bannerman empor. Im Geist sah er immer noch diese schwarze Gestalt mit den funkelnden Augen aus dem Schnee aufragen. Sein Unterleib pochte vom Schmerz, der Wäscheklammer, die die Mutter des Killers ihn gezwungen hatte zu tragen. Damals war er noch nicht der Killer gewesen, o nein, kein Tier, kein Dreckskerl oder wie auch immer Bannerman ihn genannt hatte, er war nichts weiter gewesen als ein kleiner, verängstigter Junge mit einer Wäscheklammer an seinem... seinem...

»Helfen Sie mir beim Aufstehen«, murmelte er.

Bannerman half ihm auf die Beine.

»Und nun zum Musikpavillon«, sagte Johnny.

»Nein, ich denke, wir sollten zurückgehen, Johnny.«

Johnny schob sich blindlings an ihm vorbei und strebte dem Musikpavillon zu, der sich wie ein großer, kreisrunder Schatten vor ihm abzeichnete. Er ragte in der Dunkelheit auf, der Ort des Todes. Bannerman lief ihm nach und holte ihn ein.

»Johnny, wer ist es? Wissen Sie, wer...?«

»Sie haben niemals etwas unter ihren Fingernägeln gefunden, weil er einen Regenmantel getragen hat«, sagte Johnny. Er stieß die Worte keuchend heraus. »Einen Regenmantel mit Kapuze. Einen glatten Vinyl-Regenmantel. Überprüfen Sie noch einmal alle Ihre Meldungen. Es hat jedesmal geregnet oder geschneit. Sie haben nach ihm gekrallt. Sie haben gekämpft. Ganz sicher. Aber ihre Finger sind einfach abgeglitten.«

»Wer? Johnny? Wer?«

»Ich weiß es nicht. Aber ich werde es herausfinden.«

Er stolperte über die unterste der Stufen, die zum Musikpavillon hinaufführten. Er kämpfte unbeholfen um sein Gleichgewicht, hätte es aber bestimmt verloren, wenn Bannerman ihn nicht am Arm gepackt hätte. Dann waren sie oben auf der Bühne. Hier lag nur sehr wenig Schnee, kaum mehr als eine hauchdünne Schicht, das konische Dach hatte ihn abgehalten. Bannerman richtete den Strahl seiner Taschenlampe auf den Boden, und Johnny ließ sich auf Hände und Füße nieder und begann langsam herumzukriechen. Seine Hände waren hellrot. Bannerman dachte, daß sie sich inzwischen wie rohes Fleisch anfühlen mußten.

Plötzlich hielt Johnny an und schnupperte wie ein Hund an einer Stelle herum. »Hier«, murmelte er. »Genau hier hat er es getan.«

Bilder, Beschaffenheiten und Gefühle strömten in ihn ein. Dazu kam der Kupfergeschmack der Erregung und die Möglichkeit, entdeckt zu werden. Das Mädchen wand sich und versuchte zu schreien. Er hatte die Hand im Handschuh auf ihren Mund gepreßt. Schreckliche Erregung.

Mich erwischt ihr niemals, ich bin der UNSICHTBARE, ist es jetzt schmutzig genug für dich, Mama?

Johnny begann zu stöhnen und den Kopf hin und her zu werfen.

Geräusche von reißendem Stoff. Wärme. Etwas floß. Blut? Samen? Urin?

Er begann am ganzen Körper zu zittern, sein Haar hing ihm wirr ins Gesicht. Sein Gesicht. Sein lächelndes, offenes Gesicht in der Mantelkapuze, als sich seine (meine) Hände im Augenblick des Orgasmus um den Hals legen und drükken... drücken... drücken.

Die Kraft wich aus seinen Armen, und die Bilder begannen zu verblassen. Er glitt nach vorn und lag in voller Länge und laut schluchzend auf der Bühne. Als Bannerman seine Schulter berührte, schrie er auf und versuchte davonzukriechen, sein Gesicht war vor Angst wie irre verzerrt. Dann entspannte es sich nach und nach. Er lehnte den Kopf gegen die hüfthohe Brüstung des Musikpavillons und machte die Augen zu. Schauer liefen wie Wellen durch seinen Körper. Seine Hose und sein Mantel waren vom Schnee überzukkert.

»Ich weiß jetzt, wer es ist«, sagte er.

10

Fünfzehn Minuten später saß Johnny wieder in Bannermans Büro, er hatte sich bis auf die Unterhosen ausgezogen und saß so dicht wie nur irgend möglich am tragbaren elektrischen Heizlüfter. Er sah immer noch durchgefroren und elend aus, aber das Zittern hatte aufgehört.

»Wollen Sie wirklich keinen Kaffee?«

Johnny schüttelte den Kopf. »Ich kann das Zeug nicht ausstehen.«

»Johnny...« Bannerman setzte sich. »Wissen Sie tatsächlich etwas?«

»Ich weiß, wer sie umgebracht hat. Sie hätten ihn selbst schon erwischen können. Sie waren nur zu dicht dran. Sie haben ihn sogar in seinem Regenmantel gesehen, diesem glänzenden, langen Regenmantel. Weil er die Kinder morgens über die Straße führt. Er hat ein Stop-Schild an einem Stock, und er führt die Kinder am Morgen über die Straße.«

Bannerman sah ihn wie vom Donner gerührt an. »Reden Sie von Frank? Frank *Dodd*? Sie sind verrückt!«

»Frank Dodd hat sie umgebracht«, sagte Johnny. »Frank Dodd hat alle umgebracht.«

Bannerman blickte drein, als wüßte er nicht, ob er Johnny auslachen oder ihm einen Tritt versetzen sollte. »Das ist die verrückteste, gottverdammteste Sache, die ich je gehört habe«, sagte er schließlich. »Frank Dodd ist ein guter Polizist und ein prima Mann. Er wird im nächsten November für das Amt des Polizeichefs in der Hauptstadt kandidieren, und er wird es mit meinem Segen tun.« Jetzt war sein Gesichtsausdruck eine Mischung aus Belustigung und müder Verachtung. »Frank ist fünfundzwanzig. Das heißt, er hätte mit dieser verrückten Scheiße schon mit neunzehn anfangen müssen. Er lebt sehr ruhig zu Hause bei seiner Mutter, der es gesundheitlich sehr schlecht geht – zu hoher Blutdruck, Schilddrüse und Diabetes. Johnny, Sie sind ins Fettnäpfchen getreten. Frank Dodd ist kein Mörder. Dafür würde ich mich köpfen lassen.«

»Die Morde hatten zwei Jahre lang aufgehört«, sagte Johnny. »Wo war Frank Dodd in dieser Zeit? War er in der Stadt?«

Bannerman drehte sich zu ihm um, und jetzt zeigte sein Gesicht keine Belustigung mehr, sondern nur noch einen harten Ausdruck. Hart und zornig. »Ich will nichts mehr davon hören. Sie hatten zum erstenmal recht – Sie sind nichts weiter als ein Schwindler. Na, jetzt haben Sie Ihre Presse bekommen, aber das bedeutet noch lange nicht, daß ich mir anhören muß, wie Sie einen guten Beamten schlechtmachen, einen Mann, den ich...«

»Einen Mann, den Sie wie einen Sohn sehen«, sagte Johnny leise.

Bannerman kniff die Lippen zusammen, und die frische Farbe vom Aufenthalt im Freien wich allmählich aus seinem Gesicht. Er sah wie ein Mann aus, der einen Tiefschlag bekommen hat. Dann war es vorbei, und sein Gesicht war unbeeindruckt.

»Raus hier«, sagte er. »Lassen Sie sich von einem Ihrer Reporter-Freunde nach Hause fahren. Unterwegs können Sie ja eine Pressekonferenz abhalten. Aber ich schwöre bei Gott, ich schwöre beim *heiligen* Gott, wenn Sie Frank Dodds Namen auch nur erwähnen, bekommen Sie es mit mir zu tun, und ich breche Ihnen das Rückgrat. Kapiert?«

»Klar, meine Kumpel von der Presse!« schrie Johnny ihn an. »Richtig! Haben Sie nicht gesehen, wie ich all ihre Fragen beantwortet habe? Wie ich für ihre Bilder posiert und darauf geachtet habe, daß sie mich auch ja von der besten Seite bekommen? Und wie ich dafür gesorgt habe, daß sie auch ja meinen Namen richtig buchstabieren?«

Bannerman sah erschrocken, dann wieder hart drein. »Reißen Sie sich zusammen.«

»Nein, Gott verdammt noch mal!« sagte Johnny, und seine Stimme wurde noch lauter und schriller. »Ich glaube, Sie haben vergessen, wer wen angerufen hat! Ich werde Ihr Gedächtnis mal ein bißchen auffrischen! *Sie* haben *mich* angerufen. So versessen war ich darauf, hierher zu kommen.«

»Das heißt aber nicht, daß Sie...«

Johnny ging zu Bannerman hinüber und deutete mit dem Zeigefinger wie mit einer Pistole auf ihn. Er war ein paar Zentimeter kleiner und wahrscheinlich achtzig Pfund leichter, aber Bannerman wich einen Schritt zurück – wie er es schon im Stadtpark getan hatte. Johnnys Wangen waren dunkelrot angelaufen, seine Lippen waren leicht von den Zähnen zurückgezogen.

»Nein, Sie haben recht, daß Sie mich angerufen haben, hat einen Scheißdreck zu bedeuten«, sagte er. »Aber Sie *wollen* nicht, daß Dodd der Killer ist, nicht wahr? Wenn es irgendein anderer ist, dann werden wir der Sache wenigstens mal nachgehen, aber es kann unmöglich der gute, alte Frank

Dodd sein, weil Frank so aufrecht ist, weil Frank sich um seine Mutter kümmert, weil Frank zum lieben, alten Sheriff George Bannerman aufsieht, oh, Frank ist der Heilige Christus, der vom Kreuz herabgestiegen ist, außer wenn er kleine Mädchen und alte Frauen vergewaltigt und erwürgt, und es hätte Ihre Tochter sein können, Bannerman, verstehen Sie denn nicht, es könnte *Ihre eigene Toch*...«

Bannerman schlug ihn. Zwar zog er im allerletzten Moment die Faust zurück, aber der Schlag genügte, um Johnny nach hinten zu schleudern; er stolperte über einen Stuhl und stürzte der Länge nach zu Boden. Blut sickerte aus der Wange, wo Bannermans Police-Academy-Ring ihn gestreift hatte.

»Das hatten Sie verdient«, sagte Bannerman, aber es hörte sich nicht sehr überzeugt an. Ihm wurde bewußt, daß er zum erstenmal in seinem Leben einen Krüppel geschlagen hatte – oder einen, der einem Krüppel am nächsten kam.

Johnnys Kopf war leicht und voller Glocken. Seine Stimme schien nicht ihm, sondern einem anderen zu gehören, einem Rundfunksprecher oder B-Filmschauspieler. »Sie sollten Gott auf den Knien danken, daß er keine Spuren hinterlassen hat, denn Sie hätten sie übersehen, bei Ihrer hohen Meinung von Dodd. Und dann hätten Sie sich als mitverantwortlich am Tod von Mary Kate Hendrasen betrachten können, als Mitwisser.«

»Das ist nichts weiter als eine verdammte Lüge«, sagte Bannerman langsam und deutlich. »Ich würde meinen eigenen Bruder verhaften, wenn er der Bursche wäre, der es getan hat. Stehen Sie auf. Tut mir leid, daß ich Sie geschlagen habe.«

Er half Johnny auf die Beine und inspizierte den Kratzer auf der Wange.

»Ich werde den Erste-Hilfe-Kasten holen und ein bißchen Jod auftragen.«

»Vergessen Sie's«, sagte Johnny. Der Zorn war aus seiner Stimme verschwunden. »Ich habe es Ihnen auch ziemlich unverblümt reingewürgt, was?«

»Ich sage Ihnen, Frank kann es nicht sein! Sie hatten es

nicht auf Presserummel abgesehen, okay. In diesem Punkt habe ich mich geirrt. Eifer des Gefechts. Aber Ihre Vibration oder Ihre Astralebene, oder was immer es sonst sein mag, hat Ihnen diesmal einen Streich gespielt.«

»Dann überprüfen Sie es«, sagte Johnny. Er sah Bannerman fest an. »*Überprüfen Sie es.* Beweisen Sie mir, daß ich mich geirrt habe.« Er schluckte. »Vergleichen Sie Zeiten und Daten mit Franks Arbeitsplan. Können Sie das?«

Grollend sagte Bannerman: »Dort hinten im Schrank sind die Zeitkarten der letzten vierzehn oder fünfzehn Jahre. Ich denke schon, daß ich es nachprüfen könnte.«

»Dann tun Sie es.«

»Mister...« Er machte eine Pause. »Johnny, wenn Sie Frank *kennen* würden, würden Sie sich selber auslachen. Das ist mein Ernst. Und es bin nicht nur ich, Sie können jeden fragen...«

»Sollte ich mich geirrt haben, werde ich es gern zugeben.«

»Das ist verrückt«, murmelte Bannerman, aber er ging doch zu dem Schrank hinüber, in dem die alten Zeitungskarten aufbewahrt wurden, und machte die Tür auf.

11

Zwei Stunden vergingen. Es war jetzt fast ein Uhr morgens. Johnny hatte seinen Vater angerufen und ihm gesagt, daß er in Castle Rock übernachten würde; der Schneesturm tobte immer noch mit unverminderter Gewalt, eine Rückfahrt wäre so gut wie unmöglich gewesen.

»Was ist da drüben los?« fragte Herb. »Kannst du mir das nicht sagen?«

»Am Telefon lieber nicht, Dad.«

»Also gut, Johnny. Überanstrenge dich nicht.«

»Nein.«

Aber er hatte sich überanstrengt. Er war erschöpfter als in den Anfangstagen seiner Krankengymnastik mit Eileen Magown. Eine nette Frau, dachte er wahllos. Eine nette *freundliche* Frau, zumindest so lange, bis ich ihr gesagt habe, daß ihr Haus brennen würde. Danach war sie distanziert und verlegen geworden. Sie hatte ihm gedankt, sicher – aber hatte sie ihn danach jemals wieder berührt? Tatsächlich berührt? Johnny glaubte es nicht. Und bei Bannerman würde es genauso sein, wenn dies hier vorüber war. Zu schade. Wie Eileen war auch er ein guter Kerl. Aber die Leute werden sehr nervös in Gegenwart von jemandem, der nur etwas berührt und alles über sie weiß.

»Das beweist überhaupt nichts«, sagte Bannerman jetzt. Es hörte sich verdrossen und aufsässig an, wie bei einem kleinen Jungen. Aber auch er war müde.

Sie betrachteten eine Aufstellung, die Johnny auf der Rückseite eines Polizei-Rundschreibens gemacht hatte. Neben Bannermans Schreibtisch waren sieben oder acht Karteikästen wackelig aufgestapelt, auf dem oberen Teil von Bannermans Postkorb lagen Frank Dodds Karten, bis ins Jahr 1971 zurück, als er ins Büro des Sheriffs gekommen war. Die Aufstellung sah folgendermaßen aus:

DIE MORDE	FRANK DODD
Alma Frechette (Kellnerin) 12.11.70 – 15.00 Uhr	Arbeitete damals an der Main Street Gulf Station
Pauline Tothaker 17.11.71 – 10.00 Uhr	dienstfrei
Cheryl Moody (J.H.S.-Schülerin) 16.12.71 – 14.00 Uhr	dienstfrei
Carol Dunbarger (H.S.-Schülerin) ?.11.74	zwei Wochen Urlaub
Etta Ringgold (Lehrerin) 29.(?)10.75	Regulärer Streifendienst

Mary Kate Hendrasen dienstfrei
17.12.75 – 10.10 Uhr

Alle Zeiten sind »geschätzte Todeszeiten«; Zahlen wurden vom staatlichen Gerichtsmediziner geliefert.

»Nein, das beweist gar nichts«, stimmte Johnny zu und rieb sich die Schläfen. »Aber es schließt ihn auch nicht unbedingt aus.«

Bannerman tippte auf die Aufstellung. »Als Miß Ringgold getötet wurde, hatte er Dienst.«

»Ja, wenn sie wirklich am neunundzwanzigsten Oktober getötet wurde. Es hätte aber auch der achtundzwanzigste oder der siebenundzwanzigste gewesen sein können. Und selbst wenn er im Dienst war, wer verdächtigt schon einen Bullen?«

Bannerman sah sich die kleine Aufstellung sehr sorgfältig an.

»Und was ist mit der Pause?« fragte Johnny. »Mit der zweijährigen Pause?«

Bannerman blätterte die Zeitkarten durch. »Frank hat 1973 und 1974 ununterbrochen hier Dienst gemacht. Das haben Sie selbst gesehen.«

»Vielleicht hat er während dieser Zeit den Drang nicht verspürt. Wenigstens soweit wir wissen.«

»Soweit wir wissen, wissen wir überhaupt nichts«, sagte Bannerman rasch.

»Aber was ist mit 1972? Ende 1972 und Anfang 1973? Für diesen Zeitraum gibt es keine Zeitkarten. Hatte er Urlaub?«

»Nein«, sagte Bannerman. »Frank und ein Mann namens Tom Harrison haben einen Kurs in ›Polizeidienst in ländlichen Gebieten‹ an einer Fakultät der University of Colorado in Pueblo mitgemacht. Ist der einzige Ort im ganzen Land, wo solcher Unterricht geboten wird. Es handelt sich um einen achtwöchigen Kursus. Frank und Tom waren vom 15. Oktober bis kurz vor Weihnachten dort. Der Staat trägt einen Teil der Kosten, einen Teil übernimmt das County, und die Regierung zahlt nach dem Law Enforcement Act von 1974 auch einen Teil. Ich habe Harridon – er ist jetzt Polizeichef drüben in Gates Falls – und Frank ausgesucht. Frank wäre beinahe nicht hingegangen, weil er seine Mutter nicht allein lassen wollte. Um die Wahrheit zu sagen, ich glaube, daß seine Mutter ihn überreden wollte, zu Hause zu bleiben. Ich habe ihn dann doch dazu bewegen können. Er wollte Karriere machen, und so etwas wie ein Kursus in ›Polizeidienst in ländlichen Gebieten‹ sieht in einem Lebenslauf immer gut aus. Ich erinnerte mich noch, als er und Tom nach Hause kamen, hatte Frank eine Virusinfektion und sah schrecklich aus. Er hatte zwanzig Pfund abgenommen. Behauptete, daß niemand da draußen im Rinderland so gut kochen konnte wie seine Mom.«

Bannerman schwieg. Etwas an dem, was er gerade gesagt hatte, schien ihn zu beunruhigen.

»Über die Feiertage hat er sich dann eine Woche Krankenurlaub genommen, dann war es wieder gut«, fügte Bannerman fast verteidigend hinzu. »Spätestens am fünfzehnten Januar hat er dann seinen Dienst wieder aufgenommen. Sie können seine Zeitkarte ja selbst überprüfen.«

»Das muß ich nicht. Und ich muß Ihnen auch nicht sagen, was Ihr nächster Schritt jetzt sein muß.«

»Nein«, sagte Bannerman. Er blickte auf seine Hände. »Ich habe Ihnen ja schon gesagt, daß Sie Köpfchen für so etwas haben. Vielleicht hatte ich damit noch mehr recht, als ich dachte. Oder wahrhaben wollte.«

Er griff nach dem Telefon und zog ein dickes Telefonbuch mit schmucklosem blauen Einband aus der untersten Schublade seines Schreibtischs. Während er es durchblätterte, erzählte er Johnny ohne aufzusehen: »Auch dies verdanken wir dem Law Enforcement Act. Hier drin ist jedes Sheriffbüro in jedem County der Vereinigten Staaten.« Er fand die Nummer, die er gesucht hatte, und machte seinen Anruf.

Johnny rutschte auf seinem Stuhl herum.

»Hallo«, sagte Bannerman. »Spreche ich mit dem Büro des Sheriffs in Pueblo?... In Ordnung. Mein Name ist George Bannerman, ich bin County Sheriff von Castle County im westlichen Maine... Ja, das habe ich gesagt, im Staate Maine. Mit wem spreche ich denn, bitte?... Okay, Officer Taylor, dies ist die folgende Situation. Wir hatten hier draußen während der vergangenen fünf Jahre sechs Morde. Vergewaltigung und Mord durch Erwürgen. Alle Morde passierten entweder im Spätherbst oder Frühwinter. Wir haben einen...« Er sah Johnny einen Moment mit hilflosen und verletzten Augen an, dann sprach er weiter in den Hörer. »Wir haben einen... äh, Verdächtigen, der vom 15. Oktober bis 17. Dezember in Pueblo war, glaube ich. Jetzt möchte ich gern wissen, ob Sie während dieser Zeit einen unaufgeklärten Mordfall haben, Opfer weiblich, Alter spielt keine Rolle, vergewaltigt, Todesursache Strangulation. Falls Sie einen solchen Fall hatten, wüßte ich gern den Spermatyp des Täters, falls das festgestellt werden konnte. Was?... Ja, okay. Danke... Ich werde hier warten. Auf bald, Officer Taylor.«

Er legte auf. »Er will meine Angaben überprüfen und zurückrufen. Möchten Sie eine Tasse... ach, nein, Sie trinken ja keinen, oder?«

»Nein«, sagte Johnny. »Ich werde mich mit einem Glas Wasser begnügen.«

Er ging zum großen Glaskühler hinüber und füllte einen Pappbecher mit Wasser. Draußen heulte und tobte der Sturm.

Hinter ihm sagte Bannerman unbeholfen: »Ja, okay, Sie hatten recht. Ich hätte gern einen Sohn wie ihn gehabt. Meine Frau bekam Katrin durch einen Kaiserschnitt. Sie kann nie wieder eins bekommen, es würde sie töten, hat der Arzt gesagt. Deshalb ließ sie sich sterilisieren und ich hatte eine Vasektomie. Um ganz sicher zu sein.«

Johnny ging zum Fenster hinüber und sah in die Dunkelheit hinaus, den Becher Wasser hatte er in der Hand. Dort draußen gab es nichts weiter als Schnee zu sehen, aber wenn er sich jetzt umdrehte, würde Bannerman aufhören – man brauchte keine übernatürlichen Fähigkeiten besitzen, um das zu wissen.

»Franks Dad hat bei der B & M-Linie gearbeitet und kam bei einem Unfall ums Leben, als Frank etwa fünf Jahre alt war. Sein Vater war betrunken. Er wollte in einem Zustand ankoppeln, in dem er sich hätte bepissen können, ohne es überhaupt zu merken. Dabei wurde er zwischen zwei Güterwagen zerquetscht. Seitdem hatte Frank die Rolle des Mannes im Haus übernehmen müssen. Roscoe sagt, daß Frank mal ein Mädchen hatte, als er die High School besuchte, aber Mrs. Dodd hat da rasch einen Riegel vorgeschoben.«

Das kann ich mir vorstellen, dachte Johnny. *Eine Frau, die so etwas tun konnte... die Sache mit der Wäscheklammer... bei ihrem eigenen Sohn... so eine Frau würde vor nichts zurückschrekken. Sie muß fast so verrückt sein wie er.*

»Als er sechzehn war, kam er zu mir und erkundigte sich, ob es so etwas wie nebenberufliche Polizisten gäbe. Wie er mir sagte, wollte er nichts anderes werden, seit er ein Kind war. Ich empfand sofort Zuneigung für ihn. Habe ihn eingestellt, hier zu arbeiten, und aus meiner eigenen Tasche bezahlt. Habe ihm gezahlt, was ich eben gerade so konnte, und er hat sich nie beschwert. Er hätte wohl auch umsonst für mich gearbeitet, so ein Typ war er. Einen Moment vor Abschluß der High School hat er sich dann um eine Vollbeschäftigung beworben, aber wir hatten damals gerade keine freie Stelle. Daher arbeitete er bei Donny Haggar's Gulf und belegte an der Universität unten in Gorham Abendkurse in Polizeiarbeit. Ich nehme an, daß Mrs. Dodd auch versucht hat, das zu verhindern – weil sie zuviel allein war, meinte sie, oder so – aber diesmal widersetzte sich Frank... mit meiner Unterstützung. Im Juli 1971 stellten wir ihn dann bei uns ein, und seitdem hat er hier Dienst gemacht. Und nun sagen Sie mir das, und ich muß daran denken, daß Katrina gestern früh dort draußen war und an demjenigen vorbeigegangen ist, der es getan hat... und das kommt mir beinahe wie schmutziger Inzest vor. Frank war in unserem Haus, er hat mit uns gegessen, war ein- oder zweimal bei Katy Babysitter... und Sie sagen mir...«

Johnny drehte sich um. Bannerman hatte die Brille abgenommen und wischte sich wieder die Augen.

»Wenn Sie wirklich solche Dinge sehen können, dann tun Sie mir leid. Sie sind ein Freak Gottes, nichts anderes als die doppelköpfige Kuh, die ich einmal auf dem Rummelplatz gesehen habe. Tut mir leid. Entschuldigen Sie. Ich weiß, daß es beschissen ist, so etwas zu sagen.«

»In der Bibel steht, daß Gott alle seine Geschöpfe liebt«, sagte Johnny. Seine Stimme klang dabei ein wenig unsicher.

»Ach ja?« Bannerman nickte und rieb sich die von der Brille hinterlassenen roten Druckstellen an der Nase. »Dann hat er aber eine komische Art, das zu zeigen, nicht?«

12

Ungefähr zwanzig Minuten später läutete das Telefon, und Bannerman nahm hastig ab. Redete kurz. Hörte zu. Johnny sah, wie sein Gesicht alterte. Er legte auf und sah Johnny lange ohne etwas zu sagen an.

»12. November 1972«, sagte er. »Ein College-Mädchen. Man hat sie auf einem Feld beim Schlagbaum gefunden. Sie hieß Ann Simons. Vergewaltigt und erwürgt. Dreiundzwanzig Jahre alt. Keine Samenprobe vorhanden. Aber das ist immer noch kein Beweis, Johnny.«

»Und ich glaube, daß Sie gar keinen Beweis mehr brauchen«, sagte Johnny. »Wenn Sie ihn mit allem, was Sie jetzt wissen, konfrontieren, wird er zusammenbrechen.«

»Und wenn er es nicht tut?«

Johnny erinnerte sich an die Vision, die er im Musikpavillon gehabt hatte. Sie wirbelte wie ein verrückter, tödlicher Bumerang zu ihm zurück. Dieses reißende Gefühl, dieser Schmerz, der so angenehm war, der den Schmerz der Wäscheklammer zurückrief, der Schmerz, der alles bestätigte.

»Fordern Sie ihn auf, die Hose herunterzulassen«, sagte Johnny.

Bannerman sah ihn vollkommen verständnislos an.

13

Die Reporter hielten sich immer noch im Foyer auf.

»Halten Sie das wirklich für richtig?« fragte Johnny, und der Sturm versuchte, ihm die Worte aus dem Mund zu reißen. Seine Beine schmerzten.

»Nein«, sagte Bannerman einfach, »aber ich denke, Sie sollten dabeisein. Er soll Gelegenheit haben, Ihnen ins Gesicht zu sehen, Johnny. Kommen Sie. Die Dodds wohnen nur zwei Blocks von hier entfernt.«

Sie gingen davon, in Kapuzenmäntel gehüllt und mit Stiefeln ausgerüstet, stapften sie wie zwei Schatten durch den tiefen Schnee. Bannerman trug seine Dienstpistole unter dem Mantel. Ein Paar Handschellen waren an seinem Gürtel befestigt. Sie waren noch keinen Block durch den tiefen Schnee gegangen, da fing Johnny an zu hinken, aber er hielt grimmig den Mund und sagte nichts.

Aber Bannerman bemerkte es. Sie blieben unter der Einfahrt des Castle Rock Western Autos stehen.

»Sohn, was haben Sie denn?«

»Nichts«, sagte Johnny. Auch seine Kopfschmerzen fingen wieder an.

»Es ist doch etwas. Sieht so aus, als würden Sie mit zwei gebrochenen Beinen gehen.«

»Nachdem ich aus dem Koma erwacht war, mußten sie meine Beine operieren. Die Muskeln hatten sich verkürzt. Fingen an weich zu werden, hat Dr. Brown gesagt. Die Gelenke waren eingerostet. Sie haben sie so gut es ging mit Kunststoff geflickt...«

»Wie beim Sechs-Millionen-Dollar-Mann, hm?«

Johnny dachte an den ordentlichen Stapel Krankenhausrechnungen daheim, die in der obersten Schublade der Eßzimmerkommode lagen.

»Ja, so ungefähr. Wenn ich zu lange darauf stehe, werden sie etwas ungelenk, das ist alles.«

»Möchten Sie umkehren?«

Worauf du dich verlassen kannst. Umkehren und nicht mehr an diese schreckliche Sache denken müssen. Ich wünschte, ich wäre nie hergekommen. Nicht mein Problem. Das ist der Mann, der mich mit einer doppelköpfigen Kuh verglichen hat.

»Nein, es geht schon«, sagte er.

Sie traten aus der Einfahrt heraus, und der Wind packte sie und versuchte, sie die verlassene Straße hinunterzuwirbeln. Sie mühten sich im fahlen, vom Schnee gedämpften Licht der Natriumdampflampen dahin, die sich im Wind bogen. Sie bogen in die Seitenstraße ein, und fünf Häuser weiter blieb Bannerman vor einer kleinen und sauberen Neu-England-Villa stehen. Wie die anderen Häuser in der Straße, war sie dunkel und verriegelt.

»Das ist das Haus«, sagte Bannerman mit seltsam farbloser Stimme. Sie bahnten sich einen Weg durch die Schneeverwehung, die der Wind vor der Veranda aufgetürmt hatte, und gingen die Treppe hinauf.

14

Mrs. Henrietta Dodd war eine große Frau, die eine Last toten Fleisches mit sich herumschleppte. Johnny hatte noch nie eine kränkere Frau gesehen. Ihre Haut war gelblichgrau. Ihre Hände sahen aufgrund eines ekzemähnlichen Ausschlags fast reptilienhaft aus. Und in ihren Augen, die in den aufgequollenen Höhlen zu engen Schlitzen zusammengekniffen waren, war etwas, das ihn auf unangenehme Weise daran erinnerte, wie die Augen seiner Mutter manchmal ausgesehen hatte, wenn Vera Smith einen ihrer religiösen Wahnanfälle bekommen hatte.

Sie hatte ihnen die Tür geöffnet, nachdem Bannerman fünf Minuten lang unablässig geklopft hatte. Johnny stand auf seinen schmerzenden Beinen neben ihm und dachte, daß diese Nacht nie ein Ende nehmen würde. Sie würde immer weitergehen, bis sich soviel Schnee angesammelt hatte, daß er wie ein Erdrutsch über sie hereinbrach.

»Was wollen Sie denn mitten in der Nacht hier, George Bannerman?« fragte sie argwöhnisch. Wie bei vielen dicken Frauen war auch ihre Stimme ein hohes, summendes Holzblasinstrument – sie hörte sich an wie eine in einer Flasche gefangene Fliege oder Biene.

»Ich muß mit Frank reden, Henrietta.«

»Na, reden Sie morgen früh mit ihm«, sagte Henrietta Dodd und wollte ihnen die Tür vor der Nase zuschlagen.

Bannerman drückte die Tür mit der rechten Hand, über der er einen Handschuh trug, zurück. »Tut mir leid, Henrietta. Muß jetzt sein.«

»Nun, ich werde ihn nicht wecken!« rief sie und rührte sich nicht von der Türschwelle weg. »Er schläft sowieso wie tot! In vielen Nächten läute ich nach ihm, manchmal ist mein Herzklopfen fürchterlich, aber kommt er? Nein, er schläft einfach weiter, eines Morgens könnte er aufwachen und ich einem Herzanfall erlegen in meinem Bett liegen, anstatt ihm sein verdammtes glibberiges pochiertes Ei zu machen! Weil Sie ihm zuviel Arbeit aufhalsen!«

Sie grinste mit saurem Triumph; das schmutzige Geheimnis war enthüllt, und jetzt Schwamm drüber.

»Tag und Nacht, Wechselschicht, mitten in der Nacht Betrunkene verfolgen, und jeder einzelne von ihnen könnte eine 32er in der Hosentasche haben, immer in die Kneipen und Lokale, oh, die sind ein heißes Pflaster, aber das macht Ihnen ja überhaupt nichts aus! Ich kann mir denken, was in solchen Häusern vor sich geht, diese billigen schlampigen Frauen, die einem netten Jungen wie meinem Frank mit Freuden für den Preis eines Biers eine unheilbare Krankheit anhängen würden!«

Ihre Stimme, das Holzblasinstrument, zeterte und summte. Johnnys Kopf schlug und hämmerte den Kontrapunkt dazu. Er wünschte sich, sie würde still sein. Es war eine Halluzination, er wußte es, die Müdigkeit und der Streß dieser schrecklichen Nacht forderten ihren Tribut, aber er hatte mehr und mehr den Eindruck, als stünde seine Mutter hier vor ihm, daß sie sich jeden Augenblick zu ihm herumdrehen und damit anfangen würde, ihn mit dem wunderbaren Talent heimzusuchen, welches Gott ihm verliehen hatte.

»Mrs. Dodd... Henrietta...« begann Bannerman geduldig.

Dann wandte sie sich an Johnny und sah ihn mit ihren dumm-klugen kleinen Schweinsaugen an.

»Wer ist das denn?«

»Sonderbevollmächtigter«, sagte Bannerman prompt. »Henrietta, ich übernehme die Verantwortung, wenn Sie Frank wecken.«

»Ooooh, die *Verantwortung*!« krähte sie mit monströsem, summendem Sarkasmus, und Johnny begriff endlich, daß sie Angst hatte. Die Angst ging in pulsierenden, lärmenden Wellen von ihr aus – das machte seine Kopfschmerzen noch schlimmer. Konnte Bannerman das nicht spüren?

»Die Ver-ant-wor-tung! Ist das nicht groooooßzügig von Ihnen, mein Gott, ja! Nun, ich werde nicht zulassen, daß mein Junge mitten in der Nacht geweckt wird, George Bannerman, daher können Sie und Ihr *Sonderbevollmächtigter* verduften und Ihren Papierkram erledigen.«

Wieder versuchte sie, die Tür zuzumachen, aber diesmal stieß Bannerman sie ganz auf. Seine Stimme verriet Zorn und darunter schreckliche Anspannung. »Aufmachen, Henrietta, das ist mein Ernst.«

»Das können Sie nicht machen!« rief sie. »Dies ist kein Polizeistaat! Ich werde Sie um Ihren Job bringen! Zeigen Sie Ihren Durchsuchungsbefehl!«

»Nein, das stimmt, aber ich muß mit Frank reden«, sagte Bannerman und schob sich an ihr vorbei.

Johnny war sich kaum bewußt, was er tat, folgte ihm. Henrietta Dodd wollte nach ihm greifen. Johnny packte sie am Handgelenk – und in diesem Moment flammte ein gräßlicher Schmerz in seinem Kopf auf und ließ die pochenden Kopfschmerzen zu zwergenhaftigen schrumpfen. *Und die Frau spürte es auch.* Die beiden starrten sich einen Augenblick an, der sich zu einer Ewigkeit auszudehnen schien, ein schreckliches, vollkommenes Verstehen. Für diesen Augenblick schienen sie zusammengeschmiedet zu sein. Dann trat die Frau zurück und preßte beide Hände auf ihren Monsterbusen.

»Mein Herz... mein Herz...« Sie fummelte in der Tasche ihres Hausmantels herum und brachte ein Tablettenröhrchen zum Vorschein. Ihr Gesicht hatte die Farbe von ungebackenem Teig angenommen. Sie nahm den Stöpsel aus dem Röhrchen und verschüttete kleine Tabletten auf den Fußboden und nur eine einzige auf den Handteller. Sie schob sie unter die Zunge. Johnny starrte sie in stummem Entsetzen an. Sein Kopf fühlte sich an wie eine anschwellende, mit Blut gefüllte Blase.

»Sie *wußten es*?« flüsterte er.

Ihr dicker, faltiger Mund öffnete und schloß sich, öffnete und schloß sich. Kein Laut kam heraus. Es war der Mund eines gestrandeten Fisches.

»Die ganze Zeit über *wußten Sie es*?«

»Sie sind ein Teufel!« schrie sie ihn an. »Sie sind ein Monster... Teufel... o mein Herz... oh, ich sterbe... ich glaube, ich sterbe... rufen Sie den Doktor... *George Bannerman, gehen Sie ja nicht da hinauf und wecken mein Baby!*«

Johnny ließ sie los und rieb unbewußt die Hand an seinem Mantel auf und ab, wie um eine Beschmutzung zu entfernen, dann stolperte er hinter Bannerman die Treppe hinauf. Der Wind schluchzte um die Erker wie ein verirrtes Kind. Auf halbem Weg blickte er zurück. Henrietta Dodd saß in einem Korbstuhl, ein unförmiger Fleischberg, und hielt mit jeder Hand eine riesige Brust umklammert. Sein Kopf schien immer noch wie ein Ballon anzuschwellen, und er dachte beinahe verträumt: *Bald wird er platzen, und das wird das Ende sein. Gott sei Dank.*

Ein alter und fadenscheiniger Teppich bedeckte den Boden des schmalen Flurs. Die Tapete war voller Wasserflekken. Bannerman klopfte an die geschlossene Tür. Hier oben war es mindestens zehn Grad kälter.

Keine Antwort. Bannerman drehte den Knauf und schob die Tür auf. Seine Hand hatte sich um den Griff der Pistole geschlossen, aber er hatte sie nicht gezogen. Das hätte ein verhängnisvoller Fehler sein können, aber Frank Dodds Zimmer war leer.

Die beiden standen einen Augenblick unter der offenen Tür und sahen hinein. Es war ein Kinderzimmer. Die Tapete – ebenfalls voller Wasserflecken – zeigte tanzende Clowns und hüpfende Pferde. Es gab einen Kinderstuhl mit einer Raggedy-Andy-Flickenpuppe, die sie aus glänzenden Knopfaugen ansah. In einer Ecke stand eine Spielzeugkiste. In einer anderen ein schmales Ahornholzbett mit zurückgeschlagener Schlafdecke. An einem Bettpfosten hing Frank Dodds Waffe im Halfter, sie sah in dem Zimmer fehl am Platze aus.

»Mein Gott«, sagte Bannerman leise. »Was ist das?«

»Hilfe«, erklang Mrs. Dodds Stimme von unten. »Helfen Sie mir...«

»Sie hat es gewußt«, sagte Johnny. »Sie hat es von Anfang an gewußt, seit dieser Frau namens Frechette. Er hat es ihr erzählt, und sie hat alles für ihn vertuscht.«

Bannerman zog sich langsam aus dem Zimmer zurück und machte eine andere Tür auf. Seine Augen waren benommen und verletzt. Es war ein Gästezimmer, unbewohnt. Er öffnete den Schrank, der leer war, abgesehen von einer gehörigen Menge D-Con-Rattengift auf dem Boden. Noch eine Tür. Dieses Schlafzimmer war so kalt, daß Bannermans Atem sichtbar wurde. Er sah sich um. Es gab noch eine weitere Tür; sie befand sich oben an der Treppe. Er ging hinüber, und Johnny folgte ihm. Diese Tür war abgeschlossen.

»Frank? Sind Sie da drin?« Er rüttelte am Knopf. »Machen Sie auf, Frank!«

Keine Antwort. Bannerman hob einen Fuß und trat kräftig zu, gerade unterhalb der Klinke. Es gab einen flachen, krachenden Laut, der in Johnnys Kopf widerhallte und sich anhörte, als wäre ein Blechteller auf einen Fliesenboden gefallen.

»O Gott«, sagte Bannerman mit tonloser, erstickter Stimme. »Frank.«

Johnny konnte ihm über die Schulter sehen, konnte zuviel sehen. Frank Dodd saß auf dem heruntergeklappten Toilettensitz. Er war nackt, abgesehen von dem Regenmantel, den er sich über die Schultern gehängt hatte; die schwarze Kapuze des Regenmantels (*Henker-Kapuze,* dachte Johnny vage) baumelte auf den Kasten der Wasserspülung herunter wie eine groteske, erschlaffte schwarze Hülse. Irgendwie hatte er es fertiggebracht, sich selbst die Kehle durchzuschneiden – das hätte Johnny nicht für möglich gehalten. Ein Päckchen Wilkinson Sword Rasierklingen lag auf dem Waschbecken. Eine einzelne Klinge lag auf dem Fußboden und glitzerte tückisch. Die Schneide wies Blutstropfen auf. Das Blut seiner durchgeschnittenen Halsschlagader und Drosselader war überall hingespritzt. Ganze Pfützen davon befanden sich in den Falten seines Regenmantels, der auf dem Boden auflag. Es war auf dem Duschvorhang, der ein Muster aus Enten aufwies, die sich einen Regenschirm über die Köpfe hielten. Es war an der Decke.

Um Frank Dodds Hals hing an einer Schnur ein Schild, auf das mit Lippenstift geschrieben war. Es hieß: ICH GESTEHE.

Der Schmerz in Johnnys Kopf erreichte einen schier unerträglichen Höhepunkt. Er tastete mit einer Hand um sich, fand den Türrahmen und hielt sich daran fest.

Hat es gewußt, dachte er zusammenhanglos. *Hat es irgendwie gewußt, als er mich sah. Hat gewußt, daß es aus war. Ging nach Hause. Hat das hier gemacht.*

Schwarze Ringe überlagerten sein Augenlicht, breiteten sich aus wie böse Wogen.

(Welche Macht Gott dir verliehen hat, Johnny.)

(ICH GESTEHE.)

»Johnny?«

Aus weiter Ferne.

»Johnny, sind Sie...«

Verblassend. Alles verblaßte. Das war gut. Noch besser wäre gewesen, wenn er überhaupt nicht mehr aus dem Koma erwacht wäre. Besser für alle Betroffenen. Nun, er hatte seine Chance gehabt.

»Johnny...«

Frank Dodd war hier heraufgekommen und hatte sich die Kehle von einem Ohr zum sprichwörtlich anderen Ohr durchgeschnitten, während draußen der Sturm ums Haus heulte, als wären alle dunklen Wesenheiten der Welt losgelassen worden. Futschgegangen, hatte sein Vater einmal in einem Winter vor ungefähr zwölf Jahren gesagt, als die Leitungen im Keller eingefroren und geplatzt waren. Futschgegangen. Er war das ganz eindeutig auch, bis an die Decke hinauf.

Er glaubte später, daß er geschrien hatte, aber ganz sicher war er sich niemals. Vielleicht hatte er diesen Schrei auch nur in seinem Kopf gehört. Aber er hatte schreien *wollen;* alles hinausschreien, das Entsetzen und das Grauen und das Mitleid und die Qual in seinem Herzen.

Dann fiel er nach vorne in Dunkelheit und war dankbar dafür. Johnny verlor das Bewußtsein.

15

Aus der *New York Times* vom 19. Dezember 1975:

HELLSEHER AUS MAINE FÜHRT SHERIFF NACH BESUCH AM TATORT ZUM HAUS DES HILFSSHERIFF-KILLERS

(Exklusiv für die *Times*) John Smith aus Pownal mag vielleicht gar kein Hellseher sein, aber man würde Mühe haben, Sheriff George F. Bannerman aus Castle County, Maine, davon zu überzeugen. Nach dem sechsten Mordfall in der kleinen Stadt Castle Rock im westlichen Maine rief Sheriff Bannerman verzweifelt Mr. Smith an und bat ihn, nach Castle Rock zu kommen und zu helfen, wenn möglich. Mr. Smith hatte früher in diesem Jahr lokales Aufsehen erregt, nachdem er nach fünfundfünfzig Monaten aus tiefem Koma erwacht war; er war von der Wochenzeitschrift *Inside View* zwar als Schwindler bezeichnet worden, aber bei der gestrigen Pressekonferenz sagte Sheriff Bannerman nur: »Wir hier oben in Maine halten nicht viel davon, was diese New Yorker Reporter glauben.«

Wie Sheriff Bannerman berichtete, war Mr. Smith auf Händen und Knien am Schauplatz des sechsten Mordes herumgekrochen, der im Stadtpark von Castle Rock begangen worden war. Er bekam dabei leichte Erfrierungen und den Namen des Mörders – Hilfssheriff Franklin Dodd, der seit fünf Jahren auf der Gehaltsliste des Countysheriffs steht, so lange wie Bannerman selbst.

Schon früher in diesem Jahr hatte Mr. Smith in seinem Heimatstaat eine Kontroverse ausgelöst, als er die hellseherische Eingebung hatte, daß im Haus seiner Krankengymnastin Feuer ausgebrochen war. Die Vision hatte sich als die Wahrheit erwiesen. Bei einer darauffolgenden Pressekonferenz hatte ihn ein Reporter herausgefordert...

Aus *Newsweek*, Woche vom 24. Dezember 1975, Seite 41:

DER NEUE HURKOS

Es könnte sein, daß seit Peter Hurkos der erste echte Hellseher in diesem Land entdeckt wurde – Hurkos war jener in Deutschland geborene Seher, der imstande war, Leuten Dinge aus ihrem Privatleben zu erzählen, wenn er ihre Hände, Tafelsilber oder Gegenstände aus ihren Handtaschen berührte.

John Smith ist ein schüchterner und bescheidener Mann aus der im südlichen Maine gelegenen Stadt Pownal. Nach einem Autounfall hatte er mehr als vier Jahre in tiefem Koma gelegen und erst in diesem Jahr das Bewußtsein wiedererlangt (siehe Foto). Dr. Samuel Weizak, der für diesen Fall verantwortliche Neurologe, hatte erklärt, daß Mr. Smith ›sich erstaunlich erholt hatte‹. Heute erholt er sich von leichten Erfrierungen und einer vierstündigen Ohnmacht nach der bizarren Aufklärung eines lange ungelösten mehrfachen Mordfalles in der Stadt...

27. Dezember 1975

Liebe Sarah,

Dad und ich haben uns sehr über Deinen Brief gefreut, der heute nachmittag eingetroffen ist. Mir geht es wirklich gut. Du kannst also aufhören, dir Sorgen zu machen, okay? Aber ich danke Dir für Deine Fürsorge. Die ›Erfrierungen‹ wurden in der Presse maßlos übertrieben. Nur ein paar Stellen an drei Fingerspitzen der linken Hand. Die Bewußtlosigkeit war nichts weiter als ein Ohnmachtsanfall, ›ausgelöst durch emotionale Überlastung‹, wie Weizak sagte. Ja, er war persönlich heruntergekommen und hat darauf bestanden, mich zum Krankenhaus in Portland zu fahren. Allein ihn in Aktion zu sehen ist schon fast die Kosten wert. Er brachte sie dazu, ihm ein Untersuchungszimmer und eine EEG-Maschine und einen Techniker zur Verfügung zu stellen, der sie bedienen kann. Er sagt, er kann keine Spur neuer Gehirnschäden oder fortschreitender Gehirnschäden feststellen. Er möchte eine ganze Reihe neuer Untersuchungen durchführen, manche davon klingen ganz entschieden nach Inquisition – »Gestehe, Gotteslästerer, sonst verpassen wir dir noch eine Pneumo-Gehirnskandierung« (Ha-ha, und schnupfst du immer noch dieses gräßliche Kokain, Liebling?) Wie dem auch sei, ich habe das freundliche Angebot, nochmals durchbohrt und bestochert zu werden, abgelehnt. Dad ist ziemlich sauer auf mich, weil ich die Untersuchungen abgelehnt habe, er versucht, Parallelen zwischen meiner Weigerung und der meiner Mutter zu ziehen, ihre Medizin einzunehmen,. Es ist schwer, ihn davon zu überzeugen, daß die Chancen neun zu eins gegen eine mögliche Heilung stünden, selbst wenn *Weizak etwas finden würde.*

Ja, den Artikel in Newsweek *habe ich gelesen. Das Bild von mir wurde während dieser Pressekonferenz aufgenommen und lediglich vergrößert. Ich sehe aus, als würde man mir lieber nicht in einer dunklen Seitenstraße begegnen, was? Ha-ha! Heiliger Geist (wie Deine Freundin Anne Stafford so gerne sagt), aber ich wünschte, sie hätten den Artikel nicht gebracht. Es kommen schon wieder Päckchen, Karten und Briefe. Ich mache sie gar nicht mehr auf, sondern schicke sie mit dem Vermerk ›Zurück an Absender‹ zurück, es sei denn, ich kenne den Absender nicht. Sie sind zu bemitleiden, so voller Hoffnung und Glauben und Unglauben, und irgendwie erinnern sie mich alle daran, wie Mom gewesen ist.*

*Nun, ich möchte mich nicht zu düster anhören, so schlimm ist es wirklich nicht. Aber ich möchte kein praktizierender Hellseher sein, ich möchte nicht auf Tournee gehen oder im Fernsehen auftreten (irgendein Knallkopf von NBC hat, wer weiß wie, unsere Telefonnummer bekommen, und wollte wissen, ob ich daran denken würde, ›die Carson-Show zu machen‹. Großartige Idee, hm? Don Rickles könnte ein paar Leute vor den Kopf stoßen, irgendein Starlet könnte ihre Waden zeigen, und ich könnte ein paar Prophezeiungen machen. Das alles präsentiert von General Foods). Ich will mit dieser S*C*H*E*I*S*S*E nichts zu tun haben. Ich freue mich wirklich darauf, wieder nach Cleaves Mills zu gehen und in der völligen Anonymität des High-School-Englischlehrers zu versinken. Und die hellseherischen Eingebungen für die Footballtourniere der Schule aufheben.*

Ich denke, das ist diesmal alles. Ich hoffe, Du und Walt und Denny hattet ein schönes Weihnachtsfest und fiebert schon (Walt ja ganz bestimmt, wie Du geschrieben hast) der Wahl im Stolzen Jahr der Zweihundertjahrfeier entgegen, das nun vor uns liegt. Freut mich zu hören, daß dein Herzallerliebster nominiert wurde, für den Sitz im Senat zu kandidieren, aber überkreuze Deine Finger, Sarah – 1976 sieht nicht gerade wie ein tolles Jahr für Fans des republikanischen Elefanten aus. Schick Deinen Dank dafür nach San Clemente.

Mein Dad wünscht Dir alles Gute und bedankt sich für das Bild von Denny, das Du ihm geschickt hast, es hat ihn wirklich beeindruckt. Auch von mir beste Grüße. Danke für Deinen Brief und Deine unnötige Besorgnis (unnötig, aber dennoch willkommen). Mir geht es gut, und ich freue mich schon darauf, die Rüstung wieder anzuziehen.

Alles Liebe und herzliche Grüße Johnny.

P.S.: Zum letztenmal, Kleines, laß das Kokain sein.

J.

29. Dezember 1975

Lieber Johnny,

dies ist, glaube ich, der schwerste, bitterste Brief, den ich während meiner sechzehnjährigen Rektorenlaufbahn schreiben mußte – nicht nur, weil Sie ein guter Freund sind, sondern auch ein verdammt guter Lehrer. Es hat keinen Zweck, die Sache zu beschönigen, also werde ich es auch gar nicht erst versuchen.

Gestern abend fand eine Sonderkonferenz des Schulrates statt (auf Betreiben von zwei Mitgliedern, deren Namen ich nicht nenne, aber sie waren schon im Rat, als Sie noch unterrichteten, ich glaube, Sie können die Namen sowieso erraten), und sie stimmten fünf zu zwei dafür, Ihren Vertrag zurückzuziehen. Der Grund: Sie sind zu kontrovers, um ein tüchtiger Lehrer zu sein. Ich war nahe daran, selbst meinen Rücktritt einzureichen, so vor den Kopf gestoßen war ich. Ich hätte es wohl auch getan, wenn Maureen und die Kinder nicht wären. Diese Absage kann man nicht einmal damit vergleichen, daß Rabbit, Run *oder* Der Fänger im Roggen *aus den Klassenzimmern verbannt werden. Dies ist schlimmer. Es stinkt zum Himmel.*

Das habe ich ihnen gesagt, aber ich hätte ebenso gut in Esperanto oder Igpay Atinlay reden können. Sie sehen nur, daß Ihr Bild in Newsweek *und der* New York Times *gewesen ist und daß die Castle-Rock-Geschichte im landesweiten Fernsehen in den Nachrichten gebracht wurde. Zu kontrovers! Fünf alte Männer mit Bruchbändern, von der Art, die sich mehr für Haarschnitte interessieren als für das, was in den Lehrbüchern steht, die ihre Energie darauf verschwenden, herauszufinden, wer auf dem Schulhof Pot rauchen könnte, anstatt der wissenschaftlichen Fakultät zu ein paar modernen Geräten zu verhelfen.*

Ich habe ein scharf formuliertes Protestschreiben an den Schulrat als Ganzes aufgesetzt, und mit ein wenig Armbiegen könnte ich wohl Irving Finegold dazu bringen, es mit mir zu unterzeichnen. Aber ich würde nicht die Wahrheit sagen, wenn ich Ihnen schriebe, daß eine winzige Chance besteht, diese fünf alten Männer dazu zu bringen, ihre Meinung zu ändern.

Mein ehrlich gemeinter Rat für Sie ist, sich einen Anwalt zu nehmen, Johnny. Sie haben den Vertrag guten Gewissens unterschrieben, und ich glaube, Sie können Ihr Gehalt bis auf den letzten Cent bei ihnen einklagen, ob Sie jemals ein Klassenzimmer in Cleaves Mills betreten oder nicht. Rufen Sie mich an, wenn Sie reden wollen.

Es tut mir von ganzem Herzen leid.

Ihr Freund
Dave Pelsen

16

Johnny stand neben dem Briefkasten und hielt Daves Brief in der Hand, den er ungläubig betrachtete. Es war der letzte Tag des Jahres 1975 und bitter kalt. Sein klarer Atem kam wie feine Kondensstreifen aus seinen Nasenlöchern.

»Scheiße«, flüsterte er. »O Mann, Scheiße.«

Benommen und ohne es völlig verarbeitet zu haben, beugte er sich hinab, um zu sehen, was der Briefträger sonst noch gebracht hatte. Wie üblich war der Briefkasten zum Bersten voll. Es war reiner Zufall gewesen, daß Daves Brief herausgeschaut hatte.

Da war ein zerknitterter weißer Zettel, der ihn aufforderte, wegen der Päckchen, der unausweichlichen Päckchen, beim Postamt anzurufen. Mein Mann hat mich 1969 verlassen, hier sind ein Paar Socken von ihm, sagen Sie mir, wo er ist, damit ich dem Dreckskerl wenigstens Alimente abknöpfen kann. Mein Baby ist letztes Jahr erstickt, hier ist seine Rassel, bitte sagen Sie mir, ob es bei den Engeln glücklich ist. Ich habe es nicht taufen lassen, weil sein Vater es nicht billigte, und jetzt bricht mir das Herz. Die endlose Litanei.

Welche Macht Gott dir gegeben hat, Johnny.

Der Grund: Sie sind zu kontrovers, um ein tüchtiger Lehrer zu sein.

In einem plötzlichen Wutanfall fing er an, Briefe und Umschläge aus dem Briefkasten zu reißen, wobei er einige in den Schnee fallen ließ. Die unausweichlichen Kopfschmerzen begannen sich um seine Schläfen herum zu bilden wie zwei dunkle Wolken, die schließlich zusammenwachsen und ihn mit Qual einhüllen würden. Tränen rannen an seinen Wangen hinab, in der bitteren, stummen Kälte gefroren sie fast auf der Stelle zu silbernen Spuren.

Er bückte sich und begann, die Briefe aufzuheben, die er fallengelassen hatte; er sah einen doppelt und dreifach durch das Prisma seiner Tränen, der mit dickem Bleistift an JOHN SMITH, ÜBERSIENLICHER HELSEHER adressiert war.

Übersienlicher Helser, das bin ich. Seine Hände begannen heftig zu zittern, und er ließ alles fallen, einschließlich Daves Brief. Er flatterte wie ein Herbstblatt hinab und blieb mit der Schrift nach oben auf den anderen Briefen, all den anderen Briefen, liegen. Durch seine hilflosen Tränen konnte er den Briefkopf und das Motto unter der Fackel sehen:

LEHREN, LERNEN, WISSEN, DIENEN.

»Leckt mich am Arsch, ihr billigen Dreckskerle«, sagte Johnny. Er ließ sich auf die Knie sinken und sammelte die Briefe ein, fegte sie mit den Fäustlingen zusammen. Seine Finger schmerzten dumpf, eine Erinnerung an die Erfrierungen, eine Erinnerung an Frank Dodd, der auf einem Toilettendeckel durch die Ewigkeit ritt, Blut in seinem blonden amerikanischen Durchschnittshaar. ICH GESTEHE.

Er hob die Briefe auf und hörte sich selbst immer wieder murmeln, wie eine schadhafte Schallplatte: »Ihr bringt mich um, ihr bringt mich um, laßt mich in Ruhe, sehr ihr denn nicht, daß ihr mich umbringt?«

Er zwang sich dazu, aufzuhören. So konnte man sich nicht benehmen. Das Leben würde weitergehen. So oder so, das Leben würde mit ziemlicher Sicherheit weitergehen.

Johnny ging zum Haus zurück und fragte sich, was er jetzt tun konnte. Vielleicht würde sich etwas anbieten. In jedem Fall hatte er die Prophezeihung seiner Mutter erfüllt. Wenn Gott eine Aufgabe für ihn gehabt hatte, dann hatte er sie jetzt erledigt. Einerlei, daß es ein Kamikaze-Unternehmen gewesen war. Er hatte es getan.

Er war quitt.

Zweiter Teil

DER LACHENDE TIGER

Siebzehntes Kapitel

1

Der Junge las langsam und folgte den Worten mit dem Finger, seine langen, braunen Footballspieler-Beine waren auf der Liege neben dem Pool im hellen Juni-Sonnenschein ausgestreckt.

»›Natürlich war der junge Danny Ju... Juniper... junge Danny Juniper tot... und ich ver... vermute, daß es nur wenige in der Welt gab, die gesagt hätten, daß er den T... To... ›Oh, Scheiße, ich weiß es nicht.‹«

»›Daß er den Tod nicht verdient gehabt hätte‹«, sagte Johnny Smith. »Damit sollte nur etwas eleganter ausgedrückt werden, daß die meisten Leute darin übereinstimmten, daß Dannys Tod eine gute Sache war.«

Chuck sah ihn an, und über sein sonst freundliches Gesicht huschte die sattsam bekannte Mischung von Empfindungen: Belustigung, Abneigung, Verlegenheit und eine Spur von Verdrossenheit. Dann seufzte er und sah wieder in den Western von Max Brand hinein.

»›... den Tod nicht verdient hatte. Aber es war eine große Tra... Tragöh...‹«

»Tragödie«, half Johnny nach.

»›Aber es war eine große *Tragödie*, daß er ausgerechnet gestorben war, als er einige seiner Ü-Ü-Ü-Übeltaten durch einen großen Dienst an der Welt wiedergutmachen wollte.

Das erfüllte mich mit Ü... Ü... Üb...‹«

Chuck klappte das Buch zu, sah zu Johnny auf und lächelte strahlend.

»Machen wir für heute Schluß, was meinen Sie, Johnny?«

Chucks Lächeln war sein einnehmendstes. »Sieht dieser Pool nicht gut aus? Ihnen läuft ja auch der Schweiß von Ihrem dürren, unterernährten Körper.«

Johnny mußte zugeben – wenigstens insgeheim – daß

der Pool wirklich gut aussah. Die ersten paar Wochen des Sommers der Zweihundertjahrfeier 1976 waren ungewöhnlich heiß und stickig gewesen. Hinter ihnen, auf der anderen Seite des geräumigen weißen Hauses, erklang das eintönige Brummen des Rasenmähers, während Ngo Phat, der vietnamesische Gärtner den Vorgarten mähte, den Johnny die ›Vorderen Vierzig‹ nannte. Es war ein Geräusch, bei dem man zwei Gläser Limonade trinken und sich dann zu einem Nickerchen hinlegen wollte.

»Keine abfälligen Bemerkungen über meinen dürren Körper«, sagte er. »Außerdem haben wir eben erst mit dem Kapitel angefangen.«

»Richtig, aber wir haben schon zwei gelesen.«

Johnny seufzte. Üblicherweise konnte er Chuck bei der Stange halten, aber heute nachmittag nicht. Und heute hatte der Junge wirklich bereitwillig über sich ergehen lassen, wie John Sherburne sein Netz aus Wachen um das Amity-Gefängnis aufgestellt hatte und wie der schlechte Rote Falke durchgebrochen war und Danny Jupiner getötet hatte.

»Also gut, dann nur noch diese Seite«, sagte er. »Das Wort, bei dem du steckengeblieben bist, heißt ›Übelkeit‹. Das dürfte doch kein Problem sein, Chuck.«

»Guter Junge!« Das Grinsen wurde noch breiter. »Und keine Fragen, richtig?«

»Nun... vielleicht nur ein paar.«

Chuck runzelte die Stirn, aber es war aufgesetzt; er kam leicht davon, und das wußte er. Er schlug wieder das Taschenbuch auf, dessen Umschlag einen Revolvermann zeigte, der sich seinen Weg durch die Meute von Saloon-Fieslingen bahnte, und begann mit langsamer, stockender Stimme zu lesen... einer Stimme, die so verschieden von seiner normalen Sprechstimme war, daß sie einem völlig anderen jungen Mann hätte gehören können.

»›Das erfüllte mich mit Üb... Übelkeit. Aber es war... war nichts verglichen mit dem, was mich am Bett des armen Tom Keyn... Keynon erwartete.

Man hatte ihm durch den Körper geschossen, und er vermied rasch, während ich...‹«

»Verschied«, sagte Johnny leise. »Zusammenhang, Chuck, lies im Zusammenhang.«

»Verschied rasch«, sagte Chuck und kicherte. Dann fuhr er fort: »›...und er *verschied* rasch, während ich zu ihm g- g... zu ihm ging.‹«

Johnny spürte, wie ihn Chucks wegen Traurigkeit überkam, während er den Jungen betrachtete, der über der Taschenbuchausgabe von Max Brands *Fire Brain* saß, einem rasanten Western, die sich wie der Wind lesen lassen sollte – und statt dessen saß Chuck da und folgte Max Brands schlichter, schnörkelloser Prosa mit einem suchenden Finger. Sein Vater, Roger Chatsworth, war Besitzer der Chatsworth Mills and Weaving, einem wirklich großen Betrieb im südlichen New Hampshire. Ihm gehörte dieses Sechzehn-Zimmer-Haus in Durham mit fünfköpfigem Personal, Ngo Phat eingeschlossen, der einmal wöchentlich nach Portsmouth ging, um Kurse zu nehmen, die zur Erlangung der US-Staatsangehörigkeit erforderlich waren. Chatsworth fuhr einen restaurierten 1957er Cadillac Kabrio. Seine Frau, eine nette, verständige Frau von zweiundvierzig Jahren, einen Mercedes. Chuck hatte eine Corvette. Das Vermögen der Familie belief sich auf nahezu fünf Millionen Dollar.

Und Chuck war mit seinen siebzehn Jahren das, was Gott damals beabsichtigt haben mußte, als er einem Tonklumpen Leben eingehaucht hatte, dachte Johnny oft. Er war ein körperlich wunderbar gebauter Mensch. Er war einsneunzig groß und muskulöse einhundertneunzig Pfund schwer. Sein Gesicht war vielleicht nicht interessant genug, um wirklich hübsch zu sein, aber es war frei von Akne und Pikkeln und wies zwei strahlende, grüne Augen auf – was Johnny daran erinnerte, daß er bisher eigentlich nur eine einzige Person kannte, die wirklich grüne Augen hatte, und das war Sarah Hazlett. Auf der High School war Chuck die Apotheose von BMOC, und zwar auf fast lächerliche Weise. Er war Captain des Baseball- und Footballteams, während des gerade zu Ende gehenden Schuljahres Sprecher der unteren Klassen, und er sollte im kommenden Herbst zum Präsidenten des Schülerbeirats gewählt werden. Am erstaunlichsten aber war, daß ihm nichts von alldem zu Kopf gestiegen war. Mit den Worten von Herb Smith, der einmal hergekommen war, um sich Johnnys neuen Umgang anzusehen, war Chuck ›ein rechter Kerl‹. Eine höhere Wertschätzung gab es in Herbs Vokabular nicht. Hinzu kam, daß Chuck eines Tages ein ziemlich reicher ›rechter Kerl‹ sein würde.

Und hier saß er nun grimmig über seinem Buch wie ein Maschinengewehrschütze auf einsamem Vorposten und schoß die Worte einzeln hintereinander hinaus, wie er sie lesen konnte. Er hatte Max Brands spannende, rasante Geschichte des umherziehenden John ›Fire Brain‹ Sherburne und seiner Konfrontation mit dem gesetzlosen Komantschen Roter Falke genommen und etwas daraus gemacht, das sich so spannend anhörte wie eine Werbeanzeige für Halbleiter oder Rundfunkersatzteile.

Aber Chuck war keineswegs dumm. Seine Zensuren in Mathematik waren gut, er hatte ein ausgezeichnetes Gedächtnis, und auch handwerklich war er sehr geschickt. Sein Problem bestand darin, daß es ihm unglaublich schwerfiel, gedruckte Worte zu speichern. Sein mündliches Vokabular war sehr gut, und er begriff die Theorie der Phonetik, aber offensichtlich nicht die Praxis; manchmal konnte er einen ganzen Satz zusammenhängend herunterrasseln, und dann setzte es vollkommen bei ihm aus, wenn man ihn aufforderte, ihn zu wiederholen. Sein Vater hatte befürchtet, daß Chuck an Dyslexie leiden könnte, aber das glaubte Johnny nicht – er hatte noch nie ein Kind kennengelernt, das tatsächlich an Dyslexie litt, wenngleich viele Eltern das Wort benützten, um die Leseschwierigkeiten ihrer Kinder zu erklären oder zu entschuldigen. Chucks Problem schien allgemeinerer Natur zu sein – eine ausgeprägte, handfeste Lesephobie.

Dieses Problem hatte sich während Chucks letzten fünf

Schuljahren immer stärker bemerkbar gemacht, aber seine Eltern hatten es erst ernstgenommen, als die sportliche Karriere des Jungen in Gefahr geriet. Und das war noch nicht das Schlimmste. Dieser Winter konnte Chucks letzte gute Chance sein, die Abschlußprüfung zu machen, wenn er im Herbst 1977 das College besuchen wollte. Mathematik war kein Problem, aber die restlichen Prüfungsfächer... nun... wenn er die Fragen laut vorgelesen bekam, würde er vielleicht eine halbwegs passable Figur machen. Fünfhundert ohne Schweiß. Aber sie lassen einen keinen Vorleser mitbringen, wenn man eine Prüfung ablegt, auch dann nicht, wenn der Vater ein Großer in der Geschäftswelt von New Hampshire ist.

»›Aber ich fand einen v... einen veränderten Mann. Er wußte, was vor ihm lag, und sein Mut war aus... außer... außergewöhnlich. Er verlangte nichts, er bedauerte nichts. Entsetzen und Nerv... Nervosität, welche ihn so lange gel... geleimt... gelähmt hatten, während er von einem unbekannten Schicksal kuh... kuh... kunfrontiert... *konfrontiert* worden war...‹«

Johnny hatte die Anzeige, mit der ein Hauslehrer gesucht wurde, in der *Maine Times* gesehen und sich ohne viel Hoffnung beworben. Mitte Februar war er nach Kittery gezogen, weil er mehr als alles andere von Pownal weg mußte, vom täglichen Briefkasten voll Post, von den Reportern, die in immer größerer Zahl den Weg zu ihrem Haus fanden, den nervösen Frauen mit den verletzten Augen, die ›nur vorbeischauten‹, weil sie gerade ›zufällig in der Gegend waren‹ (eine von denen, die nur vorbeischauten, weil sie gerade zufällig in der Gegend war, hatte ein Nummernschild aus Maryland; eine andere fuhr einen müden alten Ford mit Kennzeichen Arizona). Von ihren Händen, die sich ihm entgegenstreckten...

In Kittery hatte er zum erstenmal begriffen, daß ein Allerweltsname wie John – kein-zweiter-Vorname – Smith auch seine Vorteile haben konnte. Am dritten Tag in der Stadt hatte er sich um eine Stelle als Aushilfskoch beworben, wobei er seine Zeit in der UMO-Kantine und einen Sommer als Koch in einem Ferienlager in den Rangeley Lakes als Erfahrung angegeben hatte. Die Besitzerin des Lokals, eine zähe und verbissene Frau namens Ruby Pelletier, hatte seine Bewerbungsunterlagen durchgesehen und gesagt: »Ihre Schulbildung ist ein Quentchen zu gut, um Hackfleisch zu kneten. Das wissen Sie doch, Kumpel, nicht?«

»Das stimmt«, sagte Johnny. »Ich habe mich direkt aus dem Arbeitsmarkt hinausgebildet.«

Ruby Pelletier stemmte die Hände in die knochigen Hüften, warf den Kopf zurück und lachte bellend. »Glauben Sie, daß Sie Ihre Scheiße zusammenhalten können, wenn nachts um zwei zwölf Cowboys gleichzeitig hereingestürmt kommen und Rührei, Speck, Würstchen, Toast und Pfannkuchen bestellen?«

»Ich denke schon«, sagte Johnny.

»Ich denke schon, daß Sie augenblicklich nicht wissen, wovon zur Hölle ich überhaupt rede«, sagte Ruby, »aber ich gebe Ihnen eine Chance, College-Knäblein. Lassen Sie sich untersuchen, damit wir keinen Ärger mit dem Gesundheitsamt bekommen, und schaffen Sie Ihre Bankverbindung her. Sie können sofort anfangen.«

Das hatte er getan, und nach stürmischen zwei Wochen (in denen er sich unter anderem eine schmerzhafte Verbrühung holte, als er einen Korb mit Pommes frites zu schnell ins siedende Öl hinabließ), beherrschte er den Job und nicht umgekehrt. Als er Chatsworths Anzeige sah, hatte er seine Unterlagen an die Postfachadresse geschickt. Diesen Unterlagen hatte er seine Spezialausbildungen beigefügt, darunter ein Semester langes Seminar über Lernschwierigkeiten und Leseprobleme.

Ende April, als er den zweiten Monat im Lokal arbeitete, hatte er einen Brief von Roger Chatsworth bekommen, in dem er gebeten wurde, am 5. Mai zu einem persönlichen Gespräch zu erscheinen. Er hatte die notwendigen Vorkehrungen getroffen, um sich den Tag freizumachen, und an einem herrlichen Frühlingstag um vierzehn Uhr saß er in

Chatsworths Arbeitszimmer, hatte ein Glas eisgekühltes Pepsi in einer Hand und hörte sich an, was Chatsworth über die Leseschwierigkeiten seines Sohnes zu sagen hatte.

»Hört sich das nach Dyslexie an?« hatte Chatsworth gefragt.

»Nein. Es hört sich nach einer ganz allgemeinen Lesephobie an.«

Chatworth war leicht zusammengezuckt. »Jacksons Syndrom?«

Johnny war beeindruckt gewesen – und das hatte er zweifellos auch sein sollen. Michael Carey Jackson war ein Lese- und Grammatikspezialist von der University of South California, der vor etwa neun Jahren mit einem Buch mit dem Titel *The Unlearning Reader* Aufsehen erregt hatte. In diesem Buch wurden eine große Anzahl von Leseproblemen erörtert, die seitdem als Jacksons Syndrom bekannt waren. Das Buch war gut, wenn man mit der schwierigen akademischen Sprache zurechtkam. Daß Chatsworth sich der Mühe unterzogen hatte, dieses Buch zu studieren, verriet Johnny sehr viel darüber, wie stark ihn die Probleme seines Sohnes beschäftigten.

»Etwas Ähnliches«, stimmte Johnny zu. »Aber Sie müssen verstehen, daß ich Ihren Sohn noch nicht kennengelernt und ihn noch nicht lesen gehört habe.«

»Er bekommt Nachhilfe, um letztes Jahr nachzuholen. Amerikanische Schriftsteller, einen neunwöchigen Geschichtskurs und, ausgerechnet, *Staatsbürgerkunde*. In diesem Fach ist er bei der Abschlußprüfung durchgefallen, weil er das vermaledeite Ding nicht lesen konnte. Haben Sie eine Lehrerlaubnis für New Hampshire?«

»Nein«, sagte Johnny, »aber es ist kein Problem, sie mir zu beschaffen.«

»Und wie würden Sie die Situation anpacken?«

Johnny umriß seine Vorgehensweise. Viel lautes Vorlesen seitens Chuck, mit besonderem Schwerpunkt auf spannender Unterhaltung wie Fantasy, Science Fiction, Western und Jugendbüchern der Marke Junge trifft Auto.

Ständige Fragen nach dem, was gerade gelesen worden war. Und Entspannungstechniken gemäß Jacksons Buch. »Leute, die sich zu verbissen anstrengen, leiden mitunter am meisten«, sagte Johnny. »Sie versuchen es zu sehr und verstärken den Block noch. Es ist eine Art geistiges Stottern, das...«

»Das sagt Jackson?« unterbrach ihn Chatsworth scharf.

Johnny lächelte. »Nein, ich sage das«, sagte er.

»Okay. Weiter.«

»Wenn man dem Schüler unmittelbar nach dem Lesen Zeit läßt, sein Denken völlig leer zu machen, und er nicht den Druck spürt, gleich wieder rezitieren zu müssen, scheint sich der Kreis zu klären. Wenn das der Fall ist, überdenkt der Schüler seinen Ansatz noch einmal. Es ist eine Frage positiven Denkens...«

Chatworths Augen hatten gestrahlt. Johnny hatte gerade seine eigene, persönliche Philosophie berührt – wahrscheinlich die persönliche Philosophie eines jeden, der sich aus eigener Kraft emporgearbeitet hat. »Nichts ist erfolgreicher als Erfolg«, sagte er.

»Nun, ja. So ungefähr.«

»Wie lange wird es dauern, bis Sie eine Lehrbefugnis für New Hampshire bekommen?«

»Vielleicht zwei Wochen. Nicht länger, als sie brauchen, um meinen Antrag zu bearbeiten.«

»Dann könnten Sie also schon am Zwanzigsten anfangen?«

Johnny blinzelte. »Sie meinen, ich bin eingestellt?«

»Wenn Sie den Job haben wollen, sind Sie eingestellt. Sie können diesen Sommer im Gästehaus wohnen, das wird mir die Verwandten vom Leib halten – ganz zu schweigen von Chucks Freunden, ich möchte, daß er sich richtig reinkniet. Ich werde Ihnen sechshundert Dollar pro Monat bezahlen. Nicht gerade das Lösegeld für einen König, aber falls Chuck vorankommt, werde ich Ihnen einen stattlichen Bonus zahlen. Einen wirklich stattlichen.«

Chatsworth nahm die Brille ab und wischte sich mit einer Hand übers Gesicht. »Ich liebe meinen Jungen, Mr. Smith. Ich möchte nur das Allerbeste für ihn. Helfen Sie uns ein wenig, wenn Sie können.«

»Ich will es versuchen.«

Chatsworth setzte die Brille wieder auf und griff nach Johnnys Bewerbungsschreiben. »Sie haben verflucht lange nicht unterrichtet, Mr. Smith. Hat es Ihnen nicht zugesagt?«

Jetzt kommt es, dachte Johnny.

»Es hat mir zugesagt«, sagte er, »aber ich hatte einen Unfall.«

Chatsworth waren die Narben an Johnnys Hals nicht entgangen, wo die verkürzten Bänder teilweise wiederhergestellt worden waren. »Autounfall?«

»Ja.«

»Schlimm?«

»Ja.«

»Jetzt scheint es Ihnen ja wieder gut zu gehen«, sagte Chatsworth. Er nahm das Bewerbungsschreiben und verstaute es kurzerhand in einer Schreibtischschublade, und das war erstaunlicherweise das Ende der Befragung gewesen. Und so erteilte John Smith nach fünf Jahren wieder Unterricht, wenn auch nur einem einzigen Schüler.

2

»›Was nun mich anbelangt, der ich i... indirekt s... sei... seinen Tod verschuldet habe, er ergriff meine Hand mit schwachem Griff und lächelte mir ver... vergebend zu. Es war ein schwerer Augenblick, und ich ging mit dem Gefühl davon, daß ich mehr Schaden in der Welt angerichtet hatte, als ich je wieder gu... gutmachen konnte.‹«

Chuck schlug das Buch zu. »So. Der letzte im Pool ist eine lahme Ente.«

»Einen Augenblick noch, Chuck.«

»Ahhhhhh...« Chuck setzte sich plumpsend wieder hin, sein Gesicht formte etwas, das Johnny bereits als seinen *Jetzt-die-Fragen*-Gesichtsausdruck bezeichnete. Leidgeprüfte gute Laune blieb vorherrschend, aber darunter konnte er manchmal einen anderen Chuck sehen: mürrisch, besorgt, ängstlich. Ziemlich ängstlich. Denn dies war eine Welt der Leser, die Analphabeten Amerikas waren Dinosaurier, die in eine Sackgasse stapften, und Chuck war klug genug, das zu wissen. Und er hatte große Angst davor, was in der Schule mit ihm passieren konnte, wenn er in diesem Herbst wieder hinging.

»Nur ein paar Fragen, Chuck.«

»Warum die Mühe? Sie wissen, daß ich sie nicht beantworten kann.«

»O doch. Diesmal wirst du sie alle beantworten können.«

»Ich begreife nie, was ich lese, das sollten Sie mittlerweile wissen.« Chuck sah düster und unglücklich drein. »Ich weiß nicht einmal, warum Sie noch hier sind, wenn nicht wegen der Kohle.«

»Diese Fragen wirst du beantworten können, weil sie nichts mit dem Buch zu tun haben.«

Chuck sah auf. »Nichts mit dem Buch zu tun? Warum stellen Sie sie dann? Ich dachte...«

»Um mir eine Freude zu machen, okay?«

Johnnys Herz klopfte heftig, und er war nicht völlig überrascht festzustellen, daß er Angst hatte. Er hatte dies schon lange geplant und lediglich auf die richtige Verkettung von Umständen gewartet. Eine bessere Chance als jetzt würde er nie mehr bekommen. Mrs. Chatsworth drückte sich nicht ängstlich herum und machte Chuck damit noch nervöser. Keiner seiner Kumpels plantschte im Pool herum, so daß er sich beim laut Vorlesen wie ein nachsitzender Viertkläßler vorkommen konnte. Am wichtigsten aber war, sein Vater, dem Chuck über alles andere auf der Welt eine Freude machen wollte, war nicht da. Er war in Boston bei einer Sitzung der Umweltschutzbehörde Neuenglands zum Thema Wasserverschmutzung.

Aus Edward Stanneys *An Overview of Learning Disabilities:*

»Der Patient Rupert J., saß in der dritten Reihe eines Kinos. Mehr als sechs Reihen hinter ihm waren unbesetzt, er saß am dichtesten vor der Leinwand und war so als einziger in der Position zu sehen, daß ein Häufchen am Boden zusammengefegter Abfall Feuer gefangen hatte. Rupert J. stand auf und rief ›F-F-F-FF-‹, während die Zuschauer hinter ihm brüllten, er solle sich hinsetzen und still sein.

›Was empfanden Sie dabei?‹ fragte ich Rupert J.

›Ich könnte in tausend Jahren nicht erklären, was ich dabei empfand‹, antwortete er. ›Ich hatte Angst, aber mehr noch als das war ich frustriert. Ich fühlte mich unzulänglich, nicht wert, Mitglied der menschlichen Rasse zu sein. Wenn ich stotterte, empfand ich immer so, aber nun fühlte ich mich auch noch unfähig, ›impotent‹.

›Sonst noch etwas?‹

›Ja, ich empfand Eifersucht, weil jemand anders das Feuer sehen würde und ... Sie wissen schon ...‹

›Den Ruhm einheimsen würde, es zu melden?‹

›Ja, ganz recht. Ich sah das Feuer ausbrechen, ich war der einzige. Und ich konnte nur F-F-F-F sagen, wie eine dumme kaputte Schallplatte. Nicht wert, ein Mitglied der menschlichen Rasse zu sein, beschreibt es am besten.‹

›Und wie haben Sie den Block überwunden?‹

›Am vorherigen Tag war der Geburtstag meiner Mutter gewesen. Ich hatte ihr beim Blumenhändler ein halbes Dutzend Rosen gekauft. Ich stand da, und alle schrien auf mich ein, und ich dachte: Ich werde jetzt den Mund aufmachen und so laut ich kann ROSEN! schrien. Ich brachte das Wort heraus.‹

›Was haben Sie dann gemacht?‹

›Ich machte den Mund auf und schrie, so laut ich konnte, FEUER!‹«

Es war acht Jahre her, seit Johnny diese Fallgeschichte im Vorwort von Stanneys Buch gelesen hatte, aber er hatte sie nie vergessen. Er war immer der Überzeugung gewesen, das Schlüsselwort in Rupert J.'s Darstellung war *impotent*. Wenn man der Meinung ist, Geschlechtsverkehr wäre gerade jetzt die allerwichtigste Sache der Welt, steigt das Risiko, einen schlaffen Penis zu haben, um das Zehn- bis Hundertfache. Und wenn man der Meinung ist, Lesen wäre die wichtigste Sache auf der Welt...

»Wie lautet dein zweiter Vorname, Chuck?« fragte er beiläufig.

»Murphy«, sagte Chuck grinsend. »Ist das nicht schrecklich? Der Mädchenname meiner Mutter. Wenn Sie das Jack oder Al erzählen, werde ich gezwungen sein, Ihrem dürren Körper einigen Schaden zuzufügen.«

»Keine Bange«, sagte Johnny. »Wann hast du Geburtstag?«

»Am achten September.«

Johnny fing an, die Fragen schneller auf ihn abzufeuern, damit Chuck keine Chance zum Nachdenken hatte – aber es waren auch keine Fragen, bei denen man nachdenken mußte.

»Wie heißt deine Freundin?«

»Beth. Sie kennen Beth doch, Johnny...«

»Wie lautet ihr zweiter Vorname?«

Chuck grinste. »Alma. Gräßlich, nicht?«

»Wie hieß Ihr Großvater väterlicherweits?«

»Richard.«

»Was würdest du in diesem Jahr gerne in der American East Liga sehen?«

»Yankees. Mit einem Durchmarsch.«

»Wen hättest du gerne als Präsident?«

»Ich würde gerne sehen, daß Jerry Brown es schafft.«

»Hast du vor, die Vette zu verkaufen?«

»Dieses Jahr nicht. Vielleicht im nächsten.«

»Wunsch deiner Mutter?«

»Aber sicher. Sie sagt, sie sei zu schnell für ihren Seelenfrieden.«

»Wie ist Roter Falke an den Wachen vorbeigekommen und hat Danny Jupiter ermordet?«

»Sherborne hat nicht genügend auf die Falltür geachtet, die zum Dachboden des Gefängnisses führte«, sagte Chuck wie aus der Pistole geschossen und ohne nachzudenken, und Johnny verspürte ein plötzliches Gefühl des Triumphs, das sich in ihm ausbreitete wie ein guter Bourbon im Magen. Es hatte funktioniert. Er hatte Chuck dazu gebracht, über Rosen zu sprechen, und er hatte mit einem lauten, gesunden Schrei *Feuer!* reagiert.

Chuck sah ihn fast vollkommen verblüfft an.

»Roter Falke stieg durch das Oberlicht in den Dachboden ein. Klickte die Falltür auf. Erschoß Danny Juniper. Erschoß auch Tom Kenyon.«

»Das stimmt, Chuck.«

»Ich habe mich daran erinnert«, murmelte er und sah zu Johnny auf, seine Augen wurden groß, und ein Grinsen formte sich um seine Mundwinkel. »Sie haben mich überlistet, daß ich mich erinnere!«

»Ich habe dich nur an der Hand genommen und dich um das herumgeführt, was dir die ganze Zeit im Weg gestanden hat«, sagte Johnny. »Aber was auch immer es ist, es ist immer noch da, Chuck. Mach dir nichts vor. Wie hieß das Mädchen, in das sich Sherburne verliebte?«

»Sie hieß...« Seine Augen umwölkten sich ein wenig, und er schüttelte zornig den Kopf. »Ich kann mich nicht erinnern.« Er schlug sich mit plötzlicher Wut auf den Schenkel. »Ich kann mich an überhaupt *nichts* erinnern. Ich bin so verdammt *dumm*!«

»Hat man dir je erzählt, wie deine Mom und dein Dad sich kennengelernt haben?«

Chuck sah zu ihm auf und lächelte ein wenig. Auf seinem Schenkel, wo er sich geschlagen hatte, war ein häßlicher roter Fleck. »Klar. Sie hat in Charleston, South Carolina für Avis gearbeitet. Sie vermietete meinem Dad ein Auto mit einem platten Reifen.« Er lachte. »Sie behauptet heute noch, sie habe ihn nur geheiratet, weil Nummer zwei es immer heftiger versucht.«

»Und wie hieß das Mädchen, in das sich Sherburne verliebte?«

»Jenny Langhorne. 'ne Menge Ärger für ihn. Sie ist Greshams Mädchen. Ein Rotschopf. Wie Beth. Sie...« Er verstummte und sah Johnny an, als hätte er gerade ein Kaninchen aus der Brusttasche gezogen. »Sie haben es schon wieder gemacht!«

»Nein. Du hast es gemacht. Es ist ein einfacher Trick der Irreführung. Warum hast du gesagt, daß Jenny Langhorne eine Menge Ärger für John Sherburne bedeutet?«

»Nun, weil Gresham der Obermotz in dieser Stadt ist...«

»Welcher Stadt?«

Chuck öffnete den Mund, aber es kam nichts heraus. Plötzlich wandte er den Blick von Johnny ab und sah zum Pool. Dann lächelte er und sah ihn wieder an. »Amity. Wie in dem Film *Der weiße Hai.*«

»Gut! Wie ist dir der Name eingefallen?«

Chuck grinste. »Das ergibt überhaupt keinen Sinn, aber ich habe daran gedacht, mich für das Schwimmen zu qualifizieren, und da war es. Was für ein Trick. Was für ein großartiger Trick.«

»Okay. Das genügt für heute, denke ich.« Johnny war müde, verschwitzt und sehr, sehr froh. »Du hast gerade einen Durchbruch gemacht, falls es dir nicht aufgefallen ist. Gehen wir schwimmen. Der letzte ist eine lahme Ente.«

»Johnny?«

»Was?«

»Wird es funktionieren?«

»Wenn du es dir zur Gewohnheit machst, dann ja«, sagte Johnny. »Und jedesmal, wenn du um den Block herumgehst, anstatt zu versuchen, mittendurch zu brechen, wird er ein wenig kleiner werden. Ich glaube, über kurz oder lang wirst du auch feststellen, daß es mit dem laut Lesen besser geht. Ich kenne noch ein paar andere kleine Tricks.« Er verstummte. Was er Chuck eben gesagt hatte, war weniger die Wahrheit als vielmehr eine Art hypnotischer Suggestion.

»Danke«, sagte Chuck. Die Maske des leidgeprüften Humors war verschwunden und von unverhohlener Dankbarkeit ersetzt worden. »Wenn Sie mich über das hinwegbringen, dann würde ich... nun, ich glaube, ich würde mich hinknien und Ihnen die Füße küssen, wenn Sie es wollten.

Manchmal habe ich solche Angst, weil ich denke, daß ich meinem Dad Schande mache...«

»Chuck, weißt du denn nicht, daß das ein Teil des Problems ist?«

»Wirklich?«

»Ja. Du überreagierst. Übertreibst. Über-alles. Weißt du, es könnte nicht nur ein psychologischer Block sein. Es gibt Experten, die sind der Meinung, daß verschiedene Leseprobleme, Jacksons Syndrom, Lesephobie, das alles, eine Art von... geistigem Muttermal sind. Ein offener Stromkreis, ein kaputtes Relais, eine t...« Er klappte den Mund zu.

»Eine was?« fragte Chuck.

»Eine tote Zone«, sagte Johnny langsam. »Was auch immer. Namen sind unwichtig. Ergebnisse sind wichtig. Der Irreführungs-Trick ist eigentlich gar kein Trick. Man trainiert lediglich einen anderen Teil seines Gehirns darauf, die Funktion der winzigen, fehlerhaften Sektion zu übernehmen. Bei dir bedeutet das, jedesmal, wenn du an ein Hindernis stößt, eine mündliche Gedankenkette zu beginnen. Im Grunde genommen veränderst du nur den Teil deines Gehirns, aus dem der Gedanke kommt. Du lernst, einen Schalter umzulegen.«

»Aber kann ich es schaffen? Denken Sie, daß ich es schaffen kann?«

»Ich weiß, daß du es kannst«, sagte Johnny.

»Also gut. Dann werde ich es auch.« Chuck sprang flach in den Pool, kam wieder hoch und schüttelte einen feinen Tropfenregen aus seinem Haar. »Kommen Sie herein! Es ist herrlich!«

»Gleich«, sagte Johnny, aber momentan war er damit zufrieden, am Rand des Pools zu stehen und Chuck zuzusehen, der mit kräftigen Stößen ans tiefe Ende schwamm und seinen Triumph genoß. So ein gutes Gefühl hatte er nicht gehabt, als er plötzlich gewußt hatte, daß Eileen Magowns Küchenvorhänge Feuer fangen würden, so ein gutes Gefühl hatte er nicht gehabt, als er Frank Dodds Namen enthüllt hatte. Wenn Gott ihm eine Gabe verliehen hatte, dann war es das Unterrichten, und nicht, Dinge zu sehen, die ihn nichts angingen. Dies war die Aufgabe, für die er geschaffen worden war, und als er 1970 in Cleaves Mills unterrichtet hatte, hatte er es schon gewußt. Wichtiger, die Kinder hatten es gewußt und darauf reagiert, so wie Chuck es eben getan hatte.

»Wollen Sie wie eine Puppe dort stehenbleiben?« fragte Chuck.

Johnny tauchte in den Pool.

Achtzehntes Kapitel

Warren Richardson kam wie immer um Viertel vor fünf aus seinem kleinen Bürogebäude. Er ging zum Parkplatz und schob seine gut zweihundert Pfund schwere Gestalt hinter das Lenkrad seines Chevy Caprice und ließ den Motor an. Alles Routine. Was nicht Routine war, war das Gesicht, das plötzlich im Rückspiegel auftauchte – ein olivfarbenes Gesicht, bartstoppelig, von langem Haar umrahmt, mit Augen, die genauso grün waren wie die Augen von Sarah Hazlett oder Chuck Chatsworth. Warren Richardson hatte keine solche Angst mehr gehabt, seit er ein Junge gewesen war, und sein Herz machte einen großen, unregelmäßigen Sprung in der Brust.

»Hallochen«, sagte Sonny Elliman und lehnte sich über den Sitz.

»Wer...« stieß Richardson hervor und zischte das Wort ängstlich heraus. Sein Herz hämmerte so stark, daß dunkle Flecken im Rhythmus seines Schlags vor seinen Augen tanzten. Er hatte Angst, er könnte einen Herzanfall bekommen.

»Sachte«, sagte der Mann, der sich auf dem Rücksitz versteckt gehabt hatte. »Sachte, Mann. Regen Sie sich ab.«

Und Warren Richardson empfand ein absurdes Gefühl. Es war Dankbarkeit. Der Mann, der ihm Angst gemacht hatte, würde ihm nicht weiter Angst machen. Er mußte ein netter Mann sein, er mußte...

»Wer sind Sie?« brachte er diesmal heraus.

»Ein Freund«, sagte Sonny.

Richardson wollte sich umdrehen, da bissen Finger so hart wie eine Pinzette in seinen wabbeligen Nacken. Der Schmerz war unerträglich. Richardson zog mit einem konvulsivischen, aufbäumenden Winseln die Luft ein.

»Sie brauchen sich nicht umzudrehen, Mann. Sie können mich so gut Sie mich sehen müssen im Rückspiegel sehen. Haben Sie das kapiert?«

»Ja«, japste Richardson. »Ja, ja, ja, aber lassen Sie mich los!«

Die Pinzette lockerte sich, und wieder empfand Richardson dieses irrationale Gefühl der Dankbarkeit. Aber er zweifelte nun nicht länger daran, daß der Mann auf dem Rücksitz gefährlich war und daß er sich absichtlich im Wagen aufhielt, auch wenn Richardson sich nicht vorstellen konnte, warum jemand...

Und dann *konnte* er sich vorstellen, warum jemand oder warum jemand *möglicherweise* so etwas tun würde, zwar würde man von einem gewöhnlichen Kandidaten für ein Amt so etwas nicht erwarten, aber Greg Stillson war nicht gewöhnlich, Greg Stillson war ein Verrückter und...

Warren Richardson begann sehr leise zu blubbern.

»Muß mit Ihnen reden, Mann«, sagte Sonny. Seine Stimme klang freundlich und bedauernd, aber die grünen Augen im Rückspiegel funkelten amüsiert. »Muß Ihnen mal ordentlich ins Gewissen reden.«

»Es ist Stillson, nicht wahr? Es ist...«

Die Pinzette war plötzlich wieder da, die harten Finger des Mannes gruben sich in seinen Nacken, und Richardson stieß einen schrillen Schrei aus.

»Keine Namen«, sagte der schreckliche Mann auf dem Rücksitz mit derselben freundlichen, aber bedauernden Stimme. »Ziehen Sie Ihre Schlüsse, Mr. Richardson, aber behalten Sie Namen für sich. Ich habe den Daumen direkt über Ihrer Schlagader und den Finger auf Ihrer Drosselader, und ich kann Sie ruckzuck in einen stammelnden Narren verwandeln, wenn Sie wollen.«

»Was wollen Sie?« fragte Richardson. Er stöhnte nicht gerade, aber es hörte sich beinahe so an; noch nie in seinem Leben war ihm derartig nach Stöhnen zumute gewesen. Er konnte noch immer nicht so recht glauben, daß dies hier an einem hellen Sommertag auf dem Parkplatz hinter seinem Maklerbüro in Capital City, New Hampshire, geschah. Er konnte die Uhr sehen, die in den roten Backstein im Turm der Stadthalle eingelassen war. Zehn Minuten vor fünf. Zuhause würde Norma das geschnetzelte Schweinefleisch, ordentlich mit Shake'n Bake überzogen, zum Backen in den Ofen schieben. Sean würde sich im Fernsehen ›Sesamstraße‹ ansehen. Und hinter ihm war ein Mann, der damit drohte, die Blutzufuhr ins Gehirn zu unterbrechen und ihn in einen Idioten zu verwandeln. Nein, das war nicht wirklich; es war ein Alptraum. Die Art von Alptraum, bei der man im Schlaf stöhnt.

»Ich will gar nichts«, sagte Sonny Elliman. »Es geht ausschließlich darum, was Sie wollen.«

»Ich weiß nicht, wovon Sie reden.« Aber er hatte schreckliche Angst, daß er es doch wußte.

»Dieser Artikel im New Hampshire *Journal* über merkwürdige Maklergeschäfte«, sagte Sonny. »Sie hatten wirklich allerhand zu sagen, Mr. Richardson, nicht wahr? Besonders über... gewisse Leute.«

»Ich...«

»Zum Beispiel dieses Zeug über die Capital Mall. Diese Andeutungen über Hintermänner und Bestechungen und eine Hand wäscht die andere. Dieser ganze *Scheißdreck.*« Wieder klammerten sich die Finger um Richardsons Nakken, und diesmal stöhnte er. Aber er war in dem Artikel gar nicht genannt worden, er war nur als ›informierte Quelle‹ bezeichnet worden. Woher wußten sie es? Woher wußte *Greg Stillson* es?

Der Mann hinter ihm begann nun sehr schnell in Warren Richardsons Ohr zu sprechen, sein Atem war warm und kitzelte.

»Wenn Sie solchen Mist verzapfen, Mr. Richardson, könnten Sie gewisse Leute in Schwierigkeiten bringen, wissen Sie? Sagen wir mal, Leute, die sich um ein öffentliches Amt bewerben. Sich um ein öffentliches Amt bewerben, ist wie Bridge spielen. Man ist verwundbar, verstehen Sie? Wenn man mit Dreck wirft, bleibt immer etwas davon hängen, besonders heutzutage. Nun, noch gibt es keinen Ärger. Ich bin froh, daß ich Ihnen das sagen kann, denn wenn es schon Ärger gäbe, könnten Sie jetzt hier sitzen und sich

Ihre Zähne aus der Nase klaubern, statt sich so nett mit mir zu unterhalten.«

Trotz seines klopfenden Herzens, trotz seiner Angst sagte Richardson: »Diese... diese Person... junger Mann, Sie müssen verrückt sein, wenn Sie sich einbilden, sie schützen zu können. Er hat es so schnell und durchsichtig gespielt, wie ein Schlangenölverkäufer in einer Straße im Süden. Früher oder später...«

Ein Daumen wurde ihm ins Ohr gedrückt und herumgedreht. Der Schmerz war maßlos, unglaublich. Richardson knallte mit dem Kopf an die Scheibe und schrie laut auf. Er tastete blind nach dem Hupenknopf.

»Wenn Sie hupen, bringe ich Sie um«, flüsterte die Stimme.

Richardson ließ die Hände sinken. Der Druck des Daumens ließ nach.

»Sie sollten Q-Tips verwenden, Mann«, sagte die Stimme. »Mein Daumen ist voll Ohrenschmalz. Verdammt viel.«

Warren Richardson begann schwach zu weinen. Er war machtlos dagegen und konnte nicht aufhören. Tränen strömten ihm über die feisten Wangen. »Bitte tun Sie mir nicht mehr weh«, sagte er. »Bitte nicht. Bitte.«

»Wie ich gesagt habe«, sagte Sonny zu ihm. »Es kommt nur darauf an, was Sie wollen. Ihre Aufgabe besteht nicht darin, sich den Kopf darüber zu zerbrechen, was jemand über diese... diese gewissen Leute sagen könnte. Ihre Aufgabe ist es, darauf zu achten, was aus Ihrem Mund kommt. Ihre Aufgabe ist es, gründlich nachzudenken, bevor Sie das nächste Mal mit diesem Burschen von *Journal* reden. Und Sie können darüber nachdenken, wie leicht es ist herauszubekommen, wer eine ›informierte Quelle‹ ist. Oder Sie könnten darüber nachdenken, wie jammerschade es doch wäre, wenn Ihr Haus niederbrennen würde. Oder Sie könnten darüber nachdenken, wie Sie einen Schönheitschirurgen bezahlen sollen, falls jemand Ihrer Frau Batteriesäure ins Gesicht schüttet.«

Der Mann hinter Richardson keuchte jetzt. Er hörte sich an wie ein wildes Tier im Dschungel.

»Oder Sie könnten darüber nachdenken, wie leicht es für jemanden sein würde, sich Ihren Jungen zu schnappen, wenn er vom Kindergarten nach Hause geht.«

»Sagen Sie das nicht!« schrie Richardson heiser. »Sagen Sie das nicht, Sie elender Dreckskerl!«

»Ich sage Ihnen nur, daß Sie darüber nachdenken sollten, was Sie wollen«, sagte Sonny. »Eine Wahl ist eine Angelegenheit des *ganzen Landes*, wissen Sie? Besonders aber dann, wenn zweihundertjähriges Bestehen gefeiert wird. Da sollte sich jeder amüsieren. Aber niemand amüsiert sich, wenn Dummköpfe wie Sie einen Haufen Lügen verbreiten. *Neidische* Dummköpfe wie Sie.«

Die Hand wurde weggenommen. Die Hintertür wurde geöffnet. Oh, Gott sei Dank, Gott sei Dank.

»Denken Sie nach«, wiederholte Sonny Elliman. »Haben wir uns verstanden?«

»Ja«, flüsterte Richardson. »Aber wenn Sie glauben, daß Gr... eine gewisse Person mit solchen Taktiken eine Wahl gewinnen kann, dann irren Sie sich gewaltig.«

»Nein«, sagte Sonny. »Sie sind derjenige, der sich irrt. Weil alle etwas davon haben werden. Sehen Sie zu, daß nicht ausgerechnet Sie davon ausgeschlossen sind.«

Richardson antwortete nicht. Er saß wie erstarrt hinter dem Lenkrad, sein Nacken schmerzte, er sah auf die Uhr an der Stadthalle, als wäre sie das einzig Vernünftige, das ihm in seinem Leben geblieben war. Es war jetzt beinahe fünf vor fünf. Jetzt war das Schweinegeschnetzelte im Ofen.

Der Mann auf dem Rücksitz sagte noch etwas, und dann war er ausgestiegen und ging sehr schnell davon, sein langes Haar wehte ihm über den Hemdkragen, er drehte sich nicht mehr um. Er verschwand um die nächsten Straßenekke und war nicht mehr zu sehen.

Das letzte, das er zu Warren Richardson gesagt hatte, war: »Q-Tips.«

Richardson begann am ganzen Körper zu zittern, es verging eine ganze Weile, bis er schließlich fahren konnte. Sein erstes klares Gefühl war Zorn – schrecklicher Zorn. Damit verbunden war der jähe Impuls, direkt zum Polizeirevier von Capital City zu fahren (das sich im Gebäude unter der Uhr befand) und zu melden, was geschehen war – die Drohungen gegen seine Frau und seinen Sohn, die körperliche Mißhandlung und auf wessen Geheiß hin es getan worden war.

Sie könnten darüber nachdenken, wie Sie einen Schönheitschirurgen bezahlen sollten... oder wie leicht es für jemanden sein würde, sich Ihren Jungen zu schnappen...

Aber warum? Warum das Risiko eingehen? Was er diesem Schlägertyp gesagt hatte, war nichts weiter als die reine, ungeschminkte Wahrheit gewesen. Jedermann im Immobiliengeschäft im südlichen New Hampshire wußte, daß Stillson krumme Geschäfte gemacht hatte, schnelles Geld, das ihn früher oder später ins Gefängnis bringen würde, nicht später, sondern früher, früher. Seine Kampagne war ein Musterbeispiel von Idiotie. Und jetzt Gewaltmaßnahmen! Damit konnte in Amerika niemand lange durchkommen – und schon gar nicht in Neu England.

Aber sollte ihn jemand anders verpfeifen.

Jemand, der weniger zu verlieren hatte.

Warren Richardson ließ den Wagen an und fuhr nach Hause zu seinem Schweinegeschnetzelten und sagte überhaupt nichts. Irgend jemand würde der Sache schon ein Ende bereiten.

Neunzehntes Kapitel

1

Eines Tages, nicht lange nach Chucks erstem Durchbruch, stand Johnny Smith im Badezimmer des Gästehauses und strich mit seinem Norelco über seine Wangen. Wenn er sich heutzutage in Großaufnahme im Spiegel sah, erfüllte ihn das stets mit Ungeduld, als würde er statt sich selbst einen älteren Bruder ansehen. Tiefe horizontale Linien hatten sich in seine Stirn eingegraben. Zwei weitere säumten seinen Mund. Am seltsamsten, da war diese weiße Strähne, und sein Haar fing an, grau zu werden. Das schien beinahe über Nacht angefangen zu haben.

Er schaltete den Rasierapparat aus und ging in das kombinierte Küchen-Wohnzimmer. Von Luxus umgeben, dachte er und lächelte ein wenig. Es kam ihm wieder natürlicher vor, zu lächeln. Er schaltete den Fernseher ein, holte sich ein Pepsi aus dem Kühlschrank und setzte sich, um die Nachrichten anzusehen. Roger Chatsworth sollte heute abend wieder zurückkommen, und morgen würde Johnny das außergewöhnliche Vergnügen haben, ihm zu sagen, daß sein Sohn anfing, echte Fortschritte zu machen.

Johnny hatte es sich zur Gewohnheit gemacht, etwa alle zwei Wochen nach seinem eigenen Vater zu sehen. Er freute sich über Johnnys neue Stelle und hörte interessiert zu, wenn Johnny ihm vom Haus der Chatsworths im ruhigen Collegestädtchen Durham erzählte, und von Chucks Problemen. Johnny seinerseits hörte zu, wenn sein Vater ihm von der Gratisarbeit erzählte, die er an Charlene MacKenzies Haus im benachbarten New Gloucester ausführte.

»Ihr Mann war ein verteufelt guter Arzt, aber kein nennenswerter Handwerker«, sagte Herb. Charlene und Vera waren Freundinnen gewesen, bevor Veras zunehmende Beschäftigung mit den absonderlichen Auswüchsen des Fundamentalismus angefangen hatte. Das hatte sie auseinandergebracht. Ihr Mann, ein Allgemeinmediziner, war 1973 an einem Herzanfall gestorben. »Das Haus fiel der Frau praktisch über dem Kopf zusammen«, sagte Herb. »War das mindeste, das ich tun konnte. Ich fahre samstags hin, und sie macht mir ein Abendessen, bevor ich wieder heimfahre. Ich muß gestehen, Johnny, sie kocht besser als du.«

»Sieht auch besser aus«, sagte Johnny dreist.

»Klar, sie ist eine gutaussehende Frau, aber *so* ist das doch nicht, Johnny. deine Mutter ist noch kein Jahr im Grab...«

Aber Johnny argwöhnte, daß es insgeheim vielleicht doch *so* war, und insgeheim hätte er nicht erfreuter sein können. Die Vorstellung gefiel ihm nicht, daß sein Vater allein alt werden könnte.

Auf dem Bildschirm präsentierte Walter Cronkite die Abendnachrichten. Inzwischen waren der Vorwahlkampf beendet und die Parteiversammlungen nur noch Wochen entfernt, und es sah aus, als hätte Jimmy Carter die Nominierung der Demokraten in der Tasche. Ford lag mit Ronald Reagan, dem ehemaligen Gouverneur von Kalifornien und Ex-Gastgeber von ›GE Theater‹, im Clinch um seine politische Zukunft. Es war nahe daran, daß die Reporter individuelle Favoriten benannten, und in einem ihrer unregelmäßigen Briefe schrieb Sarah Hazlett: ›Walt drückt die Daumen (und Zehen), daß Ford es schafft. Als Kandidat für den Senat, denkt er bereits darüber nach, welche Eisen er hier oben im Feuer hat, und er sagt, daß Reagan zumindest in Maine auf keinen rechnen kann.‹

Während er als Koch in Kittery gearbeitet hatte, hatte Johnny es sich zur Angewohnheit gemacht, nach Dover oder Portsmouth oder einer Anzahl weiterer Kleinstädte in New Hampshire zu fahren, und zwar mehrmals die Woche. Alle Kandidaten für die Präsidentschaft waren unterwegs, und es war eine einmalige Gelegenheit, sie sich aus der Nähe anzusehen, ohne die umfangreichen Schutzmaßnahmen, die sie später umgeben mochten, wenn sie die Macht hatten. Es wurde zu einer Art Hobby, wenngleich eines, dem er wenig Zeit widmen konnte; wenn der Vorwahlkampf in New Hampshire vorbei war, würden die Kandidaten nach Florida gehen, ohne sich noch einmal umzudrehen. Und selbstverständlich würde eine Anzahl davon ihre Hoffnungen zwischen Portsmouth und Keene begraben. Johnny, der noch nie ein politischer Mensch gewesen war – ausgenommen zu Zeiten der Ära Vietnam –, wurde, während er von den Castle-Rock-Ereignissen genas, zum aufmerksamen Beobachter der Politiker – und seine spezielle Begabung, Fähigkeit, wie immer man es nennen wollte, spielte auch eine Rolle dabei.

Er schüttelte Morris Udall und Henry Jackson die Hände. Fred Harris schlug ihm auf den Rücken. Ronald Reagan gab ihm den raschen und einstudierten Handschlag eines Politikers und sagte: »Gehen Sie zur Urne und helfen Sie uns, wenn Sie können.« Johnny hatte hinreichend zustimmend genickt, da er keinen Sinn darin gesehen hatte, Mr. Reagan von der irrigen Überzeugung abzubringen, daß er in New Hampshire eine große Gefolgschaft hätte.

Direkt hinter dem Eingang der monströsen Newington Mall hatte er fast fünfzehn Minuten lang mit Sarge Shriver geplaudert. Shriver, der sein Haar frisch geschnitten hatte und nach After Shave und möglicherweise Verzweiflung roch, war in Begleitung eines einzelnen Helfers gewesen, dessen Taschen voller Flugblätter gewesen waren, und eines Geheimdienstmanns, der vergebens seine Akne gekratzt hatte. Shriver hatte unangemessen erfreut ausgesehen, erkannt worden zu sein. Eine oder zwei Minuten, bevor Johnny auf Wiedersehen sagte, war ein Kandidat auf der Suche nach einem örtlichen Büro vorbeigekommen und hatte Shriver gebeten, seine Nominierungspapiere zu unterschreiben. Shriver hatte sanft gelächelt.

Johnny hatte an allen etwas gespürt, aber wenig Konkretes. Es war, als hätten sie das Berühren zu einer so rituellen Handlung gemacht, daß ihr wahres Selbst unter einer dikken Schicht Klarlack verborgen war. Wenngleich er die meisten sah – mit Ausnahme von Präsident Ford –, hatte Johnny nur ein einziges Mal einen elektrisierenden Schlag verspürt, den er mit Eileen Magown in Verbindung brachte – und auf eine völlig andere Art auch mit Frank Dodd.

Es war Viertel vor sieben am Morgen gewesen. Johnny war mit seinem alten Plymouth nach Manchester gefahren. Er hatte von gestern abend zweiundzwanzig Uhr bis heute morgen sechs Uhr gearbeitet. Er war müde, aber die stille Winterdämmerung war so schön, daß er sie nicht verschlafen wollte. Und ihm gefiel Manchester, Manchester mit seinen engen Straßen und von der Zeit angenagten Backsteinhäusern sowie den gotischen Webereien, welche wie viktorianische Rosenkränze am Flußufer aufgereiht waren. An diesem Morgen hatte er nicht auf bewußte Weise Politiker gejagt; er hatte gedacht, er würde einfach eine Weile durch die Straßen fahren, bis sie zu überfüllt wurden, bis der kalte und stumme Bann des Februar gebrochen war, und dann nach Kittery zurückkehren und eine Mütze voll Schlaf nachholen.

Er bog um eine Ecke, und da standen drei Limousinen ohne Kennzeichen im Halteverbot vor einer Schuhfabrik. Am Tor im Zaun stand Jimmy Carter und schüttelte den Männern und Frauen, die zur Schicht gingen, die Hände. Sie hatten Vesperkoffer oder Papiertüten bei sich, atmeten weiße Wolken aus, waren in warme Kleidung gehüllt, ihre Gesichter schliefen noch. Carter hatte für jeden ein paar Worte übrig. Sein Grinsen, das damals noch nicht so häufig veröffentlicht worden war wie später, war unermüdlich und frisch. Seine Nase war rot vor Kälte.

Johnny parkte einen halben Block entfernt und ging zu Fuß zum Fabriktor, seine Schuhe knirschten und quietschten auf dem festgetretenen Schnee. Der Leibwächter Carters nahm ihn kurz in Augenschein und wandte sich dann ab, schien es.

»Ich stimme für jeden, der für Steuersenkungen ist«, sagte ein Mann im alten Skiparka. An einem Ärmel hatte der Parka Spuren, die wie von Batteriesäure aussahen. »Die gottverdammten Steuern machen mich fertig, und das ist kein Witz.«

»Nun, wir werden uns darum kümmern«, sagte Carter. »Uns die Steuersituation zu vergegenwärtigen, wird unsere Hauptaufgabe sein, wenn ich ins Weiße Haus komme.« Seine Stimme hatte eine leutselige Selbstsicherheit, die Johnny auffiel und ihn mit Unbehagen erfüllte.

Carters strahlende und beinahe erstaunlich blauen Augen sahen Johnny an. »Hi«, sagte er.

»Hallo, Mr. Carter«, sagte Johnny. »Ich arbeite nicht hier. Ich bin vorbeigefahren und habe Sie gesehen.«

»Nun, ich bin froh, daß Sie angehalten haben. Ich bewerbe mich um das Amt des Präsidenten.«

»Ich weiß.«

Carter streckte die Hand aus. Johnny schüttelte sie.

Carter begann: »Ich hoffe, Sie...« und verstummte.

Die Wahrnehmung kam, eine plötzliche, starke Eingebung, als würde man mit den Fingern in eine Steckdose fassen. Carter riß die Augen auf. Er und Johnny schienen sich sehr lange anzusehen.

Das gefiel dem Leibwächter nicht. Er kam auf Carter zu, und plötzlich knöpfte er den Mantel auf. Irgendwo hinter ihnen, eine Million Meilen hinter ihnen, heulte die Sieben-Uhr-Sirene der Fabrik einen einzigen langen Ton in den klirrenden blauen Morgen.

Johnny ließ Carters Hand los, aber die beiden sahen sich immer noch an.

»Was, zum *Teufel*, war das?« fragte Carter sehr leise.

»Sie müssen wahrscheinlich noch anderswohin, nicht?« sagte der Leibwächter plötzlich. Er legte eine Hand auf Johnnys Schulter. Es war eine sehr große Hand. »Ganz bestimmt.«

»Schon gut«, sagte Carter.

»Sie werden Präsident werden«, sagte Johnny.

Die Hand des Mannes lag immer noch auf Johnnys Schulter, sie lag nicht mehr so schwer, aber sie war noch da, und er bekam auch etwas von ihm. Dem Leibwächter gefielen

(Augen)

seine Augen nicht. Er dachte, es waren

(Attentäter-Augen, Psychopathen-Augen)

kalte und seltsame Augen, und wenn dieser Bursche auch nur eine Hand in die Tasche steckte, auch wenn er nur den Eindruck erweckte, als würde er es tun, würde er ihn niederschießen. Hinter der Sekundenbruchteil schnellen Einschätzung der Situation durch den Leibwächter, verlief eine einfachere, irre Litanei von Gedanken:

(laurel maryland laurel maryland laurel maryland laurel)

»Ja«, sagte Carter.

»Es wird knapper werden als jeder denkt, knapper als *Sie* denken, aber Sie werden gewinnen. Er wird sich selbst schlagen. Polen. Polen wird ihn schlagen.«

Carter sah ihn nur sanft lächelnd an.

»Sie haben eine Tochter. Sie wird eine öffentliche Schule in Washington besuchen. Sie wird... wird...« Aber es war in der toten Zone. »Ich glaube, es ist eine Schule, die nach einem befreiten Sklaven benannt wurde.«

»Kumpel, ich möchte, daß Sie verschwinden«, sagte der Leibwächter.

Carter sah ihn an, und der Leibwächter verstummte.

»Es war mir ein Vergnügen, Sie kennenzulernen«, sagte Carter. »Ein wenig beunruhigend, aber ein Vergnügen.«

Plötzlich war Johnny wieder er selbst. Es war vorbei. Er merkte, daß seine Ohren kalt geworden waren und er aufs Klo mußte. »Einen schönen guten Morgen«, hatte er emotionslos gesagt.

»Ja, Ihnen auch.«

Er war zu seinem Wagen zurückgegangen, wobei er sich ständig des Blicks von dem Leibwächter bewußt gewesen war. Er fuhr nachdenklich heim. Wenig später hatte Carter seinen Wahlkampf in New Hampshire beendet und ging nach Florida.

2

Walter Cronkite war mit den Politikern fertig und wandte sich dem Bürgerkrieg im Libanon zu. Johnny stand auf und füllte sich das Glas mit Pepsi nach. Er hob das Glas in Richtung Fernseher. *Auf deine Gesundheit, Walt. Auf die drei T's – Tod, Tragödien, Terror. Wo wären wir ohne sie?*

Es klopfte an der Tür. »Herein«, rief Johnny und rechnete damit, daß es Chuck war, möglicherweise mit einer Einladung ins Drive-In in Somersworth. Aber es war nicht Chuck. Es war Chucks Vater.

»Hi, Johnny«, sagge er. Er trug verwaschene Jeans und ein altes Baumwollhelmd über der Hose. »Darf ich reinkommen?«

»Klar. Ich dachte, Sie würden erst später zurückkommen.«

»Nun, Shelley hat mich angerufen.« Shelley war seine Frau. Roger kam herein und machte die Tür zu. »Chuck kam zu ihr. Brach in Tränen aus, wie ein kleines Kind. Er hat ihr gesagt, daß Sie es schaffen, Johnny. Er sagte, er glaube, daß alles gut werden wird.«

Johnny stellte das Glas hin. »Wir haben da unsere Tricks«, sagte er.

»Chuck hat mich am Flughafen abgeholt. Ich habe ihn nicht mehr so glücklich gesehen, seit er... was? Zehn? Elf Jahre alt war. Als ich ihm die 22er gab, auf die er fünf Jahre lang gewartet hatte. Er hat mir einen Artikel aus der Zeitung vorgelesen. Die Verbesserung ist beinahe... unheimlich. Ich bin hergekommen, um Ihnen zu danken.«

»Danken Sie Chuck«, sagte Johnny. »Er ist ein anpassungsfähiger Junge. Vieles ist ganz einfach positive Konditionierung. Er ist zu der festen psychologischen Überzeugung gekommen, daß er es kann, und nun geht es. Besser kann ich es nicht ausdrücken.«

Roger setzte sich. »Er sagt, Sie bringen ihm bei, es zu umgehen.«

Johnny lächelte. »Ja, könnte man sagen.«

»Wird er die Prüfungen machen können?«

»Ich weiß es nicht. Es würde mir nicht gefallen, wenn er es versucht und verliert. Diese Prüfungen sind eine harte Streß-Situation. Wenn er in den Prüfungssaal geht, das Formular in einer und einen IBM-Kugelschreiber in der anderen Hand, und er hat einen Aussetzer, dann wird das ein echter Rückschlag für ihn sein. Haben Sie mal daran gedacht, ihn ein Jahr auf eine gute private Vorbereitungsschule zu schicken? Zum Beispiel die Pittsfield Academy?«

»Wir haben es uns überlegt, aber offen gesagt, ich habe es immer so gesehen, als würde man damit das Unabänderliche nur hinausschieben.«

»Das ist eines der Dinge, die Chuck Probleme machen. Das Gefühl, daß er in einer Alles-oder-nichts-Situation ist.«

»Ich habe Chuck nie gedrängt.«

»Nicht absichtlich, das weiß ich. Er auch. Andererseits sind Sie ein reicher und erfolgreicher Mann, der das College *summa cum laude* abgeschlossen hat. Ich glaube, Chuck hat ein bißchen das Gefühl, als würde er nach Hank Aaron streben.«

»Dagegen kann ich nichts tun, Johnny.«

»Ich glaube, ein Jahr in einer Privatschule, nachdem er das Senior-Jahr beendet hat, fern von Zuhause, könnte ihm helfen, die Dinge in die richtige Perspektive zu versetzen. Und er möchte im nächsten Sommer in einer Ihrer Fabriken arbeiten. Wenn er mein Junge und es meine Fabrik wären, dann würde ich ihn lassen.«

»Das will Chuck? Wieso hat er mir das nie gesagt?«

»Weil Sie nicht von ihm denken sollten, er würde arschkriechen«, sagte Johnny.

»Hat er Ihnen das gesagt?«

»Ja. Er möchte es tun, weil er glaubt, daß ihm praktische Erfahrungen später nützlich sein werden. Der Junge möchte in Ihre Fußstapfen treten, Mr. Chatsworth. Und Sie haben wirklich große hinterlassen. Das hat auch viel mit seinem Leseblock zu tun. Er hat Minderwertigkeitskomplexe.«

In gewissem Sinne hatte er gelogen. Chuck hatte diese

Dinge nur angedeutet, hatte einige sogar verstohlen ausgesprochen, aber niemals so direkt, wie er Roger Chatsworth glauben gemacht hatte. Wenigstens nicht mündlich. Aber Johnny hatte ihn ab und zu berührt, und er hatte diesbezügliche Signale empfangen. Er hatte die Bilder in Chucks Brieftasche durchgesehen und wußte, wie Chuck über seinen Vater dachte. Es gab Dinge, die er diesem freundlichen, aber recht distanzierten Mann, der ihm gegenübersaß, niemals sagen konnte. Chuck verehrte den Boden, über den sein Vater schritt. Unter seinem leichtfertigen Äußeren (ein Äußeres, das dem von Roger sehr ähnlich war), wurde der Junge von der inneren Überzeugung aufgefressen, daß er es niemals mit ihm aufnehmen konnte. Sein Vater hatte aus einem Anteil von zehn Prozent an einer schlechtgehenden Wollfabrik ein Textilimperium in Neu England aufgebaut. Er glaubte, die Liebe seines Vaters würde von seiner Fähigkeit abhängen, ebensolche Berge zu versetzen. Sportlich zu sein. Ein gutes College zu besuchen. Zu *lesen*.

»Wie sicher sind Sie diesbezüglich?« fragte Roger.

»Ich bin ziemlich sicher. Aber es wäre mir recht, wenn Sie diese Unterhaltung Chuck gegenüber nie erwähnen würden. Ich erzähle Ihnen hier seine tiefsten Geheimnisse.« *Und das entspricht mehr der Wahrheit, als du jemals erfahren wirst.*

»Gut. Chuck, seine Mutter und ich werden uns über die Sache mit der Privatschule unterhalten. Bis dahin, nehmen Sie einmal dies hier.« Er holte einen weißen Umschlag aus der Tasche und gab ihn Johnny.

»Was ist das?«

»Öffnen Sie und sehen Sie nach.«

Johnny öffnete. In dem Umschlag war ein Verrechnungsscheck über fünfhundert Dollar.

»Oh, he...! Das kann ich nicht annehmen.«

»Das können Sie und das werden Sie. Ich habe Ihnen einen Bonus versprochen, wenn Sie Erfolg haben sollten, und ich halte meine Versprechen. Sie bekommen noch einen, wenn Sie gehen.«

»Wirklich, Mr. Chatsworth, ich habe nur...«

»Psssst. Ich will Ihnen mal was sagen, Johnny.« Er lächelte ein eigentümliches kleines Lächeln, und Johnny war plötzlich, als könnte er hinter die freundliche Fassade des Mannes sehen, der dies alles gemacht hatte – das Haus, das Grundstück, den Pool, die Fabriken. Und natürlich die Lesephobie seines Sohnes, die man wahrscheinlich als hysterische Neurose einstufen konnte.

»Ich bin der festen Überzeugung, daß fünfundneunzig Prozent der Menschen auf der Erde einfach gleichgültige Masse sind. Ein Prozent sind Heilige, ein Prozent sind Arschlöcher. Die anderen drei Prozent sind die Leute, die das machen, was Sie sagen. Ich gehöre zu diesen drei Prozent und Sie ebenfalls. Sie haben das Geld verdient. Ich habe Leute in meinen Firmen, die tragen elftausend Dollar jährlich nach Hause und tun dafür nicht viel mehr als an ihren Pimmeln herumzuspielen. Aber ich spaße nicht. Ich bin ein Mann von Welt, und das bedeutet, ich verstehe, was die Welt antreibt. Der Treibstoff ist ein Teil Superbenzin und neun Teile reinster Bockmist. Sie gehören zum Super. Also nehmen Sie das Geld, und beim nächstenmal versuchen Sie, sich selbst ein wenig höher einzustufen.«

»Also gut«, sagte Johnny. »Ich kann es gut gebrauchen, diesbezüglich will ich Sie nicht anlügen.«

»Krankenhausrechnungen?«

Johnny sah Roger Chatsworth an und kniff die Augen zusammen.

»Ich weiß alles über Sie«, sagte Roger. »Dachten Sie, ich würde nicht über den Burschen Erkundigungen einziehen, der meinen Sohn unterrichtet?«

»Sie wissen von...«

»Sie sind angeblich ein Hellseher. Sie haben mitgeholfen, einen Mordfall in Maine aufzuklären. Das steht jedenfalls in den Zeitungen. Sie sollten letzten Januar anfangen zu unterrichten, aber man hat Sie fallengelassen wie eine heiße Kartoffel, als Ihr Name in den Zeitungen auftauchte.«

»Das *wußten* Sie? Wie lange?«

»Bevor Sie hier eingezogen sind.«

»Und Sie haben mich trotzdem eingestellt?«

»Ich wollte einen Hauslehrer, nicht? Sie machten den Eindruck, als könnten Sie es schaffen. Ich glaube, ich habe Sie exzellent eingeschätzt, als ich Sie in meine Dienste genommen habe.«

»Nun, danke«, sagte Johnny. Seine Stimme war heiser.

»Ich sagte doch, Sie müssen sich nicht bedanken.«

Während sie sich unterhielten, hatte Walter Cronkite die wichtigen Nachrichten des Tages erledigt und sich nun zu den ›Mann-von-Hund-gebissen‹-Geschichten gewandt, wie sie manchmal am Ende der Nachrichten auftauchten. Er sagte gerade: »...die Wähler im westlichen New Hampshire haben dieses Jahr einen unabhängigen Kandidaten im dritten Bezirk...«

»Nun, das Geld kommt gerade recht«, sagte Johnny. »Das ist...«

»Pssst. Ich möchte das hören.«

Chatsworth beugte sich nach vorne, seine Hände baumelten zwischen den Knien hinab, er hatte ein freundlich-erwartungsvolles Lächeln auf dem Gesicht. Johnny drehte sich zum Fernseher.

»...Stillson«, sagte Cronkite. »Dieser dreiundvierzigjährige Versicherungsvertreter und Makler läuft ganz sicher eines der exzentrischsten Rennen des Wahljahres 1976, aber sowohl der Kandidat der Republikaner im dritten Bezirk, Harrison Fisher, als auch der demokratische Gegenspieler, David Bowes, bekommen es mit der Angst, denn laut Umfrage hat Stillson einen beruhigenden Vorsprung. George Herman hat sich dort umgesehen.«

»Wer ist Stillson?« fragte Johnny.

Chatsworth lachte. »Oh, den Kerl müßten Sie mal sehen, Johnny. Er ist so verrückt wie eine Ratte im Abflußrohr. Aber ich glaube, die guten Wähler des dritten Bezirks werden ihn in diesem November nach Washington schicken. Wenn er nicht gerade mit Schaum vor dem Mund zu Boden stürzt. Was ich nicht unbedingt ausschließen würde.«

Nun war auf dem Bildschirm das Bild eines netten jungen Mannes im weißen Hemd mit offenem Kragen. Er sprach von einer Plattform auf einem Supermarktparkplatz zu einer kleinen Menge herunter. Der junge Mann ermahnte die Menge. Die Menge sah nicht gerade gebannt aus. Darüber George Hermans Stimme: »Das ist David Bowes, der Kandidat der Demokraten – das Opferlamm, sagen manche – für den Sitz des dritten Bezirks in New Hampshire. Bowes war auf einen schweren Kampf vorbereitet, denn der dritte Bezirk hatte noch *nie* demokratisch gewählt, nicht einmal während der großen LBJ-Blitzkampagne von 1964. Aber er sah seinen Konkurrenten in diesem Mann.«

Nun zeigte der Bildschirm einen etwa fünfundsechzigjährigen Mann. Er sprach anläßlich eines üppigen Sponsorenessens. Die Menge hatte das plumpe, rechtschaffene und leicht überhebliche Aussehen, welches ausschließlich Geschäftsleuten vorbehalten zu sein scheint, die der GOP angehören. Der Redner hatte eine bemerkenswerte Ähnlichkeit mit Edward Gurney aus Florida, wenngleich er nicht Gurneys schlanken, kräftigen Körperbau hatte.

»Das ist Harrison Fisher«, sagte Herman. »Die Wähler des dritten Bezirks haben ihn seit 1960 jedes zweite Jahr nach Washington geschickt. Er ist ein mächtiger Mann im Repräsentantenhaus, sitzt in fünf Komitees und ist Vorsitzender des House-Kommitees für Parks und Wasserstraßen. Man ging davon aus, daß er den jungen David Bowes mühelos schlagen würde. Aber weder Fisher noch Bowes rechneten mit dem Joker im Spiel. Diesem Joker.«

Das Bild wechselte.

»Heiliger Himmel!« sagte Johnny.

Neben ihm brüllte Chatsworth vor Lachen und schlug sich auf die Schenkel. »Sehen Sie sich den an, könnten Sie das glauben?«

Hier war keine gelangweilte Supermarkt-Besucherschar versammelt, und es war auch keine behagliche Wohltätigkeitsveranstaltung im Granite State Room des Portsmouth Hilton. Greg Stillson stand auf einer Plattform in Ridgeway, seiner Heimatstadt. Hinter ihm ragte die Statue eines Soldaten der Union auf, der sein Gewehr in der Hand und das Barrett über die Augen geschoben hatte. Die Straße war gesperrt und voll von wild kreischenden Menschen, vornehmlich jungen Menschen. Stillson trug verblichene Jeans und ein Armeehemd mit zwei Taschen, auf einer war GIVE PEACE A CHANCE eingestickt, auf der anderen MOM'S APPLE PIE. Auf dem Kopf hatte er einen Bauarbeiterhelm, den er in einem arroganten, kühnen Winkel aufhatte und an dessen Stirnseite ein Öko-Aufkleber, eine grüne amerikanische Flagge, prangte. Neben ihm stand eine Art Edelstahlwägelchen. Aus dem Lautsprecherpaar drang die Stimme von John Denver, der ›Thank God I'm a Country Boy‹ sang.

»Was ist das für ein Wagen?« fragte Johnny.

»Werden Sie schon noch sehen«, sagte Roger mit einem immer noch breiten Grinsen.

Herman sagte: »Dieser Joker ist Gregory Ammas Stillson, dreiundvierzig, ehemaliger Vertreter der Truthway Bibelgesellschaft Amerikas, ehemaliger Anstreicher und in Oklahoma, wo er aufgewachsen ist, sogar Regenmacher.«

»Regenmacher«, sagte Johnny fassungslos.

»Oh, das gehört zu seinen üblichen Scherzen«, sagte Roger. »Wenn er gewählt wird, werden wir Regen haben, wann immer wir ihn brauchen.«

George Herman fuhr fort: »Stillsons Programm ist... nun, erfrischend.«

John Denver beendete sein Lied mit einem Schrei, der einen antwortenden Schrei der Menge auslöste. Dann fing Stillson an zu sprechen, seine Stimme dröhnte aus den Verstärkern. Seine Lautsprecheranlage immerhin war makellos, man hörte kaum Verzerrungen. Seine Stimme machte Johnny ein wenig unbehaglich. Der Mann hatte die hohe, aufpeitschende Singsangstimme eines Erweckungspredigers. Man konnte feine Speicheltröpfchen von seinen Lippen fliegen sehen, wenn er sprach.

»Was werden wir in Washington machen? Warum wollen wir nach Washington?« brüllte Stillson. »Wie sieht unser

Programm aus? Unser Programm hat fünf Säulen, Freunde und Nachbarn, fünf solide Säulen! Und wie sehen die aus? Das will ich Ihnen gleich sagen! Erste Säule: SCHMEISST DIE PENNER RAUS!«

Ein gewaltiges Brüllen der Zustimmung stieg von der Menge auf. Jemand warf Händevoll Konfetti in die Luft, jemand anders schrie: *»Juhuuu!«* Stillson beugte sich über sein Podium.

»Wollen Sie wissen, warum ich diesen Helm trage, Freunde und Nachbarn? Ich will es Ihnen sagen. Ich trage ihn, weil ich, wenn Sie mich nach Washington geschickt haben, wie ein Rammbock zwischen sie hineinfahren werde. *Genau so!«*

Dann stürmte er vor Johnnys fassungslosen Augen mit gesenktem Kopf über die Bühne, wie ein Bulle, und stieß dabei ein schrilles Kriegsgeheul aus. Roger Chatsworth löste sich schlichtweg in Gelächter auf und versank in seinem Sessel. Die Menge raste. Stillson stapfte wieder zum Podium, nahm den Helm wieder ab und warf ihn ins Publikum. Sofort entbrannte ein wilder Kampf um seinen Besitz.

»Zweite Säule!« schrillte Stillson ins Mikrofon. »Wir werden jeden in der Regierung hinauswerfen, vom höchsten bis zum niedersten, der seine Zeit mit jemandem im Bett verbringt, der nicht seine Frau ist! Wenn sie schon herumvögeln wollen, dann aber gefälligst nicht in öffentlichen Ämtern!«

»Was hat er gesagt?« fragte Johnny blinzelnd.

»Oh, er macht sich erst warm«, sagte Roger. Er wischte sich die tränenden Augen ab und stieß eine weitere Lachsalve aus. Johnny wünschte sich, es hätte auf ihn auch so erheiternd wirken können.

»Dritte Säule!« brüllte Stillson. »Wir werden die gesamte Umweltverschmutzung einfach ins Weltall befördern. Wir verpacken den Müll in Plastiksäcke! Wir verpacken ihn in Mülltüten! Wir schießen ihn zum Mars, zum Jupiter und den Ringen des Saturn! Wir werden reine Luft und sauberes Wasser haben, und wir werden es in SECHS MONATEN haben!«

Die Menge befand sich in Raserei. Johnny sah viele Leute darunter, die sich beinahe totlachten, wie Roger Chatsworth es gerade tat.

»Vierte Säule! Wir werden alles Öl und alles Benzin haben, das wir brauchen! Wir werden aufhören, Spielchen mit diesen Arabern zu spielen und mal Tacheles reden! In diesem Winter hatte man eine alte Frau in Portsmouth erfroren in ihrer Wohnung im dritten Stock gefunden, da ihr die Gaswerke offenbar das Gas abgestellt hatten, weil sie ihre Rechnung nicht bezahlen konnte.

Wir haben das Muskelschmalz, Freunde und Nachbarn, wir können es schaffen! Ist jemand da, der anderer Meinung ist?«

»NEIN!« brüllte die Menge zurück.

»Letzte Säule«, sagte Stillson und näherte sich dem Wagen. Er klappte den geschlossenen Deckel zurück, und eine Dampfwolke stieg empor. »HOT DOGS!«

Er holte mit zwei Händen Hot Dogs aus dem Wagen, in dem Johnny jetzt einen fahrbaren Dampfheizer erkannte. Er warf sie in die Menge, dann holte er weitere heraus. Hot Dogs flogen überall hin. »Hot Dogs für jeden Mann, jede Frau und jedes Kind in Amerika! Und wenn Sie Greg Stillson ins Repräsentantenhaus wählen, dann denken Sie daran: HOT DOG! ENDLICH TUT EINMAL JEMAND ETWAS!«

Das Bild wechselte. Das Podium wurde von einer Gruppe langhaariger junger Männer abgebaut, die wie Roadies einer Rockgruppe aussahen. Drei weitere räumten den Abfall weg, den die Menge hinterlassen hatte. George Herman fuhr fort: »Der demokratische Kandidat David Bowes nennt Stillson einen Witzbold, der versucht, einen Schraubenschlüssel in die funktionierende Maschine der Demokratie zu werfen. Harrison Fishers Kritik spricht eine deutlichere Sprache. Er bezeichnet Stillson als einen zynischen Marktschreier, der die ganze Idee einer Kandidatur als Unabhängiger als Jahrmarktsbudenbesitzer aufzieht. In seinen Reden bezeichnet er Stillson als das einzige Mitglied der Amerikanischen Hot-Dog-Partei. Aber die Tatsachen sehen folgendermaßen aus: Die letzte CBS-Umfrage im dritten Bezirk in New Hampshire ergab sechsundzwanzig Prozent für David Bowes, Harrison Fisher mit sechsundzwanzig – und den Einzelgänger Stillson mit unglaublichen zweiundvierzig Prozent. Natürlich vergeht noch einige Zeit bis zum Wahltag, und noch könnte sich etwas ändern. Aber vorerst hat Greg Stillson die Herzen – wenn nicht die Köpfe – der Wähler des dritten Bezirks in New Hampshire für sich eingenommen.«

Der Fernseher zeigte ein Bild Hermans von der Taille aufwärts. Bisher hatte man seine Hände nicht sehen können. Jetzt hob er eine, sie hielt ebenfalls einen Hot Dog. Er biß davon ab.

»Das war George Herman, CBS-News, in Ridgeway, New Hampshire.«

Walter Cronkite war wieder im Sendesaal der CBS zu sehen, er kicherte. »Hot Dogs«, sagte er und kicherte erneut. »Und so ist es eben...«

Johnny schaltete den Fernseher aus. »Das kann ich einfach nicht glauben«, sagte er. »Ist dieser Kerl wirklich ein Kandidat? Ist das kein Witz?«

»Ob es ein Witz ist oder nicht, ist eine Frage der persönlichen Interpretation«, sagte Roger grinsend, »aber er kandidiert wirklich. Ich bin selbst Republikaner, als solcher geboren und aufgewachsen, aber ich muß zugeben, dieser Stillson macht mich an. Wissen Sie, daß er sich ein halbes Dutzend ehemaliger Motorradrocker als Leibwächter engagiert hat? Echte Stahleselreiter. Nicht gerade Hell's Angels oder dergleichen, aber ich glaube, es sind doch verdammt harte Kerle. Er scheint sie bekehrt zu haben.«

Motorradrocker als Leibwächter, das gefiel Johnny nicht besonders. Rocker hatten die Aufsicht gehabt, als die Rolling Stones ihr Freikonzert auf dem Altamont Speedway in Kalifornien gegeben hatten. Das hatte nicht so gut funktioniert.

»Die Leute lassen das durchgehen... eine Motorradbande?«

»Nein, so ist es nun auch wieder nicht. Sie sind verdammt ordentlich hergerichtet. Und Stillson hat einen verdammt guten Ruf in Ridgeway für sein Wiedereingliederungsprogramm fehlgeleiteter junger Menschen.«

Johnny grunzte zweifelnd.

»Sie haben ihn gesehen«, sagte Roger und winkte zum Fernseher. »Der Mann ist ein Clown. So tobt er bei jeder Veranstaltung auf der Bühne herum. Er wirft seinen Helm in die Menge – er muß inzwischen über hundert verbraucht haben – und verschleudert Hot Dogs. Er ist ein Clown, also was soll das alles? Vielleicht brauchen die Leute ab und zu einen Komiker zur Entspannung. Uns geht das Öl aus, die Inflation gerät langsam aber sicher außer Kontrolle, die Steuerlast des einzelnen ist nie höher gewesen, und wir sind offenbar dabei, einen schwachköpfigen Bauern aus Georgia zum Präsidenten zu wählen. Die Leute wollen mal was zum Lachen haben. Mehr noch, sie wollen einer Regierung die Zunge rausstrecken, die offenbar nicht imstande ist, irgend etwas zu ändern. Stillson ist harmlos.«

»Er ist im Orbit«, sagte Johnny, und sie lachten beide.

»Wir haben eine ganze Menge verrückter Politiker«, sagte Roger. »In New Hampshire haben wir Stillson, der sich den Weg ins Abgeordnetenhaus mit Hot Dogs pflastern will, na und? Drüben in Kalifornien haben sie Hayakawa. Oder nehmen sie unseren Gouverneur, Meldrim Thomson. Der wollte letztes Jahr die Nationalgarde von New Hampshire mit taktischen Atomwaffen ausrüsten. Das nenne ich einen Irren.«

»Wollen Sie damit sagen, daß die Wähler im dritten Bezirk recht haben, den Dorfdeppen zu wählen, sie in Washington zu repräsentieren?«

»Sie verstehen nicht«, sagte Chatsworth geduldig. »Sehen Sie es mit den Augen der Wähler, Johnny. Die Leute im dritten Bezirk sind größtenteils Arbeiter und Geschäftsleute. Die ländlichen Gegenden des Bezirks fangen gerade an, sich ein wenig Touristikpotential aufzubauen. Diese

Leute sehen David Bowes an und erblicken einen hungrigen kleinen Jungen, der auf der Basis von klugscheißerischem Geschwätz und einer vergänglichen Ähnlichkeit mit Dustin Hoffmann gewählt werden möchte. Sie sollen annehmen, daß er ein Mann des Volkes ist, weil er Bluejeans trägt.

Und dann nehmen Sie Fisher. Mein Mann, wenigstens nominell. Ich habe für ihn und die anderen Kandidaten der Republikaner versucht, in New Hampshire Wahlkampfmittel aufzutreiben. Er ist schon so lange dabei, daß er wahrscheinlich denkt, die Kuppel des Capitol würde in zwei Hälften bersten, wenn er nicht mehr da ist, um sie zu stützen. Er hatte in seinem ganzen Leben keinen originellen Gedanken, er hat niemals etwas gegen die Parteilinie getan. Mit seinem Namen ist kein Stigma verbunden, weil er wahrscheinlich zu dumm ist, um irgendwie unlauter zu sein, wenngleich er möglicherweise Dreck am Stecken hat, der noch aus der Korea-Zeit stammt. Seine Reden sind so aufregend wie ein Artikel im Mitteilungsblatt des Klempnerverbandes. Die Leute *wissen* das alles nicht, aber manchmal spüren sie es. Die Vorstellung, daß Harrison Fisher irgend etwas tut, um sich sein Amt zu verdienen, ist schlichtweg lächerlich.«

»Also wählt man als Antwort darauf einen Irren?«

Chatsworth lächelte überheblich. »Manchmal machen diese Verrückten ihre Arbeit ziemlich gut. Nehmen Sie Bella Abzug. Er hat ein verdammt schlaues Gehirn unter seinem albernen Hut. Aber selbst wenn sich Stillson in Washington ebenso verrückt benimmt wie in Ridgeway, er mietet den Sitz ja nur zwei Jahre. Sie werden ihn 1978 rauswerfen und jemanden wählen, der die Lektion begriffen hat.«

»Die Lektion?«

Roger stand auf. »Man darf die Leute nicht zu lange für dumm verkaufen«, sagte er. »Das ist die Lektion. Adam Clayton Powell hat sie herausgefunden. Nixon und Agnew ebenfalls. Man darf die Leute einfach nicht zu lange für dumm verkaufen.« Er sah auf die Uhr. »Kommen Sie mit ins Haus, Johnny, wir trinken etwas. Shelley und ich gehen später aus, aber für einen kurzen Drink haben wir noch Zeit.«

Johnny lächelte und stand auf. »Okay«, sagte er. »Schon überredet.«

Zwanzigstes Kapitel

1

Mitte August war Johnny allein auf dem Anwesen der Chatsworths, abgesehen von Ngo Phat, der seine Unterkunft über der Garage hatte. Die Familie Chatsworth hatte das Haus dichtgemacht und war für drei Wochen nach Montreal in Urlaub gefahren, bevor das neue Schuljahr anfing und der Herbstrummel in der Firma losging.

Roger hatte Johnny die Schlüssel des Mercedes seiner Frau gelassen, und er war zum Haus seines Dad in Pownal gefahren und sich dabei wie ein Potentat vorgekommen. Die Verhandlungen seines Vaters mit Charlene MacKenzie waren in ein entscheidendes Stadium getreten, und Herb machte sich nicht mehr vor, daß sein Interesse an ihr sich darauf beschränkte, dafür zu sorgen, daß ihr nicht das Dach über dem Kopf zusammenfiel. Tatsächlich war er im vollen Balzgefieder und machte Johnny ein wenig nervös. Drei Tage später war Johnny zum Haus der Chatsworths zurückgefahren, hatte gelesen und seine Korrespondenz erledigt und die Stille in sich aufgesogen.

Er saß in einem aufgeblasenen Gummisessel mitten im Pool, trank ein Seven-Up und las das *New York Times Book Review*, als Ngo zum Rand des Pools herüberkam, seine Sandalen auszog und die Füße ins Wasser baumeln ließ.

»Ahhhh«, sagte er. »Viel besser.« Er lächelte Johnny an. »Ruhig, hm?«

»Sehr ruhig«, stimmte Johnny zu. »Was macht der Staatsbürger-Unterricht, Ngo?«

»Geht ganz gut«, sagte Ngo. »Am Samstag machen wir einen Ausflug. Erstes Mal. Sehr aufregend. Die ganze Klasse wird einen Trip haben.«

»Einen Ausflug machen«, sagte Johnny und lächelte über die Vorstellung, wie Ngo Phats gesamte Klasse von Anwärtern auf die Staatsbürgerschaft auf LSD oder Psilocybin ausflippte.

»Pardon?« Er zog höflich die Brauen hoch.

»Ihre ganze Klasse wird einen Ausflug machen.«

»Ja, danke. Wir gehen zu der politischen Ansprache und Veranstaltung in Trimbull. Wir finden alle, daß es sehr glücklich ist, den Staatsbürger-Unterricht in einem Wahljahr zu machen. Sehr lehrreich.«

»Ja, das kann ich mir vorstellen. Wer wird denn sprechen?«

»Greg Stirrs...« Er brach ab und setzte noch einmal sehr sorgfältig an. »Greg Stillson, der als Unabhängiger für einen Sitz im Abgeordnetenhaus kandidiert.«

»Von dem habe ich schon gehört«, sagte Johnny. »Habt ihr euch im Unterricht über ihn unterhalten, Ngo?«

»Ja, wir hatten eine Unterhaltung über diesen Mann. 1933 geboren. Gelegenheitsarbeiter. Kam 1964 nach New Hampshire. Unser Lehrmeister hat gesagt, er ist inzwischen lange genug da, daß die Leute ihn nicht mehr als einen Reingerochenen ansehen.«

»Geschmeckten«, sagte Johnny.

Ngo sah ihn mit verständnisloser Höflichkeit an.

»Der richtige Ausdruck ist Reingeschmeckter.«

»Ja, danke.«

»Halten Sie diesen Stillson nicht für ein bißchen seltsam?«

»In Amerika mag er vielleicht seltsam sein«, sagte Ngo. »In Vietnam gibt es viele wie ihn. Leute, die...« Er saß da und dachte nach und paddelte mit seinen zierlichen Füßen im blaugrünen Wasser des Pools.

Dann sah er wieder zu Johnny auf.

»Ich habe nicht das englische Wort dafür, was ich sagen will. In meinem Land gibt es ein Spiel, das heißt *Der lachende Tiger*. Es ist alt und beliebt, wie Ihr Baseball. Ein Kind zieht sich an wie der Tiger, verstehen Sie? Legt ein Fell um. Es läuft davon und tanzt, und die anderen Kinder versuchen, es zu fangen. Das Kind im Fell lacht, aber es knurrt und beißt auch, das gehört zum Spiel. Bevor die Kommunisten kamen, spielten in meinem Land viele Dorfältesten *Der lachende Tiger.* Ich glaube, dieser Stillson kennt das Spiel auch.«

Johnny sah beunruhigt zu Ngo hinüber.

Ngo schien überhaupt nicht beunruhigt zu sein. Er lächelte. »Wir gehen alle hin und überzeugen uns selbst. Danach das Picknick-Essen. Ich selbst mache zwei Kuchen. Ich glaube, es wird sehr schön.«

»Hört sich großartig an.«

»Es wird auch großartig sein«, sagte Ngo und stand auf. »Später im Unterricht werden wir über alles reden, was wir in Trimbull gesehen haben. Vielleicht schreiben wir einen Aufsatz. Es ist einfacher, einen Aufsatz zu schreiben, weil man dann das exakte Wort nachschlagen kann. *Le mote juste.*«

»Ja, manchmal ist schreiben einfacher. Aber ich hatte nie eine High-School-Klasse, die das glauben wollte.«

Ngo lächelte. »Wie geht es mit Chuck?«

»Oh, er macht sich schon recht gut.«

»Er ist jetzt glücklich. Tut nicht nur so. Er ist ein guter Junge.« Er stand auf. »Ruhen Sie sich aus, Johnny. Und ich mache ein Nickerchen.«

»Gut.«

Er sah Ngo nach, klein, schlank und geschmeidig, mit Bluejeans und einem verschossenen karierten Arbeitshemd bekleidet.

Das Kind im Fell lacht, aber es knurrt und beißt auch, das gehört zum Spiel. Ich glaube, dieser Stillson kennt das Spiel auch.

Wieder diese innere Unruhe.

Der Pool-Sessel wippte auf und ab. Der Sonnenschein war angenehm. Er schlug das *Book Review* wieder auf, aber der Artikel, den er gelesen hatte, beschäftigte ihn nicht mehr. Er legte es weg und paddelte mit dem Gummifloß zum Rand des Pools und ging hinaus. Trimbull war nicht ganz dreißig Meilen entfernt. Vielleicht würde er einfach in Mrs. Chatsworths Mercedes steigen und diesen Samstag hinfahren. Um Greg Stillson in Person zu sehen. Die Vorstellung genießen. Vielleicht... vielleicht seine Hand schütteln.

Nein. Nein!

Aber warum nicht? Immerhin hatte er im Wahljahr Politiker mehr oder weniger zu seinem Hobby gemacht. Was konnte so beunruhigend sein, sich noch einen anzusehen?

Aber er *war* beunruhigt, daran konnte kein Zweifel bestehen. Sein Herz klopfte heftiger und schneller als normal, und er ließ sogar sein Magazin in den Pool fallen. Er fischte es fluchend heraus, bevor es sich ganz vollsaugen konnte.

Irgendwie mußte er an Frank Dodd denken, wenn er an Greg Stillson dachte.

Vollkommen lächerlich! Er konnte keine Wahrnehmung von Stillson haben, nachdem er ihn nur einmal kurz im Fernsehen gesehen hatte.

Bleib weg!

Nun, vielleicht, vielleicht auch nicht. Vielleicht würde er am Samstag statt dessen nach Boston fahren. Einen Film ansehen.

Aber ein seltsames, alpdruckhaftes Gefühl der Angst senkte sich über ihn, als er wieder im Gästehaus war und sich anzog. Insgeheim war das Gefühl wie ein alter Freund – ein alter Freund, den man insgeheim haßt. Ja, er würde am Samstag nach Boston gehen. Das wäre besser.

Wenngleich er diesen Tag in den folgenden Monaten immer wieder durchlebte, konnte Johnny sich nie genau daran erinnern, wie und warum es genau gekommen war, daß er schließlich doch noch in Trimbull landete. Er war in eine andere Richtung gefahren, er wollte nach Boston und sich die Red Sox im Fenway Park ansehen, dann vielleicht nach Cambridge, durch die Buchhandlungen stöbern. Wenn dann noch genügend Geld übrig war (von Chatsworths Bonus hatte Johnny vierhundert Dollar an seinen Vater geschickt, der es ans Eastern Maine Medical weitergeleitet hatte – eine Geste, die nicht viel mehr als ein Tropfen auf einen heißen Stein war), würde er ins Orson Welles Cinema gehen und sich den Reggae-Film *The Harder They Come* ansehen.

Ein gutes Programm und ein schöner Tag, um es in die Tat umzusetzen, der neunzehnte August war heiß und klar heraufgedämmert, die Essenz eines Neu England-Sommertags.

Er war in die Küche des großen Hauses gegangen und hatte drei dicke Schinken- und Käse-Sandwiches zum Essen zubereitet, legte sie in einen alten Picknickkorb, den er in der Speisekammer fand, und nach einigem Herumkramen hatte er noch eine Sechserpackung Tuborg-Bier in den Korb getan. In dieser Zeit hatte er sich absolut wohl gefühlt, geradezu erstklassig. Mit keinem Gedanken hatte er auch nur an Greg Stillson und dessen Rocker-Leibwache gedacht.

Er stellte den Korb auf den Boden des Mercedes und fuhr nach Südosten zur I-95. Bis zu diesem Punkt war immer noch alles klar. Doch dann hatten sich allmählich andere Dinge eingestellt. Zuerst Gedanken an seine Mutter auf dem Totenbett. Das Gesicht seiner Mutter war zu einer Fratze erstarrt, ihre Hand auf der Bettdecke zur Kralle geformt, ihre Stimme hörte sich an, als käme sie durch einen Mund voll Baumwolle.

Habe ich es dir nicht gleich gesagt? Habe ich dir nicht gesagt, daß es so ist?

Johnny drehte das Radio etwas lauter. Guter Rock'n Roll kam aus den Stereolautsprechern des Mercedes. Johnny hatte viereinhalb Jahre verschlafen, aber Rock'n'Roll war lebendig geblieben, Gott sei Dank. Johnny sang laut mit.

Er hat eine Aufgabe für dich. Lauf nicht vor ihm davon, Johnny.

Das Radio konnte die Stimme seiner toten Mutter nicht übertönen. Seine tote Mutter würde sagen, was sie zu sagen hatte. Sogar aus dem Grab heraus wollte sie ihre Meinung noch sagen.

Versteck dich nicht in einer Höhle, oder laß Ihn einen Walfisch schicken, der dich verschluckt.

Aber er war von einem Walfisch verschluckt worden. Er hatte nicht Leviathan geheißen, sondern Koma. Er hatte viereinhalb Jahre im dunklen Bauch dieses Fischs verbringen müssen, und das war genug.

Die Autobahnausfahrt tauchte auf – dann hatte er sie hinter sich. Er war so in seine Gedanken versunken gewesen, daß er die Ausfahrt verpaßt hatte. Die alten Gespenster wollten einfach nicht aufgeben und ihn in Ruhe lassen. Nun, bei der nächsten guten Stelle würde er umkehren und zurückfahren.

Nicht der Töpfer, sondern der Ton, John. »Ach komm«, murmelte er. Er mußte diesen Unsinn vergessen, das war alles. Seine Mutter war eine verrückte Religionsfanatikerin gewesen, was nicht gerade sehr freundlich ausgedrückt war, aber nun mal der Wahrheit entsprach. Der Himmel im Sternbild Orion, Engel in fliegenden Untertassen, Königreiche unter der Erde. Auf ihre Art war sie genauso verrückt gewesen wie Greg Stillson auf seine Art.

Oh, um Himmels willen, fang bloß nicht mit diesem Kerl an.

»Und wenn Sie Greg Stillson ins Repräsentantenhaus wählen, denken Sie daran: HOT DOG! ENDLICH TUT EINMAL JEMAND ETWAS!«

Er kam zur New Hampshire Route 63. Wenn er hier links abbog, würde er nach Concord, Berlin, Ridder's Mill und Trimbull kommen. Johnny bog ab, ohne darüber nachzudenken. Er war mit seinen Gedanken ganz woanders.

Roger Chatsworth, keine unbedarfte Natur, hatte über Greg Stillson gelacht, als wäre er die diesjährige Antwort auf George Carlin und Chevy Chase in einer Person. *Er ist ein Clown, Johnny.*

Wenn Stillson wirklich *weiter nichts* war, dann gab es überhaupt kein Problem, oder? Ein charmanter Exzentriker, ein Stück leeres Papier, auf das die Wählerschaft ihre Botschaft schreiben konnte: *Ihr anderen Kerle seid so verbraucht, daß wir beschlossen haben, diesen Narren für die nächsten zwei Jahre zu wählen.* Und nur darauf hatte dieser Stillson es wahrscheinlich abgesehen. Nur ein harmloser Irrer, kein Grund, ihn mit dem destruktiven Wahnsinn eines Frank Dodd auch nur irgendwie in Verbindung zu bringen. Und doch... irgendwie... tat er es doch.

Vor ihm gabelte sich die Straße. Die Abzweigung nach links führte nach Berlin und Ridder's Mill, die rechte nach Trimbull und Concord. Johnny bog nach rechts ab.

Aber es könnte nicht schaden, ihm die Hand zu schütteln, oder?

Vielleicht nicht. Noch ein Politiker für seine Sammlung. Manche Leute sammelten Briefmarken, manche Münzen, aber Johnny Smith sammelte Händedrücke und...

...gib es zu. Du suchst schon die ganze Zeit nach einem Joker im Spiel.

Dieser Gedanke erschreckte ihn so sehr, daß er fast von der Straße abgekommen wäre. Er sah sich im Rückspiegel, und es war nicht mehr das zufriedene, sorgenfreie Gesicht, mit dem er heute früh aufgestanden war. Jetzt war es wieder das Gesicht des Mannes, der im Stadtpark von Castle Rock auf Händen und Knien durch den Schnee gekrochen war. Seine Haut war zu blaß, dunkle Ringe umgaben die Augen; die Falten waren zu tief eingeätzt.

Nein. Es ist nicht wahr.

Aber das war es. Nun, da es heraus war, ließ es sich nicht mehr bestreiten. Während der ersten dreiundzwanzig Jahre seines Lebens hatte er nur einem einzigen Politiker die Hand geschüttelt; das war, als Ed Muskie 1966 in der High School vor seiner Klasse eine Ansprache gehalten hatte. Aber während der letzten sieben Monate hatte er mit mehr als einem Dutzend großen Namen die Hand geschüttelt. Und war ihm dabei nicht jedesmal der Gedanke durch den Kopf gezuckt: *Was ist mit diesem Mann los? Was wird er mir erzählen?*

Hatte er nicht die ganze Zeit nach dem politischen Äquivalent von Frank Dodd gesucht?

Ja. Es war wahr.

Aber Tatsache war, daß ihm niemand außer Carter viel gesagt hatte, und die Gefühle, die er von Carter empfangen hatte, waren ja nicht gerade erschreckend gewesen. Als er Carter die Hand gegeben hatte, hatte er nicht das deprimierende Gefühl gehabt wie kürzlich, als er Greg Stillson im Fernsehen gesehen hatte. Er hatte das Gefühl, daß Stillson das Spiel *Der lachende Tiger* noch einen Schritt weiter getrieben haben könnte, im Fell der Bestie ein Mann, ja.

Aber in der Haut des Mannes eine Bestie.

2

Wie immer es auch gekommen sein mochte, Johnny verzehrte sein Essen im Stadtpark von Trimbull statt auf einer Tribüne in Fenway. Er war kurz nach Mittag hier eingetroffen und hatte sein Schild gesehen, das die Veranstaltung für fünfzehn Uhr ankündigte.

Er war zum Stadtpark geschlendert und hatte damit gerechnet, ihn für sich allein zu haben, bis die Veranstaltung anfing, aber andere breiteten bereits Decken aus, warfen Frisbees oder hatten sich zu ihrem Lunch niedergelassen.

Vorne waren mehrere Männer an der Tribüne beschäftigt. Zwei versahen die hüfthohe Brüstung mit Flaggtüchern. Ein anderer stand auf einer Leiter und brachte bunte Girlanden an. Andere waren mit der Lautsprecheranlage beschäftigt, und wie Johnny schon vermutet hatte, als er die CBS-Nachrichten gesehen hatte, handelte es sich nicht um eine billige Sprechanlage. Die Lautsprecher waren Altec-Lansings, und sie waren sehr sorgfältig aufgestellt, um den Klang weit zu tragen.

Die Helfer (der Eindruck blieb, daß es sich um Roadies handelte, die ein Konzert der Eagles oder der Geils Band vorbereiteten) erledigten ihre Arbeit mit geschäftiger Präzision. Die ganze Sache machte einen praktischen, professionellen Eindruck, der ganz und gar nicht zu Stillsons Image des liebeswerten Wilden Mannes von Borneo paßte.

Das Durchschnittsalter der Menge lag innerhalb einer Spanne von fünfzehn bis etwa fünfunddreißig Jahren. Sie hatten ihren Spaß. Babies krabbelten herum und hielten schmelzende Dairy Queens oder Slush Puppies. Frauen unterhielten sich lachend miteinander. Männer tranken Bier aus Plastikbechern. Ein paar Hunde sprangen herum und schnappten, was es zu schnappen gab, und die Sonne schien gütig auf alle herab.

»Test«, sagte einer der Männer auf der Bühne kurz und sachlich in die beiden Mikrofone. »Test-eins, Test-zwei...« Einer der Lautsprecher im Park gab ein lautes Rückkoppelungswinseln von sich, der Bursche auf der Bühne bekundete mit einer Handbewegung, daß er ihn weiter weghaben wollte.

So bereitet man sich nicht auf eine politische Veranstaltung und Rede vor, dachte Johnny. *Sie bereiten sich auf ein Fest der Liebe vor... oder auf ein Popfestival.*

»Test-eins, Test-zwei... Test, Test, Test.«

Sie *schnallten* die großen Lautsprecher an den Bäumen fest, sah Johnny. Sie *nagelten* sie nicht, sondern *schnallten* sie fest. Stillson war ein Verfechter der Ökologie, und jemand hatte seinen Helfern befohlen, nicht einem einzigen Baum im Stadtpark etwas zuleide zu tun. Das Unternehmen erweckte den Eindruck, als wäre es bis ins kleinste Detail geplant. Dies war keine schlampig aufgezogene Sache.

Zwei gelbe Schulbusse bogen auf den ohnehin schon überfüllten Parkplatz ein. Die Türen gingen auf, und Männer und Frauen stiegen aus, die sich lebhaft miteinander unterhielten. Sie bildeten einen scharfen Kontrast zu den Leuten, die bereits im Stadtpark versammelt waren, denn sie hatten ihre beste Kleidung an – Männer in Anzügen oder Sportjacken, Damen in bunten Rock-und-Bluse-Kombinationen oder Kleidern. Sie sahen sich mit beinahe kindlichem Staunen und Vorfreude um, Johnny mußte unwillkürlich vor sich hin grinsen. Ngo und seine Bürgerschaftsklasse waren angekommen.

Er ging zu ihnen hinüber. Ngo stand bei einem großen Mann in Cordanzug und zwei Frauen, beide Chinesinnen.

»Hi, Ngo!« sagte Johnny.

Ngo grinste erfreut. »Johnny!« sagte er. »Freut mich aber, Sie hier zu sehen, Mann! Ist ein großer Tag für den Staat New Hampshire, nicht wahr?«

»Ich denke schon«, sagte Johnny.

Ngo stellte seine Begleiter vor. Der Mann im Cordanzug war Pole. Die beiden Frauen waren Schwestern aus Taiwan. Eine der Frauen sagte Johnny, wie sehr sie hoffte, dem Kandidaten nach dem Programm die Hand schütteln zu können, dann zeigte sie Johnny schüchtern ihr Autogrammbuch in der Handtasche.

»Ich bin so froh, hier in Amerika zu sein«, sagte sie. »Aber es ist seltsam, nicht wahr, Mr. Smith?«

Johnny, der die ganze Sache seltsam fand, stimmte zu.

Die beiden Lehrkräfte der Staatsbürgerklasse riefen die Gruppe zusammen. »Wir sehen uns später, Johnny«, sagte Ngo. »Ich gehe jetzt auf den Trip.«

»Auf den Ausflug«, sagte Johnny.

»Ja, danke.«

»Viel Spaß, Ngo.«

»O ja, werde ich bestimmt haben.« Ngos Augen schienen vor geheimnisvoller Freude zu glitzern. »Ich bin sicher, es wird ein Heidenspaß werden, Johnny.«

Die Gruppe, alles in allem etwa vierzig Personen, ging zur Südseite des Parks, um dort ein Picknick zu machen. Johnny kehrte auf seinen eigenen Platz zurück und zwang sich dazu, eines der mitgebrachten Sandwiches zu essen. Es schmeckte nach einer Mischung aus Papier und Bücherleim.

Ein intensives Spannungsgefühl hatte sich in seinem Körper auszubreiten begonnen.

3

Gegen halb drei war der Park voll, die Leute standen Schulter an Schulter. Die Stadtpolizei, durch ein kleines Kontingent der Staatspolizei verstärkt, hatte alle Straßen, die zum Stadtpark von Trimbull führten, abgesperrt.

Die Ähnlichkeit mit einem Rock-Konzert war stärker denn je. Bluegrass-Musik ertönte aus den Lautsprechern, fröhlich und schnell. Dicke weiße Wolken trieben über den unschuldig blauen Himmel dahin.

Plötzlich begannen die Leute aufzuspringen und die Hälse zu verdrehen. Johnny stand auch auf und überlegte, ob Stillson schon so früh eintreffen konnte. Jetzt konnte er das laute Knattern von Motorrädern, das den Sommertag erfüllte, hören, während sie näherkamen. Johnny sah blitzendes

Sonnenlicht auf Chrom, und wenige Augenblicke später fuhren zehn Motorräder auf den Platz, wo die Schulbusse der Bürgerschaftsklasse geparkt waren. Aber ein Wagen war nicht dabei. Johnny vermutete, daß es sich um eine Art Vorhut handelte.

Sein Gefühl innerer Unruhe vertiefte sich. Die Motorradfahrer sahen recht ordentlich aus, größtenteils mit sauberen verblichenen Jeans und weißen Hemden bekleidet, aber die Motorräder, hauptsächlich Harleys und BSAs, waren fast bis zur Unkenntlichkeit frisiert worden. Hohe Lenker, Verzierungen aus blitzendem Chrom, seltsame Aufsätze noch und nöcher.

Die Fahrer stellten die Motoren ab, schwangen sich herunter und marschierten hintereinander auf die Rednerbühne zu. Nur einer von ihnen sah sich um. Sein Blick wanderte ohne Hast über die versammelte Menge. Johnny konnte sogar aus der Ferne erkennen, daß der Mann leuchtend flaschengrüne Augen hatte. Er schien das Publikum zu zählen. Er sah nach links, wo vier oder fünf Stadtpolizisten am Zaun des Ballspielfelds der Pfadfinder lehnten. Er winkte. Einer der Polizisten spie aus. Diese Tat hatte etwas Zermonielles an sich, und Johnnys Unruhe vertiefte sich noch mehr. Der Mann mit den grünen Augen ging zum Podium weiter.

Abgesehen von der Unruhe, die als eine emotionelle Basis für seine anderen Gefühle diente, empfand Johnny vornehmlich eine wilde Mischung aus Grauen und Fröhlichkeit. Er hatte die traumähnliche Empfindung, irgendwie in eins dieser Bilder geraten zu sein, wo Dampflokomotiven aus gemauerten Kaminen kamen oder Zifferblätter von Uhren schlaff von Baumästen herunterhingen. Die Motorradfahrer sahen wie Komparsen in einem American-International-Film über Motorradrennen aus, die alle beschlossen hatten, sich nach dem Wahlkampfslogan für Gene in die Brust zu werfen. Die sauberen, aber verschossenen Jeans waren straff über Stiefel mit breiten Kappen gezogen, bei mehr als einem Paar konnte Johnny verchromte Ketten sehen, die über den Rist geschnallt waren. Das Chrom funkelte wild in der Sonne. Ihre Mienen zeigten fast durchweg den gleichen Ausdruck: eine Art von leerer guter Laune, die offenbar der Menge galt. Aber vielleicht verbargen sie darunter auch nur ihre Verachtung für die jungen Fabrikarbeiter, für die Sommerkurs-Studenten, die von UNH in Durham herübergekommen waren, und die Arbeiter, die aufstanden, um ihnen zu applaudieren. Jeder von ihnen trug zwei politische Buttons, auf einem war ein gelber Bauarbeiter-Schutzhelm mit grünem Öko-Aufkleber abgebildet, auf dem anderen stand der Schriftzug: STILLSON HAT SIE IM STURM EROBERT.

Und aus jeder rechten Hüfttasche ragte eine abgesägte Billardstange.

Johnny wandte sich an seinen Nebenmann, der seine Frau und sein kleines Kind bei sich hatte. »Sind solche Dinge denn legal?« fragte Johnny.

»Wen, zum Teufel, kümmert das?« erwiderte der junge Bursche lachend. »Sind doch sowieso nur zur Schau!« Er applaudierte immer noch. »Zeig es ihnen, Greg«, rief er.

Die Ehrenwache der Motorradfahrer bildete einen Kreis um das Rednerpult und stand dann ruhig da.

Der Applaus klang ab, aber die Unterhaltungen wurden lauter fortgesetzt. Der kollektive Mund der Masse hatte den Appetithappen verschlungen und für gut befunden.

Braunhemden, dachte Johnny und setzte sich wieder hin. *Braunhemden, weiter nichts.*

Nun, na und? Vielleicht war das sogar gut. Amerikaner tolerierten faschistische Aufmachungen nicht – nicht einmal verknöcherte Reaktionäre wie Reagan ließen sich darauf ein; das war eine nackte Tatsache, einerlei, wie viele Wutanfälle die Neue Linke bekommen oder wie viele Songs Joan Baez schreiben mochte. Acht Jahre zuvor hatte das faschistische Vorgehen der Polizei von Chicago zur Wahlniederlage von Hubert Humphrey geführt. Johnny war es einerlei, wie ordentlich zurechtgemacht diese Burschen waren; wenn sie in den Diensten eines Mannes standen, der für das Repräsentantenhaus kandidierte, dann konnte Stillson nur noch ein paar Schritte davon entfernt sein, die Grenzen zu überschreiten. *Wenn es nicht so unheimlich wäre, wäre es wirklich komisch.*

Dennoch wünschte er, er wäre nicht hergekommen.

4

Kurz vor fünfzehn Uhr drängte sich das Dröhnen einer großen Baßtrommel auf, man konnte es in den Füßen spüren, bevor man es tatsächlich mit den Ohren hörte. Andere Instrumente gesellten sich allmählich dazu, bis alles zu einer marschierenden Kapelle verschmolz, die eine Sousa-Melodie spielte. Kleinstadtwahlveranstaltung an einem hellen Sommertag.

Die Menschenmenge kam wieder auf die Beine und verrenkte sich die Hälse in die Richtung, aus der die Musik kam. Bald tauchte die Kapelle auf. Voran eine Tambourmajorin in kurzem Rock und hochhackigen weißen Wildlederstiefeln mit bunten Bommeln; dann zwei Majoretten; dann zwei pickelige Jungen mit grimmig entschlossenen Gesichtern und einem Banner mit der Aufschrift THE TRIMBULL HIGH SCHOOL MARCHING BAND, und das sollte man bei Gott nicht vergessen; dann die Kapelle selbst, schwitzend und in prächtigen blendend weißen Uniformen mit Messingknöpfen.

Die Menge machte eine Gasse für sie frei und brach in lauten Beifall aus, während die Musiker Aufstellung nahmen. Ihnen folgte ein weißer Ford-Möbelwagen, auf dessen Dach der Kandidat persönlich erschien; breitbeinig stand er da, das sonnengebräunte Gesicht zu einem Mammut-Grinsen verzogen, den Bauarbeiter-Schutzhelm keck auf dem Hinterkopf. Er hob eine batteriebetriebene Flüstertüte an den Mund und schrie voller Begeisterung und aus voller Lunge: »HI, ALLE ZUSAMMEN!«

»Hi, Greg!« brüllte die Menge prompt zurück.

Greg, dachte Johnny ein wenig hysterisch. *Wir sind also schon beim Vornamen.*

Stillson sprang vom Dach des Möbelwagens herunter, und es gelang ihm, es leicht und geschmeidig aussehen zu lassen. Er war genauso gekleidet, wie Johnny ihn in den Nachrichten gesehen hatte, Jeans und Khakihemd. Auf dem Weg zur Rednertribüne bereitete er die Menge vor, schüttelte Hände, berührte andere Hände, die über die Köpfe derjenigen in der ersten Reihe ausgestreckt waren. Die Menge wogte hin und her und drängte wie im Fieberwahn auf ihn zu, und Johnny verspürte einen ähnlichen Wahn in sich aufsteigen.

Ich werde ihn nicht berühren. Auf gar keinen Fall.

Aber dann teilte sich die Menge plötzlich vor ihm ein wenig, und er trat in die Lücke und befand sich plötzlich in der vordersten Reihe. Er war so nahe am Tubaspieler der Trimbull High School Marching Band, daß er die Hand ausstrekken und mit den Knöcheln auf das Blech des Instruments hätte klopfen können, wenn er gewollt hätte.

Stillson ging rasch durch die Reihen der Kapelle, um Hände auf der anderen Seite zu schütteln, und Johnny konnte nur noch seinen gelben Schutzhelm sehen. Er war erleichtert. Das war in Ordnung. Kein Schaden, keine Verstimmung. Er nahm sich vor, wie der Pharisäer in dem berühmten Gleichnis, auf der anderen Seite vorbeizugehen. Gut. Wunderbar. Und wenn er das Podium erreicht hatte, wollte Johnny seine Sachen zusammenpacken und sich in den Nachmittag davonstehlen. Genug war genug.

Die Motorradfahrer hatten inzwischen links und rechts vom Pfad durch die Menge Aufstellung genommen, um zu verhindern, daß sie auf den Kandidaten drängten und ihn erdrückten. Alle Holzknüppel steckten immer noch in den Hüfttaschen, aber ihre Besitzer schienen wachsam zu sein und nach Ärger Ausschau zu halten. Johnny wußte nicht genau, wonach sie Auschau hielten – vielleicht, daß jemand dem Kandidaten ein Brownie Delight ins Gesicht schleuderte –, aber die Rocker schienen zum erstenmal richtig interessiert zu sein.

Und dann passierte tatsächlich etwas, aber Johnny konnte nicht genau sagen, was es gewesen war. Eine Frauenhand griff nach dem gelben Schutzhelm, vielleicht nur, um ihn als Glücksbringer zu berühren, aber einer von Stillsons Leibwächtern reagierte sehr schnell. Ein lauter Schrei des Unwillens war zu hören, und die Frauenhand verschwand augenblicklich. Aber das alles hatte sich auf der anderen Seite der Kapelle abgespielt.

Der Lärm der Menge war gewaltig, und er mußte wieder an die Rock-Konzerte denken, die er besucht hatte. So mußte es sein, wenn Paul McCartney oder Elvis Presley sich entschlossen, der Menge die Hand zu schütteln.

Sie schrien seinen Namen, sangen ihn: »GREG... GREG-...GREG...«

Der junge Mann, der sich mit seiner Familie zu Johnny gesellt hatte, hob seinen Sohn über den Kopf, damit der Junge etwas sehen konnte. Ein junger Bursche mit einer unregelmäßigen Brandnarbe auf einer Wange hielt ein Schild hoch, auf dem geschrieben stand: LEBT FREI ODER VERRECKT, VOR GREG HABT RESPEKT! Ein atemberaubend schönes Mädchen von etwa achtzehn Jahren winkte mit einem Stück Wassermelone, rosa Obstsaft lief an ihrem Arm hinab. Es war wie eine Massenhysterie. Die Erregung strömte durch die Menge wie Starkstrom durch elektrische Kabel.

Und da war Greg Stillson plötzlich wieder, hastete zwischen der Kapelle zurück auf Johnnys Seite der Menge. Er blieb nicht stehen, fand aber dennoch die Zeit, dem Tubaspieler herzhaft auf den Rücken zu klopfen.

Johnny dachte später darüber nach und versuchte sich zu erinnern, daß er wirklich keine Möglichkeit gehabt hatte, sich in die Menge zurückzuziehen; er versuchte sich einzureden, daß die Menge ihn förmlich in Stillsons Arme *gedrängt* hatte. Er versuchte sich einzureden, daß Stillson geradezu gierig nach seiner Hand gegriffen hatte. Aber das stimmte nicht. Er hätte Zeit gehabt, denn eine dicke Frau in absurden gelben Latzhosen hatte beide Arme um Stillsons Hals geschlungen und gab ihm einen innigen Kuß, den Stillson mit einem Lachen und einem »Sie können mir glauben, daß ich mich an *Sie* erinnern werde, Teuerste«, erwiderte.

Johnny spürte, wie ihn wieder diese kompakte Kälte überkam, das Gefühl der Trance. Das Gefühl, daß es nur darauf ankam, zu *wissen*. Er lächelte sogar ein wenig, aber es war nicht sein eigenes Lächeln. Er streckte eine Hand aus, und Stillson packte sie mit beiden Händen und fing an, sie auf und ab zu schütteln.

»He, Mann, ich hoffe, Sie unterstützen uns bei...«

Dann verstummte Stillson. Wie damals Eileen Magown. Wie Dr. James (wie der Soul-Sänger) Brown. Wie Roger Dussault. Er riß die Augen weit auf, und dann waren sie erfüllt von – Angst? Nein, es war Entsetzen in Stillsons Augen.

Der Augenblick schien endlos zu dauern. Die objektive Zeit schien von etwas anderem ersetzt zu werden, einer perfekten Mimikry der Zeit, während sie sich in die Augen sahen. Für Johnny war es, als befände er sich wieder in dieser stumpfen Chrom-Halle, nur war diesmal Stillson bei ihm, und sie teilten... teilten

(alles)

Für Johnny war es noch nie so stark gewesen, niemals. Alles kam auf einmal wie ein dunkler Güterzug durch einen schmalen Tunnel, eine rasende Lokomotive mit einem einzigen gleißenden Scheinwerfer, und dieser Scheinwerfer *wußte alles*, und sein greller Lichtstrahl pfählte Johnny wie einen Käfer mit einer Nadel. Es gab keine Möglichkeit des Ausweichens, vollkommenes Wissen überrollte ihn und drückte ihn flach wie ein Blatt Papier zusammen, während der dunkle Zug über ihn hinwegraste.

Ihm war nach Schreien zumute, aber er hatte keine Möglichkeit, hatte keine Stimme dafür.

Das Bild, dem er niemals entrann

(während sich der Blaufilter einschob)

war Greg Stillson, der den Amtseid ablegte. Er wurde ihm von einem älteren Mann abgenommen, der aus kleinen, verängstigten Augen demütig und schüchtern dreinblickte, wie eine Feldmaus, die sich verkrochen hat, vor einem schrecklich grausamen, kampfgezeichneten

(Tiger)

Bauernhofkater. Stillson hatte eine Hand auf die Bibel gelegt, die andere erhoben. Es war Jahre in der Zukunft, denn Stillson hatte bereits das meiste Haar verloren. Der alte Mann sprach, Stillson sprach nach. Stillson sagte

(der blaue Filter vertieft sich, verdeckt Dinge, löscht sie Stück für Stück aus, barmherziger Blaufilter, Stillsons Gesicht ist hinter dem Blau ... und dem Gelb ... dem Gelb wie Tigerstreifen)

er würde es tun. »So wahr ihm Gott helfe.« Sein Gesicht war feierlich, grimmig, gelassen, aber eine große, heiße Freude klatschte in seiner Brust auf und brüllte in seinem Gehirn. Weil der Mann mit dem verängstigten Mausgesicht, der höchste Richter des Obersten Gerichtshofs der USA war und

(O lieber Gott der Filter der Filter der blaue Filter die gelben Streifen)

jetzt begann alles hinter dem blauen Filter zu verschwinden – aber war es kein Filter, es war etwas Reales. Es war

(in der Zukunft in der toten Zone)

etwas in der Zukunft. Seiner? Stillsons? Johnny wußte es nicht.

Da war ein Gefühl des Fließens – durch das Blau – über Szenen völliger Zerstörungen, die nicht ganz zu sehen waren. Und durch dies alles kam die körperlose Stimme von Greg Stillson, wie die Stimme eines abgehetzten Gottes, eines Todesengels aus einer komischen Oper: »ICH WERDE DURCH SIE HINDURCHGEHEN WIE BUCHWEIZEN DURCH EINE GANS! ICH WERDE DURCH SIE HINDURCHGEHEN WIE SCHEISSE DURCH EIN ABFLUSSROHR.«

»Der Tiger«, murmelte Johnny gepreßt. »Der Tiger ist hinter dem Blau. Hinter dem Gelb.«

Dann stürzte alles, Bilder, Visionen, Geräusche und Worte, im anschwellenden, leisen Dröhnen des Vergessens zusammen. Er schien einen süßlichen, kupfrigen Geruch wahrzunehmen, wie das Schmoren von Hochspannungsdrähten. Einen Augenblick schien sich das innere Auge noch weiter zu öffnen, zu suchen; das Blau und das Gelb hatte alles andere verdunkelt und schien sich zu verfestigen in... in etwas, und von irgendwo da drin hörte er eine Frauenstimme voller Entsetzen und wie aus weiter Ferne schreiben: »*Gib ihn mir, du Dreckskerl!*«

Dann war alles vorbei.

Wie lange standen wir einander so gegenüber? fragte er sich später oft. Er schätzte etwa fünf Sekunden. Dann zog Stillson die Hände weg, *riß* sie weg, und sah Johnny mit offenem Mund an, unter der dunklen Sommerbräune des Sommer-Wahlkämpfers verschwand alle Farbe aus dem Gesicht. Johnny konnte die Plomben in den Backenzähnen des Mannes sehen.

Sein Gesichtsausdruck verriet ekelerfülltes Entsetzen.

Gut! wollte Johnny schreien. *Gut! Schlottere dich in Stücke! Löse dich auf! Vernichte dich! Implodiere! Vernichte dich! Tue der Welt einen Gefallen!*

Zwei der Motorrad-Burschen stürzten nach vorn, und jetzt waren die Holzknüppel draußen, und Johnny verspürte so etwas wie dummes Entsetzen, weil sie ihn schlagen würden, sie würden so tun, als wäre sein Kopf die Acht und würde ihn ins Loch stoßen, wieder in die Schwärze des Komas, und diesmal würde er nie wieder daraus erwachen, er würde nie imstande sein, jemandem zu sagen, was er gesehen hatte, um alles zu ändern.

Dieses Gefühl der Zerstörung – Gott! Es war *alles* gewesen!

Er versuchte, sich nach hinten zurückzuziehen. Die Leute drängten auseinander, wichen zurück, schrien vor Angst (oder vielleicht vor Aufregung). Stillson drehte sich zu seinen Leibwächtern um, er gewann bereits die Fassung wieder, schüttelte den Kopf, hielt sie zurück.

Johnny sah nicht mehr, was danach passierte. Er schwankte, hatte den Kopf gesenkt und blinzelte langsam wie ein Betrunkener am bitteren Ende einer wochenlangen Sauftour. Dann überwältigte ihn das anschwellende, leise Dröhnen der Vergessenheit, und Johnny ließ es geschehen, ließ es mit Freuden geschehen. Er verlor das Bewußtsein.

Einundzwanzigstes Kapitel

1

»Nein«, sagte der Polizeichef von Trimbull als Antwort auf Johnnys Frage. »Man beschuldigt Sie überhaupt nicht. Sie sind nicht festgenommen. Und Sie müssen meine Fragen nicht beantworten. Wir wären Ihnen nur sehr dankbar, wenn Sie es tun würden.«

»*Sehr* dankbar«, wiederholte der Mann im konservativen Geschäftsanzug. Sein Name war Edgar Lancte. Er gehörte zur Bostoner Abteilung des Federal Bureau of Investigation. Er fand, daß Johnny Smith wie ein sehr kranker Mann aussah. Über seiner linken Augenbraue befand sich eine Schwellung, die sich rasch purpurn zu färben begann. Als er das Bewußtsein verloren hatte, war Johnny heftig auf dem Boden aufgeschlagen – entweder auf dem Schuh eines Musikanten oder dem Stiefel eines Motorradfahrers. Lancte neigte zur zweiten Möglichkeit. Möglicherweise war der Stiefel des Motorradfahrers in Bewegung gewesen, als der Kontakt stattgefunden hatte.

Smith war zu blaß, seine Hände zitterten stark, während er Wasser aus dem Pappbecher trank, den Chief Bass ihm gegeben hatte. Eines seiner Lider zuckte. Er sah wie der klassische Möchtegern-Attentäter aus, auch wenn die tödlichste Waffe in seinem Besitz ein Nagelklipser gewesen war. Dennoch behielt Lancte diesen Eindruck, er konnte nicht aus seiner Haut.

»Was kann ich Ihnen denn sagen?« fragte Johnny. Er war auf einer Pritsche in einer unverschlossenen Zelle aufgewacht. Er hatte rasende Kopfschmerzen gehabt. Jetzt klangen sie allmählich ab, hinterließen aber ein merkwürdig hohles Gefühl. Ihm war, als wären seine Eingeweide herausgenommen und durch Reddi Wip ersetzt worden. Er hatte ständig einen hohen Ton in den Ohren – nicht gerade ein Klingen; mehr ein konstantes, schrilles Summen. Es war einundzwanzig Uhr. Stillson und sein Gefolge hatten die Stadt längst wieder verlassen. Alle Hot Dogs waren aufgegessen.

»Sie können uns genau sagen, was da draußen passiert ist« sagte Bass.

»Es war heiß. Ich nehme an, ich habe mich zu sehr aufgeregt und bin ohnmächtig geworden.«

»Sind Sie Invalide oder so etwas?« fragte Lancte beiläufig.

Johnny sah ihn gelassen an. »Spielen Sie doch keine Spiele mit mir, Mr. Lancte. Wenn Sie wissen, wer ich bin, dann sagen Sie es.«

»Ich weiß es«, sagte Lancte. »Vielleicht sind Sie wirklich Hellseher.«

»Man muß kein Hellseher zu sein, um zu vermuten, daß ein FBI-Agent ein paar Trümpfe in der Hinterhand haben könnte«, sagte Johnny.

»Sie stammen aus Maine, Johnny. Geboren und aufgewachsen. Was macht ein Junge aus Maine hier in New Hampshire?«

»Unterrichten.«

»Chatsworth's Jungen?«

»Zum zweitenmal: Wenn Sie es wissen, warum fragen Sie?«

Lancte zündete sich eine Vantage Green an. »Reiche Familie.«

»Ja, das stimmt.«

»Sind Sie ein Stillson-Fan, Johnny?« fragte Bass. Johnny mochte Leute nicht, die ihn schon nach kurzer Bekanntschaft beim Vornamen anredeten, und das taten diese Männer beide. Es machte ihn nervös.

»Sind Sie es?« fragte Johnny.

Bass blies einen obszönen Laut aus dem Mund. »Vor etwa fünf Jahren hatten wir hier in Trimbull einen ganzen Tag lang ein Folk-Rock-Konzert. Draußen auf Hake Jamiesons Land. Der Stadtrat hatte Zweifel, aber sie haben mitgespielt, weil man den Kindern doch irgend etwas bieten muß. Wir dachten, wir würden es mit etwa zweihundert Leuten zu tun bekommen, die sich auf Hakes Ostwiese Musik anhören würden. Statt dessen hatten wir sechzehnhundert, die Pott rauchten und Alkohol direkt aus der Flasche tranken. Sie haben eine Riesenschweinerei hinterlassen, und der Stadtrat drehte durch und sagte, so etwas würde es nie wieder geben, und da drehten sich alle verletzt und mit feuchten Augen um und sagten: ›Wass'n los? Ist doch niemand verletzt worden, oder?‹ Also war es in Ordnung, eine Riesenschweinerei zu machen, so lange niemand verletzt wurde, und genauso empfinde ich bei diesem Stillson. Ich erinnere mich...«

»Aber Sie hegen doch keinen Groll gegen Stillson, oder, Johnny?« fragte Lancte. »Nichts Persönliches zwischen Ihnen und ihm.« Er lächelte sein väterliches Sie-können-sich-alles-von-der-Seele-reden-Lächeln.

»Bis vor sechs Wochen wußte ich nicht mal, wer er ist.«

»Ja, gut, aber das beantwortet nicht meine Frage, oder?«

Johnny saß eine Weile schweigend da. »Er beunruhigt mich«, sagte er schließlich.

»Auch das beantwortet nicht meine Frage.«

»Doch, ich denke schon.«

»Sie sind nicht so hilfreich, wie wir es gerne hätten«, sagte Lancte bedauernd.

Johnny sah zu Bass. »Bekommt jeder, der bei einer öffentlichen Versammlung in Ihrer Stadt ohnmächtig wird, gleich eine FBI-Behandlung, Chief Bass?«

Bass sah unbehaglich drein. »Nun... nein. Natürlich nicht.«

»Sie haben Stillson die Hand geschüttelt, als Sie umkippten«, sagte Lancte. »Sie sahen elend aus, und Stillson war auch grün vor Angst. Sie sind ein glücklicher junger Mann, Johnny. Glücklich, weil seine Leibgarde Ihren Kopf nicht in eine Wahlurne verwandelt hat. Sie dachten, daß Sie etwas gegen ihn im Schilde führten.«

Johnny sah Lancte mit aufdämmernder Überraschung an. Er sah zu Bass, dann zu dem FBI-Mann zurück. »Sie waren *dort«*, sagte er. »Bass hat Sie nicht telefonisch verständigt. Sie waren *dort*. Bei der Veranstaltung.«

Lancte drückte seine Zigarette aus. »Ja, das stimmt.«

»Warum interessiert sich das FBI für Stillson?« Johnny bellte diese Frage beinahe hinaus.

»Reden wir lieber von Ihnen, Johnny. Was ist Ihr...«

»Nein, reden wir von Stillson. Reden wir von seiner Leibwache, wie Sie sie vorhin genannt haben. Ist es denn gesetzlich zulässig, daß die mit abgesägten Billard Queues in der Tasche herumlaufen?«

»Ist es«, sagte Bass. Lancte warf ihm einen warnenden Blick zu, aber Bass sah ihn entweder nicht, oder ignorierte ihn. »Queues, Baseballschläger, Golfschläger. Kein Gesetz verbietet das.«

»Ich hörte jemanden sagen, daß diese Burschen Motorradfahrer sind. Eine Rockerbande.«

»Einige von ihnen waren bei einer Bande aus New Jersey, andere bei einer Bande aus New York, das ist...«

»Chief Bass«, unterbrach ihn Lancte. »Ich glaube kaum, daß dies der Zeitpunkt ist, um...«

»Ich sehe nicht, was es schaden soll, wenn wir es ihm erzählen«, sagte Bass. »Es sind Strolche, faule Äpfel, Windbeutel. Einige von ihnen hatten sich vor vier oder fünf Jahren in Hampton zusammengerottet, als sie dort die schweren Unruhen hatten. Ein paar von ihnen gehörten zu einer Rocker-Bande namens Devil's Dozen, die sich 1972 auflöste. Stillsons Rammbock ist ein Bursche namens Sonny Elliman. Er war Präsident der Devil's Dozen. Wurde ein halbes dutzendmal verhaftet, konnte aber niemals überführt werden.«

»Da irren Sie sich, Chief«, sagte Lancte und zündete sich eine neue Zigarette an. »Er bekam 1973 im Staate Washington einen Strafzettel, weil er verkehrswidrig links abgebogen war. Hat die Anzeige unterschrieben und eine Geldstrafe von fünfundzwanzig Dollar bezahlt.«

Johnny stand auf und ging langsam durch den Raum zum Wasserspender, wo er sich einen neuen Pappbecher mit Wasser zog. Lancte beobachtete ihn interessiert.

»Sie sind also einfach ohnmächtig geworden, richtig?« sagte Lancte.

»Nein«, sagte Johnny, drehte sich aber nicht um. »Ich wollte ihn mit einer Panzerfaust erschießen. Aber dann, im kritischen Augenblick, sind alle bionischen Sicherungen bei mir durchgebrannt.«

Lancte seufzte.

Bass sagte: »Es steht Ihnen frei, jederzeit zu gehen.«

»Danke.«

»Aber ich möchte Ihnen noch etwas sagen, das Mr. Lancte Ihnen sicher auch sagen würde. Ich an Ihrer Stelle würde in Zukunft von Stillsons Veranstaltungen fernbleiben. Das heißt, falls Sie eine heile Haut behalten wollen. Leuten, die Stillson nicht leiden kann, pflegen nämlich die merkwürdigsten Dinge zuzustoßen...«

»Tatsächlich?« fragte Johnny. Er trank sein Wasser.

»Das sind Angelegenheiten, die Sie nichts angehen, Chief Bass«, sagte Lancte. Seine Augen waren wie Stahl, und er sah Bass durchdringend an.

»Schon gut«, sagte Bass leise.

»Es kann nichts schaden, wenn ich Ihnen sage, daß es schon andere Zwischenfälle bei solchen Veranstaltungen gegeben hat«, sagte Lancte. »In Ridgeway wurde eine junge, schwangere Frau derartig zusammengeschlagen, daß sie eine Fehlgeburt hatte. Das war kurz nach der Kundgebung, die von CBS gefilmt wurde. Sie sagte, daß sie ihren Angreifer nicht erkennen konnte, aber wir haben das Gefühl, daß es einer von Stillsons Motorradfahrern gewesen sein könnte. Vor einem Monat trug ein vierzehnjähriger Junge eine Schädelfraktur davon. Er hatte eine Spritzpistole aus Plastik bei sich. Auch er konnte seinen Angreifer nicht identifizieren. Aber die Spritzpistole läßt uns vermuten, daß der Zwischenfall eine überhastete Reaktion von Stillsons Leibgarde gewesen sein könnte.«

Wie nett ausgedrückt, dachte Johnny.

»Sie konnten niemanden auftreiben, der es gesehen hatte?«

»Niemand, der reden wollte.« Lancte lächelte humorlos

und klopfte die Asche von seiner Zigarette. »Er ist der Mann des Volkes.«

Johnny dachte an den jungen Mann, der seinen Sohn hochgehoben hatte, damit der Junge Greg Stillson sehen konnte. *Wen, zum Teufel, kümmert das? Sind doch sowieso nur zur Schau.*

»Er hat also seinen persönlichen FBI-Agenten?«

Lancte zuckte die Achseln und lächelte entwaffnend. »Nun, was soll ich dazu sagen? Ist zwar Routine, aber nicht leicht. Manchmal bekomme ich es beinahe mit der Angst zu tun. Dieser Bursche strahlt höllisch viel Anziehung aus. Wenn er von seinem Rednerpult herab auf mich zeigen und der Menge sagen würde, wer ich bin, ich glaube, sie würden mich am nächsten Laternenpfahl aufknüpfen.«

Johnny dachte an die Menschenmenge vom Nachmittag und an das hübsche Mädchen, das hysterisch ihr Stück Wassermelone geschwenkt hatte. »Ich glaube, da könnten Sie recht haben«, sagte er.

»Falls Sie etwas wissen, was mir weiterhelfen könnte...« Lancte beugte sich vor. Aus dem entwaffnenden Lächeln war das eines Raubvogels geworden. »Vielleicht hatten Sie sogar eine hellseherische Eingebung von ihm? Vielleicht haben Sie deswegen das Bewußtsein verloren?«

»Vielleicht«, sagte Johnny ohne zu lächeln.

»Nun?«

Einen wilden Augenblick dachte Johnny daran, ihnen alles zu erzählen. Doch dann überlegte er es sich anders. »Ich habe ihn im Fernsehen gesehen. Ich hatte heute nichts Besonderes vor, da dachte ich, ich fahre hierher und sehe ihn mir persönlich an. Ich möchte wetten, daß ich nicht der einzige Besucher von außerhalb war.«

»Das waren Sie ganz bestimmt *nicht*«, sagte Bass heftig.

»Und das ist alles?« fragte Lancte.

»Das ist alles«, sagte Johnny, dann zögerte er. »Außer... ich glaube, daß er die Wahl gewinnen wird.«

»Davon sind wir überzeugt«, sagte Lancte. »Es sei denn, wir können ihm etwas anhängen. Ansonsten aber bin ich der gleichen Meinung wie Chief Bass. Halten Sie sich von Stillsons Veranstaltungen fern.«

»Keine Bange.« Johnny knüllte den Papierbecher zusammen und warf ihn weg. »Es war nett, mit Ihnen zu plaudern, meine Herren, aber ich habe noch eine lange Heimfahrt nach Durham vor mir.«

»Werden Sie bald wieder nach Maine zurückkehren, Johnny?« fragte Lancte beiläufig.

»Weiß nicht.« Er sah von Lancte zu Bass, ersterer ein schlanker, makellos gekleideter Mann, der gerade eine frische Zigarette aufs Glas seiner Digital-Armbanduhr klopfte, letzterer ein großer müder Mann, dessen Gesicht an einen Basset erinnerte. »Ist einer von Ihnen der Meinung, daß er sich um ein höheres Amt bewerben wird? Falls er seinen Sitz im Repräsentantenhaus bekommt?«

»Himmel hilf«, murmelte Bass und verdrehte die Augen.

»Diese Burschen kommen und gehen«, sagte Lancte. Seine Augen, so braun, daß sie beinahe schwarz wirkten, hatten nicht aufgehört, Johnny zu studieren. »Sie sind wie radioaktive Elemente mit so kurzer Halbwertzeit, daß sie nicht lange halten. Leute wie Stillson haben keine permanente politische Basis, nur eine zeitweilige Koalition, die eine Weile zusammenhält und dann auseinanderbricht. Haben Sie diese Menschenmenge heute gesehen? Collegebengels und Fabrikarbeiter, die demselben Mann zugejubelt haben. Das ist keine Politik, das ist so wie mit Hula Hoop oder Waschbärenmützen oder Beatles-Perücken. Er wird eine Sitzungsperiode im House bekommen und bis 1978 sein freies Essen, und dann ist es aus. Darauf können Sie sich verlassen.«

Aber Johnny machte sich seine eigenen Gedanken.

2

Am nächsten Tag war die linke Seite von Johnnys Stirn sehr farbenfroh geworden. Ein dunkles Purpur – fast schwarz –

über der Augenbraue, an Schläfen und Haaransatz rötlich bis hin zu einem morbide fröhlichen Gelb. Sein Lid war etwas geschwollen, was ihm einen seltsam lüsternen Ausdruck verlieh, als wäre er der Fiesling in einer Burleske.

Er schwamm zwanzig Stöße im Pool, dann fläzte er sich nach Luft schnappend auf einem der Liegestühle. Er fühlte sich schrecklich. In der Nacht zuvor hatte er weniger als vier Stunden Schlaf bekommen, und selbst diese waren von bösen Träumen heimgesucht worden.

»Hi, Johnny... wie geht es Ihnen, Mann?«

Er drehte sich um. Es war Ngo, der freundlich lächelte. Er trug seine Arbeitskleidung und Gärtnerhandschuhe. In einem kleinen roten Wagen neben ihm lagen mehrere junge Kiefern mit Wurzelballen. Johnny erinnerte sich, wie Ngo sie nannte, und sagte: »Wie ich sehe, pflanzen Sie wieder Unkraut.«

Ngo rümpfte die Nase. »Tut mir leid, ja. Mr. Chatsworth liebt sie. Ich sage ihm, daß es wertlose Bäume sind. Überall in Neuengland wachsen diese Bäume. Sein Gesicht wird so...« Nun legte Ngo das Gesicht in Falten, er sah aus wie die Karikatur eines Monsters aus dem Spätfilm. »... und er sagt zu mir: ›Pflanzen Sie sie einfach.‹«

Johnny lachte. Das war typisch Roger Chatsworth. Es gefiel ihm, wenn es nach seinem Willen ging. »Wie hat Ihnen die Veranstaltung gefallen?«

Ngo lächelte sanft. »Sehr lehrreich«, sagte er. Es war unmöglich, aus seinen Augen zu lesen. Vielleicht war ihm der Sonnenaufgang auf Johnnys Gesichtshälfte nicht aufgefallen. »Ja, sehr lehrreich, wir hatten großen Spaß.«

»Gut.«

»Und Ihnen?«

»Nicht so sehr«, sagte Johnny und strich mit den Fingerspitzen behutsam über die Beule an der Stirn. Sie war sehr empfindlich.

»Ja, zu schade, Sie sollten ein Beefsteak darauf legen«, sagte er und lächelte immer noch freundlich.

»Was haben Sie von ihm gehalten, Ngo? Was hat Ihre

Klasse von ihm gehalten? Ihr polnischer Freund? Oder Ruth Chen und ihre Schwester?«

»Auf der Rückfahrt haben wir nicht darüber gesprochen. Unsere Lehrer wollten es nicht. Haben gesagt, wir sollen darüber nachdenken, was wir gesehen haben. Ich denke, nächste Woche werden wir im Unterricht darüber schreiben. Ja, ich denke doch, daß wir das tun. Einen Klassenaufsatz.«

»Was werden Sie in Ihrem Aufsatz schreiben, Ngo?«

Ngo sah zum blauen Sommerhimmel hinauf. Er und der Himmel lächelten sich gegenseitig an. Er war ein kleiner Mann, dessen Haar bereits die ersten grauen Strähnen aufwies. Johnny wußte so gut wie nichts über ihn, wußte nicht, ob er verheiratet gewesen war, Kinder hatte, ob er vor dem Vietkong geflohen war; ob er aus Saigon oder aus einer ländlichen Provinz stammte. Er hatte auch keine Ahnung, welche politischen Ansichten Ngo hatte.

»Wir haben vom Spiel ›Lachender Tiger‹ gesprochen, erinnern Sie sich?« sagte Ngo.

»Ja«, sagte Johnny.

»Ich werde Ihnen von einem echten Tiger erzählen. Als ich ein Junge war, gab es einen Tiger, der in der Nähe meines Dorfes böse wurde. Er war *le manger d'hommes*, der Menschenfresser, verstehen Sie, aber das war er nicht genau, er war ein Fresser von Knaben und Mädchen und alten Frauen, denn es war während des Krieges, und es gab keine Männer zum Fressen. Nicht der Krieg, den Sie kennen, sondern der Zweite Weltkrieg. Er hatte Geschmack auf Menschenfleisch bekommen, dieser Tiger. Wer sollte ein so schreckenerregendes Geschöpf in einem alten Dorf töten, wo der jüngste Mann sechzig war und nur einen Arm hatte, und der älteste Junge, ich, nur sieben Jahre alt? Eines Tages wurde der Tiger in einer Grube gefunden, in die man eine tote Frau als Köder gelegt hatte. Es ist schrecklich, eine Falle mit einem menschlichen Wesen zu ködern, das nach Gottes Ebenbild geschaffen ist, werde ich in meinem Aufsatz schreiben, aber es ist noch schrecklicher, nichts zu tun, während der Tiger kleine Kinder verschleppt. Und ich werde in meinem Aufsatz schreiben, daß der Tiger noch am Leben war, als wir ihn gefunden haben. Ihm wurde ein Pfahl durch den Leib gestoßen, aber er war immer noch am Leben. Wir haben ihn mit Stöcken und Hacken totgeschlagen. Alte Männer und Frauen und Kinder, manche Kinder waren so aufgeregt, daß sie sich die Hosen naßgemacht haben. Der Tiger fiel in die Grube, und wir erschlugen ihn mit unseren Hacken, weil die Männer des Dorfes weggegangen waren, um gegen die Japaner zu kämpfen. Ich glaube, daß dieser Stillson wie der böse Tiger mit seinem Geschmack an Menschenfleisch ist. Ich finde, man sollte eine Falle für ihn ausheben, und ich finde, er sollte hineinfallen. Und wenn er noch lebt, sollte er totgeschlagen werden.«

Er lächelte Johnny im hellen Sommersonnenschein sanft an.

»Glauben Sie das wirklich?« fragte Johnny.

»O ja!« sagte Ngo. Er sagte es leichthin, als wäre es eine vollkommen bedeutungslose Sache. »Ich weiß nicht, was der Lehrer sagen wird, wenn ich einen solchen Aufsatz abliefere.« Er zuckte die Achseln. »Wahrscheinlich wird er sagen: ›Ngo, Sie sind noch nicht bereit für die amerikanische Lebensart.‹ Aber ich werde die Wahrheit sagen, was ich fühle. Was glauben *Sie* denn, Johnny?« Er sah zu der Beule und wieder weg.

»Ich glaube, er ist gefährlich«, sagte Johnny. »Ich... ich weiß, daß er gefährlich ist.«

»Wirklich?« bemerkte Ngo. »Ja, ich glaube, Sie wissen es. Ihre Landsleute in New Hampshire betrachten ihn als lustigen Clown. Sie sehen ihn, wie viele Leute auf dieser Welt, diesen schwarzen Mann sehen, Idi Amin Dada. Aber Sie nicht.«

»Nein«, sagte Johnny. »Aber deswegen gleich vorzuschlagen, daß er getötet werden sollte...«

»*Politisch* getötet«, sagte Ngo lächelnd. »Ich schlage nur vor, daß er politisch getötet werden sollte.«

»Und wenn er nicht politisch getötet werden kann?«

Ngo lächelte Johnny an. Er streckte den Zeigefinger aus und hob den Daumen. »Bumm!« sagte er leise. »Bumm.«

»Nein«, sagte Johnny und war selbst überrascht, wie heiser seine Stimme klang. »Das ist niemals eine Antwort. *Niemals.*«

»Nein? Und ich dachte, eine solche Antwort benützen die Amerikaner ziemlich oft.« Ngo hob die Lenkstange des roten Wagens auf. »Ich muß jetzt dieses Unkraut einpflanzen, Johnny. Bis später, Mann.«

Johnny sah ihm nach, ein kleiner Mann in kurzen Hosen und Mokassins, der eine Wagenladung junger Kiefern hinter sich herzog. Er verschwand um eine Ecke des Hauses.

Nein. Töten sät nur weitere Drachenzähne. Das glaube ich. Das glaube ich von ganzem Herzen.

3

Am ersten Dienstag im November, es war zufällig der zweite Tag des Monats, saß Johnny im Sessel seines kombinierten Küchen-Wohnzimmers und verfolgte im Fernsehen die Bekanntgabe der Wahlergebnisse. Chancellor und Brinkley zeigten eine große elektronische Karte, die die Ergebnisse der Präsidentschaftswahl jedes Staates in einem bestimmten Farbkode aufzeigten. Jetzt, gegen Mitternacht, lagen Carter und Ford immer noch Kopf an Kopf. Aber Carter würde siegen, daran zweifelte Johnny nicht.

Greg Stillson hatte ebenfalls gewonnen.

Sein Sieg war in den lokalen Nachrichten ausführlich dargestellt worden, aber auch auf nationaler Ebene hatten einige Reporter davon Notiz genommen und seinen Sieg mit dem von James Longley, dem unabhängigen Gouverneur von Maine, vor zwei Jahren verglichen.

Chancellor sagte: »Jüngste Umfragen, die behaupten, daß der republikanische Kandidat in der Wählergunst aufholte, haben sich offenbar geirrt; NBC geht davon aus, daß Stillson, der seinen Wahlkampf mit einem Bauarbeiterhelm und einem Programm führte, welches einschloß, allen Umweltmüll ins All zu schießen, sechsundvierzig Prozent der Stimmen auf sich vereinigen konnte. Fisher dagegen nur einunddreißig. In einem Bezirk, wo die Demokraten immer nur im Hintertreffen lagen, mußte sich David Bowes mit nur einundzwanzig Prozent der Stimmen zufriedengeben.«

»Und daher«, fuhr Brinkley fort, »ist jetzt unten in New Hampshire Hot-Dog-Zeit... wenigstens zwei Jahre lang.« Er und Chancellor grinsten. Es folgte ein Werbespot. Johnny grinste nicht. Er dachte an Tiger.

Die Zeit zwischen der Kundgebung in Trimbull und der Wahlnacht war hektisch für Johnny gewesen. Seine Arbeit mit Chuck war weitergegangen, und Chuck hatte langsam aber sicher Fortschritte gemacht. Er hatte zwei Sommerkurse belegt, beide bestanden, und er hatte im Sport wieder seine Startberechtigung bekommen. Nun ging die Football-Saison zu Ende, und es sah aus, als würde er ins All New England Team der Gannett-Zeitungskette aufgenommen werden. Die vorsichtigen, beinahe rituellen Besuche der Talentsucher der Colleges hatten bereits begonnen, aber sie würden sich noch ein Jahr gedulden müssen. Zwischen Chuck und seinem Vater war die Entscheidung bereits gefallen, daß er ein Jahr an der Stovington Prep verbringen würde, einer guten Privatschule in Vermont. Johnny dachte, daß man diese Nachricht in Stovington wahrscheinlich mit überschäumender Freude aufgenommen hatte. Die Schule in Vermont war bekannt für hervorragende Fußball-, aber erbärmliche Football-Teams. Sie würden ihm wahrscheinlich ein volles Stipendium und einen goldenen Schlüssel zum Mädchenschlafsaal geben. Johnny wußte, daß es die richtige Entscheidung gewesen war. Nachdem das geklärt und der Druck wegen der Examen von Chuck genommen worden war, hatten sich seine Fortschritte noch einmal fast sprunghaft verbessert.

Ende September war Johnny über ein Wochenende nach Pownal gefahren, und nachdem er den ganzen Freitagnachmittag beobachtet hatte, wie sein Vater sich gewunden und brüllend über Dinge im Fernsehen gelacht hatte, die gar nicht zum Lachen gewesen waren, hatte er Herb gefragt, was los war.

»Gar nichts ist los«, sagte Herb, lächelte nervös und rieb die Hände aneinander wie ein Buchhalter, der soeben entdeckt hat, daß die Firma, in die er seine gesamten Ersparnisse investiert hat, bankrott ist. »Gar nichts ist los, wie kommst du denn darauf, Sohn?«

»Nun, was beschäftigt dich dann so?«

Herb hörte auf zu lächeln, rieb sich aber weiter die Hände. »Ich weiß wirklich nicht, wie ich es dir sagen soll, Johnny. Ich meine...«

»Geht es um Charlene?«

»Nun ja. Um die.«

»Du hast sie also gefragt.«

Herb sah Johnny beinahe unterwürfig an. »Was hältst du davon, im Alter von neunundzwanzig noch eine Stiefmutter zu bekommen?«

Johnny grinste. »Das finde ich prima. Herzlichen Glückwunsch, Dad.«

Herb lächelte erleichtert. »Hm, danke. Ich hatte ein bißchen Angst, es dir zu sagen, es macht mir nichts aus, das zuzugeben. Ich weiß, was du gesagt hast, als wir uns damals darüber unterhalten haben, aber die Leute denken manchmal soherum, wenn es noch in der Schwebe ist, und andersherum, wenn es feststeht. Ich habe deine Mutter geliebt, John. In gewisser Weise werde ich das auch immer tun.«

»Das weiß ich, Dad.«

»Aber ich bin allein, und Charlene ist allein, und... nun, ich denke, daß wir uns zusammentun könnten.«

Johnny ging zu seinem Vater hinüber und küßte ihn. »Ich wünsche euch das Allerbeste. Ich weiß schon jetzt, daß ihr es bekommen werdet.«

»Du bist ein guter Sohn, Johnny.« Herb holte sein Taschentuch aus der Gesäßtasche und wischte sich die Augen damit. »Wir dachten, daß wir dich verlieren würden. Ich jedenfalls. Vera dagegen hat die Hoffnung nie aufgegeben. Sie hat immer daran geglaubt. Johnny, ich...«

»Nicht, Daddy. Es ist vorbei.«

»Ich muß«, sagte Herb. »Seit anderthalb Jahren liegt es mir nun schon wie ein Stein auf dem Herzen. Ich hatte um deinen Tod gebetet, Johnny. Mein eigener Sohn, und ich habe zu Gott gebetet, dich zu sich zu nehmen.« Wieder wischte er sich die Augen, dann steckte er das Taschentuch weg. »Aber wie sich herausstellte, wußte Gott eben doch ein bißchen mehr als ich. Johnny... würdest du neben mir stehen? Bei meiner Hochzeit?«

Johnny spürte etwas in sich, das fast, aber nicht ganz, wie Trauer war. »Das wäre mir ein Vergnügen«, sagte er.

»Danke. Ich bin froh, daß ich... daß ich mir endlich alles von der Seele geredet habe. Jetzt fühle ich mich so wohl wie schon lange nicht mehr.«

»Habt ihr schon einen Termin festgesetzt?«

»Das haben wir tatsächlich. Was hältst du vom zweiten Januar?«

»Hört sich gut an«, sagte Johnny. »Du kannst auf mich zählen.«

»Ich denke, wir werden beide Häuser zum Verkauf anbieten«, sagte Herb. »Wir haben ein Auge auf eine Farm in Bideford geworfen. Nettes Anwesen. Acht Hektar. Die Hälfte davon Wald. Ein neuer Anfang.«

»Ja. Ein neuer Anfang, das ist gut.«

»Du würdest also keine Einwände haben, wenn wir verkaufen?« fragte Herb besorgt.

»Ein kleiner Stich«, sagte Johnny. »Das ist alles.«

»Ja, mir geht es genauso. Ein kleiner Stich.« Herb lächelte. »Bei mir irgendwo in der Gegend, wo das Herz sitzt. Und bei dir?«

»Etwa genauso«, sagte Johnny.

»Und wie geht es dir da unten so?«

»Gut.«

»Kommt dein Junge gut voran?«

»Erstaunlich gut«, sagte Johnny und gebrauchte damit grinsend einen Lieblingsausdruck seines Vaters.

»Was glaubst du, wie lange du noch dort unten sein wirst?«

»Um mit Chuck zu arbeiten? Ich denke, ich werde das ganze Schuljahr durchhalten, falls sie mich haben wollen. Es ist eine ganz neue Erfahrung für mich, mit nur einem Schüler zu arbeiten. Das gefällt mir. Und bisher war es ein guter Job. Besonders gut, würde ich sagen.«

»Was wirst du anschließend tun?«

Johnny schüttelte den Kopf. »Das weiß ich noch nicht. Aber eins weiß ich.«

»Und was ist das?«

»Ich werde eine Flasche Champagner besorgen. Wir werden uns gehörig einen antrinken.«

Sein Vater war an diesem Septemberabend aufgestanden und hatte ihm auf den Rücken geklopft. »Bring zwei«, hatte er gesagt.

Er bekam ab und zu immer noch Briefe von Sarah Hazlett. Sie und Walt erwarteten ihr zweites Kind im April. Johnny hatte zurückgeschrieben, seine Glückwünsche ausgedrückt und Walt alles Gute für sein Vorankommen gewünscht. Und manchmal dachte er an diesen Nachmittag mit Sarah, den langen, langsamen Nachmittag. Es war eine Erinnerung, die er nicht zu häufig heraufbeschwor; er hatte Angst, wenn er sie zu oft dem grellen Licht der Erinnerung aussetzte, würde sie verblassen und ausbleichen, so wie die rötlichen Abzüge, die man von den Schulabschlußfotos hatte.

Er war diesen Herbst ein paarmal ausgegangen, zum Beispiel mit der älteren und erst vor kurzem geschiedenen Schwester des Mädchens, das Chucks Freundin war, aber bisher hatte sich aus solchen Verabredungen nichts ergeben.

Die meiste Freizeit verbrachte er in diesem Herbst in Gesellschaft von Gregory Ammas Stillson.

Er war ein Stillsonphiler geworden. Er verwahrte drei Ringbücher unter seinen Socken, seiner Unterwäsche und den T-Shirts in der Kommode. Sie waren randvoll mit Notizen, Überlegungen und Fotokopien von Zeitungsartikeln.

Es erfüllte ihn mit Unbehagen, das zu machen. Nachts, wenn er mit einem dünnen Pilot-Stift Anmerkungen zu den Ausschnitten schrieb, kam er sich vor wie Arthur Bremmer oder diese Frau namens Moore, die versucht hatte, Jerry Ford zu erschießen. Er wußte, wenn Edgar Lancte, der furchtlose Recke des FBI ihn so sehen könnte, würden sie Telefon, Wohnzimmer und Bad nicht mehr aus den Augen lassen. Gegenüber der Straße würde ein Acme Möbelwagen parken, aber statt mit Möbeln würde er mit Kameras und Mikrofonen und weiß Gott noch allem vollgestopft sein.

Er redete sich unablässig ein, daß er nicht Bremmer war, daß Stillson nicht zur Besessenheit geworden war, aber nach den langen Nachmittagen in der UNH-Bibliothek, wo er alte Zeitungen und Magazine durchstöberte und Münzen in den Fotokopierer steckte, fiel es ihm zunehmend schwerer, das zu glauben. Es fiel ihm zunehmend schwerer, das in den Nächten zu glauben, wenn er bis nach Mitternacht wachsaß, seine Gedanken zu Papier brachte und versuchte, zutreffende Schlußfolgerungen zu ziehen. Und es fiel ihm noch schwerer, das zu glauben, wenn er zu nächtlicher Unzeit, drei Uhr in der Früh, aus einem immer wiederkehrenden Alptraum erwachte.

Der Alptraum war stets genau gleich, eine nackte Wiederholung des Händeschüttelns mit Stillson während der Kundgebung in Trimbull. Die plötzliche Dunkelheit. Das Gefühl, sich in einem schmalen Tunnel zu befinden, in dem ein gleißendes Scheinwerferlicht direkt auf ihn zukam, das grelle Licht eines Scheinwerfers, der an einer schwarzen Maschine der Verdammnis befestigt war. Der alte Mann mit den verängstigten Augen, der einen undenkbaren Amtseid entgegengenommen hatte. Diese Gefühlsnuancen kamen und gingen wie dichte Rauchwölkchen. Sein Verstand flüsterte ihm zu, daß alle diese Bilder irgendwie miteinander im Zusammenhang standen, daß sie die Bildergeschichte einer *titanischen* Verdammnis erzählten, die unaufhaltsam näherrückte, vielleicht sogar das Armageddon, von dem Vera Smith so felsenfest überzeugt gewesen war.

Aber was waren diese Bilder? Was genau waren sie? Sie waren verschwommen, es war unmöglich, etwas anderes als vage Umrisse zu erkennen, weil stets dieser rätselhafte blaue Filter dazwischen war, dieser blaue Filter, der von gelben Spuren durchschnitten war, wie den Streifen eines Tigers.

Das einzige klare Bild in diesen Traum-Wiederholungen kam stets am Schluß: Schreie der Sterbenden, der Geruch der Toten. Und ein einzelner Tiger tappte über meilenweites Gelände, das mit verbogenem Metall und geschmolzenem Glas und verbrannter Erde angefüllt war. Dieser Tiger lachte stets, und er schien irgend etwas im Maul zu tragen – etwas Blaues und Gelbes, von dem Blut tropfte.

In diesem Herbst hatte Johnny mitunter das Gefühl, daß dieser Traum ihn zum Wahnsinn treiben würde. Ein lächerlicher Traum; die Möglichkeit, die er andeutete, war schließlich unmöglich. Es dürfte am besten sein, ihn vollkommen aus seinem Kopf zu verbannen.

Aber weil er das nicht konnte, setzte er seine Nachforschungen in bezug auf Greg Stillson fort und versuchte sich einzureden, daß es nur ein harmloses Hobby war und keine gefährliche Besessenheit.

Stillson war in Tulsa geboren worden. Sein Vater war Arbeiter auf Ölfeldern gewesen und hatte einen Job nach dem anderen angenommen, wegen seiner enormen Größe hatte er mehr Arbeit geleistet als die meisten seiner Kollegen. Seine Mutter mochte recht hübsch gewesen sein, aber Johnny hatte bislang nur zwei Bilder von ihr auftreiben können, die das nur andeuteten. Sollte sie es gewesen sein, so hatten Zeit und der Mann, den sie geheiratet hatte, ihre Schönheit rasch zugrundegerichtet. Die Bilder zeigten nicht viel mehr als ein farbloses Dutzendgesicht, eine Frau aus dem Südosten der Vereinigten Staaten während der Depression, die ein verblichenes Kleid anhatte und ein Baby – Greg – auf den mageren Armen hielt und in die Sonne blinzelte.

Sein Vater war ein tyrannischer Mann gewesen, der nicht viel von seinem Sohn gehalten hatte. Greg war als Kind blaß und kränklich gewesen. Zwar gab es keinen eindeutigen Beweis dafür, daß sein Vater den Jungen körperlich oder seelisch mißhandelt hatte, aber vieles deutete darauf hin, daß Greg Stillson die ersten neun Jahre seines Lebens ständig im Schatten der Mißbilligung verbracht hatte. Das einzige Bild, das Johnny von Vater und Sohn gemeinsam hatte, war jedoch ein glückliches; es zeigte sie auf einem der Ölfelder, der Vater hatte dem Sohn in einer beiläufigen kameradschaftlichen Geste einen Arm um den Nacken gelegt. Trotzdem löste es bei Johnny ein leichtes Frösteln aus. Harry Stillson trug Arbeitskleidung, Drillichhose und ein Khakihemd mit zwei Brusttaschen, und sein Schutzhelm war keck auf den Hinterkopf geschoben.

Greg war anfangs in Tulsa zur Schule gegangen, wurde aber im Alter von zehn Jahren nach Oklahoma City geschickt. Im vorangegangenen Sommer war sein Vater beim Brand eines Ölbohrturmes ums Leben gekommen. Mary Lou Stillson war mit ihrem Jungen nach Okie City gegangen, weil dort ihre Mutter lebte und es auch Arbeit in der Rüstungsindustrie gab. Es war das Jahr 1942 gewesen, und es waren wieder bessere Zeiten angebrochen.

Gregs Noten waren bis zur High School gut gewesen, dann wurde er in eine Reihe von Unbotmäßigkeiten verwikkelt. Frechheiten, Prügeleien, Ladendiebstahl in der Innenstadt, möglicherweise Verkauf gestohlener Waren in den besseren Stadtvierteln, aber das hatte man nicht beweisen können. 1949, als High-School-Junior, war er zwei Tage vom Unterricht suspendiert worden, weil er in einer Waschraumtoilette einen Kracher hatte explodieren lassen.

Bei all diesen Auseinandersetzungen mit den Behörden hatte Mary Lou Stillson stets für ihren Sohn Partei ergriffen. Die guten Zeiten – zumindest für Leute wie die Stillsons – waren 1945 zu Ende, als es keine Kriegsarbeit mehr gab, und Mrs. Stillson schien zu glauben, allein mit ihrem Jungen gegen den Rest der Welt gestellt zu sein. Ihre Mutter war inzwischen gestorben und hatte ihr ein kleines Häuschen und sonst nichts hinterlassen. Eine Zeitlang hatte sie

Drinks in einer Arbeiter-Bar ausgeschenkt, dann arbeitete sie als Serviererin in einer Kneipe, die die ganze Nacht geöffnet hatte. Als ihr Junge in Schwierigkeiten geraten war, hatte sie ihm stets beigestanden und (augenscheinlich) niemals überprüft, ob seine Hände sauber oder schmutzig waren.

Der blasse, kränkliche Junge, dem sein Vater den Spitznamen ›Knirps‹ gegeben hatte, war 1949 verschwunden. Während Greg Stillson herangewachsen war, hatte sich das körperliche Vermächtnis seines Vaters bemerkbar gemacht. Der Junge schoß zu einer Größe von fast einsneunzig auf und nahm zwischen dem dreizehnten und siebzehnten Lebensjahr siebzig Pfund zu. Der organisierte Schulsport interessierte ihn nicht besonders, statt dessen gelang es ihm irgendwie, sich eine Charles-Atlas-Bodybuilding-Ausrüstung und Gewichte zu beschaffen. Aus dem Knirps war ein grober Kerl geworden, mit dem man sich besser nicht anlegte.

Johnny mutmaßte, daß er ein dutzendmal oder häufiger kurz davor gewesen sein mußte, die Schule an den Nagel zu hängen. Einer Festnahme war er wahrscheinlich nur durch das Glück der Dummen entgangen. Wenn er nur *einmal* wegen etwas Schwerwiegendem verhaftet worden wäre, dachte Johnny oft. Damit wären all diese albernen Sorgen hinfällig gewesen, denn ein rechtskräftig verurteilter Krimineller kann sich nicht für ein hohes öffentliches Amt bewerben.

Es gelang Stillson – zugegeben unter den Schlechtesten seiner Klasse –, im Juni 1951 den Schulabschluß zu machen. Mit seinem Verstand war alles in Ordnung, trotz der Zensuren. Er behielt seinen eigenen Vorteil im Auge. Er hatte eine flinke Zunge und einnehmende Manieren. In diesem Sommer arbeitete er kurze Zeit als Tankwart. Dann, im August dieses Jahres, kam Stillson bei einer Zeltmission in Wildwood Green auf Jesus. Er gab seinen Job bei der Tankstelle 76 auf und betätigte sich fortan als Regenmacher, ›durch die Macht von Jesus Christus, unserem Herrn‹.

Zufall oder nicht, es war einer der trockensten Sommer in Oklahoma seit den Tagen der Dust-Bowl-Dürre. Die Ernte konnte bereits als Totalverlust abgeschrieben werden, und dem Vieh würde es nicht anders ergehen, wenn die versiegenden Brunnen ganz austrockneten. Greg war zu einer Versammlung der Rancher's Association eingeladen worden. Johnny hatte viele Geschichten darüber gefunden, was danach gefolgt war; es war einer der Höhepunkte in Stillsons Karriere gewesen. Keine dieser Geschichten stimmten völlig miteinander überein, und Johnny war der Grund dafür klar. Sie besaß alle Attribute eines amerikanischen Mythos, nicht viel anders als die Geschichten, die sich um Davy Crockett, Pecos Bill oder Paul Bunyan rankten. Daß *etwas* geschehen war, stand außer Frage. Aber die reine Wahrheit konnte niemand mehr entschlüsseln.

Eines jedenfalls war sicher: Die Versammlung der Rancher's Association dürfte eine der seltsamsten gewesen sein, die jemals abgehalten wurden. Die Rancher hatten über zwei Dutzend Regenmacher aus verschiedenen Teilen des Südostens und Südwestens eingeladen. Etwa die Hälfte waren Neger. Zwei waren Indianer – ein Pawnee-Halbblut und ein Vollblut-Apache. Dazu ein *peyote*kauender Mexikaner. Greg war einer der neun Weißen, und noch dazu der einzige aus der Heimatstadt.

Die Rancher hörten sich die Vorschläge des Regenmacher und Wünschelrutengänger einen nach dem anderen an. Allmählich stellten sich zwei Gruppen heraus; die eine Hälfte verlangte das halbe Honorar im voraus (ohne Rückzahlung), die andere Hälfte wollte das ganze Honorar im voraus haben (ohne Rückzahlung).

Als Greg Stillson an die Reihe kam, stand er auf, hakte beide Daumen in die Gürtelschleifen seiner Jeans und sollte angeblich gesagt haben: »Ich nehme an, daß Sie alle wissen, daß ich imstande bin, Regen zu machen, weil ich mein Herz Jesus geschenkt habe. Zuvor lebte ich sündig im Reich der Sünde. Eine der größten Sünden haben wir gerade eben kennengelernt, diese Sünde, die man mit einem großen Dollarzeichen versehen kann.«

Die Rancher waren interessiert. Stillson hatte schon mit

neunzehn Jahren das Talent, andere Leute durch seine Komik in Bann zu schlagen. Und er hatte ein Angebot gemacht, das kein Rancher abschlagen konnte. Weil er ein wiedergeborener Christ war und zugleich wußte, daß Geldgier die Wurzel allen Übels war, würde er Regen machen, und sie konnten ihm hinterher bezahlen, was sie für angemessen hielten.

Er wurde im allgemeinen Einvernehmen engagiert, zwei Tage später war er auf den Knien auf der Plattform eines Pritschenwagens, fuhr kreuz und quer durch Zentral-Oklahoma, war mit einem langen schwarzen Mantel und einem flachkronigen Predigerhut bekleidet und betete durch zwei mit einer Delco-Traktorbatterie verbundene Lautsprecher um Regen. Die Leute strömten zu Tausenden zusammen, um ihn zu sehen.

Das Ende der Geschichte war vorhersehbar, aber zufriedenstellend. Bereits am zweiten Nachmittag von Gregs Wirken brauten sich dunkle Wolken am Himmel zusammen, und am nächsten Morgen begann es zu regnen. Es regnete drei Tage und zwei Nächte lang, Überschwemmungen kosteten vier Menschenleben, ganze Häuser mit auf den Dächern zusammengedrängten Hühnern wurden vom Greenwood River fortgeschwemmt, die Brunnen füllten sich auf, das Vieh war gerettet, und die Rancher's und Cattlemen's Association von Oklahoma kam zu der Überzeugung, daß es sowieso so gekommen wäre. Bei der nächsten Versammlung ließen sie den Hut für Greg herumgehen, und der junge Regenmacher erhielt die fürstliche Summe von siebzehn Dollar.

Greg ließ sich nicht aus der Fassung bringen. Er gab die siebzehn Dollar für eine Anzeige im *Herald* von Oklahoma City aus. In der Anzeige wies er darauf hin, daß es einem gewissen Rattenfänger in der Stadt Hameln nicht anders ergangen war. Aber da er ein Christ sei, lautete die Anzeige weiter, dächte Greg Stillson natürlich nicht daran, Kinder fortzulocken, und er wüßte auch, daß er gegen eine so mächtige Gruppe wie die Rancher's and Cattlemen's Association von Oklahoma nicht gerichtlich vorgehen könnte. Aber fair war fair, oder etwa nicht? Er müßte seine Mutter unterstützen, um deren Gesundheit es nicht gut bestellt sei. Die Anzeige deutete an, daß er sich für eine Bande reicher und undankbarer Snobs den Arsch abgebetet hatte, für genau dieselben Leute, die in den dreißiger Jahren arme Burschen wie die Joads von ihrem Land vertrieben hatten. Die Anzeige wies weiter darauf hin, daß er Vieh im Werte von vielen zehntausend Dollar gerettet und dafür siebzehn Dollar als Gegenleistung bekommen hatte. Aber da er nun mal ein guter Christ war, machte er sich nichts weiter aus dieser Art von Undankbarkeit, aber vielleicht sollte er den guten, anständigen Bürgern im County Zeit zum Nachdenken lassen. Rechtschaffene Leute konnten Spenden an den *Herald*, Postfach 471, schicken.

Johnny überlegte, wieviel Geld Greg Stillson aufgrund dieser Anzeige tatsächlich eingenommen haben mochte. Die Berichte darüber schwankten. Tatsache aber war, daß Greg im folgenden Herbst in einem brandneuen Mercury herumkutschiert war. Für drei Jahre rückständige Steuern auf das kleine Haus, das ihnen Mary Lous Mutter hinterlassen hatte, waren auf einen Schlag bezahlt worden. Mary Lou selbst (die gar nicht besonders krank und auch nicht älter als fünfundvierzig war), stolzierte in einem neuen Waschbärmantel herum. Stillson hatte offenbar eins der großen Prinzipien entdeckt, die die Welt bewegten: Wenn diejenigen, die empfangen hatten, nicht zahlen wollten, dann übernahmen das oft diejenigen, die gar nichts bekommen hatten, aus welchen Gründen auch immer. Es könnte das gleiche Prinzip sein, das Politikern gewährleistet, daß es immer genug junge Männer geben wird, um die Kriegsmaschinerie zu füttern.

Die Rancher mußten feststellen, daß sie die kollektive Hand in ein Hornissennest gesteckt hatten. Wenn einer von ihnen in die Stadt kam, wurde er oft von Menschenmengen verhöhnt. Von allen Kanzeln des Landes herab wurde gegen sie gewettert. Schließlich hatten sie sogar Mühe, das

Rindfleisch zu verkaufen, das ihnen der Regen gerettet hatte, ohne es über weite Strecken zu verschicken.

Im November dieses denkwürdigen Jahres tauchten zwei junge Männer mit Messingschlagringen an den Händen und vernickelten 32ern in den Taschen an Greg Stillsons Tür auf – offensichtlich waren sie von der Rancher's and Cattlemen's Association angeheuert worden – und machten ihm – so nachdrücklich wie nötig – klar, daß Greg vielleicht ein Klimawechsel guttun würde. Beide landeten im Krankenhaus. Einer hatte eine Gehirnerschütterung. Der andere hatte vier Zähne verloren und einen Muskelriß. Beide waren an der Ecke von Greg Stillsons Häuserblock gefunden worden, ohne Hosen. Ihre Schlagringe steckten in einem anatomischen Körperteil, der üblicherweise dem Sitzen vorbehalten war, in einem Fall war sogar ein kleiner chirurgischer Eingriff nötig, um den Fremdkörper wieder zu entfernen.

Die Association duckte sich. Bei einer Versammlung Anfang Dezember einigte man sich auf einen Betrag von $ 700 aus dem allgemeinen Fundus; ein Scheck in dieser Höhe wurde an Greg Stillson geschickt. Er hatte bekommen, was er wollte.

Im Jahr 1953 zogen er und seine Mutter nach Nebraska. Aus dem Geschäft mit dem Regenmachen war nichts geworden, und viele sagten, daß auch aus einigen dunklen Geschäften nichts geworden war. Aber was auch immer der Grund gewesen sein mochte, sie tauchten in Omaha auf, und Greg eröffnete ein Malergeschäft, das zwei Jahre später pleite machte. Besser erging es ihm als Reisevertreter für die Truthway Bible Company of America. Er reiste kreuz und quer im Land herum, speiste bei Hunderten von hart arbeitenden, gottesfürchtigen Farmleuten, erzählte die Geschichte von seiner Bekehrung und verkaufte Bibeln, beleuchtete Jesus-Figuren aus Plastik, Schallplatten und ein reaktionäres Taschenbuch mit dem Titel: *Die kommunistisch-jüdische Verschwörung gegen unsere Vereinigten Staaten*. Im Jahre 1957 wurde der veraltete Mercury durch einen brandneuen Ford-Ranchwagen ersetzt.

Im Jahre 1958 starb Mary Lou Stillson an Krebs, und gegen Ende dieses Jahres stieg Greg Stillson aus dem Bibelgeschäft aus und verzog sich nach Osten. Er verbrachte ein Jahr in New York City, bevor er nach Albany ging. Während seines Jahres in New York versuchte er, sich der Schauspielerei zuzuwenden. Das war einer seiner wenigen Jobs (wie das Malergeschäft), bei denen er keinen roten Heller verdient hatte. Aber wahrscheinlich nicht aus Mangel an Talent, dachte Johnny ironisch.

In Albany hatte er für die Prudential gearbeitet und war bis 1965 in der Hauptstadt geblieben. Als Versicherungsvertreter war er ein fleißiger Arbeiter. Keine Versuche, sich eine Angestelltenposition zu ergaunern, keine Anfälle von Religiosität. Während dieser fünfjährigen Periode schien der kesse und freche Greg Stillson, der Tunichtgut im Winterschlaf zu sein. Während seiner schillernden Karriere hatte es in seinem Leben nur eine einzige Frau gegeben, nämlich seine Mutter. Er hatte nie geheiratet und nicht einmal regelmäßig Verabredungen, soweit Johnny herausbekommen hatte.

Im Jahre 1965 bot die Prudential ihm eine Stelle in Ridgeway, New Hampshire an, und Greg akzeptierte sie. Etwa zur gleichen Zeit schien sein Winterschlaf zu Ende zu sein. Die wilden Sechziger machten Dampf. Es war die Ära der Miniröcke und der Selbstverwirklichung. Greg wurde in der Kommunalverwaltung von Ridgeway aktiv. Er schloß sich der Handelskammer und dem Rotary-Club an. Während einer Kontroverse über die Parkuhren in der City wurde man landesweit auf ihn aufmerksam. Sechs Jahre hatte der Streit um diese Parkuhren gedauert. Greg schlug vor, sie durch Sammelbüchsen zu ersetzen. Sollten die Leute bezahlen, was sie wollten. Einige Leute bezeichneten dies als die verrückteste Idee, die sie jemals gehört hatten. Nun, antwortete Greg, vielleicht erlebte man eine Überraschung. Jawohl, Sir! Er war überzeugend. Schließlich akzeptierte die Stadtverwaltung seinen Vorschlag auf provisorischer Basis, und die Flut der Einnahmen überraschte alle außer Greg. Er hatte dieses Prinzip ja schon vor Jahren entdeckt.

1969 machte er erneut Schlagzeilen in New Hampshire, als er in einem langen und sorgfältig aufgesetzten Brief an die Zeitung von Ridgeway vorschlug, Jugendliche bei Verstößen gegen die Rauschgiftgesetze zur Arbeit bei öffentlichen Projekten einzusetzen, Park- und Fahrradwege in Ordnung halten und auf Verkehrsinseln sogar Unkraut entfernen. Das ist die verrückteste Idee, die ich jemals gehört habe, sagten viele. Nun, antwortete Greg, probiert sie aus, und wenn sie nicht funktioniert, laßt es wieder sein. Die Stadt probierte sie aus. Ein Hascher reorganisierte die gesamte städtische Bücherei vom altmodischen Dewey-Dezimalsystem auf das moderne Library-of-Congress-System, was die Stadt keinen roten Heller kostete. Eine Gruppe von Hippies, die während einer Hausparty mit Drogen festgenommen worden waren, gestalteten den Stadtpark neu zu einem Prunkstück mit Teich und einem Spielplatz, welcher nach wissenschaftlichen Erkenntnissen angelegt war, um den Spielgenuß zu maximieren und die Gefahr zu minimieren. Greg wies darauf hin, daß das Interesse der meisten Drogenabhängigen für diese Chemikalien auf dem College geweckt wurde, aber das sei kein Grund, warum sie nicht all das andere nützlich verwenden sollten, was sie dort lernten.

Zur selben Zeit, während Greg die Parkvorschriften und den Umgang mit Drogenabhängigen in seiner Wahlheimatstadt revolutionierte, schrieb er Briefe an den Manchester *Union-Leader*, den Boston *Globe* und die *New York Times* und verkündete strenge Ansichten zum Krieg in Vietnam, scharfe Zwangsmaßnahmen gegen Heroinsüchtige und die Wiedereinführung der Todesstrafe, besonders für Heroindealer. Bei seinem Wahlkampf um den Sitz im Repräsentantenhaus hatte er mehrmals betont, er sei schon ab 1970 gegen den Krieg gewesen, aber seine eigenen veröffentlichten Bekundungen bewiesen, daß das eine Lüge war.

1970 hatte Greg Stillson sein eigenes Versicherungs- und Maklerbüro eröffnet. Wieder hatte er großen Erfolg. 1973 hatten er und drei andere Geschäftsleute ein Einkaufszentrum am Rande von Capital City, der Hauptstadt des Bezirks, den er jetzt repräsentierte, finanziert und erbaut. Es war das Jahr des arabischen Ölboykotts, und das Jahr, in dem Greg anfing, in einem Lincoln Continental zu fahren. Und es war zugleich das Jahr, in dem er für das Amt des Bürgermeisters von Ridgeway kandidierte.

Der Bürgermeister wurde auf zwei Jahre gewählt, und vor zwei Jahren, 1971, war er von den Demokraten und Republikanern einer mittelgroßen Stadt in Neuengland (Bevölkerung 8500) gebeten worden zu kandidieren. Er hatte beiden lächelnd gedankt und abgelehnt. 1973 kandidierte er als Unabhängiger gegen einen recht populären Republikaner, der aufgrund seines Eintretens für Präsident Nixon verwundbar war, und gegen eine Gallionsfigur der Demokraten. Er warf zum erstenmal seinen Bauarbeiterhelm. Seine Wahlkampfparole lautete: *Für ein besseres Ridgeway!* Er hatte einen Erdrutschsieg. Ein Jahr später wandten sich im Nachbarstaat New Hampshire, Maine, die Wähler sowohl vom republikanischen Kandidaten James Erwin wie auch von demokratischen George Mitchell ab und wählten einen Versicherungsagenten aus Lewiston namens James Longley zum Gouverneur.

Diese Lektion hatte auf Gregory Ammas Stillson ihren Eindruck nicht verfehlt.

4

Um die Ausschnitte herum hatte sich Johnny Notizen gemacht und die Fragen aufgeschrieben, die er sich immer wieder stellte. Er war durch die Reihe seiner Überlegungen jetzt so oft gegangen, während Chancellor und Brinkley fortfuhren, die Wahlergebnisse zu kommentieren, daß er imstande gewesen wäre, alles Wort für Wort aus dem Gedächtnis zu wiederholen.

Erstens: Greg Stillson hätte gar nicht gewählt werden dürfen. Seine Wahlversprechungen waren im großen und ganzen ein Witz. Seine Schulbildung war falsch. Sein Hintergrund war falsch. Er war in der zwölften Klasse abgegangen und bis 1965 nicht viel mehr als ein Herumtreiber gewesen. In einem Land, in dem die Wähler entschieden hatten, daß Gesetzesvertreter das Gesetz machen sollten, hatte Stillson stets nur von der falschen Seite Kontakt mit diesen gehabt. Er war nicht verheiratet. Und seine Lebensgeschichte war geradezu grotesk.

Zweitens: Die Presse hatte ihn – und das war höchst verwunderlich – fast vollkommen in Ruhe gelassen. In einem Wahljahr, in dem Wilbur Mills gestanden hatte, eine Geliebte zu haben, in dem Wayne Hays aus eben diesem Grund seinen Sitz im House hatte aufgeben müssen, an dem er beinahe festgewachsen war, in dem nicht einmal diejenigen in den Häusern der Macht vor den Übergriffen der Presse sicher gewesen waren, hätten die Reporter in Stillson eigentlich ein gefundenes Fressen sehen müssen. Seine schillernde, kontroverse Persönlichkeit schien jedoch lediglich amüsierte Bewunderung seitens der nationalen Presse zu ernten, und er schien niemanden – mit Ausnahme vielleicht von Johnny – nervös zu machen. Seine Leibwächter waren bis vor wenigen Jahren motorisierte Harley-Davidson-Rokker gewesen, und bei seinen Wahlveranstaltungen waren immer wieder Leute auf merkwürdige Art und Weise zu Schaden gekommen, aber kein Reporter hatte dem je gründlich nachgespürt. Während einer Kundgebung in Capital City – in derselben Einkaufsanlage, die Stillson mitfinanziert hatte –, hatte sich ein achtjähriges Mädchen den Arm gebrochen und den Hals ausgerenkt; ihre Mutter schwor hysterisch, daß einer dieser ›wahnsinnigen Rocker‹ sie von der Bühne gestoßen hatte, als das Mädchen versuchte, hinaufzuklettern, um das Autogramm des Großen Mannes für ihre Sammlung zu bekommen. Dennoch war nur eine winzige Meldung in der Presse aufgetaucht – *Mädchen bei Stillson-Kundgebung verletzt* –, die rasch wieder in Vergessenheit geraten war.

Stillson hatte finanzielle Enthüllungen gemacht, die für

Johnny zu schön waren, um wahr zu sein. Im Jahr 1975 hatte Stillson ein Einkommen von 36 000 Dollar und dafür 11 000 Dollar Bundessteuer entrichtet – natürlich keine Einkommensteuer an den Staat New Hampshire, denn so etwas gab es nicht. Er behauptete, daß sein gesamtes Einkommen aus seinem Versicherungs- und Maklerbüro stammte, dazu sein kleines Gehalt als Bürgermeister. Aber es wurde kein Wort über das lukrative Einkaufszentrum in Capital City verloren. Und keine Erklärung dafür, daß Stillson in einem Haus lebte, dessen Wert auf 86 000 Dollar geschätzt wurde, ein Haus, das schuldenfrei ihm gehörte. Zu einer Zeit, da der Präsident der Vereinigten Staaten wegen zu aufwendiger Budgets ermahnt wurde, veranlaßten Stillsons Enthüllungen über finanzielle Dinge niemanden, auch nur erstaunt die Brauen hochzuziehen.

Und dann war da sein Wirken als Bürgermeister. Seine Leistungen auf diesem Gebiet waren viel besser, als man aufgrund seiner Wahlkampfmethoden hätte erwarten können. Er war ein kluger, gerissener Mann mit einem rudimentären, aber zutreffenden Wissen um menschliche, Firmen- und politische Psychologie. So hatte der Fiskus 1975 zum erstenmal seit zehn Jahren einen Überschuß erwirtschaftet, sehr zum Entzücken der Steuerzahler. Mit berechtigtem Stolz konnte er auf seine beiden Reformen hinweisen, sein Park-Programm und sein, wie er es damals nannte, Hippie-Arbeitsprogramm. Ridgeway war auch eine der ersten Städte im ganzen Land gewesen, die ein Zweihundertjahrfeier-Komitee gegründet hatte. Eine Firma, die Aktenschränke herstellte, hatte sich in Ridgeway niedergelassen, und in einer Zeit wirtschaftlicher Rezession betrug die Arbeitslosenquote nur beneidenswerte 3,2 Prozent. Alles durchaus bewundernswert.

Aber es waren einige andere Dinge, die während Stillsons Amtszeit als Bürgermeister geschehen waren, die Johnny Angst machten.

Der Zuschuß der städtischen Bücherei war von 11 000 Dollar auf 8 000 Dollar reduziert worden; im letzten Jahr von

Stillsons Amtszeit sogar auf 6500 Dollar. Gleichzeitig aber war das Budget für die Stadtpolizei um 40 Prozent erhöht worden. Dem städtischen Fahrzeugpark waren drei neue Streifenwagen hinzugefügt worden, ferner ein beachtliches Waffenarsenal. Man hatte sogar zwei neue Beamte eingestellt, und auf Stillsons Drängen hin hatte der Stadtrat zugestimmt, daß die Polizeibeamten beim Kauf privater Handfeuerwaffen einen Zuschuß von 50 Prozent bekamen. Als Folge davon hatten sich einige Polizisten dieser verschlafenen Kleinstadt in New Hampshire Magnums Kaliber 357 gekauft, die Waffe, die von Dirty Harry Callahan unsterblich gemacht worden war. Ferner war während Stillsons Amtszeit das Jugendzentrum geschlossen worden, man hatte für Personen unter sechzehn Jahren eine Ausgangssperre ab 22 Uhr eingeführt; angeblich eine freiwillige, in Wirklichkeit von der Polizei erzwungene Maßnahme, die Sozialhilfe war um fünfunddreißig Prozent herabgesetzt worden.

Ja, es gab viele Dinge an Greg Stillson, die Johnny Angst machten.

Der tyrannische Vater und die nachlässig alles duldende Mutter. Die politischen Veranstaltungen, die so sehr Rock-Konzerten ähnelten. Die Art, wie der Mann mit der Menge umging, seine Leibwächter...

Seit Sinclair Lewis hatten Leute ach und weh geschrien und vor den Faschisten in Amerika gewarnt, aber es war einfach nichts geschehen. Nun, unten in Louisiana war Huey Long gewesen, aber Huey Long war...

War ermordet worden.

Johnny schloß die Augen und sah vor sich, wie Ngo den Zeigefinger ausgestreckt hatte. Bumm, bumm, bumm. Tiger, Tiger in der Nacht hat mich um den Schlaf gebracht.

Aber man durfte keine Drachenzähne säen. Jedenfalls nicht, wenn man sich nicht mit Frank Dodd in seinem glatten Vinyl-Regenmantel auf eine Stufe stellen wollte. Mit den Oswalds und den Sirhans und den Bremmers. Verrückte aller Länder, vereinigt euch. Haltet eure paranoiden Notizbücher auf dem laufenden und blättert sie um Mitternacht durch, und wenn es euch zu Kopfe steigt, dann füllt den Coupon aus und laßt euch ein Gewehr mit der Post schicken. Johnny Smith, dies ist Squeaky Fromme. Schön, Sie kennenzulernen, Johnny, mir kommt alles in Ihrem Notizbuch schlüssig und vernünftig vor. Ich möchte, daß Sie meinen geistigen Lehrmeister kennenlernen. Johnny, dies ist Charlie. Charlie, das ist Johnny. Wenn Sie mit Stillson fertig sind, werden wir uns zusammentun und den Bullen ein Schnippchen schlagen, damit wir die Rothölzer retten können.

Sein Kopf wirbelte. Die obligatorischen Kopfschmerzen setzten wieder ein. Dazu kam es immer. Immer, wenn er sich mit Greg Stillson beschäftigte, kam es dazu. Es wurde Zeit, schlafen zu gehen, und bitte, lieber Gott, keine Träume.

Aber: Die Frage.

Er hatte sie in eins der Notizbücher geschrieben, und sie beschäftigte ihn immer wieder. Er hatte sie mit schönen, exakten Buchstaben hingeschrieben und einen dreifachen Kreis darum gezogen, als wollte er sie darin festhalten. Die Frage lautete: *Wenn du in eine Zeitmaschine springen und dich ins Jahr 1932 zurückversetzen könntest, würdest du Hitler töten?*

Johnny sah auf die Uhr. Viertel vor eins. Es war schon der 3. November, und die Wahl im Jahr der Zweihundertjahrfeier war bereits Geschichte. Ohio war immer noch unentschlossen, aber Carter führte. Keine Konkurrenz mehr, Baby. Das Rum-di-dum ist vorbei. Die Wahl ist gewonnen und verloren. Jerry Ford konnte den Hut nehmen, zumindest bis 1980.

Johnny ging zum Fenster und sah hinaus. Im großen Haus war alles dunkel, aber in Ngos Unterkunft über der Garage brannte noch Licht. Ngo, der in Kürze amerikanischer Staatsbürger werden würde, beobachtete immer noch das große amerikanische Ritual, das sich alle vier Jahre wiederholte: alte Hanseln dort hinaus, neue Hanseln hier herein. Vielleicht hatte Gordon Strachan dem Watergate-Komitee doch keine so schlechte Antwort gegeben.

Johnny ging zu Bett. Nach langer Zeit schlief er ein.

Und träumte vom lachenden Tiger.

Zweiundzwanzigstes Kapitel

1

Herb Smith nahm Charlene MacKenzie wie geplant am Nachmittag des zweiten Januar 1977 zu seiner zweiten Frau. Die Trauung fand in der Congregational Church in Southwest Bend statt. Der Vater der Braut, ein fast blinder achtzigjähriger Herr, war Brautführer. Johnny stand neben seinem Vater und präsentierte die Ringe im genau passenden Moment. Es war eine schöne Feier.

Sarah Hazlett nahm mit ihrem Ehemann und ihrem Sohn, der gerade seine Babyhaftigkeit hinter sich ließ, teil. Sarah war schwanger und strahlte, ein Bild des Glücks und der Erfüllung. Bei ihrem Anblick empfand Johnny überraschenderweise wieder bittere Eifersucht, wie einen unerwarteten Gasangriff. Dieses Gefühl verflog Augenblicke später wieder, und Johnny ging beim Empfang nach der Hochzeit zu ihnen.

Er sah Sarahs Mann das erste Mal. Er war ein großer, gutaussehender Mann mit einem bleistiftdünnen Oberlippenbärtchen und vorzeitig ergrautem Haar. Sein Wahlkampf für den Sitz im Senat von Maine war erfolgreich gewesen, und er hielt einen Vortrag darüber, was die nationalen Wahlen wirklich bedeuteten, wie schwer es war, mit einem unabhängigen Gouverneur zu arbeiten, während Denny an seinem Hosenbein zupfte und zu trinken verlangte, zu trinken, Daddy, trinken, *trinken*!

Sarah sagte wenig, aber Johnny spürte den Blick ihrer strahlenden Augen auf sich – ein unbehagliches Gefühl, aber irgendwie nicht unangenehm. Vielleicht ein wenig traurig. Der Alkohol floß in Strömen auf der Feier, und Johnny trank ausnahmsweise einmal zwei Gläser mehr als die üblichen zwei. Vielleicht lag es auch an dem Schock, Sarah wiederzusehen, dieses Mal mit ihrer Familie, oder vielleicht nur an der Erkenntnis, die in Charlenes strahlendem Gesicht geschrieben stand, daß Vera Smith wirklich nicht mehr da war, und zwar für immer. Als er fünfzehn Minuten, nachdem die Hazletts gegangen waren, zu Hektor Markstone ging, dem Vater der Braut, war er auf angenehme Weise benommen.

Der alte Mann saß in einer Ecke bei den verwüsteten Überresten der Hochzeitstorte, seine von Arthritis gekrümmten Hände waren über dem Knauf des Gehstockes verschränkt. Er trug eine dunkle Brille. Ein Bügel war mit schwarzem Isolierband geklebt. Neben ihm standen zwei leere Bierflaschen und eine halbvolle. Er sah Johnny durchdringend an.

»Herbs Junge, nicht?«

»Ja, Sir.«

Ein längerer und noch durchdringenderer Blick. Dann sagte Hector Markstone: »Sie sehen aber gar nicht gut aus, Junge.«

»Zu viele lange Nächte, nehme ich an.«

»Sie sehen aus, als könnten Sie ein Stärkungsmittel vertragen. Etwas, das Sie aufbaut.«

»Sie waren im Ersten Weltkrieg, nicht?« fragte Johnny. Zahlreiche Auszeichnungen, darunter ein Croix de Guerre, waren an der blauen Anzugjacke des alten Mannes angesteckt.

»Allerdings«, sagte Markstone, und sein Gesicht hellte sich auf. »Habe unter Black Jack Pershing gedient. AEF, 1917 und 18. Wir gingen durch dick und dünn. Der Wind wehte, und die Kacke war am Dampfen. Der Wald von Belleau, Junge. Der Wald von Belleau. Heute ist das nur ein Name in den Geschichtsbüchern. Aber ich war dort. Ich habe Männer dort sterben gesehen. Der Wind wehte, und die Kacke war am Dampfen, und die ganze verdammte Bande kam aus dem Gestrüpp.«

»Und Charlene sagte, daß Ihr Sohn... ihr Bruder...«

»Buddy. Ja. Wäre jetzt Ihr Stiefonkel, Junge. Ob wir den Jungen geliebt haben? Ich denke schon. Sein Name war Joe, aber alle haben ihn nur Buddy genannt, fast vom Tag seiner Geburt an. Charlenes Mutter begann an dem Tag zu sterben, an dem dieses Telegramm eintraf.«

»Er ist im Krieg gefallen, nicht?«

»Ja«, sagte der alte Mann langsam. »St. Lô, 1944. Nicht weit vom Wald von Belleau entfernt, jedenfalls nach unseren Maßstäben hierzulande. Sie haben Buddys Leben mit einer Kugel beendet. Die Nazis.«

»Ich arbeite an einem Essay«, sagte Johnny und kam sich in seinem beschwipsten Zustand sehr schlagfertig vor, weil er das Gespräch geschickt auf das Thema gebracht hatte. »Ich hoffe, es an *Atlantic* oder *Harper's* verkaufen zu können...«

»Schriftsteller, ja?« Die dunkle Brille musterte Johnny mit neu erwachtem Interesse.

»Nun, ich versuche es«, sagte Johnny. Er begann seine List zu bereuen. *Ja, ich bin Schriftsteller. Ich schreibe in meine Notizbücher, wenn die Nacht hereingebrochen ist.* »Jedenfalls wird der Essay von Hitler handeln.«

»Hitler? Wieso Hitler?«

»Nun... angenommen... nur angenommen, Sie könnten in eine Zeitmaschine springen und sich in das Jahr 1932 zurückversetzen. Nach Deutschland. Weiter angenommen, daß Sie Hitler begegnen. Würden Sie ihn töten oder am Leben lassen?«

Die dunklen Brillengläser des alten Mannes wandten sich Johnnys Gesicht zu. Jetzt kam sich Johnny plötzlich gar nicht mehr beschwipst oder schlagfertig oder listig vor. Alles schien davon abzuhängen, was dieser alte Mann zu sagen hatte.

»Ist das ein Witz, Junge?«

»Nein. Kein Witz.«

Hector Markstone nahm eine Hand vom Knauf seines Stockes weg. Er steckte sie in die Tasche seiner Hose und suchte dort scheinbar eine Ewigkeit herum. Schließlich zog er sie wieder heraus. Er hielt ein perlmuttbesetztes Taschenmesser in ihr, das im Lauf der Jahre so weich und glatt wie

Elfenbein geworden war. Nun kam die andere Hand ins Spiel und klappte die Klinge des Taschenmessers mit der sorgfältigen Behutsamkeit der Arthritis auf. Im Licht des Saals schimmerte sie voll teuflischer Boshaftigkeit: ein Messer, das 1917 nach Frankreich gereist war, mit einem Jungen, einem Jungen, der Teil einer Jungen-Armee und bereit gewesen war, den schmutzigen Hunnen daran zu hindern, Babys mit Bajonetten aufzuspießen und Nonnen zu vergewaltigen, und gleichzeitig den Franzmännern noch die eine oder andere Lektion beizubringen, und die Jungs waren mit Maschinengewehrfeuer empfangen worden, die Jungs hatten Durchfall und tödliche Grippe bekommen, die Jungs hatten Senfgas und Phosgengas eingeatmet, die Jungs waren aus dem Wald von Belleau herausgekommen wie verängstigte Vogelscheuchen, die das Antlitz von Lord Satan persönlich gesehen hatten. Und wie sich herausgestellt hatte, war alles umsonst gewesen; alles hatte noch einmal wiederholt werden müssen.

»Sehen Sie das?« fragte Markstone leise.

»Ja«, hauchte Johnny.

»Das hier würde ich diesem schwarzen, verlogenen Mörder ins Herz stoßen«, sagte Markstone. »Ich würde sie so weit hineintreiben, wie möglich...und dann würde ich sie herumdrehen.« Er drehte das Messer langsam mit der Hand herum, erst im Uhrzeigersinn, dann entgegengesetzt. Er lächelte und zeigte babyglattes Zahnfleisch und einen wackeligen, gelben Zahn.

»Aber vorher«, sagte er, »würde ich sie in Rattengift tauchen.«

2

»Hitler töten«, sagte Roger Chatsworth, dessen Atem kleine Wölkchen bildete. Die beiden fuhren Ski im Wald hinter dem Durham-Haus. Es war sehr still im Wald. Es war schon

Anfang März, aber dieser Tag war klar und kalt wie im Januar.

»Ja, ganz recht.«

»Interessante Frage«, sagte Roger. »Sinnlos, aber interessant. Nein, ich würde es nicht tun. Ich glaube, daß ich mich statt dessen der Partei anschließen würde. Um zu versuchen, die Dinge von innen heraus zu ändern. Vielleicht wäre es doch möglich gewesen, ihn zu läutern oder auszuschalten, vorausgesetzt, daß man schon gewußt hätte, wie alles kommen würde.«

Johnny dachte an die abgesägten Billardstöcke. Er dachte an die strahlend grünen Augen von Sonny Elliman.

»Es wäre aber auch möglich gewesen, daß man selbst getötet würde«, sagte Johnny. »Diese Kerle haben 1933 nicht nur Bierlieder gegrölt.«

»Ja, das ist wohl wahr.« Er zog eine Braue hoch und sah Johnny an. »Was würden Sie denn tun?«

»Das weiß ich wirklich nicht«, sagte Johnny.

Roger wechselte das Thema. »Haben Ihr Vater und seine Frau ihre Flitterwochen genossen?«

Johnny grinste. Sie waren nach Miami Beach gegangen, Streik des Hotelpersonals und so weiter. »Charlene hat gesagt, daß sie sich wie zu Hause gefühlt hat, weil sie ihr Bett selbst machen mußte. Mein Dad sagt, daß er sich wie ein Freak vorkommt, weil er schon im März einen Sonnenbrand hat. Aber ich glaube schon, daß es beiden Spaß gemacht hat.«

»Und sie haben beide ihr Haus verkauft?«

»Ja, beide am selben Tag. Haben auch fast dafür bekommen, was sie haben wollten. Und wenn ich nicht immer noch diese verwünschten Krankenhausrechnungen auf dem Hals hätte, wäre es eine klare Sache.«

»Johnny ...«

»Hm?«

»Nichts. Lassen Sie uns umkehren. Ich habe noch etwas Chivas Regal, falls Sie darauf Appetit haben.«

»Ich glaube schon«, sagte Johnny.

3

Sie lasen jetzt *Jude the Obscure,* und Johnny war überrascht gewesen, wie schnell und selbstverständlich sich Chuck darin eingefunden hatte (nachdem er während der ersten vierzig Seiten schwer gestöhnt und gemurrt hatte). Er gab zu, daß er abends vorauslas, und er wollte etwas anderes von Hardy lesen, wenn sie damit fertig waren. Zum erstenmal in seinem Leben las er, weil es ihm Spaß machte. Wie ein Jüngling, der gerade von einer älteren Frau in die Freuden des Sex eingeführt worden ist, konnte er jetzt nicht mehr genug davon bekommen.

Das Buch lag offen, aber umgekehrt auf seinem Schoß. Sie waren wieder beim Pool, aber er war noch leer, er und Johnny trugen beide leichte Jacken. Über ihnen wuselten weiße Wolken über den Himmel und versuchten vergebens, sich so sehr zusammenzuballen, daß sie es regnen lassen konnten. Die Aura der Luft war geheimnisvoll und süß; der Frühling war nicht mehr fern. Es war der sechzehnte April.

»Ist das wieder so eine Trickfrage?« fragte Chuck.

»Nein.«

»Nun, würden sie mich erwischen?«

»Pardon?« Das war eine Frage, die keiner der anderen gestellt hatte.

»Wenn ich ihn töten würde. Würden sie mich erwischen? Mich am nächsten Laternenpfahl aufhängen? Mich zehn Zentimeter über dem Boden den Zappelphilip machen lassen?«

»Nun, ich weiß nicht«, sagte Johnny langsam. »Ja, ich denke schon, daß sie dich erwischen würden.«

»Ich könnte nicht wieder in meine Zeitmaschine springen und in eine wunderbar veränderte Welt zurückkehren? Ins gute alte 1977?«

»Nein, ich glaube nicht.«

»Nun, darauf käme es trotzdem nicht an. Ich würde ihn töten.«

»Einfach so?«

»Klar.« Chuck lächelte ein wenig. »Ich würde mir einen dieser hohlen und mit Gift gefüllten Zähne zulegen, oder eine Rasierklinge im Hemdkragen verstecken oder so etwas. Wenn sie mich erwischen sollten, würden sie nicht mehr viel mit mir anstellen können. Aber ich würde es tun. Wenn ich es nicht täte, müßte ich befürchten, von den Millionen Menschen, die er umgebracht hat, bis ins Grab hinein verfolgt zu werden.«

»Bis ins Grab«, sagte Johnny etwas kläglich.

»Alles klar, Johnny?«

Johnny zwang sich dazu, Chucks Lächeln zu erwidern. »Prima. Ich nehme an, daß mein Herz eben einen Schlag ausgesetzt hat oder so.«

Chuck las unter dem milden, leicht bewölkten Himmel weiter in *Jude*.

4

Mai.

Der Geruch von frisch gemähtem Gras war zu seinem alljährlichen Gastspiel zurückgekehrt – ebenso die ständigen Favoriten Geißblatt, Staub und Rosen. In Neuengland bleibt der Frühling wirklich nur eine einzige unbezahlbare Woche lang zu Gast, dann holen die Diskjockeys die Golden Oldies der Beach Boys hervor, im ganzen Land hörte man das Dröhnen der spazierenfahrenden Honda, und der Sommer senkt sich mit einem gewaltigen Plumps herab.

An einem der letzten Abende dieser unbezahlbaren Frühlingswoche saß Johnny im Gästehaus und sah in die Nacht hinaus. Die Frühlingsdunkelheit war weich und tief. Chuck war mit seiner derzeitigen Freundin, einem intellektuelleren Typ als das letzte halbe Dutzend, zu einer Schulveranstaltung gegangen. Sie *liest*, hatte Chuck Johnny im Vertrauen erzählt, ein Mann von Welt zu einem anderen.

Ngo war nicht mehr da. Er hatte Ende März die Staatsbürgerschaftsunterlagen bekommen, hatte sich um einen Job als Obergärtner in einem Urlauberhotel in North Carolina beworben, war vor drei Wochen zu einem Vorstellungsgespräch gebeten und auf der Stelle engagiert worden. Vor seiner Abreise hatte er noch einmal mit Johnny gesprochen.

»Ich glaube, Sie machen sich zu viele Sorgen um Tiger, die gar nicht da sind«, hatte er gesagt. »Der Tiger hat Streifen, die mit dem Hintergrund verschmelzen, so daß man ihn nicht sieht. Und deshalb sieht ein besorgter Mann überall Tiger.«

»Es gibt einen Tiger«, hatte Johnny geantwortet.

»Ja«, hatte Ngo zugestimmt. »Irgendwo. Aber Sie werden inzwischen immer dünner.«

Johnny stand auf, ging zum Kühlschrank und schenkte sich eine Pepsi ein. Damit ging er hinaus zum kleinen Tisch. Er setzte sich hin und dachte darüber nach, wie glücklich sich doch jedermann schätzen konnte, daß Zeitreisen völlig unmöglich waren. Der Mond ging auf, ein orangefarbenes Auge über den Pinien, und hämmerte einen blutigen Pfad über den Swimmingpool. Die ersten Frösche quakten und sprangen. Nach einer Weile ging Johnny noch einmal hinein und kippte einen kräftigen Schuß Ron Rico in sein Pepsi. Dann ging er wieder hinaus, setzte sich hin, trank und beobachtete, wie der Mond langsam immer höher am Himmel emporstieg und seine Farbe dabei von Orange zu einem geheimnisvollen stummen Silber wandelte.

Dreiundzwanzigstes Kapitel

1

Am dreiundzwanzigsten Juni 1977 machte Chuck seinen Abschluß an der High School. Johnny saß in seinem besten Anzug neben Roger und Shelley Chatsworth in dem heißen Auditorium und beobachtete, wie Chuck als dreiundvierzigster seiner Klasse den Schluß machte. Shelley weinte.

Anschließend fand eine Gartenparty auf dem Anwesen der Chatsworths statt.

Der Tag war heiß und schwül. Gewitterwolken mit purpurnen Bäuchen hatten sich im Westen zusammengeballt; sie zogen langsam den Horizont hin und her, schienen aber nicht näher heranzukommen.

Chuck, dessen Gesicht von drei Screwdrivers lebhaft gerötet war, kam mit seiner Freundin Patty Strachan zu Johnny, um ihm das Abschiedsgeschenk seiner Eltern zu zeigen – eine neue Pulsar Uhr.

»Ich habe ihnen gesagt, ich wollte einen R2D2-Roboter, aber dies hier war ihre beste Alternative«, sagte Chuck, und Johnny lachte. Sie unterhielten sich noch eine Weile, dann sagte Chuck mit beinahe grober Abruptheit: »Ich möchte Ihnen danken, Johnny. Wenn Sie nicht wären, hätte ich heute keinen Abschluß gemacht.«

»Nein, das ist nicht wahr«, sagte Johnny. Er war ein wenig aufgeschreckt, weil er sah, daß Chuck den Tränen nahe war. »Klasse zeigt sich immer, Mann.«

»Das sage ich ihm auch schon dauernd«, sagte Chucks Mädchen. Hinter ihrer Brille wartete eine kühle und elegante Schönheit darauf, zu erblühen.

»Vielleicht«, sagte Chuck. »Vielleicht stimmt das. Aber ich glaube, zu wissen, wem ich für mein Diplom Dank schulde. Nochmals vielen, vielen Dank.« Er legte die Arme um Johnny und zog ihn an sich.

Es kam ganz plötzlich – ein harter, greller Bildeinschlag, bei dem Johnny sich aufrichtete und die Hände gegen die Schläfen preßte, als hätte Chuck ihn geschlagen, und nicht umarmt. Das Bild sank in ihn ein wie galvanisiert.

»Nein«, sagte er. »Nicht. Geht nicht dorthin.«

Chuck zog sich unbehaglich zurück. Er hatte ebenfalls *etwas* gespürt, etwas Kaltes und Dunkles und Unbegreifliches. Plötzlich wollte er Johnny nicht mehr berühren. In diesem Augenblick wollte er Johnny nie mehr berühren. Ihm war zumute, als hätte er gerade herausgefunden, wie es ist, im eigenen Sarg zu liegen und zu beobachten, wie er zugenagelt wird.

»Johnny«, sagte er. »Was... wie... was ist...«

Roger war mit Drinks unterwegs gewesen, aber jetzt blieb er stehen und sah verwundert drein.

Johnny starrte über Chucks Schulter hinweg zu den fernen Gewitterwolken hinüber. Seine Augen wirkten verschleiert. Er sagte: »Geht nicht in dieses Haus. Es hat keine Blitzableiter.«

»*Johnny*...« Chuck sah erschrocken und verängstigt zu seinem Vater hinüber. »Es ist fast so, als ob... als ob er einen *Anfall* hat oder so etwas...«

»Blitzschlag«, sagte Johnny laut und deutlich. Seine Stimme war jetzt weithin zu hören. Gäste drehten sich um und sahen ihn verwundert an. Er spreizte beide Hände. »Feuer nach Blitzeinschlag... die Isolierung in den Wänden... die Türen... blockiert und verstopft... brennende Leute... Geruch wie nach verbranntem Schweinefleisch...«

»*Was redet er denn da?*« rief Chucks Mädchen.

Die Unterhaltung der Gäste verstummte. Alle sahen Johnny an.

Roger kam herüber. »*John. Johnny! Was ist denn los? Kommen Sie zu sich, Mann!*« Er schnippte mit den Fingern dicht vor Johnnys verschleierten Augen.

Im Westen war fernes Donnergrollen zu hören.

»Was haben Sie denn, Johnny?« fragte Roger.

Johnnys Stimme klang klar und mäßig laut. Sie erreichte

die über fünfzig Leute, die hier versammelt waren; Geschäftsleute mit ihren Frauen, Lehrer mit ihren Frauen, der gesamte gehobene Mittelstand von Durham.

»Behalten Sie Ihren Sohn heute abend zu Hause«, sagte er, »oder er wird mit allen anderen zusammen verbrennen. Es wird ein Feuer ausbrechen. Halten Sie ihn von Cathy's fern, dort wird der Blitz einschlagen und alles wird bis auf den Boden niederbrennen, bevor die Feuerwehr eintrifft! Die Isolierung wird brennen. In den Ausgängen wird man verkohlte Leichen finden, sechs, sieben übereinander, und es wird keine Möglichkeit geben, sie zu identifizieren, außer an ihren Zahnprothesen oder so... es... es...«

Da schrie Patty Strachan. Sie ließ ihr Plastikglas fallen und schlug die Hand vor den Mund. Die Eiswürfel kullerten in den Rasen und glitzerten dort wie Diamanten von unwahrscheinlicher Größe. Sie stand noch einen Augenblick schwankend da und wurde dann ohnmächtig, sackte in ihrem rosa Partykleid wie eine Woge zusammen. Pattys Mutter rannte nach vorn und rief im Vorbeilaufen Johnny zu: »Was ist denn mit Ihnen los, he? Was, um Gottes willen, stimmt denn nicht mit Ihnen?«

Chuck sah Johnny an. Sein Gesicht war kreidebleich. Johnnys Augen wurden allmählich wieder klar. Er drehte sich um und sah, wie ihn alle Leute betroffen anstarrten. »Tut mir leid«, murmelte er. »Entschuldigen Sie, bitte.«

Pattys Mutter kniete neben dem bewußtlosen Mädchen, hielt ihren Kopf in einer Armbeuge und schlug mit der freien Hand leicht klatschend auf ihre Wangen. Sie begann sich zu rühren und leise zu stöhnen.

»Johnny«, flüsterte Chuck, aber er wartete nicht auf Antwort, sondern ging zu seinem Mädchen hinüber.

Es war sehr still auf dem Rasen hinter dem Haus der Chatsworths. Alle Anwesenden sahen Johnny an, sie sahen ihn an, weil es wieder einmal passiert war, sie sahen ihn genauso an, wie es die Krankenschwestern getan hatten. Und die Reporter. Wie Krähen auf einer Telefonleitung. Alle hielten Gläser oder Teller mit kleinen Imbissen in den Händen und sahen ihn an, als wäre er ein Freak, eine Mißgeburt der Natur. Sie sahen ihn an, als hätte er plötzlich seine Hose vorn geöffnet und sich entblößt. Er wollte weglaufen, wollte sich verstecken. Würgende Übelkeit stieg in ihm auf.

»Johnny«, sagte Roger und legte einen Arm um ihn. »Kommen Sie mit ins Haus. Sie brauchen jetzt ein bißchen Ruhe und...«

Wieder war von weither Donnergrollen zu hören.

»Wo ist Cathy's?« fragte Johnny schroff und widersetzte sich dem Druck von Rogers Arm um die Schultern. »Es ist kein gewöhnliches Haus, denn da waren Schilder, worauf Ausgang stand. Was ist es, wo ist es?«

»Können Sie ihn nicht endlich von hier fortschaffen?« schrie Pattys Mutter beinahe hysterisch. »Er regt das Kind schon wieder auf!«

»Kommen Sie mit, Johnny.«

»Aber...«

»Kommen Sie mit!«

Johnny ließ sich widerstandslos zum Gästehaus führen. Ihre Schritte klangen ungewöhnlich laut auf der kiesbestreuten Auffahrt. Es schien keinen anderen Laut zu geben. Erst als sie den Pool erreicht hatten, setzten hinter ihnen wieder flüsternde Unterhaltungen ein.

»Wo ist Cathy's?« fragte Johnny noch einmal.

»Wieso wissen Sie das denn nicht?« fragte Roger. »Sie schienen doch sonst alles zu wissen. Und Sie haben Patty Strachan einen solchen Schrecken eingejagt, daß sie ohnmächtig geworden ist.«

»Ich kann es nicht sehen«, sagte Johnny, »weil es in der toten Zone ist. Was ist es?«

»Kommen Sie erst mal nach oben.«

»Ich bin nicht krank«, protestierte Johnny.

»Dann stehen Sie eben unter starkem inneren Druck«, sagte Roger. Er sprach leise und beruhigend, so wie man mit hoffnungslos Verrückten redet. Der Klang seiner Stimme machte Johnny Angst. Und die Kopfschmerzen kamen.

Johnny versuchte wild, sie zu unterdrücken. Sie gingen die Stufen zum Gästehaus hinauf.

2

»Schon besser?« fragte Roger.

»Was ist Cathy's?«

»Das ist ein ziemlich nobles Steakhaus und Restaurant in Somersworth. Schulabschlußpartys bei Cathy's gehören sozusagen zur Tradition, weiß Gott, warum. Wollen Sie wirklich kein Aspirin?«

»Nein. Lassen Sie ihn nicht hingehen, Roger. Der Blitz wird einschlagen. Es wird bis auf den Boden niederbrennen.«

»Johnny...«, sagte Roger Chatsworth langsam und sehr freundlich, »das können Sie nicht wissen.«

Johnny trank Eiswasser in sehr kleinen Schlucken, dann stellte er das Glas mit leicht zitternder Hand hin. »Sie sagten, daß Sie meinen Lebenslauf überprüft haben, dachte ich...«

»Ja, das habe ich. Aber Sie ziehen eine falsche Schlußfolgerung. Ich wußte, daß Sie ein Hellseher oder so was sein sollten, aber ich wollte keinen Hellseher. Ich wollte einen Hauslehrer. Als Hauslehrer haben Sie sehr gute Arbeit geleistet. Meiner persönlichen Überzeugung nach gibt es keinen Unterschied zwischen guten und schlechten Hellsehern, denn ich glaube überhaupt nicht an so etwas. So einfach ist das. Ich glaube nicht daran.«

»Das macht mich also zum Lügner.«

»Überhaupt nicht«, sagte Roger im gleichen sanften und freundlichen Tonfall. »Ich habe in meinem Werk in Sussex einen Vorarbeiter, der es strikt ablehnt, drei Zigaretten mit einem Zündholz anzuzünden, aber das macht ihn nicht zum schlechten Vorarbeiter. Ich habe Freunde, die sehr fromm sind, und wenn ich auch nicht in die Kirche gehe, so sind es doch meine Freunde. Ihr Glaube, in die Zukunft sehen oder Dinge aus der Entfernung spüren zu können, hat niemals meine Entscheidung beeinflußt, ob ich Sie einstellen sollte. Nein... das stimmt nicht ganz. Es hat sie erst dann nicht mehr beeinflußt, als ich davon überzeugt war, daß Sie bei Chuck gute Arbeit leisten würden. Das war richtig. Aber ich glaube genausowenig daran, daß Cathy's niederbrennen wird, wie ich glaube, daß der Mond aus grünem Käse besteht.«

»Ich bin kein Lügner, nur verrückt«, sagte Johnny. Auf eine dumpfe Art war das interessant. Roger Dussault und viele Leute, die Johnny Briefe geschrieben hatten, hatten ihn als Schwindler hingestellt, aber Chatsworth war der erste, der ihm vorwarf, einen Jeanne-d'Arc-Komplex zu haben.

»Nein, auch das nicht«, sagte Roger. »Sie sind ein junger Mann, der einen schrecklichen Unfall hatte und seinen Rückweg erkämpfte, und zwar gegen alle Chancen und wahrscheinlich für einen schrecklichen Preis. Ich werde mir deswegen nicht den Mund zerreißen, Johnny, aber sollte irgend jemand von diesen Leuten draußen auf dem Rasen – Pattys Mutter eingeschlossen – eine Menge dummer Schlußfolgerungen ziehen, werde ich sie auffordern, lieber den Mund zu halten und nicht über Dinge zu reden, die sie nicht verstehen.«

»Cathy's«, sagte Johnny plötzlich. »Woher wußte ich dann den Namen? Und wieso wußte ich, daß es sich nicht um jemandes Privathaus handelt?«

»Von Chuck. Er hat diese Woche oft von der Party gesprochen.«

»Nicht mit mir.«

Roger zuckte die Achseln. »Vielleicht hat er etwas zu Shelley oder mir gesagt, während Sie in Hörweite waren. Ihr Unterbewußtsein hat es aufgeschnappt und gespeichert...«

»Ganz recht«, sagte Johnny bitter. »Alles, was wir nicht verstehen, alles, was nicht in unsere Denkweise paßt, speichern wir einfach unter U wie Unterbewußtsein, nicht wahr? Der Gott des zwanzigsten Jahrhunderts. Wie oft haben Sie das schon getan, wenn etwas Ihrer pragmatischen Ansicht über die Welt zuwiderlief, Roger?«

Rogers Augen schienen ein wenig geflackert zu haben – vielleicht war es aber auch nur Einbildung.

»Sie haben den Blitzschlag mit dem aufziehenden Gewitter assoziiert«, sagte er. »Begreifen Sie das nicht? Es ist ganz einf...«

»Hören Sie«, sagte Johnny. »Ich will es Ihnen so einfach sagen, wie ich nur kann. Dieses Haus wird vom Blitz getroffen werden! Es wird niederbrennen. *Behalten Sie Chuck zu Hause.*«

O Gott, die Kopfschmerzen kommen wieder. Kommen wie ein Tiger. Er preßte die Hand auf die Stirn und rieb sie unsicher.

»Johnny, haben Sie sich überanstengt?«

»Behalten Sie ihn zu Hause«, wiederholte Johnny.

»Es ist seine Entscheidung, und ich möchte mir nicht anmaßen, sie ihm abzunehmen. Er ist frei, weiß und achtzehn.«

Es klopfte an der Tür. »Johnny?«

»Herein«, sagte Johnny, und Chuck selbst kam herein. Er sah beunruhigt aus.

»Wie geht es Ihnen?« fragte er.

»Es geht schon wieder«, sagte Johnny. »Ich habe Kopfschmerzen, das ist alles. Chuck... ich bitte dich als dein Freund. Geh heute abend nicht dorthin. Ob du nun so denkst wie dein Dad oder nicht. *Bitte.*«

»Kein Problem, Mann«, sagte Chuck heiter und ließ sich plumpsend aufs Sofa fallen. Er zog mit einer Schuhspitze ein Polsterkissen heran. »Ich könnte Patty nicht mit einer Ankerkette auch nur in die Nähe davon ziehen. Sie haben ihr Angst gemacht.«

»Das tut mir leid«, sagte Johnny. Er fühlte sich elend und kalt vor Erleichterung. »Es tut mir leid, aber ich bin sehr froh darüber.«

»Sie hatten eine Art Vision, nicht?« Chuck sah erst Johnny, dann seinen Vater und schließlich wieder Johnny an. »Ich habe es gespürt. Es war schlimm.«

»Das kommt vor. Es soll sehr unangenehm sein.«

»Nun, ich möchte es nicht noch einmal erleben«, sagte Chuck. »Aber, he... dieses Lokal wird doch nicht wirklich abbrennen, oder?«

»Doch«, sagte Johnny. »Und deshalb solltest du nicht hingehen.«

»Aber...« Er sah besorgt zu seinem Vater hinüber. »Die Abschlußklasse hat das ganze Lokal gemietet. Die Schulleitung hat dem zugestimmt. Es ist sicherer dort, als auf zwanzig oder dreißig verschiedenen Partys, nach denen die Leute betrunken heimfahren. Wahrscheinlich werden...« Chuck verstummte einen Augenblick, dann begann er, verängstigt dreinzuschauen. »Wahrscheinlich werden mehr als zweihundert Paare dort sein«, sagte er. »Dad...«

»Ich denke nicht, daß er es glaubt«, sagte Johnny.

Roger stand auf und lächelte. »Nun, laßt uns nach Somersworth fahren und mit dem Geschäftsführer sprechen«, sagte er. »Es war sowieso eine langweilige Gartenparty. Und wenn ihr beiden nach unserer Rückkehr immer noch so denkt, werden wir alle hierher einladen.«

Er sah Johnny an.

»Einzige Bedingung... Sie müssen nüchtern bleiben und Anstandsdame spielen.«

»Das will ich gern tun«, sagte Johnny. »Aber warum, wenn Sie es nicht glauben?«

»Ihrem Seelenfrieden zuliebe«, sagte Roger. »Und auch Chuck zuliebe. Und damit ich sagen kann, ich hätte es gleich gewußt, wenn nichts passiert, und mir einen Ast lachen kann.«

»Nun, was auch immer, danke.« Er zitterte nach der Erleichterung schlimmer als vorher, aber die Kopfschmerzen waren zu einem schwachen Pochen abgeklungen.

»Eines noch voraus«, sagte Roger. »Wir dürften nicht mal die Chance eines Eisstückes in der Hölle haben, daß der Besitzer nur auf Ihr Wort hin die Veranstaltung abblasen wird,

Johnny. Das ist wahrscheinlich eine seiner profitabelsten Nächte im ganzen Jahr.«

Chuck sagte: »Nun, wir könnten uns etwas ausdenken.«

»Was denn?«

»Nun, wir könnten ihm eine Geschichte erzählen, ein Garn spinnen.«

»Lügen, meinst du? Nein, das werde ich nicht. Verlange das nicht, Chuck.«

Chuck nickte. »In Ordnung.«

»Gehen wir besser«, sagte Roger brüsk. »Es ist Viertel vor fünf. Wir fahren mit dem Mercedes.«

3

Bruce Carrick, Besitzer und Geschäftsführer, stand hinter dem Tresen, als die drei um zwanzig vor sechs hereinkamen. Johnny wurde das Herz schwer, als er das Schild sah, das vor den Saaltüren aufgestellt war: HEUTE ABEND GESCHLOSSENE GESELLSCHAFT, MORGEN WIEDER 19 UHR BIS SPERRSTUNDE GEÖFFNET.

Carrick war nicht gerade mit Arbeit überlastet. Er hatte ein paar Arbeiter zu bedienen, die Bier tranken und sich die Frühnachrichten im Fernsehen ansahen, sowie drei Paare, die Cocktails tranken. Er hörte sich Johnnys Geschichte an und machte ein immer ungläubigeres Gesicht. Als er fertig war, sagte Carrick: »Sie heißen Smith, sagten Sie?«

»Ja, das ist richtig.«

»Mr. Smith, kommen Sie mit mir zum Fenster.«

Er führte Johnny zum Foyerfenster neben der Garderobe.

»Sehen Sie hinaus, Mr. Smith, und sagen Sie mir, was Sie sehen.«

Johnny sah hinaus, obwohl er wußte, was er sehen würde. Die Route 9 nach Westen trocknete von einem kurzen Nachmittagsschauer. Der Himmel darüber war vollkommen klar. Die Gewitterwolken hatten sich verzogen.

»Nicht viel. Jedenfalls jetzt nicht. Aber...«

»Kein aber«, sagte Bruce Carrick. »Wollen Sie wissen, was ich glaube? Wollen Sie es ganz offen wissen? Ich glaube, Sie sind verrückt. Warum Sie sich für diesen Jux ausgerechnet mich ausgesucht haben, weiß ich nicht, und es interessiert mich auch nicht. Aber wenn Sie einen Augenblick Zeit haben, Sonny, dann werde ich Ihnen die Tatsachen aufzählen. Die Abschlußklasse hat mir sechshundertfünfzig Piepen für diese Abschlußfeier bezahlt. Sie haben eine ziemlich gute Rock-'n'-Roll-Band engagiert, Oak aus Maine. Das Essen ist im Gefrierschrank und muß nur in die Mikrowelle geschoben werden. Die Salate stehen auf Eis. Drinks werden extra berechnet, und die meisten sind über achtzehn und können trinken, was sie wollen... und heute nacht werden sie es tun, wer will es ihnen verdenken, Schulabschluß feiert man schließlich nur einmal im Leben. Ich werde heute nacht mühelos zweitausend Dollar einnehmen. Ich habe zwei zusätzliche Barkeeper bestellt. Ich habe sechs Kellnerinnen und eine Hosteß. Wenn ich diese Sache jetzt abblase, verliere ich die ganze Nacht und muß die sechshundertfünfzig Dollar zurückzahlen, die ich bereits für das Essen erhalten habe. Ich würde nicht einmal meine Stammkundschaft haben, weil dieses Schild schon die ganze Woche aufgestellt ist. Sind Sie jetzt im Bilde?«

»Sind auf diesem Haus Blitzableiter?«

Carrick hob hilflos die Arme. »Ich erzähle diesem Burschen die harten Tatsachen, und er will über Blitzableiter reden. Ja, ich habe einen Blitzableiter. Es war mal ein Bursche da, bevor ich einen hatte, das muß jetzt fünf oder sechs Jahre her sein. Er erzählte mir eine Oper, wie ich meine Versicherungsbeiträge senken könnte. Und da habe ich den gottverdammten Blitzableiter gekauft. Sind Sie nun zufrieden? Jesus *Christus!*« Er sah Roger und Chuck an. »Was habt ihr beiden denn zu schaffen? Warum laßt ihr dieses Arschloch frei herumlaufen? Verschwindet, ja? Ich habe zu tun.«

»Johnny...« begann Chuck.

»Laß nur«, sagte Roger. »Gehen wir. Danke, daß Sie uns

Ihre Zeit gewidmet haben, Mr. Carrick, und für Ihre höfliche und mitfühlende Aufmerksamkeit.«

»Nichts zu danken«, sagte Carrick. »Bande von Verrückten.« Er ging ins Lokal zurück.

Die drei gingen hinaus. Chuck sah zweifelnd zum wolkenlosen Himmel hinauf. Johnny ging zum Wagen, sah auf seine Fußspitzen und kam sich dumm und besiegt vor. Seine Kopfschmerzen pochten übelkeiterregend in den Schläfen. Roger hatte die Hände in die Hüfttaschen gesteckt und sah zu dem langen, niedrigen Dach des Gebäudes auf.

»Was schaust du, Dad?« fragte Chuck.

»Dort oben sind keine Blitzableiter«, sagte Roger Chatsworth nachdenklich. »Überhaupt keine Blitzableiter!«

4

Die drei saßen im Wohnzimmer des großen Hauses, Chuck war am Telefon. Er sah seinen Vater unsicher an. »Die meisten werden so spät ihre Pläne nicht mehr ändern wollen«, sagte er.

»Sie haben nur vor, auszugehen, mehr nicht«, sagte Roger. »Sie können ebenso gut hierher kommen.«

Chuck zuckte die Achseln und begann zu wählen.

Schließlich konnten sie die Hälfte aller Paare, die die Abschlußfeier bei Cathy's besuchen wollten, zusammentrommeln und Johnny war nie sicher, warum sie kamen. Einige wahrscheinlich nur, weil es sich nach einer interessanten Party anhörte und alle Getränke auf Kosten des Hauses waren. Aber Klatsch verbreitete sich in Windseile und die Eltern vieler Kinder waren heute nachmittag bei der Gartenparty gewesen – als Folge davon fühlte sich Johnny den größten Teil des Abends über wie ein Ausstellungsstück in einer Glasvitrine. Roger saß auf einem Barhocker in der Ecke und trank einen Wodka-Martini. Sein Gesicht war eine einstudierte Maske.

Gegen Viertel vor acht ging er durch die große Hausbar und Spielzimmerkombination, welche drei Viertel des Kellers einnahm, beugte sich dicht zu Johnny hinab und bellte über das Brüllen von Elton John hinweg: »Möchten Sie mit nach oben gehen und ein bißchen Cribbage spielen?«

Johnny nickte dankbar.

Shelley war in der Küche und schrieb Briefe. Sie sah auf, als sie hereinkamen, und lächelte. »Ich dachte schon, ihr Masochisten wolltet die ganze Nacht dort unten bleiben. Wißt ihr, das ist wirklich nicht nötig.«

»Das alles tut mir leid«, sagte Johnny. »Ich weiß, wie verrückt es scheinen muß.«

»Es scheint tatsächlich verrückt zu sein«, sagte Shelley. »Das kann man ganz offen sagen. Aber es ist schön, die Bande hier zu haben.«

Draußen war Donnergrollen zu hören. Johnny drehte sich hastig um. Shelley sah es und lächelte ein wenig. Roger war ins Eßzimmer gegangen, um im Schrank nach dem Cribbage-Brett zu suchen.

»Es zieht vorbei, wissen Sie?« sagte Shelley. »Ein bißchen Donner und ein Regenspritzer.«

»Ja«, sagte Johnny.

Sie unterschrieb den Brief mit einem langsamen Krakel, faltete ihn zusammen, steckte ihn in den Umschlag, klebte ihn zu, adressierte und frankierte ihn. »Sie haben wirklich etwas empfunden, nicht wahr, Johnny?«

»Ja.«

»Ein momentaner Schwächeanfall«, sagte sie. »Wahrscheinlich durch falsche Ernährung ausgelöst. Sie sind viel zu mager, Johnny. Es könnte eine Halluzination gewesen sein, meinen Sie nicht auch?«

»Nein, das glaube ich nicht.«

Draußen donnerte es wieder, aber in der Ferne.

»Ich bin trotzdem froh, daß wir ihn zu Hause haben. Ich glaube nicht an Astrologie, Handlesen, Hellseherei und so, aber... Ich bin trotzdem froh, daß wir ihn zu Hause haben. Er ist unser einziges Kind... schon ein ziemlich großes

Kind, werden Sie vielleicht denken, aber ich kann mir noch leicht vorstellen, wie er in kurzen Hosen im Stadtpark Karussell gefahren ist. Zu einfach vielleicht. Aber es ist schön, dieses... dieses letzte Ritual seiner Kindheit mit ihm zusammen zu erleben.«

»Schön, daß Sie so denken«, sagte Johnny. Er hatte plötzlich Angst, daß er in Tränen ausbrechen könnte. Er hatte den Eindruck, als wäre es in den vergangenen sechs oder acht Monaten mit seiner Selbstbeherrschung mehrere Stufen abwärts gegangen.

»Sie waren gut für Chuck. Ich meine damit nicht nur, daß Sie ihm das Lesen beigebracht haben. In vielerlei Hinsicht.«

»Ich mag Chuck.«

»Ja«, sagte sie leise. »Das weiß ich.«

Roger kam mit dem Cribbagespiel und einem Kofferradio zurück, das auf WMTQ eingestellt war, einen Sender klassischer Musik, der vom Gipfel des Mount Washington sendete.

»Ein kleines Gegengift zu Elton John, Aerosmith, Foghat und so weiter«, sagte er. »Wie wär's mit einem Spiel um Geld, Johnny?«

»Ist mir recht.«

Roger setzte sich und rieb sich die Hände. »Oh, Sie werden arm nach Hause gehen«, sagte er.

5

Sie spielten Cribbage, und der Abend ging vorbei. Zwischen jedem Spiel ging einer von ihnen nach unten und versicherte sich, daß niemand beschlossen hatte, auf dem Tisch am Pool zu tanzen, oder daß niemand für eine kleine private Party nach hinten gegangen war. »Bei dieser Party wird niemand irgendwen schwängern, wenn ich es verhindern kann«, sagte Roger.

Shelley war ins Wohnzimmer gegangen, um zu lesen.

Nach jeder Stunde wurde die Radiomusik unterbrochen und Nachrichten gesendet, und Johnnys Aufmerksamkeit ließ nach. Aber es kam nichts über Cathy's in Somersworth – nicht um zwanzig, einundzwanzig und zweiundzwanzig Uhr.

Nach den zweiundzwanzig-Uhr-Nachrichten sagte Roger: »Sind Sie jetzt bereit, von Ihrer Vorahnung etwas Abstand zu nehmen, Johnny?«

»Nein.«

Der Wetterbericht sagte vereinzelte Gewitterschauer bis Mitternacht, voraus, danach klar.

Durch den Fußboden war der kontinuierliche Bass von K. C. and the Sunshine Band zu hören.

»Die Party wird laut«, bemerkte Johnny.

»Zum Teufel damit«, sagte Roger grinsend. »Die Party wird betrunken. Spider Parmeleau ist schon in einer Ecke eingeschlafen, und sie benützen ihn als Bierhalter. Oh, sie dürfen mir glauben, daß sie morgen Brummschädel haben werden. Ich kann mich noch genau an meine Abschlußfeier erinnern...«

»Hier ist eine Meldung aus dem WMTQ-Nachrichtenstudio«, sagte es aus dem Radio.

Johnny, der mischte, ließ die Karten auf den Boden fallen.

»Ruhig, wahrscheinlich geht es um diese Entführung in Florida.«

»Das glaube ich nicht«, sagte Johnny.

Der Nachrichtensprecher sagte: »Wie soeben bekannt wurde, hat die schlimmste Feuersbrunst in der Geschichte von New Hampshire mehr als fünfundsiebzig junge Menschenleben in der Grenzstadt Somersworth gefordert. Das Feuer brach in einem Restaurant namens Cathy's aus. Eine Schulabschlußfeier war im Gange, als das Feuer ausbrach. Der Leiter der Feuerwehr von Somersworth, Milton Hovey, hat Reportern gegenüber geäußert, daß es sich nicht um Brandstiftung gehandelt hat; man glaubt mit an Sicherheit grenzender Wahrscheinlichkeit, daß der Brand durch einen Blitzschlag ausgelöst wurde.«

Roger Chatsworths Gesicht verlor alle Farbe. Er saß kerzengerade auf seinem Küchenstuhl und hielt den Blick auf eine Stelle über Johnnys Kopf fixiert. Seine Hände lagen schlaff auf dem Tisch. Unten konnte man das Murmeln der Unterhaltungen hören, dazwischen die Musik von – inzwischen – Bruce Springsteen.

Shelley kam ins Zimmer. Sie sah von ihrem Mann zu Johnny und zurück. »Was ist denn? Was ist los?«

»Sei still«, sagte Roger.

»... noch immer lichterloh. Hovey meint, daß sich die genaue Anzahl der Toten nicht vor morgen früh bestimmen läßt. Bekannt ist bisher nur, daß über dreißig Leute, vorwiegend Mitglieder der Abschlußklasse der High School von Durham, in mehrere umliegende Krankenhäuser gebracht werden mußten, um ihre Verbrennungen zu behandeln. Vierzig Personen, ebenfalls überwiegend Schüler, konnten sich durch kleine Fenster auf der Rückseite des Saales in Sicherheit bringen, aber andere sind dagegen vor verstopften Türen...«

»War es Cathy's?« schrie Shelley Chatsworth. *»War es dieses Lokal?«*

»Ja«, sagte Roger. Er schien unheimlich ruhig zu sein. »Ja, war es.«

Unten war es still geworden. Dann waren Schritte zu hören, die hastig die Treppe hinaufgerannt kamen. Die Küchentür wurde aufgestoßen und Chuck kam herein, um nach seiner Mutter zu sehen.

»Mom? Was ist denn los!«

»Es scheint, als würden wir Ihnen das Leben unseres Sohnes schulden«, sagte Roger mit derselben unheimlich ruhigen Stimme. Johnny hatte noch nie ein so weißes Gesicht gesehen. Roger sah wie eine leichenblasse lebende Wachsfigur aus.

»Es hat *gebrannt*?« Chucks Stimme klang ungläubig. Hinter ihm drängten noch andere auf der Treppe, die ängstlich und verhalten flüsterten. »Willst du sagen, daß Cathy's *niedergebrannt* ist?«

Niemand antwortete. Und dann begann hinter ihm plötzlich Patty Strachan mit schriller, hysterischer Stimme zu reden. »Das ist seine Schuld, seine hier! Er hat es getan. Er hat das Feuer mit seinem Geist ausgelöst, wie in diesem Buch *Carrie!* Sie Mörder! Killer! Sie...«

Roger drehte sich um. »HALTEN SIE DEN MUND!« brüllte er.

Patty brach in Schluchzen aus.

»Abgebrannt?« wiederholte Chuck. Er schien sich die Frage selbst zu stellen, als wollte er herausfinden, ob das das richtige Wort sein konnte.

»Roger?« flüsterte Shelley. »Rog? Liebling?«

Draußen auf der Treppe entstand lebhaftes Gemurmel, ebenso unten im Spielzimmer, wie raschelndes Laub. Die Stereoanlage wurde abgeschaltet. Die Stimmen murmelten.

War Mike dort? Shannon ist hingegangen, nicht wahr? Bist du sicher? Ja, ich war schon im Begriff hinzugehen, als Chuck mich anrief. Meine Mutter war dabei, als der Bursche seinen Anfall bekam, und sie hat gesagt, daß ihr dabei zumute gewesen sei, als hätte sie eine Hand aus dem Jenseits berührt, und deshalb hat sie mich aufgefordert, lieber hierher zu gehen. War Casey dort? War Ray dort? War Maureen Ontello dort? O mein Gott, war sie dort? War...

Roger stand langsam auf und drehte sich um. »Ich schlage vor«, sagte er, »daß wir uns die nüchternsten Leute heraussuchen, die noch fahren können, dann gehen wir alle ins Krankenhaus. Sie werden Blutspender brauchen.«

Johnny saß da wie ein Stein. Er fragte sich, ob er jemals wieder imstande sein würde, sich zu bewegen. Draußen grollte der Donner. Ihm auf dem Fuß folgte wie ein innerer Donnerschlag die Stimme seiner sterbenden Mutter:

Erfülle deine Pflicht, John.

Vierundzwanzigstes Kapitel

12. August 1977

Lieber Johnny,

es war nicht schwer, Sie zu finden – manchmal glaube ich, daß man jeden in diesem Lande finden kann, wenn man nur genügend Geld hat, und ich habe genügend Geld. Vielleicht riskiere ich Ärger, weil ich es so schlecht ausdrücke, aber Chuck und Shelley und ich schulden Ihnen zuviel, um Ihnen weniger als die Wahrheit zu sagen. Geld vermag viel zu kaufen, aber es kann diesen Blitzschlag nicht ungeschehen machen. Sie haben noch zwölf Jungen in der Herrentoilette gefunden, wo das Fenster zugenagelt gewesen war, als sie in das Restaurant eindrangen. Das Feuer ist zwar nicht bis dorthin gelangt, aber der Rauch, und alle zwölf waren erstickt. Ich kann mir einfach nicht aus dem Kopf schlagen, daß Chuck einer dieser Jungen hätte sein können. Deshalb habe ich Sie ›aufspüren‹ lassen, wie Sie es in Ihrem Brief bezeichnet haben. Aus dem gleichen Grunde kann ich Sie auch nicht in Ruhe lassen, wie Sie es verlangt haben. Jedenfalls nicht, bis Sie den beigefügten Scheck eingelöst haben.

Sie werden feststellen, daß die Summe wesentlich geringer ist als auf dem Scheck, den Sie vor einem Monat bekommen haben. Ich habe mich inzwischen mit der EMMC-Buchhaltung in Verbindung gesetzt und mit der jetzt fehlenden Summe Ihre restlichen Krankenhausrechnungen bezahlt. In dieser Hinsicht sind Sie jetzt frei, Johnny. Das konnte ich tun, und ich habe es getan – mit größtem Vergnügen, wie ich hinzufügen möchte.

Sie protestieren, dieses Geld nicht annehmen zu können. Ich sage, Sie können und Sie werden. Sie werden, Johnny! *Ich habe Sie in Ft. Lauderdale gefunden, und falls Sie von dort fortgehen, werde ich Sie auch am nächsten Ort finden, selbst wenn Sie sich für Nepal entscheiden. Nennen Sie mich meinetwegen eine Laus, die Sie nicht in Ruhe läßt, obwohl Sie es wollen; ich sehe mich aber mehr als einen ›Spürhund des Himmels‹. Ich will Ihnen nicht nachspüren, Johnny. Ich erinnere mich, Sie sagten mir, ich sollte meinen Sohn nicht opfern. Beinahe hätte ich es doch getan. Und was ist mit den anderen? Einundachtzig tot, dreißig weitere schrecklich verbrannt und verstümmelt. Ich denke daran, wie Chuck mir vorgeschlagen hatte, eine Geschichte zu erfinden, ein Garn zu spinnen, oder so. Und ich habe mit der Rechtschaffenheit eines vollkommen Dummen geantwortet? ›Nein, das werde ich nicht. Verlange das nicht von mir, Chuck.‹ Nun, ich hätte etwas tun können. Das verfolgt mich, Johnny. Ich hätte diesem raffgierigen Carrick dreitausend Dollar geben können, damit er sein Lokal für diese Nacht geschlossen hätte. Das wären etwa siebenunddreißig Dollar pro Leben gewesen. Glauben Sie mir also, wenn ich sage, daß ich Ihnen nicht nachspüren will. Dazu habe ich gar keine Zeit, weil ich viel zu sehr damit beschäftigt bin, mir selbst nachzuspüren. Ich glaube, daran wird sich die nächsten paar Jahre kaum etwas ändern. Ich muß dafür bezahlen, daß ich nicht glauben wollte, was ich nicht mit meinen fünf Sinnen erfassen konnte. Und glauben Sie mir, daß ich mein Gewissen nicht zum Schweigen bringen kann, indem ich Ihre Krankenhausrechnungen beglichen habe und diesen Scheck beifüge. Geld kann diesen Blitzschlag nicht ungeschehen machen, und ich kann mir damit auch nicht das Ende meiner Alpträume erkaufen. Das Geld ist für Chuck, auch wenn er nichts davon weiß.*

Nehmen Sie den Scheck, das ist mein Vorschlag. Schicken Sie ihn meinetwegen an UNICEF, wenn Sie das wollen, oder geben Sie ihn meinetwegen einem Heim für verwaiste Bluthunde, oder meinetwegen verwetten Sie es auf dem Rennplatz. Es ist mir egal. Aber nehmen Sie es.

Es tut mir leid, daß Sie der Meinung waren, so überhastet von hier fortgehen zu müssen, aber ich glaube, ich kann das verstehen. Wir hoffen, Sie bald wiederzusehen. Chuck geht am 4. September auf die Stovington Prep.

Johnny, nehmen Sie den Scheck. Bitte.

Mit herzlichen Grüßen

Roger Chatsworth.

1. September 1977

Lieber Johnny,
glauben Sie jetzt endlich, daß ich nicht lockerlasse? Bitte. Nehmen Sie den Scheck.
Besten Gruß
Roger

10. September 1977

Lieber Johnny,
Charlie und ich waren so froh, zu erfahren, wo Du bist. Es war eine große Erleichterung für uns, einen Brief von Dir zu bekommen, der sich so natürlich und nach Dir anhörte. Aber eines hat mir sehr zu schaffen gemacht, Sohn. Ich habe mit Sam Weizak gesprochen und ihm den Teil Deines Briefes über Deine immer häufigeren Kopfschmerzen vorgelesen. Er rät Dir, einen Arzt aufzusuchen, Johnny, und zwar *unverzüglich. Er befürchtet, daß sich um das alte Narbengewebe herum ein Klumpen gebildet haben könnte. Das macht mir Sorgen, und Sam auch. Seit du aus diesem Koma aufgewacht bist, hast Du noch nie so richtig gesund ausgesehen, Johnny, und als ich Dich Anfang Juni zum letztenmal sah, kamst Du mir sehr müde vor. Sam hat es zwar nicht gesagt, aber ich weiß, was er gern möchte. Du solltest das nächste Flugzeug in Phoenix nehmen und nach Hause kommen, damit er sich um Dich kümmern kann. Du kannst Dich jetzt nicht mehr mit Deinen Schulden herausreden.*
Roger Chatsworth hat zweimal hier angerufen, und ich sage ihm stets, was ich kann. Ich glaube, daß er die Wahrheit sagt, wenn er behauptet, daß er mit diesem Geld nicht sein Gewissen beruhigen will oder es eine Belohnung dafür sein soll, daß du das Leben seines Sohnes gerettet hast. Ich glaube, Deine Mutter würde jetzt sagen, daß dieser Mann auf die einzige Art Buße tut, die er kennt. Jedenfalls hast Du es genommen, und ich hoffe, daß es Dir nicht ernst damit ist, wenn Du sagst, daß Du es nur genommen hast, um ihn Dir ›vom Hals‹ zu schaffen. Ich glaube, Du hast zuviel Mummm in Dir, um aus einem solchen Grund etwas zu tun.
Es fällt mir sehr schwer, dies zu sagen, aber ich will versuchen, es

so gut zu tun, wie ich kann. Bitte Johnny, komm nach Hause. Das öffentliche Aufsehen hat sich wieder gelegt. Ich kann Dich schon sagen hören: ›Ach, Unsinn, es wird sich nach diesem Vorfall nie mehr legen.‹ Ich nehme an, daß Du damit teilweise recht hast, teilweise nicht. Mr. Chatsworth hat am Telefon gesagt: ›Wenn Sie mit ihm sprechen, dann sagen Sie ihm, daß er versuchen soll, endlich zu begreifen, daß kein Hellseher außer Nostradamus jemals mehr als eine Eintagsfliege war.‹ Ich mache mir sehr viel Sorgen um Dich, Sohn. Ich mache mir Sorgen, daß Du Dir die Schuld an den Toten gibst, statt Dich für die Lebenden zu segnen, für diejenigen, die Du gerettet hast, für diejenigen, die damals in Chatsworths Haus waren. Ich mache mir Sorgen, Sohn, und ich vermisse Dich sehr. ›Ich sehne mich nach Dir wie nach einer Tasse Kaffee‹, wie Deine Mutter zu sagen pflegte. Komm also bitte nach Hause, sobald Du kannst.
Dad

P.S.: Ich füge die Zeitungsausschnitte über den Brand und über Deine Rolle darin bei. Charlie hat alle gesammelt. Du wirst sehen, daß Du richtig vermutet hast, alle Leute, die bei der Gartenparty waren, haben der Presse gegenüber ihr Herz ausgeschüttet. Ich vermute, daß Dich diese Ausschnitte noch mehr aufregen werden, in diesem Fall wirf sie einfach weg. Aber Charlies Wunsch war, daß Du sie wenigstens ansiehst und vielleicht sagst: ›So schlimm, wie ich dachte, war es doch nicht. Damit kann ich fertig werden.‹ Ich hoffe, daß es so sein wird.
Dad

29. September 1977

Lieber Johnny,
ich habe Ihre Adresse von meinem Dad bekommen. Wie ist denn die große amerikanische Wüste? Haben Sie schon Rothäute (haha!) gesehen? Nun, ich bin jetzt hier an der Stovington Prep. Ist gar nicht so schlecht. Chemie für Fortgeschrittene ist mein Lieblingsfach, aber nach der DHS ist es ein Kinderspiel. Ich hatte immer das Gefühl, daß unser Pauker dort, der alte Fearless Farnham, glücklicher gewesen wäre, wenn er Vernichtungsmaschinen hätte ba-

steln dürfen, um damit die Welt in die Luft zu jagen. In Englisch lesen wir in den ersten vier Wochen drei Bücher von J. D. Salinger, Der Fänger im Roggen, Franny und Zooey *und* Hebt den Dachbalken hoch, Zimmerleute. *Ich mag ihn sehr. Unser Lehrer hat uns gesagt, daß er immer noch drüben in N. H. lebt, aber das Schreiben aufgegeben hat. Das macht mich fertig. Warum gibt jemand etwas auf, wenn er damit so großen Erfolg hat? Nun ja, das Football-Team hier ist wirklich beschissen. Ich finde allmählich Gefallen an Fußball. Der Coach sagt, daß Fußball so etwas wie Football für schlaue Leute ist, und Football ist Football für Dummköpfe. Ich bin mir noch nicht klar darüber, ob er recht hat oder nur eifersüchtig ist.*

Ich überlege, ob es in Ordnung ist, wenn ich einigen Leuten, die bei unserer Abschlußfeier waren, Ihre Adresse geben. Sie möchten Ihnen schreiben und sich bei Ihnen bedanken. Eine von ihnen ist Patty Strachans Mutter. Sie werden sich an Sie erinnern, weil sie damals bei der Gartenparty solches Theater gemacht hatte, als ihre ›kostbare Tochter‹ ohnmächtig geworden war. Jetzt hält sie Sie für einen guten Menschen. Ich gehe übrigens nicht mehr mit Patty. Ich halte nichts davon, in meinem zarten Alter (ha-ha!) nur aus der Ferne zu schwärmen, und Patty geht nach Vassar, wie Sie sicher vermutet haben. Ich habe hier ein schlaues kleines Küken kennengelernt.

Nun, schreiben Sie mal, wenn Sie können, Mann. Bei meinem Dad hat es sich so angehört, als wären Sie jetzt echt am Kämpfen, und ich verstehe den Grund dafür nicht, denn ich finde, Sie haben alles in Ihrer Macht stehende getan, damit alles gut wird. Er irrt sich, nicht? Bitte schreiben Sie mir und sagen Sie mir, daß es Ihnen gut geht, ich mache mir Sorgen um Sie. Das ist lächerlich, was, der echte Alfred E. Neumann macht sich Sorgen um Sie, aber so ist es nun mal.

Wenn Sie mir schreiben, dann verraten Sie mir doch bitte einmal, warum Holden Caulfield immerzu den Blues haben muß, wo er nicht einmal schwarz ist.

Chuck

P. S.: Das schlaue kleine Küken heißt Stephanie Wyman, und ich habe sie schon auf Das Böse kommt auf leisen Sohlen *ange-*

*törnt. Sie steht außerdem auf eine Punkrock-Band namens The Ramones, die sollten Sie mal hören, die sind echt wahnsinnig.
C.*

17. Oktober 1977

Lieber Johnny,

na, das ist schon besser, Sie hören sich o. k. an. Ich habe mir einen Ast gelacht über Ihren Job beim Straßenbau von Phoenix. Nachdem ich viermal für die Stovington Tigers draußen war, kann ich wegen Ihres Sonnenbrands überhaupt kein Mitleid mehr aufbringen. Der Coach hat wohl recht, Football ist Football für Dummköpfe, jedenfalls hier. Unser Rekord ist 1 : 3, und bei dem Spiel, das wir gewonnen haben, habe ich drei Touchdowns gemacht, mich Irren hyperventiliert und das Bewußtsein verloren. Steff wurde vor Angst zur Schnecke (ha-ha).

Ich habe mit dem Schreiben gewartet, um Ihre Frage beantworten zu können, was die Leute jetzt von Greg Stillson halten, wo er ›im Amt‹ ist. Ich war letztes Wochenende zu Hause, und ich werde Ihnen erzählen, was ich kann. Zuerst habe ich meinen Dad gefragt, und er hat gesagt: ›Ist Johnny denn immer noch an dem Kerl interessiert?‹ Und ich sagte: ›Er beweist seinen grundlegend schlechten Geschmack, indem er sich nach deiner Meinung erkundigt.‹ Daraufhin ging er zu meiner Mutter: ›Siehst du, diese Privatschule macht einen Klugscheißer aus ihm. Das habe ich genau gewußt.‹ Nun, um es kurz zu machen, die meisten Leute sind ziemlich überrascht, wie gut Stillson seine Sache macht. Mein Dad sagt Folgendes: ›Wenn die Wähler eines Kongreß-Bezirks nach zehn Monaten ein Zeugnis ausstellen müßten, wie gut er sich anstellt, würde Stillson größtenteils Zweien bekommen, und eine Eins für seine Arbeit an Carters Energiegesetz und seinem eigenen Heizöl-Gesetz. Und außerdem eine Eins für Einsatz.‹ Dad läßt Ihnen ausrichten, daß er sich vielleicht geirrt hat, als er sagte, Stillson sei der Dorftrottel.

Andere Bemerkungen von Leuten, die ich gefragt habe, als ich zu Hause war: Es gefällt allen hier, daß er keinen schicken Anzug anzieht. Mrs. Jarvis, der das Quik-Pik gehört (tut mir leid wegen der Rechtschreibung, Mann, aber so nennen sie es nun mal), sagt, sie ist der Meinung, daß Stillson keine Angst vor den ›Großinteressen‹ hat. Henry Burke, dem das Bucket gehört – diese El-scuzzo-*Kneipe in der Altstadt –, hat gesagt, er sei der Meinung, Stillson hätte ›seine Sache doppelt gut gemacht‹. Die meisten anderen Bemerkungen sind ähnlich. Sie vergleichen das, was Stillson getan hat, mit dem, was Carter nicht getan hat, die meisten sind wirklich enttäuscht von ihm und beißen sich in den Hintern, weil sie ihn gewählt haben. Ich habe einige gefragt, ob es ihnen keine Bange macht, daß diese Rocker noch immer hier sind und Sonny Elliman sogar als einer seiner Wahlhelfer fungiert hat. Das schien jedoch niemanden aufzuregen. Der Bursche, dem das Record Rock gehört, hat es folgendermaßen für mich zusammengefaßt: ›Wenn Tom Hayden ein guter Mensch werden und Eldridge Cleaver zu Jesus finden kann, warum sollen denn dann nicht ein paar Rocker zum Establishment überwechseln? Vergeben und vergessen.‹*

So, das wäre alles. Ich würde noch mehr schreiben, aber gleich fängt das Footballtraining an. Laut Plan sollen wir dieses Wochenende von den Barre Wildcats Kleinholz aus uns machen lassen. Ich hoffe nur, daß ich die Saison überlebe. Halten Sie sich senkrecht, Mann.

Chuck

Aus der *New York Times* vom 4. März 1978:

FBI-AGENT IN OKLAHOMA ERMORDET

Sonderbericht für die *Times* – Edgar Lancte, 37, zehnjähriger Veteran beim FBI, wurde offenbar letzte Nacht in einer Parkgarage in Oklahoma City ermordet. Wie die Polizei sagt, explodierte eine Dynamitbombe, die an die Zündung des Wagenmotors angeschlossen worden war, als Mr. Lancte den Zündschlüssel herumdrehte. Diese Hinrichtung im Gangsterstil ähnelt dem Mord an dem Kriminalreporter Don Bolles aus Arizona vor zwei Jahren, aber FBI-Chef William Webster wollte nicht auf einen Zusammenhang spekulieren. Mr. Webster wollte gleichfalls weder bestätigen noch bestreiten, daß Mr. Lancte dubiose Landgeschäfte und mögliche Verbindungen mit Lokalpolitikern untersucht hatte.

Was Mr. Lanctes derzeitiger Auftrag war, scheint von einem Geheimnis umgeben zu sein, und wie aus einer zuverlässigen Quelle im Justizministerium verlautet, sollte Mr. Lancte keine dubiosen Landgeschäfte aufklären, sondern eine Angelegenheit der nationalen Sicherheit.

Mr. Lancte schloß sich dem Federal Bureau of Investigation im Jahre 1968 an und...

Fünfundzwanzigstes Kapitel

1

Aus den vier Notizbüchern in Johnnys Schreibtisch wurden fünf, und im Herbst 1978 sieben. Im Herbst 1978, zwischen dem rasch aufeinanderfolgenden Tod von zwei Päpsten, war Greg Stillson zu nationaler Bekanntheit gelangt.

Er wurde mit überwältigender Mehrheit ins Abgeordnetenhaus wiedergewählt, und da das Land in einen Proposition-13-Konservatismus verfiel, hatte er die America-Now-Partei gegründet. Erstaunlicherweise hatten mehrere Mitglieder des House ihre bisherige Parteizugehörigkeit aufgegeben und sich ›eingegliedert‹, wie Greg es gerne ausdrückte. Die meisten von ihnen hatten ziemlich gleiche Überzeugungen; wie Johnny es ausdrückte, waren sie äußerlich liberal in Fragen des Haushalts und erzreaktionär in Fragen der Außenpolitik. Nicht ein einziger hatte bei den Panama-Verträgen für Carters Seite gestimmt. Und wenn man die liberalen Fassaden in den Haushaltsfragen abschälte, waren sie auch sonst ziemlich konservativ. Die America-Now-Partei wollte großen Drogendealern den Garaus machen, sie wollte, daß die Städte auf sich allein gestellt schwimmen oder untergehen sollten (›Es ist nicht nötig, daß ein Farmer, dem es ohnehin schlecht geht, mit seinen Steuern die wahnwitzigen Programme von New York unterstützt‹, verkündete Greg), sie wollte den Sozialhilfesatz für Huren, Zuhälter und Penner sowie Leute mit Vorstrafenregister senken, sie wollte immense Steuerreformen, welche mit immensen Streichungen von Sozialleistungen finanziert werden sollten. Das alles war ein altes Lied, aber Gregs America-Now-Partei hatte eine angenehm klingende neue Melodie dazu geschrieben.

Vor den Vorjahreswahlen schwenkten sieben Kongreßabgeordnete und zwei Senatoren um. Sechs der Kongreßabgeordneten wurden wiedergewählt, ebenso die beiden Senatoren. Von den neun waren acht Republikaner gewesen, deren Basis zur Größe eines Stecknadelkopfs geschrumpft gewesen war. Ihr Parteiwechsel und die anschließende Wiederwahl, hatte ein Spötter kommentiert, war ein besserer Trick gewesen als der, welcher den Worten ›Lazarus, komm heraus‹, gefolgt war.

Einige behaupteten schon, daß Greg Stillson eine Macht werden könnte, mit der zu rechnen sein würde, und das in gar nicht allzu weiter Ferne. Es war ihm zwar nicht gelungen, allen Umweltschmutz der Welt zum Jupiter oder den Ringen des Saturn zu befördern, aber immerhin hatte er zwei Spitzbuben aus dem Amt jagen können – einen Kongreßabgeordneten, der sich mit einem dubiosen Parkplatzgeschäft seine Schäfchen ins trockene hatte bringen wollen, sowie einen Präsidentenberater mit einer Vorliebe für Schwulenbars. Sein Heizölgesetzentwurf hatte Weitsicht und Kühnheit bewiesen, und die sorgfältige Führung von der Absegnung durch das Komitee bis zur endgültigen Abstimmung hatte eine verschlagene Bauernschläue bewiesen. Neunzehnhundertachtzig war zu früh für Greg, und 1984 vielleicht zu verlockend, um widerstehen zu können, aber wenn es ihm gelang, bis 1988 kühl zu bleiben, wenn er fortfuhr, seine Basis auszubauen, und der Wind der Veränderung seine erblühende Partei nicht hinwegwehte, nun, dann war alles möglich. Die Republikaner waren zu streitenden Splittergruppen zerfallen, und wenn man davon ausging, daß Mondale oder Jerry Brown oder sogar Howard Baker Carters Nachfolger als Präsident werden würde, wer sollte dann Nachfolger werden? Nicht einmal 1992 wäre zu spät für ihn. Er war ein vergleichsweise junger Mann. Ja, 1992 klang genau richtig.

In Johnnys Notizbüchern waren mehrere politische Cartoons. Alle von ihnen zeigten Greg Stillsons ansteckendes, schiefes Grinsen, und auf allen trug er seinen Schutzhelm. Eine, von Oliphant, zeigte Greg, der ein Barrel mit der Aufschrift HEIZÖLGESETZ den Mittelgang im House entlangrollte, den Helm keck in den Nacken geschoben. Weiter vorne stand Jimmy Carter, der sich am Kopf kratzte und verwirrt dreinsah; er sah nicht in Gregs Richtung, was andeuten sollte, daß er überrollt werden würde. Die Unterschrift lautete: AUS DEM WEG, JIMMY!

Der Helm. Der Helm beunruhigte Johnny irgendwie mehr als alles andere. Die Republikaner hatten ihren Elefanten, die Demokraten ihren Esel, und Greg Stillson hatte seinen Helm. In Johnnys Träumen schien Stillson manchmal einen Motorradhelm zu tragen. Und manchmal einen Stahlhelm.

2

In einem separaten Notizbuch bewahrte er die Zeitungsausschnitte auf, die ihm sein Vater geschickt hatte, die die Brandkatastrophe bei Cathy's betrafen. Er hatte sie immer wieder studiert, wenngleich aus Gründen, die weder Sam noch Roger noch sein Vater vermutet hätten. HELLSEHER SAGT FEUER VORAUS. ›MEINE TOCHTER WÄRE AUCH GESTORBEN‹, BEHAUPTET DANKBARE MUTTER UNTER TRÄNEN (bei der zitierten dankbaren, tränenreichen Mutter hatte es sich um Patty Strachans Mutter gehandelt.) *Hellseher, der die Mordfälle von Castle Rock aufgeklärt hat, kündigt im voraus Feuer an.* ZAHL DER OPFER BEI BRAND STEIGT AUF 90. VATER BEHAUPTET, DASS JOHN SMITH NEU ENGLAND VERLASSEN HAT, VERWEIGERT AUSKUNFT, WARUM. Bilder von ihm. Bilder von seinem Vater. Bilder von diesem nun schon so lange zurückliegenden Autounfall auf der Route 6 in Cleaves Mills, als Sarah Bracknell sein Mädchen gewesen war. Jetzt war Sarah Ehefrau und Mutter von zwei Kindern, und in seinem letzten Brief hatte Herb erwähnt, daß Sarah schon ein paar graue Haare hatte. Es schien kaum zu glauben, daß er einunddreißig war. Unmöglich, aber wahr.

Um alle Ausschnitte herum waren Johnnys Notizen, seine

Anstrengungen, alles ein für allemal in seinem Geist in Ordnung zu bringen. Keiner begriff die wahre Bedeutung des Feuers, seinen Zusammenhang mit der viel wichtigeren Frage, was bezüglich Greg Stillson getan werden sollte.

Er hatte geschrieben: Ich muß etwas wegen Stillson tun. Ich *muß*. Ich hatte recht mit Cathy's, also werde ich auch damit recht behalten. Das ist für mich überhaupt keine Frage. Er wird Präsident werden, und er wird einen Krieg anfangen – oder durch Mißbrauch des Amtes einen auslösen, was auf dasselbe hinausläuft.

Die Frage lautet: *Wie drastisch sind die Maßnahmen, die ergriffen werden müssen?*

Nehmen wir Cathy's als Testfall. Es hätte mir fast als ein Zeichen geschickt werden können, mein Gott, ich fange schon an zu reden wie meine Mutter, so ist es aber nun einmal. Okay, ich *wußte*, daß ein Feuer ausbrechen würde und daß Leute den Tod finden würden. War das schon ausreichend, sie zu retten? Antwort: Es war nicht ausreichend, *alle* zu retten, weil *die* Leute *eben erst glauben, wenn es zu spät ist*. Diejenigen, die zu Chatsworths Haus kamen, statt zu Cathy's zu gehen, wurden gerettet, aber es ist wichtig, nicht zu vergessen, daß R. C. diese Party nicht gegeben hat, weil er an meine Voraussage glaubte. Er hat diese Party nur stattfinden lassen, um mir zu meinem Seelenfrieden zu verhelfen. Er wollte ... er wollte mir einen Gefallen tun. Er glaubte erst *hinterher* daran. Hinterher – hinterher. Aber da war es für die Toten und Verbrannten schon zu spät.

Also Frage 2: Hätte ich am Ausgang etwas ändern können?

Ja. Ich hätte zum Beispiel mit dem Auto direkt hineinfahren können. Oder ich hätte es schon am Nachmittag selbst in Brand stecken können.

Frage 3: Welche Folgen hätte ein solches Vorgehen für mich gehabt?

Wahrscheinlich Gefängnis. Wenn ich die Auto-Möglichkeit gewählt und der Blitz dann tatsächlich in der Nacht eingeschlagen hätte, hätte ich wahrscheinlich darauf hinweisen können, daß... Nein, das zieht nicht. Hellseherische Fähigkeiten werden zwar von manchen Kreisen anerkannt, aber ganz bestimmt nicht vom Gesetz. Ich glaube, wenn ich es noch einmal tun müßte, würde ich eine dieser Möglichkeiten ausführen und mich nicht um die Konsequenzen kümmern. Ist es möglich, daß ich meiner eigenen Prophezeiung selbst nicht ganz geglaubt habe?

Bei Greg Stillson handelt es sich um eine in jeder Hinsicht schrecklich ähnliche Angelegenheit, nur habe ich hier, Gott sei Dank, viel mehr Zeit.

Also noch einmal zum Anfang zurück. Ich möchte nicht, daß Greg Stillson Präsident wird. Wie kann ich das verhindern?

1. Nach New Hampshire zurückzukehren und mich ›einreihen‹, wie er das nennt. Versuchen, Sand ins Getriebe der America-Now-Partei zu streuen. Versuchen, *ihn* zu sabotieren. Er hat genügend Leichen im Keller. Vielleicht könnte ich einige ans Licht zerren.

2. Jemanden anheuern, der ihn mit Dreck bewirft. Von Rogers Geld ist noch genügend da, um jemanden zu engagieren, der gut ist. Andererseits habe ich den Eindruck, daß Lancte ziemlich gut war. Und Lancte ist tot.

3. Ihn verwunden oder verstümmeln. Wie Arthur Bremmer Wallace verstümmelt hat, wie wer-auch-immer Larry Flynt verstümmelt hat.

4. Ihn umbringen. Ihn ermorden.

Nun einige Nachteile. Die erste Option ist nicht sicher genug. Vielleicht würde mir nichts Konstruktives gelingen als mir eine gehörige Tracht Prügel einzuhandeln; so wie damals Hunter Thompson, als er sein erstes Buch recherchiert hat, über die Hell's Angels. Was noch schlimmer ist, dieser Kerl Sonny Elliman könnte wissen, wie ich aussehe, nach der Begegnung bei der Veranstaltung in Trimbull. Ist es nicht üblich, Akten über Leute anzulegen, die gefährlich werden können? Ich wäre kaum überrascht, wenn Stillson einen Mann auf der Lohnliste hat, der weiter nichts tut, als Akten über zweifelhafte Leute und Gegner auf dem laufenden zu halten. Und ich gehöre ganz bestimmt dazu.

Dann als Option zwei. Angenommen, daß alle Leichen bereits entfernt wurden? Falls Stillson sich bereits höhere politische Ziele gesteckt hat – und all seine Aktionen deuten ja darauf hin –, dann dürfte er sie inzwischen längst fortgeschafft haben. Und noch etwas: Leichen im Keller sind nur so schlimm, wie die Presse sie machen will, und die Presse mag Stillson. Er hofiert ihr. In einem Roman würde ich wahrscheinlich selbst zum Privatdetektiv werden und ›ihm etwas anhängen‹, aber die traurige Tatsache ist, ich weiß nicht, wo ich überhaupt anfangen sollte. Man sollte meinen, daß mir meine Fähigkeit, Menschen zu ›lesen‹, Dinge zu finden, die verlorengingen (um Sam zu zitieren), dabei helfen würde. Wenn ich etwas über Lancte herausfinden könnte, würde das das Blatt wenden. Aber ist es nicht wahrscheinlich, daß Stillson das alles an Sonny Elliman delegiert? Und trotz meines Verdachts kann ich nicht einmal sicher sein, daß Lancte überhaupt noch auf Stillsons Spur war, als er ermordet wurde. Es wäre möglich, daß ich Sonny Elliman an den Galgen bringe und Stillson trotzdem nicht aus dem Weg schaffe.

Kurz und gut, die zweite Alternative ist *einfach nicht sicher genug*. Es steht *soviel* auf dem Spiel, daß ich nicht einmal wage, sehr oft an das ›große Bild‹ zu denken. Ich bekomme jedesmal die hirnbohrendsten Kopfschmerzen dabei.

In meinen kühnsten Augenblicken habe ich sogar schon daran gedacht, ihn auf Drogen anzutörnen, wie es dem Schauspieler Gene Hackman in *French Connection II* erging, ihn dazu zu bringen, total auszuflippen, indem ich LSD in sein Dr. Pepper mische, oder was immer er trinkt. Aber das alles ist nichts weiter als Schmus aus Gangsterfilmen. Gordon-Liddy-Scheiße. Die Probleme sind so groß, daß man über diese ›Option‹ eigentlich kein Wort mehr verlieren muß. Vielleicht könnte ich ihn entführen. Immerhin ist der Bursche nichts weiter als ein U.S.-Repräsentant. Ich habe keine Ahnung, woher ich Heroin oder Morphium bekommen könnte, aber LSD könnte ich jede Menge von Larry McNaughton direkt hier beim Straßenbau vom guten alten Phoenix bekommen. Er hat Tabletten für jeden Zweck. Aber angenommen, (wenn wir bereit sind, das obige anzunehmen), er genießt seine(n) Trip(s) ganz einfach nur?

Ihn erschießen und verstümmeln? Vielleicht könnte ich das.

Ich denke, unter den richtigen Umständen könnte ich es – etwa wie bei dieser Kundgebung in Trimbull. Angenommen, ich tue es. Nach dem Zwischenfall in Laurel war George Wallace niemals wieder eine ernstzunehmende politische Macht. Andererseits führte FDR seinen Wahlkampf vom Rollstuhl aus, und machte es zu seinem Vorteil.

Bleibt immer noch das Attentat, der große Knall. Das ist die eine unbestreitbare Alternative. Als Leiche kann man nicht für die Präsidentschaft kandidieren.

Wenn ich den Abzug ziehen kann.

Und wenn ich es kann, welche Konsequenzen würde es für mich haben?

Wie Bob Dylan sagt: »Honey, do you have to ask me that?«

Es gab noch viele andere Notizen und Anmerkungen, meist nur flüchtig hingekritzelt, aber die einzige wichtige davon war ausgeschrieben und sauber umrandet: Angenommen, daß sich Mord als einzige Alternative erweist. Und angenommen, daß ich tatsächlich den Abzug ziehen kann. Mord ist immer noch Unrecht. Mord ist Unrecht. Mord ist Unrecht. Es könnte noch eine andere Lösung geben. Gott sei Dank ist noch jahrelang Zeit.

3

Aber nicht für Johnny.

Anfang Dezember 1978, kurz nachdem Leo Ryan, ein Kongreßabgeordneter aus Kalifornien, auf einem Dschungel-Flugplatz im südamerikanischen Guayana erschossen worden war, fand Johnny heraus, daß für ihn die Zeit beinahe abgelaufen war.

Sechsundzwanzigstes Kapitel

1

Am 26. Dezember 1978 gegen vierzehn Uhr dreißig bediente Bud Prescott einen großen und ziemlich hager aussehenden jungen Mann mit ergrauendem Haar und sehr blutunterlaufenen Augen. Bud war einer von drei Verkäufern im Phoenix Sporting Goods Store in der 4th Street, am Tag nach Weihnachten, und das Geschäft bestand in der Hauptsache aus Umtausch – aber dieser Bursche war ein zahlender Kunde.

Er sagte, er wollte ein gutes Gewehr kaufen, leicht und mit Hahn. Bud zeigte ihm einige. Der Tag nach Weihnachten war hier am Ladentisch ruhig; wenn Männer Gewehre zu Weihnachten bekamen, wollten nur sehr wenige sie gegen etwas anderes umtauschen.

Der Bursche sah sich alle sehr genau an und entschied sich schließlich für ein Remington 700, Kaliber 243, eine sehr schöne Waffe mit leichtem Rückstoß und flacher Flugbahn. Im Waffenbuch unterschrieb er mit John Smith, und Bud dachte: *Wenn ich jemals einen falschen Namen gesehen habe, dann diesen hier. ›John Smith‹ bezahlte bar, nahm die Zwanziger aus einer Brieftasche, die prall damit gefüllt war. Er nahm die Waffe direkt über den Ladentisch in Empfang. Bud, der ihm ein wenig einheizen wollte, machte ihn darauf aufmerksam, daß man seine Initialen ohne Aufpreis in den Kolben einbrennen könnte. ›John Smith‹ schüttelte nur den Kopf.*

Als ›John Smith‹ das Geschäft verließ, fiel Bud auf, daß er deutlich erkennbar hinkte. Es würde überhaupt kein Problem sein, diesen Burschen zu identifizieren, dachte Bud, nicht mit diesem hinkenden Gang und den Narben an seinem Hals.

2

Am 27. Dezember 1978 gegen zehn Uhr dreißig kam ein dünner Mann hinkend bei Phoenix Office Supply, Inc, herein und näherte sich Dean Clay, einem der dortigen Verkäufer. Clay sagte später aus, daß ihm in einem Auge des Mannes ein ›Feuerfleck‹ aufgefallen war, wie seine Mutter das zu nennen pflegte. Der Kunde wollte eine große Aktentasche kaufen und suchte sich schließlich ein hübsches Stück aus Rindsleder heraus, beste Qualität, Preis: hundertneunundvierzig Dollar fünfundneunzig. Die ganze Sache, vom ansehen bis zum Kaufen dauerte nicht länger als zwanzig Minuten. Der Bursche verließ das Geschäft und bog direkt in die City ab, und Dean Clay sah ihn nie wieder, bis er sein Bild in der *Phoenix Sun* sah.

3

Später am selben Nachmittag näherte sich ein großer Mann mit ergrauendem Haar, Bonita Alvarez' Schalter auf dem Phoenix Amtrak Terminal und erkundigte sich nach einer Fahrt von Phoenix nach New York mit dem Zug. Bonita zeigte ihm die Verbindungen. Er folgte ihnen mit dem Finger und notierte sich dann alle sehr sorgfältig. Schließlich fragte er Bonnie Alvarez, ob sie eine Fahrkarte für den 3. Januar für ihn reservieren könnte. Bonnie ließ die Finger über die Computer-Konsole tanzen und sagte dem Mann, daß sie es könnte.

»Warum tun Sie es dann nicht...« begann der große Mann, dann verstummte er. Er legte eine Hand an den Kopf.

»Alles in Ordnung, Sir?«

»Feuerwerk«, sagte der große Mann. Sie berichtete später der Polizei, daß sie ganz sicher war, der Mann hatte *Feuerwerk* gesagt.

»Sir? Alles in Ordnung?«

»Kopfschmerzen«, sagte er. »Entschuldigen Sie.« Er versuchte zu lächeln, aber diese Anstrengung konnte sein abgespanntes, jung-altes Gesicht nicht besonders verbessern.

»Möchten Sie Aspirin? Ich habe welches.«

»Nein, danke. Geht vorbei.«

Sie stellte die Fahrkarten aus und sagte ihm, daß er am 6. Januar mitten am Nachmittag auf der Grand Central Station in New York ankommen würde.

»Wieviel kostet das?«

Sie sagte es ihm und fügte hinzu: »Bar oder Kreditkarte, Mr. Smith?«

»Bar«, sagte er und holte das Geld aus seiner Brieftasche – eine ganze Handvoll Zwanziger und Zehner.

Sie zählte die Scheine, gab ihm das Wechselgeld, die Quittungen, die Fahrkarten.

»Ihr Zug fährt um zehn Uhr dreißig ab, Mr. Smith«, sagte sie. »Seien Sie bitte so rechtzeitig hier, daß Sie den Zug um zehn Uhr besteigen können.«

»In Ordnung«, sagte er. »Danke.«

Bonnie bedachte ihn mit einem strahlenden professionellen Lächeln, aber Mr. Smith wandte sich bereits ab. Sein Gesicht war sehr blaß, und Bonnie kam er wie ein Mann vor, der sehr starke Schmerzen hatte.

Sie war ganz sicher, daß er *Feuerwerk* gesagt hatte.

4

Elton Curry war Schaffner auf der Amtraks Strecke Phoenix-Salt Lake. Der große Mann erschien am 3. Januar pünktlich um zehn Uhr, und Elton half ihm die Stufen hinauf in den Waggon, weil er ziemlich hinkte. Er hatte eine recht alte Reisetasche aus Schottenstoff mit Stoßspuren und ausgefransten Kanten in einer Hand. In der anderen Hand hielt er eine brandneue Aktentasche aus Rindsleder. Er hielt die Aktentasche so, als wäre sie sehr schwer.

»Kann ich Ihnen damit behilflich sein, Sir?« fragte Elton und meinte die Aktentasche, aber der Reisende reichte ihm die Reisetasche zusammen mit seiner Fahrkarte.

»Nein, die brauche ich erst, wenn wir unterwegs sind, Sir.«

»In Ordnung. Danke.«

Ein sehr höflicher Bursche, sagte Elton Curry später den FBI-Agenten, die ihn verhörten. Und er gab ein stattliches Trinkgeld.

5

Der 6. Januar 1979 war ein grauer, wolkenverhangener Tag in New York – es sah nach Schnee aus, aber er fiel noch nicht. George Clements' Taxi parkte vor dem Biltmore-Hotel, gegenüber der Grand Central Station.

Die Tür wurde geöffnet, und ein Bursche mit ergrauendem Haar stieg ein, er bewegte sich vorsichtig und unter leichten Schmerzen. Er stellte eine Reisetasche und eine Aktentasche neben sich auf den Sitz, machte die Tür zu, legte den Kopf gegen die Rückenlehne und schloß einen Moment die Augen, als wäre er sehr, sehr müde.

»Wohin fahren wir, mein Freund?« fragte George.

Sein Fahrgast sah auf ein Stück Papier. »Port Authority Terminal«, sagte er.

George fuhr los. »Sie sehen ein bißchen blaß um die Nase aus, mein Freund. Mein Schwager sah auch so aus, wenn er seine Gallenkoliken hatte. Haben Sie Gallensteine?«

»Nein.«

»Mein Schwager, der sagt, Gallensteine tun schlimmer weh als alles andere. Abgesehen vielleicht von Nierensteinen. Wissen Sie, was ich ihm gesagt habe? Ich habe ihm gesagt, daß er voller Scheiße ist. Andy, habe ich gesagt, bist 'n großartiger Kerl, ich mag dich, aber du bist voller Scheiße. Haste je Krebs gehabt, Andy, sag' ich. Das frag ich ihn, wissen Sie, ob er je Krebs gehabt hat. Ich meine, weiß doch jeder, daß Krebs das Schlimmste ist.« George warf einen langen Blick in den Rückspiegel. »Ich frage Sie, mein Freund... sind Sie okay? Wenn ich die Wahrheit sagen soll, Sie sehen aus wie eine aufgewärmte Leiche.«

Der Fahrgast antwortete: »Mir geht es gut. Ich... dachte nur an eine andere Taxifahrt. Vor ein paar Jahren.«

»Ah, so«, sagte George weise, als wüßte er genau, wovon der Mann sprach. Nun, in New York wimmelte es von komischen Kauzen, das ließ sich nicht bestreiten. Nach dieser kurzen Pause des Nachdenkens sprach er weiter über seinen Schwager.

6

»Mommy, ist der Mann krank?«

»Pssst.«

»Ja, aber ist er krank?«

»Danny, sei still.«

Sie lächelte den Mann auf der anderen Seite des Mittelganges des Greyhound an, ein verzeihungheischendes Kinder-sagen-eben-alles-Lächeln, aber der Mann schien es überhaupt nicht gehört zu haben. Der arme Kerl sah wirklich krank aus. Danny war erst vier, aber in diesem Punkt hatte er recht. Der Mann sah lustlos in den Schnee hinaus, der zu fallen begonnen hatte, nachdem sie die Staatsgrenze von Connecticut überquert hatten. Er war viel zu blaß, viel zu mager, und da war eine schreckliche Frankenstein-Narbe, die sich unter dem Mantelkragen hervor bis unters Kinn erstreckte. Es sah aus, als hätte jemand vor gar nicht langer Zeit versucht, ihm den Kopf abzuschneiden und beinahe Erfolg gehabt.

Der Greyhound war unterwegs nach Portsmouth, New

Hampshire, und falls der Schnee keine Verspätung mit sich brachte, würden sie heute abend um einundzwanzig Uhr dreißig ankommen. Julie Brown und ihr Sohn waren auf dem Weg zu Julies Schwiegermutter, und das alte Miststück würde Danny wie üblich völlig verderben – nicht, daß das besonders schwer gewesen wäre.

»Ich will ihn ansehen.«

»Nein, Danny.«

»Ich will sehen, ob er krank ist.«

»Nein!«

»Ja, aber wenn er stirbt, Ma?« Dannys Augen leuchteten eindeutig angesichts dieser aufregenden Möglichkeit.

»Danny, sei still.«

»He, Mister!« rief Danny. »Sterben Sie, oder was?«

»Danny, du sollst den Mund halten!« zischte Julie; ihre Wangen brannten vor Verlegenheit.

Da begann Danny zu weinen, kein echtes Weinen, sondern diese trotzige Ich-setze-meinen-Kopf-schon-durch-Heulen, bei dem sie ihn immer packen und in die Arme kneifen wollte, bis er *wirklich* einen Grund zum Weinen hatte. In solchen Augenblicken, wie jetzt im Bus in einem abendlichen Schneesturm, ihren heulenden Jungen neben sich, wünschte sie sich manchmal, daß ihre eigene Mutter sie vor mehreren Jahren hätte sterilisieren lassen, bevor sie volljährig geworden war.

Doch jetzt drehte der Mann auf der gegenüberliegenden Seite des Mittelgangs langsam den Kopf herum und lächelte sie an – ein müdes, schmerzgequältes Lächeln, aber dennoch süß. Sie sah, daß seine Augen schrecklich blutunterlaufen waren, als hätte er geweint. Sie versuchte, zurückzulächeln, aber es war falsch und unbehaglich auf ihren Lippen. Dieses rote linke Auge – und die Narbe an seinem Hals – ließ diese Gesichtshälfte finster und unfreundlich aussehen.

Sie hoffte, daß der Mann jenseits des Mittelgangs nicht bis Portsmouth mitfahren würde, aber wie sich dann herausstellte, tat er es doch. Am Busbahnhof sah sie ihn noch einmal, als Dannys Oma den glücklich kichernden Jungen in die Arme nahm. Sie sah ihn zum Terminal-Ausgang hinken, in einer Hand eine ramponierte Reisetasche, in der anderen eine neue Aktentasche. Nur einen Augenblick lief es ihr eiskalt den Rücken hinab. Es war nicht nur ein Hinken – es war ein gebeugtes Schlurfen. Aber seine Haltung wirkte irgendwie zielstrebig, wie sie später der Staatspolizei von New Hampshire erzählte. Er schien ganz genau zu wissen, wohin er wollte, und nichts würde ihn daran hindern können, dorthin zu gelangen.

Dann verschwand er endgültig in der Dunkelheit, und sie verlor ihn aus den Augen.

7

Timmesdale, New Hampshire, ist eine kleine Stadt westlich von Durham, gerade noch innerhalb des dritten Kongreß-Bezirks. Sie lebt in der Hauptsache vom kleinsten der Chatsworth-Werke, das sich wie ein rußgeschwärzter Backstein-Troll am Rande des Timmesdale Stream befindet. Ihr einziger bescheidener Anspruch auf Ruhm besteht (laut der hiesigen Handelskammer) darin, daß es die erste Stadt in New Hampshire war, die elektrische Straßenbeleuchtung hatte.

Eines Abends Anfang Januar kam ein junger Mann, dessen Haar vorzeitig grau wurde, ins Timmesdale Pub, die einzige Bierkneipe der Stadt, gehinkt. Dick O'Donell, der Besitzer, stand hinter der Theke. Die Gaststube war beinahe leer, denn es war Mitte der Woche, und ein neues Unwetter braute sich zusammen. Draußen lagen schon sechs bis sieben Zentimeter, und es würden sicher bald noch mehr werden.

Der Mann mit dem hinkenden Gang stampfte sich die Schuhe ab, kam zum Tresen und bestellte ein Pabst. O'Donnell bediente ihn. Der Bursche trank noch zwei, bei denen er sich Zeit ließ, und sah zum Fernseher über der Bar. Die Farbe wurde immer schlechter, schon seit Monaten, und The Fonz sah aus wie ein alter rumänischer Vampir. O'Donnell konnte sich nicht erinnern, diesen Mann schon einmal gesehen zu haben.

»Noch eins?« fragte O'Donnell, der zwei alte Schachteln in der Ecke bedient hatte und zur Theke zurückkam.

»Eins mehr kann nicht schaden«, sagte der Bursche. Er zeigte auf eine Stelle über dem Fernseher. »Sie sind ihm begegnet?«

Es handelt sich um eine eingerahmte Vergrößerung einer politischen Karrikatur. Sie zeigte Greg Stillson, der wie üblich den Schutzhelm auf dem Kopf hatte und einen Mann im Straßenanzug die Stufen des Capitols hinabwarf. Der Mann im Straßenanzug war Louis Quinn, der vor vierzehn Monaten überführt worden war, Schmiergelder bei Parkplatzgeschäften angenommen zu haben. Die Überschrift lautete: DIE STROLCH-THERAPIE, über eine Ecke war mit krakeliger Handschrift geschrieben worden: *Für Dick O'Donnell, der den verdammt besten Saloon im dritten Bezirk hat! Nur weiter so, Dick – Greg Stillson.*

»Worauf Sie sich verlassen können«, sagte O'Donnell. »Hat bei seiner letzten Wahlkampfkampagne hier eine Rede gehalten. Hatte überall in der Stadt Schilder aufstellen lassen: Kommt am Samstag um vierzehn Uhr in den Pub und trinkt einen auf Greg. An diesem Tag habe ich das beste Geschäft meines Lebens gemacht. Die Leute sollten nur einen auf seine Kosten trinken, aber am Schluß hat er die ganze Rechnung bezahlt. Was Besseres kann man kaum tun, was?«

»Hört sich an, als hielten Sie ihn für einen höllisch guten Mann.«

»Ja, das tue ich«, sagte O'Donnell. »Und wer was anderes behaupten sollte, würde bestimmt meine Knöchel zu spüren bekommen.«

»Nun, ich werde es nicht drauf ankommen lassen.« Der Mann legte drei Vierteldollar auf die Theke. »Trinken Sie einen mit mir.«

»Okay. Dagegen hab' ich nichts einzuwenden. Danke. Mister...?«

»Johnny Smith ist mein Name.«

»Freut mich, Sie kennenzulernen, Johnny. Ich bin Dicky O'Donnell.« Er zapfte ein Bier für sich. »Ja, Greg hat diesem Teil von New Hampshire schon viel Gutes getan. Manche Leute haben Angst, es offen auszusprechen, aber ich nicht! Ich sage es ganz laut und deutlich: Greg Stillson wird eines Tages Präsident werden.«

»Meinen Sie?«

»Und ob«, erwiderte O'Donnell und kam zur Theke zurück. »Für einen Mann wie Greg ist New Hampshire nicht groß genug. Er ist ein verdammt guter Politiker, und wenn ich das sage, dann hat das schon einiges zu bedeuten. Ich halte nämlich nicht viel von Politikern. Ich finde, die sind nichts weiter als eine Bande von Gaunern und Schiebern. Das finde ich immer noch, aber Greg ist die Ausnahme von der Regel. Ein Pfundskerl. Wenn jemand vor fünf Jahren behauptet hätte, daß ich so was jemals sagen würde, hätte ich ihm ins Gesicht gelacht. Eher lese ich Gedichte, bevor ich in einem Politiker was Gutes sehe, hätte ich gesagt. Aber, gottverdammt, das ist ein Kerl.«

Johnny sagte: »Die meisten dieser Leute wollen nur dein guter Kumpel sein, solange sie sich um ein Amt bewerben, aber wenn sie es dann haben, heißt es Scheiß drauf bis zur nächsten Wahl. Ich komme selbst aus Maine, und ich habe ein einziges Mal an Ed Muskie geschrieben. Wissen Sie, was ich als Antwort bekam? Einen vorgedruckten Brief!«

»Ach, das ist doch ein Polack«, sagte O'Donnell. »Was kann man schon von einem Polacken erwarten? Hören Sie, Greg kommt an jedem verdammten Wochenende in den Bezirk. Na, hört sich das an, wie Scheiß drauf bis zur nächsten Wahl?«

»Ach, an jedem Wochenende, hm, hm?« murmelte Johnny und trank einen Schluck Bier. »Wohin denn? Trimbull? Ridgeway? Die großen Städte?«

»Er hat ein System«, sagte O'Donnell im ehrfürchtigen

Tonfall eines Mannes, der so etwas für sich noch nie geschafft hatte. »Fünfzehn Städte, angefangen von den großen Orten wie Capital City bis hin zu kleinen Kaffs wie Timmesdale und Coorter's Notch. Jede Woche besucht er eine Ortschaft, bis er die ganze Liste hinter sich hat. Dann fängt er wieder von oben an. Wissen Sie, wie groß Coorter's North ist? Ungefähr achthundert Seelen. Na, was halten Sie da von einem Burschen, der sich in Washington ein Wochenende freinimmt, um nach Coorter's Notch zu kommen, und sich in einer kalten Stadthalle die Eier abfriert? Hört sich das an wie Scheiß drauf bis zur nächsten Wahl, hm?«

»Nein«, sagte Johnny wahrheitsgemäß. »Was macht er? Nur Hände schütteln?«

»Nein, er hat eine Halle in jeder Stadt, die reserviert er für den ganzen Samstag. Er trifft so gegen zehn Uhr vormittags ein, dann können die Leute zu ihm kommen und mit ihm reden. Ihm ihre Vorschläge unterbreiten, verstehen Sie? Wenn sie Fragen haben, beantwortet er sie. Wenn er mal eine Frage nicht beantworten kann, kehrt er nach Washington zurück und *findet* die Antwort!« Er sah Johnny triumphierend an.

»Wann war er denn zum letztenmal hier in Timmesdale?«

»Vor ein paar Monaten«, sagte O'Donnell. Er ging zur Registrierkasse und blätterte in einem Stapel Papieren herum, die danebenlagen. Er kam mit einem eselsohrigen Zeitungsabschnitt zurück und legte ihn vor Johnny auf die Theke.

»Hier ist die Liste. Werfen Sie mal einen Blick drauf, mal sehen, was Sie davon halten.«

Der Ausschnitt stammte aus der Zeitung von Ridgeway. Er war schon ziemlich alt. Die Schlagzeile lautete: STILLSON KÜNDIGT BEGEGNUNGSZENTREN AN! Der erste Absatz las sich, als würde er direkt von Stillsons Presseabteilung stammen. Darunter war die Liste der Städte aufgeführt, wo Greg die Wochenenden verbringen wollte, und die mutmaßlichen Daten. Nach Timmesdale würde er erst wieder Mitte März kommen.

»Sieht ziemlich gut aus«, sagte Johnny.

»Ja, das denke ich auch. Viele Leute denken das.«

»Dieser Liste zufolge muß er erst letztes Wochenende in Coorter's North gewesen sein.«

»Das stimmt«, sagte O'Donnell und lachte. »Das gute alte Coorter's Notch. Noch ein Bier, Johnny?«

»Nur wenn Sie eins mittrinken«, sagte Johnny und legte ein paar Scheine auf die Theke.

»Nun, da sage ich nicht nein.«

Eine der beiden anwesenden Schnapsdrosseln hatte Geld in die Musikbox gesteckt, und Tammy Wynette, die sich alt und müde und nicht glücklich darüber anhörte, hier zu sein, sang: Stand By Your Man.

»He, Dick!« keifte die andere. »Schon mal was von Bedienung gehört?«

»Halt den Schnabel!« brummte er zurück.

»Fick... DICH!« kreischte sie und gackerte.

»Gottverdammt, Clarice, ich habe dir schon gesagt, du sollst dieses Piß-Wort in meiner Bar nicht benutzen! Ich habe dir gesagt...«

»Ach, hör auf und bring uns noch ein Bier.«

»Ich hasse diese beiden alten Fotzen«, sagte O'Donnell murmelnd zu Johnny. »Ein paar alte, abgehalfterte Lesbenschnallen, das sind sie. Die sind beide schon seit einer Million Jahren hier, und es würde mich nicht überraschen, wenn sie es noch erleben würden, daß sie auf mein Grab spucken können. Manchmal ist es eine verdammt üble Welt.«

»Ist es.«

»Entschuldigung, bin gleich wieder da. Ich habe eine Bedienung, aber die kommt im Winter nur freitags und samstags.«

O'Donnell zapfte zwei Krüge Bier und brachte sie an ihren Tisch. Er sagte etwas zu ihnen und Clarice antwortete wieder »Fick... DICH!« und gackerte erneut. Die Kneipe war voll von den Geistern toter Hamburger. Tammy Wynette sang durch das Pop-corn-Knistern einer alten Schallplatte. Die Heizungen strahlten Bruthitze in den Raum, draußen rieselte Schnee trocken gegen Glas. Johnny rieb sich die Schläfen. Er war schon einmal in dieser Bar gewesen, in Hunderten anderer kleiner Ortschaften. Sein Kopf schmerzte. Als er O'Donnell die Hand geschüttelt hatte, hatte er erfahren, daß der Barkeeper eine alte Promenadenmischung hatte, der er beigebracht hatte, auf Befehl zuzubeißen. Sein großer Traum war, daß eines Nachts ein Einbrecher in sein Haus einsteigen würde, denn dann wäre es ihm gesetzlich erlaubt, den Hund auf ihn zu hetzen, und damit würde es einen gottverdammten Hippie-Pervo-Scheißkerl weniger auf der Welt geben.

Oh, sein Kopf schmerzte.

O'Donnell kam zurück und wischte sich die Hände an der Schürze ab. Tammy Wynette war fertig, sie wurde abgelöst von Red Sovine, die einen CB-Aufruf für ihren Teddybär hatte.

»Nochmals danke für die Halben«, sagte O'Donnell und zapfte zwei.

»Ist mir ein Vergnügen«, sagte Johnny, der immer noch den Zeitungsausschnitt studierte. »Letzte Woche Coorter's Notch, kommendes Wochenede Jackson. Davon habe ich noch nie gehört. Muß ein ziemlich kleines Nest sein, was?«

»Ein Kaff«, stimmte O'Donnell zu. »Sie haben ein Ski-Zentrum aufgezogen gehabt, aber das ist vorbei. Viele Arbeitslose in der Gegend. Sie fällen etwas Holz und betreiben ein bißchen Landwirtschaft. Aber er geht zu ihnen, bei Jesus. Redet mit ihnen. Hört sich ihre Keifereien an. Woher aus Maine kommen Sie, Johnny?«

»Lewiston«, log Johnny. In dem Zeitungsausschnitt stand, daß Greg Stillson alle Interessierten in der Stadthalle erwartete.

»Ich nehme an, Sie kommen vom Skifahren, hm?«

»Nein, ich habe mir vor einer Weile das Bein verletzt. Ich fahre nicht mehr Ski. Ich bin nur auf der Durchreise. Danke, daß Sie mir das gezeigt haben.« Johnny gab ihm den Ausschnitt zurück. »Sehr interessant.«

O'Donnell steckte ihn sorgfältig zu seinen anderen Unterlagen zurück. Er hatte eine leere Bar, einen Hund daheim, der auf Befehl zubiß, und Greg Stillson. Greg war in seiner Bar gewesen.

Johnny wünschte sich unvermittelt, er wäre tot. Wenn seine Fähigkeit eine Gabe Gottes war, dann war dieser Gott ein gefährlicher Irrer, den man aufhalten sollte. Wenn Gott Greg Stillsons Tod haben wollte, warum hatte er ihn dann nicht mit um den Hals geschlungener Nabelschnur durch den Geburtskanal geschickt? Oder ihn an einem Stück Fleisch ersticken lassen? Oder ihm einen Stromschlag versetzt, während er den Rundfunksender wechselte? Warum brauchte Gott Johnny Smith, um seine schmutzige Arbeit zu erledigen? Es war nicht seine Verantwortung, die Welt zu retten, das war für die Psychos, und nur Psychos würden es auch nur versuchen. Plötzlich beschloß er, er würde Greg Stillson leben lassen und Gott ins Gesicht spucken.

»Alles klar, Johnny?« fragte O'Donnell.

»Hm? Ja, klar.«

»Sie haben einen Augenblick ziemlich komisch ausgesehen.«

Chuck Chatsworth sagte: *Wenn ich es nicht täte, müßte ich befürchten, von den Millionen Menschen, die er umgebracht hat, bis ins Grab hinein verfolgt zu werden.*

»Mit den Gedanken woanders, denke ich«, sagte Johnny. »Sie sollen wissen, daß es mir ein Vergnügen war, mit Ihnen zu trinken.«

»Nun, das kann ich guten Gewissens erwidern«, sagte O'Donnell, der einen zufriedenen Eindruck machte. »Ich wünschte, mehr Leute, die hier vorbeikommen, würden so denken. Sie kommen hier durch, wenn sie zu den Skigebieten reisen, wissen Sie. Die großen Orte. Dorthin bringen sie ihr Geld. Wenn ich denken würde, daß sie hier absteigen, würde ich das Lokal so einrichten, wie ich glaube, daß es ihnen gefällt. Poster, wissen Sie, von der Schweiz und Colorado. Ein offener Kamin. Würde die mit Rock'n'Roll vollstopfen, und nicht mit dieser beschissenen Musik. Das... Sie wissen schon, das würde mir gefallen.« Er zuckte die Achseln. »Verdammt, ich bin kein schlechter Kerl.«

»Natürlich nicht«, sagte Johnny, stieg vom Barhocker herab und dachte an den zum Beißen abgerichteten Hund und die Hoffnung auf einen Hippie-Pervo-Einbrecher.

»Nun, sagen Sie Ihren Freunden, daß es mich gibt«, sagte O'Donnell.

»Ganz bestimmt«, sagte Johnny.

»He, Dick!« kreischte eine der Schlampen. »Schon mal was von freundlicher Bedienung gehört?«

»Warum läßt du dir keinen reinschieben!« brüllte O'Donnell errötend.

»Fick... DICH!« rief Clarice zurück und gackerte.

Johnny schlüpfte leise hinaus in den aufziehenden Sturm.

8

Er war im Holiday Inn in Portsmouth abgestiegen. Als er an diesem Abend zurückkam, sagte er dem Mann an der Rezeption Bescheid, für morgen früh die Rechnung fertig zu machen.

In seinem Zimmer setzte er sich an den unpersönlichen Holiday-Inn-Schreibtisch, holte all sein Briefpapier heraus und griff nach dem Holiday-Inn-Kugelschreiber. Er hatte Kopfschmerzen, aber da waren Briefe, die unbedingt geschrieben werden mußten. Sein momentanes Aufbegehren – falls es das gewesen war –, war vorbei. Geblieben war die unvollendete Sache mit Greg Stillson.

Ich bin verrückt geworden, dachte er. *Das ist es. Ich habe vollkommen den Verstand verloren.* Er sah die Schlagzeilen vor sich: PSYCHO ERSCHIESST N. H. REP. WAHNSINNIGER VERÜBT ATTENTAT AUF STILLSON. U. S. ABGEORDNETER IN NEW HAMPSHIRE VON KUGELHAGEL NIEDERGEMÄHT. Und *Inside View* würde natürlich einen ganz großen Tag haben. SELBSTERNANNTER ›SEHER‹ TÖTET

STILLSON, ZWOLF BEKANNTE PSYCHIATER ENTHULLEN, WARUM SMITH ES GETAN HAT. Und dieser Dees würde vielleicht berichten, wie Johnny damals gedroht hatte, er würde sein Schrotgewehr holen und ›einen Eindringling erschießen‹.

Verrückt.

Die Krankenhausrechnungen waren bezahlt, aber dies würde eine neue Rechnung ganz besonderer Art hinterlassen, und sein Vater würde sie zu begleichen haben. Er und seine neue Frau würden viele Tage lang im Scheinwerferlicht seiner reflektierten Berühmtheit stehen. Sie würden mit haßerfüllter Post überflutet werden. Alle, die er gekannt hatte, würden interviewt werden – die Chatsworths, Sam Weizak, Sheriff George Bannerman. Sarah? Nun, so weit würden sie vielleicht nicht zurückgehen. Es war ja nicht so, daß er vorhatte, den Präsidenten zu erschießen. Noch nicht. *Manche Leute haben Angst, es offen auszusprechen, aber ich nicht! Ich sage es ganz laut und deutlich: Greg Stillson wird eines Tages Präsident werden.*

Johnny rieb sich die Schläfen. Die Kopfschmerzen kamen in langsamen, tiefen Wellen, und alles Nachdenken würde seine Briefe nicht schreiben. Er zog den ersten Briefbogen heran, hob den Kugelschreiber auf und schrieb:

Lieber Dad. Draußen peitschte Schnee ans Fenster, ein trockenes, sandiges Geräusch, das verriet, daß es ernst war. Schließlich eilte der Kugelschreiber über das Papier, anfangs noch langsam, dann immer schneller.

Siebenundzwanzigstes Kapitel

1

Johnny kam die Holztreppe herauf, die vom Schnee befreit und mit Salz bestreut worden war. Er ging durch eine Doppeltür in ein Foyer, an dessen Wänden Bekanntmachungen hingen, darunter auch die Ankündigung, daß am dritten Februar hier in Jackson eine außerplanmäßige Versammlung stattfinden würde. Da war eine Information über Greg Stillsons bevorstehenden Besuch und ein Bild von dem Mann persönlich, Schutzhelm auf dem Kopf zurückgeschoben, er grinste wieder dieses harte, schiefe ›Wir-sind-schlauer-als-Sie-was-Kumpel‹-Lächeln. Etwas rechts von der grünen Tür, die in den Konferenzsaal führte, war ein Schild, daß Johnny nicht erwartet hatte, und er blieb schweigend einige Augenblicke davor stehen, sein Atem bildete weiße Wölkchen. HEUTE FAHRPRÜFUNGEN, war auf dem Schild zu lesen. Es stand auf einer Staffelei aus Holz. PAPIERE BEREITHALTEN.

Er machte die Tür langsam auf und ging hinein. Die Bullenhitze eines großen Holzofens schlug ihm entgegen, und an einem Schreibtisch saß ein Polizist. Der Polizist trug einen offenen Ski-Parka. Auf dem Schreibtisch lagen Papiere verstreut herum, ebenso ein Gerät zum Prüfen der Sehschärfe.

Der Polizist sah zu Johnny auf, und er verspürte ein Gefühl der Hoffnungslosigkeit.

»Kann ich Ihnen helfen, Sir?«

Johnny befingerte die Kamera, die er um den Hals geschlungen hatte. »Nun, ich wollte mal fragen, ob ich mich hier ein bißchen umschauen darf«, sagte er. »Ich bin im Auftrag des *Yankee*-Magazin hier. Wir wollen eine Serie über Stadthallen-Architektur in Maine, New Hampshire und Vermont bringen. Mit vielen Bildern, Sie wissen schon.«

»Nur zu«, sagte der Polizist. »Meine Frau liest ständig *Yankee*. Ich schlafe dabei ein.«

Johnny lächelte. »Die Architektur in Neuengland hat eine Neigung zu... nun, Starre.«

»Starre«, wiederholte der Polizist zweifelnd, beließ es aber dabei. »Der nächste, bitte.«

Ein junger Mann näherte sich dem Tisch, an dem der Polizist saß. Er gab dem Polizisten einen Testbogen; dieser nahm ihn und sagte: »Sehen Sie bitte ins Sichtgerät und nennen Sie die Verkehrszeichen und Signale, die ich Ihnen zeige.«

Der junge Mann sah in das Sichtgerät. Der Polizist legte den Antwortschlüssel auf den Fragebogen des jungen Mannes. Johnny ging zum Mittelgang der Stadthalle von Jackson und machte eine Aufnahme von der Tribüne aus.

»Stop-Schild«, sagte der junge Mann hinter ihm. »Das nächste ist ein Vorfahrtsschild... das nächste ein Verkehrshinweisschild... nicht rechts abbiegen, nicht links abbiegen, so etwas...«

Er hatte nicht damit gerechnet, daß sich ein Polizist hier aufhalten würde, er hatte sich nicht einmal die Mühe gemacht, einen Film für die Kamera zu kaufen, die ihm als Vorwand diente. Aber jetzt war es zu spät, einen Rückzieher zu machen. Heute war Freitag, und morgen würde Stillson hierherkommen, falls alles programmgemäß verlief. Er würde Fragen beantworten und sich Vorschläge der guten Leute von Jackson anhören. Er würde ein beachtliches Gefolge mitbringen. Ein paar Helfer, ein paar Berater – und mehrere andere junge Männer, die dunkle Anzüge und Sportsakkos trugen, aber vor noch gar nicht so langer Zeit hatten sie noch Jeans angehabt und waren Motorräder gefahren. Greg Stillson glaubte immer noch fest an Leibwächter. Bei der Kundgebung in Trimbull hatten sie abgesägte Billardstöcke bei sich gehabt. Hatten sie jetzt Schußwaffen? Würde es einem US-Abgeordneten schwerfallen, Waffenscheine für versteckt getragene Waffen zu besorgen? Johnny glaubte es nicht. Er konnte sich nur auf eine einzige gute

Chance verlassen; er würde versuchen müssen, das Beste daraus zu machen. Deshalb war es wichtig, sich vor Ort umzusehen, nur dann würde er entscheiden können, ob er Stillson drinnen erledigen oder lieber auf dem Parkplatz warten sollte, das Wagenfenster heruntergekurbelt, das Gewehr schußbereit im Schoß.

Nun war er also hier und nahm den Tatort in Augenschein, während keine zehn Meter entfernt ein Polizist saß und Führerscheinprüfungen abhielt.

Links war ein Anschlagbrett, und Johnny richtete die ungeladene Kamera darauf – warum, in Gottes Namen, hatte er sich nicht die zwei Minuten Zeit genommen, um einen Film zu kaufen? Das Brett war übersät mit typischen Kleinstadtbekanntmachungen von Essen mit gebackenen Bohnen, einer bevorstehenden Theateraufführung der Highschool, Informationen zur Hundesteueranmeldung, und natürlich mehr über Greg. Eine Karteikarte verkündete, daß der Bürgermeister von Jackson jemanden suchte, der Steno konnte, und Johnny studierte das alles, als wäre es von allergrößtem Interesse für ihn, während sein Verstand auf Hochtouren arbeitete.

Falls sich Jackson als unmöglich – oder auch nur riskant – erweisen sollte, könnte er natürlich auch bis nächste Woche warten, dann würde Stillson in der Stadt Upson dasselbe durchziehen. Oder eine Woche später, in Trimbull. Oder eine Woche später. Oder niemals.

Es sollte diese Woche sein. Es sollte morgen sein.

Er knipste den großen Ofen in der Ecke, dann sah er nach oben. Dort war ein Balkon. Nein – nicht gerade ein Balkon, mehr eine Galerie mit hüfthohem Geländer und breiten weißgestrichenen Platten, in deren Holz dekorative Rauten und Schnörkel geschnitzt waren. Für einen Mann wäre es durchaus möglich, sich dort oben hinter diesem Geländer zu verstecken und durch eine der Lücken nach unten zu blicken. Im richtigen Augenblick könnte er aufstehen und...

»Was ist denn das für eine Kamera?«

Johnny drehte sich um und war sicher, daß es der Polizist war. Der Polizist würde die leere Kamera sehen wollen – und dann würde er einen Ausweis sehen wollen – und dann wäre alles vorbei.

Aber es war nicht der Polizist. Es war der junge Mann, der die Fahrprüfung gemacht hatte. Er war etwa zweiundzwanzig, hatte langes Haar und freundliche, offene Augen. Er trug eine Jeansjacke und verwaschene Jeans.

»Eine Nikon«, sagte Johnny.

»Gute Kamera, Mann. Ich bin ganz verrückt auf Kameras. Wie lange arbeiten Sie denn schon für *Yankee*?«

»Nun, ich arbeite freiberuflich«, sagte Johnny. »Ich arbeite für sie, manchmal für das *Country Journal*, manchmal für *Downeast*, Sie wissen schon.

»Nichts Überregionales, wie *People* oder *Life*?«

»Nein. Jedenfalls noch nicht.«

»Welche Blende benutzen Sie denn hier drinnen?«

Was, zum Teufel, ist eine Blende?

Johnny zuckte die Achseln. »Das mache ich immer ganz nach Gehör.«

»Nach Sicht, meinen Sie«, sagte der junge Mann lächelnd.

»Ganz recht, nach Sicht«. *Verdufte, Junge, verdufte.*

»Ich bin auch daran interessiert, freiberuflich zu arbeiten«, sagte der junge Mann und grinste. »Mein großer Traum ist, eines Tages ein Foto schießen zu können wie das Flaggehissen bei Iwo Jima.«

»Wie ich hörte, war das gestellt«, sagte Johnny.

»Nun, vielleicht. Vielleicht. Aber es ist ein Klassiker. Oder wie wäre es mit dem ersten Foto von einer UFO-Landung? Das würde mir gefallen. Jedenfalls habe ich eine Mappe voll Aufnahmen, die ich hier in der Gegend gemacht habe. Wer ist denn Ihre Kontaktperson bei *Yankee*?«

Johnny schwitzte. »Eigentlich haben die sich für diese Serie mit mir in Verbindung gesetzt«, sagte er. »Es war ein ...«

»Mr. Clawson«, rief der Polizist ungeduldig. »Sie können jetzt wieder herkommen. Ich möchte gern noch diese Antworten mit Ihnen durchgehen.«

»Huch, die Stimme meines Herrn«, sagte Clawson. »Auf bald, Mann.« Er eilte davon, und Johnny seufzte erleichtert. Es wurde Zeit hinauszugehen, und zwar schnell.

Er machte noch zwei oder drei ›Bilder‹, um sein Verschwinden nicht zu auffällig zu machen, aber er war sich kaum bewußt, was er durch den Sucher sah. Dann ging er.

Der junge Mann in der Jeansjacke – Clawson – hatte ihn vergessen. Er hatte offenbar die schriftliche Prüfung verhauen. Er sprach aufgeregt auf den Polizisten ein, der aber nur den Kopf schüttelte.

Johnny blieb einen Augenblick im Eingang der Stadthalle stehen. Zu seiner Linken war eine Garderobe. Zu seiner Rechten befand sich eine geschlossene Tür. Er probierte sie aus und stellte fest, daß sie nicht abgeschlossen war. Eine schmale Treppe führte nach oben ins Halbdunkel. Dort oben würden natürlich die Büroräume sein. Und die Galerie.

2

Johnny wohnte im Jackson House, einem netten kleinen Hotel an der Hauptstraße. Es war sorgfältig renoviert worden, und diese Renovierungen hatten sicher sehr viel Geld gekostet, aber der Besitzer hatte wohl damit gerechnet, daß sich die Investitionen aufgrund des neuen Jackson Mountain Skigebietes auszahlen würden. Doch das Gebiet hatte Pleite gemacht, und jetzt hielt sich das nette kleine Hotel kaum über Wasser. Der Nachtportier döste über einer Tasse Kaffee vor sich hin, als Johnny am Samstag gegen vier Uhr morgens das Hotel verließ, die lederne Aktentasche in der linken Hand.

Er hatte in dieser Nacht wenig geschlafen, erst nach Mitternacht war er kurze Zeit leicht eingenickt. Er hatte geträumt. Es war wieder 1970. Auf dem Rummelplatz. Er und Sarah standen vor dem Glücksrad, und er hatte wieder dieses Gefühl verrückter, enormer Macht. Der Gestank von verbranntem Gummi stieg ihm in die Nase.

»Komm schon«, sagte eine leise Stimme hinter ihm. »Es gefällt mir, diesen Kerl bluten zu sehen.«

Er drehte sich um, und es war Frank Dodd, bekleidet mit seinem schwarzen Regenmantel aus Vinyl, die Kehle von einem Ohr zum anderen durchgeschnitten, ein breites blutrotes Grinsen, die toten Augen funkelten mit toter Ausgelassenheit. Er drehte sich erschrocken wieder zu der Bude um – aber jetzt war Greg Stillson der Schausteller, der ihn wissend angrinste, der gelbe Schutzhelm saß keck auf dem Schädel. »He-he-he«, sang Stillson mit tiefer, volltönender und geheimnisvoller Stimme. »Setzen Sie, Kumpel. Was meinen Sie? Sie möchten den Mond vom Himmel holen?«

Ja, er wollte den Mond vom Himmel holen. Aber dann setzte Stillson das Glücksrad in Bewegung, und Johnny sah, wie sich der ganze äußere Kreis in Grün verwandelte. Jede Zahl war 00. Jede Zahl war eine Haus-Nummer geworden.

Er war zusammenzuckend aufgewacht und hatte die restliche Nacht damit verbracht, durch die frostbeschlagene Fensterscheibe in die Dunkelheit hinauszustarren. Die Kopfschmerzen, die er seit seiner Ankunft in Jackson gestern gehabt hatte, waren verschwunden, er fühlte sich schwach, aber gefaßt. Er hatte die Hände im Schoß liegen. Er dachte nicht an Greg Stillson, dachte an die Vergangenheit. Er dachte daran, wie seine Mutter ihm Heftpflaster auf ein aufgeschürftes Knie geklebt hatte; er dachte daran, wie der Hund ein Stück aus Oma Nellies absurdem Kleid gerissen und wie er darüber gelacht hatte, wie Vera ihm eine Ohrfeige versetzt und ihm mit dem Stein ihres Verlobungsringes eine blutende Schramme auf der Stirn beigebracht hatte; er dachte an seinen Vater, der ihn gelehrt hatte, wie man einen Köder an einem Angelhaken befestigt und dabei sagte: *Das tut den Würmern nicht weh, Johnny... jedenfalls glaube ich das.* Er dachte daran, wie sein Vater ihm zu Weihnachten ein Taschenmesser geschenkt hatte, als er sieben Jahre alt war, und dabei sehr ernst sagte: *Ich vertraue dir, Johnny.*

Alle diese Erinnerungen waren zurückgekehrt wie eine große Woge.

Jetzt trat er in den kalten Morgen hinaus, seine Schuhe knirschten auf dem Pfad, der durch den Schnee geschaufelt war. Sein Atem erblühte vor ihm. Der Mond war untergegangen, aber die Sterne waren in idiotischem Wirrwarr am Himmel verteilt. Gottes Schmuckschatulle, Johnny.

Er ging die Main Street hinab und blieb vor dem kleinen Postamt von Jackson stehen, wo er ungeschickt die Briefe aus der Tasche kramte. Briefe an seinen Vater, an Sarah, an Sam Weizak, an Bannerman. Er stellte die Aktentasche zwischen die Füße, hob die Klappe des Briefkastens vor dem schmucken, kleinen Ziegelbau, zögerte einen Augenblick und warf dann die Briefe ein. Er konnte hören, wie sie herunterfielen; sicherlich die ersten Briefe, die an diesem neuen Tag in Jackson eingeworfen worden waren, und das Geräusch löste ein merkwürdiges Gefühl der Endgültigkeit in ihm aus. Die Briefe waren aufgegeben, jetzt gab es kein Zurück mehr.

Er hob die Aktentasche wieder auf und ging weiter. Das einzige Geräusch in der frühmorgendlichen Stille war das Knirschen seiner Schuhe im Schnee. Das große Thermometer über der Tür der Granite State Savings Bank zeigte minus zwölf Grad, die Luft war von jener stillen und reglosen Beschaffenheit, wie sie ausschließlich kalten Morgenstunden in New Hampshire vorbehalten ist. Nichts bewegte sich. Die Straße war verlassen. Die Windschutzscheiben der geparkten Autos waren von Katarakten des Frostes blind gemacht worden. Dunkle Fenster, zugezogene Jalousien. Für Johnny schien alles grauenhaft und heilig zugleich zu sein. Er kämpfte das Gefühl nieder. Es war nichts Heiliges, was er vorhatte.

Er überquerte die Jasper Street, und dort war die Stadthalle, die sich weiß und streng elegant hinter den geräumten Schneemassen abzeichnete.

Und was wirst du tun, wenn die Eingangstür abgeschlossen ist, Schlaumeier?

Nun, er würde einen Weg finden, auch diese Schranke zu überwinden, wenn er mußte. Johnny sah sich um, aber niemand war zu sehen, der ihn hätte beobachten können. Hätte sich der Präsident für einen seiner berühmten Stadtbesuche angesagt, wäre es natürlich ganz anders gewesen. Dann wäre hier schon seit dem vergangenen Abend alles hermetisch abgeriegelt, und auch drinnen wären Männer postiert worden. Es war aber nur ein US-Abgeordneter, einer von über vierhundert, also keine große Sache. Noch nicht.

Johnny ging die Stufen hinauf und probierte die Tür aus. Der Knauf ließ sich leicht herumdrehen, und er betrat die kalte Eingangshalle und machte die Tür hinter sich zu. Jetzt begannen die Kopfschmerzen wieder, sie pulsierten im regelmäßigen Rhythmus seines klopfenden Herzens. Er stellte die Aktentasche ab und massierte mit behandschuhten Fingern die Schläfen.

Plötzlich vernahm er ein gedämpftes Kreischen. Die Tür des Garderobenschranks ging ganz langsam auf, und dann fiel ihm aus dem Schatten etwas Weißes entgegen.

Johnny konnte einen Schrei kaum unterdrücken. Einen Augenblick glaubte er, eine Leiche würde aus dem Schrank fallen, wie in einem Gruselfilm. Aber es war lediglich ein dickes Pappkartonschild mit der Aufschrift BITTE HALTEN SIE IHRE PAPIERE VOR DER PRÜFUNG BEREIT.

Er verstaute es wieder an Ort und Stelle, dann wandte er sich der Tür zu, die zur Treppe führte. Diese Tür war jetzt abgeschlossen.

Er beugte sich hinab, um beim schwachen Lichtschein, der durch ein Fenster von der Straße hereinfiel, besser sehen zu können. Es handelte sich um ein Schnappschloß, und er traute sich zu, es mit einem Kleiderbügel öffnen zu können. Er fand einen im Garderobenschrank und schob ihn zwischen Tür und Rahmen. Er schob ihn langsam zum Schloß und wackelte damit hin und her. Sein Kopf dröhnte jetzt wie wild. Endlich hörte er, wie das Schloß aufschnappte, als der Draht es erreichte. Er zog die Tür auf. Dann bückte er sich nach seiner Aktentasche und ging hinein, den

Kleiderbügel hielt er immer noch in der Hand. Er zog die Tür hinter sich ins Schloß und hörte es wieder einschnappen. Er ging die Treppe hinauf, die unter seinem Gewicht knarrte.

Am oberen Ende der Treppe befand sich ein kurzer Flur mit mehreren Türen an beiden Seiten. Er ging diesen Flur hinab, vorbei an BÜRGERMEISTER, an STADTVERORDNETER, an STEUERVERWALTUNG und HERREN und SOZIALAMT und DAMEN.

Am Ende war eine Tür ohne Bezeichnung. Sie war unverschlossen, und er gelangte auf die Galerie über dem rückwärtigen Teil des Konferenzsaales, der sich in gespenstisch anmutendem Schatten unter ihm ausbreitete. Er machte die Tür hinter sich zu und schauerte ein wenig zusammen, als er das Echo in dem leeren Saal vernahm. Der Klang seiner Schritte hallte ebenfalls von den Wänden wider, während er auf der hinteren Galerie nach rechts ging und dann nach links abbog. Jetzt ging er an der rechten Seite der Halle entlang, etwa sieben bis acht Meter über dem Fußboden. Direkt über dem großen Ofen blieb er stehen, genau gegenüber dem Podium, wo Stillson in etwa fünfeinhalb Stunden stehen würde.

Er setzte sich mit überkreuzten Beinen hin und ruhte sich eine Weile aus. Er versuchte, die Kopfschmerzen unter Kontrolle zu bringen, indem er mehrmals tief durchatmete. Im Holzofen brannte kein Feuer; und er spürte die Kälte, die auf ihn eindrang und in ihn einzudringen schien. Ein Vorgeschmack auf das Leichentuch.

Als er sich wieder etwas besser fühlte, öffnete er die Schlösser der Aktentasche mit den Daumen. Das zweifache Klicken hallte wie seine Schritte wider, es war, als würde der Hahn einer Pistole gespannt.

Wildwestmanier, dachte er ohne den geringsten Grund. Das hatte der Staatsanwalt damals gesagt, als die Geschworenen Claudine Longet für schuldig befunden hatte, ihren Geliebten erschossen zu haben. *Sie hat herausgefunden, was Wildwestmanier bedeutet.*

Johnny sah in die Aktentasche und rieb sich die Augen. Vorübergehend sah er alles doppelt, dann fügten sich die Dinge wieder übereinander. Er empfing eine Vision vom Holz, auf dem er saß. Eine sehr seltsame Vision; wäre sie eine Fotografie gewesen, wäre sie sepiagetönt gewesen. Männer standen hier und rauchten Zigarren, redeten und lachten und warteten darauf, daß die Stadtratsitzung beginnen würde. War das 1920 gewesen? 1902? Sie hatte etwas Geisterhaftes an sich, das ein unbehagliches Gefühl in ihm weckte. Einer hatte vom Whiskeypreis gesprochen und sich mit einem silbernen Zahnstocher in der Nase gebohrt und

(zwei Jahre vorher hatte er seine Frau vergiftet)

Johnny erschauerte. Was immer die Vision war, war einerlei. Es war die Vision von einem Mann, der schon lange tot war.

Das Gewehr glänzte zu ihm empor.

Wenn Männer das in Kriegszeiten machen, bekommen sie einen Orden dafür, dachte er.

Er begann, das Gewehr zusammenzubauen. Jedes *Klick!* hallte wider, feierlich und nur einmal, wie das Spannen einer Pistole.

Er lud das Remington mit fünf Kugeln.

Er legte es über die Knie.

Und wartete.

3

Die Morgendämmerung kam langsam. Johnny döste ein wenig, aber er fror inzwischen zu sehr, um mehr zu tun als nur zu dösen. Dünne Traumbruchstücke suchten das bißchen Schlaf heim, das er bekam.

Kurz nach sieben erwachte er völlig. Unten wurde die Tür aufgerissen, und er mußte sich auf die Zunge beißen, um nicht zu rufen: *Wer da?*

Es war der Hausmeister. Johnny preßte das Gesicht an eine der ausgeschnitzten Rautenverzierungen und sah einen untersetzten Mann, der in einen dicken Armeeparka gehüllt war. Er kam mit einem Armvoll Feuerholz den Mittelgang entlang. Er summte »Red River Valley«. Er ließ das Feuerholz polternd in die Vorratskiste fallen und verschwand dann unter Johnny. Einen Augenblick später hörte er das dünne, quietschende Geräusch, als die Tür des Ofens geöffnet wurde.

Plötzlich dachte Johnny an die Dampfwolke, die er jedesmal beim Ausatmen ausstieß. Angenommen, der Hausmeister sah nach oben. Würde er sie sehen können?

Er versuchte, langsamer zu atmen, aber das verstärkte seine Kopfschmerzen, und seine Sicht verschwamm auf bedrohliche Weise.

Jetzt hörte er das Rascheln von Papier, das zusammengeknüllt wurde, dann das Kratzen eines Streichholzes. Ein Hauch Schwefel in der kalten Luft. Der Hausmeister summte weiter »Red River Valley«, dann stimmte er unvermittelt ein lautes und unmelodisches Lied an: »From this valley they say you are going... we will miss your eyes and sweet smiiiiile...«

Jetzt ein prasselndes Geräusch. Feuer.

»Das war's, du Miststück«, sagte der Hausmeister direkt unter Johnny, und dann wurde die Ofentür wieder zugeschlagen. Johnny preßte die Hände über den Mund, weil er plötzlich von einer mörderischen Heiterkeit überkommen wurde. Er sah sich selbst vom Boden aufstehen, so dünn und weiß wie jedes Gespenst, das etwas auf sich hielt. Er sah sich, wie er die Arme wie Flügel und die Finger wie Klauen ausbreitete und mit hohler Stimme ausrief: »Das war's für *dich*, du Miststück.«

Er hielt sein Lachen hinter den Händen zurück. Sein Kopf pochte wie eine Tomate, die mit heißem, sich ausdehnendem Blut gefüllt war. Seine Sicht kreiste und schwamm beängstigend. Plötzlich wollte er um alles in der Welt weg von der Vision des Mannes, der sich mit einem silbernen Zahnstocher in der Nase gebohrt hatte, aber er wagte nicht, ein

Geräusch zu machen. Gütiger Gott, was war, wenn er niesen mußte?

Plötzlich gellte ohne Vorwarnung ein gräßliches, hallendes Kreischen durch den Saal, das sich wie silberne Nägel in Johnnys Ohren bohrte, anschwoll und seinen Kopf zum Vibirieren brachte. Er machte den Mund auf, um zu schreien...

Es hörte auf.

»Oh, du Biest«, sagte der Hausmeister im Plauderton.

Johnny sah durch die Runde und erblickte den Hausmeister, der hinter dem Podium stand und sich an einem Mikrofon zu schaffen machte. Das Mikrofonkabel wand sich zu einem kleinen tragbaren Verstärker hinab. Der Hausmeister ging die wenigen Stufen vom Podium zum Boden hinunter und schob den Verstärker weiter vom Mikrofon weg, dann machte er sich an den Skalen daran zu schaffen. Er ging zum Mikrofon zurück und schaltete es wieder ein. Es folgte ein weiteres Rückkopplungspfeifen, diesmal war es aber leiser und hörte schließlich ganz auf. Johnny preßte die Hände fest auf die Stirn und rieb sie heftig hin und her.

Der Hausmeister klopfte mit dem Daumen auf das Mikrofon, und das Geräusch hallte durch den leeren Saal. Es hörte sich an wie eine Faust, die auf einen Sargdeckel pocht. Dann ertönte seine Stimme wieder, immer noch unmelodisch, aber nun bis zur Monstrosität verstärkt, die Stimme eines Riesen, die in Johnnys Kopf explodierte: »FROM THIS VALLEEE THEY SAY YOU ARE GOING...«

Hör auf, wollte Johnny schreien. *Oh, bitte hör auf, ich werde verrückt, kannst du denn nicht damit aufhören?*

Das Singen hörte mit einem lauten, verstärkten *Schnapp*! auf, und der Hausmeister sagte mit seiner eigenen Stimme: »Das war's, du Biest.«

Er ging wieder aus Johnnys Sehbereich hinaus. Er hörte das Geräusch von reißendem Papier und die leisen peitschenden Laute von Bindfaden, der abgerissen wurde. Dann tauchte der Hausmeister pfeifend wieder auf, jetzt hielt er einen großen Stapel Broschüren in Händen. Er begann, sie in kurzen Abständen auf den Bänken zu verteilen.

Nachdem er diese Aufgabe beendet hatte, knöpfte der Hausmeister den Mantel wieder zu und verließ den Saal. Die Tür fiel hohl hinter ihm ins Schloß. Johnny sah auf die Uhr. Es war Viertel vor acht. In der Stadthalle wurde es etwas wärmer. Er saß da und wartete. Die Kopfschmerzen waren immer noch sehr schlimm, aber seltsamerweise waren sie leichter zu ertragen als jemals zuvor. Er mußte sich nur sagen, daß er sie nicht mehr lange würde erdulden müssen.

4

Pünktlich um neun Uhr wurden die Türen wieder aufgestoßen, was Johnny aus einem leichten Nickerchen riß. Seine Hände verkrampften sich um das Gewehr und entspannten sich wieder. Er spähte durch die rautenförmige Schnitzerei. Diesmal waren es vier Männer. Einer von ihnen war der Hausmeister, der den Kragen seines dicken Mantels hochgeschlagen hatte. Die anderen drei trugen Anzüge und Übermäntel. Johnny spürte, wie sein Herz schneller schlug. Einer war Sonny Elliman. Sein Haar war jetzt kurz geschnitten und elegant frisiert, aber die strahlend grünen Augen hatten sich nicht verändert.

»Alles klar?« fragte er.

»Überzeugen Sie sich selbst«, sagte der Hausmeister.

»Nicht gleich beleidigt sein, Väterchen«, entgegnete einer der anderen. Sie gingen zur Vorderseite der Halle. Einer schaltete den Verstärker ein und zufrieden wieder aus.

»Die Leute hier tun so, als wäre er der verdammte Kaiser«, knurrte der Hausmeister.

»Ist er, ist er«, sagte der dritte Mann – Johnny glaubte, ihn ebenfalls von Trimbull her zu kennen. »Haben Sie das noch nicht gemerkt, Väterchen?«

»Sind Sie oben gewesen?« fragte Elliman den Hausmeister, und Johnny wurde es eiskalt.

»Die Tür zur Treppe ist abgeschlossen«, antwortete der Hausmeister. »Wie immer. Ich habe daran gerüttelt.«

Johnny dankte stumm dem Himmel für das Schnappschloß an der Tür.

»Sollten wir überprüfen«, sagte Elliman.

Der Hausmeister lachte verächtlich. »Ich weiß gar nicht, was ihr Jungs habt«, sagte er. »Wen erwartet ihr denn? Das Phantom der Oper?«

»Komm schon, Sonny«, sagte der Bursche, den Johnny erkannt zu haben glaubte. »Da oben ist niemand. Wir haben noch Zeit für eine Tasse Kaffee im Restaurant an der Ecke, wenn wir uns gleich auf Trab machen.«

»Das ist kein Kaffee«, sagte Sonny. »Verdammte Schlammbrühe, mehr nicht. Geh lieber nach oben und sieh nach, ob niemand da ist, Moochie. Wir halten uns an die Vorschriften.«

Johnny leckte sich die Lippen und umklammerte das Gewehr. Er sah die schmale Galerie hinauf und hinab. Rechts endete sie an einer kahlen Wand. Links ging es zu den Büroräumen, aber es war so oder so einerlei. Wenn er sich bewegte, würden sie ihn hören. Die leere Stadthalle wirkte wie ein natürlicher Verstärker. Er saß fest.

Unten erklangen Schritte. Dann wurde die Tür zwischen Saal und Eingang geöffnet und wieder zugemacht. Johnny wartete erstarrt und hilflos. Direkt unter ihm unterhielten sich der Hausmeister und die beiden anderen, aber er hörte nicht, was sie sagten. Sein Kopf hatte sich wie eine langsame Maschine auf dem Hals gedreht, und er sah die Galerie entlang, während er darauf wartete, daß der Mann, den Sonny Elliman Moochie genannt hatte, am Ende auftauchen würde. Sein gelangweilter Gesichtsausdruck würde sich jäh in Schock und Ungläubigkeit verwandeln, er würde den Mund aufreißen: *He, Sonny, hier oben ist ein Mann!*

Jetzt konnte er gedämpft hören, wie Moochie die Treppe heraufkam. Er versuchte, sich etwas einfallen zu lassen; irgend etwas. Ihm fiel nichts mehr ein. Sie würden ihn entdecken, es konnte keine Minute mehr dauern, und er hatte keine Ahnung, wie er das verhindern konnte. Was er auch tat, seine einzige Chance war im Begriff zu scheitern.

Türen wurden geöffnet und zugeschlagen, jedesmal lauter und weniger gedämpft. Ein dicker Schweißtropfen fiel von Johnnys Stirn auf die Jeans und hinterließ einen dunklen Fleck. Er konnte sich an jede Tür erinnern, an der er auf dem Weg hierher vorbeigekommen war. Moochie hatte BÜRGERMEISTER und STADTVERORDNETER und STEUERVERWALTUNG überprüft. Jetzt öffnete er die Tür mit der Aufschrift HERREN, jetzt sah er ins Büro vom SOZIALAMT, jetzt zu den DAMEN. Die nächste Tür war die, welche zu den Galerien führt.

Sie wurde geöffnet.

Das Geräusch zweier Schritte war zu hören, als Moochie an die Brüstung der Galerie im hinteren Teil der Halle trat. »Okay, Sonny. Zufrieden?«

»Alles in Ordnung?«

»Sieht wie eine abgefickte Müllkippe aus«, antwortete Moochie, und von unten war eine Lachsalve zu hören.

»Dann komm runter und laß uns Kaffee trinken gehen«, sagte der dritte Mann. Und das war es, so unglaublich es auch schien. Die Tür wurde zugeschlagen. Die Schritte entfernten sich im Flur, dann über die Treppe zum Erdgeschoß.

Johnny entspannte sich, einen Augenblick verschwamm alles vor seinen Augen zu Grauschattierungen. Der Knall der Eingangstür, als sie ihren Kaffee trinken gingen, riß ihn teilweise wieder heraus.

Unten präsentierte der Hausmeister sein Urteil: »Verdammtes Pack.« Dann ging auch er, und Johnny war schätzungsweise zwanzig Minuten ganz allein.

5

Gegen halb zehn begannen die Bewohner von Jackson in die Stadthalle zu strömen. Zuerst kam ein Trio alter Damen, welche in formelles Schwarz gekleidet waren und wie die Elstern miteinander schnatterten. Johnny beobachtete, wie sie sich einen Platz dicht beim Ofen aussuchten – fast gänzlich außerhalb seines Sehbereichs – und die Broschüren aufhoben, die auf die Stühle gelegt worden waren. Die Broschüren schienen Hochglanzfotos von Greg Stillson zu enthalten.

»Ich liebe diesen Mann einfach«, sagte eine der drei. »Ich habe sein Autogramm dreimal, und ich bekomme es heute ganz bestimmt noch einmal.«

Mehr wurde nicht über Greg Stillson geredet. Die Damen unterhielten sich über einen bevorstehenden Altennachmittag am Sonntag in der Methodistenkirche.

Johnny, der fast direkt über dem Ofen war, taute auf, ihm wurde sehr heiß. Er hatte sich die Pause zwischen dem Verschwinden von Greg Stillsons Männern und dem Eintreffen der ersten Stadtbewohner zunutze gemacht und Jacke und Oberhemd ausgezogen. Er wischte sich mit dem Taschentuch den Schweiß vom Gesicht, der Stoff hatte sich nicht nur mit Schweiß, sondern auch mit Blut vollgesogen. Sein schlimmes Auge tat wieder weh, sein Sehbereich war dauernd verschwommen und rötlich.

Unten wurde die Eingangstür geöffnet, man hörte das herzhafte Stampf-Stampf-Stampf von Männern, die sich den Schnee von den Schuhen stapften, und dann kamen vier Männer in karierten Wolljacken den Mittelgang entlang und setzten sich in die erste Reihe.

Eine junge Frau von etwa dreiundzwanzig Jahren kam mit ihrem Sohn herein, der ungefähr vier zu sein schien. Der Junge hatte einen blauen Skianzug mit gelben Streifen an, und er wollte wissen, ob er ins Mikrofon sprechen konnte.

»Nein, Liebes«, sagte die Frau, und sie setzten sich hinter die Männer. Der Junge fing auf der Stelle damit an, mit den Füßen gegen die Bank vor ihm zu treten, und einer der Männer warf einen Blick über seine Schulter.

»Laß das«, sagte sie.

Viertel vor zehn. Die Tür wurde jetzt mit schöner Regelmäßigkeit auf- und zugemacht. Männer und Frauen verschiedenen Alters, jeglicher Herkunft und aus allen Bevölkerungsschichten füllten die Halle. Das schwebende Summen der Unterhaltungen war zu hören, verwoben mit einem undefinierbaren Gefühl der Erwartung. Sie waren nicht hier, um ihrem rechtmäßig gewählten Abgeordneten ein paar Fragen zu stellen; sie warteten auf den Besuch eines Superstars in ihrer kleinen Gemeinde. Johnny wußte, daß die meisten ›Besucht-euren-Kandidaten‹- und ›Besucht-euren-Abgeordneten‹-Veranstaltungen von einer Handvoll Getreuen in ansonsten fast leeren Stadthallen besucht wurden. Im Wahlkampf 1976 hatte eine Debatte zwischen Bill Cohen aus Maine und seinem Kontrahenten Leighton Cooney alles in allem sechsundzwanzig Menschen angezogen, Presse nicht mitgerechnet. Diese Veranstaltungen waren wenig mehr als Schaumschlägerei, eine Selbstdarstellung, die notwendig wurde, wenn wieder eine Wahl bevorstand. Die meisten hätte man in einem mittelgroßen Kleiderschrank abhalten können. Aber um zehn Uhr war jeder Platz in der Stadthalle belegt, im rückwärtigen Teil standen bereits zwanzig oder dreißig Personen. Jedesmal, wenn die Tür aufging, umklammerte Johnnys Hand das Gewehr. Er war immer noch nicht sicher, daß er es tun konnte, einerlei, wieviel auf dem Spiel stand.

Fünf nach zehn. Johnny war überzeugt, daß Stillson aufgehalten worden sein mußte oder vielleicht gar nicht kam. Das Gefühl, das ihn dabei überkam, war Erleichterung.

Dann wurde die Tür erneut geöffnet, und eine herzliche Stimme rief: »He! Wie geht es, Jackson, N. H.?«

Aufgeregtes, erfreutes Murmeln. Jemand rief ekstatisch: »Greg! Wie geht es Ihnen?«

»Nun, ich fühle mich prima in Form«, sagte Stillson wie aus der Pistole geschossen. »Und Sie?«

Vereinzelter Applaus wurde zu einem wahren Beifallssturm.

»He, alles in Ordnung!« rief Greg über den Tumult hinweg. Er ging rasch den Mittelgang entlang zum Podium und schüttelte Hände.

Johnny beobachtete ihn durch sein Guckloch. Stillson trug einen dicken Wildledermantel mit Kragen aus Lammfell, und heute war der Schutzhelm durch eine gestrickte Skimütze mit hellroter Quaste ersetzt worden. Am Ende des Mittelgangs blieb er stehen und winkte den drei oder vier anwesenden Reportern zu. Blitzlichter flammten auf. Der Beifall bekam Aufwind und ließ den großen Raum erzittern.

Und Johnny Smith wußte plötzlich: Jetzt oder nie.

Die Gefühle, die er gegenüber Greg Stillson bei der Kundgebung in Trimbull empfunden hatte, überschwemmten ihn plötzlich mit erschreckender Klarheit. In seinem schmerzenden, gequälten Kopf schienen zwei Dinge binnen eines Augenblicks mit ungeheurer Wucht zusammenzuprallen. Vielleicht war es der Widerhall des Schicksals. Es wäre jetzt zu leicht, zu verzögern, Stillson reden und reden zu lassen. Zu leicht, ihn noch einmal entkommen zu lassen, nur hier oben zu sitzen, den Kopf in die Hände zu stützen und darauf zu warten, daß sich die Menschenmenge dort unten wieder zerstreuen, daß der Hausmeister kommen und die Anlage abbauen und aufräumen würde, und sich selbst vorzumachen, daß es ein nächstes Mal in einer anderen Stadt geben würde.

Jetzt war der Zeitpunkt gekommen, ohne Zweifel jetzt, und jedes menschliche Wesen auf dieser Erde hatte einen Einsatz bei diesem Spiel, das in dieser Provinzstadthalle entschieden werden sollte.

Stillson stieg die Stufen zum Podium hinauf. Das Areal hinter ihm war frei. Die drei Männer mit den offenen Übermänteln lehnten an der hinteren Wand.

Johnny stand auf.

6

Alles schien sich im Zeitlupentempo abzuspielen.

Seine Beine waren vom langen Sitzen verkrampft. Seine Kniegelenke knackten wie Holzscheite im Feuer. Die Zeit schien stillzustehen, der Applaus ließ nicht nach, wenngleich sich Köpfe drehten, Hälse gereckt wurden; jemand schrie über den Applaus hinweg, und er ging immer noch weiter; jemand hatte geschrien, weil ein Mann auf der Galerie stand, und der Mann hatte ein Gewehr, und das war etwas, das sie alle schon im Fernsehen gesehen hatten, es war eine Situation mit klassischen Elementen, die sie alle kannten. Auf ihre Weise war sie so amerikanisch wie *The Wonderful World of Disney*. Der Politiker und der Mann mit dem Gewehr auf seiner erhobenen Position.

Greg Stillson drehte sich zu ihm herum, sein feister Nakken bewegte sich und schlug Falten. Die rote Quaste an der Skimütze schwang hin und her.

Johnny hob das Gewehr an die Schulter. Es schien zu schweben, und er spürte den leichten Schlag, als es dicht neben dem Gelenk anlag. Er dachte daran, wie er als Junge mit seinem Vater mit der Schrotflinte auf die Jagd gegangen war. Sie waren auf Hirschjagd gegangen, aber das einzige Mal, als Johnny einen gesehen hatte, hatte er nicht abdrücken können; er hatte Angst bekommen. Es war ein Geheimnis, so beschämend wie Onanie, und er hatte es nie jemandem erzählt.

Wieder ertönte ein Schrei. Eine der alten Damen schlug die Hand vor den Mund, und Johnny sah, daß künstliche Früchte auf der breiten Krempe ihres schwarzen Huts verteilt waren. Gesichter sahen zu ihm auf, große, weiße Nullen. Offene Münder, kleine schwarze Nullen. Der kleine Junge im Skianzug deutete nach oben. Seine Mutter versuchte, ihn abzuschirmen. Plötzlich war Stillson im Visier, und Johnny erinnerte sich, daß er entsichern mußte. Gegenüber griffen die Männer mit den Übermänteln in die Innentaschen, und Sonny Elliman, dessen grüne Augen blitzten, bellte: *»Runter! Greg, RUNTER!«*

Aber Stillson sah zur Galerie empor, und zum zweitenmal sahen sie sich direkt und in völligem Verstehen in die Augen, und Stillson duckte sich erst in dem Augenblick, als Johnny abdrückte. Der Knall des Gewehres war laut und hallte durch den Saal, die Kugel riß fast eine ganze Ecke des Podiums weg, die sie bis aufs bloße, helle Holz freilegte. Splitter flogen. Einer traf das Mikrofon, wieder ertönte das monströse Pfeifen der Rückkoppelung, welches in einem kehligen, tiefen Summen endete.

Johnny pumpte eine weitere Kugel ins Schloß und feuerte erneut. Diesmal riß die Kugel ein Loch in den staubigen Teppich auf der Tribüne.

Die Menge hatte begonnen, sich so panisch wie eine Rinderherde zu bewegen. Alle drängten auf den Mittelgang. Die Leute ganz hinten entkamen mühelos, aber dann bildete sich ein Trichter fluchender, schreiender Männer und Frauen vor der Eingangstür.

Von der anderen Seite der Halle waren knallende Geräusche zu hören, und plötzlich zersplitterte ein Teil der Galerie-Brüstung direkt vor Johnnys Augen. Eine Sekunde später jaulte dicht an seinem Ohr etwas vorbei. Dann zerrte ein unsichtbarer Finger an seinem Hemdkragen. Alle drei drüben an der Wand hatten jetzt Handfeuerwaffen gezogen, und weil sich Johnny oben auf der Galerie befand, hatten sie vollkommen freies Schußfeld – Johnny bezweifelte allerdings, daß sie sich einen Dreck um unschuldige Zuschauer geschert hätten.

Eine der drei alten Frauen packte Moochie am Arm. Sie schluchzte und versuchte, etwas zu fragen. Er stieß sie beiseite und hielt den schweren Revolver mit beiden Händen. Es stank nach Pulverrauch. Seit Johnny aufgestanden war, durften zwanzig Sekunden vergangen sein.

»Runter! Runter, Greg!«

Stillson stand immer noch leicht geduckt am Rand des Podiums und sah zu ihm hoch. Johnny richtete das Gewehr nach unten, und einen Sekundenbruchteil hatte er Stillson genau im Visier. Doch dann streifte eine Revolverkugel seinen Hals, schleuderte ihn zurück, und die Kugel aus seinem Gewehr pfiff in die Luft.

Das Fenster gegenüber verwandelte sich in einen Scherbenregen. Blut lief ihm über Schulter und Brust.

Oh, du machst es wirklich großartig, ihn zu töten, dachte er hysterisch und schob sich wieder an die Brüstung heran. Hastig lud er das Gewehr durch und preßte den Kolben von neuem an die Schulter. Jetzt bewegte sich Stillson. Er lief die Stufen hinab zum Boden und sah wieder zu Johnny hinauf.

Eine Kugel heulte an seiner Schläfe vorbei. *Ich blute wie ein abgestochenes Schwein,* dachte er. *Komm schon. Komm schon und mach ein Ende.*

Der Trichter am Eingang begann sich aufzulösen. Leute strömten ins Freie. Eine Rauchwolke stieg von einer Pistole gegenüber auf, gefolgt von einem Knall, und der unsichtbare Finger, der seinen Kragen gestreift hatte, zog jetzt eine brennende Spur über die rechte Seite von Johnnys Kopf. Darauf kam es nicht mehr an. Es kam nur noch darauf an, daß er Stillson erwischte. Er richtete das Gewehr wieder nach unten.

Diesmal gilt es ...

Für einen so großen Mann bewegte sich Stillson mit erstaunlicher Schnelligkeit. Die dunkelhaarige junge Frau, die Johnny schon vorher aufgefallen war, befand sich etwa in der Mitte des Gangs; sie hielt ihren weinenden Sohn auf den Armen und versuchte immer noch, ihn mit ihrem eigenen Körper zu schützen. Was Stillson dann tat, brachte Johnny so vollkommen aus der Fassung, daß er beinahe das Gewehr fallengelassen hätte. Er entriß der Mutter das Kind, wirbelte zur Galerie herum und hielt den Körper des Jungen vor sich. Jetzt war nicht mehr Greg Stillson im Visier, sondern eine kleine, zappelnde Gestalt im

(der Filter der blaue Filter gelbe Streifen Tigerstreifen)

blauen Skianzug mit gelben Streifen.

Johnnys Unterkiefer klappte herunter. Es war Greg Stillson, das stimmte schon. Der Tiger. *Aber jetzt war er hinter dem Filter.*

Was hat das zu bedeuten? schrie Johnny, aber kein Laut kaum über seine Lippen.

Jetzt schrie die Mutter schrill auf; Johnny hatte es schon früher gehört: *»Tommy! Gib ihn mir! TOMMY! GIB IHN MIR, DU DRECKSKERL!«*

Johnnys Kopf schwoll schwarz an und weitete sich aus wie eine Blase. Alles begann zu verblassen. Die einzige Helligkeit konzentrierte sich um das Visier des Gewehrs, das Visier, in dem sich nun genau die Brust des blauen Skianzugs befand.

Tu es, um Himmels willen, du mußt es tun, sonst entkommt er ...

Und jetzt – vielleicht schien es aber auch nur aufgrund seiner verschwimmenden Sicht so zu sein – dehnte sich der blaue Skianzug aus, seine Farbe verblaßte zu der hellen Rotkehlcheneierfarbe der Vision, das dunkle Gelb dehnte sich, streckte sich, bis alles dahinter verborgen war.

(hinter dem Filter, ja, er ist hinter dem Filter, aber was bedeutet das? Bedeutet es, daß er sicher ist, oder nur, daß er sich außerhalb meiner Reichweite befindet? Was bedeutet ...

Warmes Licht leuchtete auf und erlosch. Ein Teil von Johnnys Gehirn registrierte es als Blitzlicht.

Stillson schob die Frau beiseite und wich zur Tür zurück, die Augen hatte er zu berechnenden Piratenschlitzen zusammengekniffen. Er hielt den zappelnden Jungen am Hals und zwischen den Beinen fest.

Kann es nicht. Oh, lieber Gott, verzeih mir, ich kann es nicht.

Dann trafen ihn zwei weitere Kugeln, eine schlug ziemlich weit oben in die Brust, er wurde gegen die Wand geworfen und prallte dort ab, die zweite traf ihn in die linke Seite, dicht über der Hüfte und wirbelte ihn herum und gegen die Brüstung. Er war sich vage bewußt, daß er das Gewehr verloren hatte. Es schlug auf dem Galerieboden auf und entlud sich direkt in die Wand. Seine Oberschenkel schlugen gegen die Balustrade, und er fiel. Die Stadthalle drehte sich zweimal vor seinen Augen, dann ein splitternder Aufprall, als er auf zwei Bänken aufschlug und sich den Rücken und beide Beine brach. Er riß den Mund auf, um zu schreien, aber was herauskam, war ein Schwall Blut. Er lag zwischen den zertrümmerten Bänken, auf die er gefallen war, und dachte: *Es ist vorbei. Ich habe versagt. Es verpatzt.*

Hände griffen unsanft nach ihm. Sie drehten ihn um. Elliman, Moochie und der andere Bursche waren da. Elliman war der, der ihn umgedreht hatte.

Stillson kam und schob Moochie beiseite.

»Kümmert euch nicht um diesen Kerl«, sagte er grob.

»Sucht den Hurensohn, der das Foto gemacht hat. Zerschmettert seine Kamera.«

Moochie und der andere Bursche entfernten sich. Irgendwo in der Nähe rief die Frau mit dem dunklen Haar: »*. . . hinter einem Kind, sich hinter einem unschuldigen Kind zu verstecken, ich werde es allen erzählen . . .*«

»Bring sie zum Schweigen, Sonny«, sagte Stillson.

»Klar«, sagte Sonny und ging ebenfalls.

Stillson kniete sich neben Johnny hin. »Kennen wir uns nicht, Kumpel? Hat keinen Zweck, jetzt noch zu lügen. Du bist am Ende.«

Johnny flüsterte. »Wir kannten uns.«

»Es war bei der Veranstaltung in Trimbull, nicht?«

Johnny nickte.

Stillson stand abrupt auf, und mit der letzten Kraft, die ihm noch verblieben war, streckte Johnny eine Hand aus und umklammerte Stillsons Knöchel. Nur eine Sekunde; Stillson riß sich mit Leichtigkeit los. Aber es war lange genug.

Alles hatte sich verändert.

Er begann ein bißchen zu weinen. Als er Stillson berührt hatte, war es gewesen, als hätte er ein Nichts berührt. Tote Batterie. Gefällter Baum. Leeres Haus. Kahle Bücherregale. Leere Weinflaschen, die nur noch als Kerzenhalter fungieren konnten.

Verblassen. Fortgehen. Die Füße und Beine um ihn herum wurden verschwommen und undeutlich. Er hörte ihre Stimmen, aufgewecktes Plappern von Mutmaßungen, konnte aber keine Worte verstehen. Er nahm nur den Klang der Worte wahr, und selbst das begann nun zu verklingen, zu einem hohen, angenehmen Summen zu verschmelzen.

Er sah über die Schulter, und dort war der Korridor, aus dem er vor langer Zeit gekommen war. Er war aus diesem Korridor an diesen hellen Ort gekommen. Nur hatte damals noch seine Mutter gelebt. Vater war dagewesen, hatte ihn beim Namen gerufen, bis es ihm gelungen war, zu ihnen zurückzukommen. Jetzt war nur noch Zeit, wieder dorthin zurückzukehren. Jetzt war es richtig, dorthin zu gehen.

Ich habe es getan. Irgendwie habe ich es getan. Ich verstehe zwar nicht wie, aber ich habe es getan.

Er ließ sich in den Korridor mit den dunklen Chromwänden treiben, ohne zu wissen, ob am fernen Ende etwas sein würde oder nicht, es genügte ihm, es sich von der Zeit zeigen zu lassen.

Das angenehme Summen menschlicher Stimmen verblaßte. Die milchige Helligkeit verblaßte. Aber er war immer noch *er* – Johnny Smith – intakt.

Geh in den Korridor, dachte er. *In Ordnung.*

Wenn er in diesen Korridor gelangte, dachte er, würde er wieder laufen können.

Dritter Teil

NOTIZEN AUS DER TOTEN ZONE

1

Portsmouth, N. H.
23. Januar 1979

Lieber Dad,

dies ist ein schrecklicher Brief, den ich jetzt schreiben muß, und ich will versuchen, es möglichst kurz zu machen. Wenn Du ihn erhältst, werde ich wahrscheinlich tot sein. Eine furchtbare Sache ist mit mir passiert, und ich glaube jetzt, daß alles schon lange vor diesem Autounfall und dem Koma angefangen hat. Du weißt natürlich von meiner übersinnlichen Fähigkeit, aber vielleicht kannst Du Dich auch noch daran erinnern, wie Mutter auf dem Totenbett geschworen hatte, daß mir dies von Gott so vorbestimmt gewesen war, daß Gott von vornherein eine Aufgabe für mich gehabt hat. Mutter hatte mich aufgefordert, nicht davor davonzulaufen, und ich hatte ihr versprochen, es nicht zu tun – eigentlich hatte ich es gar nicht so ernst gemeint; ich wollte sie nur beruhigen. Jetzt aber sieht es ganz so aus, als hätte sie auf merkwürdige Art doch recht gehabt. Ich glaube immer noch nicht an Gott, nicht an Gott als reales Wesen, das für uns plant und uns kleine Aufträge zur Erledigung erteilt; etwa wie Pfadfindern, die sich bei der Großen Wanderung des Lebens Verdienstmedaillen erwerben. Aber ich glaube auch nicht daran, daß alle Dinge, die mit mir geschehen sind, nur blinder Zufall waren.

Im Sommer 1976, Dad, ging ich zu einer Kundgebung von Greg Stillson in Trimbull; das ist New Hampshire, dritter Bezirk. Wie Du dich vielleicht noch erinnern kannst, kandidierte er damals zum erstenmal. Auf dem Weg zur Rednerbühne schüttelte er viele Hände, eine davon war meine. Vielleicht wird es Dir besonders schwerfallen, den Teil zu glauben, der jetzt kommt, wenngleich Du ja die Fähigkeit in Aktion gesehen hast. Ich hatte eine meiner Wahrnehmungen, nur war es diesmal keine Wahrnehmung, Dad. Es war eine Vision, entweder im biblischen Sinn oder sehr nahe daran. Merkwürdigerweise war diesmal alles nicht so klar wie es einige meiner anderen Wahrnehmungen gewesen waren – über allem lag ein seltsamer bläulicher Schimmer, wie er vorher nie dagewesen war –, aber es war unglaublich. Ich sah Greg Stillson als Präsident der Vereinigten Staaten. In wie ferner Zukunft, das vermag ich nicht zu sagen. Ich weiß nur, daß er bereits sehr stark gelichtetes Haar hatte. Ich würde sagen, vierzehn Jahre, höchstens achtzehn. Nun besteht meine Fähigkeit darin, zu sehen, nicht zu interpretieren. Und in diesem Fall war meine Fähigkeit, etwas zu sehen, durch diesen komischen blauen Filter eingeschränkt, aber ich sah genug. Sollte Stillson jemals Präsident werden, würde er eine internationale Krise verschlimmern, die ohnehin schon kritisch genug begonnen hatte. Sollte Stillson Präsident werden, würde er am Ende einen Atomkrieg unvorstellbaren Ausmaßes entfesseln. Ich glaube, daß der auslösende Faktor für diesen Krieg irgendwo in Südafrika sein wird. Und ich glaube weiter, daß in diesem kurzen, blutigen Krieg nicht nur zwei oder drei Nationen Bomben werfen werden, sondern vielleicht zwanzig und mehr – plus Terroristengruppen.

Daddy, ich weiß, wie verrückt Dir das vorkommen muß. Es kommt mir selbst verrückt vor. Aber ich hege keinerlei Zweifel. Ich verspüre nicht den Drang, über die Schulter zurückzublicken und zu versuchen, hinter dieser Sache etwas weniger Reales und Dringendes zu sehen als sie ist. Du wußtest nicht – genausowenig wie sonst jemand –, daß ich nicht wegen des Restaurant-Brandes von den Chatsworths fortgegangen bin. Ich nehme an, daß ich vor Greg Stillson und vor dieser Sache davonlaufen wollte, die ich nun tun soll. Wie Elias, der sich in der Höhle versteckte; oder wie Jonas, der im Bauch eines Walfisches landete. Ich wollte ganz einfach abwarten und sehen, weißt Du? Abwarten und sehen, ob sich Anzeichen für so eine schreckliche Zukunft zeigen würden. Wahrscheinlich würde ich auch noch länger warten, aber im letzten Herbst begannen die Kopfschmerzen wieder schlimmer zu werden, und dann war dieser Zwischenfall beim Straßentrupp, mit dem ich zusammenarbeitete. Ich denke, der Vorarbeiter Keith Strang wird sich noch gut daran erinnern...

2

Auszug aus einem Protokoll des sogenannten ›Stillson-Komitees‹ unter dem Vorsitz von Senator William Cohen aus Maine. Die Vernehmung wurde von Mr. Norman D. Verizer, dem Hauptverteidiger des Komitees durchgeführt. Der Zeuge ist Mr. Keith Strang, wohnhaft 1421 Desert Boulevard, Phoenix, Arizona.

Datum des Protokolls: 17. August 1979.

Verizer: Und zu dieser Zeit war John Smith beim Straßenbauamt von Phoenix beschäftigt, nicht wahr?

Strang: Ja, Sir, das stimmt.

V.: Und ist am siebten Dezember etwas passiert, woran Sie sich noch besonders gut erinnern können? Ich meine, etwas, mit John Smith?

S.: Ja, Sir. Allerdings.

V.: Schildern Sie es bitte dem Komitee.

S.: Nun, ich mußte zum Zentrallager zurückfahren, um zwei Kanister Orangefarbe zu holen. Sehen Sie, wir brachten damals frische Mittelstreifen auf den Straßen an. Johnny – ich meine Johnny Smith – war an diesem Tag draußen auf der Rosemont Avenue. Ich kam gegen Viertel nach vier zurück, also etwa fünfundvierzig Minuten vor Feierabend. Da kam Herman Joellyn, mit dem Sie bereits gesprochen haben, zu mir und sagte: ›Kümmere dich lieber mal um Johnny, Keith. Irgend etwas stimmt nicht mit Johnny. Ich habe versucht, mit ihm zu reden, aber er hat sich benommen, als hätte er mich gar nicht gehört. Hat mich beinahe überfahren. Bring ihn wieder auf Vordermann.‹ Das hat er gesagt. Und ich habe gesagt: ›Was ist denn los mit dem, Herman?‹ Und Hermie hat gesagt: ›Das mußt du dir am besten selbst ansehen, irgend etwas ist mit diesem Burschen nicht in Ordnung.‹ Ich bin also die Straße hinaufgefahren, und anfangs war alles in Ordnung. Aber dann – wumm!

V.: Was haben Sie gesehen?

S.: Sie meinen, bevor ich Johnny gesehen habe?

V.: Ja, ganz recht.

S.: Der Streifen, den er gezogen hatte, war krumm. Anfangs nur ein bißchen – hier eine Abweichung, dort eine Beule –, aber der Streifen war eben nicht ganz gerade, Sie wissen schon. Und Johnny hatte von der ganzen Mannschaft immer am besten Streifen ziehen können. Dann wurde es wirklich schlimm. Es war eine Schlangenlinie über die ganze Straße. Manchmal schien er mehrmals im Kreis herumgefahren zu sein. Und etwa hundert Meter lang hatte er den Streifen außerhalb des Asphalts gemalt.

V.: Und was haben Sie da getan?

S.: Ich habe ihn aufgehalten. Das heißt, am Ende habe ich ihn aufgehalten. Ich bin direkt an seine Markiermaschine herangefahren und habe ihn angeschrien. Mußte ein halbes Dutzendmal brüllen. Er schien mich überhaupt nicht gehört zu haben. Dann ist er direkt auf mich losgefahren und hat eine mächtige Beule in den Wagen gerammt, den ich fuhr. War ein Dienstfahrzeug des Highway Department. Da hab' ich auf die Hupe gedrückt und ihn wieder angeschrien, er schien endlich wieder zu sich zu kommen. Er schaltete auf Leerlauf und sah zu mir herüber. Ich habe ihn gefragt, was er sich dabei gedacht hat.

V.: Und was hat er geantwortet?

S.: Er sagte hi. Das war alles. ›Hi, Keith.‹ Als wäre alles in bester Ordnung gewesen.

V.: Und wie haben Sie darauf reagiert?

S.: Ich reagierte ganz schön wütend! Und Johnny hat nur so dagestanden und sich umgesehen und sich an seiner Maschine festgehalten. Da ist mir erst aufgefallen, wie elend er aussah. Dünn war er ja schon immer, wissen Sie, aber jetzt war er weiß wie Papier, und ein Mundwinkel war... wissen Sie... also nach unten gezogen. Zuerst schien er gar nicht mitzubekommen, was ich sagte. Dann hat er sich umgesehen und festgestellt, was für einen Streifen er da gezogen hatte über die ganze Straße.

V.: Und er sagte...?

S.: Sagte, daß es ihm leid tut. Und dann – ich weiß nicht, also dann taumelte er und legte eine Hand auf die Stirn. Ich fragte ihn, was mit ihm los war, und er hat gesagt... ach, nur konfuses Zeug, das überhaupt keinen Sinn ergab.

Cohen: Mr. Strang, dieses Komitee ist an *allem* interessiert, was Mr. Smith gesagt hat und das Licht auf diese Angelegenheit werfen könnte. Können Sie sich erinnern, was er gesagt hat?

S.: Nun, zuerst hat er gesagt, daß nichts weiter mit ihm los war. Nur, daß es nach Gummireifen gerochen hat. Nach verbranntem Gummi. Und dann hat er gesagt: ›Nicht überbrücken.‹ Und etwas wie: ›Ich habe Kartoffeln in der Brust, und beide Radios sind in der Sonne. Also ist es aus für alle Bäume.‹ So ungefähr, wenn ich mich recht erinnere. Wie gesagt, es war alles konfus.

V.: Und was ist dann passiert?

S.: Er begann hinzufallen. Ich hielt ihn an der Schulter und an einer Hand fest, die er seitlich ans Gesicht gedrückt hatte. Und ich sah, daß sein rechtes Auge voll Blut war. Dann ist er ohnmächtig geworden.

V.: Aber er hat noch etwas gesagt, bevor er ohnmächtig wurde, nicht wahr?

S.: Ja, Sir, das hat er.

V.: Und was war das?

S.: Er hat gesagt: ›Wegen Stillson werden wir uns später Sorgen machen, Daddy. Er ist in der toten Zone.‹

V.: Sind Sie ganz sicher, daß er das gesagt hat?

S.: Ja, Sir, bin ich. Das werde ich nie vergessen.

3

... und als ich aufwachte, war ich in dem kleinen Geräteschuppen am Rosemont Drive. Keith sagte, ich sollte lieber schleunigst einen Arzt aufsuchen und erst danach wieder zur Arbeit kommen. Ich hatte Angst, Dad, aber nicht aus den Gründen, die Keith annahm. Jedenfalls meldete ich mich bei einem Neurologen an, den Sam Weizak Anfang November einmal in einem Brief an mich erwähnt hatte. Weißt Du, ich hatte an Sam geschrieben und ihm mitgeteilt, daß ich Angst hatte, ein Auto zu fahren, weil ich manchmal alles doppelt sah. Sam hat mir sofort zurückgeschrieben und mir dringend geraten, diesen Dr. Vann aufzusuchen. Sam hat die Symptome für sehr beunruhigend gehalten, aber er wollte sich nicht auf eine Ferndiagnose festlegen.
Ich bin nicht sofort hingegangen. Ich glaube, der Verstand kann einen gehörig bescheißen, und ich dachte immer – bis zu diesem Vorfall mit der Markiermaschine –, daß es nur eine Phase war, die ich durchmachte, und daß es wieder besser werden würde. Ich denke, ich wollte einfach nicht über die Alternative nachdenken. Aber der Vorfall mit der Maschine war zuviel, und ich bin hingegangen, weil ich es mit der Angst bekam – nicht wegen mir, sondern wegen dem, was ich wußte.
Ich habe also diesen Dr. Vann aufgesucht, und er hat mich Tests unterzogen, und dann hat er mir reinen Wein eingeschenkt. Wie sich dabei herausstellte, hatte ich nun doch nicht mehr so viel Zeit, wie ich geglaubt hatte, weil...

4

Auszug aus einem Protokoll des sogenannten ›Stillson-Komitees‹ unter dem Vorsitz von Senator William Cohen aus Maine. Die Vernehmung wurde von Mr. Norman D. Verizer, dem Hauptverteidiger des Komitees, durchgeführt. Der Zeuge ist Dr. Quentin M. Vann, wohnhaft 17 Parkland Drive, Phoenix, Arizona.

Datum des Protokolls: 22. August 1979.

Verizer: Nachdem Sie Ihre Tests abgeschlossen und Ihre Diagnose gestellt hatten, haben Sie mit John Smith in Ihrer Praxis gesprochen, nicht wahr?

Vann: Ja. Es war eine schwierige Begegnung. Solche Begegnungen sind immer schwierig.

Ve.: Können Sie uns das Wesentliche Ihres Gespräches mitteilen?

Va.: Ja. Unter diesen ungewöhnlichen Umständen glaube ich, daß die ärztliche Schweigepflicht aufgehoben werden kann. Ich begann Mr. Smith darauf hinzuweisen, daß er ein furchtbar erschreckendes Erlebnis gehabt haben mußte. Er stimmte zu. Sein rechtes Auge war immer noch blutunterlaufen, aber es war besser. Ein kleines Blutgefäß war geplatzt. Wenn ich mich auf mein Krankenblatt beziehen darf...

(Protokoll an dieser Stelle unterbrochen)

Ve.: Und nachdem Sie Smith diese Erklärung gemacht hatten?

Va.: Wollte er die ungeschminkte Wahrheit hören. So hatte er es ausgedrückt: die ungeschminkte Wahrheit. Auf gewisse Weise haben mich seine Ruhe und sein Mut stark beeindruckt.

Ve.: Und wie lautete die ungeschminkte Wahrheit, Dr. Vann?

Va.: Ah? Ich dachte, das sei jetzt klar. John Smith hatte einen extrem stark entwickelten Tumor im Scheitellappen des Gehirns.

(Unruhe unter den Zuschauern; kurze Pause.)

Ve.: Entschuldigen Sie die Unterbrechung, Doktor. Ich möchte die Zuschauer daran erinnern, daß das Komitee tagt und es sich um eine Untersuchung handelt, und um keine Freak-Show.

Va.: Schon recht, Mr. Verizer.

Ve.: Danke, Doktor. Könnten Sie dem Komitee mitteilen, wie Smith diese Nachricht aufgenommen hat?

Va.: Er war sehr ruhig. Außerordentlich ruhig. Ich glaube, daß er sich im Grunde seines Herzens bereits eine eigene Diagnose gestellt hatte, und daß seine und meine Diagnose übereinstimmten. Aber er sagte, daß er große Angst habe. Und er fragte mich, wie lange er noch zu leben hatte.

Ve.: Was haben Sie ihm gesagt?

Va.: Ich habe ihm gesagt, daß eine solche Frage zu diesem Zeitpunkt bedeutungslos war, denn noch standen uns ja alle Operationen offen. Ich sagte ihm, daß eine Operation nötig sein würde. Vielleicht sollte ich an dieser Stelle darauf hinweisen, daß ich damals von seinem Koma und seiner – beinahe wundersamen Genesung noch nichts wußte.

Ve.: Was hat er geantwortet?

Va.: Er sagte, eine Operation käme nicht in Frage. Er war ruhig, aber sehr, sehr entschieden. Keine Operation. Ich sagte ihm, daß er sich das hoffentlich noch einmal gründlich überlegen würde, denn die Verweigerung einer solchen Operation käme der Unterschrift unter sein eigenes Todesurteil gleich.

Ve.: Hat Smith dazu etwas gesagt?

Va.: Er bat mich, ihm nach bestem Wissen zu sagen, wie lange er ohne die Operation noch zu leben haben würde.

Ve.: Haben Sie es ihm gesagt?

Va.: Ich habe ihm eine grobe Schätzung gegeben. Ich habe ihn darauf aufmerksam bemacht, daß solche Tumore ganz unterschiedliche Wachstumsmuster haben können, und daß ich Patienten gekannt habe, deren Tumore bis zu zwei Jahren schliefen, daß solche Ruhepausen aber sehr selten sind. Ich sagte ihm, daß er ohne Operation realistisch damit rechnen könnte, noch etwa acht bis zwanzig Monate zu leben.

Ve.: Aber er hat eine Operation nach wie vor abgelehnt, nicht wahr?

Va.: Ja, das ist richtig.

Ve.: Ist etwas Ungewöhnliches geschehen, als Smith sich verabschiedete?

Va.: Ich würde sagen, etwas extrem Ungewöhnliches.

Ve.: Würden Sie es dem Komitee berichten?

»Va.: Ich berührte seine Schulter, weil ich ihn zurückhalten wollte. Es widerstrebte mir ganz einfach, den Mann unter solchen Umständen fortgehen zu lassen, verstehen Sie. Und als ich ihn berührte, spürte ich, wie etwas von ihm auf mich übersprang... fast so etwas wie ein elektrischer Schlag, aber es war zugleich das Gefühl, als würde etwas herausgesaugt oder entrissen werden. Ich gebe zu, daß dies eine sehr subjektive Beschreibung ist, aber immerhin kommt sie von einem Mann, der in der Kunst professioneller Beobachtung und Erfahrung ausgebildet wurde. Und ich versichere Ihnen, es war nicht angenehm. Ich... ich wich vor ihm zurück... und er schlug mir vor, ich sollte meine Frau anrufen, weil Strawberry sich ernsthaft verletzt hätte.

Ve.: Strawberry?

Va.: Ja, das hat er gesagt. Der Bruder meiner Frau... sein Name ist Stanbury Richards, aber mein jüngster Sohn hat ihn immer nur Onkel Strawberry genannt, als er noch sehr klein war. Dieser Zusammenhang kam mir übrigens erst später. Jedenfalls schlug ich meiner Frau am Abend vor, ihren Bruder anzurufen, der in Coose Lake, New York, lebt.

Ve.: Hat sie ihn angerufen?

Va.: Ja, hat sie. Sie haben sich sehr nett unterhalten.

Ve.: Und war Mr. Richards – Ihr Schwager – in Ordnung?

»Va.: Ja, es ging ihm ausgezeichnet. Aber in der folgenden Woche stürzte er von einer Leiter, als er sein Haus anstreichen wollte, und brach sich einen Wirbel.

Ve.: Dr. Vann, glauben Sie, daß John Smith das vorausgesehen hatte?

Va.: Ich weiß es nicht. Aber ich glaube... daß es so gewesen sein könnte.

Ve.: Danke, Doktor...

Va.: Darf ich noch etwas sagen?

Ve.: Natürlich.

Va.: Falls er unter einem solchen Fluch litt – ja, ich würde es einen Fluch nennen – dann hoffe ich, daß Gott mit der gequälten Seele dieses Mannes Erbarmen haben wird.

5

... und ich weiß, Dad, die Leute werden sagen, daß ich diese Sache, die ich vorhabe, nur wegen meines Tumors tun will, aber glaube ihnen nicht. Es ist nicht wahr. Der Tumor ist nur dieser Unfall, der mich nun endlich eingeholt hat, dieser Unfall, von dem ich jetzt glaube, daß er niemals aufgehört hat. Der Tumor liegt im selben Bereich, der damals bei dem Autounfall verletzt wurde, und im selben Bereich, der, wie ich inzwischen glaube, verletzt wurde, als ich als kleiner Junge auf dem Runaround Pond gestürzt bin. Damals hatte ich die erste Vision, wenngleich ich mich auch heute nicht erinnern kann, was es gewesen ist. Kurz vor dem Autounfall hatte ich wieder so eine Eingebung, in Esty auf dem Rummelplatz. Frage Sarah danach; ich bin sicher, daß sie sich noch gut daran erinnern wird. Der Tumor liegt in diesem Bereich, den ich immer ›Die tote Zone‹ genannt habe. Und das hat sich als richtig herausgestellt, nicht? Als bitter richtig! Gott... Schicksal... Vorsehung... wie immer man es auch nennen will... es scheint ständig die unwiderstehliche Hand auszustrecken, um die Waagschalen wieder ins Gleichgewicht zu bringen. Vielleicht hätte ich bei diesem Autounfall den Tod finden sollen, vielleicht sogar noch früher, an jenem Tag auf dem Runaround Pond. Und ich glaube, daß die Waagschalen wieder vollkommen ins Gleichgewicht kommen werden, wenn ich ausgeführt habe, was ich mir vorgenommen habe.

Daddy, ich liebe Dich. Mein Glaube, daß die Schußwaffe der einzige Ausweg ist, die einzige Möglichkeit für mich, diesen toten Punkt, an dem ich mich befinde, zu überwinden, ist das Schlimmste, aber nicht minder schlimm ist mein Wissen, daß ich es Dir zurücklassen muß, den Kummer und den Haß all der Menschen zu ertragen, die keinen Grund haben, Stillson für etwas anderes als einen guten und rechtschaffenen Mann zu halten...

6

Auszug aus einem Protokoll des sogenannten ›Stillson-Komitees‹ unter dem Vorsitz von Senator William Cohen aus Maine. Die Vernehmung wurde von Mr. Albert Renfrew, dem stellvertretenden Verteidiger, durchgeführt. Der Zeuge ist Dr. Samuel Weizak, wohnhaft 26 Harlow Court, Bangor, Maine.

Datum des Protokolls: 23. August 1979.

Renfrew: Wir nähern uns der Stunde der Vertagung, Dr. Weizak, und ich möchte Ihnen im Namen des Komitees dafür danken, daß Sie vier Stunden lang Ihre Aussagen gemacht haben. Sie haben sehr viel Licht auf die Situation geworfen.

Weizak: Schon gut.

R.: Ich habe jetzt noch eine letzte Frage an Sie, Dr. Weizak, sie scheint mir aber von grundlegender Bedeutung zu sein. Es geht dabei um einen Punkt, den Mr. Smith selbst in seinem Brief an seinen Vater zur Sprache gebracht hat, der als Beweismittel zu den Akten genommen wird. Die Frage lautet...

W.: Nein.

R.: Pardon?

W.: Sie wollen mich fragen, ob Johnnys Tumor der Anlaß dafür war, daß er an jenem Tag in New Hampshire abgedrückt hat, nicht wahr?

R.: Gewissermaßen...

W.: Die Antwort lautet nein. Johnny Smith war ein denkendes, vernünftiges menschliches Wesen... bis zum Ende seines Lebens. Das beweist der Brief an seinen Vater, und auch sein Brief an Sarah Hazlett. Er war ein Mann mit einer schrecklichen, gottgleichen Macht – vielleicht mit einem Fluch, wie mein Kollege Dr. Vann es ausgedrückt hat –, aber er war keineswegs geistig instabil, noch wurde sein Handeln von Fantasien als Folge übermäßigen Drucks durch einen Gehirntumor bestimmt – falls so etwas möglich ist.

R.: Aber trifft es nicht zu, daß Charles Whitman, der sogenannte Texas Tower Sniper...

W.: Ja, ja, er hatte einen Tumor. Genau wie der Pilot der Eastern-Airlines-Maschine, die vor Jahren in Florida zerschellte. Aber es wurde in keinem Fall behauptet, daß der Tumor das auslösende Moment gewesen sein könnte. Ich möchte darauf hinweisen, daß auch noch andere unrühmliche Geschöpfe – Richard Speck, der sogenannte Sohn von Sam oder Adolf Hitler – keinen Gehirntumor brauchten, um mörderisch zu handeln. Oder Frank Dodd, den Johnny selbst in der Stadt Castle Rock als Mörder entlarvte. Dieses Komitee mag Johnnys Verhalten für noch so fehlgeleitet oder falsch halten, aber es war die Tat eines Mannes im Vollbesitz seiner geistigen Kräfte. In seelischer Qual vielleicht, aber geistig gesund.

7

...und glaube vor allem nicht, daß ich dies alles ohne langes und qualvolles Nachdenken getan habe. Wenn ich mit dem Tod dieses Mannes der Menschheit Gelegenheit verschaffen kann, alles noch einmal vier Jahre, vielleicht auch nur zwei oder sogar nur acht Monate gründlich zu überdenken, dann hat es sich gelohnt. Es ist ein Unrecht, aber vielleicht stellt es sich dereinst als recht heraus. Ich

weiß es nicht. Aber ich will nicht länger Hamlet spielen. Ich weiß, *wie gefährlich Stillson ist.*
Daddy, ich liebe Dich sehr. Glaube es mir.
Dein Sohn
Johnny

8

Auszug aus einem Protokoll des sogenannten ›Stillson-Komitees‹ unter dem Vorsitz von Senator William Cohen aus Maine. Die Vernehmung wurde von Mr. Albert Renfrew, dem stellvertretenden Verteidiger, durchgeführt. Der Zeuge ist Mr. Stuart Clawson, wohnhaft Blackstrap Road in Jackson, New Hampshire.

Renfrew: Und Sie sagen also, daß Sie Ihre Kamera zufällig in der Hand hatten, Mr. Clawson?

Clawson: Ja. Als ich schon aus der Tür ging. An diesem Tag wäre ich beinahe gar nicht hingegangen, obwohl ich Stillson mag – nun ich mochte ihn, bevor dies alles geschah. Die Stadthalle war mir gründlich verleidet!

R.: Wegen Ihrer Fahrprüfung?

C.: Erfaßt. War ein kolossaler Reinfall für mich, daß ich die Prüfung nicht bestanden habe. Aber dann habe ich mir gesagt... ach, zum Teufel, was soll's? Und ich habe dieses Foto geschossen! Mann! Ich habe es. Dieses Bild wird mich reich machen, glaube ich. Wie das Flaggehissen auf Iwo Jima.

R.: Hoffentlich kommen Sie nicht auf die Idee, daß die ganze Geschichte nur Ihnen zuliebe inszeniert worden ist, junger Mann.

C.: O nein! Überhaupt nicht! Ich meinte doch nur... nun, ich weiß nicht, was ich meinte. Aber es ist doch direkt vor mir passiert und... ich weiß es nicht. Herrje, war ich froh, daß ich meine Nikon mitgenommen hatte, das ist alles.

R.: Und Sie haben dieses Foto genau in dem Moment geschossen, als Stillson sich das Kind schnappte?

C.: Matt Robeson, ja, Sir.

R.: Und dies hier ist eine Vergrößerung des Fotos?

C.: Das ist mein Bild, ja.

R.: Und nachdem Sie es gemacht hatten, was geschah dann?

C.: Zwei dieser Kerle sind hinter mir hergerannt. Sie haben gebrüllt: ›Gib uns die Kamera, Junge! Los, laß sie fallen.‹ Schei... äh, solche Sachen.

R.: Und Sie sind davongerannt?

C.: Ob ich gerannt bin? Herrgott, bin ich gerannt! Die beiden haben mich fast bis zur städtischen Garage verfolgt. Einer von ihnen hätte mich beinahe erwischt, aber dann ist er auf dem Eis ausgerutscht und hingefallen.

Cohen: Junger Mann, ich würde sagen, daß Sie das wichtigste Rennen Ihres Lebens gewonnen haben, als Sie diesen beiden Rowdys entkommen sind.

C.: Danke, Sir. Aber was Stillson an jenem Tag gemacht hat... vielleicht muß man das mit eigenen Augen gesehen haben... aber... ein kleines Kind als Schutzschild benutzen, das ist schon ziemlich schäbig. Ich möchte wetten, daß die Bevölkerung von New Hampshire diesen Mann nicht einmal mehr zum Hundefänger wählen würde. Nicht für...

R.: Danke, Mr. Clawson. Der Zeuge ist entlassen.

9

Wieder Oktober.

Sarah hatte diese Reise sehr lange hinausgeschoben, aber jetzt war der Zeitpunkt gekommen, wo sie sie nicht mehr hinausschieben konnte. Das spürte sie. Sie hatte beide Kinder bei Mrs. Ablanap gelassen – sie hatten jetzt eine Hausgehilfin und zwei Wagen anstelle des kleinen roten Pinto; Walts Einkommen betrug nahezu dreißigtausend Dollar jährlich – und Sarah war an diesem heißen Spätherbsttag allein nach Pownal gekommen.

Jetzt hielt sie am Rand der schmalen Landstraße an, stieg aus und ging zu dem kleinen Friedhof auf der anderen Seite hinüber. Ein kleines fleckiges Schild an einem der Steinpfeiler verkündete, daß dies zu DEN BIRKEN war. Er war von einer langen Steinmauer umgeben; die Anlage machte einen sehr gepflegten Eindruck. Vom Memorial Day vor fünf Monaten waren noch ein paar verschossene Flaggen übriggeblieben. Bald würden sie unter Schnee begraben sein.

Sie ging langsam, ohne Eile, die leichte Brise ließ den Saum ihres dunkelgrünen Rockes flattern. Hier lagen Generationen von BOWDENS; dort war eine ganze Familie MARSTENS begraben; und hier, um einen großen Marmorgedenkstein herum, ruhten PILLSBURYS bis zurück ins Jahr 1750.

In der Nähe der rückwärtigen Mauer fand sie einen noch relativ neuen Grabstein mit der schlichten Aufschrift JOHN SMITH. Sarah kniete daneben nieder, zögerte und berührte ihn dann zaghaft. Sie ließ die Fingerspitzen nachdenklich über die glänzende Oberfläche gleiten.

10

23. Januar 1979

Liebe Sarah,

ich habe soeben meinem Vater einen sehr wichtigen Brief geschrieben, und ich habe fast anderthalb Stunden gebraucht, um ihn aufzusetzen. Jetzt habe ich nicht mehr die nötige Energie, diese Anstrengung zu wiederholen, daher schlage ich vor, daß Du ihn, sobald Du diesen bekommst, anrufst. Am besten tust Du es jetzt sofort, bevor Du den Rest liest...

Aller Wahrscheinlichkeit nach wirst Du also jetzt Bescheid wissen. Ich möchte Dir nur noch sagen, daß ich in letzter Zeit sehr viel über

unseren Besuch auf dem Rummelplatz in Esty nachgedacht habe. Wenn ich raten müßte, an welche beiden Dinge Du Dich noch am besten erinnern kannst, dann würde ich sagen, an meine Glückssträhne am Glücksrad (erinnerst Du Dich noch, wie dieser Junge sagte: ›Es war riesig, den Kerl bluten zu sehen‹), und an die Maske, die ich aufgesetzt hatte, um Dich zu erschrecken. Es sollte ein Mordsspaß sein, aber Du wurdest so wütend, daß unsere Verabredung deswegen beinahe geplatzt wäre. In diesem Fall wäre ich jetzt vielleicht nicht hier und dieser Taxifahrer heute noch am Leben. Auf der anderen Seite ist es aber vielleicht auch so, daß nichts die Zukunft verändern kann, vielleicht hätte ich die gleiche Pille so oder so schlucken müssen, eine Woche oder einen Monat oder ein Jahr später.
Nun, wir hatten unsere Chance, aber dann fiel der Gewinn eben doch auf die Haus-Nummer, Doppel-Null, nehme ich an. Aber Du sollst wissen, Sarah, daß ich an Dich denke. Für mich hat es eigentlich nie jemand anders gegeben, und jene Nacht war die beste für uns beide...

11

»Hallo, Johnny«, murmelte sie, und der Wind wehte leise durch die Bäume, die brannten und leuchteten. Ein Blatt wurde über den strahlendblauen Himmel geweht und landete unbemerkt in ihrem Haar. »Ich bin hier. Ich bin endlich gekommen.«

Laut zu sprechen war auch falsch; einen Toten im Grab anzusprechen, schien die Handlung einer Verrückten zu sein. Sie wurde von ihren eigenen Gefühlen so überrascht, Gefühlen, die so stark und intensiv waren, daß es ihr die Kehle zuschnürte und sie krampfhaft die Hände verschränkte. Vielleicht war es doch richtig, zu sprechen. Neun Jahre waren inzwischen vergangen, und dies hier würde der endgültige Schlußpunkt sein. Fortan würde es nur noch Walt und die Kinder und jede Menge Lächeln aus der Reihe hinter dem Rednerpult ihres Mannes geben, sowie ab und zu einen Artikel in der Sonntagsbeilage, wenn Walts Karriere so verlief, wie er es so gelassen erwartete. Die Zukunft war jedes Jahr ein paar frische graue Fäden im Haar, nie mehr ohne Büstenhalter gehen dürfen, mehr Wert auf Make-up legen; die Zukunft würde aus Übungsstunden an der YMCA in Bangor bestehen; im Einkaufen; darin, Denny in die erste Klasse und Janis in den Kindergarten zu bringen; die Zukunft war Neujahrsabende und komische Hüte, während ihr Leben in die Science-Fictionhaften achtziger Jahre rollte – und in ein seltsames und fast unerwartetes Stadium – ihre mittleren Jahre.

Ländliche Rummelplätze sah sie in ihrer Zukunft nicht.

Ganz allmählich begannen die ersten heißen Tränen zu fließen. »Oh, Johnny«, sagte sie. »Eigentlich hätte alles ganz anders kommen sollen, nicht wahr? So hätte es nicht enden dürfen.«

Sie senkte den Kopf und schluckte krampfhaft – aber es nutzte nichts. Sie begann trotzdem zu schluchzen, und das helle Sonnenlicht brach sich in allen Farben des Prismas. Der Wind, der ihr vorhin noch so warm vorgekommen war, Indianersommer, schien jetzt kühl wie im Februar auf ihren tränenfeuchten Wangen.

»Es ist nicht *fair*!« rief sie in die Stille der BOWDENS und MARSTENS und PILLSBURYS, die nicht mehr und nicht weniger tun konnten als bestätigen: Das Leben vergeht schnell, und tot ist tot! »O Gott, nicht *fair*!«

Da berührte sie eine Hand im Nacken.

12

... und jene Nacht war die beste für uns beide, wenngleich es mir mitunter immer noch schwerfällt, überhaupt daran zu glauben, daß es jemals ein Jahr 1970 gegeben hat und Aufruhr an den Universitäten, Nixon als Präsident, keine Taschenrechner, keine Videorecorder, keinen Bruce Springsteen und auch keine Punk-Rock-Bands. Manchmal dagegen habe ich das Gefühl, als wäre diese Zeit nur eine Handbreit entfernt, daß ich meine Arme um dich legen oder Deine Wange strei-

cheln und Dich mit mir forttragen könnte, in eine ganz andere Zukunft, ohne Schmerz oder Dunkelheit oder bittere Entscheidungen. Nun, wir alle tun, was wir tun können, und das muß gut genug sein ... und wenn es nicht gut genug ist, so muß es auch genügen. Ich hoffe nur, daß Du an mich denken wirst, liebe Sarah, so gut Du es eben kannst.

Alles Gute und all meine Liebe,

Johnny

13

Sie sog den Atem heftig ein und richtete sich auf, ihre Augen wurden groß und rund. »Johnny...?«

Es war vorbei. Was immer es gewesen war, es war vorbei. Sie stand langsam auf und drehte sich um, aber natürlich stand niemand da. Aber sie konnte ihn dort stehen sehen, beide Hände tief in den Taschen, das schiefe Grinsen im mehr freundlichen als hübschen Gesicht. Er lehnte lässig, beinahe schlaksig an einem der großen, steinernen Torpfeiler, oder einem Grabstein oder auch nur einem Baum mit rotem Herbstlaub. Keine große Sache, Sarah, schnupfst du immer noch dieses gräßliche Kokain?

Nichts weiter da als Johnny, irgendwo in der Nähe, vielleicht überall.

Nun, wir alle tun, was wir können, und das muß gut genug sein, und wenn es nicht gut genug ist, so muß es auch genügen. Nichts geht jemals verloren, Sarah. Nichts, was nicht wiedergefunden werden könnte.

»Immer noch der alte Johnny«, flüsterte sie, während sie den Friedhof verließ und die Straße überquerte. Sie blieb einen Augenblick stehen und sah zurück. Der warme Oktoberwind wehte kräftig, die Welt schien abwechselnd in Licht und Schatten getaucht zu sein. Die Bäume raschelten geheimnisvoll.

Sarah stieg in ihr Auto und fuhr davon.